소피의 선택 1

Sophie's Choice

SOPHIE'S CHOICE
by William Styron

세계문학전집 197

소피의 선택 1

Sophie's Choice

윌리엄 스타이런

한정아 옮김

민음사

이제는 추억으로 남은 내 아버지께 이 책을 바칩니다.

(1889~1978)

어린아이에게 있는 그대로를 보여 줄 자는 누구인가? 아이를 별들 사이에 두고 그 아이의 손에 거리를 재는 자를 들려 줄 자는 누구인가? 딱딱하게 굳어가는 잿빛 빵으로 그 아이의 죽음을 만들 자는 누구인가, 아니면 목에 걸리는 달콤한 사과 속 과심(果心)같이 죽음이라는 둥근 입 속에 아이를 놓아둘 자는 누구인가? ……살인자들의 마음은 쉽게 헤아릴 수 있다. 그러나 죽음은, 삶이 채 시작되기도 전에 그것을 그토록 부드럽게 품고 화를 내지 않는 완전한 죽음은 형언할 수 없는 것이다!

— 라이너 마리아 릴케, 『두이노의 비가』 제4비가 중에서

……나는 절대악이 형제애와 맞서는 영혼의 저 본질적인 곳을 찾아간다.

— 앙드레 말로, 『라자레』(1974) 중에서

일러두기

1 본문의 각주는 모두 옮긴이 주이다.

2 원문에서 이탤릭체로 강조한 부분은 고딕체로 구분했다.

차례

1장

당시 맨해튼에서는 값싼 아파트를 구하기가 거의 불가능해서 나는 브루클린으로 거처를 옮겨야 했다. 1947년, 내가 너무나도 생생하게 기억하는 그해 여름의 기분 좋은 특징들 중하나는 날씨였는데, 마치 영원히 봄 속에 갇혀 버린 듯 햇살이 따사롭고 온화하며 꽃향기가 가득했다. 내 젊음이 물이 다빠져 버린 갯벌같이 느껴지던 때라 나는 날씨라도 화창한 것이 고마웠다. 스물두 살의 나이로 작가가 되겠다고 바둥거리던 나는, 황홀하고 맹렬한 불길로 열여덟 살의 나를 거의 다태워 버린 그 창작열이 가슴속에서, 아니면 허기진 열망이 깃들어 있는 그 어떤 곳에서 서서히 타 들어가 이제는 가녀린작은 불씨 정도만 남은 희미한 표시등이 되어 버린 것을 알고있었다. 더 이상 글을 쓰고 싶지 않았다는 것이 아니다. 나는 여전히 그토록 오랫동안 내 머리를 떠나지 않는 그 소설을 완성할 수 있기를 간절히 바랐다. 하지만 처음 몇 문단 정도를 괜찮게 써 내려간 다음에는 더 이상 나아갈 수 없었다. 거트루드 스타인이 '로스트제너레이션'에 속한 잘 알려지지 않은 작가에 관해 한 말을 빌리자면, 내 안에는 시럽이 있지만 그것이 쏟아져 나오지 않고 있었다. 설상가상으로 직업도 없고 돈도 거의 없어서, 자진해서 브루클린의 플랫부시로 망명길에 오를 수밖에 없었고, 다른 남부 출신들처럼 쓸쓸하고 야윈 방랑자가 되어 유대인의 왕국[1]을 떠돌아다니게 되었다.

나를 스팅고라고 불러 주면 좋겠다. 스팅고는 당시 사람들이 행여라도 나를 부를 일이 있을 때 사용하던 별명이다. 이 별명의 유래는 내 고향 버지니아주에서 중·고등학교를 다닌 때로 거슬러 올라간다. 어머니가 돌아가신 후 실의에 빠진 아버지는 나를 다루기 힘들어지자 당시 열네 살이던 나를 그 쾌적한 학교로 보냈다. 단정치 못했던 나는 위생에 대해서도 무관심했던 것이 분명해서, 곧 스팅키[2]라고 불리게 되었다. 그러나 세월이 흘렀다. 모든 것을 닳게 하는 시간의 작용과 습관의 급진적인 변화가 어우러져(정말 나는 민망할 정도로 청결을 유지하는 것에 집착하게 되었다.) 거칠고 퉁명스러운 마지막 음절은 서서히 무뎌졌고, 좀 더 매력적인, 아니 좀 덜 거슬리고 확실히 경쾌한 느낌이 나는 이름이 되어 버렸다. 삼십 대에 들

---

1) 플랫부시는 유대인 밀집 지역이다.
2) Stinky, '악취가 나는'이라는 뜻.

어서는 무슨 이유에서인지 이 별명과 결별하게 되었는데, 스팅고라는 이름이 희미한 유령처럼 갑자기 증발해 버렸는데도 나는 그 상실에 무관심했다. 그러나 지금 이야기하는 그때만 해도 나는 아직 스팅고였다. 이 이야기의 초반에 이 별명이 나오지 않는 것이 당혹스럽게 느껴진다면, 그것은 내가 언덕 위 동굴에 숨어 사는 미친 은둔자처럼 그 어떤 이름으로도 불린 적이 거의 없던 내 인생의 음울하고 외로웠던 시기에 대해서 쓰고 있기 때문이라고 이해해 볼 수도 있겠다.

나는 직장(내 인생에서 군 복무를 제외하고는 처음이자 마지막으로 가져 보았던, 돈을 받는 직장)에서 해고당한 것이 기뻤다. 이 해고가 이미 바닥을 보이던 재정 상태에 심각한 위해를 끼쳤음에도 불구하고 말이다. 지금 와서 돌이켜 보면 내가 언제 어디서든 사무직에는 절대로 맞지 않는다는 사실을 그렇게 빨리 알게 된 것이 다행이라는 생각도 든다. 사실 처음에 그 직장을 얼마나 선망했는지 생각해 보면 불과 입사 오 개월 만에 받은 해고 통지를 그렇게 선선히 받아들이고 안도감까지 느낀 나 자신이 좀 놀랍기까지 하다. 1947년 당시에는 일자리가, 특히 출판업계의 일자리가 부족한 상황이었지만, 행운의 여신이 도운 덕에 나는 업계 최대의 출판사들 중 한 군데에 취직되었고, 거기에서 '부(副)편집자'(원고 검토자를 일컫는 완곡한 표현)로 일하게 되었다. 달러화가 지금보다 훨씬 더 가치 있었던 당시에 고용주가 모든 것을 좌지우지했다는 사실은 주당 40달러라는 내 급료만 보더라도 알 수 있다. 원천 징수 된 세금을 빼고 나면, 급료를 관리하는 곱사등의 작은 여자가 금요일마다 내 책상 위에 올려놓는 그 핏기 없는 푸른색 수표는 내가 시간당 90센트가 약간 넘는 급료를 받는다는 것을 의미했다. 그러나 나는 세계에서 가장 큰 영향력과 재력을 자랑하는 출판사들 중 하나가 제3세계 하급 노동자들이 받을 법한 급료를 지급한다는 사실에 전혀 낙담하지 않았다. 젊고 활기에 넘쳤던 나는 숭고한 목표 의식을 가지고(적어도 처음에는) 일에 매달렸다. 게다가 '21'에서 점심을 먹고, 존 오하라와 저녁 식사를 하고, 정숙한 자태에 재기 넘치면서도 세속적인 여성 작가들이 편집자로서의 내 예리한 통찰력에 녹아나는 모습을 본다든지 하는, 급료 외의 보답도 있을 수 있었다.

그런 일은 절대로 일어나지 않을 것임이 곧 분명해졌다. 우선 양돈, 장례학, 플라스틱 사출 성형과 같은 다양하고 이해할 수 없는 분야에서 교과서와 입문서, 수십 종의 기술 잡지를 출판함으로써 커다란 부를 축적해 온 출판사는 곁다리로 소설과 논픽션을 출판하기 위해 나 같은 아마추어 미학자의 노동력을 필요로 했지만, 이 출판사에서 책을 내는 작가들 중에 진지한 문학 애호가가 주목할 만한 작가는 거의 없었다. 예를 들어 내가 입사했을 당시, 출판사가 가장 주목받고 있다고 선전한 작가는 2차 세계 대전 참전 경력이 있는 퇴역한 함대 사령관과, 대필해서 낸 『내 탓이오』가 베스트셀러 목록의 중위권에 머물러 있던, 놀랄 정도로 지저분한 전 공산주의자였다. 존 오하라 정도의 작가는(개인적으로 우상시하던 유명한 작가는 훨씬 더 많았지만, 내게는 오하라가 젊은 편집자가 어울려 술이라도 한잔할 수 있는 작가를 대표했다.) 눈을 씻고 찾아봐도 없었다.

게다가 내게 맡겨진 일도 문제였다. 당시 내가 일한 맥그로힐 출판사는 아주 오래도록 기술 분야에서 방대한 양의 서적을 내서 성공을 거두었지만 문학 분야에서의 명성은 전무했던 터라, 내가 근무한 소규모의 대중 도서 부서가 스크리브너나 크노프 같은 명성을 열망한다는 사실은 업계에서 농담거리로나 오르내릴 뿐이었다. 이것은 어느 정도는 마치 몽고메리 워드나 매스터스 같은 거대한 판매업체가 뻔뻔하게도 고급 모피 상점을 차려 놓고, 업계 종사자라면 누구나 염색한 일본산 비버 모피라는 것을 아는데도 밍크와 친칠라 모피라고 속여서 팔아먹는 것과 같았다.

사무실에서 말단으로 단조롭고 힘든 일이나 해야 했던 나는 조금이라도 괜찮은 원고를 읽을 기회를 얻지 못했을 뿐만 아니라, 한심하기 짝이 없는 소설과 논픽션만 억지로 읽어 내면서 하루하루를 버텨 나갈 수밖에 없었다. 이를테면 여기저기 커피 얼룩과 지문이 어지럽게 묻어 있는 해머밀 본드[3] 원고 뭉치 같은 것이었는데, 그 낡고 더러운 모습을 보면 작가가 (아니면 대행사가) 아주 필사적이고 맥그로힐을 마지막으로 기대 볼 출판사로 삼았음을 쉽게 알 수 있었다. 그러나 젊은 나이인 데다 영문학 전공자로서의 자부심까지 있던 나는 문자화된 모든 말은 최고의 진지함과 진실을 담고 있어야 한다고 매슈 아널드[4]처럼 가혹할 정도로 까다롭게 주장했고, 자기

---

3) 제지 회사 이름.
4) 영국의 시인, 비평가, 교육자.

털 속에서 이를 잡아내는 원숭이처럼 오만하고 추상적인 혐오감을 품고 1000여 명이나 되는 무명작가들의 실낱같은 외로운 열망을 담은 이 버려진 자식들을 대했다. 나는 완강하고 날카롭고 냉혹하고 화가 나 있었다. 나는 맥그로힐 건물(웨스트 42번가에 있는, 건축학적으로는 인상적이지만 정신적으로는 사람을 무기력하게 만드는 초록색 고층 건물)의 20층, 사방이 유리로 막힌 작은 공간에 앉아서, 『모호함의 일곱 가지 유형』을 막 다 읽어 낸 사람이나 느낄 수 있는 경멸을 책상 위에 수북이 쌓인 안쓰러운 원고들에, 희망과 절름발이 비문(非文)으로 가득 찬 원고들에 쏟아부었다. 하지만 아무리 형편없어도 각각의 원고에 대해 적당한 분량으로 소개 보고서를 써야 했다. 처음에는 이 일이 유쾌했고, 나는 이 원고들에 심술궂은 보복을 가하는 것을 진정으로 즐겼다. 그러나 시간이 지남에 따라, 어느 것 하나 다를 바 없는 원고들의 평범함에 심술궂음도 시들해졌고, 매일 반복되는 일상과 줄담배와 스모그로 가득 찬 맨해튼의 풍경과 다음과 같은 냉혹한 보고서들을 쉴 새 없이 쳐대야 하는 일에 지쳐 갔다. 다음 보고서는 그 무미건조하고 우울했던 시절에서 무사히 구출해 낸 것이다. 무엇 하나 더하거나 뺀 것 없이 있는 그대로 싣는다.

『거머리말은 길게 자란다』, 에드모니아 크라우스 비어스티커 작, 소설

뉴저지주 남부 모래언덕과 덩굴 월귤나무들 사이에서 일어나는 사랑과 죽음. 대규모 월귤 농장의 상속자이자 프린스턴

대학교를 갓 졸업한 젊은 남자 주인공 월라드 스트라서웨이는 오랜 좌파이자 월귤 농장 근로자들의 파업을 주도한 에즈라 블레인의 딸인 라모나 블레인과 열렬히 사랑하는 사이다. 구성은 매력적이고 복잡한데, 이는 대체로 월라드의 갑부 아버지인 브랜던 스트라서웨이가 에즈라 블레인을 처치하려고 꾸미는 음모 덕분이다. 어느 날 아침 에즈라의 시체가 끔찍하게 수족이 잘린 상태로 월귤 따는 기계 안에서 발견된다. 이 일은 "상당한 교활함과 우아함 외에도 프린스턴 출신다운 놀라운 논쟁 능력"을 가진 것으로 묘사되는 월라드와 "연약하고 부드러운 외모 속에 터질 것 같은 욕정을 가까스로 숨기고 있는" 라모나의 격렬한 논쟁과 파국을 가져온다.

보고서를 쓰는 지금도 놀란 가슴을 다스리기 어려운 나는 이 소설이 이제까지 여성이나 야수가 쓴 소설들 중에서 최악일 것이라고 말할 수 있을 뿐이다. 주저 없이 출판 거절을 요망한다.

이 얼마나 영리하고 거만한 젊은이인가! 이 무기력하고 소외되고 문학적인 소양이 결여된 새끼 양들의 창자를 도려내면서 나는 만족감에 얼마나 낄낄대고 웃었는지 모른다. 나는 잘해 봐야《리더스 다이제스트》같은 데나 인용될 수 있을 쓰레기 같은 흥미 위주의 책들을 출판하는 맥그로힐의 갈비뼈에 슬쩍 칼을 들이대면서도 두려운 줄을 몰랐다.(어쩌면 이런 익살이 나의 몰락에 기여했을 텐데도 말이다.)

『배관공의 여편네』, 오드리 와인라이트 스마일리 작. 논픽션

이 책에서 유일하게 마음에 드는 것은 맥그로힐의 입맛에 딱 맞는, 눈길을 끌어당기는 저속한 제목이다. 저자는 제목에서도 짐짓 수줍게 드러냈듯이, 배관공과 결혼해 매사추세츠주 우스터 교외에 살고 있는 실제 인물이다. 쪽마다 웃음을 자아내려고 애를 쓴 것이 역력한데도 안쓰러울 정도로 재미가 없는 이 무식한 여성의 백일몽들은 비천하기 짝이 없는 현실 생활을 낭만적으로 포장하려는 시도에 불과하고, 작가는 자기 가정의 우스꽝스러운 일상사를 뇌 수술 전문 외과의의 가정사와 동일시하려고 애쓰고 있다. 그녀의 지적에 따르면, 외과 의사처럼 배관공도 밤낮을 가리지 않고 부름을 받으면 뛰어가야 한다. 외과의 일이 그렇듯이 배관공 일도 상당히 복잡하며 세균에 노출되는 일이다. 그리고 둘 다 악취를 풍기며 집으로 들어오는 일이 다반사다. '둥둥, 욕조 속의 금발 미녀', '신경의 배수구',(배수구라니, 이해가 가는가?) '물 내리는 시절', '녹(綠)에 관한 연구' 등과 같은 각 장별 소제목은 외설적이라고 하기에도 빈약하고 한심하기 이를 데 없는 유머 감각을 보여 준다. 이 원고는 유난히 너덜너덜하고 책장마다 모서리가 접힌 상태로 도착했는데, 작가의 편지에 따르면, 하퍼, 사이먼 앤드 슈스터, 크노프, 랜덤하우스, 모로, 홀트, 메스너, 윌리엄 슬로언, 라인하트, 그 밖에 여덟 군데의 출판사를 거쳤다고 한다. 같은 편지에서 작가는 자신의 전 생애를 담은 이 원고가 출판되기를 간절히 바란다고 말하면서 자살을 할 수도 있다고 넌지시 협박한다.(농담이 아니라 진짜로!) 누군가의 죽음의 원인이 되기는 정

말 싫지만 이 책은 절대로 출판되어서는 안 된다는 것이 내 생각이다. 거절 요망!(왜 내가 이런 쓰레기 같은 원고를 계속 읽어야 하는가?)

내 보고서를 모두 읽은 내 위의 수석 편집자가 우리를 고용한 출판사에 대해서 그리고 그 거대하고 영혼 없는 제국이 지향하는 모든 것에 대해서 나처럼 환멸을 느끼지 않았다면, 나는 앞의 보고서 마지막에서 한 것 같은 말을 할 수 없었을 것이고 그렇게 짓궂은 방식으로 맥그로힐을 넌지시 비난하지도 못했을 것이다. 항상 졸린 눈에 패배자처럼 보이지만 지적이고 기본적으로 유머 감각이 있는 아일랜드인인 파렐은 여러 해 동안 맥그로힐에서 《월간 기포 고무》,《의치학의 세계》,《농약 소식》,《미국 노천 채광부》 같은 산업 관련 정기 간행물 부서에서 근무하다가, 쉰다섯쯤이 된 후로는 비교적 덜 바쁘고 만만한 대중 도서 부서로 내쳐져, 사무실에 앉아 파이프 담배를 빨면서 예이츠와 제러드 맨리 홉킨스[5]를 읽고, 인내심을 가지고 내 보고서를 훑어보고, 짐작건대 조기 퇴직을 한 후 오존 파크에서 여생을 즐기는 것에 대해 열심히 생각하고 있었다. 내가 쓴 보고서의 일반적인 어조와 맥그로힐에 대한 은근한 조롱은 그를 화나게 하기는커녕 즐겁게 해 주었다. 이미 오래전부터 파렐은 야망 없이 빈둥거리며 조용히 사는 것에 익숙해졌는데, 출판사는 마치 거대한 벌통처럼 서서히 직원들을,

---

5) 영국의 시인.

야심만만한 직원들조차 마비시켜 이런 삶에 익숙해지게 만들었다. 출판할 만한 원고를 찾아낼 가능성이 1만분의 일도 안 된다는 것을 알던 그는 내가 소개 보고서를 쓰면서 조금 장난을 치더라도 해될 것이 없다고 생각했던 것 같다. 좀 더 긴 보고서들 중 하나는(가장 긴 것은 아니지만) 아직도 소중하게 보관하고 있는데, 그것은 유일하게 동정심 비슷한 것을 담고 있어서 그랬던 것 같다.

『하랄트 하르파게르: 북유럽의 전설』, 군다 퍼킨 작. 시

군다 퍼킨은 필명이 아니라 본명이다. 형편없는 작가들의 이름 중에는 이상하게 들리거나 일부러 만든 것 같은 이름이 많은데, 알고 보면 본명인 경우가 허다하다. 이것이 어떤 의미를 가질 수 있을까? 『하랄트 하르파게르: 북유럽의 전설』이라는 원고는 우편이나 대행사를 통해 불쑥 들이닥친 것이 아니라 작가가 직접 들고 왔다. 퍼킨은 일주일 전쯤 원고가 든 상자와 여행 가방 두 개를 들고 손님 대기실로 들어섰다. 마이어스 양이 그가 편집자를 만나고 싶어 한다고 전해 줬다. 그는 예순쯤 되었을까, 보통 체격에 약간 구부정하지만 강단 있어 보였고, 바깥에서 비바람을 맞으며 살아온 듯한 얼굴에 회색 눈썹이 덥수룩했고 부드러운 입술에 이제까지 내가 본 것 중 가장 슬프고 무언가를 갈망하는 눈을 하고 있었다. 농부들이 잘 쓰는 검은 가죽 모자를 썼는데, 귀를 푹 덮는 귀덮개와 모로 깃을 댄 두꺼운 바람막이 가죽이 뒤통수를 완전히 가려 주었다. 손은 엄청나게 컸고 손가락 마디는 벌겋고 툭 불거져 있었다. 코에는

콧물이 조금 흘러나와 있었다. 원고를 맡기고 싶다고 했다. 굉장히 피곤해 보였고, 어디서 왔냐고 묻자 노스다코타주 터틀레이크라는 곳에서 4박 3일에 걸쳐 버스를 타고 와서 방금 뉴욕에 도착했다고 했다. 단지 원고를 전해 주기 위해서요? 하고 묻자, 그는 그렇다고 했다.

그러고는 묻지도 않았는데 맥그로힐이 처음으로 방문하는 출판사라고 알려 주었다. 군다 퍼킨처럼 출판계에 대해 별로 아는 바가 없는 작가들에게조차 이 출판사가 1순위로 선택되는 일은 드물었기 때문에 상당히 놀랐다. 어떻게 그런 의외의 선택을 하게 되었냐고 묻자, 그는 어쩌다 보니 그렇게 되었을 뿐이라고 했다. 사실 그는 맥그로힐을 맨 먼저 방문할 생각은 아니었다. 버스가 몇 시간 동안 미니애폴리스에 머물렀을 때, 전화 회사를 찾아갔더니 맨해튼에 있는 기업들의 업종별 전화번호부가 있었다. 필요한 페이지를 찢어 내는 것 같은 무례한 행동은 하기 싫었던 그는 한 시간 정도를 들여 뉴욕에 있는 수십 군데의 출판사 이름과 주소를 일일이 연필로 적었다. 그의 계획은 알파벳순으로(애플턴부터 시작하려 했을 것이다.) 지프데이비스까지 차례대로 방문하는 것이었다. 그러나 그날 아침 긴 여행 끝에 여기서 동쪽으로 한 블록 떨어진 포트 어소리티 버스 정류장에 내려 올려다보니 맥그로힐이라는 거대한 광고판이 걸린 창립자 맥그로의 에메랄드빛 고층 빌딩이 서 있었다. 그래서 곧장 이곳으로 온 것이었다.

이 늙은 남자가 너무나 지치고 당혹해하는 것 같아서(나중에 들은 얘기로는 미니애폴리스 동부로는 한 번도 와 본 적이 없다고 한다.) 아래층 카페로 데리고 가서 커피라도 대접해야겠다는 생각이 들었다. 커피를 마시는 동안 그는 자신에 대해서 이야기했다. 그는 노르웨이에서 이민 온 부모에게서 태어나(원래 성은 '퍼킹(Firking)'이었는데 어쩌다 보니 g 자가 잘려 나갔다고 했다.) 평생을 터틀레이크 근교에서 밀 농사를 지으며 살았다. 이십 년 전 그가 마흔 살쯤 됐을 때, 한 채탄 회사가 그의 땅 밑에 막대한 양의 석탄이 매장되어 있는 것을 발견했고, 채탄을 하지는 않았지만 땅을 장기 임대해서 그는 여생을 돈 걱정 없이 살게 되었다. 그는 미혼이었고 이제까지 살아온 방식에 너무나 익숙해져서 농사를 그만둘 수는 없었지만, 항상 마음속에 품어 온 일을 시작할 여유를 갖게 되었다. 그는 13세기 노르웨이의 백작인지 공작인지였던 자신의 조상 하랄트 하르파게르의 삶을 바탕으로 서사시를 쓰기 시작했다. 이 말을 듣는 순간 가슴이 철렁 내려앉으면서 안타까운 마음이 들었다는 것은 말할 필요도 없겠다. 그러나 나는 무표정한 얼굴로 듣고 있었고 그는 계속 원고가 든 상자를 쓰다듬으며 말했다. "그래요, 선생. 이십 년 동안 써 온 작품이오. 그게 여기 있는 거예요. 바로 여기."

나는 곧 마음을 바꿨다. 그는 겉모습은 촌스럽기 그지없었지만, 지적이고 매우 논리정연했다. 시그리드 운세트와 크누트 함순 그리고 햄린 갈랜드, 윌라 캐서 같은 중서부 출신의 견실한 소설가들의 작품을 좋아한다고 했지만, 책을(주로 노르웨이의 신화에 관한) 상당히 많이 읽은 것 같았다. 내가 아직 덜 갈고

닦인 천재를 발견한 것일까? 휘트먼 같은 위대한 시인도 처음에는 촌스러운 기인의 모습으로 별 볼 일 없는 원고를 사방에 뿌리고 다니지 않았는가. 어쨌든 오래 이야기를 나눈 후에(어느새 나는 그를 군이라고 부르기 시작했다.) 나는 기꺼이 작품을 읽어 보겠지만 맥그로힐이 시에는 그다지 큰 관심을 두지 않는다고 말해 주었고, 함께 엘리베이터를 타고 다시 위층으로 올라갔다. 거기서 끔찍한 일이 벌어졌다. 그에게 이십 년 동안이나 쓴 원고이니 빨리 답을 들었으면 하는 마음일 것임을 안다고, 그러니 원고를 신중히 읽어 보고 며칠 안에 답을 주겠다고 말하면서 작별 인사를 하는데, 그가 여행 가방 두 개 중 한 개만을 들고 떠나려 하는 것이 눈에 띄었다. 이 사실을 말하자 그가 그 근엄하고 무언가를 갈망하며 고뇌에 찬 오지 농부의 눈으로 나를 바라보며 말했다. "아, 아실 줄 알았는데. 저 가방에는 내 전설의 나머지 부분이 들어 있어요."

진지하게 하는 말인데, 그것은 이제까지 인간이 쓴 것 중 가장 긴 문학 작품임이 틀림없다. 나는 그 원고를 우편실로 가져가 거기서 일하는 소년한테 무게를 재 달라고 했다. 총 무게가 16킬로그램이나 되어서 2킬로그램이 넘는 해머밀 본드 상자로 일곱 개나 나왔고, 총 3850쪽이나 되었다. 작품 하나가 마치 영문학의 한 장르를 이루는 것 같았다. 그는 혹독하게 추운 다코타 초원에서 이십 년 동안이나 밤낮을 가리지 않고, 서스캐처원에서 불어오는 사나운 바람이 흔들리는 밀 포기 사이를 울부짖으며 지나가는 동안, 고대 노르웨이를 꿈꾸며 이 서사시를 휘갈겨 써 내려간 것이다. 이 놀라운 진실을 알지 못하는 사람이라면 드라이든이 스펜서를 조롱하듯 흉내 내면서 쓴 것이라고 생각할 것이다.

아, 그대, 위대한 지도자 하랄트여, 그대의 슬픔은 그 얼마나 큰가!
당신을 위해 그녀가 만든 꽃다발은 어디 있는가?

늙어 가는 이 총각은 선풍기가 질식할 것 같은 초원의 열을 휘젓는 동안 서서히 4000째 연(聯)에 다가갔다.

이제 노래하라, 거인들과 니벨룽들이여,
하랄트가 그녀를 찬미해 만든 노래는 더 이상 부르지 말라.
너희 조상이 만든 슬픈 노래를 부르라.
오, 암울한 저주여!
지금이야말로 죽음을 맞을 때다, 아니 오래전에 그랬어야 했다.
오, 슬픔에 찬 시여!

입술이 떨리고 눈이 흐려진다. 더 이상 읽을 수 없다. 군다 퍼킨은 알곤퀸 호텔에서(그는 내가 별생각 없이 한 제안을 받아들여 그곳에 방을 잡았다.) 전화를 기다리고 있다. 그러나 나는 너무도 두려워서 도저히 전화를 할 수 없다. 유감스럽지만, 심지어 비통함마저 들지만, 거절해야 한다는 것이 내 결론이다.

어쩌면 내가 세워 놓은 기준이 너무 높았을 수도 있고 아니면 원고들의 수준이 너무 형편없어서였을 수도 있겠지만, 어쨌든 나는 맥그로힐에서 근무하던 오 개월 동안 검토한 원고들 중에서 단 한 편도 출판을 권고한 기억이 없다. 그러나 얄궂게도 내가 거절한 후 (적어도 내가 아는 바로는) 나중에야 출판사를 찾아낸 한 편의 원고는 알려지지 않고 읽히지 않은 채로 잊혀 버리지 않았다. 그 후로 나는, 내가 맥그로힐을 나온 지 일 년쯤 후에 이 책이 시카고에 있는 어느 출판사에서 출판되어 나왔을 때, 파렐이나 다른 임원들이 어떤 반응을 보였을지 상상해 보곤 했다. 분명히 임원들 중 누군가의 머리에 내가 쓴 보고서가 떠올랐을 것이고, 그래서 파일을 뒤져서 보고서를 찾아냈을 것이고, 독단적이고 건방지며 불길한 어조로 쓰인 나의 냉정한 거절 보고서를 다시 읽으며 잔혹한 절망감과 상실감을 동시에 느꼈을 것이다.

…… 그래서 이 쓸쓸한 몇 달을 보낸 후 울화나 두통 혹은 구역질을 일으키지 않는 산문 형식의 원고를 찾아낸 것에 대단히 안도하게 되며, 바로 그런 점에서 이 작품은 칭찬을 받아 마땅하다. 뗏목을 타고 표류하는 사람들이라는 소재는 충분히 매력적임에 틀림없다. 그러나 대체로 이 원고는《내셔널 지오그래픽》같은 잡지에 과감하게 줄인 요약본으로 실리면 딱 좋을, 길고 장엄하고 지루한 태평양 항해 이야기일 뿐이다. 대학 출판부라면 이 원고를 살지 모르겠지만, 분명히 우리에게 어울리는 작품은 아니다.

내가 이런 식으로 냉정하게 다룬 작품은 현대 모험 문학의 위대한 고전으로 평가받는 『콘티키』였다. 그 책이 놀랍게도 몇 달 후 몇 주 동안이나 베스트셀러 1위 자리를 놓치지 않는 것을 보면서, 나는 맥그로힐이 시간당 90센트보다 많은 보수를 지불했다면 나도 좋은 작품과 형편없는 작품의 차이에 좀 더 민감했을지도 모른다고 혼잣말을 하며 나의 안목 부족을 합리화할 수 있었다.

그때 내가 살던 곳은 그리니치빌리지 웨스트 11번가, 유니버시티 레지던스 클럽이라는 건물에 있는 가로 2미터 반, 세로 4미터 반의 비좁은 객실이었다. 뉴욕에 도착하자마자 이곳에 자리를 잡은 것은 건물의 이름 때문만이 아니라(그 이름은 아이비리그 학교에 다니는 학생들과 《뉴 리퍼블릭》, 《파르티잔 리뷰》 같은 잡지들이 흩어져 있는 베이지색 천을 깐 라운지 탁자, 메시지를 전하고 온갖 심부름을 해 주는 프록코트를 입은 늙은 하인들의 모습을 떠올리게 했다.) 주당 10달러라는 저렴한 객실료 때문이기도 했다. 물론 아이비리그 어쩌고 하는 것은 바보 같은 환상이었다. 유니버시티 레지던스 클럽은 싸구려 여인숙보다 조금 나은 정도였고, 자물쇠 달린 문이 있어 명목상으로나마 프라이버시가 지켜진다는 점에서만 바우어리 호텔과 차이가 날 뿐이었다. 객실료를 비롯해서 그 밖의 다른 모든 것은 싸구려 여인숙보다 조금 나은 정도에 지나지 않았다. 그러나 어울리지 않게도, 위치는 환상적이었다. 4층, 건물 뒤쪽에 있는 내 방에서 검댕이 덕지덕지 낀 하나뿐인 창문으로 내다보면 웨스트 12번가에 있는 저택의 멋진 정원이 내려다보였고, 때때로 나는 그 정원의 주인들로 보이는 사람들을 훔쳐보곤 했다. 나는 아직 젊고 싹싹해 보이는 남자를 《뉴요커》나 《하퍼스》의 촉망받는 기자라고 상상했다. 생기발랄하고 놀랄 정도로 균형 잡힌 몸매에다 금발인 그의 아내는 바지나 수영복 차림으로 정원을 뛰어다니기도 하고, 때로는 지나치게 손질을 잘한 우스꽝스러운 아프가니스탄산 사냥개와 장난을 치며 놀기도 하고, 애버크롬비 앤드 피치 해먹에 팔다리를 쭉 뻗고 누워 있기도 했는데, 나는 단단하고 조용하고 느리고 정확하게 욕망이 몸속에서 일어날 때마다 그녀와 한바탕 일을 벌이는 상상을 하곤 했다.

그때는 섹스, 아니 섹스의 부재와 이 거들먹거리는 것 같은 작고 멋진 정원이 그곳에 사는 사람들과 힘을 합쳐 유니버시티 레지던스 클럽의 퇴락한 모습을 더 참을 수 없게 만들고, 가난하고 소외된 외로운 내 처지를 더 비참하게 만드는 것 같았다. 전부 남자인 투숙객들은 대부분 중년 이상으로 한 발만 잘못 내딛으면 지저분한 거리로 나앉을 판인 떠돌이나 낙오자들이었고, 칠이 흉하게 벗겨지고 있는 비좁은 복도를 지나갈 때면 시큼한 술 냄새와 절망이 새어 나왔다. 친절한 늙은 수위 따위는 없었고 하나같이 햇빛이라곤 본 적이 없는 청록색 파충류 같은 접수계 직원들이 로비를 지켰으며, 로비에는 조그만 전구 하나만 달랑 머리 위에서 희미하게 깜박였다. 엘리베이터라고는 낡아서 삐걱거리는 것 한 대뿐이었는데, 끝도 없는 듯한 시간이라고 느끼며 4층까지 엘리베이터를 타고 올라가면서 보면 그 안에 탄 사람들은 연방 기침을 해 대고 치질로 고생을 하는지 뒤를 긁어 대기도 했다. 그해 봄, 밤이면 밤마다, 나는 반쯤은 미쳐 버린 은둔자처럼 그곳 4층 비좁은 방에 나 자신을 가둬 놓았다. 어쩔 수 없이 그렇게 지내게 된 것뿐이었는데, 밤에 나가 즐길 만한 돈이 없었을 뿐만 아니라 대도시에 갓 입성한 사람으로서 자긍심에 차서 스스로 사람들과 거리를 두었다기보다는, 수줍음 때문에 친구를 사귈 기회도 그럴 용기도 없었기 때문이다. 과거 몇 년 동안 생각 없이 친구들과 이리저리 몰려다녔던 나는 난생처음으로 원치 않는 고독이 주는 고통을 맛봤다. 갑자기 독방에 던져진 중죄인처럼 나는 평소에 깨닫지 못하던 내 안의 영양소들 중 아직 남아 있는 지방을 조금씩 갉아먹었다. 5월의 어느 해 질 녘, 유니버시티 레지던스 클럽에서 이제까지 발견한 것 중 가장 큰 바퀴벌레가 『존 던 문학 전집』 위를 가로지르는 것을 보면서 갑자기 외로움과 마주하게 되었고, 그것이 아주 냉혹하고 흉한 얼굴을 하고 있음을 깨달았다.

그래서 당시 몇 달 동안 나의 저녁 일정은 달라진 적이 거의 없었다. 5시에 맥그로힐 건물을 나가, 5센트를 내고 8번로 지하철을 타고 빌리지스퀘어까지 가서 내린 후에는 곧장 모퉁이에 있는 식품점으로 가서 예산에 엄격한 내 마음이 허락하는 최고 한도인 라인골드 세 캔을 샀다. 그러고는 내 작은 방으로 돌아가 거의 투명해 보일 정도로 세탁된 클로록스 냄새가 나는 시트가 깔린 골 진 매트리스 위에 쭉 뻗고 누워, 마지막 캔의 맥주가 미지근해질 때까지 한 시간 반 정도 책을 읽었다. 다행히도 아직 독서에 대한 열정이 남아 있는 나이였고, 절대 고독이 다가오지 못하도록 견제하는 데는 행복한 결혼을 제외하고는 독서가 최선의 방법이었다. 책이 없었다면 그 수많은 저녁을 견뎌 내지 못했을 것이다. 그러나 나는 버려진 독자였고, 게다가 이상스럽게도 온갖 분야의 책을 다 좋아했으며, 문자화된 단어, 거의 모든 단어에 대단한 친밀감을 느껴서, 책을 읽으면 거의 성애에 가까운 흥분을 느꼈다. 이것은 조금도 과장 없이 말 그대로인데, 젊은 시절에 나처럼 이런 특이한 흥분을 느꼈다고 고백한 몇몇 사람들의 글을 읽지 못했다면, 삼십 분 정도 업종별 전화번호부를 뒤적이며 놀 수 있다는 기대만으로도 약간이지만 분명히 눈에 띌 만큼 내 성기가 발기되었던 적도 있다는 말을 함으로써 경멸이나 의심을 자초하는 일은 하지 않았을 것이다.

어쨌든 나는 계속 책을 읽다가(『화산 아래서』는 그해 봄 나를 사로잡은 것으로 기억되는 책들 중 하나다.) 8시나 9시쯤 되면 저녁을 먹으러 나가곤 했다. 정말 형편없는 음식들이었다! 아직도 내 입에는 빅포스에서 먹은 솔즈베리 스테이크나 리커스에서 먹은 양파와 햄을 넣은 오믈렛의 느끼한 뒷맛이 남아 있는 것 같다. 리커스에서 오믈렛을 먹는데 거의 흐물흐물해져 형체가 없는 녹색 깃털과 작은 부리가 나와 기절할 뻔한 적도 있었다. 아테네 스테이크 식당에서 먹은 양고기 구이에서는 종기 덩어리 같은 물렁뼈가 보이기도 했고, 고기 자체는 늙은 양 맛이 났다. 으깬 감자는 끈적끈적하고 역겨운 맛이 났는데 창고에서 말라 가던 정부의 비축 농산물을 슬쩍 빼 와 그리스인의 기지로 다시 살려 낸 것이 분명했다. 그러나 나는 다른 많은 일에 대해 그랬듯이 뉴욕의 요리에 대해서도 문외한이었기 때문에, 오랜 시간이 흐르고 나서야 뉴욕에서 1달러 아래로 먹을 수 있는 최상의 음식은 화이트 타워에서 먹는 햄버거 두 개와 파이 한 쪽이라는 사실을 알게 되었다.

골방으로 돌아가면 나는 급히 책을 집어 들고 또다시 공상의 세계에 몸을 내던져 새벽이 될 때까지 책을 읽었다. 그러나 마지못해 집으로 가져간 '숙제', 즉 곧 나올 맥그로힐의 책 표지에 실릴 홍보 문구 작성을 해야 할 때도 있었다. 사실 내가 애초에 맥그로힐에 취직된 것도 이미 출간된 맥그로힐의 학술서인 『크라이슬러 빌딩 이야기』 홍보 문구 가안 때문이기는 했다. 파렐에게 깊은 인상을 준 서정적이면서도 힘이 넘치는 내 문구가 일자리를 얻는 데 주요한 역할을 했을 뿐만 아니라 앞으로 나올 책에 대해서도 내가 그같이 멋진 문구를 만들어 낼 수 있을 것이라고 믿게 했다. 파렐이 내게 실망했던 것들 중 하나는 내가 단 한 번도 그 영광을 되풀이하지 못했다는 것이다. 하지만 파렐은 전혀 몰랐지만 나는 어느 정도 알았듯이 그것은 맥그로힐에 퍼져 있는 절망과 무력감의 증후군이 갓 입사한 내게도 전염되었기 때문이다. 이 사실을 인정하기 싫었던 나는 이 직업이 가진 현실과 이상의 차이를 혐오하기 시작했다. 나는 편집자가 아니라 작가였다. 그것도 내 마음을 갈기갈기 찢어 내 그 한 조각을 가질 힘이 있었던, 그리고 매일 밤 홀로 아니면 함께 나타나 무엇에도 비교할 수 없는 숭고한 직업의 세계로 들어오라고 내게 손짓하던 멜빌이나 플로베르, 톨스토이나 피츠제럴드 같은 열정과 비상하는 날개를 가진 작가였다. 그래서 책 표지에 들어갈 홍보 문안을 만드는 작업은 비참함을 느끼게 할 뿐이었는데, 특히 내게 맡겨진 책들이 문학이 아니라 그 정반대인 상업에 관한 책이었기 때문이다. 끝내지 못한 문안들 중 하나는 이런 식이었다.

아메리칸드림의 중심에 종이의 로맨스가 있듯이, 제지 역사의 중심에는 킴벌리 클라크라는 이름이 있다. 위스콘신의 호숫가 니나라는 조용한 마을에서 작은 제지 공장으로 시작한 킴벌리 클라크 주식회사는 이제 세계 최대의 제지 회사들 중 하나가 되었으며, 13개 주와 8개국에 제지 공장을 두고 있다. 수많은 인간의 욕구를 충족시키는 킴벌리 클라크의 다양한 상품들은(그중에서 가장 유명한 것은 두말할 것 없이 크리넥스다.) 우리에게 너무나 익숙한 것이 되어서 그 이름이 일반명사의 영역에 편입될 정도다…….

이런 문단 하나를 만들어 내는 데 몇 시간이 걸리곤 했다. '두말할 것 없이 크리넥스'라고 써야 할까, 아니면 '의심의 여지 없이'라고 해야 할까? '수많은' 인간의 욕구가 좋을까, 아니면 '다양한' 욕구가 좋을까? '많은'? '수없이 많은'? 문구를 만들어 내는 동안 나는 좁은 방 안을 미친 듯이 돌아다니며, 산문의 리듬에 맞을 것 같은 단어를 찾아 머릿속에 떠오르는 별 의미도 없는 단어들을 조용히 되뇌어 보았고, 한편으로는 어떤 이유에선지 이 일을 할 때마다 생기는 쓸쓸한 수음(手淫)

욕구와 맞서 싸우기도 했다. 그러다가 마침내 분노에 사로잡혀 비버보드 벽에 대고 큰 소리로 "안 돼! 안 돼!"라고 외치고는, 타자기 앞에 털썩 주저앉아 심술궂게 낄낄거리면서 건방지지만 다행히도 속을 시원하게 해 주는 문구들을 거침없이 쳐 내려가곤 했다.

킴벌리 클라크에 관한 통계 중에는 깜짝 놀랄 만한 것들이 많다.

겨울철 한 달 동안 미국인과 캐나다인 들이 코를 풀 때 사용한 크리넥스 티슈를 쭉 펴서 깔면 45센티미터 두께로 예일 대학교 운동장을 다 채울 수 있을 것으로 추산된다……

단 나흘 동안 미국에서 코텍스를 사용하는 여자들의 질(膣)을 일렬로 세워 보면 보스턴에서 버몬트주 화이트강 합류점에 이르는 거대한 길이의 질이 될 것으로 추산된다…….

다음 날 늘 온화하고 인내심 있는 파렐은 옐로 볼[6]을 빨면서 찡그린 얼굴로 내 글을 한참이고 들여다보다가 "이건 우리가 생각한 글이 아닌 것 같은데."라고 말하고 나서는, 다 이해한다는 듯 씩 웃으며 다시 한번 써 보라고 했다. 아직까지는 완전히 길을 잃은 것이 아니었고, 장로교 윤리가 미약하게나마 남아 내게 영향력을 발휘하고 있어서였는지, 나는 그날 밤 다시 써 보려고 노력했다. 내 모든 열정과 힘을 쏟아부었지

---

6) 파이프 담배 상품명.

만 허사였다. 힘들게 몇 시간을 보내고 나서는 포기하고 포크너의 『곰』이나 도스토옙스키의 『지하 생활자의 수기』 혹은 멜빌의 『빌리 버드』로 되돌아가거나, 무언가를 기대하는 마음으로 창가로 걸어가 마법에 빠진 정원을 내려다보기도 했다. 화창한 봄 맨해튼에 황금빛 저녁놀이 물들 때면, 나는 영원히 꿈도 못 꿔 볼 세련되고 화려한 분위기 속에서, 윈스턴 허니컷 부부(나는 그들에게 이런 멋진 이름을 붙여 주었다.)의 정원에서 향연이 시작되곤 했다. 예를 들어 금발의 마비스 허니컷은 블라우스에 꽉 끼는 꽃무늬 바지를 입고 정원에 등장해 잠시 걸음을 멈추고 붉은 저녁 하늘을 올려다보다가 이윽고 매혹적인 손놀림으로 사랑스러운 머리카락을 쓸어 넘기더니 몸을 구부리고 화단에서 튤립을 땄다. 그녀는 자신이 이렇게 매혹적인 자태를 취함으로써 뉴욕에서 가장 외로운 부편집자에게 무슨 짓을 했는지 알지 못할 것이었다. 내 욕정은 믿을 수 없을 정도로 컸으며, 마치 잡을 수 있는 물건처럼 느껴지기도 했다. 그것은 이를테면 더듬거리며 움직이는 욕망의 작대기 같은 것으로, 허름하고 낡은 건물의 더러운 벽을 타고 기어 내려가 뱀처럼 울타리를 가로질러 음탕한 생각에 힘을 얻어 서둘러 그녀의 탱탱한 엉덩이가 있는 곳까지 가서는 그곳에서 남근에 집착하고 게걸스러운 욕정에 시달리면서도 아직까지는 불안한 침착을 유지하고 있는 나 자신으로 조용히 대변신을 감행하곤 했다. 내 팔이 뒤에서 부드럽게 마비스를 감싸 안고, 내 손은 그녀의 풍만하고 부드럽고 감미로운 가슴을 감싸 쥐었다. "윈스턴, 당신이야?" 그녀가 속삭였다. "아니, 나야." 그녀의 연인인 내가 속삭였다. "후배위로 자기를 즐겁게 해 줄게."
그녀는 이 말에 항상 이렇게 대답했다. "아, 자기야, 좋아. 하지
만 나중에."

　이 광적인 환상 속에서 내가 애버크롬비 앤드 피치 해먹 위
에서 즉시 그녀와 섹스를 하지 못했던 것은 이 정원에 손턴
와일더가 갑자기 도착했기 때문이다. 때로는 e. e. 커밍스나 캐
서린 앤 포터 혹은 존 허시 혹은 맬컴 카울리 혹은 존 P. 마퀀
드가 나타나기도 했다. 그 순간 나의 리비도는 바람 빠진 풍
선이 되어 버리고 정신이 들어, 창가에 서서 갈망하는 마음
으로 정원에서 벌어지는 향연을 음미하고 있는 나 자신을 발
견하곤 했다. 윈스턴 허니컷 부부가, 이 생기발랄하고 사교적
인 젊은 커플에게(우연히 보게 된 그들의 정원처럼 화려한 거실에
는 덴마크식의 모던한 책장에 수많은 장서가 가득 들어차 있어 질
투를 불러일으켰다.) 막대한 재산이 있어서 작가와 시인, 평론
가들과 다른 문학계 인사들과 같은 세상에 살며 서로 어울린
다는 것은 내게 지극히 당연한 일로 느껴졌다. 그래서 부드럽
게 어둠이 깔리고 아름답게 차려입은 신사 숙녀 들이 삼삼오
오 테라스로 모여들어 담소를 나누기 시작하는 저녁이면, 나
는 어두운 그늘 속에 서서 내 불행한 영혼이 출판계의 마법에
걸리기 시작한 후로 줄곧 그려 보던 범접할 수 없는 영웅들의
얼굴을 찾아내곤 했다. 나는 그때까지 출판된 책의 저자를 단
한 명도 만난 적이 없던 터라(앞에서 말한 초라한 행색의 공산주
의자 출신 작가를 빼면 그렇다는 것인데, 언젠가 실수로 맥그로힐
의 내 사무실 문을 불쑥 열고 들어온 그에게서는 마늘 냄새와 더불

어 오랜 걱정과 불안에서 오는 시큼한 땀 냄새가 났다.) 그해 봄 자주 있었고 한번 열리면 오래도록 지속되곤 하던 허니컷 부부의 파티는 사랑에 번민하는 숭배자의 머리를 끊임없이 괴롭혀 온 지극히 광적인 공상에 빠질 수 있는 기회를 마련해 주었다. 윌리스 스티븐스다! 로버트 로웰도 있군! 문 앞에 서서 은근슬쩍 곁눈질을 하고 있는 저 콧수염을 기른 신사는 정말 '포크너'일까? 그가 뉴욕에 있다는 소문이 있었다. 통통한 체격에 하나로 올려 묶은 머리, 게다가 연신 보여 주는 싱긋 웃음. 저 여자는 메리 매카시가 틀림없다. 불그레한 혈색에 심술 궂게 찌푸린 얼굴을 한 땅딸막한 저 남자는 존 치버가 틀림없다. 언젠가 한번은 어스름한 어둠 속에서 어떤 여자가 날카로운 목소리로 "어윈!" 하고 불렀고, 그 이름이 파티를 훔쳐보는 내 더러운 창가까지 올라오자 나는 한순간 놀라서 심장이 멎는 것 같았다. 너무 어두워서 알아볼 수 없었고 내게 등까지 돌리고 있었지만, 존경에 찬 얼굴을 꽃처럼 치켜들고 바라보는 두 여자 사이에 끼여 있는 저 덩치 큰 레슬링 선수 같은 남자가 「여름 옷을 입은 소녀들」[7]을 쓴 바로 그 사람일까?

지금에 와서야 허니컷 부부 저택에서의 황혼 녘 파티에 참석하던 사람들은 틀림없이 광고업계나 월가 아니면 다른 허망한 직업의 종사자들이었으리라고 생각하지만, 그때만 하더라도 내 착각에는 흔들림이 없었다. 그러나 맥그로힐 제국에서 추방당하기 직전인 어느 날 밤, 나는 격렬한 감정의 반전을 겪

---

7) 『야망의 계절』을 쓴 미국 소설가 어윈 쇼의 단편소설.

었고, 이로 인해 다시는 정원을 내려다보지 않게 되었다. 그때 나는 창가에 익숙하게 자리를 잡고 서서 마비스 허니컷의 낯익은 엉덩이에서 눈을 떼지 못하고 있었는데, 그녀는 카슨 매컬러스와 창백하고 꼿꼿하며 근시처럼 눈을 깜박이고 영국인처럼 보이는 것으로 보아 올더스 헉슬리가 틀림없는 남자와 이야기를 나누면서 손으로 블라우스를 확 잡아당기거나 헝클어진 머리를 쓸어 넘기는 등 너무나 사랑스러운 몸짓들을 보여 주고 있었다. 도대체 그들은 무슨 이야기를 하고 있을까? 사르트르에 대해? 조이스? 고급 포도주? 스페인 남부의 여름 휴양지? 『바가바드 기타』?[8] 아니, 그들은 환경에 대해, 바로 이곳의 환경에 대해 이야기하고 있었는데, 마비스가 생기 띤 밝은 얼굴로 정원을 둘러싼 담쟁이 벽들과 조그만 잔디밭, 물거품이 이는 분수, 이 칙칙한 시궁창 같은 도시에 플랑드르 지방을 옮겨 온 듯 화사한 튤립 화단을 가리키는 것을 보면 틀림없이 그랬다. "단지……." 그녀가 불쾌한 듯 굳어지는 표정으로 이렇게 말하는 것 같았다. "단지……." 그러고 나서는 재빨리 팔을 돌려 유니버시티 레지던스 클럽 쪽을 향해 분노에 찬 작은 주먹을 휘둘렀는데, 화가 나서 휘두르는 것이 너무도 분명해 보였고 바로 코앞에서 휘두르는 것 같았다. 나는 스포트라이트를 받은 듯 빛 속에 드러난 느낌이었고, 유감스럽게도 그녀의 입술을 읽을 수 있었다. "단지 저 눈에 거슬리는 건물

---

8) 인도의 최고신인 크리슈나가 아르주나에게 들려주었다고 하는 자각과 영적 성장에 관한 이야기.

만 없다면, 저 속에서 우리를 훔쳐보는 섬뜩한 사람들만 없다면 말이에요!"

    그러나 11번가에서의 고통은 그리 오래 계속되지 않았다. 내가 해고당한 것이 『콘티키』 사건 때문이라고 생각했다면 어느 정도 위안이 될 수 있었을 것이다. 하지만 맥그로힐에서의 내 운이 다해 가기 시작한 것은 편집장이 새로 들어오면서부터였는데, 나는 그의 실제 성에서 철자를 좀 바꿔 몰래 위즐[9]이라고 불렀다. 위즐은 대중 도서 부서에 분위기 쇄신이 절실히 필요해서 영입되었다. 당시 그는 주로 토머스 울프와의 관계 때문에 출판업계에서 알려진 인물이었는데, 스크리브너와 맥스웰 퍼킨스를 떠난 후에 울프의 편집자가 되었고, 울프가 사망한 후에는 출판되지 않았던 방대한 양의 유고들을 연대 및 장르별로 모아 편집하는 것을 도왔다고 한다. 위즐은 나와 같은 남부 출신이었지만(뉴욕처럼 낯선 곳에서는 연고지가 같다는 것이 남부 사람들끼리의 관계를 공고히 해 주는 경우가 적지 않았다.) 처음 본 순간부터 서로를 싫어하게 되었다. 위즐은 사십 대 후반의 체격이 작은 남자로, 머리가 벗겨지고 있었고 호감 가지 않는 인상이었다. 그가 날 어떻게 생각했는지는 정확히 모르겠지만(내가 쓴 원고 소개 보고서의 유치하고도 자유분방한 스타일이 틀림없이 그에게 부정적인 생각을 갖게 했을 것이다.) 나는 그가 냉정하고 잘난 체하고 유머 감각도 없고 이기적이며

---

9) 족제비.

어리석게도 자신의 업적을 지나치게 높이 평가해 도저히 접근해 볼 수 없는 사람이라고 생각했다. 편집부 회의 시간이면 그는 "울프가 예전에 이런 말을 했는데……."라든가 "톰이 죽기 직전에 내게 보낸 그 감동적인 편지에 썼듯이……."라는 말을 즐겨 했다.

울프와 그의 친분은 너무도 완벽해 보여서 마치 그가 작가의 분신처럼 보였고, 이것은 특히 내게 참을 수 없는 고통이 되었다. 나와 같은 세대의 수많은 젊은이들이 그랬듯이 나도 고통스러운 울프 숭배의 시기를 거쳤고, 위즐 같은 남자와 편한 분위기에서 만나 대작가에 관한 새로운 일화를 들려 달라고 조르고, 그 위대한 작가와 그의 기벽과 기행 그리고 3톤이나 나가는 그의 원고에 대해 과장 섞인 경이로운 이야기라도 듣게 되어 "세상에, 정말 대단하군요!"라고 말할 수 있다면 가진 돈을 전부 쏟아부어도 아깝지 않았을 것이다. 그러나 위즐과 나는 그런 교류를 하는 데 완전히 실패했다. 무엇보다도 위즐이 지나칠 정도로 관습을 중시했고, 말끔하고 특징 없으며 지극히 보수적인 맥그로힐의 틀에 재빨리 적응한 것과는 대조적으로 나는 아직 문자 그대로 혈기 왕성했고, 피곤에 지친 내 눈에는 빛도 안 나는 단조롭고 고된 일로밖에 보이지 않는 출판 편집 일에 대해, 그리고 비즈니스 세계의 스타일과 관습과 결과물에 경멸과 조롱 섞인 태도를 보이고 있었다. 그것은 맥그로힐이 아무리 문학과 공익에 관심 있는 것처럼 꾸미려고 애써도 괴물 같은 미국 기업의 본성을 보여 주는 예에 지나지 않았기 때문이다. 그런 회사에서 위즐 같은 냉혹한 종복이 실권을 잡고 있는 이상, 오래가지 않아 내게 문제가 발생할 것이고, 이 회사에서 일할 날도 얼마 남지 않았다는 것을 나는 잘 알았다.

위즐이 지휘권을 잡은 지 얼마 안 된 어느 날, 그가 나를 자기 사무실로 불렀다. 그는 기름기 번드르르한 타원형의 얼굴에, 작고 불친절하고 약간 족제비 같은 눈을 하고 있었는데, 이런 눈이 실존하는 것의 뉘앙스에 민감한 토머스 울프 같은 사람의 신뢰를 얻었다는 것이 믿어지지 않았다. 그는 내게 앉으라고 손짓을 해 보이더니 억지로 몇 마디 인사말을 건넨 후에 곧바로 본론으로 들어가 자기 관점으로는 내가 맥그로힐의 '프로필'에 맞지 않는 것 같다고 말했다. 그 단어가 사람의 옆얼굴 말고 다른 의미로 쓰인 것은 그때 처음 들었고, 위즐이 세부 사항으로 옮겨 감에 따라 도대체 어떤 면에서 내가 적응을 못 하고 있다는 것인지 점점 더 궁금해지기 시작했다. 무엇보다도 그 사람 좋은 파렐이 나나 내가 하는 일에 대해 나쁘게 말했을 리 없기 때문이었다. 밝혀진 바에 따르면, 내 잘못은 복장과 (본론과는 거리가 있는 이야기지만) 내 정치적 성향에 있었다. 위즐이 말했다.

"모자를 쓰지 않더군."

"모자요? 아, 예."

나는 언제나 모자에는 별 관심이 없었고 모자를 써야 할 때가 있고 쓰지 않아야 할 때가 있다고 생각했을 뿐이다. 그리고 이 년 전 해병대를 나온 후로는 의무적으로 모자를 써야 한다고 느낀 적이 한 번도 없었다. 모자를 쓰든 안 쓰든 그것은 내가 선택할 민주적인 권리였고, 그 순간까지 그 문제에 대해서는 생각해 본 적이 없었다.

"맥그로힐에서는 모두가 모자를 쓰지." 위즐이 말했다.

"모두요?" 내가 물었다.

"모두." 그가 단정적으로 말했다.

나중에 그가 한 말을 돌이켜 보니 사실이 그랬다. 모두 모자를 썼다. 아침, 점심, 저녁, 엘리베이터와 복도에는 밀짚이나 펠트로 만든 모자들이 출렁이는 물결을 만들었는데, 모두 맥그로힐의 충실한 직원 1000여 명의 천편일률적으로 짧게 깎은 머리 위에 씌워져 있었다. 적어도 남자들은 모자를 썼다. 여자들(대부분이 비서들인데)은 선택할 수 있는 것 같았다. 그러므로 위즐의 단언은 반박의 여지 없이 맞는 말이었다. 그때까지 내가 알지 못했다가 위즐의 말을 듣고 나서야 깨달은 사실은 모자를 쓰는 것은 개인의 패션 문제가 아니라 의무적이며, 교과서 영업 사원부터 근심 걱정이 많은《고형 폐기물 관리》편집자들에 이르기까지 녹색 건물 안에 있는 모두가 입고 있는, 깃에 단추들이 줄지어 달린 애로 와이셔츠와 품이 넉넉하게 재단된 베버 하일브로너 플란넬 양복처럼 맥그로힐 복장의 일부라는 것이었다. 바보같이 나만 계속 유니폼을 입지 않았다는 사실을 깨닫지 못했던 것이고, 이제 그 사실을 알게 되었는데도 마음속에서는 반감과 동시에 유쾌한 느낌마저 들었으며, 위즐의 엄숙한 암시에 뭐라고 대응해야 할지는 알 수 없었다. 곧 내가 위즐과 마찬가지로 엄숙한 어조로 물었다. "또 어떤 면에서 제가 프로필에 맞지 않는지 여쭤봐도 될

까요?"

"자네 신문 읽는 습관을 두고 내가 이래라저래라 할 수는 없고, 그러고 싶지도 않지만, 맥그로힐 직원이 《뉴욕 포스트》를 들고 다니는 게 눈에 띄는 건 현명한 일이 못 되지."

그가 잠시 말을 멈췄다.

"이건 순전히 자네를 위해서 하는 충고야. 사적인 시간에 사적인 공간에서야 자네가 뭘 읽든 누가 뭐라겠나. 하지만 맥그로힐의 편집자가 사무실에서 급진적인 출판물을 읽는 건, 좀…… 어울리지 않는 것 같아."

"그럼 제가 뭘 읽고 있어야 합니까?"

점심시간이 되면 42번가로 걸어 내려가 샌드위치와 함께 오후 일찍 나오는 《포스트》를 사 들고 사무실로 돌아와 점심시간 한 시간 동안 샌드위치를 먹으면서 신문을 읽는 것이 습관이 되어 버렸다. 하루 중 신문을 읽는 것은 그때뿐이었다. 당시 나는 정치적으로 무지하기보다는 정치적으로 무성(無性)인 동물, '카스트라토'에 가까웠고, 《포스트》를 읽은 것은 진보적인 사설이나 맥스 러너의 칼럼 때문이 아니라(둘 다 지루하기 짝이 없었다.) 활기찬 대도시적 기사 스타일과 상류사회에 대한 매혹적인 기사(레너드 라이언스의 기사가 돋보였다.) 때문이었다. 위즐에게 대답하면서도 나는 워너메이커스에 들러 중절모를 사서 쓸지는 몰라도, 그 신문은 절대 포기하지 않으리라는 것을 알았다. "《포스트》를 좋아합니다." 내가 약간 격앙된 어조로 말을 이었다. "대신 뭘 읽어야 한다는 말씀이십니까?"

"《헤럴드 트리뷴》이 더 적합할 것 같은데." 그가 특이하게도 따뜻함이라고는 찾아볼 수 없는 테네시 지방의 느린 말투로 말을 이었다. "아니면 《뉴스》도 좋고."

"하지만 그 신문들은 아침에 나오는데요."

"그러면 《월드 텔레그램》을 읽을 수도 있잖아. 《저널 아메리칸》도 괜찮고. 급진주의보다는 선정주의가 낫지."

《포스트》가 별로 급진적이지 않다는 사실은 나도 알았고 그 말이 목까지 올라왔지만 참았다. 불쌍한 위즐. 그가 차가운 사람임은 분명했지만, 그의 태도에 묻어나는 무언가로 볼 때(같은 남부 사람이라는 때늦은 동정심으로 멈칫거리며 변명하는 어조가 아니었을까?) 그에게는 이런 어리석고 치사한 규제를 하려는 마음이 없다는 것을 알 수 있었기 때문에 내게 물리려는 재갈이 그가 만든 것이 아님을 깨달았고, 그러자 그가 좀 불쌍하다는 생각이 들었다. 또한 그는 나이와 직위로 볼 때 돌이킬 수 없이 맥그로힐의 협잡과 비열한 방식과 더러운 재산에 대한 오롯한 관심에 헌신해야 하는 불쌍한 죄수가 되어 버렸고 절대로 뒤를 돌아볼 수 없는 사람이지만, 적어도 나는 내 앞에 펼쳐진 세상의 자유를 누릴 수 있다는 사실도 깨달았다. 그가 "급진주의보다는 선정주의가 낫지." 하고 설득력 없는 포고령을 내리자 나는 숨죽여 거의 의기양양하게 작별의 말을 중얼거렸다. "안녕, 위즐. 안녕, 맥그로힐."

아직도 나는 그 자리에서 그만둘 용기가 없었던 것이 아쉽다. 대신 나는 일종의 태업에 들어갔다. 아니, 조업 중단이 더 정확한 표현일 것이다. 그다음 며칠 동안 나는 정시에 출근해서 5시가 되면 칼같이 퇴근했다. 책상 위에는 읽지 않은 원고가 높게 쌓여 갔다. 점심시간에는 더 이상 《포스트》를 뒤적이지 않고, 대신 타임스 광장 근처에 있는 신문 가판대까지 걸어가 《데일리 워커》를 사 와서는 늘 그러듯이 책상 앞에 앉아 코셔 피클[10]과 훈제 쇠고기 샌드위치를 씹으면서, 아무런 과장 없이 아주 태연하게 신문을 읽거나 적어도 읽으려고 노력했고, 그러면서 앵글로색슨계 백인들의 요새 안에 있는 공산주의자이자 유대인인 척하는 것을 즐겼다. 그때 내가 좀 미친 짓을 하지 않았나 싶은데, 출근 마지막 날에는 리넨 양복에 존 웨인이 「유황도의 모래」에서 쓴 것과 같은 빛바랜 해병대 모자를 쓰고 나타났고, 위즐이 내 우스꽝스러운 복장을 놓치지 않도록, 그리고 내가 그날부로 결국 회사를 떠나려 한다는 것을 알아채도록 신경을 썼다.

　맥그로힐에서의 생활을 어느 정도 참아 줄 수 있게 했던 것들 중 하나는 20층 내 방에서 내려다보이는 맨해튼의 장엄한 경관이었다. 하나의 돌로 이루어진 거대한 건물들과 그 위의 뾰족 지붕과 첨탑을 보고 있노라면 언제나, 약에 취한 듯 무뎌진 마음이 시골 출신 젊은이를 압도해 온 흥분과 희망 찬 미래에 대한 약속으로 다시 활기를 띠곤 했다. 사나운 바람이 맥그로힐 건물을 두드릴 때면, 나는 창문으로 종이 한 장을 떨어뜨린 후 그 종이가 빠른 속도로 지붕 꼭대기들을 지나서 구르며 떨어지다가 다시 올라오곤 하면서 떠내려가 타임스 광장 주위 협곡 속으로 사라지는 광경을 황홀한 듯 물끄러미 바

10) 유대인 율법에 맞는 음식을 코셔라 한다.

라보았다. 출근 마지막 날 오후, 나는 《데일리 워커》와 함께 비눗방울이 든 튜브(요즘에는 어린이들이 주로 가지고 놀지만 그때만 해도 출시된 지 얼마 안 된 신제품이었다.)를 사서 사무실로 돌아가 이 연약하고 사랑스러운 무지갯빛 비눗방울을 대여섯 개 불면서 오랫동안 거부당한 성적 축복을 맞이하기 직전의 사람이 느낄 법한 긴장감으로 이 비눗방울들이 바람을 타고 떠날 모험을 기대했다. 희뿌연 심연 속으로 하나둘 던져진 비눗방울들은 내가 기대했던 것 이상으로 저 먼 지구 끝까지 풍선을 띄워 보내고 싶다는 마음속 천진한 바람을 충족시켜 주었다. 비눗방울들은 오후 햇살을 받아 목성을 싸고 도는 위성들처럼 붉게 반짝거렸고 농구공만큼이나 컸다. 갑작스러운 기류 변화로 다시 위로 날아오른 방울들이 멀리 8번가 위로 날아갔고, 거기서 끝도 없어 보이는 시간 동안 둥둥 뜬 채로 있는 것을 보면서 나는 기쁨의 한숨을 내쉬었다. 그때 킥킥거리는 여자들의 웃음소리와 함성이 들려서 돌아보니 비눗방울 쇼에 매료당한 맥그로힐의 비서들이 옆 사무실에서 창밖으로 몸을 내밀고 있었다. 나의 비눗방울 쇼가 위즐의 관심을 끈 것은 이 여자들의 소동 때문임이 틀림없는 것이, 비눗방울들이 거침없이 동쪽으로 흘러가 42번가의 화려한 협곡을 향해 내려가는 모습을 보며 여자들이 마지막 탄성을 지르고 있을 때 내 뒤에서 그의 목소리가 들렸기 때문이다.

위즐은 분노를 가까스로 참고 있는 것 같았다. "자네는 오늘부로 해고야." 그가 긴장한 목소리로 말했다. "5시에 마지막 급료를 찾아가게."

"빌어먹을. 위즐, 당신은 토머스 울프만큼 유명해질 사람을 해고하는 거야." 이 말을 하지는 않았지만, 그 말의 떨림이 혀에 너무도 생생하게 남아 있어서 지금까지도 나는 그 말을 한 것만 같은 느낌이 든다. 나는 아무 말 없이 서서, 그 조그만 남자가 몸을 획 돌려 천천히 내 삶에서 멀어져 가는 모습을 지켜보았다. 바로 그때 답답하게 껴입은 옷을 홀홀 벗어 버린 듯 낯선 해방감이, 거의 편안함처럼 느껴지는 구체적인 느낌이 내 몸을 휩쓸고 지나갔다. 아니, 좀 더 정확히 말하자면, 더러운 늪에 오랫동안 빠져 있다가 가까스로 표면 위로 떠올라 얼굴을 내밀고 축복받은 신선한 공기를 마음껏 들이마시는 것 같았다.

"구사일생이군." 나중에 파렐이 이렇게 말했는데, 자신은 알지 못했겠지만 그것은 내 은유에 힘을 실어 주는 정확한 표현이었다. "여기서는 사람들이 물에 빠져 죽고 말거든. 자기 시체도 절대로 못 찾고 말이야."

5시가 훨씬 지나 있었다. 나는 짐을 싸고, 미약하게나마 우호적인 관계를 맺었던 편집부 직원 한두 명과 작별 인사를 나누고, 마지막 급료인 36달러 50센트를 수령하고 파렐에게 마지막 인사를 하기 위해서 늦게까지 남아 있었는데, 파렐과의 작별은 놀랄 정도로 고통스럽고 슬픈 일이었으며, 무엇보다도 나는 그 자리에서 그동안 조금만 더 주의 깊게 신경 썼더라면 알 수 있었을 사실(그가 사무실에서 참담한 심정으로 홀로 술을 마셔 왔다는 사실)을 알게 되었다. 그가 약간 비틀거리는 걸음으로 내 사무실로 들어왔을 때 나는 원고 소개 보고서들 중 좀 더 사려 깊은 내용이 있는 보고서 사본들을 챙겨 서류 가방에 넣는 중이었다. 나는 군다 퍼킨에 관한 보고서에는 그리움 비슷한 애착을 느끼면서, 그리고 『콘티키』 보고서에는 특히 더 애착을 느끼면서, 언젠가 출판사가 이런 보고서들을 모아 문학적 단상 모음이라는 흥미로운 책을 엮어 낼지도 모른다는 엉뚱한 상상을 하면서 가져갈 보고서들을 서류 파일에서 빼내 챙겨 넣고 있었다.

"자기 시체도 절대로 못 찾고 말이야." 파렐이 같은 말을 반복했다. "한잔하지." 그가 반 정도 남은 반 리터짜리 올드 오버홀트 호밀 위스키병과 잔 하나를 내게 건넸다. 파렐의 숨결에서 호밀 냄새가 짙게 풍겼고 그래서인지 그의 온몸에서 거친 호밀빵 같은 냄새가 났다. 나는 한잔하라는 제의를 거절했는데, 그것은 정말로 술을 마실 생각이 없어서가 아니라 당시에는 싸구려 미국산 맥주만 마셨기 때문이다.

"어쨌든 자넨 여기에 어울리지 않았어." 그가 오버홀트 한 모금을 털어 넣으면서 말했다. "여긴 자네가 있을 만한 곳이 못 됐어."

"저도 그렇게 생각했어요." 내가 동의했다.

"여기에 오 년만 있으면 회사의 충실한 하인이 되지. 십 년쯤 되면 화석이 되는 거야. 삼십 대에 벌써 돌처럼 굳어져 버려 아무짝에도 쓸모없는 인간이 된단 말이지. 자네가 여기 그만큼 있으면 틀림없이 맥그로힐이 그렇게 만들고 만다고."

"네, 저도 나가는 게 기쁜 것 같아요. 그래도 돈은 아쉬워하게 될 거예요. 그리 큰 돈은 아니었지만요."

파렐이 낄낄거리다가 작게 트림을 했다. 그의 얼굴은 아주 길고 입술이 위로 올라간 전형적인 아일랜드인의 얼굴이어서 우스꽝스러워 보이기까지 했고, 막연하게나마 헝클어지고 지치고 체념한 듯한 슬픔 같은 것을 뿜어내 나는 그가 사무실에서 외로이 술을 마시는 모습과 황혼 녘 예이츠와 홉킨스를 읽는 모습 그리고 지하철을 타고 오존파크에 있는 집으로 돌아가는 쓸쓸한 모습을 고통스러운 마음으로 떠올렸다. 문득 그를 다시는 보지 못하리라는 생각이 들었다.

"그래서 글을 쓰겠다는 거야? 작가가 되겠다고? 야심만만하군. 한때 내게도 그런 야심이 있었지. 자네가 정말로 작가가 되기를 진심으로 바라네. 책이 나오면 내게도 한 권 보내 줘. 근데 어디로 가서 글을 쓰려고?"

"모르겠어요. 지금 살고 있는 쓰레기 하치장 같은 곳에는 더 이상 머물 수 없을 것 같아요. 거길 나와야죠."

"아, 나도 얼마나 글을 쓰고 싶어 했는지 자넨 모를 거야." 그가 생각에 잠긴 어투로 말했다. "시, 수필, 좋은 소설을 쓰고 싶었는데. 위대한 소설까지는 아니더라도. 나도 알아, 내게는 천재성과 그런 소설을 쓰고자 하는 야망이 부족하다는 것. 하지만 정말 고결하고 기품 있는 좋은 소설 하나 정도는 쓰고 싶었지. 말하자면 『산 루이스 레이 다리』나 『대주교의 죽음』 정도 되는 거 말이야. 허세 부리지 않으면서도 완벽에 가까운 작품성을 가진 소설." 그는 잠시 말을 멈췄다가 다시 이었다. "아, 하지만 어찌어찌해서 곁길로 빠져 버렸어. 오랫동안 편집 일을 해서, 특히 기술 분야에서 일하다 보니 이렇게 된 거 같아. 곁길로 새서는 내가 아닌 다른 사람들의 생각과 글을 다루게 되었지. 그건 창작에는 거의 도움이 안 되는데. 길게 보면 말이야." 그가 다시 말을 멈추고, 잔에 남아 있는 황갈색 찌꺼기를 물끄러미 바라보았다. "아니, 나를 곁길로 새게 만든 건 이거였는지도 모르지." 그가 슬픔 어린 목소리로 말했다. "독한 술 말이야. 이 100도짜리 꿈의 잔. 어쨌든 난 작가가 되지 못했어. 소설가나 시인이 되진 못했지. 그래도 수필은, 딱 한 편 썼어. 그게 뭔 줄 아나?"

"아뇨. 뭔데요?"

"《새터데이 이브닝 포스트》에 보낸 기고글. 아내와 내가 퀘벡에서 보낸 휴가에 관한 일화 하나를 신문사에 보냈지. 뭐, 설명할 가치도 없는 글이야. 하지만 고료로 200달러를 받았다네. 그리고 그다음 며칠간 난 미국에서 가장 행복한 작가였어. 뭐, 어쨌든……." 회한이 가슴에 사무치는지 말꼬리가 흐려졌다. "난 곁길로 새 버렸어." 그가 중얼거렸다.

위험할 정도로 깊은 번민과 슬픔에 잠긴 듯한 그에게 어떤 반응을 보여야 할지 알지 못했던 나는 물건들을 계속 가방에 챙겨 넣으면서 "어쨌든 연락하고 지낼 수 있기를 바라요."라고만 말할 수 있었다. 그러나 나는 우리가 연락하고 지내는 일은 절대로 없으리라는 것을 알았다.

"나도 그래. 서로에 대해 좀 더 알았더라면 좋았을걸." 파렐은 이 말을 마친 후 잔을 물끄러미 내려다보며 침묵 속으로 빠져들었는데, 너무 오래 그러고 있어서 불안한 마음이 들기 시작했다. "서로에 대해 좀 더 알았더라면 좋았을걸." 마침내 그가 천천히 같은 말을 반복했다. "자네를 퀸스에 있는 내 집으로 불러 식사나 같이 하자고 해 볼까 종종 생각했는데, 항상 뒤로 미뤘어. 다시 곁길로 새 버린 거지. 자넬 보면 아들 생각이 아주 많이 나."

"아드님이 있는 줄은 몰랐는데요." 내가 약간 놀란 목소리로 말했다. 언젠가 한번 파렐이 심드렁하고 빈정거리는 어조로 자신의 '무자식 팔자'에 대해 말하는 것을 듣고부터는 그에게 이른바 자식복은 없었나 보다고 생각했다. 그러나 내 호기심은 거기서 멈췄다. 냉담하고 기계적인 맥그로힐에서는 타인의 사생활에 작은 관심이라도 표현하는 일이 완전한 실례는 아니더라도 뻔뻔한 일로 여겨졌다. "제 생각엔." 내가 말문을 열었다.

"아들이 있었어. 됐나?" 그가 갑자기 소리치는 바람에 그리고 그 속에 섞인 분노와 슬픔이 느껴져서 나는 깜짝 놀랐다. 매일 오후 5시가 넘어 홀로 남는 시간에만 풀어놓던 켈트인의 분노가 오버홀트로 인해 한꺼번에 터져 나온 것이었다. 그는 일어서서 창가로 걸어가 황혼 녘 지는 해를 받아 붉게 타오르는 맨해튼의 불가사의한 신기루를 물끄러미 바라보았다. "아들이 있었어!" 그가 다시 말했다. "에드워드 크리스천 파렐. 자네 나이였지. 스물두 살이었고, 작가가 되고 싶어 했어. 그 애는…… 그 애는 언어의 왕자였어. 내 아들이 말이야. 악마를 홀릴 만한 재능이 있었지. 그 애가 쓴 편지들, 그 길고 아는 것 많고 재미있고 지적인 편지들에는 이제까지 쓰인 것 중 최고로 아름다운 글들이 많았지. 아, 그 애는 정말로 언어의 왕자였어!"

그의 눈에 눈물이 맺혔다. 내게는 그 순간이, 다행히도 자주는 아니지만 살면서 가끔씩 생각나는 엄청나게 어색한 순간이었다. 낯선 사람이나 진배없는 그가 깊은 슬픔에 잠긴 목소리로 자신이 사랑하는 사람에 대해 과거 시제로 이야기하고, 그래서 듣는 사람을 곤혹스럽게 만들고 있었다. 분명히 그 아들이 죽었다는 의미일 것이다. 하지만 잠깐만! 그 아들이 혹시 집을 나갔거나 기억상실증에 걸렸거나 아니면 죄를 짓고 도주 중인 것은 아닐까? 그것도 아니면, 정신병원에서 불쌍하게 시들어 가는 것은 아닐까? 그래서 슬픔 속에서도 완곡하게 표현하려 과거 시제를 쓴 것은 아닐까? 파렐은 다시 말을 시작했지만 여전히 아들의 운명에 대해서는 아무런 힌트를 주지 않았다. 나는 당혹감에 몸을 돌리고 계속 짐을 꾸렸다.

"그 애가 외동아들이 아니었다면 좀 덜했을 텐데. 하지만 메리와 나는 에디가 태어난 후에는 더 이상 아이를 가질 수가 없었어." 그가 갑자기 말을 멈췄다. "아, 듣고 싶지 않은 게로군……."

내가 그에게 돌아서서 말했다. "아니에요, 괜찮아요, 계속하세요." 그는 말하고 싶다는 절박한 욕구에 시달리는 것 같았고, 내가 좋아한 친절한 사람이었기 때문에, 그리고 더 나아가 어떤 식으로든 나를 자기 아들과 동일시했기 때문에 마음의 짐을 내려놓도록 격려하지 않는다면 무례한 것이라는 느낌이 들었다. "계속하세요."

파렐이 오버홀트를 또 한 잔 가득 따랐다. 그는 상당히 취해 있었고, 혀는 약간 풀렸으며, 주근깨 있는 창백한 얼굴은 지는 햇빛을 받아 슬프고 야위어 보였다. "부모가 자식의 삶을 통해 자기 기대를 실현할 수 있다는 말은 사실이야. 에디는 컬럼비아에 들어갔고, 그 애의 책을 대하는 모습과 언어에 대한 재능을 보면서 난 기대에 부풀었지. 열아홉 살 때, 열아홉에 말이야, 그 애가 쓴 단편소설이 《뉴요커》에 실렸고, 나중에 위트 버닛이 『스토리』에 그 이야기를 차용해 썼어. 그 잡지 사상 가장 어린 기고가였을 게 분명해. 특별한 건 그 애의 눈이었어. 눈." 파렐이 집게손가락으로 자신의 눈을 찔러 보였다. "알겠어? 그 애는 볼 수 있었어. 다른 사람들은 보지 못하는 것을 보고 그것을 생생하게 살려 낼 줄 알았다고. 마크 밴도런 교수가 내게 고마운 글을 보내 줬는데, 정말 세상에서 가장 고마운 글을 말이야, 그 애는 자기가 이제까지 가르친 학생 중에서 가장 뛰어난 천부적 글재주를 가졌다는 거야. 생각해 봐! 마크 밴도런이 그랬다니까. 엄청난 찬사 아냐?" 그가 동의를 구하듯 나를 바라보았다.

"엄청난 찬사네요." 내가 동의했다.

"그러고 나서…… 그러고 나서 1943년에 그 애가 해병대에 입대했어. 징집당하기 전에 자진 입대하겠다고 그러더라고. 그 애는 정말로 해병대의 매력에 푹 빠져 있었어. 근본적으로는 너무 예민해서 전쟁에 대해 아무런 환상도 갖지 않았지만 말이야. 전쟁!" 그가 보통 입 밖에 내는 일이 없는 외설스러운 말이라도 내뱉듯 혐오감에 가득 찬 어조로 그 단어를 내뱉고,

잠시 말을 멈추고 눈을 감더니 고통스럽게 고개를 끄덕였다. 그러고 나서 나를 바라보며 말했다. "전쟁이 그 애를 태평양으로 데리고 갔고, 그 애는 최악의 격전지 중 한 곳에 배치되었지. 자네가 그 애의 편지들을, 자기 연민이라곤 눈곱만큼도 없이 유창하게 써 내려간 그 유쾌하고 경이로운 편지들을 읽어 봐야 하는데. 그 애는 자기가 집으로 돌아와 컬럼비아에서 공부를 마치고 자기가 바라는 작가가 되리라는 걸 단 한 순간도 의심하지 않았어. 그러고 나서 이 년 후에 오키나와에서 저격병의 총에 맞았지. 머리에 말이야. 그때가 7월이었는데, 전쟁이 거의 끝나 갈 무렵이었어. 내 생각엔 그 애가 전쟁에서 죽은 마지막 해병들 중 한 명이었던 것 같아. 죽고 나서 병장으로 진급하고 청동 성장을 받았지. 왜 그런 일이 일어났는지 모르겠어. 오, 하느님, 왜 그런 일이 일어났는지 모르겠다고. 도대체, 왜?"

파렐은 흐느끼고 있었고, 눈에 거슬리지는 않았지만 반짝이는 눈물이 그의 눈가에 고였다가 떨어지는 모습을 보며 나는 엄청난 부끄러움과 수치심에 고개를 돌려 버렸는데, 오랜 세월이 흐른 지금에 와서도 그때 나를 휩쌌던 미열에 들뜬 것 같으면서 토할 것 같던 그 느낌을 생생히 되살릴 수 있다. 지금은 그 느낌을 제대로 설명하기 힘들 것 같은데, 삼십 년이라는 세월의 흐름과 그동안 미국이 치른 몇몇 잔인한 전쟁이 낳은 피곤과 냉소가 내 반응을 구제 불능일 정도로 구식이고 낭만적인 것으로 보이게 만들지도 모르기 때문이다. 그렇더라도 나도 에디 파렐처럼 해병이었고, 에디처럼 작가가 되기를 갈망했으며, 시시각각으로 다가오는 죽음의 그림자에 쫓기는 젊디젊은 청년들만이 감지할 수 있는 열정과 유머와 절망과 격렬한 희망이 기괴하게 혼합된 내용을 심장에서 솟구치는 피로 써 내려간 편지를 태평양에서 집으로 보냈다는 사실은 그대로 남아 있다. 자세히 얘기하기 더욱 괴롭지만, 나도 에디가 죽고 바로 며칠 후에 오키나와로 갔으며(어쩌면 그가 치명적인 상처를 입은 지 단 몇 시간 후에 도착했을지도 모르는 일이라는 생각이 자주 들곤 한다.) 어떤 적도, 두려움도, 위험도 만나지 않고, 역사의 축복 덕분에, 파괴되었지만 여전히 평화로운 동양의 풍경만을 접하게 되었으며, 히로시마 원폭 투하가 있기 직전 몇 주 동안 어떤 위협도 받지 않고 상처 하나 입지 않은 상태로 그 평화로운 풍경 속을 거닐곤 했다. 씁쓸한 일이지만, 분노 속에서 터져 나오는 단 한 발의 총성도 듣지 못했고, 내가 잠복한 장소만 보더라도 나는 적어도 행운의 자식임이 분명했지만, 무언가 끔찍하면서도 위대한 것을 빼앗겼다는 느낌을 지울 수 없었다. 확실히 이 경험 혹은 경험 부족과 관련해, 아들 에디에 대해 파렐이 한 짧지만 씁쓸하기 짝이 없는 이야기만큼 내 마음을 고통스럽게 흔들어 놓은 것은 없으며, 에디는 내가 살아서 글을 쓸 수 있도록 나 대신 오키나와라는 땅에서 희생된 것처럼 느껴졌다. 파렐이 노을빛을 받으며 앉아서 울고 있는 동안, 나는 나 자신이 점점 더 오그라들어 작아지는 것 같았고, 아무 말도 할 수 없었다.

파렐은 일어서서 눈을 훔치며 창가로 가 서더니 노을에 붉게 물든 허드슨강을 내려다보았는데, 그 강 위에서는 거대한 배 두 척의 희미한 윤곽이 천천히 바다 쪽으로, 해협[11]을 향해 움직이고 있었다. 봄바람이 맥그로힐 건물의 무심한 녹색 차양 주위를 오가며 악마 같은 소리로 휘파람을 불었다. 파렐이 입을 열었을 때, 그의 목소리는 아주 멀리서 들려오는 것 같았고, 말이 아니라 절망의 숨을 내뱉는 것 같았다.

> 인간이 존중하는 모든 것은
> 한순간이나 하루를 견뎌 낸다…….
> 전령의 외침과 군인의 발걸음이
> 그의 영광과 힘을 소진시킨다.
> 밤을 밝히는 불빛은 모두
> 인간의 붉은 심장이 불을 밝힌 것이다.[12]

그러더니 그가 몸을 돌려 나를 바라보며 말했다. "자네, 자네 안에 있는 모든 것을 글에 담아 봐." 그러고는 비틀거리며 복도를 걸어가 내 삶에서 영원히 퇴장해 버렸다.

나는 오래도록 그곳에 남아 미래를 생각했는데, 나의 미래는 뉴저지 초원 위로 펼쳐진 스모그에 뒤덮인 지평선처럼 희미하고 불분명해 보였다. 많은 것을 걱정하기에는 너무 어렸지만, 그렇다고 확실한 걱정거리에도 흔들리지 않을 수 있을 만큼 어린 것은 아니었다. 그때까지 내가 읽은 그 우스꽝스러운

---

11) 뉴욕만의 스태튼아일랜드와 롱아일랜드 사이의 해협.
12) 예이츠의 시집 『탑』에 수록된 시의 일부.

원고들은 어떻게 보면 내게 경고를 하고, 야망이란, 특히 문학과 관련된 야망이란 얼마나 허망하고 슬픈 것인지를 보여 주고 있었다. 나는 단순한 희망이나 꿈의 차원을 넘어 정말로 작가가 되고 싶었지만, 어떤 이유에서인지 파렐의 이야기가 내 마음을 심하게 흔들어 놓아 난생처음 내 안에 있던 커다란 공허를 느끼게 되었다. 나는 젊은 나이치고는 아주 먼 곳까지 다녀 본 것이 사실이었지만, 내 정신은 사랑을 알지 못하고 죽음에 대해서도 거의 아무것도 모르는 채 갇혀 있었던 것도 사실이다. 독선적이고 생기 없는 자기 빈곤의 상태에서 나 자신은 느끼지 못하던, 인간의 열정과 인간의 육체로 구현된 이 사랑과 죽음을 내가 그렇게도 빨리 맞닥뜨리게 될 줄 그때는 알지 못했다. 그뿐만 아니라 이 깨달음의 여행이 브루클린이라는 낯선 곳으로 나를 이끌게 되리라는 것도 알지 못했다. 다만 내가 곧 마지막으로 20층에서 그 냉정한 녹색 엘리베이터를 타고 내려가 번잡스러운 맨해튼 거리로 나가서는 비싼 캐나다산 에일 맥주와 뉴욕에 와서 처음 먹어 보는 설로인 스테이크로 내가 맞이한 해방을 축하하리라는 것만을 알았다.

2장

그날 저녁 5번가 남쪽에 있는 롱샹 레스토랑에서 홀로 만찬을 들고 돌아가 가진 돈을 세어 보니 전부 50달러가 채 안 되었다. 앞에서도 말했듯이 내 곤궁한 처지에 대해 크게 걱정하지는 않았지만 좀 불안한 느낌이 드는 것은 어쩔 수 없었고, 특히 다른 직장을 구할 가능성이 거의 없었기 때문에 더욱 그랬다. 사실 크게 걱정할 필요는 전혀 없었는데, 나를 구원해 줄(적어도 단기적으로는) 불로 소득이 며칠 안에 도착하기로 되어 있었기 때문이다. 이 선물을 받은 것은 행운의 여신이 벌인 기괴하고 놀라운 장난 때문이었고, 이때부터 오랜 세월이 지난 후 얻게 된 놀라운 행운처럼 미국의 흑인 노예제에 그 원인이 있었다. 이 횡재가 곧 시작될 브루클린 생활에는 간접적으로밖에 영향을 미치지 못하지만, 너무도 이례적인 일이어서 이야기하고 갈 필요가 있을 것 같다.

뜻밖에 찾아온 행운은 내 친할머니 덕분이라고 하겠는데, 그분이 내게 자기 노예들 이야기를 해 주었을 때는 쭈그러진 작은 인형 같은 모습의 구십을 바라보는 노인이었다. 내가 예전의 남부와 이렇게도 밀접한 관련이 있다는 사실과 흑인 노예를 소유한 사람들이 먼 옛 조상이 아니라 내가 아는 가까운 가족이라는 사실이 믿기 어려울 때가 종종 있지만 그것은 엄연한 사실이었다. 1848년에 태어난 할머니는 열세 살 때 자기보다 약간 어린 흑인 하녀 두 명을 갖게 되었고, 남북 전쟁 기간을 거치면서 나온 에이브러햄 링컨의 노예 해방 선언에도 불구하고 이들을 사랑하는 노예로 생각하며 살았다. 비꼬려는 것이 아니라 진심으로 '사랑하는'이라는 표현을 쓴 것인데, 할머니가 그들을 얼마나 사랑했는지를 느낄 수 있었기 때문이다. 할머니가 드루실라와 루신다(이 견줄 데 없이 아름다운 이름은 두 하녀의 것이었다.)에 대해서 회상할 때면, 북받치는 감정 때문에 간간이 갈라지는 가늘고 떨리는 목소리로 그 어린 소녀들이 자신에게 '얼마나 소중했는지'를, 전쟁의 살벌한 분위기 속에서도 그들에게 긴 양말을 짜 주기 위해 털실을 찾아 여기저기 뒤지고 돌아다닌 일을 내게 들려주었다. 할머니의 이야기에 등장하는 장소는 노스캐롤라이나주 뷰포트 카운티였는데, 그곳에서 할머니는 평생을 살았으며, 나도 그곳에 계시던 할머니의 모습만 기억한다. 1930년대에는 부활절과 추수 감사절 때마다 아버지와 함께 버지니아 우리 집을 나서서 아버지가 모는 차를 타고 소택지와 플랫,[13] 변함없이 광활하게 펼쳐져 있는 땅콩·담배·면화 농장과 흑인 노예들의 쓰러져 가는 버려진 오두막들을 지나 할머니를 보러 가곤 했다. 팜리코강 가에 있는 잠에 취한 듯 몽롱한 작은 마을에 도착한 우리는 뇌졸중으로 쓰러져 몇 년째 거의 전신 불수 상태로 누워 있는 할머니에게 부드러운 말로 인사하고 매우 친절하게 대했다. 드루실라와 루신다에 대해 할머니로부터 직접 이야기를 들은 것은 내가 열두 살인가 열세 살 때 할머니의 침대 머리맡에서였는데, 할머니는 가녀리고 부드러운 목소리로 그 하녀들, 야외 종교 집회, 칠면조가 상품으로 나온 사냥 대회, 바느질 모임, 배를 타고 팜리코강을 유람하던 일, 그 밖의 전쟁 전 있었던 많은 즐거움들에 대해 지치는 줄도 모르고 이야기를 들려주다가 마침내 이야깃거리가 다 떨어졌는지 잠이 들어 버렸다.

그러나 할머니가 또 다른 노예 아이(그 애는 아리스테라는 멋진 이름을 가지고 있었다.)에 대해서는, 드루실라와 루신다처럼 할머니의 아버지로부터 '받은' 노예였다가 곧 그 증조할아버지가 팔아 버린 아이에 대해서는 나나 아버지한테 한 번도 말해 준 적이 없다는 사실을 주목할 필요가 있다. 곧 두 통의 편지를 통해 보여 주겠지만, 할머니가 그 소년에 대해 전혀 언급하지 않은 이유는 분명히 그 소년의 놀라운 운명과 관계가 있다. 어쨌든 흥미롭게도 증조할아버지는 그 흑인 소년 노예를 팔고 받은 돈을 여러 단위의 연방 정부 금화로 바꿔(그 끔찍

---

13) 각 층마다 한 가구씩 살게 되어 있는 아파트.

한 전쟁이 일어나리라는 것을 미리 알고 그런 것이 틀림없다.) 손잡이가 달린 점토 항아리에 담아 정원 뒤에 있던 한 포기의 진달래 나무 아래에 묻었다. 물론 북부 녀석들이 발견하지 못하게 하려는 것이었는데, 전쟁이 막바지에 이르자 녀석들은 요란한 말발굽 소리와 함께 번쩍이는 긴 칼을 차고 나타나서 어렸던 할머니가 두려움에 찬 눈으로 지켜보는 가운데 집 안을 쑥대밭으로 만들어 놓고 정원까지 파헤치고 뒤졌지만, 금화는 발견하지 못했다. 우연하게도 할머니가 북군 병사들에 대해 한 말이 아주 또렷하게 기억난다. "실은 잘생기고 멋진 모습이었는데 말이다, 우리 집을 쑥대밭으로 만든 것도 단지 임무를 수행하는 것이었겠지. 하지만 당연한 일인지 몰라도 그들에게는 교양이라든가 예의 같은 게 전혀 없었단다. 분명히 오하이오 출신들이었을 거야. 햄을 창밖으로 던져 버리기까지 했단다." 끔찍한 전쟁터에서 한쪽 눈을 잃고 한쪽 무릎뼈는 완전히 부서진 상태로(둘 다 챈슬러스빌 전투[14]에서 입은 상처였다.) 집에 돌아온 증조할아버지는 묻어 둔 금화를 파내 집이 다시 사람 사는 모양새를 갖추고 나자 지하실로 가져가 작은 반침에다 넣고 교묘하게 숨겨 두었다.

그 금화는 이 세상이 끝날 때까지 그곳에 남아 있었을지도 모르는 일인데, 간혹 신문에서 읽게 되는 불가사의한 보물들(일꾼들의 삽에 걸려 발견되곤 했던 지폐 다발이나 스페인 금화 무더기 같은 것들)과 달리 그 보물은 영원히 숨겨진 상태로 남

---

14) 남북 전쟁 중 1863년 남군이 큰 승리를 거둔 전투.

아 있을 운명처럼 보였을 것이기 때문이다. 19세기가 끝날 때쯤 증조할아버지가 사냥 중 사고로 돌아가셨을 때에도 그분의 유언장에 그 금화에 대한 언급이 전혀 없었던 것은 아마도 이미 딸에게 그 돈을 넘겨주었기 때문인 것 같다. 그러나 사십 년 후 할머니는 돌아가실 때 자신의 유언장에 그 금화에 대해 밝히면서 손자 손녀 들에게 공평하게 나눠 주라고 구체적으로 써 놓았지만, 노령으로 인해 정신이 오락가락했는지 보물이 어디에 숨겨져 있는지는 밝히지 않았다. 어쩌면 지하실에 있는 작은 반침과 은행에 있는 개인 금고를 혼동해서 아예 말을 하지 않았는지 모르겠지만, 이 특이한 유언을 받드는 중에 열어 본 할머니의 은행 개인 금고에서는 아무것도 나오지 않았다. 그래서 몇 년이 더 흐르는 동안에도 아무도 금화의 행방에 대해 알지 못했다. 그러다가 흰개미와 거미와 쥐 들 사이에 숨겨져 있던 곰팡내 나는 망각의 장소에서 그 보물을 구해 낸 사람은 할머니의 여섯 자식들 중 유일하게 살아 있던 아들인 내 아버지였다. 아버지는 평생 동안 무슨 영감을 받은 사람처럼 과거와 가족과 가계(家系)에 대해 경건한 관심을 가지고 있었으며, 무엇에 홀린 듯 이곳저곳을 뒤지다가 그 전까지는 알려지지 않았던 로버트 브라우닝과 엘리자베스 브라우닝의 외설스러운 연애 편지가 가득한 서랍을 우연히 발견하게 되는 빅토리아 시대의 학자처럼 이미 죽고 없는 먼 사촌의 서신과 비망록을 흐뭇한 표정으로 뒤적일 사람이었다. 그러니 자기 어머니의 빛바랜 편지 다발을 살펴보다가 내 증조할아버지가 딸에게 쓴 지하실 금고의 정확한 위치뿐만 아니라 어린 흑인 노예 아리스테의 매매에 대한 자세한 내용을 담은 편지를 발견했을 때 느꼈을 기쁨이 어느 정도였을지는 가히 짐작하고도 남는다. 이제 두 통의 편지 내용이 한데 얽힌다. 다음은 내가 유니버시티 레지던스 클럽을 떠나려고 짐을 싸던 중에 버지니아에 있는 아버지에게 받은 편지인데, 몇 세대에 걸친 남부 사람들에 대해서뿐만 아니라 현대에 아주 근접한 시기에 일어난 커다란 사건들에 대해 많은 이야기를 들려준다.

사랑하는 아들에게

네 직장 생활이 끝났다는 내용의 26일 자 편지 잘 받았단다. 스팅고, 한편으로는 이 소식을 듣게 되어 유감인데, 이로 인해 네가 경제적으로 시달릴 게 분명한데도 나는 별 도움을 주지 못할 입장이기 때문에 그렇다. 나는 이미 노스캐롤라이나에 있는 네 두 고모들이 만들어 내는 끝도 없는 문제들과 부채에 시달리고 있고, 네 고모들은 이른 나이에 벌써 치매에 걸린 것이 아닌지 걱정될 만큼 아주 한심하게 살고 있다. 하지만 몇 달만 지나면 경제적으로 상황이 좀 나아질 것 같고, 그렇게 되면 작가가 되려는 네 야망에 미약하나마 경제적 도움을 줄 수 있을 것 같구나. 다른 한편으로는, 네가 맥그로힐에서 해고당한 것이 잘된 일이라는 생각이 드는데, 네 말대로라면 그 회사는 상당히 냉혹하고, 지난 100여 년 동안 국민들을 약탈해 온 강도 같은 대기업들을 위한 대변자이자 선전자에 지나지 않기 때문이다. 네 증조할아버지가 남북 전쟁에서 한쪽 눈을 잃고 한 다리를 못 쓰게 된 채 돌아오셔서 네 할아버지와 함께 뷰포트 카운티에 코담배와 씹는담배를 생산하는 조그만 공장을 만들려고 한 후로 줄곧(이분들의 꿈은 워싱턴 듀크와 그의 아들 '벅' 듀크[15]라는 날강도들 때문에 강제로 사업을 포기하게 되면서 산산이 깨져 버리고 말았다.) 그리고 그 비극을 알게 된 후로 줄곧 나는 약자를 짓밟는 사악한 독점 자본주의에 대해 식을 줄 모르는 증오를 느껴 왔다.(네가 듀크가(家)가 부정으로 벌어들인 돈으로 세운 학교에서 교육을 받아야 했다는 사실은 참 얄궂은 운명의 장난이라는 생각이 든다. 비록 네 잘못은 아니지만 말이다.)

프랭크 홉스를 기억할 거다. 여러 해 동안 나와 함께 차를 타고 조선소로 출근한 사람 말이다. 사우샘프턴 카운티의 땅콩밭에서 태어난 그는 여러 면에서 선량하고 건실한 사람이지만, 너도 기억할지 모르겠다만 대단히 보수적인 생각을 가져서 버지니아 사람의 기준으로 보더라도 지나치게 과격해 보일 때가 자주 있었단다. 그래서 우리는 이데올로기나 정치에 대해서는 별로 이야기를 나누지 않는다. 최근에 나치 독일이 저지른 그 천인공노할 만행이 속속 밝혀지는데도 그는 여전히 반유대주의자임을 자처하며 유대인 국제 금융가들이 전 세계의 부(富)를 움켜쥐고 마음대로 주무른다고 분노한다. 이런 견해가 그렇

---

15) '벅(buck)'은 '달러, 돈'이라는 뜻. 돈만 아는 사람이라는 경멸이 담긴 별명인 듯하다.

게 어리석지만 않다면 한바탕 웃음을 터뜨리면서 야유라도 퍼부어 주고 싶지만, 대신 나는 로스차일드와 바르부르크가 분명히 유대인식 이름이라는 사실은 인정하면서도 탐욕은 인종이 아닌 인간 전체의 본성이라고 말해 주고, 카네기, 록펠러, 프릭, 멜론, 해리먼, 헌팅턴, 휘트니, '듀크' 등 지겹도록 한없이 떠오르는 이름들을 생각나는 대로 읊어 주었단다. 내 말이 홉스에게 영향을 주는 일은 거의 없는데, 그는 어떤 경우에도 자신의 분노를(특히 버지니아의 이 동네에서는) 훨씬 더 만만하고 어디서나 볼 수 있는 대상에 쏟아부을 수 있고, 그 대상이 흑인들이라는 것은 굳이 말할 필요도 없겠구나. 이런 일에 대해 우리는 서로 이야기를 나누지는 않는데, 그것은 쉰아홉인 내가 주먹다짐을 하기에는 너무 늙었기 때문이다. 아들아, 재앙의 징조가 나타나고 있다. 흔히들 말하는 것처럼 흑인들이 '열등하다'면(그게 무슨 뜻이건 간에) 그것은 분명 그들이 지배 계급인 우리에게 너무나 착취당하고 소외당해서 세상에 보여 줄 수 있는 얼굴이 굽실거리는 열등한 사람의 얼굴밖에 없기 때문이다. 그러나 그들이 영원히 억압받는 상태로 살 수는 없을 것이다. 도시건 농촌이건 이 근처 어디서나 보게 되는 비참하고 가난하게 사는 사람들을, 그 피부가 어떤 색이건 간에, 계속 억압할 수 있는 힘은 세상 어디에도 없단다. 내가 살아 있는 동안 흑인들이 다시 자유를 얻게 될지는 모르겠다만(이 문제에 대해서는 그렇게 낙관적이지 않다.) 네가 살아 있는 동안에는 분명히 그렇게 될 것이고, 내가 살아서 그런 날을 볼 수만 있다면(분명히 그런 날이 올 것이다.) 흑인들이 버스 뒷자리가 아니라 어디에나 자유롭고 평등하게 앉아서 버지니아의 거리를 돌아다니는 모습을 해리 버드[16]가 보게 될 날을 볼 수만 있다면, 내가 가진 것 전부를 주어도 아깝지 않을 것 같다. 그런 날을 볼 수만 있다면 나는 기꺼이 '깜둥이 편'이라는 증오로 가득 찬 호칭을 감수할 것이다. 이미 프랭크 홉스를 비롯해서 많은 사람들이 자기들끼리 나를 그렇게 부르고 있을 게 분명하다.

  얘기를 하다 보니 빙 돌아오긴 했지만 이 편지를 쓴 목적에 이른 것 같구나. 스팅고, 아주 오래전 네 할머니의 유언을 공증 받았을 때, 할머니가 얼마만큼의 금화에 대해 말씀하시면서 손자 손녀 들에게 물려준다고 했지만 찾을 수 없어서 우리 모두 당혹스러워했던 일을 기억할 거다. 이제 그 비밀이 풀렸다. 너도 알다시피 나는 남부 연방군 지회의 역사를 편찬하는 일을 맡고 있고, 네 증조할아버지에 대해 상당히 긴 글을 쓰는 과정에서 그분이 가족들에게 보낸 대단히 방대한 양의 서신들을 면밀히 조사해 보았는데, 그중에는 네 할머니에게 보낸 편지들도 꽤 포함되어 있었다. 1886년 노퍽에서 쓴 한 편지에서(담배 사업을 위해 출장 중이셨는데, '벅' 듀크라는 악당이 그분의 공장을 망치기 직전이었던 게 분명하다.) 그분은 금화가 은행 개인 금고가 아니라(네 할머니는 나중에 이 사실을 혼동하셨던 게 틀림없다.) 노스캐롤라이나에 있는 그 집 지하실 벽돌로 막아 놓은 작은 반침 속에 있다고 밝히셨다. 네가 노예 제도에 관심이 있

---

16) 18세기 초 영국령 식민지였던 버지니아의 농장주이자 정치가.

다는 걸 알고, 네가 정말로 노예 제도에 관해 글을 쓰고 싶다면 그 편지가 네게 훌륭한 통찰력을 줄지도 모르기 때문에, 나중에 그 편지의 사본을 네게 보내 줄 생각이란다. 밝혀진 바에 따르면, 그 돈은 네 할머니의 두 하녀 루신다와 드루실라의 오빠인 아리스테라는 열여섯 살 난 흑인 소년을 팔고 받은 돈이었다. 세 아이들은 고아였는데, 1850년대 후반 네 증조할아버지께서 버지니아 피터즈버그에서 경매로 이들을 모두 사들이셨다. 세 아이 모두 네 할머니 명의로 양도되었고, 여자아이 둘은 할머니 집에 살면서 집안일을 했지만, 아리스테는 집에 살면서도 주로 마을로 나가 다른 집 일을 도와주게 되었다.

그런데 끔찍한 일이 벌어졌고, 네 증조할아버지는 딸에게 보낸 편지에서 이 일에 대해 아주 조심스럽게 전하고 있다. 사춘기에 들어선 아리스테가 마을에 사는 어느 아리따운 백인 소녀에게 (네 증조할아버지의 표현을 빌리자면) '부적절한 접근'을 했다는 것이다. 물론 이 일로 인해 곧 온 마을에는 위협과 폭력의 기운이 퍼졌고, 네 증조할아버지는 당시 사람이라면 누구라도 적절한 해결책이라고 생각했을 조처를 취했단다. 그분은 사람들 몰래 아리스테를 뉴번으로 데리고 갔는데, 그곳에 조지아주 브런스윅 근처에 있는 소나무 숲에서 테레빈유를 채취할 젊은 흑인들을 거래하는 노예 상인이 있다는 것을 알았기 때문이지. 그분은 상인에게 800달러를 받고 아리스테를 팔아 버렸단다. 바로 그 돈이 할머니 집 지하실에 숨겨져 있었던 것이다.

그러나 아들아, 이 이야기는 여기서 끝나지 않는다. 그 편지를 읽으며 너무도 가슴이 아팠던 것은 그 일의 여파와 그에 따른 비통함과 죄책감 때문인데, 이러한 감정은 노예 제도에 관한 글을 읽을 때 자주 갖게 되는 것이기도 하구나. 어쩌면 너는 어떤 일이 있었는지 이미 예상하고 있을지도 모르겠다. 나중에 밝혀진 바에 따르면, 아리스테는 그 백인 소녀에게 그런 '접근'을 하지 않았다. 히스테리가 심했던 그 소녀는 곧 다른 흑인 소년도 아리스테와 같은 짓을 저질렀다고 주장했지만, 결국 그 말은 전부 거짓인 것으로 드러났고, 그 애는 아리스테에 대한 주장도 거짓이었음을 자백했다. 네 증조할아버지가 느꼈을 고통을 상상할 수 있을 거다. 딸에게 보낸 그 편지에서 그분은 죄책감이 얼마나 심했는지를 말하고 있단다. 그분은 노예를 소유하고 그래서 한 가족을 파괴하는, 진정으로 용서받을 수 없는 행동을 했을 뿐만 아니라 아무 죄 없는 열여섯 살 소년을 끔찍한 노동이 기다리는 조지아 소나무 숲으로 팔아 버렸던 것이다. 그분은 브런스윅으로 편지와 사람을 보내 필사적으로 아리스테의 행방을 수소문했고, 어떤 값을 치르더라도 그 소년을 다시 사 오고 싶다고 알렸지만, 물론 당시의 서신이나 직접 왕래는 느리고 불확실하고 많은 경우에는 불가능하기까지 해서 결코 아리스테를 찾을 수 없었다고 한다.

증조할아버지가 네 할머니한테 그렇게 신중하게 설명한 지하실 바로 그 장소에서 800달러를 찾아냈다. 어릴 때 나는 반침에서 15센티미터도 떨어지지 않은 곳에 땔나무와 사과와 감자 등을 쌓곤 했단다. 너도 상상할 수 있겠지만, 그 금화는 지나 온 세월만큼 엄청나게 가치가 올라 있었다. 그중 일부는 대단히 희귀한 것으로 밝혀지기도 했다. 얼마 전에 그 금화들을 싸 들고 리치먼드로 가서 주화를 평가하는 사람(고전(古錢) 평가사라고 불리는 모양이다만)한테 보였더니, 5500달러 이상의 금액을 제시하면서 사겠다고 해서 이를 받아들였는데, 결국 이 말은 불쌍한 아리스테를 판 돈이 700퍼센트의 수익을 냈다는 뜻이다. 이것은 그 자체로 상당한 액수의 돈이겠지만, 너도 알다시피 손자 손녀 들에게 공평하게 나눠 주라는 것이 할머니의 유언이다. 그렇지 않았다면 네게는 더 좋았을지도 모르지. 인구 과잉의 시대에 신중함을 발휘해 아들 하나만 낳은 나와는 달리, 네 고모들은(놀라울 정도로 다산 능력이 있었던 내 누이들은) 총 열한 명의 자식을 낳았는데, 그들은 모두 건강하지만 굶주리고 가난하단다. 그러므로 아리스테를 판 돈에서 네가 받을 몫은 500달러가 약간 안 되는 금액이 될 것이고, 될 수 있으면 이번 주 내로, 아니면 상속 절차가 마무리되는 대로 가능한 한 빨리 보증 수표로 송금해 주겠다.

1947년 6월 4일
너를 사랑하는 아버지로부터

몇 년 후 내가 아리스테를 판 돈에서 내 몫을 다 가지지 않고 일부를 뚝 떼어 전미흑인지위향상협회에 기부했더라면, 죄책감에서 나 자신을 구해 낼 수 있었을 것이고, 더 나아가 젊은 나이에도 희생을 감수할 만큼 흑인들의 곤궁한 처지를 걱정했다는 것을 보여 주는 증거를 제시할 수 있었을 것이다. 하지만 결국에는 그 돈을 내가 다 가졌다는 사실에 안도감이 든다. 그 후로 여러 해 동안 내가 작가로서, 그것도 거짓말하는 작가로서, 나 자신의 이익만 추구하고 노예 제도에 따른 불행을 이용했다는 흑인들의 비난이 점점 더 짓궂고 집요하게 들려오자, 나는 일종의 자기 학대적 체념 상태에 빠졌고, 아리스테에 대해 생각할 때면 "젠장, 한번 인종차별적 착취자면 영원히 인종차별적 착취자야."라고 혼잣말을 하곤 했다. 게다가 1947년 당시에 흑인이, 아니 당시 사람들의 표현대로 하자면 깜둥이가 필요로 했던 만큼이나 절박하게 나도 그 485달러가 필요했다.

나는 아버지로부터 수표를 받을 때까지 유니버시티 레지던스 클럽에 머물렀다. 관리만 잘한다면 그 돈은 막 시작되려는 그해 여름 한 철을, 어쩌면 가을까지도 견디게 해 줄 것이었다. 그런데 어디에서 살아야 한단 말인가? 유니버시티 레지던스 클럽은 육체적으로나 정신적으로나 더 이상 있을 곳이 못되었다. 그곳은 나를 완전히 불구로 만들어서 가끔씩 탐닉하던 자위행위도 할 수 없게 되었고, 기껏해야 야밤에 워싱턴 광장을 산책하면서 남몰래 주머니에 손을 넣고 자위를 하는 정도에 그치게 되었다. 내 고독감은 거의 병적인 상태에 달해 있었고, 소외감이 너무도 고통스럽게 느껴졌다. 그래서 내가 맨해튼을 버린다면, 적어도 낯익은 장소들과 친근한 골목길들이 있어 거의 고향처럼 편안하게 느껴지는 이곳을 버린다면,

더 심하게 길을 잃고 헤맬 것 같다는 생각이 들었다. 그러나 나는 맨해튼의 물가나 집세를 견딜 수 없어서(심지어 허름한 여인숙의 싱글 룸조차 얻기 힘든 처지였다.) 브루클린의 숙소들을 소개한 광고지를 열심히 뒤져 봐야 했다. 그리하여 나는 6월의 어느 화창한 날 해병대 더플백과 여행 가방을 들고 브루클린 – 맨해튼 노선의 지하철을 타고 처치애비뉴역에 내려 피클 냄새가 나는 듯한 플랫부시의 공기를 몇 번 깊이 들이마신 후, 초록이 짙어 가는 무화과나무가 늘어선 길을 따라 예타 짐머맨 부인이 운영하는 하숙집을 향해 몇 블록 걸어갔다.

예타 짐머맨의 집은 뉴욕 전체에서는 아니더라도 적어도 브루클린에서는 가장 당당한 단색의 건물이었던 것 같다. 1차 세계 대전 전이나 직후에 세워졌을 것 같은 별 특징 없는 커다란 목조 골격에 치장 벽토를 바른 이 집은, 그 눈에 띄는 압도적 분홍색이 없었더라면 프로스펙트 파크에 있는 촌스럽게 획일적인 커다란 집들 속에 묻혀 버리고 말았을 것이다. 이 집은 놀랍게도 2층 지붕과 창문들에서 지하실 창문틀에 이르기까지 온통 분홍색이었다. 이 집을 처음 보자마자 MGM사에서 제작한 「오즈의 마법사」에 나오는 성(城)이 떠올랐을 정도다. 내부도 분홍색 천지였다. 바닥과 벽, 천장, 심지어 복도와 방마다 놓인 대부분의 가구들까지, 페인트칠이 고르게 되지 않아서인지 신선한 훈제 연어의 연한 장밋빛부터 풍선껌에서 볼 수 있는 좀 더 과격한 산호색에 이르기까지 색조는 약간씩 달랐지만 전부 분홍색이었고, 다른 어떤 색의 경쟁도 허용하지 않는 듯 보였다. 그래서 짐머맨 부인의 자부심에 가득 찬 눈길을 의식하며 몇 분 동안 내가 묵을 방을 둘러본 후 처음에는 유쾌한 기분이 들었고(방이 마치 큐피드의 침실처럼 보여서 터져 나오려는 웃음을 간신히 참았다.) 조금 지나자 바리시니 과자 가게나 짐벨스 백화점 아동용품 매장에 갇힌 듯 답답한 느낌이 들었다. "지금 분홍색에 대해 생각하는군요." 짐머맨 부인이 말했다. "다들 그래요. 하지만 그러다가 분홍색이 당신을 이기죠. 당신도 분홍색으로 물들어 버리는 거예요. 예쁘게, 아주 예쁘게 말이에요. 얼마 안 있으면, 다들 다른 색깔은 원하지 않게 돼요." 그러고는 묻지도 않았는데, 지금은 죽고 없는 자기 남편 솔이 운 좋게도 해군에서 쓰다 남은 페인트를 몇백 리터나 아주 싸게 살 수 있었다고 털어놓았고, 해군이 쓰던 페인트의 용도를 설명하려다가 적절한 말이 떠오르지 않는지 "그 뭐냐……."라고 말하다가 멈추고는 한 손가락을 땀구멍이 송송 난 주먹코 옆에 대고 잠시 그대로 서 있었다. "위장(僞裝)이요?" 내가 말을 거들었다. 그랬더니 그녀가 대답했다. "그래, 바로 그거야. 해군에서는 배를 위장하는 데 분홍색이 별로 필요 없었나 봐요." 그래서 솔이 그 페인트를 사다가 손수 집을 칠했다고 했다. 예타는 예순 살쯤 되어 보이는 땅딸막하고 뚱뚱한 부인이었고, 약간 몽골 사람 같은 생김새에 순하고 유쾌해 보여서 활짝 웃는 부처님 같은 인상이었다.

　그날 나는 방을 보자마자 얻기로 결정해 버렸다. 우선 집세가 쌌다. 그리고 분홍색이든 무슨 색이든 간에 짐머맨 부인이 보여 준 1층 방은 네덜란드식 거실처럼 기분 좋게 널찍하고, 통풍이 잘되었으며, 해가 잘 들고 깨끗했다. 게다가 호사스럽게도 간이 부엌과 개인 화장실이 딸려 있었는데, 화장실에 있는 욕조와 변기는 사방의 박하색과는 어울리지 않게 흰색이었다. 프라이버시가 보장된다는 것만으로도 충분히 매력적이었는데 게다가 비데까지 있었고, 비데를 보자 외설스러운 생각이 들면서 황당하게도 곧바로 성적으로 흥분하기도 했다. 또한 나는 집 안 이곳저곳을 데리고 다니며 들려주는 짐머맨 부인의 설명에도 감동받았다. "난 이곳을 '예타의 자유의 집'이라고 불러요." 그녀는 가끔씩 팔꿈치로 나를 슬쩍 찌르기도 하면서 수다를 늘어놓았다. "난 세 든 사람들이 인생을 즐기는 모습을 보고 싶어요. 보통 젊은 사람들인데, 세 든 사람들 말이에요. 난 그 사람들이 즐겁게 사는 모습을 보고 싶어요. 그렇다고 규칙이 전혀 없다는 건 아니고." 그녀가 통통한 집게 손가락을 들어 올리더니, 규칙들을 열거하기 시작했다. "첫째, 밤 11시 이후에는 라디오를 틀지 말 것. 둘째, 방을 나갈 때는 불을 완전히 끄고 나갈 것. 콘 에디슨[17]에 돈을 더 갖다 바칠 필요는 없으니까. 셋째, 침대에서는 절대 금연. 침대에서 담배 피우다 걸리면 그 즉시 방을 비워 줘야 돼요. 죽은 내 남편 솔의 사촌 하나가 침대에서 담배 피우다 불을 내서 집을 다 태우고 자기도 중화상을 입었거든요. 넷째, 매주 금요일마다 일주일치 집세를 낼 것. 이걸로 끝이야! 나머지는 모두 자유예요. 예타의 자유의 집이잖아. 내 말은, 이곳은 성인들을 위한 장소라는 거지. 알겠어요? 내가 매음굴을 운영하는 건 아니지

---

17) 뉴욕과 웨스트체스터 지역에 전기를 공급하는 전력 회사.

만, 때로는 당신이 여자를 데려오고 싶어 할 수도 있잖아요. 그럴 때 말이야, 신사답게 조용히 행동하고, 적당한 때 여자를 내보내 주기만 하면, 방에 여자를 들인 문제로 예타와 싸우는 일은 없을 거란 얘기예요. 이건 우리 집에 사는 여자들도 마찬가지예요. 그들도 때로는 남자 친구를 데려와서 놀고 싶어 할 수 있으니까. 수컷에게 좋은 것은 암컷에게도 좋은 거지. 내가 싫어하는 걸 하나만 대라면, 그건 위선이에요."

이 놀라운 관대함(육체적 쾌락을 긍정하는 구시대의 사고에서 나온 것으로밖에 보이지 않았다.)은 내게 주어진 자유가 너무 버거울지도 모른다는 걱정에도 불구하고 예타 짐머맨의 하숙집으로 들어가기로 하는 데 결정적인 역할을 했다. 그나저나 어디서 여자를 구하지? 이런 생각이 들자 갑자기 모험심이 부족한 나 자신에게 불같은 분노가 치밀어 올랐다. 예타(우리는 곧 서로 이름을 부르게 되었다.)가 내게 준 자유는 이 중요한 문제가 곧 저절로 해결되리라는 의미였다. 연어 같은 장밋빛을 띤 벽들이 음탕한 기운을 발하는 것 같았고, 나는 쾌락에 대한 기대로 가슴이 설렜다. 그리고 며칠 후 나는 육욕의 충족과 철학적 성숙 그리고 나 자신을 위해 마련해 둔 창조적 작업의 꾸준한 성취를 기대하면서 예타의 하숙집으로 들어갔다.

첫날 아침(토요일이었다.) 나는 느지막이 일어나 산책도 할 겸 느긋하게 걸어 플랫부시 애비뉴에 있는 문방구로 가 비너스 벨벳 2호 연필 두 다스와 누런 괘선 용지 두 묶음 그리고 '보스턴' 연필깎이를 사 가지고 돌아갔고, 연필깎이는 예타의 허락을 받아 욕실 문틀에 달아 놓았다. 그러고는 어릴 적 중

학교 교실에서 여선생님들이 사용하던 책상을 떠올리게 하는 거친 결에 튼튼해 보이는 분홍색 떡갈나무 책상 앞에 놓인 등받이가 곧은 분홍색 버들 세공 의자에 앉아 엄지와 집게손가락 사이에 연필을 거머쥐고 누런 괘선 용지의 첫 장을, 그 황량함이 눈을 아프게 하는 그 종이를 노려보았다. 아무것도 쓰여 있지 않은 종이 한 장이 그렇게도 사람을 무력하게 만드는 동시에 치욕을 줄 줄이야! 영감이 결여된 상태라 아무것도 나오지 않을 것을 알았고, 삼십 분 동안이나 그렇게 앉아 어설프게 떠오르는 생각들과 모호한 개념들 속을 헤매면서도, 이 낯선 환경에 정착한 지 얼마 되지 않아서 그런다고 합리화하면서 부진을 두려워하지 않으려고 애썼다. 지난 2월 유니버시티 레지던스 클럽에 숙소를 정한 후 맥그로힐에서 일을 시작하기 전 처음 며칠 동안, 내 소설의 프롤로그로 계획한 부분을, 소설의 배경이 될 버지니아의 작은 도시로 가는 기차 여행에 대한 묘사를 십여 매에 걸쳐 써 내려갔다. 분위기 면에서 『모두가 왕의 신하』[18]의 서두 부분과 많이 닮았고, 유사한 리듬을 사용했고, 작가가 독자의 옷깃을 움켜쥐는 듯한 효과를 얻기 위해 똑같이 2인칭 시점을 택한 내 글은 결코 독창적이랄 수는 없었지만, 분명히 강력하고 신선한 기운이 들어 있었다. 나는 이 점에 자부심을 느꼈고, 좋은 시작이라고 생각했다. 이제 마닐라지 폴더에서 그 부분을 꺼내 다시 읽었다. 족히 100번은 더 읽었을 것이다. 그 원고는 여전히 나를 기쁘게

---

18) 1946년 로버트 P. 워런이 발표했으며 퓰리처상을 받은 소설.

했고, 단 한 줄도 바꾸고 싶은 생각이 들지 않았다. 더 나아가 나는 "스팅고가 나가신다, 워런."이라고 혼잣말까지 했다. 그러고는 원고를 다시 폴더에 집어넣었다.

누런 종이는 여전히 빈 상태였다. 불안하면서 몸속에서 약간 음탕한 기운이 느껴지기 시작했고, 그래서 내 두뇌가 외설스러운 환영의 볼거리들에 탐닉하는 것을 막기 위해(해될 것은 없지만 작업에 방해가 되기 때문이었다.) 자리에서 일어나 한여름의 태양이 선정적인 붉은빛으로 가득 채워진 방 안을 서성거렸다. 그러던 중 바로 윗방에서 목소리와 발소리가 들려(알고 보니 천장과 벽이 종잇장처럼 얇았다.) 고개를 들어 분홍색 천장을 노려보았다. 나는 사방에 널린 분홍색을 혐오하기 시작했고, 예타가 말했듯이 분홍색이 나를 '물들이지나' 않을까 하는 의심이 강하게 들었다. 무게와 부피 문제 때문에 나는 꼭 필요하다고 생각되는 책들만을 가져갔다. 몇 권 안 되었지만 『대학용 영어 사전』과 『로짓 동의어·반의어 사전』, 존 던의 작품집들, 오츠와 오닐의 『그리스 희곡 전집』, 『진단과 치료를 위한 머크 매뉴얼』,(내 우울증 치료에 필수적인 책이다.) 『옥스퍼드 영시 모음』과 성경이 포함되어 있었다. 앞으로 조금씩 책이 늘어날 것이었다. 나는 영감을 불러일으키기 위해 말로[19]를 읽으려 했지만, 어찌 된 일인지 평소와 달리 말로의 경쾌한 가락이 별다른 감흥을 불러일으키지 못했다.

나는 책을 옆으로 밀어 놓고 욕실로 들어가, 약장에 놓아

---

19) 영국의 극작가이자 시인.

두었던 물건들을 정리하기 시작했다.(몇 년 후 J. D. 샐린저 작품 속의 한 주인공이 나와 같은 행동을 하는 것을 발견하고 감동했지만, 단연코 그런 행동을 한 것은 내가 먼저다.) 이것은 불가해한 강박 신경증과 물질주의적 절박함에 깊이 뿌리를 둔 의식으로서, 영감과 창의력이 시들해져 무력한 상태가 되었을 때 그리고 글쓰기와 책 읽기가 내 영혼에 부담이 될 때 자주 해 오던 행동이다. 일상의 하찮은 물건들을 깔끔하게 다시 정리하고픈 욕구는 설명하기 어렵다. 나는 다른 모든 것들처럼 솔 짐머맨의 광기 어린 분홍색 페인트칠에 희생된 벽 찬장 선반에 놓인 물건들을, 전날 밤 내가 놓아둔 그대로 놓여 있는 그 자질구레한 물건들을 일일이 만져 보면서 점검했다. 바바솔 면도 크림, 알카셀처[20] 한 병, 시크 안전면도기 한 개, 펩소덴트 치약 두 개, 닥터 웨스트 중간모 칫솔, 로열 라임 로션, 켄트 빗, 안전면도기용 시크 면도날 한 팩, 정액을 받는 부분이 있고 윤활 처리가 된 채 동그랗게 말려 있는 트로얀 콘돔 세 다스가 들어 있는 아직 뜯지 않은 셀로판 포장 콘돔 한 상자, 비듬 방지용 브렉 샴푸 하나, 렉솔 치실 한 개, 스퀴브 종합 비타민 한 병, 애스트링오솔 구강 청결제 한 병. 나는 이 모든 것을 부드럽게 어루만지며 상표를 확인해 보았고, 심지어 로열 라임 로션의 뚜껑을 열어 상큼한 과일 향기를 들이마셨으며, 일 분 삼십 초 정도 걸린 이 약장 정리를 통해 상당한 만족감을 느꼈다. 그러고는 약장 문을 닫고 책상 앞으로 돌아갔다.

---

20) 미국산 진통제 상표.

자리에 앉은 나는 눈을 들어 창밖을 바라보다가 갑자기 내 잠재의식에 작용해 나를 이곳으로 끌어들였음에 틀림없는 또 다른 요인을 의식하게 되었다. 퍼레이드 그라운즈라고 알려진 바로 앞 공원의 풍경은 너무도 아름다웠다. 오래된 무화과나무와 단풍나무들이 공원 둘레 인도에 푸른 그늘을 드리웠고, 완만하게 경사진 풀밭 위를 비추는 얼룩진 햇빛 덕분에 거의 목가적인 분위기가 느껴졌다. 그러나 이곳에서 조금만 눈을 돌리면 아주 대조적인 풍경이 나타났는데, 단 몇 블록 떨어진 곳에서는 차들이 엄청난 소음을 내며 플랫부시 애비뉴를 지나다녔다. 또한 그곳은 시끄럽고 뻔뻔스러운 영혼들이 넘쳐나는 너무도 도시적이고 혼란스럽고 눈에 거슬리는 장소로 보였다. 그러나 이곳은 수목의 푸르름, 꽃가루 덕분에 부드러워진 햇빛, 어쩌다가 한두 대씩 지나다니는 자동차와 트럭, 공원 주변을 느린 걸음으로 산책하는 몇 안 되는 사람들로 인해 마치 리치먼드나 채터누가 혹은 컬럼비아 같은 작은 남부 도시의 외곽 같은 느낌이 들었다. 그러자 고향에 대한 그리움이 격심한 통증처럼 몰려왔다. 도대체 내가, 무능력하고 발정 난 칼뱅교도인 내가 이제까지 상상도 못 했던 브루클린까지 흘러들어와 이 수많은 유대인들 속에서 뭐 하고 있는 것인가 하는 생각이 들었다.

이런 생각 끝에 나는 주머니에서 종잇조각을 꺼내 들었다. 거기에는 이 집에 사는 다른 세입자 여섯 명의 이름이 아무렇게나 적혀 있었다. 깔끔한 예타는 세입자의 이름을 작은 카드에 하나씩 적어서 각자의 방 앞에 붙여 놓았고, 나는 별다른 뜻이 있어서가 아니라 습관적으로 일어나는 탐욕스러운 호기심 때문에 전날 밤늦게 발끝으로 살살 복도를 돌아다니며 세입자들의 이름을 종이에 적어 놓았다. 네이선 랜다우, 릴리언 그로스먼, 모리스 핑크, 소피 자비스토프스카, 아스트리드 바인슈타인, 모이시 무스카트블리트. 세입자들 중 다섯 명은 2층에 살았고, 나머지 한 명은 1층 복도 건너 내 방 맞은편 방에 머물고 있었다. 어릴 적 함께 자란 친구들 중 커닝엄과 브래드쇼라는 이름을 좋아했듯이, 나는 단지 놀랄 정도로 다양하다는 이유만으로 이들의 이름이 마음에 들었다. 무스카트블리트라는 이름에서는 비잔틴다운 운치가 느껴졌다. 랜다우와 핑크는 언제쯤 만나게 될까 하는 궁금증도 생겼다. 세 명의 여자 이름은, 그중에서도 특히 복도 건너편 이웃인 아스트리드 바인슈타인은 강렬한 호기심을 불러일으켰다. 이런 생각에 골몰해 있던 나는 갑자기 내 머리 바로 위에 있는 방에서 들려오는 소동을 의식하게 되었는데, 너무나 즉각적으로 그리고 고통스러울 만큼 명료하게 그 정체를 알아차릴 수 있었고, 무슨 일이 일어나는지가 너무도 분명해서, 나는 다른 때 같으면 간접적이고 완곡한 표현을 썼을지 모르겠지만, 이번만큼은 실례를 무릅쓰고 그 소리가 마치 광포한 야생 동물들처럼 섹스를 하는 두 사람에게서 나오는 교성과 신음과 탄성이라고 있는 그대로 표현하고 싶다.

나는 놀라서 천장을 올려다보았다. 천장에 달린 전등이 마치 줄에 매달린 꼭두각시처럼 이리저리 흔들리고 덜컹거렸다. 회반죽을 칠한 천장에서 장밋빛 먼지가 날아 내려왔고, 금방이라도 그 방 침대가 내 얼굴 위로 떨어질 것 같았다. 무시무시했다. 단순한 남녀의 교접 의식이 아니라 일종의 스포츠, 싸움이나 난투극, 로즈 볼 혹은 보이 스카우트 대회 같았다. 그 방에서 들리는 말은 잘못된 어법에 외국인의 억양이 느껴지기는 해도 영어가 분명했지만, 굳이 무슨 말인지 정확하게 알고 싶은 생각은 안 들었다. 그들이 내는 소리는 매우 인상적이었다. 남자와 여자의 목소리가 서로에게 갈채를 보내더니 곧이어 내가 한 번도 들어 본 적이 없는 간곡한 권유의 말을 외치는 소리가 들렸다. 나는 '천천히, 빠르게, 더 세게, 더 빠르게, 더 깊게' 등과 같이 서로를 격려하고 자극하는 말을 한 번도 들어 본 적이 없었고, 퍼스트 다운[21]을 얻어서 환성을 지르는 것이나 실점하고 나서 절망에 찬 신음을 내뱉는 것 그리고 공을 어디에 넣을 것이냐[22]에 대해 그렇게 날카롭게 충고하는 소리도 들어 본 적이 없었다. 내가 특수 이어폰을 끼고 있었더라도 그보다 더 분명하게 들리지는 않았을 것이다. 그만큼 명료하게, 그것도 초인적으로 긴 시간 동안 소리가 들려왔다. 책상 앞에 앉아 한숨을 쉬고 있는데, 끝도 없이 계속되는 것 같던 엎치락뒤치락이 갑자기 끝나고, 두 남녀는 샤워하러 들어간 듯했다. 물방울 튀기는 소리와 킥킥거리는 웃음소리가 종잇장같이 얇은 천장을 뚫고 들려오더니 이윽고 어슬렁

---

21) 미식축구에서 공격팀에게 주어지는 연속 4회 공격의 첫 번째 플레이 혹은 새로 그 공격권을 얻는 것.
22) 작가는 섹스의 여러 단계를 미식축구 경기에 비유하고 있다. 여기에 쓰인 '공'은 럭비공인 동시에 남자의 생식기를 뜻하는 중의적 표현이다.

거리는 발소리와 함께 또다시 킥킥거리는 웃음소리와 맨엉덩이를 장난스럽게 때리는 것 같은 소리가 들려왔고, 마침내 어울리지 않게 베토벤의 「4번 교향곡」 느린 악장의 매혹적이고 달콤한 주제가 전축을 타고 흘러나왔다. 마음이 산란해진 나는 약장으로 가서 알카셀처 한 알을 꺼내 먹었다.

책상 앞으로 돌아간 지 얼마 안 되어서 이번에는 바로 그 방에서 한바탕 싸움이 벌어지고 있다는 것을 알아차렸다. 정말 놀랄 만큼 빠르게 어둡고 광포한 분위기가 찾아든 것이었다. 어느 정도는 방음이 되는지 그들이 하는 말은 알아들을 수 없었다. 마라톤 섹스가 막 끝난 지금, 그들이 움직이는 소리는 지나칠 정도로 생생하게 들려왔지만 그들이 하는 말은 소음기를 단 듯 작고 불분명하게 들려서, 화가 나서 이리저리 걸어 다니는 발소리와 신경질적으로 의자를 밀어젖히는 소리, 쾅 닫히는 문소리 그리고 분노 때문에 점점 더 고조되는 목소리로 조금밖에 알아들을 수 없는 말이 들렸을 뿐이다. 남자의 목소리가 압도적이었는데, 분노에 찬 허스키한 바리톤의 목소리에 맑고 조용한 베토벤의 음악이 거의 묻힐 지경이었다. 이와는 대조적으로 여자의 목소리는 애처롭고 방어적이며, 때로는 공포를 느끼는 듯 날카롭게 올라가기도 했지만, 대체로 간청하듯 유순하고 작았다. 갑자기 유리나 도자기로 된 물건이 (재떨이거나 유리컵 같은데 정확하게는 알 수 없었다.) 벽에 부딪쳐 깨지는 소리가 들렸고, 곧이어 남자의 무거운 발소리가 문을 향해 쿵쿵 울리더니 2층 복도로 난 문이 획 열리는 소리가 났다. 마침내 그 방은 (광란의 이십여 분이 지난 후) 일시적 고요라고 이름 붙일 수 있는 상태가 되었고, 그 깊은 고요 속에서 전축을 긁는 애달픈 아다지오와 내 머리 바로 위 침대에서 여자가 애처롭게 흐느끼는 소리만 들려왔다.

　나는 늘 편식을 하고 음식을 그다지 많이 먹지 않는 사람이며, 한 번도 아침 식사를 해 본 적이 없다. 또한 늦게 일어나는 것이 습관이 되어 '아침 겸 점심'을 즐기는 편이다. 위층에서의 소동이 가라앉고 나서 보니 정오가 훌쩍 지나 있었고, 위층에서 있었던 광란의 섹스와 격렬한 싸움에 참가하기라도 한 것처럼 갑자기 놀랄 정도로 배가 고파졌다. 너무나 배가 고파서 침이 나오고 현기증이 날 정도였다. 네스카페와 맥주를 제외하고는 찬장이나 소형 냉장고에 아무것도 채워 놓지 않은 터라 점심을 먹으러 나가기로 했다. 여느 때보다 일찍 거리로 나서 천천히 걷고 있는데, 처치 애비뉴에서 허즐스라는 유대인 식당이 눈에 들어왔다. 한 번도 정통 유대식 음식을 먹어 본 적이 없었고, 플랫부시에 왔으니 먹어 봐야 한다는 생각에 나는 그곳을 향해 발걸음을 옮겼다. 그런데 일부러 그럴 필요까지는 없었던 것이, 마침 안식일이라 식당은 문이 닫혀 있었다. 그래서 좀 더 걸어 내려가 새미스라는 정통은 아닌 듯한 유대인 식당에 자리를 잡고 앉아 치킨 수프와 마초 볼,[23] 거필터 피시,[24] 저민 간 요리를 주문했는데, 주문을 받는 웨이터

---

23) 유대인이 유월절에 먹는, 효모를 넣지 않은 빵.
24) 송어, 잉어 따위의 고기에 달걀, 양파 등을 섞어 수프로 끓인 요리.

는 연극을 하는 것이 아닌가 의심스러울 정도로 지나치게 무례했다.(퉁명스러움이 유대인 웨이터들의 일반적 특징이라는 것을 그때는 몰랐다.) 그러나 특별히 거슬리지는 않았다. 식당 안은 사람들로 붐볐는데, 대부분이 노인들로 보르시치[25]를 떠먹거나 감자 피로건[26]을 우적우적 씹고 있었다. 마치 살이 축 늘어진 늙은 목들이 한꺼번에 닭 비계를 걸걸하게 뱉어 내듯이 후음(喉音)이 독특한 엄숙한 이디시어[27]로 떠들어 대는 소리가 축축하고 음식 냄새가 밴 식당을 가득 채우고 있었다.

나는 흥미롭게도 행복한 느낌이 들었고, 이는 내 환경과 깊은 관련이 있었다. '즐겨라, 즐겨, 스팅고.' 내가 속으로 혼잣말을 했다. 특정한 배경과 학식, 감수성을 가진 많은 남부 사람들이 그렇듯이 나는 처음부터 유대인들에게 대단히 우호적이었고, 내 첫사랑은 배에서 쓰이는 온갖 도구를 취급하는 상인의 딸인 미리엄 북바인더였는데, 그녀는 고작 여섯 살의 나이에도 둥근 모자 모양의 그 사랑스러운 눈 속에 자신이 속한 민족의 아련한 슬픔과 측량할 수 없는 불가사의한 기운을 담고 있었다. 그리고 나는 나중에 유대인들에 대해 더 큰 동질감을 경험했는데, 이는 신교도의 성경과 히브리 성경에 나오는 아브라함과 모세의 위대한 여정과 고통 속에 부르는 다윗왕의 찬미가와 다니엘의 심오한 예언, 그 밖의 다른 계시들과

---

25) 당근을 주재료로 한 러시아식 수프.
26) 잘게 썬 닭의 간, 양파 등을 넣어 구운 파이. 유대인 요리.
27) 독일어에 슬라브어, 히브리어를 섞어 히브리 문자로 표기한다. 주로 유럽과 미국의 유대인들이 사용한다.

달콤 쌉쌀한 과자와 믿기 어려운 이야기들과 인간을 미혹하는 공포에 오래도록 노출되어 온 남부 사람들이라면 누구나 지닐 법한 감정이었다. 게다가 남부 사람들도 또 다른, 고통스러운 희생양을 가졌기 때문에 유대인들이 남부의 백인들에게 상당한 우정을 얻을 수 있었다는 것은 이제 그리 새로운 사실도 아니다. 어쨌든 그날 점심때 새미스에 앉아 있던 나는 유대인들 속에 있고자 하는 무의식적 욕구가 얼마간 나를 브루클린으로 이끈 것이 아닌가 생각하면서, 새로운 환경에 만족감을 느꼈다. 내가 텔아비브[28]에 자리를 잡았다고 해도 이보다 더 깊이 유대인 사회의 중심에 들어와 있다고 느끼지는 못했을 것이 분명하다. 식당을 나서면서 나는 마니셰비츠가 괜찮다는 생각까지 했는데, 그것은 사실 거필터 피시에 곁들이기에는 별로였지만, 어릴 때 버지니아에서 맛본 달콤한 스커퍼농[29] 와인과 비슷한 데가 있었다.

예타의 하숙집으로 돌아가는 동안 다시 한번 윗방에서 일어난 일에 화가 치밀어 올랐다. 그런 일이 자주 일어난다면 잠을 이루지 못할 것이고 마음의 평화가 깨질 것이라는 생각에서 나온 이기적인 감정이었다. 하지만 그것이 신경 쓰이는 또 하나의 이유는 그토록 격정적인 사랑과 즐거움이 갑자기 분노와 흐느낌과 불화로 바뀐 것을 이해할 수 없었기 때문이다. 그리고 나를 더욱 안달하게 하는 것은 누가 누구와 그랬느냐 하

---

28) 이스라엘의 최대 도시.
29) 알이 큰 포도의 일종.

는 문제였다. 이런 일에 호기심을 갖게 된 나 자신에게 화가 났고, 이웃과의 첫 대면이 평범한 인사말과 악수가 아니라 얼굴도 본 적 없는 낯선 사람들의 음탕함을 엿듣는 것이 되어 버린 사실에도 화가 났다. 지금까지 대도시에 살면서 즐겨 했던 공상 속에서도 나는 남의 뒤나 캐고 다니는 사람이 아니었는데, 이제 두 연인이 너무도 가까이 있다는 사실로 인해(바로 얼마 전에 내 머리 위로 떨어질 뻔하지 않았는가.) 그들의 정체를, 그것도 가능한 한 빨리 알아내려고 노력하게 된 것이었다.

예타의 하숙집으로 들어서다가 처음으로 이웃과 맞닥뜨리게 되었을 때 내 문제는 즉시 해결되었다. 그는 1층 복도에 서서 우체부가 현관 근처 탁자 위에 놓고 간 우편물을 뒤적이고 있었다. 약간 살집이 있고, 벽돌색의 곱슬머리에 기울어진 어깨, 갸름한 얼굴에 스물여덟 살쯤 되어 보이는 젊은 남자였고, 뉴욕 토박이 특유의 무뚝뚝함이 느껴졌다. 뉴욕에 자리를 잡은 후 처음 며칠 동안은 그런 태도가 쓸데없이 적대적이라는 생각이 들어서 몇 번이나 주먹다짐을 할 뻔했지만, 얼마 지나지 않아 아르마딜로[30]의 가죽처럼 도시인들이 자신을 방어하기 위해 뒤집어쓴 딱딱한 껍데기 같은 것이라는 사실을 깨닫게 되었다. 내가 "스팅고라고 합니다."라고 정중하게 인사했지만, 내 이웃은 우편물을 뒤적이면서 거친 숨소리만 낼 뿐이었다. 민망해진 나는 목덜미가 화끈거리고 입술이 얼어붙은 듯해서 내 방 쪽을 향해 몸을 돌렸다.

---

30) 적을 만나면 갑옷 같은 외피로 몸을 마는 포유동물.

그때 그가 말을 꺼냈다. "이거, 당신 거요?" 몸을 돌리자 그가 편지를 하나 들고 있었고, 글씨로 보아 아버지가 보낸 편지라는 것을 알 수 있었다.

"고맙습니다." 화가 나 있던 나는 낮은 목소리로 중얼거리며 편지를 잡았다.

"그 우표, 나 주면 안 돼요? 우표 수집이 취미인데." 그가 크게는 아니지만 분명히 인간적인 냄새를 풍기는 싱긋 웃음을 지어 보였다. 나는 콧노래 비슷한 소리를 내며 희미하게나마 허락한다는 표정을 지어 보였다.

"난 핑크요. 모리스 핑크. 이곳에 살면서 관리인 역할도 맡고 있죠. 특히 이번 주말처럼 예타가 없을 때요. 카나지에 사는 딸네 집에 갔어요." 그가 고갯짓으로 내 방문 쪽을 가리켰다. "분화구에 살게 됐나 보죠?"

"분화구요?" 내가 물었다.

"일주일 전만 해도 내가 거기 살았어요. 내가 그 방을 나오자 당신이 들어오게 된 거요. 윗방 사람들이 섹스하는 소리를 들으면서 지내다 보면 마치 폭탄 분화구에 사는 것 같은 생각이 들어서 그렇게 불렀죠."

모리스와의 사이에 갑자기 유대감이 형성되었고, 나는 긴장을 풀고 꼬치꼬치 캐묻기 시작했다. "세상에, 그걸 어떻게 견뎠어요? 그리고 도대체 어떤 사람들이에요?"

"침대를 옮기게 하면 좀 나을 거요. 벽 쪽으로 옮기게 하면 무슨 짓을 하든 잘 안 들릴 거란 말이지. 벽 쪽이면 바로 화장실 위가 되거든. 전에 한번 그들에게 침대를 옮기라고 한 적

84

이 있어요. 아니, 그 남자에게 시켰지. 방은 그 여자 방이지만 그 남자보고 침대를 옮기라고 시켰다는 얘기요. 억지 좀 부렸지. 안 옮기면 예타가 둘 다 쫓아낼 거라고 말해 줬죠. 그러니까 옮기더만. 지금은 다시 창문 쪽으로 옮겨 놓은 것 같아요. 그쪽이 더 시원하다고 했거든요." 그가 말을 멈추고 내가 건네준 담배를 받아 들었다. "침대를 다시 벽 쪽으로 옮기라고 말해 봐요."

"그럴 순 없죠." 내가 끼어들었다. "올라가서 생전 처음 보는 사람한테 그런 말을 할 순 없어요. 굉장히 민망할 테니까. 그럴 순 없을 것 같아요. 그나저나 도대체 그 사람들 누구예요?"

"원한다면 내가 말해 줄게요." 모리스가 자신 있다는 듯 말했고, 그 말이 상당히 솔깃하게 들렸다. "침대를 옮기라고 내가 말할게요. 예타는 서로를 방해하는 것을 참을 수 없어 하거든. 그 랜다우라는 인간, 참 골 때리는 작자요. 내가 다시 뭐라 그러면 한바탕 난리를 치겠지만, 결국에는 옮길 거니까 걱정 말아요. 쫓겨나는 건 원치 않거든."

그 소동을 벌인 장본인은 내 목록에 처음으로 이름이 올라 있던 네이선 랜다우였다. 그렇다면 그 소란과 죄악과 혼돈에 동참한 그의 파트너는 누구란 말인가? "그러면 여자는요? 그로스먼인가요?"

"아니. 그로스먼은 돼지야. 소피라고 폴란드 여자요. 소피 Z. 난 그렇게 불러요. 그 여자 성(姓)은 발음하기가 너무 어렵거든. 어쨌든 꽤나 매력적인 여자지. 그 소피라는 여자요."

나는 다시 한번 집을 감싸고 있는 정적을 의식하게 되었고,

그것은 그해 여름 번화가에서 멀리 떨어진, 거의 시골티가 나는 외딴 그 집에서 때때로 느끼게 될 섬뜩한 정적이었다. 길 건너 공원에서는 아이들이 떠드는 소리가 들렸고, 차 한 대가 천천히 지나가는 소리도 들렸는데, 전혀 서두를 것 없다는 듯 느리게 지나가서 소리가 귀에 거슬리지는 않았다. 내가 브루클린에 살고 있다는 것이 믿기지 않았다. "다들 어디에 있는 거죠?" 내가 물었다.

그러자 모리스가 말했다. "자, 얘기해 줄 테니 잘 들어요. 아마 네이선 말고는 이 집에서 뭔가 할 수 있을 만큼 돈이 풍족한 사람은 아무도 없을 거요. 뉴욕으로 가서 레인보 룸[31]에서 춤을 춘다든가 하는 멋진 일들 말이오. 하지만 토요일 오후에는 다들 집을 비우지. 다들 어딘가로 가거든. 예를 들어 돼지 같은 그로스먼은, 세상에 얼마나 시끄러운 여자인지 아마 모를 거요. 어쨌든 그로스먼은 이슬립에 사는 엄마를 만나러 가죠. 아스트리드도 마찬가지고. 아스트리드 바인슈타인이란 여잔데, 복도 건너 당신 방 맞은편에 살지. 그로스먼처럼 킹스카운티 병원 간호사인데, 이 여자는 돼지는 아니에요. 괜찮은 아가씨긴 한데, 매력적이진 않아요. 그저 평범해. 귀여운 강아지라고나 할까. 어쨌든 돼지는 아뇨."

실망스러웠다. "그 아가씨도 엄마를 만나러 가나요?" 내가 별 관심도 없이 심드렁하게 물어보았다.

"그렇대요, 엄마를 만나러 뉴욕으로 간대요. 그런데 당신은

_____

31) 뉴욕에 있는, 밴드를 갖춘 무도장.

유대인 같아 보이진 않네. 그래서 하는 말인데 유대인들은 굉장히 자주 엄마를 만나러 가요. 그게 특징이야."

"아, 예. 그러면 다른 사람들은요? 다른 사람들은 어디 갔죠?"

"무스카트블리트는, 곧 만나게 될 테지만 몸집이 아주 크고 뚱뚱하고 랍비 같은 학생인데, 저지 어딘가에 산다는 부모님을 만나러 가요. 안식일에는 여행을 못 하니까 금요일 밤에 떠나지. 그 친구는 영화광이라 일요일엔 하루 종일 뉴욕에서 네다섯 편의 영화를 본대요. 그러고는 영화를 많이 봐서 눈이 침침하다면서 일요일 밤늦게 돌아오지."

"그러면, 아…… 소피와 네이선은요? 어딜 가나요? 도대체 뭐 하는 사람들이에요? 날마다 그러는 건……." 빈정거리는 말이 나오려는데 참았다. 그럴 필요가 없었던 것이, 대단히 수다스럽고 거칠 것 없이 정보를 쏟아 내는 모리스가 이미 내가 무엇을 궁금해하는지 알고 재빨리 말을 꺼냈기 때문이다.

"네이선은 교육깨나 받은 사람인데, 생물학자래요. 보로 홀 근처 실험실에서 일한다는데, 여러 가지 약품을 만든다지, 아마. 소피 Z는 정확하게 직업이 뭔진 몰라요. 폴란드인들을 대상으로 하는 폴란드 의사 밑에서 비서로 일한다는 소리를 듣긴 했는데. 당연한 거겠지만, 소피는 폴란드어를 아주 유창하게 해요. 어쨌든 네이선과 소피는 해변을 무지 좋아하지. 오늘처럼 날씨가 좋을 때면 코니아일랜드에 가요. 가끔씩 존스비치로 가기도 하고. 저녁때면 돌아와요." 그가 말을 멈추고 슬쩍 곁눈질을 하는 듯했다. "돌아와서는 그 짓거리를 하고 싸워요. 진짜로 싸운다니까! 그러고 나선 저녁을 먹으러 나가지.

먹는 데 아주 목숨 걸었어. 그 네이선이란 인간이 돈을 아주 잘 벌거든. 하지만 그 인간 아주 골 때려요. 희한한 인간이야. 진짜로 괴짜라니까. 정신과 치료가 필요하지 않나 싶을 정도로 말이에요."

이때 전화벨이 울렸는데 모리스는 받지 않고 내버려 두었다. 벽에 달린 공중전화였는데 벨 소리가 엄청나게 커서 온 집안에 다 울리도록 일부러 크게 한 것이 틀림없다는 생각이 들 정도였다. "아무도 없을 땐 안 받아요." 모리스가 말했다. "저 원수 같은 전화하고 메시지, 정말 못 참겠거든. '릴리언 있나요? 그 애 엄만데요. 베니 삼촌이 사다 준 그 귀한 선물을 깜빡 잊고 안 가져갔다고 좀 전해 줘요.' 어쩌고저쩌고. 어이구, 그 돼지 같은 여자. 아니면 '모이시 무스카트블리트의 아버진데, 모이시 집에 없소? 사촌 맥스가 해컨색에서 트럭에 치였다고 좀 전해 줘요.' 어쩌고저쩌고. 하루 종일이야. 저 원수 같은 전화 좀 없었으면 좋겠네."

나는 모리스에게 의례적인 인사말을 건네고 다시 보자고 한 후, 아이 방과 같은 분홍색의 내 방으로, 그 분홍색이 불러일으키기 시작한 불안 속으로 되돌아갔다. 그러고는 책상 앞에 앉았다. 괘선 용지의 첫 장은 아직도 위협적인 공백을 드러낸 채 영원히 그대로 있겠다는 듯 누런 입을 벌리며 하품하는 것 같았다. 젠장, 소설을 쓸 수나 있을까? 나는 비너스 벨벳 연필 끝을 물어뜯으며 생각에 잠겼다. 그러다가 아버지에게 온 편지를 뜯었다. 나는 남부의 체스터필드 경[31]을 조언자로 둔 것을 행운이라고 생각하며 언제나 아버지의 편지를 반갑게 맞아들였는데, 아버지는 자부심과 탐욕, 야망, 정치적 음모, 지나친 욕정 등을 비롯한 지옥에 떨어질 대죄와 위험에 대해 고색창연한 의견을 늘어놓음으로써 내게 감동을 주었다. 아버지는 독선적일 때도 있지만 결코 거드름을 피우거나 설교를 하지 않았기 때문에 나는 복잡하고 심오한 생각과 느낌을 담고 있으면서도 유창한 그 편지들을 즐겁게 음미하며 읽었다. 편지를 읽고 나면 나는 눈물이 그렁그렁해지거나 웃음을 터뜨리기도 했고, 어떤 편지를 읽고 나서는 아버지가 산문의 운율과 많은 지혜를 얻기 위해 인용한 성경의 문구들을 즉시 다시 찾아 읽곤 했다. 하지만 오늘은 편지의 접힌 부분에서 떨어져 나온 신문 기사 조각에 먼저 관심이 쏠렸다. 버지니아 지방 신문에서 오린 그 기사 제목은 너무도 충격적이어서 잠시 숨이 멎는 듯했고 눈앞에는 작은 빛 알갱이들까지 나타났다.

그 기사는 내가 사춘기 초반의 그 냉혹한 몇 년 동안 별 가망도 없이 사랑에 빠졌던 아름다운 소녀의, 지금은 스물두 살이 된 그 아가씨의 자살 소식을 전하고 있었다. 그녀의 이름은 마리아(남부식으로 발음하면 '파리아'[33]와 각운이 맞았다.) 헌트였고, 나는 열다섯 살 때, 지금 와서 생각하면 거의 광적일 정도로 그녀에게 열중해 있었다. 상사병에 걸린 어리석고 비참한 사람의 좋은 본보기가 바로 나였다! 마리아 헌트! 해방의 새벽이 밝아 오기 훨씬 전인 1940년대, 구식 기사도가 여

---

32) 영국의 정치가이자 문인.
33) 하층민, 소외 계층을 뜻한다.

전히 유행했고, 사내아이의 꿈속에 등장하는 준 앨리슨[34]들이 사회학자들의 같잖은 표현을 빌리자면 "만지기만 해도 절정에 다다르게" 하는 여신들이었지만, 나는 내 광적인 사랑에 분명한 제한을 두었고, 내 사랑하는 마리아에게 당시 사람들 말로 '필이 꽂히게 하고자' 노력하는 짓 따위는 하지 않았다. 진정코 나는 그녀의 가혹할 정도로 매력적인 입술에 짧은 입맞춤조차 하지 않았다. 그렇다고 우리 관계를 플라토닉하다고 규정하려는 것은 아니다. 내가 이해하는 한 그 단어에는 무언가 지적인 요소가 있었지만, 마리아는 결코 지적이거나 똑똑하지는 않았기 때문이다. 덧붙이자면, 마흔여덟 개의 주가 있던 때에는, 해리 버드의 버지니아가 공교육의 질이라는 측면에서 마흔아홉 번째로(아칸소와 미시시피, 심지어 푸에르토리코보다도 뒤였다.) 여겨지던 그때, 열다섯 살짜리 소년 소녀의 대화에서 지적인 면이 얼마나 될지는 상상에 맡기는 것이 나을 것이다. 생각에 잠겨 길게 이어지는 자연스러운 침묵으로 인해 우리의 일상적인 대화가 중단되는 일은 결코 없었다. 그럼에도 나는 그녀가 마음을 아프게 할 만큼 너무도 아름답다는 단순한 이유만으로 열정적이지만 순결하게 그녀를 숭배했고, 이제 그녀가 죽었다는 사실을 알게 된 것이다. 마리아 헌트가 죽었다!

2차 세계 대전이 발발하고 내가 참전하면서 마리아는 내 인생의 무대에서 서서히 퇴장해 버렸지만, 그 후로도 그녀는

_____

34) 1940년대와 1950년대를 풍미한 미모의 영화배우.

그리움의 대상으로 종종 떠오르곤 했다. 그런 그녀가 창문으로 뛰어내려 자살했고, 놀랍게도 바로 몇 주 전 맨해튼에서 그런 일이 일어났다는 것이다. 나중에 알게 된 사실이지만 그녀는 내가 살던 6번가 모퉁이의 어느 건물에 살았다고 한다. 우리가 그리니치빌리지라는 작은 동네에 살면서 단 한 번도 서로 부딪친 적이 없다는 것은 뉴욕이라는 도시의 비인간적인 거대함을 보여 주는 증거였다. 나는 양심의 가책에 가까운 격심한 고통을 느끼면서 혹시 그녀가 같은 도시에 산다는 것을 알았더라면, 그녀를 구해 줄 수 있었을까, 그런 끔찍한 일을 막을 수 있었을까 생각해 보았다. 기사를 읽고 또 읽으면서 거의 경련을 일으킬 정도가 되었고, 이 젊은 아가씨의 절망과 상실을 다룬 무정한 기사에 신음을 뱉어 냈다. 왜 그랬을까? 기사 내용 중 가장 가슴 아팠던 것 중 하나는 알 수 없는 복잡한 이유들로 인해 사체의 신원이 밝혀지지 않은 채 극빈자 묘지에 묻혔다가 몇 주가 지나서야 다시 꺼내져 버지니아로 보내졌고 그러고 나서야 장례식을 치르게 되었다는 것이다. 나는 그 끔찍한 이야기에 너무 충격을 받아서 그날은 일에 대한 생각을 접어치우고 냉장고에 넣어 둔 맥주를 꺼내 마시면서 위안을 찾았다. 그리고 얼마의 시간이 흐른 후 아버지의 편지에서 다음과 같은 내용을 읽게 되었다.

아들아, 당연한 이야기겠지만 나는 여기 동봉한 기사에 네가 단순한 관심 이상을 가지게 될 거라고 생각했다. 육칠 년 전 네가 마리아 헌트에게 얼마나 '열중'해 있었는지 기억하기 때문이다. 가끔씩 그 아이의 이름만 나와도 토마토처럼 얼굴이 빨개지던 너를 유쾌한 마음으로 회상하곤 했는데, 이제는 깊은 슬픔으로 그때를 회상하게 되는구나. 우리는 선하신 주님께서 왜 그런 일이 있게 하시는지 의문을 품곤 하지만, 다 소용없는 일이다. 마리아 헌트는 비극적인 가정에서 자랐다. 마틴 헌트는 거의 알코올 중독자에다 직업도 없이 빈둥거렸고, 반면에 비어트리스는 상당히 집요하고도 가혹하게 다른 사람들에게(마리아에게는 더 그랬다고 들었다.) 자신의 도덕적 기준을 강요했다. 한 가지 확실해 보이는 것은 풀리지 않는 죄책감과 증오가 그 비극적인 가정을 가득 채우고 있었다는 것이다. 네가 이 소식에 영향을 받으리라는 것을 안다. 내가 기억하는 마리아는 반짝이는 별같이 아름다운 아가씨였고, 그 때문에 이 소식은 더욱더 비극적으로 느껴진다. 그렇게 아름다운 아가씨가 한때나마 우리와 함께했다는 사실에서 위안을 얻도록 해라……

나는 그날 오후 내내, 공원의 나무들 아래로 그림자가 길어지고 아이들이 집으로 돌아가 퍼레이드 그라운즈를 가로지르는 길이 아무도 없이 고요해질 때까지 마리아에 대해 곰곰이 생각했다. 마침내 맥주 때문에 머리가 어지러워지고 줄곧 피워 댄 담배로 인해 입이 바싹 마르고 목이 따끔거렸다. 나는 침대로 가 누워 버렸다. 곧이어 무거운 잠 속으로 빠져들었는데, 평소보다도 많이 이러저러한 꿈들에 시달렸다. 그런 꿈들 중 하나가 나를 심하게 괴롭혔다. 몇 가지 무의미한 광란의 꿈과 짧지만 무시무시한 악몽 그리고 교묘하게 짜인 일인

극이 끝난 후, 나는 이제까지 경험한 것 중에서 가장 가혹하게 색정적인 환상에 사로잡혔다. 타이드워터[35]의 화창하고 고요한 풀밭 위에서, 선들바람에 물결치는 떡갈나무에 둘러싸여 인기척 하나 없이 고요한 그곳에서, 이제는 죽고 없는 내 마리아가, 앞에서는 양말조차 벗은 일이 없던 나의 마리아가, 내가 보는 앞에서 매춘부처럼 요염한 동작으로 옷을 하나씩 벗고 있었다. 숨 막히게 아름다운 하얗고 매끄러운 가슴 위로 밤색 머리카락이 흘러 내려와 있었고, 완전히 알몸이 된 잘 익은 복숭아 같은 그녀가 단도처럼 뻣뻣하게 굳은 채로 누워 있는 내게 다가와 유쾌하고 음탕한 말로 나를 조르며 속삭였다. "스팅고. 아, 스팅고, 날 좀 어떻게 해 줘." 그녀의 하얀 살결 위에는 땀이 나는 듯 희미한 연무가 최음제처럼 매달려 있고, 작은 땀방울들이 성기 주변의 검은 털을 장식하고 있었다. 음탕한 내 요정은 촉촉하게 벌어진 입을 오므리며 몸을 약간 흔들어 보이더니, 이제 맨살이 드러난 내 배 위로 몸을 구부리고 달콤한 음담패설을 속삭이며 키스를 받지 못한 그 입술로 딱딱하게 굳은 내 정열의 막대기를 애무할 준비를 하고 있었다. 그때 영사기에서 필름이 엉켜 버렸다. 잠이 깬 나는 비참한 기분이 되어 다가오는 밤그림자로 얼룩진 분홍색 천장을 노려보며, 원시인 같은 신음을, 아니 내 영혼의 가장 깊은 굴 속에서 쏟아져 나오는 절규를 내뱉었다.

그러나 그때 나는 괴로운 내 심장에 못이 하나 더 박히는

---

35) 버지니아의 동부 지방.

것을 느꼈다. 위층 저주받을 침대 위에서 그들이 또다시 그 짓거리를 하고 있었다. "그만 좀 해!" 나는 천장을 향해 버럭 소리를 지르고는 양 집게손가락으로 귀를 틀어막았다. 소피와 네이선! 재수 없는 유대인들 같으니라고! 잠시 주춤하는가 싶더니 다시 들어 보니 여전히 계속하고 있었는데, 이번에는 신음과 음탕한 지껄임이 없어 그다지 소란스럽지는 않았고, 단지 침대 스프링이 박자에 맞춘 듯 규칙적으로 삐걱거리는 소리를 낼 뿐이었다. 그들이 속도를 늦추건 말건 내 알 바 아니었다. 나는 서둘러 밖으로(거의 뛰쳐나가다시피 했다.) 나가 황혼에 물든 공원 주변을 미친 듯이 서성였다. 그러다가 생각에 잠겨 속도를 늦추고 천천히 걸음을 옮기기 시작했다. 나무들 아래를 걸으면서 내가 브루클린으로 온 것이 중대한 실수였는지를 심각하게 고민하기 시작했다. 내게 무슨 문제가 있었던 것은 아니다. 설명할 수는 없지만 미묘하게 잘못된 무언가가 분명히 있었다. 몇 년 후에 유행한 그럴듯한 말 만들기를 그때 할 수 있었다면, 아마도 예타의 집이 나쁜 기운을 내뿜고 있다고 말했을지도 모르겠다. 나는 아직도 그 무자비하고 도발적인 꿈에서 벗어나지 못하고 있었다. 물론 꿈은 그 특성상 기억을 통해 다시 접근해 보기가 어렵지만, 영원히 뇌리에 새겨져 결코 잊히지 않는 꿈도 있다. 내게 가장 기억에 남는 꿈들은, 마치 내가 초자연적 세계에 붙잡혀 있는 것은 아닌가 생각될 정도로 너무도 강렬하게 현실적으로 느껴지는 꿈들은 늘 섹스나 죽음의 문제를 다루었다. 그래서 마리아 헌트가…… 이제까지 그 어떤 꿈도 팔 년 전쯤 어머니의 장례식이 있은 지 얼마 안 된 어느 날 아침에 꾼 꿈만큼 내게 지속적인 반향을 불러일으키지는 못했다. 꿈속에서 나는 자다 말고 창밖을 바라보다가 비바람에 흠뻑 젖은 정원에서 열려 있는 관을 발견했고, 공단으로 치장된 관의 머리 부분을 보았다. 거기에서는 암 때문에 쭈글쭈글해진 어머니의 얼굴이 형언할 수 없는 고통으로 일그러져 간청하듯 나를 바라보고 있었다.

나는 집을 향해 발걸음을 돌렸다. 내 방으로 돌아가 아버지에게 답장을 쓸 생각이었다. 마리아의 죽음에 대한 정황을 좀 더 자세히 알려 달라고 하고 싶었다. 그러나 내 잠재의식이 벌써 그녀의 죽음을 너무도 비참하게 나를 옭아매고 있는 내 소설의 화제로 다루기 시작했다는 사실을 그때는 알지 못했던 것 같다. 그러나 그날 저녁 나는 그런 편지를 쓰지 못했다. 집으로 돌아간 나는 처음으로 소피를 대면하게 되었고, 즉시는 아니지만 굉장히 빨리, 또 설명할 수 없는 이유로 인해 그녀를 사랑하게 되었기 때문이다. 그해 여름 시간이 지남에 따라 깨닫게 되었지만, 그 사랑은 여러 가지 이유로 내 존재를 가능하게 하는 사랑이었다. 그러나 처음에는 그녀가 희미하게나마 정말로 마리아 헌트를 닮았다는 것이 그 많은 이유들 중 하나였다는 것을 고백해야겠다. 그리고 그녀를 처음 본 순간부터 여전히 지워지지 않는 것은 그녀에게 본 죽은 아가씨의 사랑스러운 모습뿐만 아니라 마리아의 얼굴에도 드리워 있었을, 죽음을 향해 무모하게 돌진하는 사람에게 보이는 비극적인 절망의 그림자였다.

소피와 네이선이 내 방문 밖에서 격렬한 싸움을 벌이고 있었다. 그들의 목소리가 여름 밤공기를 뚫고 분명하게 들려왔고, 현관 계단을 오르면서 보니 복도에서 옥신각신하고 있었다.

"그런 소리 하지 마, 알아들어?" 그가 버럭 소리를 질렀다. "넌 거짓말쟁이야! 거짓말이나 하고 다니는 한심한 씹구멍이라고. 알아들어? 씹구멍!"

"당신도 씹구멍이야." 그녀가 맞받아쳤다. "그래, 당신도 씹구멍이야." 공격적인 어투는 아니었다.

"나는 씹구멍이 아니야." 그가 벼락같이 호통을 쳤다. "난 씹구멍이 될 수 없어, 이 멍청한 폴란드 년아. 언제쯤 제대로 말을 할래? 난 좆은 될 수 있어도 씹구멍은 될 수가 없다고, 이 멍청아. 앞으로는 그렇게 말하지 마, 알아들어? 그럴 기회도 없을 테지만."

"당신이 먼저 그렇게 불렀잖아!"

"그건 네가 진짜로 씹구멍이기 때문이지, 이 바보야. 날 속이고 여기저기 양다리나 걸치는 주제에! 사기꾼 같은 돌팔이 의사 새끼 앞에서 가랑이나 벌리고. 세상에!" 그가 억제할 수 없는 분노로 한껏 높아진 목소리로 호통을 쳤다. "널 죽이기 전에 여길 떠나게 내버려 둬, 이 창녀야! 넌 타고난 창녀고, 죽을 때까지 창녀 노릇이나 할 거야."

"네이선, 내 말 좀 들어 봐……." 그녀가 간청하는 소리가 들렸다. 현관에 가까이 다가서자 퍼덕이는 나방 떼에 휩싸이다시피 한 40와트짜리 흔들리는 전구가 어두운 불빛을 내뿜는 분홍색 복도에서 둘이 엉켜 붙은 모습이 희미한 윤곽으로 보였다. 키나 힘으로 볼 때 압도적인 우위를 보인 사람은 네이선이었다. 가운데 검은 머리가 수족(族) 인디언처럼 삐죽 솟았고 넓은 어깨에 힘깨나 있어 보였다. 좀 더 호리호리하고 광적인 존 가필드[36]를 닮았고, 가필드처럼 잘생기고 이론적으로는 호감이 가는 얼굴이었지만, 지금은 그 얼굴이 정열과 분노로 잔뜩 어두웠고 폭력이라도 기꺼이 휘두르겠다는 표정을 하고 있었기 때문에 결코 호감이 간다고는 말할 수 없었다. 그는 얇은 스웨터에 헐렁한 면바지를 입고 있었는데, 이십 대 후반 같았다. 그가 소피의 팔을 꽉 잡고 있었다. 소피는 거센 바람에 흔들리는 장미꽃 봉오리처럼 그의 공격을 받고 몸을 움찔했다. 그녀는 어두운 불빛 아래에 있어서 잘 보이지 않았다. 네이선의 어깨에 가려 마구 헝클어진 밀짚색의 머리카락과 얼굴의 삼분의 일 정도만 보일 뿐이었다. 놀라 치켜 올라간 한쪽 눈썹과 작은 사마귀 하나, 담갈색의 눈, 슬라브족 특유의 넓고 완만한 광대뼈와 그 위를 수은 방울처럼 굴러 내리는 눈물이 보였다. 그녀는 엄마 잃은 아이처럼 흐느껴 울기 시작했다. "네이선, 내 말 좀 들어 봐, 제발." 흐느끼던 중간에 물기 어린 목소리로 말했다. "네이선! 네이선! 네이선! 그렇게 불러서 미안해."

네이선이 갑자기 소피의 팔을 획 던지듯 놓더니 그녀에게서 한 발짝 물러서며 소리쳤다. "널 보니 극도로 불쾌해진다. 진짜 혐오스러워. 널 죽이기 전에 여길 나가야겠어!" 그러고는 그녀에게서 몸을 획 돌렸다.

---

36) 미국의 20대 대통령.

"네이선, 가지 마!" 그녀가 필사적으로 애원하며 그를 잡으려고 양손을 내밀었다. "난 당신이 필요해, 네이선. 당신도 내가 필요하잖아." 어린아이처럼 애원하는 목소리였고, 가녀린 음색에 어조가 올라갈 때는 가늘게 흔들리다가 내려올 때는 약간 쉰 목소리가 났다. 전반적으로 드러나는 폴란드인의 억양이 매력적이었고, 아니 좀 덜 긴장된 상황에서라면 틀림없이 매력적이리라는 생각이 들었다. "제발 가지 마, 네이선." 그녀가 울부짖었다. "우린 서로를 필요로 해. 가지 마!"

"필요로 한다고?" 네이선이 소피를 향해 돌아서며 맞받았다. "내가 너를 필요로 한다고? 잘 들어." 그가 그녀에게 내민 한 손을 마구 흔들어 대기 시작했고, 더욱더 분노에 찬 신경질적인 목소리로 말을 이었다. "나는 생각해 낼 수 있는 모든 끔찍한 질병만큼이나 널 필요로 해. 탄저병만큼이나 널 필요로 해, 알아들어? 선모충병만큼이나! 담석만큼이나 네가 필요해. 펠라그라! 뇌염! 브라이트병, 젠장! 뇌종양만큼이나 네가 필요해, 이 더러운 창녀야! 아아아악!" 마지막에는 점점 더 어조가 올라가며 가늘게 떨리는 울부짖음이 터져 나왔고, 광기에 사로잡힌 랍비의 곡소리처럼 어쩐지 경건하면서도 분노와 비탄이 섞여 있었다. "죽음만큼이나 네가 필요해." 그가 목에 뭐가 걸린 듯한 소리로 외쳤다. "죽음 말이야!"

그가 다시 몸을 돌려 세우자 이번에는 소피가 흐느끼며 말했다. "제발 가지 마, 네이선!" 그러고는 잠시 멈췄다가 다시 말을 이었다. "네이선, 어디 가는 거야?"

그는 이제 현관 앞에 다다라 있었고, 모르는 체하고 방으로 들어가야 할지 아니면 돌아서서 자리를 피해야 할지 몰라 현관 밖에서 망설이고 있던 내게서 60센티미터도 채 안 되는 곳에서 발걸음을 멈췄다. 그가 소리쳤다. "어딜 가냐고? 어디 갈건지 가르쳐 주지. 지하철을 타고 포리스트힐스로 갈 거야! 그리고 형 차를 빌려서 여기로 돌아와서 내 짐을 차에 실을 거야. 그러고 나서 이곳을 완전히 떠날 거라고." 갑자기 목소리가 낮아지고 어느 정도 냉정을 되찾은 듯 평온해 보이기까지 했지만, 어조는 여전히 어딘가 모르게 과장되고 위협적이었다. "그러고 나선 뭘 할지 알아? 내일쯤 이민국에 등기 우편을 보낼 거야. 네가 잘못된 비자를 갖고 있다고 말할 거야. 그런 게 있는진 모르겠지만 너한텐 창녀 비자를 내줘야 한다고 말할 거야. 그런 게 없다면, 여자만 보면 눕히고 싶어 안달하는 브루클린의 어떤 의사 새끼한테 몸을 팔았다는 죄목으로 널 배에 태워 폴란드로 돌려보내는 게 낫다고 말해 줄 거야. 크라쿠프[37]로 돌아가, 아가씨!" 그가 만족스러운 듯 낄낄거리면서 말했다. "아가씨, 크라쿠프로 돌아가라고!"

그가 몸을 돌려 거칠게 문밖으로 걸어 나왔다. 그러면서 나와 부딪치는 바람에 상체를 약간 뒤로 젖히고 잠시 멈춰 섰다. 내가 자기 말을 엿들었다고 생각하는지 여부는 알 수 없었다. 그는 거칠게 숨을 몰아쉬며 잠시 나를 아래위로 훑어봤다. 그제야 내가 엿들었다고 생각한다는 것을 느낄 수 있었지만, 상관없었다. 그의 감정 상태를 고려해 볼 때 그가 내게 보인 태

---

37) 폴란드 남부의 공업 도시.

도는 놀라웠는데, 정확하게 예의 바르다고는 할 수 없지만, 다행스럽게도 나는 자신의 분노의 영역에서 배제된 것처럼 적어도 잠시나마 호의적인 태도를 보였기 때문이다.

"펑크가 얘기하던 새로 들어온 사람 맞죠?" 그가 거친 숨을 몰아쉬며 물었다.

나는 작은 목소리로 짧게 그렇다고 말해 주었다.

그가 말했다. "남부 사람이라죠? 남부 사람이라고 펑크가 그러던데. 이름이 스팅고라고. 예타는 희한한 인간들을 모아 구색을 맞추기 위해서 남부 사람이 필요했겠지." 그러더니 그가 화난 얼굴로 소피를 흘끗 보다가 나를 바라보더니 말을 이었다. "이야기를 많이 나눌 수 없어서 안됐지만, 난 여기를 떠날 거요. 함께 이야기라도 나눴으면 좋았을걸." 이쯤부터 그의 어조가 약간씩 거칠어지기 시작했고, 억지 예의도 점점 시들해지고 실로 오랜만에 들어 보는 대단히 건방진 빈정거림으로 바뀌어 갔다. "허풍을 떨면서 유쾌하게 지낼 수 있었을 텐데, 당신이랑 나 말이야. 스포츠 이야기도 할 수 있었을 테고. 남부 스포츠 말이오. 깜둥이들을 때려잡는다든가 하는 스포츠. 남부에선 흑인들을 그렇게 부른다던데, 맞죠? 아니면 문화에 대해서는 어떨까. 남부의 문화에 대해 이야기할 수도 있었을 테고, 여기 나란히 앉아서 남부의 컨트리 음악 레코드를 들을 수도 있었을 테고. 진 오트리, 로이 에이커프 같은 고전적인 남부 문화의 기수들 음악." 그가 말하면서 나를 무섭게 노려보았다. 이제는 분노로 일그러진 어두운 얼굴에 엷은 미소를 띠었고, 어느새 손을 뻗쳐 굳게 악수를 하듯 꺼리는 내 손을 잡고 있었다. "아, 그럴 수도 있었을 거란 얘기지. 유감인데. 네이선은 길을 나서야 하거든. 다음 생에 만나지, 크래커.[38] 안녕, 크래커. 다음 생에 봅시다."

그러고는 내가 입을 열어 항의나 빈정거리는 말을 내뱉기도 전에 몸을 돌려 쿵쿵 소리를 내며 계단을 내려가 인도로 나섰고, 그의 단단한 구두 뒤축에서 딱-딱-딱 하는 기분 나쁜 소리가 나더니 이윽고 그 소리도 어두운 그림자를 드리운 나무들을 따라 지하철역 방향으로 서서히 사라져 버렸다.

자동차 사고나 엘리베이터가 정지되는 사고, 폭력 사건과 같은 사고를 목격하면 이례적이지만 낯선 사람들끼리라도 대화를 나누는 것이 일반적이다. 네이선이 밤 속으로 사라지고 나자 나는 망설이지 않고 소피에게 다가섰다. 무슨 말을 해야 할지 몰랐지만 서투르게나마 위로의 말이라도 건네려는데, 먼저 말을 꺼낸 것은 그녀였다. "너무 불공평해요." 눈물로 얼룩진 얼굴을 양손에 묻은 채 흐느끼며 그녀가 말했다. "아, 정말로 그를 사랑해요!"

나는 영화에서 무슨 말을 해야 할지 모를 때 흔히들 하는 어설픈 행동을 했다. 주머니에서 손수건을 꺼내 조용히 그녀에게 건넸다. 그녀는 기꺼이 손수건을 받아 들더니 눈가를 닦기 시작했다. "아, 정말로 그를 사랑해요!" 그녀가 탄식조로 말했다. "많이요! 아주 많이! 그가 없으면 난 죽을 거예요."

"그래요, 그래요." 내가 이런 말을, 아니면 이와 비슷한 별

---

38) 백인 빈민을 가리키는 남부 지방 사람들의 비속어.

의미도 없는 말을 내뱉었다.

그녀의 눈은 나를 보고, 이전에는 한 번도 본 적이 없던 나를 보고, 창살 앞에서 자신의 무죄를 탄원하는 죄수처럼 필사적으로 애원했다. "나는 창녀가 아니에요, 판사님." 이렇게 말하려는 것 같았다. 나는 그녀의 솔직함과 열정에 깜짝 놀랐다. "그렇게 말하다니, 너무 불공평해요. 남편 말고 내가 사랑을 나눈 유일한 남잔데. 그리고 남편은 죽었는데!" 흐느낌이 더 격렬해지면서 몸을 심하게 떨기 시작했고, 눈물이 쉴 새 없이 볼을 타고 흘러내려 내 손수건을 눈물에 흠뻑 젖은 스펀지로 바꿔 놓았다. 그녀의 코는 슬픔으로 크게 부풀어 있었고, 불그스레한 눈물 자국이 그녀의 범상치 않은 아름다움에 누가 되고 있었지만, 그렇다고 아름다움 자체가(왼쪽 눈 옆에 작은 위성처럼 예쁘게 자리 잡은 사마귀를 포함해) 내 마음을 녹이지 못할 정도는 아니었고, 심장 근처가 아니라 놀랍게도 위장 근처에서 분명히 액체가 출렁이는 듯한 느낌이 들었는데, 마치 오랜 단식에 반항이라도 하는 것처럼 위장에서 위액이 출렁거리는 것 같았다. 나는 그녀를 끌어안고 위로해 주고 싶은 마음이 너무도 간절해져서 안절부절못할 지경이 되었지만, 이상하게 조합된 금지 명령들이 내 안에서 나를 막고 있었다. 또한 내 마음속에서는 아주 이기적인 계획이, 하느님께서 행운과 힘을 내게 허락하신다면 그 감사할 줄 모르는 네이선이라는 돼지 새끼가 떠나고 없는 동안 어떻게든 내가 이 금발의 폴란드 미녀를 차지하게 되리라는 생각이 급속도로 커지고 있었다는 사실을 고백하지 않는다면 나는 거짓말쟁이일 것이다.

그때 등이 오싹하는 느낌이 들어 뒤를 돌아보니 네이선이 돌아와 우리 뒤에, 계단에 서 있었다. 나는 그를 향해 돌아섰다. 그는 유령처럼 조용히 되돌아와, 이제는 한 팔을 뻗어 문틀을 잡고 서서 악의에 찬 눈을 번득이며 우리 둘을 노려보고 있었다. "마지막으로 할 말이 있어." 그가 거칠고 쌀쌀맞은 목소리로 소피에게 말했다. "마지막으로 할 말이 뭐냐 하면, 창녀, 레코드 얘기야. 레코드 앨범 말이야. 베토벤, 헨델, 모차르트. 그 앨범들 전부 말이야. 다시 너를 보고 싶진 않거든. 그러니까 그 레코드를 전부 내 방에 갖다 놔. 문 옆에 있는 의자 위에 말이야. 브람스 판은 가져도 돼. 블랙스톡이 너한테 준 거니까. 가져, 알았어? 나머지는 전부 내가 말하는 곳에 가져다 놔. 안 그러면, 짐 싸러 돌아와서 네 팔을 부러뜨려 버릴 거야, 두 팔을 몽땅." 그가 잠시 말을 멈추고 숨을 깊이 들이마시더니 다시 속삭였다. "주여, 도와주소서. 내가 네 년의 두 팔을 다 분질러 버릴 테다."

그러고 나서 팔다리를 허우적거리며 다시 인도로 내려서더니 금세 어둠 속으로 사라졌다. 이번에는 완전히 가 버렸다.

소피는 이제 더 이상 흘릴 눈물도 없는지 천천히 냉정을 되찾았다. "친절하게 대해 주셔서 고마워요." 그녀가 한참이나 펑펑 울어 댄 사람이 흔히 그러듯 코맹맹이 소리로 부드럽게 말했다. 그러고는 손을 내밀어 내 손에 축축해진 손수건을 쥐여 주었다. 그러는 동안 나는 햇볕에 그을고 약간 주근깨가 있는 그녀의 팔뚝에 문신으로 새겨진 숫자를 처음으로 보았는데, 그 숫자는 적어도 다섯 자리는 되었고 너무 작아서 이렇게 희미한 불빛 아래에서는 읽을 수 없었지만 아주 정교하고 솜씨 있게 새겨진 자줏빛 문신이라는 것만은 확실했다. 위장에서 진행 중인 녹아내리는 사랑에 갑작스러운 통증이 보태졌고, 나는 설명할 수 없는 무의식적인 충동에 사로잡혀 부드럽게 그녀의 팔목을 잡고 문신을 좀 더 자세히 살펴보았다. 그러는 중에도 내 호기심이 실례가 될지도 모른다는 생각은 했지만, 어쩔 수 없었다.

"어디 있었어요?" 내가 물었다.

그녀가 폴란드어로 강한 발음이 나는 이름을 말했는데, 겨우 알아들은 바로는 '오슈비엥침'[39]이라고 한 것 같았다. 그러고는 다시 말을 이었다. "거기서 오래 있었어요. 롱텅(오랫동안)." 잠시 말을 멈췄다. "부 부아예(그런데)⋯⋯." 또다시 침묵. 그러다가 그녀가 물었다. "프랑스어 할 줄 알아요? 난 영어가 영 엉망이라서요."

"앵 푀(약간)." 내가 재주를 한껏 과장해서 대답했다. "좀 서툴긴 해도요." 사실은 거의 못 한다는 뜻이었다.

"서툴다고요? 서툴다는 게 뭐죠?"

"살(더럽다는 거요)." 바보 같은 시도였다.

"더러운 프랑스어?" 그녀가 희미하게 미소 지으며 물었다. 잠시 후 또 물었다. "슈프레헨 지 도이치(독일어 할 줄 알아요)?" 이 물음은 내게서 "나인(아뇨)."이라는 대답조차 끌어내지 못했다.

---

39) 아우슈비츠의 폴란드식 이름.

내가 말했다. "아, 그만해요. 영어 잘하는데요, 뭘." 잠시 침묵이 흐른 후 내가 다시 말했다. "그 네이선이라는 사람! 그런 사람 처음 봤어요. 내가 상관할 바는 아니지만, 그 사람 틀림없이 사이코예요! 어떻게 다른 사람한테 그런 식으로 말할 수 있죠? 주제넘은 말일지 모르지만, 그 사람한테서 벗어난 거, 잘된 일입니다."

그녀는 방금 전에 일어난 일을 회상이라도 하듯 눈을 꽉 감고 고통스러운 듯 입술을 꽉 다물었다. "아, 많은 면에서 그 사람 말이 옳아요. 내가 바람을 피웠다는 것만 빼고요. 그건 말도 안 돼요. 난 언제나 그에게 충실했거든요. 하지만 다른 일에서는 그 사람 말이 옳아요. 내가 옷을 제대로 못 입는다는 것. 칠칠치 못하고 청소도 잘 안 한다는 것. 그래서 그 사람이 나보고 더러운 폴란드인이라고 부를 때면, 난 그런 말 들어도 싸다고 생각해요. 그가 날 데리고 좋은 식당에 가면 난 항상 갖었어요……." 그녀가 자기 어법이 맞냐는 듯 나를 올려다보았다.

"가졌어요." 내가 말했다. 앞으로 지나치지 않을 정도로는 가끔씩 소피의 부정확한 영어 표현을 고쳐 줘야만 할 것 같았다. 그녀의 영어 실력은 내가 보기에는 분명히 적절한 수준 이상이었고, 복잡한 구문법에서, 특히 영어의 끔찍한 불규칙 동사에서 자그마한 실수를 범하면서 사실은 더욱더 나아지고 있었다. "뭘 가졌어요?" 내가 물었다.

"카르트요. 메뉴판 말이에요. 나는 자주 기념품 삼아 메뉴판을 가방에 넣었어요. 그는 메뉴판 하나 만드는 데도 돈이 들어간다면서 내가 훔치는 거라고 그랬어요. 그 사람 말이 맞아요."

"메뉴판 하나 가져오는 게 그렇게 심각한 절도죄로 보이진 않는데요. 다시 말하지만 내가 참견할 일은 아니라는 거 압니다만……."

자긍심을 되찾아 주려는 내 시도에 저항하기로 결심한 것이 분명한 그녀가 내 말 중간에 끼어들었다. "아뇨, 그건 잘못한 일이에요. 그 사람 말이 맞아요. 난 잘못된 일을 너무 많이 했어요. 그가 나를 떠난 것도 당연한 일일지 몰라요. 하지만 난 절대로 그를 배신하지 않았어요. 절대로! 아, 그가 없으니 지금이라도 죽을 거 같아요! 이제 어떻게 해요? 이제 어떻게 해요?"

그 순간 그녀가 또다시 광적인 비탄의 푸가에 빠지면 어쩌나 걱정됐지만, 그녀는 마치 마침표를 찍듯이 울음을 한차례 꿀떡 삼키고는 내게서 돌아섰다. "친절하게 대해 줘서 정말 고마워요. 이제 내 방으로 올라가 봐야겠어요."

그녀가 천천히 계단을 올라가는 동안 나는 착 달라붙는 원피스 위로 드러난 그녀의 몸매를 감상했다. 들어갈 데는 들어가고 나올 데는 나오고, 곡선미와 균형미도 나무랄 데 없는 아름다운 몸이었다. 그런데도 나는 어딘가 이상하다는 느낌이 들었는데, 무언가가 빠져 있다는 것이 아니라 다시 조립한 것 같다는 느낌이었다. 바로 그것이었다. 이상한 느낌이 든 것은 그녀의 피부 때문이었다. 그녀에게는 심각한 영양실조로 뼈만 남게 말랐다가 이제 다시 살이 올라 마지막 회복 단계에 있는 사람에게 볼 수 있는 보기 흉한 인공성이 느껴졌는데, 특히 팔 뒷부분이 두드러졌다. 또한 햇볕에 탄 건강해 보이는 피부 아래에는 끔찍한 위기에서 완전히 구제되지는 못한 창백한 몸이 숨어 있다는 것도 느껴졌다. 그러나 그 어떤 것도 두드러져 보이는 그녀의 풍만한 골반과 엉덩이의 움직임이 주는 성적인 매력을 줄이지는 못했다. 과거의 굶주림에도 불구하고 그녀의 뒷모습은 과일 경연 대회에서 입상한 먹음직스러운 서양 배처럼 완벽한 모습이었고, 이 각도에서 보니 너무도 매력적이어서 그 맨살 엉덩이를 잠시만이라도(단 삼십 초만이라도) 갈망하는 내 두 손으로 잡아 볼 수만 있다면, 앞으로 내가 작가로서 벌어들일 수익의 사분의 일을 버지니아의 장로교 고아원에 기탁할 것이라고 마음속으로 맹세했다. 그녀가 계단을 오르는 모습을 보며, 나는 이렇게 뒷모습에 집착하는 나 자신에게 어딘가 변태적인 면이 있다고 생각했다. 계단 끝에 다다른 그녀가 고개를 돌려 나를 내려다보며 세상에서 가장 슬픈 미소를 지어 보였다. "내 문제로 성가시게 해 드렸다면 정말 미안해요." 그러고는 자기 방을 향해 걸음을 옮기며 말을 이었다. "안녕히 주무세요."

그 후 나는 내 방에서 유일하게 편안한 의자에 앉아서 아리스토파네스[40]를 읽으며, 가끔씩 반쯤 열린 문을 통해 2층 복도를 엿보곤 했다. 한번은 네이선이 돌려 달라고 명령한 레코드 앨범들을 그의 방으로 가져가는 소피의 모습이 보였다.

---

40) 아테네의 시인이자 희극 작가.

자기 방으로 돌아가면서 우는 모습도 볼 수 있었다. 어쩌면 저렇게 계속 울 수가 있을까? 저 눈물은 다 어디서 나오는 것일까? 나중에 그녀는 네이선이 너무도 관대하게 가지라고 허락해 준 브람스의 「제1 교향곡」 마지막 악장을 틀고 또 틀었다. 그것이 이제 그녀에게 남은 유일한 레코드임이 분명했다. 그날 밤 내내 그 음악이 종잇장처럼 얇은 천장을 뚫고 흘러 내려왔다. 위엄 있고 비극적인 프렌치 호른과 번갈아 들리는 플루트의 날카로운 새소리가 섞여 그때까지 느껴 본 것 중 가장 격심한 슬픔과 향수로 나를 뒤흔들어 놓았다. 그 음악이 창조된 시대를 생각해 보았다. 그 음악은 무엇보다도, 고요한 황혼 녘 부드러운 적갈색의 햇살이 아름답고 평화로웠던 유럽, 머리를 땋고 앞치마를 두른 아이들이 까불거리며 이륜마차를 따라가던 때의 유럽, 비너발트의 오솔길 산책과 진한 바바리아 맥주가 유행했던 유럽, 그르노블에서 온 여인들이 파라솔을 들고 알프스산맥의 빙하 지대 가장자리를 산책하던 때의 유럽, 기구 여행과 눈이 핑핑 돌게 하는 왈츠와 모젤 와인이 유행하던 때의 유럽, 유쾌함이 넘쳤던 유럽, 호프가르텐에서 검은 시가를 물고 가을을 맞아 잎이 다 떨어진 너도밤나무 아래서 자신의 장엄한 음악을 생각하던 턱수염 난 요하네스 브람스가 살던 유럽을 이야기하고 있었다. 그것은 거의 상상할 수 없을 정도로 평화롭던 유럽, 위층에서 슬픔에 잠겨 있는 소피는 결코 알지 못했을 유럽의 모습이었다.

내가 잠자리에 들 때에도 음악은 여전히 계속되고 있었다. 찍찍거리는 셸락 레코드판이 다 돌아 다음 곡이 나올 때까지 잠시 조용해지고 그래서 도저히 위로할 길 없는 소피의 흐느낌을 들을 때면, 나는 몸을 뒤척이면서 어떻게 한 인간의 마음속에 저 정도로 깊은 슬픔이 자리할 수 있을까 놀라워했다. 네이선이 이렇게 통렬한 비애를 불러일으킬 수 있을 것 같지는 않았다. 그러나 그가 그렇게 했음이 분명해 보였고, 이것은 내게 분명히 문제가 되었다. 앞에서 말했듯이, 내가 이미 사랑이라는 비참하고 무력한 상황에 빠져든 것이라면, 이토록 옛 연인과의 추억에 매달려 다른 사람의 접근을 허락하지 않는 여자의 호감을(잠자리를 함께하는 것은 고사하고) 얻기를 기대하는 것은 어리석은 일이 아닐까 하는 생각 때문이었다. 이런 생각에는 마치 최근에 남편을 잃은 과부를 유혹하는 것 같은 불순한 면이 있었다. 네이선이 물러난 것은 분명했지만, 그렇다고 내가 그 공백을 메울 수 있다고 생각하는 것은 공허한 망상이 아닐까? 무엇보다도 나는 거의 무일푼이었다. 만일 그녀의 비탄의 벽을 허물어뜨린다고 해도, 극심한 굶주림을 경험했다가 회복하면서 고급 식당과 비싼 레코드판에 길든 그녀의 취향을 내가 어떻게 맞출 수 있을까?

마침내 음악과 함께 흐느낌도 멈췄다. 찍찍거리는 레코드 바늘 소리만이 들려와 그녀가 잠들었다는 것을 알 수 있었다. 그 후로도 오랫동안 나는 잠을 이루지 못했다. 브루클린의 부드러운 밤소리, 멀리서 들려오는 개 짖는 소리, 지나가는 자동차 소리, 공원가에서 들리는 남녀의 부드러운 웃음소리를 듣고 있었다. 버지니아의 집이 생각났다. 그러다가 설핏 잠이 들었는데 혼란스러운 꿈속을 헤매다가 낯선 어둠 속에서 깨어 보니 우스꽝스럽게도 튕겨져 나간 베개의 가장자리 혹은 축축한 주름 사이에 성기를 끼워 넣은 채였다. 그러다가 다시 잠이 들었고 새벽녘 죽음과도 같은 정적 속에서 소스라치게 놀라 잠이 깼다. 심장이 두근거리고 오싹한 한기가 느껴지는 가운데 소피가 잠들어 있을 천장을 뚫어지게 바라보며, 그녀에게 불행이 기다리고 있다는 것을, 꿈꾸는 사람의 강렬한 통찰력으로 간파하고 있었다.

3장

"스팅고! 아, 스팅고!" 그날 아침 늦게(6월의 화창한 일요일 아침에) 나는 그들이 문밖에서 나를 부르는 소리를 듣고 잠에서 깨어났다. 네이선의 목소리가 들리더니 이윽고 소피의 목소리도 들렸다. "스팅고, 일어나요. 일어나요, 스팅고!" 문은 잠기지 않았지만 잠금 고리가 걸려 있었고, 나는 베개에 기대 누워서 넓게 벌어진 문틈으로 나를 보고 있는 네이선의 환한 얼굴을 보았다. "기상. 어이, 빨리 일어나, 빨리. 코니아일랜드에 가자고!" 네이선 뒤에서 그의 말을 메아리처럼 되풀이하는 소피의 목소리가 들렸다. "기상! 빨리!" 뒤이어 그녀의 낭랑한 웃음소리가 들렸고, 이제 네이선이 문과 고리를 흔들어 대기 시작했다. "빨리 일어나, 크래커! 남부의 늙은 사냥개처럼 하루 종일 축 늘어져 졸고 있어서야 쓰나." 그는 딕시랜드[40] 토박이 말투를 흉내 내고 있었고, 잠에 취했지만 예민한 내 귀에도 놀랄 정도로 똑같이 들렸다. "게으른 궁둥이 빨리 일으켜 세워, 아가." 그가 진짜 남부 사람처럼 느리게 말을 흘렸다. "수영복으로 갈아입어. 폼페이에게 마차를 준비시켜서 해변으로 소풍 갈 거야!"

절제된 표현을 쓰자면, 나는 이런 상황이 그다지 유쾌하지 않았다. 전날 밤의 그 모욕적인 언사와 소피에 대한 학대가 여러 가지 은유적 가면을 쓰고 꿈속에까지 나타나 괴롭히더니, 이제 깨어 보니 바로 그 도시적인 얼굴이 남북 전쟁 전의 남부 말투를 흉내 내며 희롱하고 있다니, 도저히 참을 수 없었다. 나는 잠옷 바람으로 벌떡 일어나 씩씩거리며 문 앞으로 걸어갔다. "저리 가요! 혼자 있게 내버려 두라고!"

나는 네이선의 코 앞에서 문을 쾅 닫아 버리려고 했지만, 그는 한 발을 문틈에 단단히 끼워 놓고 있었다. "치워요!" 내가 다시 소리쳤다. "이런 짓을 하다니 참 뻔뻔하군. 발 저리 치우고, 제기랄, 날 혼자 있게 내버려 두라고!"

"스팅고, 스팅고." 그의 목소리는 달래는 투였고, 어느새 브루클린 억양으로 바뀌어 있었다. "스팅고, 진정해. 화나게 하려고 그런 건 아냐. 어서 문 좀 열어 봐요. 커피라도 함께 하면서 화해하고 친구가 되자고."

"당신 같은 사람하고 친구 하고 싶지 않아!" 내가 버럭 소리를 질렀다. 그 순간 갑자기 사레 들린 듯 기침이 연거푸 나왔

---

41) 미국 남부 여러 주의 속칭.

다. 하루에 캐멀을 세 갑씩 피워 대며 스스로를 서서히 질식 시키고 있던 나는 아직까지 멀쩡히 살아 있다는 것이 새삼 놀라웠다. 나는 쉴 새 없이 마른기침을 해 대면서 후두염 환자 같은 기침 소리에 민망함을 느꼈고, 더 나아가 흉악한 네이선이 사악한 마법의 요정처럼 다시 소피 앞에 나타나 그녀를 차지하고 마음대로 조종할 수 있게 된 듯한 모습에 놀라움과 적잖은 고통을 느끼기 시작했다. 적어도 일 분 동안, 아니 그 이상 나는 갑작스러운 폐 발작을 경험하면서 몸을 떨고 기침과 함께 신음을 내뱉었고, 한편으로는 마치 의사인 척하는 네이선의 모습을 속수무책으로 지켜봐야 하는 수치를 참아 내야 했다. "골초같이 기침을 하는군, 크래커. 게다가 얼굴은 니코틴 중독자처럼 초췌하게 일그러져 있고. 잠깐만 날 봐 봐, 크래커. 내 눈을 똑바로 봐."

나는 분노와 혐오감으로 눈을 가늘게 뜨고 그를 노려보았다. "그렇게 부르지 말……" 다시 시작된 격심한 기침 때문에 말을 이을 수 없었다.

네이선이 말을 계속했다. "초췌하다, 이 말이야. 이렇게 잘생긴 남자가 거참, 안됐군. 얼굴이 초췌해지는 건 서서히 산소를 빼앗기고 있기 때문이야. 담배를 끊어야 돼, 크래커. 흡연은 폐암을 일으킨다고. 심장도 엉망으로 만들고 말이야."(기억할 것은, 1947년 당시 흡연이 건강에 미치는 악영향에 대해서는 의사들조차 추측으로만 그치는 정도여서, 흡연의 잠재적 파괴력에 대해서 무슨 말이라도 내뱉으면 이른바 지성인들은 재미있어하지만 회의적인 태도로 반응하곤 했다는 것이다. 그것은 마치 여드름이나 사마귀 혹은 광기 같은 골칫거리를 자위행위 탓으로 돌리는 노인들이나 믿을 법한 이야기였다. 그러므로 당시에는 네이선의 말이 분명히 나를 화나게 하기 위한, 심술궂고 어리석기 짝이 없는 말이라고 생각했다. 하지만 지금 와서 돌이켜 보면 신기하게도 그에게 선견지명이 있었고, 변덕스럽고 광적이며 고통을 주기는 했지만 그의 지성에는 예리한 통찰력과 권위가 있다는 것을 알게 되면서 나는 자괴감에 빠지기도 했던 것 같다. 십오 년이 지난 후에도 나는 여전히 니코틴 중독에서 벗어나려고 애쓰면서 네이선의 경고를(아마도 '초췌하다'라는 말 때문에 더 기억에 남았던 것 같다.) 무덤에서 들려오는 목소리처럼 떠올리곤 했다.) 그러나 그때 그 말은 살의를 불러일으킬 뿐이었다.

"크래커라고 부르지 마!" 목소리가 돌아온 내가 버럭 소리를 질렀다. "이래 봬도 듀크 대학교를 우수한 성적으로 졸업했다고. 당신한테 이렇게 불쾌한 모욕을 당할 이유가 없어. 그러니 발 빼고 꺼져 버려!" 문틈으로 들어온 그의 발을 빼내려고 바동거려 보았지만 허사였다. "그리고 담배에 대한 그런 싸구려 충고도 필요 없어." 내가 목이 콱 막히고 따끔거리는 것을 느끼며 쉰 목소리로 외쳤다.

그러자 네이선이 놀라운 변화를 보였다. 그가 갑자기 예의 바르게 사과하는, 아니 거의 회개하는 태도를 보였다. "그래, 스팅고, 미안해. 정말로 미안해. 기분을 상하게 하려던 건 아니었어. 용서해 줘. 다시는 그런 말 안 할게. 소피와 나는 단지 이렇게 화창한 여름날을 당신과 함께 즐기고 싶었을 뿐이야." 그의 태도 변화는 너무도 갑작스럽고 놀라워서, 그가 진지하다는 것을 본능적으로 간파하지 못했다면 나는 그가 또 다른 식으로 빈정거리고 있다고 생각했을지도 모른다. 사실 나는 때때로 사람들이 아무 생각 없이 어린아이를 놀리고 나서 그 때문에 아이가 정말로 괴로워한다는 것을 깨닫게 될 때 그러 듯이 그가 다소 과민 반응을 보이고 있다고 생각했다. 그렇다고 화가 누그러지지는 않았다.

"저리 가요." 내가 차가운 목소리로 단호하게 잘라 말했다. "혼자 있고 싶으니까."

"미안해, 친구, 정말 미안해. 크래커 어쩌고 한 건 농담이었어. 정말로 당신을 화나게 할 생각은 없었다고."

"그래요, 네이선은 정말 당신을 화나게 하려던 게 아니었어요." 소피가 끼어들었다. 그녀가 네이선 뒤에서 걸어 나와 내가 잘 볼 수 있는 곳에 섰다. 또다시 그녀의 무언가가 내 마음을 끌었다. 전날 밤 보인 불행한 표정은 간 곳이 없고, 네이선이 돌아왔다는 기쁨에 들떠 얼굴에 홍조를 띠고 있었다. 약하게 떨면서 빛을 발하는 것 같은 몸과 반짝이는 눈, 활기를 띤 입술 그리고 장난꾸러기 사내아이처럼 홍조를 띤 얼굴을 보고 있자니 그녀가 느끼는 행복이 내게도 전염될 지경이었다. 광채를 띤 매력적인 얼굴과 그 행복한 표정은 내가 아침나절 어수선한 정신 상태에 있는데도 유혹적인, 아니 저항할 수 없는 힘을 발휘하고 있었다. 그녀가 간청했다. "제발, 스팅고. 네이선은 당신을 화나게 하려던 게, 기분 상하게 하려던 게 아니었어요. 단지 당신과 친구가 되어 화창한 여름날을 즐기러 함께 나가고 싶었을 뿐이에요. 제발. 제발 우리와 함께 가요!"

네이선이 긴장을 풀었고(그의 발이 문틈에서 빠져나가는 것을 느꼈다.) 나도 긴장을 풀었지만, 그가 갑자기 소피의 허리를 감싸 안고 그녀의 볼에 얼굴을 갖다 대는 것을 보자 격심한 고통이 찾아들었다. 그가 느긋하게 가축용 소금을 핥는 송아지처럼 그 큰 코를 그녀의 얼굴에 비비자 그녀는 마치 캐럴의 한 소절과 같은 즐거운 웃음을 터뜨렸고, 그가 다시 분홍색 혓바닥으로 그녀의 귓불을 살짝 핥자 그녀는 마치 고양이처럼 가르랑거리는 소리를 냈다. 어이없는 장면이었다. 불과 몇 시간 전만 해도 그녀를 죽이겠다고 덤벼들던 그가 아니었던가.

소피의 말은 효과가 있었다. 그녀의 간청에는 나도 속수무책이었고, 그래서 마지못해 중얼거렸다. "그러죠, 뭐." 그러고 나서 잠금 고리를 풀고 그들을 방으로 들이려던 나는 마음을 바꿨다. "비켜요." 내가 네이선에게 으르렁거렸다. "당신은 나한테 사과해야 돼."

"사과했잖아." 부드러운 목소리였다. "다시는 크래커라고 부르지 않겠다고 했잖아."

"그게 아니라." 내가 맞받았다. "깜둥이들을 때려잡고 어쩌고 하던 것 말이에요. 남부에 대한 말도. 굉장한 실례라고요. 내가 당신한테 랜다우라는 이름을 가진 인간은 매부리코에 뚱뚱하고, 남을 의심할 줄 모르는 기독교인들한테 사기나 치는 인색한 전당포 주인밖에 할 짓이 없을 거라고 말한다면 좋겠어요? 그러면 당신은 길길이 뛸걸. 나한테 했던 말도 마찬가지예요. 그런 터무니없는 비방을 해 대다니. 그 점에 대해 사과해요." 좀 지나치다는 생각도 들었지만, 완강한 태도를 굽히지 않았다.

"좋아, 그 점에 대해서도 미안하게 생각해." 그가 너그럽고 온화한 목소리로 말했다. "좀 지나쳤던 것 같아. 잊어버리자고, 괜찮지? 정말로 미안해. 하지만 오늘 소풍 같이 가자는 건 진심이야. 그 문제는 이쯤에서 끝내 버리자고. 아직 시간이 많은데, 천천히 옷 갈아입고 소피 방으로 올라와. 거기서 맥주나 커피라도 마시자고. 그런 다음 코니아일랜드에 가는 거야. 거기 괜찮은 해산물 요리 레스토랑이 있거든. 거기서 점심을 먹고 해변으로 가자고. 거기 가면 친한 친구가 있는데 일요일마다 구조 대원으로 부수입을 짭짤하게 올리고 있지. 그 친구한테 부탁하면 출입금지 구역에서 쉴 수 있게 해 줄 거야. 거기선 사람들이 얼굴에 모래를 흩뿌리고 가는 일도 없다고. 같이 가는 거지?"

여전히 골난 목소리로 내가 대답했다. "생각해 보죠."

"아, 기분 좀 풀어. 그리고 같이 가자고!"

"좋아요. 갈게요." 그러고는 작은 목소리로 고맙다는 말을 덧붙였다.

나는 면도를 하고 옷을 갈아입으면서 이상하게 돌아가는 상황을 당혹스러운 마음으로 돌이켜 보았다. 무슨 꿍꿍이가 있기에 갑자기 그렇게 부드럽게 나온 걸까? 지난밤의 실례를 만회하라고 소피가 시킨 걸까? 아니면 뭔가 다른 것을 얻어 내려고 그러는 걸까? 이제 뉴욕이란 곳을 어느 정도 알게 된 나는 네이선이 돈을 갈취하는 것 같은 평범하고도 분명한 목적이 있어서 덤벼드는 일종의 사기꾼일지도 모른다고 생각했다.(여기에 생각이 미치자 약장 뒤, 존슨 앤드 존슨 반창고 상자 속에 숨겨 둔 400달러가 약간 넘는 돈이 무사한지 살펴보았다. 10달러와 20달러짜리 지폐로 된 내 재산이 그대로 있는 것을 보고는 자주 그랬듯이 조지아에서 수년째 썩어 가는 내 수호천사 아리스테에게 감사의 말을 중얼거렸다.) 그러나 네이선이 상당한 부자라는 모리스 핑크의 말로 볼 때, 이것은 있을 법하지 않은 일이었다. 그럼에도 불안한 마음으로 소피와 네이선과 합류할 준비를 하는 내 머릿속에는 온갖 가능성이 다 떠올랐다. 나가지 말고 글을 써야 한다는, 아무리 하잘것없는 내용이라도 하품하듯 입을 벌리고 있는 누런 종이 위에 무언가를 써 보도록 노력해야 한다는 생각이 들었다. 그러나 소피와 네이선이 끈질기게 내 호기심을 자극했다. 저급한 이탈리아 오페라에서나 볼 수 있을 연인 간의 그 끔찍한 싸움이 있고 나서 불과 몇 시간도 안 되어 둘 사이가 어떻게 그렇게 급속하게 회복될 수 있었는지 정말로 궁금했다. 어쩌면 그 둘은 끔찍한 파멸의 길로 함께 들어선 파올로와 프란체스카[42]처럼 사회에서 버림받았거나 미친 사람들일지 모른다는 생각도 들었다.

방을 나선 나는 복도에서 모리스 핑크와 부딪쳤는데, 그가 늘 그러듯이 특별히 도움이 되지는 않지만 유용한 정보를 주었다. 그와 일상적인 인사말을 주고받는 동안 나는 처음으로 플랫부시 쪽 멀리서 그러나 또렷하게 들려오는 교회 종소리를

---

42) 이탈리아의 작곡가 리카르도 잔도나이의 4막 서정 비극 「프란체스카 다 리미니」에 나오는 주인공들.

인식하게 되었다. 종소리를 듣자마자 남부 내 고향의 일요일이 선명하게 떠올랐고, 그동안 유대교 회당에는 종각 같은 것은 없을 것이라고 생각했기 때문에 약간 놀라기도 했다. 종소리가 고요함 속에 울려 퍼지는 동안, 나는 잠시 눈을 감고 타이드워터에 있는 소박한 벽돌 교회와 신앙심, 안식일의 고요 그리고 히브리 역사책과 유대교 교리문답서를 들고 장로교의 천막으로 몰려들던 꽃자루 같은 다리에 이슬이 촉촉이 내려앉은 어린양들을 생각했다. 내가 눈을 뜨자 모리스가 설명했다. "아뇨, 저건 유대인 교회가 아녜요. 처치 애비뉴와 플랫부시가 만나는 곳에 있는 네덜란드인 개혁파 교회지. 일요일에만 종을 울려요. 난 예배가 있을 때 가끔씩 구경 가요. 주일학교 구경을 가기도 하고. 찬송가를 시끄럽게 불러 대더라고요. 「예수, 나를 사랑하시네」 같은 것들. 그 교회 나가는 여자들, 죽여 줘요. 수혈이 필요할 것같이 생긴 여자들이 많아요…… 아니면 뜨거운 살이라도 넣어 줄 필요가 있든가." 그가 음탕하게 코를 씨근덕거렸다. "그래도 묘지는 괜찮던데. 여름에는 아주 시원하죠. 밤에는 발정 난 유대인 애새끼들이 그리로 들어가서 그 짓거리를 하죠."

"참나, 브루클린에는 온갖 것이 다 있네, 그죠?" 내가 말했다.

"그러게. 온갖 종교가 다 있죠. 유대교 회당, 아일랜드인 교회, 이탈리아인 교회, 네덜란드인 개혁파 교회, 게다가 흑인들 교회까지, 정말 없는 게 없죠. 전쟁이 끝난 후로는 깜둥이들이 떼거리로 몰려오고 있어요. 윌리엄스버그나 브라운스빌, 베드포드 스터비산트 같은 데로 말이죠. 원숭이 같은 새끼들. 난 그렇게 불러요. 어유, 그 깜둥이 새끼들 진짜 싫어요. 원숭이 같은 새끼들! 웨에 엑!" 그가 진저리를 치면서, 이를 다 드러내 놓고 원숭이같이 얼굴을 찡그렸다. 그러는 동안 헨델의 「수상 음악」의 웅장하고 화려한 선율이 소피의 방에서 흘러나왔다. 그리고 아주 희미하게나마 네이선의 웃음소리도 들렸다.

"소피와 네이선을 만났을 것 같은데, 그렇죠?" 모리스가 물었다.

나는 그렇다고 인정했다.

"네이선이라는 인간, 어때요? 골 때리지 않아요?" 흐리멍덩하던 눈이 갑자기 반짝반짝 빛나기 시작하면서 음모를 꾸미는 듯한 목소리가 되었다. "내가 그 인간을 어떻게 생각하는지 아쇼? 그 인간은 골렘[43]이야, 골렘."

"골렘? 골렘이 뭔데요?"

"글쎄, 정확하게 설명은 못 하겠고. 유대인들 말인데…… 뭐라고 해야 하나? 종교적인 말은 아니고, 일종의 괴물이라고 보면 돼요. 그 뭣이냐, 프랑켄슈타인처럼 인조인간이란 말이죠. 랍비가 만든 거예요. 진흙처럼 너저분한 것으로 만들었는데, 겉모습만 인간이죠. 어쨌든 그 인간, 통제 불능이에요. 물론 때때로 정상적인 인간처럼 행동하기도 하죠. 하지만 깊이 들여다보면, 그 인간, 도저히 통제할 수 없는 괴물이라니까. 그게 골렘이에요. 네이선이 그렇다고. 그 인간, 골렘같이 행동한다니까."

---

43) 유대 전설에 나오는, 생명이 주어진 인조인간.

나는 뭔가 짚이는 게 있어서 모리스에게 좀 더 자세히 설명해 달라고 했다.

"글쎄, 오늘 아침만 해도 그래. 당신은 자고 있었던 모양인데. 소피가 네이선의 방으로 들어가더라고. 내 방이 복도 반대편에 있어서 다 보이거든. 7시 30분이나 8시쯤 됐나? 어젯밤에 둘이 싸우는 소리가 들려서, 네이선이 나가고 없다는 걸 알았지. 그런데 그러고 나서 뭘 봤는지 알아요? 소피가 조용히, 그렇지만 쉬지 않고 울더라고. 그러던 소피가 네이선의 방으로 들어가더니 문도 닫지 않고 눕는 거야. 어디에 누웠는지 알아요? 침대 위에? 아냐! 세상에, 바닥에 눕더라고! 잠옷 바람으로 바닥에 아기처럼 옹송그리고 눕는 거야. 네이선 방에서 그것도 바닥에 그렇게 누워 있는 걸 보고, 난 이 여자가 미쳤나 싶어서 한참을 지켜봤지. 십 분, 아니 십오 분쯤 그러고 있었나? 갑자기 차가 집 앞에 와 멈추는 소리가 들려서 창가로 가서 내다봤더니 글쎄, 네이선이더라고. 그가 들어오는 소리 들었어요? 정말 엄청 시끄럽게 들어오더만. 발을 쾅쾅거리질 않나, 문을 쾅 닫질 않나, 중얼중얼 혼잣말을 하지 않나."

내가 대답했다. "아뇨, 난 자고 있었어요. 내 방, 아니 당신 표현대로 하자면, 폭탄 분화구의 소음 문제는 주로 윗방, 아랫방의 문제인 거 같아요. 바로 머리 위의 방에서 나는 소리가 다 들려서 문제지, 집 안 다른 곳에서 나는 소리는 하나도 안 들리더라고요. 천만다행이지만."

"어쨌든 네이선이 2층으로 올라오더니 자기 방으로 가더라고. 문을 열고 들어갔는데 거기 바닥에 소피가 몸을 웅크리고

누워 있으니까, 그 인간이 소피에게 걸어가더니 딱 버티고 서
서 그러는 거야. 소피가 깨어 있었거든. 뭐라고 한 줄 알아요?
'꺼져 버려, 창녀야!' 이러더라고. 소피는 아무 말도 못 하고
그저 울고만 있는 것 같았고. 그러니까 네이선이 또 소릴 지르
는 거야. '당장 꺼져 버려, 창녀야, 난 이 집을 나갈 거니까.' 이
렇게 말이오. 소피는 여전히 아무 말 못 하고 계속 울기만 하
고. 그러니까 네이선이 또 그러더군. '셋 셀 동안 일어나서 눈
앞에서 사라지지 않으면 엉덩이를 뻥 차서 날려 버릴 테다.' 그
러고는 진짜로 셋까지 셌는데도 움직이질 않으니까, 무릎을
구부리고 앉더니 소피를 마구 때리기 시작하는 거야."

"소피가 거기 누워 있는데도요?" 내가 끼어들었다. 모리스가
애초에 내게 이 이야기를 해 줄 필요를 느끼지 않았더라면 좋
았을 것 같다는 생각이 들었다. 갑자기 속이 느글거리기 시작
했다. 나는 폭력과는 거리가 먼 사람이지만, 2층으로 뛰어 올
라가 「수상 음악」의 경쾌한 무도곡이 흐르는 가운데, 의자로
머리를 마구 때려 골렘을 몰아내고 싶다는 충동이 용솟음쳤
다. "정말 그녀가 거기 그렇게 누워 있는데 때렸단 말이에요?"

"그렇다니까, 계속 패더라고. 그것도 아주 심하게. 뺨을 사정
없이 계속 때리더라니까."

"그런데 왜 가만히 있었어요?" 내가 물었다.

모리스가 멈칫하며 목소리를 가다듬더니 대답했다. "뭐, 알
고 싶다면 얘기해 주지. 난 겁쟁이거든. 난 키가 163 정도밖에
안 되는데, 네이선은 엄청 큰 새끼잖아. 그래도 한 가지, 경찰
에 신고하는 걸 생각하긴 했지. 소피가 신음 소릴 내기 시작했

고, 얼굴을 심하게 맞아서 엄청 아플 것 같았거든. 그래서 아래층으로 내려와 경찰에 전화를 걸려고 했지. 그런데 내가 그때 아무것도 안 입고 있더라고. 잘 땐 원래 아무것도 안 입거든. 그래서 가운하고 슬리퍼를 찾으러 서둘러서 옷장으로 걸어갔지. 누가 알아요? 그 인간이 소피를 죽일 수도 있을 것 같더라니까. 한 일 분쯤 있었나? 그놈의 슬리퍼가 안 보여서 말이야. 그러고는 문 앞으로 돌아갔는데…… 어떻게 된지 알아요?"

"전혀 감이 안 잡히는데요."

"이번에는 정반대가 된 거라. 정반대 말이오. 이번에는 소피가 다리를 꼬고 바닥에 앉아 있고, 네이선은 몸을 구부리고 소피의 가랑이 사이에 얼굴을 묻고 있더라고. 여잘 핥고 있는 게 아니라, 울고 있더라니까! 얼굴을 가랑이 사이에 푹 파묻고 아기처럼 우는 거야. 그러는 동안 소피는 그의 검은 머리카락을 어루만지면서 '괜찮아, 괜찮아.' 하고 속삭이고. 그러다가 네이선이 말하더라고. '세상에, 어떻게 내가 당신한테 그런 짓을 했을까? 어떻게 당신에게 상처를 줄 수 있었을까?' 뭐, 그런 말을 하더니 또 이러더라고. '사랑해, 소피, 사랑해.' 그러니까 소피는 연방 '괜찮아.' 하면서 혀를 차는 소리를 내더군. 네이선은 소피의 가랑이 사이에 코를 묻고 울면서 같은 말을 계속하고. '아, 소피, 사랑해, 정말로 사랑해.' 웩! 아침 먹은 게 다 올라올 것 같더라고."

"그러고 나서는요?"

"그다음은 몰라요. 그들이 그 미친 짓을 그만두고 바닥에서 일어나는 걸 보고, 난 밖으로 나가 일요일판 신문을 사서 공원에 가서 한 시간 동안 읽고 왔거든. 그들 중 어느 하나하고라도 관계된 일이면 넌더리가 나. 어쨌든 내 말이 무슨 말인지 알아요? 내 말은……." 그가 말을 멈추고 그 희한한 가면극에 대한 해석이라도 바라는 것처럼 뚱한 눈으로 나를 쳐다보았다. 그러다가 단호하게 말했다. "골렘이야. 그 인간, 골렘이라는 얘기요."

나는 강하고 변덕스러운 감정에 휩싸인 채로 2층으로 올라갔다. 그러는 동안 이 구역질 나는 인간들에게 휘말리지 말아야겠다고 생각했다. 소피가 아무리 강렬하게 내 상상력을 자극하고, 내가 아무리 외로움을 느낀다고 해도, 그들과 친구가 되는 것은 무모하기 짝이 없는 일이라는 확신이 들었다. 그 활화산 같은 파괴적 관계의 중심으로 휘말려 들어가는 것이 두려웠을 뿐만 아니라 내게는 엄연히 해야 할 더 중요한 일이 있었기 때문이다. 내가 브루클린으로 간 것은 예전에 파렐이 말했듯이 "내 안에 있는 모든 것을 글에 담기" 위해서지, 굴곡 많은 멜로드라마의 불행한 엑스트라 역할을 하기 위해서가 아니었다. 나는 그들에게 코니아일랜드에 따라가지 않겠다고 말하기로 결심했다. 그렇게 함으로써 정중하지만 단호하게 그들을 내 삶에서 몰아내고, 나는 누구도 방해할 수 없는 외로운 영혼이라는 것을 분명히 할 생각이었다.

내가 노크를 하고 방으로 들어서자, 기쁨에 찬 트럼펫 소리와 함께 거대한 유람선이 템스강의 지류로 사라지면서 「수상 음악」의 마지막 장이 끝났다. 소피의 방은 안으로 들어서는 나를 유쾌한 충격으로 몰아넣었다. 나는 용케도 보기 흉한 것을 알아볼 수는 있었지만, 인테리어에 대한 심미안은 거의 없었다. 그런 내가 보기에도 소피는 그 완강한 분홍색에 일종의 승리를 거둔 것 같았다. 그녀는 분홍색이 자신을 괴롭히는 것을 허락하지 않고 치열하게 맞서 싸워 여기저기에 오렌지색과 녹색, 빨간색같이 보완하는 색깔을 배치함으로써(밝은 오렌지 빛깔의 책꽂이를 여기에, 살구색 침대 커버를 저기에 배치하는 식이었다.) 이 집 어디에나 존재하는 그 촌스러운 분홍색을 눌러 버렸다. 그녀가 그렇게 신나고 즐겁게, 볼품없는 해군 페인트의 사기를 꺾어 버린 것을 보니 웃음이 터져 나오려고 했다. 그리고 그 방에는 꽃이 있었다. 수선화, 튤립, 글라디올러스 같은 꽃들이 사방에 있었다. 탁자 위에 놓인 자그마한 꽃병들에도 꽂혀 있고, 벽에 걸린 촛대에도 있었다. 방 안은 신선한 꽃향기로 가득했다. 꽃이 그렇게나 많았지만 병실 같은 느낌은 전혀 들지 않았으며, 대신 명랑한 방 안 분위기와 완벽한 조화를 이루며 축제에 온 것 같은 유쾌한 기분을 느끼게 했다.

소피와 네이선이 보이지 않는다는 생각이 갑자기 들었다. 어리둥절해하고 있는데, 어디서 킥킥대는 웃음소리가 들려 돌아보니 방 저쪽 모퉁이에 걸린 일본식 발이 조금 흔들리는 것이 보였다. 그러더니 소피와 네이선이, 내가 본 것 중 가장 희한한 옷을 입고 둘 다 보드빌[44]에서나 볼 법한 우스꽝스러운

---

44) 노래와 춤, 만담, 곡예 등이 어우러진 쇼.

미소를 띤 채로 손을 잡고 투스텝[45]을 추며 발 뒤에서 걸어 나왔다. 무대 의상에 가까운 그들의 옷은 분명히 한물간 것들이었다. 네이선은 십오 년도 훨씬 전에 영국 왕세자가 유행시킨 것과 같은 흰색 줄무늬가 있는 회색 플란넬 더블 정장을 입고 있었고, 소피는 같은 시기에 유행한 자주색 공단 주름치마에 요트 놀이 할 때 입는 재킷을 입고 와인색 베레를 눈썹 위로 비스듬히 쓰고 있었다. 유물 같은 이 의상들은 굉장히 비싸 보였고, 그들에게 너무도 잘 맞아서 틀림없이 맞춤복 같았다. 갑자기 내가 입은 흰색 애로 셔츠와 말아 올린 소매와 볼품없이 헐렁한 바지가 부끄러워졌다.

"걱정하지 마." 잠시 후 네이선이 냉장고에서 1리터짜리 맥주 한 병을 꺼내면서 말했다. 소피는 치즈와 크래커를 접시에 담고 있었다. "옷에 대해서는 걱정하지 말라고. 우리가 이렇게 차려입었다고 자네가 불편해해야 할 이유는 하나도 없거든. 이건 우리 둘만의 일종의 취미 생활이야." 나는 우리의 짧았던 친분 관계를 끝내겠다는 결심을 완전히 접고 만족스러운 듯 의자에 털썩 주저앉았다. 무엇 때문에 이렇게 방향 전환을 하게 되었는지는 설명하기가 거의 불가능하다. 아마도 여러 가지 요인이 합쳐져서 그렇게 되지 않았나 싶다. 유쾌한 방과 예상치 못했던 희극적 의상, 맥주, 네이선의 눈에 띄는 친절함과 잘못을 만회하려는 노력, 소피가 내 마음에 미친 파괴력, 이 모든 것들이 합쳐져 내 의지력을 말살해 버렸던 것이다. 그래

---

45) 사교댄스의 일종.

서 나는 다시 그들의 인질이 되어 버렸다. "일종의 취미 생활이라고." 맑고 투명한 비발디의 곡이 흐르는 가운데 네이선이 설명을 계속했고, 간이 부엌에서는 소피가 부산을 떨고 있었다. "오늘 우리가 입은 옷은 1930년대 초반 의상이야. 1920년대 의상도 있고, 1차 세계 대전 당시 의상, 1890년대 의상 그리고 그 이전의 의상도 있어. 우린 보통 일요일이나 휴일같이 함께 있을 때만 이렇게 옷을 차려입지."

"사람들이 쳐다보지 않아요? 그리고 비싸지 않아요?"

"물론 쳐다보지. 재밌잖아. 때로는, 예를 들어 1890년대 의상을 입고 나가면, 우리 때문에 소동이 벌어지기도 하지. 옷값은 보통 옷보다 그렇게 많이 비싸진 않아. 풀턴 스트리트에 있는 재단사한테 옷을 맞추는데, 제대로 된 옷본만 갖다 주면 원하는 어떤 옷이라도 만들어 줘."

나는 알겠다는 듯 고개를 끄덕였다. 다소 자기 과시적인 면은 있었지만, 결코 해될 것이 없는 유희였다. 둘의 잘생긴 외모에, 레반트[46] 사람처럼 검게 그은 네이선과 창백하게 빛을 발하는 소피의 대조적인 모습이 더해지면, 그 둘이 함께 돌아다닐 때 남들의 이목을 끄는 것은 당연할 것이었다. "이건 모두 소피가 생각해 낸 거야." 네이선이 덧붙여 말했다. "괜찮은 생각이지. 길거리를 돌아다니는 사람들을 보면 하나같이 충충한 옷을 입고 다녀서 다 비슷비슷해 보이잖아. 하지만 이런 옷은 개성이 있지. 그 나름대로의 스타일 말이야. 그래서 이런

---

46) 동지중해 연안 지역. 시리아, 레바논, 이스라엘 등.

옷을 입고 나가 사람들이 놀라서 쳐다보는 걸 보는 게 재밌는 거야." 그가 잠시 말을 멈추고 내 잔에 맥주를 따랐다. "옷이 중요해. 사람의 일부거든. 그래서 입는 걸 즐길 수 있는 멋진 옷, 아름다운 옷이어야 해. 그리고 남도 내 옷을 보고 즐길 수 있으면 더 좋고. 그건 부차적인 문제지만."

어릴 때부터 익숙해질 정도로 많이 들은 온갖 주제의 이야기가 다 나왔다. 옷. 아름다움. 인간다움. 바로 얼마 전까지만 해도 잔인한 말을 내뱉던 사람이, 그리고 모리스의 말이 맞는다면, 지금 옛날 영화에 나오는 진저 로저스[47]처럼 차려입고 접시와 재떨이와 치즈를 들고 바삐 오가는 이 연약한 여자에게 끔찍한 폭력을 가하던 사람이 이런 이야기를 할 수 있다는 것이 놀라웠다. 지금의 그는 친절하고 매력적이기 그지없었다. 이제 완전히 긴장을 풀고, 맥주 기운이 서서히 온몸에 퍼지는 것을 느끼며 앉아 있던 나는 그의 말이 대단히 지당하다는 것을 인정하지 않을 수 없었다. 전쟁 이후 끔찍하게도 획일적인 의상이 사회, 특히 맥그로힐처럼 빠져나올 수 없는 덫 같은 조직을 지배하는 이때, 약간의 색다름이나 기발함만큼 보는 눈을 즐겁게 하는 것이 있을까? 지금 와서 돌이켜 보면, 네이선은 다가올 세상의 전조를 보여 주고 있었다.

네이선이 말했다. "저 여자 좀 봐. 정말 멋지지 않아? 저렇게 인형같이 생긴 여자 본 적 있어? 이봐, 인형 같은 아가씨, 이리 와 봐."

---

47) 1930~1940년대를 풍미한 여자 코미디언이자 영화배우.

"나 바빠, 안 보여?" 소피가 부산을 떨면서 대답했다. "프로마주(치즈) 준비하느라고."

"이봐!" 네이선이 귀청이 째질 듯 시끄럽게 휙 휘파람을 불었다. "이리 와 보라니까!" 그가 내게 눈을 찡긋해 보이며 말했다. "한시도 저 여자한테 손을 뗄 수가 없어."

소피가 다가오더니 그의 무릎 위에 털썩 주저앉았다. "키스해 줘." 그가 말했다.

"한 번만이야." 그녀가 대답하고 나서 그의 입가에 쪽 하고 가볍게 입을 맞췄다. "됐지! 한 번이면 족해."

그녀가 그의 무릎 위에서 꼼지락거리는 동안 그는 그녀의 귀를 살짝 깨물고 허리를 꼭 감싸 안았는데, 그녀의 매력적인 얼굴이 붉게 달아오른 것을 보면 그가 그녀의 성감대를 건드린 것 같았다. "자기한테 한시도 손을 뗄 수가 없어." 그가 부드럽게 속삭였다. 흔히들 그러듯이 나도 남들이 보는 앞에서 공공연히 애정을(혹은 적대감을) 표시하는 것을 보면, 특히 나 혼자 그런 모습을 보게 되었을 때는 더욱더 당혹스러운 기분이 든다. 나는 맥주를 한 모금 벌컥 들이켜고 나서 다른 데로 눈을 돌렸는데, 이 친구들이 주로 사랑을 나눈, 그래서 최근 들어 나를 끔찍이도 불편하게 한 특대형 침대와 화려한 살구색 침대 커버가 눈에 들어왔다. 어쩌면 다시 시작된 내 기침 소리 때문이었는지도 모르고, 어쩌면 내가 당혹스러워한다는 것을 소피가 눈치챘기 때문인지도 모르지만, 어쨌든 소피가 네이선의 무릎에서 벌떡 일어나며 말했다. "됐어! 이제 그만하면 됐어, 네이선 랜다우. 키스는 이제 그만."

"그러지 말고 한 번만 더." 그가 불평했다.

"이제 그만." 그녀가 부드럽지만 단호하게 말했다. "맥주와 함께 프로마주를 좀 먹고 나서 지하철 타고 코니아일랜드에 가서 점심을 먹는 거야."

"자기는 거짓말쟁이야." 그가 농담조로 말했다. "사람을 들뜨게 해 놓고. 브루클린에서 제일 나쁜 여자야." 그가 고개를 돌려 자못 심각한 표정으로 나를 바라보았다. "스팅고, 자넨 어떻게 생각해? 난 이제 삼십이 다 되어 가거든. 그런 내가 폴란드 여자를 만나 열렬히 사랑하게 됐는데, 그녀는 내가 어떻게 해 보려고 오 년이나 졸졸 따라다니던 셜리 머멜스타인처럼 자기의 달콤한 보물을 꼭꼭 숨겨 놓고 있는 거야. 자넨 어떻게 생각해?" 그러고는 다시 장난기 가득한 표정으로 눈을 찡긋해 보였다.

"슬픈 이야기군요." 내가 익살스러운 어조로 말했다. "일종의 사디즘인데." 나는 분명히 침착을 유지하고 있었지만, 속으로는 새로이 알게 된 사실에 깜짝 놀랐다. 소피는 유대인이 아니었다! 별로 상관없는 일이었는데도 여전히 놀라웠고, 내 반응에는 희미하게나마 부정적이고 자기 집착적인 면이 있었다. 나는 후이넘[48]들 속에 던져진 걸리버처럼 나 자신이 이 거대한 유대인 지구에서 유일한 기독교인이라고 생각했고, 그래서 예타의 집에 다른 기독교인이 산다는 사실에 깜짝 놀랐던 것

---

48) 조너선 스위프트의 『걸리버 여행기』 4부, 「후이넘의 나라」에 나오는 말〔馬〕들. 야후라는 이름의 종족이 후이넘이라는 말들의 지배를 받으며 산다.

이다. 알고 보니 폴란드 여자였군. 나는 놀라워하며 속으로 혼잣말을 했다.

소피가 체더치즈 같은 황금색 치즈를 녹여 겉에 입힌 토스트를 접시에 담아 우리 앞에 놓았다. 맥주와 함께 먹으니 더욱 맛있었다. 나는 쌀쌀하고 불편한 그늘 속에서 한낮의 햇살 속으로 살금살금 걸어 나오는 사냥개처럼 이 작은 모임의 유쾌하고 알코올기 섞인 분위기에 서서히 따뜻함을 느끼기 시작했다.

"내가 이 여자를 처음 봤을 땐." 소피가 네이선이 앉아 있는 의자 옆 양탄자에 앉아 느긋하게 그의 다리에 몸을 기대는 것을 보며 네이선이 입을 열었다. "이 여자는 누더기 같은 옷을 입고 해골에 머리카락만 몇 가닥 붙은 모습이었어. 러시아가 이 여자가 있던 포로수용소를 해방시킨 지 일 년 반이 지난 후였는데도 말이야. 그때 자기 몸무게가 얼마였지?"

"38킬로그램."

"맞아, 85파운드쯤 됐지. 상상할 수 있겠어? 완전히 해골바가지였어."

"지금은 얼마나 나가는데요, 소피?" 내가 물었다.

"50킬로그램쯤."

"110파운드쯤이지." 네이선이 환산해 주었다. "키와 골격을 보면 그 정도로는 아직 충분치 않지. 117파운드쯤은 나가야 되는데, 어쨌든 가까이 가고 있어. 가까이 가고 있고말고. 얼마 안 가 우유 먹고 자라 살이 통통하게 오른 미국 아가씨처럼 될 거야." 그는 그녀가 쓴 베레 가장자리로 삐죽 나온 버터색 머리카락을 다정하게 쓰다듬었다. "하지만 처음 봤을 땐 정말 몰골이 말이 아니었어. 자, 여기, 맥주 좀 마셔, 자기. 살찌는 데 도움이 될 거야."

"정말 몰골이 말이 아니었죠." 놀랄 정도로 명랑한 목소리로 소피가 끼어들었다. "꼭 마귀할멈 같았어요. 그리고 그 뭐더라, 새들을 쫓아내는 거. 허수아비? 머리카락이 얼마 없었고, 다리는 무척 아팠어요. 병명이 고혈……."

"괴혈병." 네이선이 불쑥 끼어들었다. "예전에 괴혈병을 앓았단 얘기야. 러시아군이 들어가고 나서 곧 치료를 받았지만."

"맞아요, 르 스코르뷔. 괴혈병이었어요. 이가 다 빠져 버렸어요! 그리고 발진티푸스에 성홍열에 빈혈까지. 전부 앓았어요. 정말 몰골이 말이 아니었죠." 그녀가 자기 연민이라고는 찾아볼 수 없는 어조로, 어린아이처럼 진지하게, 마치 애완동물들의 이름을 늘어놓듯이 병명을 읊어 내려갔다. "하지만 그때 네이선을 만났고, 네이선이 날 돌봐 줬어요."

"이론적으로는 포로수용소가 해방되었을 때 구원을 받은 거지." 네이선이 설명했다. "죽음을 면했으니까. 하지만 그러고 나서도 오랫동안 난민 수용소에 있었대. 거기엔 수천 명, 아니 수만 명이 있었는데, 나치가 그들에게 입힌 상처를 모두 치료할 만큼 의료 시설이 충분하지 않았다는군. 그래서 작년에 소피가 이곳 미국으로 건너왔을 땐, 여전히 심각한, 정말 심각한 빈혈을 앓고 있었어. 척 보고 알았지."

"어떻게 척 보고 알았어요?" 내가 그의 전문가적 지식에 호기심을 느끼며 물었다.

네이선이 짧고 분명하게, 그리고 호감이 갈 정도로 겸손한 어조로 설명했다. 자신은 내과의가 아니라고 했다. 하버드 대학 이공학부를 졸업했고, 세포 및 발달 생물학 석사 학위가 있을 뿐이라고 했다. 이 분야의 연구 성과를 인정받아 브루클린에 본부를 둔 미국 최대의 제약 회사 중 하나인 화이자에서 연구원으로 일하게 되었다고도 했다. 자신의 배경 설명은 그 정도였다. 그는 어렵거나 방대한 의학적 지식을 갖고 있지도 않고, 전문가도 아니면서 함부로 사람을 진단하는 것도 싫어하지만, 대학 교육 덕분에 인간 신체의 화학적 변화와 질병을 보통 사람들보다는 많이 알고, 그래서 소피를 처음 보자마자 (그는 "이 사랑스러운 아가씨"라고 굉장히 걱정스럽지만 부드러운 어조로 중얼거리면서 그녀의 머리카락을 손가락으로 꼬고 있었다.) 그녀의 몰골은 영양 부족으로 인한 빈혈 때문이라고 추측했고, 그 추측이 정확하게 맞아떨어졌다고 했다.

"소피를 의사에게 데려갔지. 우리 형 친구인데, 컬럼비아 장로교 메디컬 센터 교수로 있거든. 영양 관련 질병이 전문이고." 자부심이 느껴지지만 조용히 권위를 전달한다는 면에서 결코 거슬리지 않는 어투였다. "내가 제대로 맞혔다고 그러더군. 철분 결핍이 심각하다고. 그래서 이 가여운 아가씨한테 철황산염을 다량 복용하게 했더니 장미처럼 꽃피기 시작하더군." 그가 손가락으로 가볍게 자신의 입술을 만지더니 그녀의 이마에 키스하듯 살짝 갖다 댔다. "오, 하느님, 당신은 멋진 여자야. 당신은 최고야."

소피가 그를 올려다보았다. 그녀는 놀랄 정도로 아름다웠지만 어쩐지 피곤해 보이고 일그러진 표정이었다. 나는 전날 밤의 슬픈 소동을 생각했다. 그녀는 정맥이 푸르게 드러나 보이는 그의 팔목을 가볍게 어루만졌다. "고마워요, 찰스 화이자의 상임 연구원님." 그녀가 말했다. 어떤 이유에서인지 소피한테 회화 선생을 찾아 줘야겠다는 생각이 들었다. "그리고 나를 장미처럼 꽃피우게 해 줘서 고마워요." 잠시 후 그녀가 덧붙였다.

갑자기 소피가 네이선의 말을 많이 따라 한다는 생각이 들었다. 이제 보니 네이선이 그녀의 회화 선생이었다. 그가 벌리츠 어학원의 지나치게 세심하면서도 굉장히 인내심 있는 강사처럼 그녀의 말을 세밀하게 바로잡는 것을 보니 그 사실은 더욱 분명해졌다. "'피우게'가 아니라 '피게'야. 아주 잘하고 있지만, 이제 완벽해질 때도 됐는데. 언제는 '피다'라는 자동사를 쓰고 언제는 '피우다'라는 타동사를 쓰는지 슬슬 배워 나가야 해. 어렵다는 거 알아. 영어에는 어디에나 들어맞는 완전한 규칙이란 게 없고 예외가 많으니까. 본능을 따라야 해."

"본능?" 그녀가 물었다.

"귀를 쫑긋 세우고 잘 들으면, 결국엔 본능이 돼. 예를 들어 볼게. '장미처럼 꽃피다.'라고는 할 수 있지만 '장미처럼 꽃피우다.'라고는 할 수 없어. '바람을 피우다.' '불을 피우다.'라고는 할 수 있어도. 자동사, 타동사를 구별하는 건 결코 쉽지 않아. 하지만 시간이 지나면 자연스럽게 익힐 거야." 그가 그녀의 귓불을 어루만졌다. "이 예쁜 귀로 잘 들으면 말이야."

"너무 어려워!" 그녀가 짐짓 고통스러운 듯 눈살을 찌푸리며 불평했다. "단어가 너무 많아. 벨로시테(속도)와 관련된 말만 보더라도 그래. '빠른'이 있지. '신속한', '잽싼' 모두 같은 뜻인데! 말도 안 돼!"

"'민첩한'도 있는데." 내가 덧붙였다.

"'재빠른'은 어때?" 네이선이 말했다.

"황급한." 내가 말을 이었다.

"'쾌속의'도 있네." 네이선이 말했다. "좀 잘난 체하는 말 같지만."

"'급속한'도!" 내가 말했다.

"그만들 해요!" 소피가 웃음을 터뜨리며 말했다. "너무 많아! 영어엔 단어가 너무 많아. 프랑스어로는 얼마나 간단한데. '비트(빨리)'라고만 하면 되거든."

"맥주 더 마실래?" 네이선이 내게 물었다. "따 놓은 병에 든 거 마저 마시고 코니아일랜드 해변으로 가자고."

네이선 자신은 거의 마시지 않으면서도 내게는 당혹스러울 정도로 관대해서 내 잔이 빌라치면 즉시 버드와이저를 가득 따라 주곤 했다. 한편 나는 그 짧은 시간에 급속도로 기분 좋게 취기가 올라서 행복감을 다스리기가 어려울 정도였다. 여름날의 태양처럼 높이 뜬 기분이었고, 아늑하고 애정이 깃든 아버지의 팔에 안겨 높이 들린 것 같았다. 이런 기분이 든 이유 중 하나는 순전히 술기운이었을 것이다. 나머지는 정신 분석학의 영향을 지대하게 받은 당시, 내가 게슈탈트[49]라고 인

---

49) 형태. 지각의 대상을 형성하는 통일적 구조.

식하게 된 것을 구성하는 여러 요인들이 한데 어울린 데서 비롯되었다. 이를테면 화창한 6월의 유쾌한 기운과 헨델의 「수상 음악」의 화려한 선율, 열린 창문을 통해 들어오는 봄꽃 향기, 나 자신을 위해 준비한 야심 찬 직업이 비참한 광기의 결과로 보일 때가 너무도 많던 스물두 살(아니, 스물다섯이라고 해 두자.) 이후로는 한두 번밖에 느끼지 못한 희망과 확신으로 나를 가득 채운 그 봄꽃 향기가 자아내는 유쾌한 방 안 분위기 같은 요인들 말이다.

그러나 무엇보다도 내 기쁨은 몇 달 전 뉴욕으로 오면서 잊었던 것, 내게서 영원히 떠나 버렸다고 생각했던 우정, 친숙함, 친구들과의 유쾌한 시간 같은 원천에서 흘러나왔다. 상처받기 쉬운 초연함으로 너무나도 단단히 무장하고 있던 나는 바로 그 초연함이 완전히 부서져 내리는 것을 느낄 수 있었다. 소피와 네이선을(이 따뜻하고 밝고 생기 넘치는 친구들을) 만난 것이 얼마나 행운인가 하는 생각이 들었고, 분명히 육욕과는 거리가 먼 아름다운 형제애로 가득 찬 그들을 꼭 끌어안고 싶은 충동이 일었다.(소피를 보고 첫눈에 사랑에 빠진 절망적인 상황이었지만, 적어도 그 순간에는 그랬다.) '스팅고, 산 자의 땅으로 돌아왔구나.' 내가 소피를 향해 바보같이 씩 웃으며 거품이 이는 버드와이저를 들고 나 자신을 위해 건배하며 속으로 중얼거렸다. "스팅고, 건배!" 네이선이 권한 맥주잔에 입을 갖다 대며 소피가 말했다. 그녀가 내게 보여 준 진지하면서도 유쾌한 미소와 아직까지 영양 결핍의 그늘이 드리워 수척하지만 행복한 표정의 얼굴에서 빛나는 하얀 이가 뭉클한 감동을 주어서 나도 모르게 만족스러운 한숨이 흘러나왔다. 완전한 구원에 가까워졌다는 느낌이 들었다.

그러나 나는 더할 나위 없이 행복한 가운데서도 무언가가 잘못됐다는 것을 느낄 수 있었다. 전날 밤 소피와 네이선 사이의 끔찍한 소동을 기억하며 나는 웃음과 편안함과 친밀감이 가득한 이 단란한 모임이 그들의 본래 상태가 아니라는 것을 알아차렸어야 했다. 그러나 나는 가장된 모습에 너무도 쉽게 속아 넘어가는 사람으로, 지난밤 내가 목격한 그 끔찍한 소동이 안타깝지만 드물게 일어나는 연인끼리의 사랑싸움일 뿐이고 보통 때는 낭만적인 사랑이 가득할 것이라고 쉽게 믿어 버렸다. 그러나 사실 내 마음속 깊은 곳에서는 우정에 대한 갈망이 대단히 커서(그리고 소피에게 열중해 있었고, 그녀의 애인이며 역동적이고 어딘가 모르게 이국적이며 희한하게도 사람을 잡아끄는 힘이 있는 이 젊은 남자에게 이상하게 끌려서) 감히 그들의 관계를 장밋빛이 아닌 다른 색으로 바라볼 용기가 없었던 것이 아닌가 생각한다. 그럼에도 불구하고 무언가가 분명히 잘못됐다는 것을 느낄 수 있었다. 명랑함과 상냥함과 배려 저 밑에 불온한 긴장이 존재하는 것이 느껴졌다. 두 연인 사이에서 긴장감이 느껴졌다는 말이 아니다. 분명히 존재하는 그 불안한 긴장감은 주로 네이선에게서 나오는 것 같았다. 산만하고 들떠 보이는 그는 자리에서 일어나 레코드판들을 만지작거리다가 헨델을 비발디로 바꿔 걸었고, 속이 타는지 물 한 잔을 벌컥벌컥 들이켜더니 다시 자리에 앉아 바지 위에 손을 올려놓고 호른의 유쾌한 리듬에 맞춰 손가락을 까닥거렸다.

그러다가 갑자기 내게 고개를 돌리더니 우울하고 불안한 눈초리로 탐색하듯 나를 뚫어지게 바라보며 말했다. "자네, 땅 파먹는 농사꾼이지?" 그러고는 잠시 가만히 있더니, 이전에 나를 화나게 했을 때처럼 다시 남부 사람 특유의 느린 말투를 흉내 내며 덧붙였다. "당신네 남부 사람들은 참 재밌는 사람들이야. 당신들 모두가 말이야." 그는 '모두'를 일부러 강조했다. "당신들 모두가 정말 흥미로워."

나는 노여움이 점점 커지는 것을 느낄 수 있었다. 이 네이선이라는 인간은 정말 놀라웠다! 어떻게 그렇게 눈치가 없고 잔인하며 섬뜩할 수 있을까? 나의 행복감은 수천 개의 작은 비눗방울이 한꺼번에 터지듯 한순간에 증발해 버렸다. '이 야비한 새끼!' 내가 속으로 욕했다. 그가 내게 함정을 놓았던 것이다! 나를 구석으로 몰려는 것이 아니라면, 이 비열한 기분 변화를 달리 어떻게 설명할 수 있겠는가? 눈치가 젬병이거나 고도의 술수이거나 둘 중 하나였다. 그가 남부에 대한 관심과 경멸감을 버리는 것을 우리 우정의(그렇게 부를 수 있다면 말이다.) 조건으로 바로 좀 전에 그렇게 분명하게 못 박아 놓았건만 이런 행동을 보이는 것을 달리 이해할 길이 없었다. 목구멍으로 음식물이 올라오는 것처럼 또다시 분노가 치밀어 올랐지만 참아 내려고 필사적으로 노력했다. 내가 타이드워터 사투리로 목소리 높여 말했다. "네이선, 우리 고향 사람들도 당신 같은 브루클린 사람들을 아주 흥미롭게 생각하고 있어요."

내 말이 네이선의 심정을 상하게 한 것이 분명했다. 불편한 기색이 역력했을 뿐만 아니라 눈은 적의로 번득였고, 도저히 다스릴 수 없는 불신이 가득한 눈으로 나를 노려보았는데, 그 순간 나는 그 번득이는 눈동자를 보며 그가 나를 별난 남부 노동자나 외계인으로 생각한다는 것을 알아차렸다.

"어우, 빌어먹을." 내가 자리에서 일어서려고 몸을 움직이며 말했다. "방으로 내려갈⋯⋯."

그러나 내가 잔을 내려놓고 일어서기도 전에 그가 내 손목을 붙잡았다. 거칠거나 아프게 잡은 것은 아니지만, 힘이 있고 단호해서 나는 그냥 의자에 앉아 있을 수밖에 없었다. 그의 손에서 절박함과 집요함이 느껴져서 오싹한 기분이 들었다.

"웃고 넘어갈 문제가 아니야." 그가 말했다. 그의 목소리는 자제는 하고 있지만 마음속에서 격한 감정의 소용돌이가 일고 있다는 것을 느끼게 했다. 그러고 나서 의도적으로, 우스꽝스러울 정도로 느리게 내뱉은 그의 말은 마법의 주문 같았다. "바비⋯⋯ 위드⋯⋯ 바비 위드! 바비 위드가 농담거리 정도밖에 안 된다고 생각하나?"

"남부 사투리를 우스꽝스럽게 흉내 내기 시작한 건 내가 아니에요." 내가 맞받았다. 그러고는 생각했다. '바비 위드! 빌어먹을! 바비 위드를 들고 나오다니. 여길 빠져나가야지.'

이 순간 네이선의 기분이 불길하게 바뀐 것을 눈치챈 듯 소피가 서둘러 그의 곁으로 가더니 달래듯 그의 어깨를 토닥였다. "네이선. 바비 위드 얘기는 이제 그만. 제발, 네이선! 이렇게 재밌게 지내고 있는데 그 얘기를 하면 기분만 나빠질 거야." 그녀가 내게 걱정스러운 표정을 지어 보이며 말했다. "이번 주 내내 바비 위드 얘기를 하고 있어요. 도저히 그만두게 할 수가 없어요." 그러고는 다시 네이선에게 간청했다. "제발, 자기야, 우리 지금 재밌게 지내고 있잖아."

그러나 네이선의 기세는 꺾이지 않았다. "바비 위드가 어떻게 된 줄 알아?" 그가 집요하게 물었다.

"도대체 바비 위드가 뭐?" 나는 으르렁거리며 그의 손을 뿌리치고 일어섰다. 문과 그 사이에 놓인 가구들을 보면서 빨리 방을 나갈 수 있는 가장 좋은 방법을 생각해 보았다. "맥주 잘 마셨어요." 내가 중얼거렸다.

"바비 위드에 대해 내가 말해 주지." 네이선은 아주 집요했다. 그는 나를 놓아주려 하지 않았고, 거품이 이는 맥주를 잔에 가득 따라 내게 건넸다. 그의 표정은 여전히 침착했지만, 털이 텁수룩한 집게손가락을 내 얼굴 앞에 대고 가르치듯 흔들어 대는 것을 보면 흥분해 있다는 것을 알 수 있었다. "내가 바비 위드에 대해 얘기해 주지, 친구. 바로 이거야! 너희 남부 백인들은 그런 잔혹 행위에 대해 대답할 게 많아. 부인하나? 그럼 잘 들어 봐. 나는 죽음의 수용소에서 고통받은 민족의 한 사람으로서 이런 말을 하는 거야. 그 수용소에서 살아남은 한 사람을 깊이 사랑하는 사람으로서 이런 말을 하는 거고." 그가 한 손의 집게손가락을 여전히 내 광대뼈 바로 앞에서 벌레 모양으로 꿈틀거리면서 다른 손을 뻗어 소피의 손목을 잡았다. "무엇보다도 나는 네이선 랜다우로서, 평범한 시민이자 생물학자로서, 한 인간으로서, 인간이 다른 인간에게 가한 비인도적 잔혹 행위를 목격한 사람으로서 이런 말을 하는 거야. 바비 위드는 아돌프 히틀러가 통치하는 동안 나치가 벌인 일들만큼이나 끔찍한 잔혹 행위를 미국 남부 사람들의 손에 당했어. 내 말에 동의하나?"

나는 침착을 유지하려고 노력하면서 입술 안쪽을 깨물었다. "네이선, 바비 위드에게 일어난 일은 정말 끔찍했어요. 말로 표현할 수 없을 정도로! 하지만 하나의 악을 다른 악과 동일시하려는 것이나 이런 일에 어리석은 가치의 잣대를 갖다 대려는 것은 이해할 수 없어요. 둘 다 끔찍한 일이야! 이 손가락 좀 치워 줄래요?"

이마가 화끈거리고 땀이 나기 시작해 축축해지는 것을 느낄 수 있었다. "그리고 그런 식으로 거대한 그물을 던져서 당신이 말한 '너희 남부 백인들'을 다 잡아들이려는 행동은 용납 못 해요. 빌어먹을, 난 그런 말은 못 참아요! 나도 남부인이고 자부심이 있지만, 바비 위드에게 그런 행동을 한 야만인들하고는 달라요! 난 버지니아주 타이드워터에서 태어났고, 이런 표현이 실례가 될지 모르겠지만, 나 자신을 신사라고 생각한다고요! 이것도 실례가 될지 모르겠지만, 당신의 그 말도 안 되는 억지, 당신 같은 지성인의 입에서 나오는 그 무지한 말이 정말 역겨워요!" 목소리가 높아져서 떨리고 갈라지며 통제 불능의 상태가 된 것을 느끼면서, 또다시 끔찍한 기침 발작이 시작될까 두려워하며 네이선을 바라보았다. 그가 침착하게 자리에서 일어났고, 그래서 우리는 대결하듯 서로를 마주 보고 서게 되었다. 그가 상반신을 위협적으로 앞으로 내밀었다. 키와 덩치로 볼 때 나 따위는 상대도 안 될 정도였지만, 나는 그의 턱을 한 대 갈기고 싶은 강한 충동을 느꼈다. "네이선, 내 말 잘 들어요. 지금 당신은 뉴욕인들의 자유분방하고 위선적인 헛소리 중에서도 제일 저질스러운 말을 골라 하고 있다고요! 수백만 명의 사람들을, 깜둥이를 해치느니 차라리 대부분 죽음을 택할 그 사람들을 심판할 권리가 당신한텐 없어요!"

"허! 봐 봐, 네 말에서도 드러나잖아. 까암둥이! 정말 불쾌하기 짝이 없군."

"남부 사람들의 표현 방식일 뿐이에요. 모욕적인 의도는 없어요. 그래, 까암둥이라 그랬어요. 어쨌든." 내가 조급하게 덧붙여 말했다. "그들을 심판할 권리가 당신한텐 없어요. 그런 생각이야말로 불쾌하기 짝이 없군요."

"유대인으로서, 고통과 수난에 대해서는 그럴 권리가 내게 있다고 생각하는데." 그가 잠시 말을 멈추고 나를 바라보는데, 그의 표정에서 처음으로 경멸과 점점 커져 가는 혐오감을 읽을 수 있었다. "그리고 '뉴욕인들의 자유분방' 어쩌고 하는 것하고 '위선적인 헛소리'라는 얘기는 웃어 넘길 수 있을 만큼 별 의미도 없는 비난이라고 생각해. 자넨 단순한 진실도 인식하지 못하겠어? 끔찍한 껍데기들 속에 숨어 있는 진실이 안 보이냐고. 자네가 바비 위드의 죽음에 책임이 있다는 것을 인정하지 않는 것은 흉악한 나치들이 유대인 회당을 약탈하고 크리슈탈나흐트 사건[50]을 자행하는 것을 가만히 보고 있으면서 나치를 거부한다고 말하는 독일인들의 행동과 똑같은 거

---

50) 수정의 밤 사건. 1938년 11월 9일 밤 나치가 독일 전역에 있는 유대인의 집, 기업, 회당 등을 공격한 사건.

야. 자신을 똑바로 볼 수 없나? 남부를 똑바로 볼 수 없어? 결국 바비 위드를 파멸로 이끈 것은 뉴욕 시민들이 아니었다고."

그가 한 말은 대부분(특히 내 '책임'에 관한 부분) 편파적이고 비합리적이며 독선적이고 끔찍하게 잘못된 생각이었지만, 정말 유감스럽게도 당시의 나는 아무런 대답도 할 수 없었다. 일시적으로 완전히 사기가 꺾여 버렸던 것이다. 나는 기괴한 신음 소리를 내며 민망하게 후들거리는 다리로 창가를 향해 비틀거리며 걸어갔다. 속에서는 분노가 끓는데도 이상하게 무력감을 느끼며 결코 나오지 않을 말을 찾아내려고 애썼다. 나는 맥주를 반 이상 한입에 꿀꺽 들이켰고, 좌절감에 흐릿해진 눈으로 햇살이 따사로운 플랫부시의 목가적인 잔디밭과 바스락거리는 무화과나무와 단풍나무, 셔츠 소매를 걷어붙이고 공을 던지는 사람들, 이리저리 휘젓고 다니는 자전거들, 따뜻한 햇살을 받으며 산책로를 걷는 사람들로 일요일 아침부터 북적이는 깨끗한 거리를 바라보았다. 새로 손질한 잔디밭에서 풍기는 달콤하고 신선한 향기가 먼 시골의 풍경을, 뇌 속에서 꿈틀거리는 종양처럼 네이선이 내 가슴에 심어 놓은 바비 위드가 거닐었을 곳과 별로 다르지 않을 풍경을 떠올리게 했다. 다시 바비 위드가 떠오르자, 나는 씁쓸하고도 무력한 절망감에 사로잡혔다. 도대체 무엇 때문에 이 흉악한 인간은 이토록 화창한 날에 바비 위드라는 그늘을 불러들였을까?

등 뒤에서 네이선의 목소리가 들렸다. 목소리를 높여 벼락치듯 고함을 지르는 것이, 언젠가 유니언 광장에서 본, 듣는 사람 하나 없는데 찢어진 주머니같이 생긴 입으로 바락바락

고함을 지르던 땅딸막하고 신경질적인 공산당 청년 연맹 조직자를 연상시켰다. 네이선이 열변을 토했다. "오늘날의 남부는 인류와 연대할 권리를 포기해 버렸어. 남부의 백인 모두가 바비 위드의 비극에 책임이 있어. 누구도 그 책임에서 벗어날 수 없다고!"

내 온몸이 심하게 떨렸고 손은 경련이 일듯 씰룩였다. 나는 맥주가 잔 속에서 출렁이는 것을 노려보았다. 1947년. 1. 9. 4. 7. 그해 여름, 뉴어크가 불바다가 되고, 디트로이트의 하수구가 흑인들의 피로 물들기[51] 딱 한 달 빠진 이십 년 전인 그때는, 남부 태생에 예민하고 분별력이 있으며 끔찍하고 사악한 자신들의 역사를 잘 아는 사람이라면 그 같은 가혹한 비난에 고통받을 수밖에 없었고, 그런 비난이 주로 노예 폐지론자의 다시 고개를 드는 독선적 태도에서 비롯된 것임을 안다고 해도, 너무도 순진하게 자신의 도덕적 우월성을 주장해서 참을 만은 하지만 우울한 기분에 피식 웃게 만드는 것이었다고 해도 고통받기는 매한가지였다. 수그러들 기색이 보이지 않는 불안의 시대에 용감무쌍하게 북부로 올라온 남부인들은 마음속으로 죄책감을 느끼는 한편 은근한 빈정거림과 거만함이 느껴지는 비방이라는 덜 폭력적인 형태의 공격을 감내해야 했다. 그 시대는 1963년 8월의 어느 아침, 매사추세츠주 에드거타운의 노스 워터 스트리트에서 요트 클럽 회장이자 뉴잉글랜드 명문가 출신의 유명한 투자 은행가의 아내인 담갈색 머

---

51) 1967년 7월 뉴어크와 디트로이트에서 일어난 흑인 인종 폭동을 말한다.

리의 젊은 여자가 제임스 볼드윈의 『다음번 화재』를 휘두르며 우울하고 긴장된 어조로 친구에게 "이제 우리 모두에게 그런 일이 일어날 거야!"라고 말했을 때 공식적으로 끝났다.

1947년 당시에 내가 이런 말을 들었다고 해도 그렇게 모든 것을 잘 파악한 말이라고 생각하지는 않았을 것이다. 당시에는 졸고 있던 거대한 검은 괴물이 서서히 잠에서 깨어 꿈틀거리고 있었지만 북부가 당면한 심각한 문제로 생각되지는 않았다. 바로 이런 이유 때문인지, 때때로 내 귀에 들리는 양키들의 편협한 비난에 그냥 역정을 냈을지라도(심지어 그 사람 좋은 파렐도 다소 신랄한 비난의 말을 들어야 했다.) 마음 깊은 곳에서는 바비 위드를 고문한 그 인간 이하의 앵글로색슨들과 혈연관계를 맺고 있음을 인정할 수밖에 없는 것에 부담스러운 수치감을 느꼈다. 조지아의 이 촌사람들은(우연히도 이곳은 나의 구원자 아리스테가 중노동으로 고통받고 죽은 브런스윅 근처 소나무가 무성한 해변가였다.) 열여섯 살의 바비 위드를 남부에서 목격된 린치에 의한 마지막 희생자이자 가장 기억에 남을 희생자로 만들었다. 그가 저질렀다는 범죄는 아리스테의 죄와 상당히 유사한데, 너무도 전형적이어서 진부한 표현을 나열한 것처럼 보일 정도였다. 즉 그는 사거리 가게 주인의 숙맥 같은 딸 룰라에게(이것 또한 진부한 표현이지만 사실이다. 룰라의 수심에 찬 토끼 같은 얼굴이 여섯 개 대도시 신문에 실렸다.) 추파를 던졌거나 치근댔거나 괴롭혔고(강간이 아닌 것은 분명했지만, 구체적인 죄목이 밝혀지지는 않았다.) 분노에 찬 그녀의 아버지가 이웃들에게 즉각 행동에 나서 달라고 호소하고 선동했다.

나는 바로 일주일 전 렉싱턴 애비뉴행 상행선 지하철 안에 서서, S. 클라인 쇼핑백을 든 엄청나게 뚱뚱한 여자와 웨이터 재킷을 입고 작은 하드를 빨고 있는 푸에르토리코 남자 사이에 꼼짝없이 끼인 상태로, 그 촌사람들의 중세적인 보복 행위에 대한 기사를 읽었는데, 그때 내가 들고 있던 《미러》에 난 끔찍한 보복 행위의 희생자 사진을 넋 놓고 들여다보던 푸에르토리코 남자의 머리에서 풍기는 포마드의 잘 익은 치자향이 내 코끝을 간지럽힌 기억이 생생하다. 남부인들은 바비 위드가 아직 살아 있을 때 그의 음경과 불알을 잘라 그의 입 속으로 밀어 넣었고(이 사진은 실리지 않았다.) 바비 위드가 거의 목숨이 끊어지려 하면서도 아직 의식이 있는 동안에는 활활 타오르는 용접용 버너로 그의 가슴에 뱀처럼 꿈틀대는 'L' 자 낙인을 찍었다. 무엇을 상징하는 글자일까? '린치?' '룰라?' '법과 질서?' '사랑?' 네이선이 고함을 치는데도, 나는 비틀거리며 지하철을 빠져나와 86번가의 뜨거운 여름 태양 아래로 나서던 것을, 비엔나소시지와 오렌지 줄리어스[52] 냄새와 열차의 격자무늬 출입문에 달린 열에 달궈진 금속에서 나던 냄새를, 한번 보겠다고 멀리서 찾아온 로셀리니의 영화를 상영하던 영화관 앞을 넋 놓고 지나쳐 버린 것을 회상했다. 그날 오후 나는 영화관에 가지 않았다. 대신 그라시에 광장 강가 산책로에 서서 무엇에 홀린 듯 강 위에 떠 있는 섬들의 도회적인 모습을 바라보면서 마음속으로는 어릴 때 외운 「요한 계시

---

52) 농축 오렌지 주스에 우유, 물, 바닐라 크림 등을 섞어 만든 음료.

록」의 구절을 계속해서 중얼거리고 있었지만(이런 행동은 끝도 없이 계속되었던 것 같다.) 남성을 절단당한 바비 위드의 끔찍한 모습이 머릿속에서 지워지지 않았다. "하느님께서 그들의 눈에서 모든 눈물을 닦아 주실 것이다. 다시는 죽음이 없고 다시는 슬픔도 울부짖음도 괴로움도 없을 것이다……."[53] 어쩌면 이것은 과민 반응이었는지도 모른다. 오, 하느님, 그럼에도 눈물은 나오지 않았다.

네이선의 목소리가 다시 들려와 나를 끈질기게 괴롭혔다. "이봐, 강제 수용소에서 책임을 맡고 있던 짐승 같은 새끼들도 그런 잔혹 행위를 할 정도로 타락하지는 않았을 거야!"

그럴까? 그렇지 않을까? 별로 중요한 문제 같지는 않았다. 나는 맞받아칠 수도 그렇다고 도망갈 수도 없는 이런 광적인 논쟁에 질려 버렸고, 자꾸만 떠오르는 바비 위드의 모습에 넌더리가 났으며, 그리고(조지아에서 일어난 증오에 의한 범죄에 어떤 식으로든 연루되어 있다는 생각은 전혀 하지 않았지만 그럼에도 불구하고) 믿을 수도 헤아릴 수도 없는 그 과거, 그 지역, 그 유산이 갑자기 혐오스러워지기 시작했다. 이제 나는 코가 부러지는 위험을 감수하고라도 네이선의 얼굴에 맥주를 부어 버리고 싶은 충동을 느꼈다. 그러나 자제하고 어깨에 잔뜩 힘을 주며 경멸에 찬 쌀쌀맞은 어조로 말했다. "그리스도를 십자가에 못 박았다는 죄로 수세기에 걸쳐 부당하게 박해받은 민족의 일원으로서, 당신은(그래, 당신 말이야, 빌어먹을!) 어떤 일에 대해

---

53) 「요한 계시록」 21장 4절.

서라도 한 민족 전체를 비난하는 것이 얼마나 용서받을 수 없는 일인지를 알아야 해요!" 그때 나는 너무 화가 나서, 화장장에서 구원된 지 채 일 년도 안 된 유대인들에게는 충분한 불씨를 담고 있는 말을 내뱉었고, 그 말이 입 밖으로 나오자마자 후회했다. 그러나 취소하지는 않았다. "어떤 민족이라도 말이에요. 심지어 독일 민족이라도!"

몸을 움찔하고 얼굴이 더욱더 붉어지는 네이선을 보며 나는 마침내 파국의 시간이 왔다고 생각했다. 그러나 바로 그 순간 소피가 캠퍼스의 장난꾸러기 같은 의상을 하고 가운데로 끼어듦으로써 일촉즉발의 상황에서 기적적으로 우리를 구해 냈다.

"지금 당장 이 얘기 그만둬요. 그만두라고! 일요일에 하기에는 너무 심각한 얘기잖아." 장난치는 듯한 태도였지만 진지하다는 것을 알 수 있었다. "바비 위드는 잊어버려요. 행복한 이야기를 하자고. 코니아일랜드에 가서 식사도 하고 수영도 하고 즐겁게 놀아요, 우리!" 그녀가 무섭게 얼굴을 일그러뜨린 골렘 주위를 맴돌았다. 나는 그녀가 상처받은 희생자의 역할을 기꺼이 버리고 쾌활하게 네이선에게 맞서면서 순전한 매력과 아름다움과 생기로 그를 조종하기 시작하는 것을 보자 놀랍기도 하고 상당히 안심이 되기도 했다. "강제 수용소에 대해서 뭘 알고 있어, 네이선 랜다우? 아무것도 모를걸. 그런 얘기이제 그만해. 그리고 스팅고에게 소리치는 것도 그만하고. 바비 위드 갖고 스팅고에게 화내는 것 그만두라고. 그만하면 됐어! 스팅고는 바비 위드와 아무 관련이 없잖아. 스팅고는 좋은 사람이야. 당신도 좋은 사람이고, 네이선 랜다우. 브래멍, 주 타도르.(정말 당신을 좋아해.)"

그해 여름, 나는 네이선의 마음과 기분이 변덕을 부릴 때마다 소피가 그에게 어떤 요술을 부려서 그가 즉시 변하는 것을, 미친 듯이 날뛰는 괴물에서 매력적인 왕자님이 되는 것을 자주 볼 수 있었다. 유럽 여자들은 종종 자기 남자를 마음대로 쥐고 흔든다는데, 미국 여자들은 대부분 알지 못하는 매력적이고 은근한 방식으로 그렇게 하는 것 같다. 그녀는 그의 뺨에 가볍게 입을 맞추고 앞으로 뻗은 그의 두 손을 양손으로 가볍게 쥐고 서서 그가 내게 뿜어 대던 분노와 열정이 얼굴에서 서서히 사라지는 것을 찬찬히 바라보았다.

"브래멍, 주 타도르, 셰리.(정말 당신을 좋아해, 자기야.)" 그녀가 부드러운 목소리로 말하더니 이윽고 그의 팔목을 잡아당기며 그날 들은 것 중에서 가장 명랑한 소리로 노래 부르듯 말했다. "해변으로! 해변으로! 가서 모래성 쌓기 하고 놀아요."

그리하여 벼락을 동반한 구름이 물러가고 폭풍우는 끝이 났으며, 밝고 유쾌한 기운이 화려한 색상의 방 안을 채우기 시작했고, 갑자기 공원에서 불어오는 거센 바람에 커튼은 탭댄스를 추듯 똑똑 소리를 냈다. 우리 세 사람이 문을 향해 걸어가는 동안, 네이선이(그렇게 차려입으니 유행에 민감한 도박꾼이나 오래된 《배너티 페어》[54]에서 빠져나온 모델처럼 보였다.) 그의 긴 팔을 내 어깨에 두르더니 아주 솔직하고도 진지하게 사과

---

54) 미국의 연예 잡지.

해서 나는 그의 모욕적인 언사와 편협하고 비뚤어진 비방과 다른 무례한 행위들을 용서하지 않을 수 없었다. "스팅고, 나는 얼간이야, 얼간이!" 그가 내 귀에 대고 불편할 정도로 크게 소리쳤다. "원래 멍청이는 아닌데, 다른 사람 기분은 생각하지 않고 말해 버리는 나쁜 습관이 있어. 남부 사람들 전부가 나쁘지는 않다는 거 나도 알아. 어이, 친구, 약속할게. 다시는 남부에 대해 자네한테 달려들지 않을게. 어때? 소피, 당신이 증인이야!" 나를 꼭 끌어안고, 마치 밀가루 반죽을 하듯 내 머리 가죽을 훑어 머리카락을 헝클어뜨리고, 지나치게 크고 우스꽝스러울 정도로 다정한 슈나우저[55] 같은 모습으로 그 고상한 언월도[56]처럼 생긴 코를 내 귀의 산홋빛으로 움푹 들어간 곳에 비벼 대는 것을 보면 그의 기분이 유쾌한 상태로 옮겨 간 것 같았다.

우리는 더할 나위 없이 즐거운 기분으로 지하철역을 향해 걸어갔다. 소피가 가운데서 우리 둘의 팔짱을 끼고 걸었다. 네이선이 다시 경이로울 정도로 완벽하게 남부 사투리를 흉내 냈다. 그러나 이번에는 빈정거리거나 나를 괴롭히려는 의도는 없었고, 멤피스나 모빌 토박이라고 해도 믿을 만큼 정확한 억양이어서 나는 웃느라고 숨이 넘어갈 지경이었다. 그러나 그의 재능은 모방하는 데만 있지 않았다. 그에게서 나오는 우스꽝스러운 말들은 눈부신 창조의 산물이었다. 그가 남부 농민들

---

55) 독일에서 개량한 개의 품종.
56) 초승달 모양의 칼.

의 촌스럽고 과장되고 가까스로 알아들을 만한 말투로 즉흥 대사를 하기 시작했는데, 나는 대단히 우스꽝스럽고 정확하고 음탕한 그의 말에 정신없이 웃느라 이 모든 것이 바로 조금 전까지 그가 가혹하고 냉정한 분노에 사로잡혀 비난하던 남부 사람들에 관한 것이라는 사실조차 잊을 정도였다. 소피는 그의 말과 행동의 미묘한 뉘앙스를 대부분 알아듣지 못한 것 같았지만, 유쾌한 분위기에 휩쓸려 나와 함께 시끄러운 웃음소리로 플랫부시 애비뉴를 흔들어 놓았다. 그리고 이 모든 것이 다행히도 소피의 방에서 거친 폭풍우처럼 몰아친 잔혹하고 위협적인 감정들이 다 씻겨 나가고 찾아온 것이라는 사실을 나는 희미하게나마 느끼기 시작했다.

일요일 아침 한가하게 걷는 사람들로 북적이는 거리를 한 블록 반 정도 걸어가면서 네이선은 아주 남부적인 시나리오를, 일종의 암울하고 음탕한 도그패치[57] 시나리오를 만들어 냈는데, 그 안에서는 파피 요쿰[58]이 딸과(의학 지식이 있던 네이선은 그녀의 이름을 핑크 아이[59]라고 지었다.) 근친상간을 하는 농부로 바뀌어 있었다. "언청이한테 페니스를 빨려 본 적 있어?" 네이선이 너무 큰 소리로 물어보는 바람에 진열창을 들여다보던 두 유대인 부인이 깜짝 놀랐고, 그들은 네이선이 신나서 마미[59]의 역할을 하는 동안 얼굴을 찡그린 채 우리 곁을

---

57) 1930년대부터 1970년대까지 일간지에 실린 알 카프의 4단짜리 만화의 배경.
58) 그 만화에 나오는 주요 등장인물.
59) 일종의 전염성 결막염이라는 뜻도 있다.

지나갔다. "내 소중한 아이를 또 데리고 놀다니!" 그가 비탄에 젖은 여자처럼 울부짖었다. 그의 목소리는 결혼과 역사와 퇴행성 세포로 인해 파괴된 어리석고 비참한 여자의 목소리를 그대로 빼닮았다. 네이선이 신나서 까불어 대는 말은(그리고 내가 겨우 암시할 수 있을 뿐인 그 말의 힘은) 한번 흘러가면 재생하기 불가능한 음악처럼 어떤 초월적 절망감에 근원이 있었고, 나는 그것을 겨우 인식하기 시작했다. 나는 폭소를 터뜨리면서도 그가 천재라는 사실을 깨달았고, 이런 천재를 다시 보기까지는, 레니 브루스[61]라는 눈부신 인물에서 다시 발견하기까지는 이십 년을 더 기다려야 했다.

정오가 한참 지났기 때문에, 네이선과 소피와 나는 해산물 요리 '만찬'을 저녁으로 미루기로 했다. 허기를 면하기 위해 작은 가판대에서 사우어크라우트[62]를 곁들인 길고 먹음직스러운 코셔 프랑크푸르트소시지와 코카콜라를 사 들고 지하철을 탔다. 바람을 잔뜩 넣은 커다란 튜브를 쥔 채 빽빽 울어 대는 아기들을 데리고 굶주린 듯 해변으로 달려가는 뉴욕 시민들로 가득 찬 열차 안에서 우리는 운 좋게도 자리 하나를 발견했고, 거기에 셋이 겹치듯 끼어 앉아 검소하지만 맛있는 음식을 즐겼다. 소피는 핫도그 먹는 일에 정신없이 몰두해 있었고, 네이선은 흥분 상태에서 깨어나 평정을 되찾은 듯 객차 안의 소음 속에서도 나와 많은 대화를 나눴다. 그가 호의적인 태도

---

60) 마미 요쿰, 알 카프 만화의 주요 등장인물.
61) 미국의 유명 코미디언.
62) 독일식 김치. 잘게 썬 양배추를 식초에 절인 것.

로 조용하게 나에 대해 이것저것 캐물었고, 나는 무엇 때문에 브루클린에 오게 되었는지, 직업은 무엇인지, 어떻게 생활하는지 등의 질문에 솔직하게 대답했다. 그는 내가 작가라는 사실에 흥미를 느끼고 감명을 받은 듯했다. 내 생계 수단이 뭐냐는 물음에, 나는 하마터면 부드러운 남부 사투리로 "나한테 깜둥이(까암둥이) 노예가 있었는데, 팔렸어."라는 식으로 말할 뻔했다. 그러나 이런 말을 하면 네이선이 내가 자신을 놀린다고 생각할 것이고, 그러면 그가 다시 독백을 시작해서 피곤하게 할지도 모른다는 생각이 들어 나는 엷은 미소만 띤 채 자신을 수수께끼로 감싸는 듯한 대답을 했다. "사적인 소득원이 있어요."

"진짜 작가야?" 네이선이 진지하고 열성적으로 다시 물었다. 암만 생각해 봐도 놀랍다는 듯 고개를 끄덕거리며 소피의 무릎에 몸을 기대고 앉아 내 팔꿈치를 잡았다. 그리고 그가 생각에 잠긴 듯한 검은 두 눈으로 나를 지긋이 쳐다보며 큰 소리로 외쳤을 때 나는 그것이 어색하거나 과장된 감정 표현이라고 느끼지 않았다. "있잖아, 우리는 정말 멋진 친구가 될 거야!"

"그럼, 우리 모두 멋진 친구가 될 거야!" 갑자기 소피가 네이선의 말을 따라 했다. 열차가 답답한 터널을 빠져나가 브루클린 남부의 해변을 향해 태양 속으로 달려 들어가자 사랑스러운 붉은빛이 소피의 얼굴을 뒤덮었다. 만족감으로 홍조를 띤 그녀의 뺨이 내 뺨에 아주 가까이 있었다. 그녀가 다시 한번 나와 네이선의 팔짱을 끼자 나는 아주 편안한 사이인 것 같은 기분이 들어 내 섬세한 엄지손가락과 집게손가락으로 그녀의 입가에 붙어 있던 사우어크라우트 조각을 떼 주었다. "아, 우리는 최고의 친구가 될 거야!" 그녀가 시끄러운 열차 소리 속에서 노래하듯 말하며 내 팔을 꽉 잡았는데, 지분거리는 것은 아니었지만 무심코 그렇게 한 것도 아닌 듯했다. 한 남자에 대한 사랑을 확신하면서 새로 만난 친구를 자신의 신뢰와 애정의 울타리 안으로 맞아들이려는 여자가 보이는 위안의 손길이라고 해야 할 것 같았다.

이렇게 멋진 포획물의 관리자가 네이선이라는 것이 엄청나게 불공평하다는 것을 고려해 보면 말도 안 되는 타협이었지만, 맛있는 부스러기라도 얻어먹는 것이 아무것도 얻지 못하는 것보다는 나았다. 나는 짝사랑에 빠진 사람다운 서투른 동작으로 소피의 팔을 꽉 잡아 답례했고, 그렇게 하면서 성적으로 흥분되었던지 고환이 아프기 시작했다. 아까 네이선이 코니아일랜드에 가면 여자를, 레슬리라는 이름의 '퀸카'를 소개해 주겠다고 했는데, 그것이 그나마 위안이 되었고, 나는 영원한 2등이 가져야 할 인내심을 상기하며 개버딘 바지의 무릎 부분에 자연스럽게 손을 올려 볼썽사납게 툭 불거져 나온 것을 가렸다. 이렇게 좌절감을 느끼면서도 나는 부분적으로 성공을 거두었으니 행복하다고 자신을 설득하기 시작했다. 기억할 수 있는 과거 어느 때보다도 분명히 행복했다. 그래서 때를 기다릴 준비가 되어 있었다. 앞으로 어떤 멋진 일이 일어날지, 맹렬하게 돌격하는 여름의 기대되는 날들 속에 섞인 이번 같은 일요일에 어떤 일이 생길지 기다릴 준비가 되어 있었다. 나는 조금 좋았다. 나는 소피가 가까이 있다는 사실에, 그녀 맨팔의 촉촉함이 느껴진다는 사실에, 그리고 그녀에게서 나는 향기(타임[63])처럼 약하게 약초 향기가 나는 소박하면서도 정신을 산란케 하는 향수 냄새)에 서서히 달아올랐다. 이름 없는 폴란드산 들풀의 향기일 것 같았다. 나는 욕망의 거센 파도 위를 떠다니면서 백일몽으로 빠져들었고, 그 속에서는 불행히도 그 전날 엿들은 내용을 토대로 한 강렬한 인상들이 명멸하며 밀려왔다. 살구색 침대 커버 위에 누워 있는 소피와 네이선. 그 이미지를 도저히 마음에서 몰아낼 수 없었다. 그리고 그들의 말, 빗발치듯 쏟아지는 그 격정적인 사랑의 말!

그때 백일몽을 가득 채우던 색정적인 빛이 바래지다 사라지고 다른 말들이 귓가에 울려 깜짝 놀라 깨어났다. 어제, 그 광적인 충고와 귀청이 터질 듯한 요구의 말과 외침과 숨죽인 중얼거림과 외설적 훈계가 난무하던 그 혼돈 속에서, 나는 네이선으로부터 지금 내가 소름 끼쳐 하며 회상하는 그 말을 정말로 들었을까? 아니, 더 나중에 들은 말이었다. 끝이 날 것 같지 않던 싸움의 와중에 그의 벼락같은 고함 소리가 규칙적이고 육중한 구둣발 소리와 함께 천장을 뚫고 들려왔고, 그 순수하고 완벽한 공포의 떨림이 없었더라면 실존적인 고뇌를 어설프게 표현했다고 여겨질 말이 쏟아져 나왔다. "모르겠니…… 소피? 우리는…… 죽어…… 가고…… 있어! 죽는다고!"

마치 한겨울에 누군가가 내 등을 향해 황량한 북극으로 통

---

63) 꿀풀과의 백리향속 식물.

하는 문을 열어젖힌 것처럼 나는 심하게 몸을 떨었다. 나를 사로잡은 끈끈한 느낌은 불길한 예감이라고 할 만큼 심각하지는 않았지만, 그 속에서는 내 만족감과 함께 밝은 빛이 금방 사라지고 사방이 어두워지는 것 같았다. 나는 갑자기 도망가고 싶은, 열차에서 뛰어내려서라도 도망가고 싶은 생각에 안절부절못하게 되었다. 마음이 시키는 대로 했다면, 정말로 다음 역에서 내려 서둘러 예타 짐머맨의 하숙집으로 돌아가 짐을 싸 들고 도망가 버렸더라면, 이것은 완전히 다른 이야기가 되었을 것이다. 아니, 아무런 이야깃거리도 되지 못했을 것이다. 그러나 나는 그들과 함께 코니아일랜드로 돌진해 들어갔고, 그렇게 해서 우리 셋에 대한 소피의 예언을, '최고의 친구'가 될 것이라던 그녀의 예언을 실현하는 데 크게 기여했다.

4장

소피가 내게 말했다.

"어릴 적 크라쿠프에 있을 때 우리는 대학에서 멀지 않은, 꼬불꼬불한 거리에 있는 아주 오래된 집에 살았어요. 아주 오래돼서, 몇 세기 전에 지어졌을 법한 집도 있을 정도였어요. 희한하죠, 평생 내가 산 집은 그 집과 예타 짐머맨의 집뿐이라는 게. 진짜 집 말이에요. 왜냐하면 난 그 집에서 태어나서 어린 시절을 그 집에서 보냈고 결혼해서도 거기서 살았거든요. 독일군이 들어와서 바르샤바로 가서 잠시 머무르기 전에 말이에요. 난 그 집을 아주 좋아했어요. 조용했고, 내가 어릴 땐 나무가 울창해서 4층까지 나무 그늘이 드리웠고, 내 방도 있었거든요. 길 건너편에도 오래된 집이 있었는데, 꼬부라진 굴뚝들이 있고, 그 굴뚝 위에 황새들이 둥지를 틀고 살았어요.

황새가 맞을 거예요. 웃기죠? 난 황새하고 장다리물떼새하고 항상 헷갈렸어요. 어쨌든 그 굴뚝에 살던 황새들은 독일어로 읽은 그림 형제의 동화에 나오는 황새랑 똑같이 생겼더군요. 그때 읽은 동화책들이랑 표지 색깔, 표지에 그려진 동물들과 새들, 사람들 그림이 또렷하게 기억나요. 난 폴란드어를 읽기도 전에 독일어 읽는 법을 먼저 배웠고, 심지어 폴란드어로 말할 수 있기 전에 독일어로 말할 수 있었죠. 그래서 수녀원 부속학교에 처음 갔을 땐 독일어 억양 때문에 놀림을 받기도 했어요.

크라쿠프는 아주 오래된 도시고, 우리 집은 중앙 광장에서 멀지 않은 곳에 있었죠. 중앙 광장 한가운데에는 중세에 만들어진 아름다운 건물이 있었어요. 폴란드어로 '수키엔니체'라고 하는데, 영어로 번역하면 직물 회관쯤 될 거예요. 거기에서 온갖 직물을 다 파는 시장이 서곤 했어요. 그리고 성 마리아 성당 꼭대기엔 아주 높은 시계탑이 있었는데, 종을 울리는 게 아니고 사람들이 난간으로 나와서 트럼펫을 불어 시각을 알리곤 했죠. 밤이면 아주 아름다운 소리가 났어요. 바흐의 관현악 조곡(組曲) 어딘가에 나오는 트럼펫 소리처럼 희미한 슬픔을 느끼게 했고, 먼 옛날에 대해 그리고 시간의 신비로움에 대해 생각하게 했죠. 어릴 때 나는 어두운 내 방에 누워서 거리에서 들려오는 말발굽 소리를(당시 폴란드엔 자동차가 별로 없었어요.) 듣다가 살포시 잠이 들곤 했어요. 그러다가 시계탑에서 사람들이 부는, 멀리서 들리는 것 같은 슬픈 트럼펫 소리를 듣고 잠이 깨서는 시간에 대해, 그 신비로움에 대해 생각하곤 했어요. 그러지 않으면 거기 누워서 시계에 대해 생각하기도 했죠. 우리 집 복도에는 조부모님의 것이었다는 아주 오래된 커다란 벽시계가 서 있었어요. 언젠가 한번은 뒤를 열어서 들여다봤더니 온갖 종류의 지레와 바퀴와 보석들(주로 루비였던 것 같아요.) 이 햇빛을 받아 반짝이며 째깍거리고 있더라고요. 그것을 보고 나서 밤이면 내 방 침대에 누워 나 자신이 그 시계 안에 있다고(꼬마 아이가 못 하는 상상이 있겠어요?) 상상했죠. 시계 안 어떤 스프링 위에 서서 지레들이 움직이는 것과 여러 가지 바퀴들이 굴러다니는 것 그리고 내 머리통만 한 루비들이 붉은색으로 밝게 빛나는 것을 상상했죠. 그러다가 잠 속으로 빠져 들어가 시계 꿈을 꾸곤 했어요.

아, 크라쿠프에 대해선 기억나는 것들이 너무 많아서, 정말 너무 많아서 다 설명할 수가 없어요! 양차 세계 대전 사이의 그 시기, 참 좋은 시절이었어요. 심지어 열등감에 시달리던 가난한 폴란드에게도 참 좋은 시절이었죠. 네이선은 내가 좋았던 시절을 과장해서 말한다고 하지만(그는 폴란드에 대한 농담을 아주 많이 해요.) 나는 내 가족에 대해, 그리고 우리가 얼마나 교양 있는 생활을 했는지, 상상할 수 있는 최상의 생활을 했는지에 대해 얘기해 주곤 하죠. 그러면 네이선은 내게 묻곤해요. '일요일엔 뭘 하며 즐겼어?'라고요. '유대인들에게 썩은 감자를 던지면서 놀았나?'라고 묻기도 하고요. 네이선이 폴란드에 대해 생각할 수 있는 거라곤 폴란드가 얼마나 반(反)유대주의적으로 되어 가는지뿐이고, 그래서 그런 농담은 날 슬프게 해요. 사실이거든요. 폴란드는 반유대주의가 강한 것으로 유명하고, 그래서 여러 면에서 정말 부끄러워요. 스팅고, 당신처럼요. 남부 흑인들의 미제르(비참함) 때문에 부끄러워하는 당신처럼요. 하지만 난 네이선에게 말했죠, 맞는다고. 폴란드의 유감스러운 역사에 대해선 그의 말이 맞는다고. 하지만 브래멍(정말), 폴란드 사람들이 모두 그런 건 아니라는 걸, 내 가족처럼 좋은 사람들도 있다는 걸 알아야 한다고 말이죠……. 아, 이런 이야기 하기 정말 끔찍하네요. 네이선에 대해 자꾸 슬픈 생각이 들게 하거든요. 그는 집착이 심해요……. 아무래도 다른 이야기를 하는 게 좋을 것 같네요…….

그래요, 내 가족 이야기를 하죠. 우리 부모님은 두 분 다 대학교수셨어요. 그래서 내 기억들은 거의 전부가 그 대학과 관련 있어요. 유럽에서 가장 오래된 대학 중 하나인데, 14세기까지 거슬러 올라가요. 나는 교수의 딸이 아닌 다른 삶을 알지 못했어요. 그래서 그 시절에 대한 내 기억이 전부 그렇게 교양 있고 문명화된 삶에 대한 것인지도 모르죠. 스팅고, 앞으로 언젠가 폴란드에 가서 직접 보고 폴란드에 대해 글을 써 봐요. 정말 아름다운 나라예요. 그리고 정말 슬픈 나라고요. 상상해 봐요, 내가 거기서 자란 이십 년이 폴란드가 자유로웠던 유일한 기간이었어요. 그것도 수세기 만에 말이에요! 아마도 그래서 아버지께서 '지금이 폴란드에 가장 좋은 시절이지.'라고 자주 말씀하셨던 것 같아요. 처음으로 모든 것이 자유로웠죠. 중·고등학교와 대학에선 원하는 과목이면 무엇이나 공부할 수 있었고요. 그리고 바로 그것이 사람들이 그렇게도 즐겁게 살 수 있었던 이유들 중 하나가 아닌가 싶어요. 공부하고, 배우고, 음악 듣고, 봄여름의 일요일이면 교외로 나가 즐길 수 있었던 거 말이에요. 때때로 나는 음악을 인생만큼이나 사랑한다고 생각해요, 정말로요. 우리는 항상 연주회장에 있는 것처럼 살았어요. 어릴 때, 그 오래된 집의 내 방 침대에서 자다가 깨면, 아래층에서 어머니가 피아노 치는 소리가 들렸어요. 슈만이나 쇼팽, 베토벤, 스카를라티, 바흐의 곡들을요. 어머니는 정말 훌륭한 피아니스트였어요. 잠에서 깨어 음악이 서서히 약해지다가 다시 고조되어 집 안을 가득 채우는 소리를 듣고 있자면 아주 따뜻하고 편안하고 안전하다는 느낌이 들었어요. 나보다 더 멋진 어머니와 아버지를 가진 사람은, 나보다 더 행복하게 사는 사람은 없을 거라고 생각하곤 했죠. 그리고 나중에 커서 어른이 되면 무얼 하고 있을까 상상도 했어요. 아마도 결혼을 할 거고 어머니처럼 음악 선생님이 될 거란 생각을 했죠. 아름다운 음악을 연주하고 가르치고, 아버지처럼 좋은 교수와 결혼해서 산다면 참 좋겠다고 생각했어요.

부모님은 두 분 다 크라쿠프 출신이 아니에요. 어머니는 우츠 출신이고 아버지는 루블린 출신이죠. 두 분 다 빈에서 학생일 때 만나셨대요. 아버지는 오스트리아 과학원에서 법학 공부를 하고 있었고 어머니는 음악 공부를 하고 있었고요. 두 분 다 아주 열심인 가톨릭 신자여서 나도 그렇게 자랐고, 일요일마다 미사를 드렸고 주일학교에도 다녔죠. 하지만 광적인 신자였다는 말은 아니에요. 나는 하느님에 대한 믿음이 강했지만, 우리 어머니 아버지는…… 정확한 표현이 생각나지 않네, 아, 독실하지는 않았어요. 맞아요, 독실하지 않았어요. 굉장히 진보적인 분들이었고(거의 사회주의자에 가까웠다고 할 수 있겠네요.) 항상 노동당이나 민주당에 표를 던졌죠. 아버지는 피우수트스키[64]를 증오했어요. 폴란드에는 히틀러보다 피우수트스키가 더 무서운 자라고 했고, 그가 죽은 날 밤에는 이를 축하하기 위해 슈냅스[65] 한 병을 다 마셨어요. 아버지는 반전론자였고, 지금이 폴란드에겐 좋은 시절이라고 말하면서도 근본적으로는 장래를 걱정하고 우울해했죠. 언젠가 한번은 아버지가 어머니에게 하는 말을 들었는데(아마 1932년경이었을 거예요.) 우울한 목소리로 그러시더라고요. '오래가지 않을 거야. 곧 전쟁이 터질 거야. 운명은 단 한 번도 폴란드가 오랫동안 행복을 누리도록 허락한 적이 없거든.' 독일어로 말씀하셨던 걸로 기억해요. 우리 집에서는 폴란드어보다는 독일어를 더 자주 사용했어요. 난 프랑스어도 학교에서 거의 완벽할 정도로 배웠지만 독일어가 프랑스어보다 훨씬 더 편했어요. 그건 아버지, 어머니가 오랫동안 머물렀던 빈의 영향이 컸어요. 게다가 아버지는 법학 교수였고, 당시엔 학자들이 주로 쓰는 언어가 독일어였으니까요. 어머니는 빈 스타일의 요리를 아주 잘하셨어요. 아, 몇 가지 맛있는 폴란드 요리도 만들었는데, 폴란드 요리는 엄밀히 말해서 고급 요리는 아니고요, 그래서 주로 기억나는 건 크라쿠프에 있는 우리 집의 큰 주방에서 빈 굴라슈 수프[65]와 슈니첼[66]을 만들었던 것, 아, 그리고 밤

---

64) 폴란드 독립 운동가이자 군인, 정치가.
65) 알코올 성분이 강한 증류수.

이랑 버터, 오렌지 껍질을 넣은 메테르니히 푸딩이라는 정말 맛있는 디저트를 만들던 거예요.

자꾸 말해서 지루할지 모르겠지만, 우리 어머니와 아버지는 멋진 분들이었어요. 네이선은 지금 괜찮아요. 평온하고 기분이 좋아요. 하지만 당신이 처음 봤을 때처럼 기분이 안 좋을 때면, 텅페트(격정)에 사로잡혀 있을 때면, 나에게 소리를 지르면서 반유대주의적인 폴란드 돼지라고 불러요. 전에는 한 번도 들어 본 적이 없는 말을 영어로, 이디시어로 막 퍼부어 대요! '이 더러운 폴란드 돼지, 너저분한 나프카(헤픈 년), 쿠르베(창녀) 같으니라고. 네가 날 죽이고 있어. 너희 더러운 폴란드 돼지들이 유대인들을 죽였듯이 날 죽이고 있는 거라고!' 이렇게 소리를 지른다니까요. 내가 무슨 말이라도 할라치면 들으려고 하지 않고, 화를 내며 막 날뛰어요. 그럴 땐 우리 아버지 같이 좋은 폴란드 사람들도 있다는 말을 해 봤자 소용이 없어요. 아버진 러시아 치하에 있던 루블린에서 태어났는데, 그때 거기엔 끔찍한 학살 행위로 고통받는 유대인들이 아주 많았대요. 언젠가 어머니가 말해 주었는데(아버지는 그런 이야기 절대로 안 했어요.) 아버지가 젊을 때 신부였던 남동생과 함께 목숨을 걸고 유대인 세 가족을 학살을 피하도록 코사크 군인들로부터 숨겨 주었대요. 하지만 네이선이 텅페트에 사로잡혀 있을 때 이런 이야기를 하면, 더 많이 소리 지르고 더러운 폴란

---

66) 육개장과 비슷한 매운 수프.
67) 연한 송아지 고기를 얇게 저며 빵가루를 입혀 튀긴 커틀릿.

드인 거짓말쟁이라고 욕할 거란 걸 알아요. 그럴 때면 커다란 인내심을 가져야 해요. 네이선이 많이 아프다는 걸 알거든요. 그럴 때는 그냥 고개를 돌리고 조용히 다른 생각 하면서 텅페트가 지나가기를, 그래서 다시 텅드레스(부드러움)와 애정에 가득 차서 친절하고 달콤하게 대해 주는 때가 오기를 기다리는 수밖에 없어요.

아버지가 마센모르트(대량 학살)에 대해 말씀하는 것을 처음 들은 게 전쟁이 시작되기 일이 년 전이니까 아마 십 년쯤 전이었을 거예요. 나치가 독일에 있는 유대인 회당과 상점들을 끔찍하게 파괴했다는 신문 기사를 읽은 다음이었죠. 처음에는 루블린에서 봤던 유대인 학살에 대해 말씀하더니 나중엔 이러시더라고요. '처음에는 동쪽에서, 이젠 서쪽에서. 이번엔 마센모르트가 될 거야.'라고요. 그땐 아버지의 말을 잘 이해하지 못했는데, 아마도 크라쿠프에 게토[68]는 있었지만 유대인은 다른 곳처럼 그렇게 많지 않았기 때문일 거예요. 어쨌든 난 그들이 우리와 다르다거나 희생자라거나 박해받는다고 생각하지 않았어요. 무지했던 거죠. 그러고 나서 카시미르와 결혼했어요. 아주아주 어릴 때 한 결혼이라서, 결혼하고 나서도 정신은 어린 여자아이 같은 상태였고, 편안하고 안전하고 행복한 생활이 영원히 계속될 거라고 생각했죠. 엄마, 아빠, 카시미르 그리고 조시아(조시아는 내 별명이에요.) 이렇게 넷이서 커다란 집에 살면서 빈 굴라슈 수프도 먹고, 공부하고 바흐 음

---

68) 유대인 강제 거주 구역.

악을 듣고, 그렇게 평생 살 수 있을 줄 알았어요. 어쩌면 그렇게 어리석었는지 몰라요. 카시미르는 수학 강사였는데, 부모님이 대학에 있는 젊은 강사들을 위해 마련한 파티에서 처음 만났어요. 카시미르와 내가 결혼했을 때, 우리는 내 부모님이 그랬듯이 빈에 갈 계획을 세웠어요. 우리도 그분들이 공부했던 것처럼 하려고 했어요. 카시미르는 오스트리아 과학원에서 수학 쉬페리외르(우수, 고급) 학위를 받고, 나는 음악을 공부하고요. 난 여덟 살인가 아홉 살 때부터 피아노를 쳤기 때문에, 빈에 가면 타이만 부인이라고, 어머니의 스승이었는데 고령에도 불구하고 여전히 학생들을 가르치던 아주 유명한 선생님 밑에서 공부하려고 했어요. 하지만 바로 그해에 합병[69]이 있었고, 독일군이 빈으로 진격해 들어갔죠. 무시무시한 분위기가 감돌기 시작했고, 아버지께선 폴란드가 분명히 전쟁에 참여할 거라고 말씀하셨어요.

우리 모두가 크라쿠프에 살던 그 마지막 해를 생생하게 기억해요. 그때까지도 나는 우리가 함께 살아온 행복한 일상이 바뀔 거라고 생각할 수 없었어요. 카시미르 카지크와의 결혼 생활은 아주 행복했고, 나는 그를 많이 사랑했어요. 그는 관대하고 성실하고 지적이었어요. 스팅고, 나는 지적인 남자들한테만 끌리나 봐요. 네이선보다 카지크를 더 많이 사랑했는지 어쨌는지는 말할 수 없어요. 물론 네이선을 아주 많이 사랑해요, 가슴이 아플 정도로 말이에요. 하지만 어떤 사랑을 다

---

69) 1938년 나치 독일의 오스트리아 합병.

른 사랑과 비교하는 일 따위는 하지 말아야 할 것 같아요. 어
쨌든 나는 카지크를 깊이 사랑했고, 그래서 전쟁이 너무나 가
까이 오고 있다는 것, 카지크가 군인이 될 수도 있다는 생각
을 참아 낼 수 없었어요. 그래서 그런 생각을 머리에서 몰아내
려고, 음악회에 가고 책도 많이 읽고 연극을 보러 가기도 하고
오래도록 산책을 하기도 했죠. 그렇게 산책을 하면서 나는 러
시아어를 배우기 시작했어요. 카지크는 오랫동안 러시아 치하
에 있던 브레스트리토프스크 출신이라 러시아어를 폴란드어
만큼이나 잘했고, 내게 잘 가르쳐 주기도 했어요. 카지크는 우
리 아버지하고는 달랐어요. 아버지도 러시아 치하에서 살았지
만 그들을 증오해서 어쩔 수 없는 경우를 제외하고는 러시아
어를 안 하려고 하셨죠. 어쨌든 그때는 내 행복한 삶이 끝날
지도 모른다는 생각조차 안 하려고 했어요. 앞으로 변화가 있
으리란 걸 알기는 했지만, 부모님에게서 독립해 가정을 꾸미
는 것 같은 자연스러운 변화일 거라고 생각했죠. 그렇지만 이
런 변화가 있더라도 나중에 전쟁이 끝나고 나서 있을 거라고
생각했어요. 독일이 패하면 전쟁이 금방 끝날 것이고, 그러면
곧 카지크와 함께 빈으로 가서 늘 계획했던 대로 공부하게 되
리라고 믿었거든요.

그런 생각을 하다니 정말 어리석었어요. 스타니수아프 삼촌
만큼이나 어리석었어요. 그분은 폴란드 기병대 대령이셨죠. 제
일 좋아한 삼촌인데, 늘 활기차고 큰 소리로 유쾌하게 웃곤 하
셨어요. 순진하게도 폴란드는 위대하다고 생각하셨죠. '라 글루
아루, 튀 콩프렁, 라 파트리.(내 영광스러운 조국.)'라고 늘 말씀하

셨죠. 마치 폴란드가 그렇게 오랫동안 프러시아와 오스트리아와 러시아 치하에서 고통받은 적이 없는 것처럼, 프랑스나 영국 같은 나라들처럼 독립 국가로 **콩튀뉘이테**(연속성)를 누려 온 것처럼 생각하셨죠. 삼촌은 군복에 기병도를 차고 경기병 콧수염을 하고 크라쿠프에 있는 우리를 방문하곤 했는데, 늘 큰소리로 말하고 많이 웃고, 독일이 감히 폴란드와 싸우려고 한다면 큰 대가를 치를 거라고 말씀하곤 했어요. 아버지께선 삼촌을 좋게 대하려고, 기분을 맞춰 주려고 노력했지만, 카지크는 아주 논리적이고 솔직한 성격이었죠. 언성은 높이지 않았지만 스타니수아프 삼촌과 논쟁을 벌이면서 독일군 기갑 부대가 탱크를 이끌고 나타나면 폴란드 기병대가 어떻게 대응할 수 있겠냐고 묻곤 했죠. 그러면 삼촌은 전쟁에서 제일 중요한 것은 지형인데, 폴란드 기병대는 익숙한 지형을 이용하는 방법을 알지만 독일군은 낯선 지형이라 우왕좌왕할 것이고, 결국엔 폴란드 기병대가 독일군을 물리칠 수 있을 거라고 대답했어요. 이런 의견 대립이 있은 지 사흘도 채 안 돼서 어떤 일이 일어난지 알아요? 윈 **카타스트로프 토탈**(큰 재앙)이었어요. 아, 정말 용감했지만 어리석고 다 쓸데없는 일이었어요. 그 기병대원들과 말들 말이에요! 슬픈 일이에요, 스팅고, 정말 슬픈 일……

독일군이 크라쿠프로 들어왔을 때(1939년 9월이었어요.) 우리는 모두 놀라 두려움에 떨었고, 우리에게 일어나는 일을 증오했지만, 침착을 유지하면서 상황이 나아지기를 바랐어요. 사실 처음에는 상황이 그다지 나쁘진 않았어요, 스팅고. 독일군이 우리를 관대하게 대해 줄 거라고 믿었거든요. 그들이 바르샤바에 한 것처럼 시가지에 폭격을 가하진 않아서 우리는 좀 특별하다고, 보호받고 있다고 생각했죠. 독일군의 태도가 아주 점잖았기 때문에 아버지는 이게 바로 오랫동안 당신이 믿던 것이 사실임을 입증해 준다고 말씀하셨죠. 독일군은 명예와 예의범절을 중요시하는 옛 프로이센의 전통을 이어받아서, 결코 민간인을 해치거나 잔혹하게 대하지 않을 거라고 믿어 왔다는 거예요. 그리고 수천 명의 군인들이 독일어로 말하는 것을 듣고 있으면 마음이 안정되었어요. 독일어는 우리 가족에겐 모국어나 마찬가지였으니까요. 그래서 처음에는 공포에 떨었지만 날이 갈수록 상황이 별로 나빠 보이지 않았죠. 아버지는 바르샤바에서 있었던 일을 전해 듣고는 많이 놀라셨지만, 우리는 예전처럼 살면 된다고 말씀하셨어요. 지식인들에 대한 히틀러의 태도에 환상을 가진 것은 아니지만, 빈과 프라하 같은 곳에서는 상당수의 대학교수들이 계속 근무하도록 허락받았고, 그러니까 당신과 카지크도 그렇게 될 거라고 말씀하셨죠. 여러 주가 흘러도 아무 일이 일어나지 않았고, 그래서 우리는 크라쿠프는 괜찮겠구나, 견딜 만하겠구나 하고 생각했어요.

11월의 어느 날 아침, 나는 성 마리아 성당으로 미사를 드리러 갔어요. 트럼펫이 있는 성당 말이에요. 크라쿠프에서 나는 종종 미사를 드렸고, 독일군이 들어오고 나서도 자주 가서어서 빨리 전쟁이 끝나게 해 달라고 기도했죠. 이기적이고 고약하게 들릴지 모르겠지만, 스팅고, 전쟁이 빨리 끝나기를 바란 주된 이유는, 그래야 카지크와 함께 빈으로 가서 공부할 수 있기 때문이었어요. 물론 기도할 이유는 백만 가지도 넘었지만, 인간은 기본적으로 이기적이라는 것, 알잖아요. 나는 내 가족이 별다른 해를 입지 않고 안전해서 다행이라고 생각했고, 어서 빨리 전쟁이 끝나 예전처럼 살아갈 수 있기를 바랐어요. 그런데 이날 아침, 미사에서 기도드리고 있는데 프레모니시옹, 그래요, 불길한 예감이 들면서 점점 더 소름이 끼쳐 오는 거예요. 무엇 때문에 그랬는지는 모르겠지만, 어쨌든 갑자기 내 입에서 기도가 멈추더니 성당에 있는 내 주변으로 아주 차갑고 축축한 바람이 부는 것 같았어요. 그러자 무엇 때문에 이런 느낌이 드는지 기억났어요. 어떤 생각이 섬광처럼 머리를 스치고 지나갔기 때문이죠. 그날 아침, 크라쿠프 지구의 나치 총독으로 새로 임명된 프랑크라는 사람이 대학교수들을 쿠르 드메종, 그러니까 대학 마당에 모이게 했던 것이 생각난 거예요. 점령군 치하에서 교수들에게 부과될 새로운 규칙을 알려 주기로 되어 있었던 것이죠. 아무것도 아니었어요. 단순한 모임일 뿐이었죠. 교수들은 그날 아침 거기에 모이기로 되어 있었고요. 아버지와 카지크는 바로 전날 이 사실을 전해 들었는데, 그런 모임은 충분히 이해가 가는 것이어서 아무도 심각하게 생각하지 않았죠. 그런데 갑자기 뭔가가 아주아주 잘못됐다는 생각이 섬뜩하게 들어서 나는 성당을 뛰쳐나가 거리로 나섰어요.

아, 그런데 스팅고, 어떻게 된 줄 알아요? 나는 아버지와 카지크를 보지 못했어요. 그 후로 단 한 번도요. 거리로 나선 나는 정신없이 뛰어갔어요. 대학은 그렇게 멀지 않은 곳에 있었거든요. 그곳에 도착하고 보니 마당 앞 정문 곁에 사람들이 구름처럼 몰려 있었어요. 거리는 차량이 지나다니지 못하도록 봉쇄되어 있고, 거대한 독일군 트럭들과 군인 수백 명이, 소총과 기관총을 든 독일군 수백 명이 있었어요. 바리에르(바리케이드)가 쳐져 있었고, 독일군은 나를 들여보내 주지 않았어요. 그때 보흐나 교수 부인이라고 잘 아는 노부인이 보였어요. 그분 남편은 라 시미, 화학을 가르치는 교수였죠. 그 부인이 미친 듯이 울부짖으며 무너지듯 내 팔에 안기더니 말하는 거예요. '아, 다 가 버렸어. 다 어딘가로 데려가 버렸어! 전부!' 믿기지가, 도저히 믿기지가 않았어요. 그런데 다른 교수 부인이 가까이 오더니 똑같이 울부짖으며 말하는 거예요. '그래, 맞아요. 다 데려가 버렸어요. 내 남편, 슈몰렌 교수도 데려가 버렸어요.' 이 말을 들으니까 서서히 믿기기 시작했는데, 이때 덮개로 완전히 덮인 트럭들이 서쪽을 향해 달리기 시작하는 거예요. 그걸 보니까 사실이구나 하는 생각이 들어서 나도 미친 듯이 울부짖기 시작했죠. 그러고는 집으로 달려가서 어머니께 이 사실을 알렸고, 우린 서로를 얼싸안고 울었어요. 어머니가 물었어요. '조시아, 조시아, 어디로 갔다든? 어디로 데려갔대?' 난 모른다고 말했죠. 하지만 한 달 정도 후에 알게 됐어요. 아버지와 카지크는 작센하우젠에 있는 포로수용소로 끌려갔고, 둘 다 새해 첫날 총살당했대요. 폴란드인이고 교수라는 이유만으로 살해된 거죠. 다른 교수들도 많았는데, 180명 정도 됐는데, 그들 중 상당수도 다시 돌아오지 못했어요. 이 일이 있고 얼마 안 돼서 우리는 바르샤바로 갔어요. 내가 일자리를 찾아야 했거든요…….

그리고 몇 년이 지난 후, 1945년 전쟁이 끝나고 스웨덴의 난민 수용소에 있을 때, 나는 아버지와 카지크가 살해된 때를, 미친 듯이 울부짖던 내 모습을 회상하곤 했죠. 그러면서 그 모든 일을 겪은 지금 왜 더 이상 울 수 없는지 의아했어요. 사실이에요, 스팅고, 내겐 감정이 남아 있지 않았어요. 나는 아무것도 느낄 수 없었고, 땅 위에 뿌릴 눈물이 더 이상 남지 않은 것 같았어요. 스웨덴 수용소에서 나는 암스테르담에서 온 유대인 여자와 친해졌어요. 그 여자는 내게 아주 잘했죠, 특히 내가 자살을 시도한 후에는 더욱더요. 유리 조각으로 손목을 그었는데, 제대로 잘 못했는지 출혈이 심하지 않았어요. 어쨌든 나보다 나이 많은 이 유대인 여자는 내게 아주 친절하게 대해 줬고, 그해 여름 우리는 많은 이야기를 나눴어요. 그녀도 내가 있던 포로수용소에 있었는데, 자매 둘을 잃었다고 하더군요. 그녀가 어떻게 살아남았는지는 모르겠어요. 그곳에서 많은 유대인이, 수백만 명의 유대인이 학살당했거든요. 하지만 어찌 됐든 내가 살아남았듯이 그녀도 살아남았고, 이렇게 살아남은 사람은 얼마 되지 않았어요. 그녀는 독일어 외에도 영어를 아주 잘했고, 나는 미국으로 갈지도 모른다는 생각에 그녀에게 영어를 배우기 시작했죠.

그녀는 신앙심이 깊은 사람이라서, 매일 그곳에 있는 유대인 회당으로 가서 기도했어요. 자기는 아직도 하느님을 굳게 믿는다면서, 언젠가 한번은 자기가 자신의 하느님, 즉 아브라

함의 하느님을 믿듯이 나는 기독교인의 하느님을 믿지 않느냐
고 물었어요. 하느님이 자기를 버렸다고 생각하는 유대인들이
있다는 것은 알지만, 자기는 자신에게 일어난 일 때문에 더욱
더 굳게 하느님을 믿게 됐다고도 하더군요. 나도 한때는 그리
스도와 성모님을 믿었지만, 이 가혹한 세월이 흐른 뒤에는 하
느님이 영원히 가 버렸다고 생각하는 유대인들과 같은 생각을
하게 되었다고 대답했죠. 그리스도가 내게서 얼굴을 돌려 버
렸다는 것을 알기 때문에 예전에 크라쿠프에서 그랬던 것처럼
그에게 기도할 수는 없게 되었다고도 말해 줬어요. 기도할 수
도, 울 수도 없게 되었다고요. 그리스도가 내게서 고개를 돌렸
는지 어떻게 아느냐고 그녀가 묻기에 그랬죠. 그냥 안다고, 동
정심이 없고 나를 신경 쓰지 않는 하느님만이, 그런 예수만이
내가 사랑하는 사람들을 죽게 내버려 두고, 나로 하여금 그렇
게 고통스러운 죄책감 속에서 살게 할 수 있다는 것을 안다고
말했어요. 내가 사랑하는 사람들이 그렇게 죽은 것도 끔찍했
지만, 이 죄책감은 도저히 내가 감당할 수 없는 것이었거든요.
옹 푀 수브리르.(누구나 고통을 겪을 수 있어요.) 하지만 너무도 고
통스러워요.

스팅고, 당신은 이런 게 별거 아니라고 생각할지 모르지만,
누군가를 작별 인사 없이, 위로나 이해의 말 한마디 없이 죽게
한다는 것은 차마 감당할 수 없이 끔찍한 일이에요. 나는 작
센하우젠에 있는 아버지와 카지크에게 수차례 편지를 썼지만,
언제나 '수취인 불명'이라는 소인이 찍힌 채 되돌아왔어요. 단
지 나는 내가 그들을 얼마나 사랑하는지를 알려 주고 싶었을

뿐이에요, 특히 카지크에게요. 그를 아빠보다 더 사랑해서가 아니라, 마지막으로 함께 있을 때 크게 말다툼을 했던 게 너무 마음에 걸려서요. 우리는 거의 싸우는 법이 없었지만, 결혼한 지 삼 년이 넘으니까 가끔씩은 말다툼을 하게 되었어요. 어쨌든 그 끔찍한 운명의 날 바로 전날 밤, 무엇 때문에 그랬는지 지금은 기억도 안 나지만 크게 말다툼을 벌였고, 나는 그에게 '스파다쥐!'라고, '나가 뒈져!'라고 말했어요. 그는 집을 뛰쳐나갔고, 그날 밤 우리는 같은 방에서 자지 않았어요. 그 후로 단 한 번도 그를 보지 못했어요. 바로 그것이, 부드러운 입맞춤이나 포옹 같은 것도 없이 그렇게 이별한 것이 너무도 견디기 어려웠어요. 내가 여전히 카지크를 사랑한다는 것을 그는 알았고, 그가 나를 사랑한다는 것을 나도 알았지만, 그가 내게 사랑한다는 말 한마디 하지 못하고 이별하게 된 것 때문에 괴로워했으리라는 생각만 하면 더 미칠 것 같았어요.

그래서 스팅고, 내가 죄책감을 느낄 이유가 하나도 없다는 것을 알았지만, 스웨덴에서 만난 유대인 여자가 말했듯이 가장 중요한 것은 우리의 사랑이지 그런 하찮은 말다툼이 아니라는 것을 알았지만, 나는 아주아주 커다란 죄책감 속에서 살아왔고, 지금도 헤어나지 못하고 있어요. 아직도 이 무서운 죄책감이 끈질기게 나를 괴롭혀요. 웃기게도 스팅고, 나는 다시 울 수 있게 되었고, 그것은 내가 다시 인간이 되었다는 뜻이라고 생각해요. 적어도 인간의 모습 일부는 되찾았다는 뜻이겠죠. 혼자서 음악을 듣고 있으면 자꾸 눈물이 나요. 음악을 들으면 크라쿠프와 그때가 생각나거든요. 그래도 들을 수 없는,

듣고 있으면 코가 막히고 눈물이 시냇물처럼 줄줄 흐르고 숨을 쉴 수 없게 돼서 도저히 들을 수 없는 음악이 하나 있어요. 크리스마스 선물로 받은 헨델의 레코드에 있는 「내 주는 살아 계시니」[70]라는 곡인데, 그것만 들으면 죄책감 때문에, 그리고 내 주는 살아 계시지 않고, 내 몸은 벌레들에게 파먹힐 것이고, 내 눈은 결코 다시는, 다시는 주를 보지 못할 것임을 알기 때문에 자꾸만 눈물이 나요……."

1947년 그 무덥던 여름, 소피가 내게 자신의 과거에 대해 그렇게도 많은 것을 이야기해 주었고, 소피와 네이선의 관계를 이루는 그 놀라운 감정들의 거미줄에 내가 가엾은 풍뎅이처럼 얽혀 들어간 그 여름, 소피는 플랫부시의 어느 외딴 구역에 있는 하이먼 블랙스톡(본명은 비알리스토크)이라는 의사의 사무실에서 시간제 접수 직원으로 일하고 있었다. 이때는 소피가 미국에 온 지 채 일 년 반이 안 된 때였고, 블랙스톡은 오래전에 폴란드에서 이민 온 물리 치료사였다. 그의 환자들은 오래전에 이민 온 폴란드 사람들이거나 최근에 들어온 유대인 피난민들이 대부분이었다. 소피는 그 전해 초, 한 국제 구호 기구의 후원 아래 미국으로 와서 뉴욕에 자리 잡은 지 얼마 안 되어 그 의사의 사무실에서 일자리를 얻었다. 마말로셴(모국어)인 이디시어뿐만 아니라 폴란드어도 유창하게 할 줄 알았던 블랙스톡은 처음에는 국제기구가 그에게 이교도[70]이

_____

70) 헨델의 오라토리오 「메시아」에 나오는 소프라노 아리아.

고 포로수용소에서 배운 간단한 이디시어밖에 할 줄 모르는 젊은 여자를 보내 준 것에 다소 실망했다. 그러나 본성이 착한 데다 그녀의 미모와 곤궁한 처지와 독일어를 완벽하게 구사한다는 사실에 감동받은 것이 분명한 그는 스웨덴의 난민 수용소에서 받은 허름한 옷 몇 벌 말고는 가진 것이 없던 그녀가 절실히 필요로 하던 일자리를 주었다. 블랙스톡은 그렇게 걱정할 필요가 없었다. 소피가 며칠도 안 돼 막 게토에서 빠져나온 사람처럼 이디시어로 환자들과 수다를 떨게 되었기 때문이다. 그녀는 일자리를 얻자마자 예타 짐머맨의 싸구려 방을 빌렸다. 그녀에게는 칠 년 만에 가져 보는 진정한 의미의 집이었다. 일주일에 사흘만 일하게 된 덕분에 그녀는 몸과 마음을 추스를 수 있었고, 일하지 않는 날에는 브루클린 칼리지에서 무료 영어 수업을 들으면서, 이 거대하고 활력 넘치고 소란스러운 미국 생활에 서서히 적응했다.

소피는 한 번도 지루하게 느껴 본 적이 없다고 했다. 상처 입기 쉽고 기억으로 고통받는 마음이 허락하는 한도까지, 광기로 가득한 과거를 묻어 두기로 결심한 그녀에게는 이 거대한 도시가 실제적으로 그리고 정신적으로도 신세계였다. 아직도 육체적으로는 심하게 피폐하다는 것을 느낄 수 있었지만, 아이스크림 가게에서 자유롭게 놀아도 된다고 허락받은 어린 아이처럼 그녀가 주변의 즐거움을 누리는 것을 막지는 못했다. 우선 음악이 있었다. 음악을 들을 수 있게 되었다는 사실

---

71) 유대인의 입장에서 볼 때.

만으로도 그녀는 식탁에 앉아 호화로운 만찬을 기다리는 사람처럼 즐거움이 마음을 가득 채우는 것을 느낄 수 있었다고 했다. 네이선을 만나기 전에는 전축을 살 여건이 안 되었지만 별문제가 되지 않았다. 그녀가 싸게 산 자그마한 휴대용 라디오에서는 WQXR이나 WNYC, WEVD같이 그녀에게는 이상하게만 들리는 이니셜의 방송국에서 근사한 음악이 흘러나왔고, 부드러운 목소리의 남자 아나운서들이 그녀가 그토록 오랫동안 박탈당한 하모니의 대가들과 거장들의 매혹적인 이름을 알려 주었다. 슈베르트의 「미완성 교향곡」이나 「아이네 클라이네 나흐트무지크」[72]같이 진부해진 음악조차 그녀에게는 새로운 환희로 다가왔다. 주로 음악원에서 열리기는 했지만, 여름에 맨해튼의 루이존 스타디움에서 열리는 음악회에서는 거의 공짜에 가까운 가격으로 근사한 음악을 들을 수 있었다. 한번은 그 스타디움에서 예후디 메뉴인이 연주하는 베토벤의 바이올린 협주곡 공연이 있었는데, 그녀는 반짝이는 별들 아래 관중석 가장자리 맨 위쪽에 홀로 앉아서 약간 몸을 떨면서 광포한 열정과 부드러움이 절묘하게 섞인 그 음악을 들었다. 그러는 동안 그녀는 살아갈 이유가 있다는 것, 실낱같은 기회라도 주어진다면 산산이 부서져 버린 삶의 조각들을 그러모아 새 인간으로 다시 태어날 수도 있다는 것을 느꼈다.

처음 몇 달 동안 소피는 상당히 많은 시간을 홀로 보냈다. 곧 극복하기는 했지만 그녀는 언어 장벽 때문에 남 앞에 나서

---

72) 모차르트의 세레나데 제13번 G장조 K.525의 정식 제목.

기를 싫어했다. 그러나 그녀는 혼자 있는 것에 대단히 만족했고 사실 탐닉하기까지 했는데, 그것은 최근 몇 년 동안 사생활이 거의 없는 생활을 해 왔기 때문이다. 그동안 책을 비롯한 모든 종류의 인쇄물을 접하는 것조차 허락되지 않았던 그녀는 재미 폴란드인을 위한 신문을 구독했고, 풀턴 스트리트에 있는 책 대여업을 겸하는 대규모 폴란드 서점에 자주 들러 책을 빌리는 등 탐욕스럽게 읽어 대기 시작했다. 그녀가 좋아한 책들은 주로 미국 작가들의 작품을 번역한 것이었는데, 제일 처음 읽은 책은 도스 파소스의 『맨해튼 환승장』이라고 했다. 그다음에는 『무기여 잘 있거라』와 『아메리카의 비극』, 토머스 울프의 『때와 흐름에 관하여』를 읽었다. 마지막 작품은 폴란드어 번역이 너무나 형편없어서, 그녀는 앞으로 평생 동안 독일어로 쓰인 것은 절대로 읽지 않겠다는 포로수용소에서의 맹세를 깨고 공립 도서관에서 독일어판을 구해다 읽기까지 했다. 이 번역본이 훌륭해서 그랬는지, 혹은 당시 소피의 영혼이(미국의 풍경과 그 거대한 다양성에 대해 별다른 지식 없이 이곳에 도착한 그녀의 영혼이) 울프의 서정적이고 비극적이면서도 동시에 낙관적이고 대범하기도 한 미국관을 꼭 필요로 해서 그랬는지는 몰라도, 그 겨울과 봄에 그녀가 읽은 책들 중에서 가장 큰 감명을 준 것이 『때와 흐름에 관하여』였다. 사실 울프가 그녀의 상상력을 너무나도 크게 자극하여 그녀는 『천사여 고향을 보라』를 영어로 읽으려고 시도해 보았지만, 너무 어렵다는 것을 깨닫고는 곧 포기해 버렸다. 초보자들에게 영어는 아주 잔인한 언어이고, 그 변덕스러운 철자법과 특이한 표현

법은 활자화된 페이지에서 우스꽝스러울 정도로 더욱 분명하게 드러나서, 소피의 읽고 쓰는 능력은, 적어도 내게는 매력적이기는 했지만 어색했던 그녀의 말하기 능력보다 항상 뒤지는 것 같았다.

그녀가 경험한 미국은 뉴욕, 그것도 주로 브루클린에서의 경험이었다. 그녀는 점차 뉴욕을 사랑하게 되면서 그만큼 두려움도 갖게 되었다. 그녀가 평생 동안 안 도시는 단 두 곳, 고딕풍의 고요에 잠긴 아담한 크라쿠프와 독일군의 기습 공격 후 형체를 알아볼 수 없는 폐허로 변한 바르샤바뿐이었다. 그녀가 자주 회상하곤 했던 좋았던 날의 기억들은 그녀가 태어난 고향에, 그 고색창연한 지붕들과 꼬불꼬불한 거리와 골목길이 있던 오래전 그곳에 뿌리를 두고 있었다. 크라쿠프와 브루클린 사이에 낀 세월은, 미치지 않으려는 무의식적 노력의 결과인지 그녀의 기억에서 거의 말끔하게 지워진 듯했다. 그래서 예타의 하숙집에 거처를 정한 후 처음 며칠간은 아침에 저 멀리 처치 애비뉴에서 들려오는 희미한 자동차 소리를 들으며 낯선 분홍색 벽으로 둘러싸인 낯선 침대에서 잠이 깨면, 한동안 자신이 누구인지 어디에 있는지 알 수 없어서, 어린 시절 읽은 그림 형제의 동화에 나오는 마법에 걸린 소녀처럼 밤사이에 마법에 걸려 알지 못하는 새로운 왕국으로 옮겨져 있는 것같이 느껴졌다고 했다. 그러다가 잠이 완전히 깨면 슬픔과 기쁨이 오묘하게 섞인 것 같은 느낌 속에서 혼잣말을 하곤 했다. "넌 크라쿠프에 있는 게 아냐, 조시아. 미국에 있는 거야." 그러고는 시끌벅적 붐비는 지하철을 타고 블랙스톡의 지압 환자들을 만나러 가기 위해 자리에서 일어나, 신록이 우거진 아름답고 소박하면서도 시끄럽고 더럽고 불가사의하게 거대한 느낌을 주는 브루클린의 풍경 속으로 걸어 들어가곤 했다.

봄이 되면서 예타의 집에서 아주 가까이 있는 프로스펙트 파크는 소피가 좋아하는 은신처이자 사색의 장소가 되었는데, 그곳은 당시에는 아름다운 금발의 아가씨가 홀로 산책하기에도 안전한 곳이었다. 붉은 햇살에 얼룩진 신록의 그늘과 꽃가루로 아련한 분위기가 피어오르는 그 공원에서 산들바람에 흔들리는 풀밭을 굽어보는 거대한 쥐엄나무와 느릅나무 들은 와토[73]나 프라고나르[74]의 그림에 나오는 페트 샹페트르(전원의 축제)를 위한 준비가 되어 있는 것 같았고, 소피는 쉬는 날이나 주말이면 맛있는 음식을 싸 가지고 소풍을 나가 이 거대한 나무들 아래에 자리를 잡곤 했다. 나중에 그녀가 약간 민망한 듯이 고백한 바에 따르면, 그녀는 뉴욕에 도착한 직후부터 줄곧 음식에 상당히 집착하게 되었다고 한다. 먹는 것에 주의를 기울여야 한다는 것은 알았다. 난민 수용소에서 그녀를 돌본 스웨덴 적십자사 소속의 의사는 그녀의 영양실조가 너무도 심각해서 신진대사에 영구적인 해를 끼쳤을 가능성이 높다면서, 음식에 대한 유혹이 아무리 강하더라도 음식, 특히 지방을 과도하게 급히 섭취하지 않도록 주의해야 한다고 했다. 그러나 이 사실 덕분에 소피는 점심때쯤 플랫부시에 있

---

73) 프랑스의 화가로 로코코 양식의 대가.

74) 프랑스의 화가로 목욕하는 여인이나 아이 등을 소재로 풍속화를 주로 그렸다.

는 멋진 조제 식품점들 중 한 군데에 들러 프로스펙트 파크 만찬을 위한 음식을 사는 일을 더욱더 재미있고 유쾌한 놀이로 여기게 되었다. 음식을 선택하는 일이 그녀에게는 굉장한 관능적 기쁨을 주었다. 먹을 것이 너무도 다양하고 너무도 많아서 매번 숨이 멎는 것 같았고, 기쁨으로 눈물을 글썽거리면서 그 널리고 널린, 상큼한 향이 나고 맛있어 보이는 풍요로운 음식들 중에서 먹을 것을 천천히 아주 신중히 고르곤 했다. 절인 달걀 하나, 살라미 소시지 한 장, 먹음직스럽게 반짝이는 검은 호밀빵 반 덩어리, 브라트부르스트,[75] 브라운슈바이거,[76] 청어리 조금, 더운 파스트라미,[77] 훈제 연어, 베이글. 이 모든 것이 담긴 갈색 종이봉투를 움켜쥐고 속으로는 '버그스트룀 박사가 한 말을 잊지 마. 절대로 한꺼번에 많이 먹어서는 안 돼.'라는 경고의 말을 기도처럼 속삭이며, 공원에서 가장 후미진 곳이나 거대한 호수의 뒤쪽으로 가서 자리를 잡고, 아주 조심스럽게 음식을 씹으면서 미뢰를 통해 느껴지는 환상적인 음식 맛에 매혹된 상태로 『스터즈 로니건』[78]을 펼치곤 했다.

그녀는 신중히 앞으로 나아가고 있었다. 다시 태어났다는 말의 의미를 온몸과 마음으로 경험하면서도, 어느 정도의 피로감은 늘 있었고, 사실 갓 태어난 아이의 무력감도 느꼈다. 그

---

75) 돼지와 송아지 고기로 만든 소시지.
76) 훈제한 간으로 만든 소시지.
77) 훈제 쇠고기.
78) 미국의 소설가 J. 패럴의 소설.

녀는 다리 움직이기를 다시 배우는 하반신 불수 환자처럼 서툴렀다. 작은 일들이, 황당할 정도로 아무것도 아닌 일들이 여전히 그녀를 혼란스럽게 했다. 그녀는 선물로 받은 재킷의 지퍼 양쪽을 맞춰 채우는 방법조차 잊어버렸다. 자신의 서투름이 느껴질 때마다 그녀는 충격을 받았고, 언젠가 한번은 평범한 플라스틱 튜브에 있는 로션을 짜려다가 너무 힘을 많이 줘서 로션이 한꺼번에 뿜어져 나와 새 옷을 망치자 울음을 터뜨리기도 했다. 그러나 서서히 나아졌다. 가끔씩 뼈가, 주로 정강이뼈와 발목이 쑤시고 아프기도 했고, 걸음걸이는 아직도 주저하는 듯 어색했는데, 이는 종종 그녀를 압도하는 정신적, 육체적 피로와 관련 있는 것 같았고, 그녀는 이런 피곤함이 어서 빨리 사라지기를 간절히 바랐다. 심신의 건강을 상징하는 진부한 은유를 쓰자면, 아직까지는 그녀가 따사로운 햇살 속으로 완전히 걸어 나가지는 못했지만, 다행히도 완전히 빠져들 뻔했던 나락 같은 어둠에서는 안전할 정도로 멀리 벗어나 있는 상태였다. 엄밀히 말해서 상황이 일 년 전, 해방된 지 얼마 안 된 난민 수용소 시절, 삶과 죽음의 문턱을 넘나들던 결코 떠올리고 싶지 않은 그때, 거칠고도 양잿물처럼 부식성이 있는 것 같은 저음의 러시아 사람 목소리가 짚으로 덮인 딱딱한 나무 침상에 혼수상태로 누워 있던 그녀의 정신과 열과 땀을 뚫고 들어와 "이 여자도 끝난 것 같은데."라고 무감하게 중얼거린 그때보다 아주 많이 좋아진 것은 아니었다. 그러나 그런 말을 듣던 때에도 그녀는 자신이 아직 완전히 끝난 것은 아니라는 사실을 알았고, 음식을 먹기 직전의 그 신나는 순간, 그녀의 콧구멍이 피클의 짠 냄새와 겨자 냄새 그리고 레비스의 유대식 호밀빵에서 나는 캐러웨이 향을 받아들이는 그 순간, 배에서 육감적인 꼬르륵 소리가 나는 것만 보더라도 자신의 생각이 맞았다고 호숫가에 배를 깔고 누워서 안도감에 찬 목소리로 말했다.

그러나 6월의 어느 늦은 오후, 그녀가 자신을 위해 마련한 불안한 평형 상태는 끔찍한 파국을 맞을 뻔했다. 뉴욕이라는 도시에 대한 인상들을 적은 그녀의 비망록에 부정적으로 기입될 수밖에 없었던 도시 생활의 한 단면은 지하철이었다. 그녀는 더럽고 시끄럽다는 이유로 뉴욕 지하철을 싫어했지만, 그보다 더 큰 이유는 사람이 너무 많아서 특히 바쁜 출퇴근 시간에는 폐소 공포증을 야기할 만큼 서로 부딪치고 밀며 살을 맞대게 되어, 그녀가 그렇게도 오랫동안 갈망했던 프라이버시를 완전히는 아니더라도 상당히 침해했기 때문이다. 그녀처럼 악몽 같은 일을 경험한 사람이 그렇게 까다롭게 굴면서 낯선 사람과 잠시 스치는 일에도 경악하는 것이 모순적임을 그녀도 알았다. 그러나 어쩔 수 없었다. 그것은 새로 변신한 그녀의 일부였다. 난민들로 북적이던 스웨덴의 수용소에서 그녀가 마지막으로 한 결심은 앞으로 절대로 사람 많은 곳에는 가지 않겠다는 것이었다. 그런데 시끌벅적한 뉴욕의 지하철이 이런 결심을 어리석다고 비웃었던 것이다. 블랙스톡의 사무실에서 나가 집으로 가던 그 이른 저녁, 그녀가 올라탄 지하철은 평소보다 훨씬 더 붐볐다. 평소처럼 와이셔츠 차림의, 각자 나름대로 고민을 안은 듯한 표정으로 땀을 흘리고 있는 브루클린 사람들이 그 후텁지근하고 습한 차내를 가득 채우고 있더니, 조금 후 시내의 한 역에서 야구복을 입은 남자 고등학생들이 소리를 지르며 떼거리로 몰려 들어와 난폭하게 사람들을 밀어제치며 사방으로 흩어지는 바람에 그 중압감은 도저히 참기 어려운 정도가 되었다. 고무처럼 탱탱한 몸통들과 땀으로 미끈미끈한 팔들에 부딪히며 잔인하게도 통로 끝으로 떠밀린 그녀는 비틀거리며 차량을 연결하는 축축하고 어둠침침한 승강단으로 나서게 되었고, 거기서도 두 명의 승객 사이에 꽉 끼인 상태로 그들의 얼굴을 보려고 애를 쓰는데 갑자기 열차가 끽 소리와 함께 몸을 떨며 천천히 멈춰 섰고 정전이 되었다. 그녀는 불안과 두려움에 사로잡혔다. 열차 안에서 흘러나오는 분노 섞인 작은 신음과 한숨 소리들은 고등학생들의 요란한 환호성에 묻혀 버렸고, 귀가 터질 듯한 환호성이 좀처럼 줄어들지 않고 계속되어서, 어느 순간 뒤에서 누군가의 손이 그녀의 스커트 밑으로 들어오더니 그녀의 넓적다리 사이를 비집고 미끄러지듯 올라오는데도 그녀는 돌처럼 굳어서 움직이지 못한 채 아무리 소리치고 반항해 봐야 소용없으리라는 것을 직감했다.

나중에 그녀는, 약간이라도 위로가 됐던 것은 정지되어 불이 나가 버린 열차 안에서도, 그런 숨막히는 열기와 혼란 속에서도 다른 때 같으면 그녀를 압도해 버렸을 극심한 공포를 느끼지 않았던 것이라고 했다. 다른 사람들처럼 신음소리를 냈을지는 모른다. 그러나 외과의사 같은 정교함과 신속함으로, 그리고 믿기 어려울 정도로 대범하게 그녀의 몸속을 탐험하

러 파고드는 그 손이, 단단한 가운뎃손가락이 특히 기억에 남
는 그 손이, 공포감 대신 손에 의한 갑작스러운 강간을 경험
하는 사람이라면 누구나 느낄 충격과 혐오와 자신의 상황을
부인하고 싶은 마음을 느끼게 했다. 간단히 말하자면, 그것은
충동적이고 서투른 더듬거림이 아니라 그녀의 질(膣)에 대한
신속하고 전면적인 공격이었다. 육체에서 분리된 듯한 손가락
이 악마처럼 혹은 꿈틀거리는 작은 설치류 동물처럼 기어들
어 잽싸게 음모를 헤치고, 질 속으로 쑥 들어와 그녀에게 고통
을 주었지만, 사실 고통보다는 최면에 걸린 듯한 충격이 더 컸
다. 그녀는 희미하게나마 강간범의 손톱을 의식했고, 자신이
헐떡거리는 목소리로 "제발."이라고 말하는 소리도 들었는데,
그 말을 내뱉으면서도 참으로 어리석고 한심하다고 생각했다.
모든 일은 채 삼십 초도 되지 않아 끝났고, 마침내 그 끔찍한
손이 물러간 뒤, 그녀는 다시는 빛이라는 것을 모를 것만 같은
숨이 턱턱 막히는 어둠 속에서 오들오들 떨며 서 있었다. 불
이 다시 들어오기까지 얼마나 걸렸는지는 모르지만(오 분, 아
니 어쩌면 십 분쯤 걸렸을지도 모른다.) 불이 다시 들어오고 열차
가 뒤뚱거리며 움직이기 시작했을 때, 강간범은 이미 그녀 주
변에서 등을 보이거나 배를 쑥 내밀고 있는 대여섯 명의 남자
들 사이로 사라져 버리고 없어서 누구인지 알아낼 방법이 없
었다. 그녀는 도망치듯 다음 역에서 내렸다.

  일반적이고 직접적인 강간이었다면 그녀의 영혼과 정체성
에 이만큼 상처가 나지는 않았을 것이고, 이만큼 극도의 공포
와 혐오감을 느끼지도 않았을 것이다. 지난 오 년 동안 그녀

가 목격한 어떤 잔혹 행위도, 직접 겪은 어떤 폭행도 모두 차마 말로는 표현할 수 없을 만큼 끔찍했지만, 이만큼 수치스럽고 감각을 마비시키지는 않았다. 아무리 혐오스러운 일이라도 얼굴을 마주한 상태에서 당한 강간이었다면, 얼굴을 찡그리거나 노려보거나 눈물이라도 흘리면서 무언가를, 증오나 공포, 저주, 혐오, 아니면 조소라도 던질 수 있었을 것이다. 그렇지 않더라도 강간범의 모습을 볼 수 있고, 강간범으로 하여금 당하는 여자가 자신을 알아봤다는 것을 알게 해 줄 수라도 있었을 것이다. 그러나 이것은 어둠 속에서 익명의 강간범이 행한 공격이었고, 영원히 그 정체를 알 수 없는 비열한 공격자가 등 뒤에서 칼을 꽂는 것처럼 등 뒤에서 몸은 없이 미끈거리는 손만 가지고 하는 강간이었다. 그녀는 몇 달이 흘러 농담조로 말할 수 있을 만큼 이 사건으로부터 거리를 두게 되자, 이보다는 차라리 음경의 공격이 나았을 것이라고 했다. 이 일은 그 자체로 끔찍한 일이었지만, 그녀가 인생의 다른 시점에서 이 일을 당했다면 비교적 강인하게 견뎌 낼 수 있었을 것이다. 그러나 지금 그녀는 이 일이 생기를 되찾은 영혼의 불안한 균형을 무너뜨렸고, 이 영혼의 강탈이(그녀는 이 일이 몸뿐만 아니라 영혼까지도 강탈했다고 생각했다.) 코슈마르(악몽), 그렇게도 조심스럽게 천천히 벗어나려고 노력해 온 그 악몽 속으로 다시 자신을 밀어 넣었을 뿐만 아니라 그 사악함이 이 악몽 같은 세상의 본질을 보여 주었기 때문에 더더욱 심한 고통을 느꼈다.

그녀는 이전에도 오랫동안 옷이 벗겨진 적이 자주 있었지만, 브루클린으로 온 후 몇 달 동안은 그토록 정성 들여 자신

감과 말짱한 정신이라는 새 옷을 입고 있었는데, 이 일로 인
해 다시 옷을 빼앗기고 알몸이 되어 버렸다고 생각했다. 그리
고 다시 한번 영혼을 파고드는 매서운 한기를 느꼈다. 그녀는
구체적인 이유를 말하지 않고(그리고 그 일을 누구에게도, 심지
어 예타 짐머맨에게도 이야기하지 않고) 블랙스톡에게서 일주일
간의 휴가를 받은 후 몸져누웠다. 한껏 향기로운 여름날들을
그녀는 블라인드를 내려 희미한 햇살만이 방 안을 비추도록
한 채 침대에 누워서 지냈다. 라디오도 틀지 않았다. 거의 먹
지도 않았고, 아무것도 읽지 않았으며, 가끔씩 일어나 요리용
전기 히터에 차를 끓여 마시기만 했다. 깊은 그늘 속에 누워
공원의 야구장에서 들려오는 야구공 때리는 소리와 소년들의
환호성을 듣다가 졸기도 했고, 어린 시절 꿈속에서 들어가 보
았던 엄마의 자궁처럼 편안한 커다란 벽시계를 그 속에서 철
로 된 스프링 위에 둥둥 떠서 지레와 루비와 바퀴들을 바라보
던 자신의 모습을 떠올리기도 했다. 의식의 가장자리에서 늘
그녀를 위협하던 것은 형체와 그림자, 포로수용소의 망령이었
다. 그녀가 자신의 사전에서 거의 지워 버렸으며 입 밖에 내거
나 생각하지 않았던 이름, 만일 다시 기억 속으로 숨어 들어
온다면 목숨을 빼앗아 갈 것만 같은 이름이었다. 예전에 스웨
덴에 있을 때처럼 그 포로수용소가 그녀에게 또다시 가까이
다가온다면, 이번에는 그 유혹에 저항할 힘이 있을까, 아니면
다시 한번 칼자루를 잡고 이번에는 일을 망치지 않을 수 있을
까? 그녀는 이러한 의문에 사로잡혀 며칠을 자리에 누워 밖에
서 스며 들어오는 희미한 빛이 피라미들처럼 우울한 분홍의

연못을 헤엄치는 천장을 올려다보며 지냈다.

그러나 다행히도 예전처럼 음악이 그녀를 구원해 주었다. 그렇게 누워 있은 지 오 일째인가 육 일째인가(그녀는 토요일이었다고만 기억했다.) 혼란스럽고 무서운 꿈속을 헤매며 불안한 밤을 보내다가 깨어난 그녀는 오랜 습관처럼 손을 뻗어 침대 옆 탁자에 놓여 있던 작은 제니스 라디오를 켰다. 음악을 들으려 했던 것이 아니라 단순한 반사작용이었다. 악성 우울증에 시달리던 며칠간 라디오를 켜지 않은 것은 음악의 추상적이고 광대한 아름다움과 거의 만져질 것 같은 자신의 절망과 고통 사이의 극단적 대조를 견뎌 낼 수 있을 것 같지 않아서였다. 그러나 라디오에서 흘러나오던 음악, 저 위대한 「신포니아 콘체르탄테」의 처음 몇 악절만 듣고도 순수한 기쁨으로 몸을 떤 것을 보면, 그녀는 자신도 모르는 사이에 마음을 열고 모차르트 음악의 불가사의한 치유력을 받아들인 것이 분명하다. 불현듯 그녀는 낭랑하고 숭고하면서도 서늘한 불협화음으로 가득 찬 이 음악이 어째서 안도감과 기쁨으로 자신을 가득 채우는지를 깨달았다. 그 음악의 본질적 아름다움은 차치하고라도 그것은 그녀가 십 년 동안이나 줄기차게 알고 싶어 안달하던 바로 그 음악이기 때문이었다. 오스트리아가 독일에 합병되기 일 이 년 전, 빈의 한 앙상블이 크라쿠프를 방문했을 때 그녀는 그 음악에 매료되었다. 그녀는 콘서트홀에 앉아서 무엇에 홀린 듯한 상태로 새로운 음악을 들었고, 마음의 문을 활짝 연 채 화려한 하모니와 강렬한 불협화음을 받아들이면서, 줄어들 줄 모르는 기쁨을 느꼈다. 보물 같은 음악들을 끊임없이 발견해 가던 시절에, 그 음악은 새로 발견한 귀중한 보물이었다. 그러나 그 후로 다시는 그 음악을 듣지 못했다. 다른 모든 것과 마찬가지로 「신포니아 콘체르탄테」와 모차르트, 바이올린과 비올라의 애처롭고도 부드러운 대화 그리고 플루트와 현악기들과 어두운 음색의 호른, 이 모든 것이 폴란드에 불어닥친 전쟁의 바람에 날아가 버렸고, 전쟁으로 파괴되고 황폐해진 폴란드에서 음악은 아무 짝에도 쓸모없는 것이 되어 버렸기 때문이다.

그래서 폭격으로 폐허가 된 바르샤바에서의 불협화음의 세월과 나중에 포로수용소에서의 세월을 보내면서 그 음악에 대한 기억은 차츰 희미해졌고, 결국에는 제목조차 가물가물해져 오래전에 알고 사랑한 다른 음악들의 제목과 헷갈리게 되어 버려, 이제는 크라쿠프에서의 좋았던 시절에 맛보았던, 다시 불러올 수 없는 행복의 순간에 대한 희미하지만 따뜻한 기억만이 남게 되었다. 그러나 그날 아침 그녀의 방에서, 값싼 소형 라디오의 플라스틱 후두를 통해 기쁨에 찬 그 음악이 울려 퍼지자, 그녀는 깜짝 놀라 벌떡 일어나 앉았고 심장 고동이 빨라졌으며 입가에는 익숙지 않은 미소가 피어올랐다. 몇 분 동안 그녀는 미소를 지은 채 기쁨에 몸을 떨면서 앉아 있었고, 결코 불러올 수 없을 것 같던 행복이 다시 찾아와 극심한 마음의 고통을 서서히 녹이기 시작하는 것을 느낄 수 있었다. 음악이 끝나자, 그녀는 아나운서가 설명하는 대로 작품의 이름을 조심스럽게 받아 적고 나서, 창가로 가서 블라인드를 걷었다. 그녀는 공원가에 있는 야구장을 응시하면서 전축과 「신포니아 콘체르탄테」 레코드판을 살 돈이 있을까 생각했고, 그런 생각을 하는 자체가 자신이 어둠의 그늘에서 걸어 나가고 있다는 뜻임을 깨달았다.

그러나 이런 생각을 하면서도 그녀는 갈 길이 멀다는 것을 알았다. 음악이 그녀의 영혼을 고양시켜 주었는지 모르지만, 몸은 어둠 속으로 침잠해 들어가면서 약해질 대로 약해지고 황폐해져 있었다. 단식에 가까울 만큼 먹은 것이 없어서 그렇다는 것을 본능적으로 알았지만, 그렇더라도 왜 그렇게 식욕이 없고 피곤한지, 정강이는 왜 그리 칼로 그은 듯이 아픈지, 특히 생리가 며칠이나 빨리 시작되어 하혈에 가까울 만큼 피가 펑펑 쏟아져 나오는데 그 이유를 알 수 없어 두려웠다. 강간을 당한 것 때문일까 궁금해졌다. 그녀는 다음 날 직장에 출근해서 블랙스톡에게 진찰을 받고 치료법을 알려 달라고 부탁하기로 결심했다. 의학적으로 완전히 문외한은 아니어서, 물리 치료사의 도움을 바라는 것이 우스운 일이라는 것을 알았지만, 그런 생각은 그녀가 절박하게 필요로 하던 일자리를 얻게 되었을 때 이미 버리고 없었다. 적어도 그가 하는 일은 합법적이었고, 다수의 경찰관을 포함해 그의 진료실을 들락거리는 수많은 환자들 중 상당수가 그의 척추 지압과 밀고 당기고 구부리기 등, 진료실이라는 성소에서 그가 행하는 여러 가지 시술의 효과를 본 것 같았다. 그러나 무엇보다도 중요한 것은 그는 그녀가 충고를 구할 마음이 들 만큼 잘 아는 몇 안 되는 사람들 중 하나라는 사실이었다. 그래서 그녀는 얼마 되지 않는 보수 문제는 제쳐 두고, 확실히 그에게 의존하고 있었다.

더 나아가 유쾌하고 충분히 용인될 수 있는 방식으로 그에게
다소 끌리던 것도 사실이었다.

블랙스톡은 건장하고 잘생겼으며 흉하지 않게 머리가 벗겨
지고 있는 사십 대 중반의 남자로, 러시아령 폴란드에 있던 슈
테틀[79]의 냉혹한 가난에서 벗어나 미국의 물질적 성공이 줄
수 있는 최고의 만족을 누리던, 신의 축복을 받은 사람들 중
하나였다. 옷장에는 수를 놓은 조끼와 넓은 비단 넥타이, 단
추에 꽂는 분홍색 꽃들이 가득 차 있을 것이 분명한 멋쟁이이
자 훌륭한 이야기꾼이며 농담꾼(재미있는 이야기는 주로 이디시
어로 했다.)이기도 한 그는 굉장히 낙천적이고 활기 넘쳐서 몸
에서 빛을 발하는 것처럼 느껴지기도 했다. 대단히 매력적인
사람이었고, 작은 선물과 호의를 아끼지 않고 베풀었으며, 환
자들이나 소피뿐 아니라 누구든 보는 사람만 있으면 날쌘 손
놀림으로 신기하고 유쾌한 마술을 선보이기도 했다. 새로운
생활에 힘들게 적응하던 소피는 그 끝을 모르는 활기와 유쾌
함 그리고 시시한 익살과 농담에 당혹해했을 수도 있지만, 그
의 행동과 말 뒤에는 사랑받고 싶어 하는 아이 같은 욕구가
숨어 있음을 알았기 때문에 불쾌해할 수 없었다. 더군다나 그
는 시시한 익살과 농담을 통해서라도 그녀가 유쾌하게 웃음
을 터뜨리게 해 준 첫 번째 사람이었다.

그는 자신의 부유함에 대해 놀랄 정도로 솔직했다. 변함없
이 선량한 사람만이 세속적 재산을 자랑하면서도 역겹게 들

---

79) 동유럽의 유대인 거주지.

리지 않을 수 있는데, 그가 바로 그런 사람이었다. 그가 말할 때 내는 높은 소리는(소피도 차츰 감지할 수 있게 되었다.) 브루클린 말투였고, 후음이 두드러진 약간 변화된 듯한 영어였다. "일 년에 벌어들이는 돈이 세금까지 더해서 4만 달러야. 퀸스 세인트올번스의 초호화 주택가에 있는 7만 5000달러짜리 집에 살고. 저당 잡힌 것 없고, 이 끝에서 저 끝까지 양탄자가 깔려 있고 방마다 간접 조명이 되지. 모든 편의 시설이 다 갖춰진 캐딜락 플리트우드 말고도 차가 두 대 더 있고, 육 개월째 잠만 자고 있는 10미터짜리 크리스 크래프트 보트도 있어. 게다가 세상에서 가장 아름답고 사랑스러운 아내도 있고. 나는 엘리스아일랜드에 도착했을 땐 수중에 가진 돈이라곤 달랑 5달러밖에 없고 아는 사람 하나 없는 배고픈 유대인 젊은이였어. 가난한 **놈팡**이였다고. 그랬던 내가 이렇게 된 거야. 내가 세상에서 제일 행복한 사람 아닌가? 사람들이 나처럼 웃고 행복해지게 도와주고 싶은 마음이 드는 게 당연한 거 아닌가?" '그렇고말고요.' 그해 겨울 어느 날 소피는 세인트올번스에 있는 그의 집에 갔다가 사무실로 돌아오는 길에 캐딜락 안 블랙스톡의 옆자리에 앉아 그의 말을 들으면서 그렇게 생각했다.

소피는 블랙스톡의 집에 딸린 사무실 서류 정리를 돕기 위해 그와 같이 갔고, 거기서 처음으로 그의 아내를 만났다. 실비아라는 이름의 토실토실한 여자였는데 염색한 금발에 튀르키예 벨리 댄서처럼 부푼 비단 바지를 입고서 집을 구경시켜 주었다. 소피는 미국에 오고 나서 그런 대저택을 구경한 것은 처음이었다. 저택은 한낮에도 자줏빛으로 어스름하게 빛나는 거대한 무덤 속처럼 섬뜩한 느낌을 주는 것이 마치 오건디[80]와 사라사 천으로 만든 미로 속 같았다. 벽에 그려진 불그스레한 얼굴의 큐피드들은 소방차같이 새빨간 그랜드피아노와 투명한 플라스틱 보호막 아래 빛나는 속이 빵빵한 의자들을 내려다보며 억지웃음을 짓고 있었으며, 욕실에 놓인 도자기 장식품들은 모두 새까만 색이었다. 저택을 나간 소피는 블랙스톡이 양쪽 앞문에 HB라고 커다랗게 이니셜이 새겨진 캐딜락 플리트우드에 앉아 최근에 소수의 선택된 고객들을 위해 시범적으로 출시된 휴대 전화를 사랑의 수단으로 사용하는 것을 홀린 듯이 지켜보았다. 나중에 그녀는 그가 세인트올번스 집에 전화하면서 나눈 대화 내용을, 적어도 그가 말한 내용을 다시 떠올려 보았다. "실비아, 내 사랑, 나 하이미야. 내 목소리 크고 똑똑하게 잘 들려? 사랑해, 내 강아지. 뽀뽀해 줄게, 자기야. 플리트우드는 지금 리버티 애비뉴에 있는데, 방금 베이사이드 묘지를 지났어. 사랑해, 자기야. 자기한테 뽀뽀해 줄게. (쪽, 쪽!) 몇 분 후에 다시 할게, 자기야." 그러고는 얼마 후에 다시 전화를 걸었다. "실비아, 내 사랑, 나 하이미. 사랑해, 내 강아지. 플리트우드는 지금 린던 대로와 유티카 애비뉴가 만나는 사거리에 있어. 교통이 진짜 혼잡해! 뽀뽀해 줄게, 자기야. (쪽, 쪽!) 많은 키스를 보내. 뭐라고? 뉴욕으로 쇼핑갈 거라고? 하이미를 위해서 입을 아름다운 옷을 사, 이쁜 자

---

80) 얇은 모슬린 천.

기야. 사랑해, 자기야. 아, 자기야, 잊어버릴 뻔했다. 크라이슬러를 타고 가. 뷔크는 연료통이 못 쓰게 됐어. 통신 끝, 내 강아지." 그러고는 소피를 흘끗 보고 나서 수화기를 쓰다듬으며 말했다. "정말 멋진 통신 수단이야." 블랙스톡은 진정으로 행복한 남자였다. 그는 인생보다도 실비아를 더 사랑했다. 언젠가 그가 소피에게 한 말에 따르면, 그에게 아이가 없다는 사실만이 그가 세상에서 절대적으로 가장 행복한 사람이 되는 것을 방해하고 있었다.

조만간 밝혀지겠지만(그리고 그 사실은 이 이야기에 중요하다.) 소피는 그해 여름 내게 많은 거짓말을 했다. 어쩌면 그녀는 침착 혹은 제정신을 유지하기 위해서 자꾸만 말을 둘러대다 보니 그렇게 되어 버린 것인지도 모른다. 그렇다고 해서 내가 그녀를 비난하는 것은 아니다. 이제 와서 돌이켜 보면 그녀의 거짓말을 충분히 이해할 수 있고, 따라서 나는 사과를 받을 필요를 느끼지 않기 때문이다. 예를 들어, 크라쿠프에서의 어린 시절에 대한 이야기는(나는 이에 대한 그녀의 독백을 기억할 수 있는 한 정확하게 기록하려고 애썼다.) 대부분 진실임이 분명하다. 그러나 거기에는 한두 가지 중요한 거짓말이 섞여 있었으며, 중요한 시간적 공백도 드러나는데, 이에 대해서는 앞으로 진실이 밝혀질 것이다. 사실 이제까지 내가 쓴 이야기의 대부분을 다시 읽어 보니, 소피는 우리가 처음 만난 직후부터 내게 거짓말을 했다는 것을 알겠다. 그녀는 네이선과 끔찍한 싸움을 벌이고 나서, 내게 절망적인 표정을 지어 보이며 네이선이 "남편 말고는 내가 사랑을 나눈 유일한 남자"라고 선언

했다. 중요하지는 않지만, 이 말은 사실이 아니었고(시간이 많이 흐른 후 그녀는 남편이 나치에게 총살당한 후(그것은 진실이었다.) 바르샤바에 애인이 있었다고 고백하면서, 자신이 거짓말을 했음을 인정했다.) 내가 이 문제를 꺼내는 이유는 까다롭게 절대적인 진실을 추구하기 위해서가 아니라, 섹스에 대한 소피의 조심스러운 접근 방식을 보여 주기 위해서다. 그리고 그녀가 블랙스톡에게 자신을 압도하는, 지하철에서 당한 강간의 결과임이 분명하다고 생각하는 그 두려운 불안감에 대해서 이야기하는 것이 얼마나 어려웠는지를 보여 주기 위해서이기도 하다.

그녀는 자신의 비밀을 (전문가이자 비밀을 털어놓을 수 있는 사람이라고 믿던 블랙스톡에게라도) 굳이 털어놓아야 하는지 망설였다. 지하철에서 일어난 일은 너무도 혐오스럽고 끔찍해서 심지어 포로수용소에서의 이십 개월도(매일 헐벗고 굶주리고 점점 더 비인간적인 상태로 전락해 가는 생활이었지만) 이보다는 덜 끔찍했다고 느껴질 정도였다. 사실 그녀는 브루클린을 '안전한 곳'이라고 생각했기 때문에 충격이 더 컸다. 그녀가 느끼는 수치심은 자신이 폴란드인 가톨릭 신자이며 그에 맞게 교육받은 사람이라는 사실, 다시 말해 앨라배마 침례교파의 아가씨처럼 엄격한 규율과 성적인 금기 아래 자란 젊은 여성이라는 사실로도 결코 줄어들지 않았다.(그녀 스스로도 자신이 가지고 있다고는 꿈도 꾸지 않았던 그녀 안의 에로티시즘의 문을 활짝 열어젖힌 것은 네이선의 자유롭고 정열적인 섹스였다고 나중에 내게 털어놓았다.) 강간을 당한 것에 대한 수치심에 그 방식이 대단히 변태적이고 기괴하다는 것을 고려하면, 그녀가 블랙스톡에게 이 사실을 털어놓아야 한다는 데서 느낀 당혹스러움이 거의 참을 수 없을 정도가 된 것은 당연한 일일 것이다.

그러나 어쨌든 캐딜락을 타고 다시 세인트올번스로 가는 길에, 처음에는 딱딱하고 형식적인 폴란드어로 말을 시작한 그녀는 자신의 건강에 대한 걱정, 피로감, 다리의 통증과 하혈에 대해서 설명했고, 마침내 거의 속삭임에 가까운 목소리로 지하철에서 당한 일을 털어놓았다. 예상했던 대로 블랙스톡은 그녀가 하는 말을 즉시 알아듣지 못했다. 그래서 그녀는 주저하면서 어렵게(시간이 흐른 후, 다시 돌이켜 보니 좀 우스꽝스러웠다고 그녀가 말했다.) 그 일은 일반적인 방식으로 이루어지지 않았다는 것을 그에게 이해시켰다. 일반적이지 않은 방식으로 이루어졌어도 일반적인 방식 못지않게 혐오스럽고 영혼을 파괴하는 일이었다. "선생님, 모르시겠어요?" 그녀가 이제 영어로 속삭였다. 그가 그녀의 말뜻을 제대로 이해할 수만 있다면, 일반적이지 않은 방식으로 이루어졌기 때문에 오히려 더 혐오스럽다는 것을 깨달을 수 있을 것이라고, 그녀는 눈물이 그렁그렁해서 말했다. 그가 끼어들었다. "그러니까. 손가락으로……? 그…… 거시기로 한 게 아니라?" 그러고는 잠시 말을 멈추었는데, 그는 섹스에 관해서는 음탕한 사람이 아니었기 때문이다. 소피가 그렇다고 하자, 그가 동정 어린 눈으로 그녀를 바라보더니, 아주 씁쓸한 표정으로 중얼거렸다. "오이 베이 (제기랄), 아주 **파르슈팅케너한**(고약한) 세상이군."

결국 블랙스톡은 그녀가 겪은 일이 아주 기괴하기는 하지만 그녀를 괴롭히기 시작한 증세들, 특히 다량의 하혈의 원인이 될 수 있다고 주저 없이 인정했다. 구체적으로 그는 주로 골반부 외상이 경미하지만 결코 무시해서는 안 되는 천추(薦椎)에 전이를 일으켰고, 이로 인해 제5요추신경이나 제1천골신경에, 어쩌면 둘 다에 압력을 가했을 것이라고 진단하면서, 어떤 경우에라도 그것은 그녀가 호소하는 식욕 상실, 피로감, 뼈의 통증을 일으키기에 충분하며, 하혈이 있다는 것 자체가 다른 증세들을 확증해 준다고도 설명했다. 그뿐만 아니라 신경의 기능을 정상으로 되돌리고 그녀를 다시, 그의 표현대로 하자면(소피 같은 비전문가가 듣기에도 대단히 생생한 표현이었다.) "우거진 숲 같은 건강"한 상태로 만들기 위해서는 척주(脊柱) 지압 요법이 필요하다고도 했다. 이 주만 받으면 좋아질 거라고 보장했다. 또한 그녀가 자기에게는 친척 같기 때문에 한 푼도 받지 않겠다고도 했다. 그러고는 그녀를 즐겁게 하기 위해 최신 마술을 보여 주겠다면서, 다양한 색상의 비단 다발이 갑자기 공중에서 사라지게 하더니 곧 작은 유엔 깃발들을 입에서 실처럼 술술 풀어냈다. 소피는 힘들게 예의 바른 웃음을 터뜨릴 수 있었지만, 그 순간에도 기분이 가라앉고 괴로워서 자신이 미쳐 가지 않는가 하는 생각이 들었다.

언젠가 네이선은 소피와의 만남이 '극적'이었다고 했다. 대다수의 사람들처럼 어린 시절을 같이 보내거나 같은 학교에 다니거나 같은 사무실에서 일하거나 같은 동네에 살면서 알게 된 것이 아니라, 할리우드 로맨스 영화에 나오는 사람들처럼 유쾌하고 우연한 방식으로, 처음 보는 순간부터 운명이 순

식간에 얽혀 버려 연인 사이로 발전하게 되었다는 뜻이었다. 이를테면 길가의 카페에서 눈이 마주치는 순간부터 운명이 하나로 묶이게 된 존 가필드와 라나 터너 또는 좀 더 기묘하게도 보석 상점에서 사라진 다이아몬드를 찾느라고 엎드려 돌아다니다가 머리를 맞부딪치며 만나게 된 윌리엄 파월과 캐럴 롬바드처럼 말이다. 반면에 소피는 그들의 길이 하나로 만난 것은 단지 지압 요법의 실패 덕분이었다고 했다. 블랙스톡과 그의 젊은 조수 시모 카츠(이 사람은 줄어들 줄 모르는 환자들의 진료와 시술을 돕기 위해 진료 시간이 끝난 후에 와서 일했다.)의 시술이 효과가 있었다면, 그녀의 몸속을 파고들던 손가락에서 천골신경과 압박을 받는 제5요추신경에 이르는 인과관계가 척추 지압사의 망상이 아니었을 뿐만 아니라 이 주간 블랙스톡과 카츠가 그녀의 아픈 척추를 두드리고 잡아당기는 시술을 해서 말끔하게 나았더라면 어떻게 됐을까, 그녀는 종종 생각해 보곤 했다.

그렇게 해서 치료가 되었다면, 네이션을 만나지 못했을 것이 분명했다. 그러나 그토록 열성적인 치료에도 불구하고 상태는 악화되기만 했다. 갈수록 안 좋아지다 보니 그녀는 블랙스톡에게 상처를 주기는 정말 싫었지만 결국에는 증세가 전혀 완화되지 않았고 사실 통증이 더 심해졌다고 털어놓을 수밖에 없었다. 블랙스톡이 고개를 절레절레 흔들면서 말했다. "하지만 소피, 나아졌어야 하는데!" 이 주가 다 지나고, 소피가 굉장히 조심스럽게 진짜 전문의를 찾아가 봐야 할 것 같다고 말하자, 거의 병적으로 친절하던 그는 처음으로 분노에 가까운 감정을 표출했다. "의사에게 가겠다고? 파크슬로프에 있는 번지르르한 고즐린(사기꾼)에게 가겠단 말이야? 진료비만 터무니없이 물리는 사기꾼한테? 소피, 그럴 바엔 차라리 수의사에게 가는 게 나아!" 난감하게도 그는 소피에게 일렉트로 센실레이터라는 새로 개발된 기계를 써 보자고 했는데, 그 기계는 소형 냉장고 같은 모양에 속에는 전선과 계기판이 많이 들어 있어 복잡해 보였다. 그는 그 기계가 소피의 척추 세포의 분자 구조를 바로잡아 줄 것이라고 했고, 오하이오인지 아이오와인지(그녀는 항상 두 주의 이름이 헷갈렸다.)에 있는 세계 지압학회 본부에서 '돈 좀 주고'(이 표현은 곧 그녀의 관용어구 사전에 등록되었다.) 구입한 것이라고도 했다.

일렉트로 센실레이터의 무시무시한 품에 안기기로 되어 있던 날 아침, 잠이 깬 소피는 평소보다도 훨씬 더 피곤하고 몸이 아팠다. 일을 나가지 않는 날이라 오전 내내 졸다 깨다 하던 그녀는 정오 무렵이 되어서야 완전히 정신이 들었다. 그녀는 그날 아침의 꿈을 생생하게 기억했다. 열에 들떠 선잠을 자던 중 크라쿠프에서의 그 먼 옛날이 희한하게도 블랙스톡의 미소 짓는 모습과 그의 지압하는 손과 한데 섞이고, 왜 그랬는지는 모르겠지만 아버지의 모습이 자꾸 보이는 꿈을 꾼 것이다. 풀을 빳빳하게 먹인 칼라 셔츠에 담배 냄새가 배어 있는 검은색 모헤어 양복을 입고 교수다운 타원형 무테안경을 낀 아버지는 웃음기 하나 없는 근엄한 표정으로 어릴 적에도 그랬듯이 상당히 열성적으로 그녀에게 독일어를 가르치고 있었다. 그녀에게 무언가를 경고하는 것처럼 보였지만(그녀의 병을 걱정하던 것일까?) 그녀가 물속에서 허우적대듯 선잠에서 깨어나려고 바동거릴 때마다 아버지의 말은 거품을 부글거리며 그녀의 기억에서 사라졌고, 결국 그녀에게는 엄격하고 딱딱하며, 어찌 보면 위협적이라고도 할 수 있는 표정을 지은 아버지의 환영만 남았다. 마침내 (사라지지 않는 아버지의 환영을 벗어버리기 위해) 그녀는 억지로 자리에서 일어나 창가로 가서 화창하고 아름다운 여름날을 마주 대했다. 다리가 심하게 후들거렸고, 여전히 식욕이 없었다. 오래전부터 피부가 지나치게 창백하다는 것을 알았지만, 그날 아침 욕실 거울에 비친 자신의 모습을 보고는 소스라치게 놀랐다. 예전에 한 이탈리아 교회의 지하 무덤에서 본 수도승들의 하얀 두개골처럼 얼굴에 핏기라고는 전혀 없었기 때문이다.

오싹한 한기가 그녀의 모든 뼈와 손가락을 훑고(뼈만 앙상하고 핏기가 하나도 없는 것이 갑자기 눈에 띄었다.) 차가운 발바닥까지 내려가는 동안, 그녀는 눈을 꽉 감고 자신이 죽어 간다고 단정 지었다. 병명은 알았다. '백혈병이야, 사촌 타데우시처럼 나도 백혈병으로 죽어 가는 거야. 블랙스톡의 치료는 모두 친절한 거짓이었어.' 그녀는 생각했다. '내가 죽어 가는 걸 알고 불쌍한 마음에 치료하는 척했을 뿐이야.' 온갖 질병들을 보고 견디고 살아남은 그녀가 이제 설명할 수 없는 음흉한 질병 하나 때문에 죽는다니, 깊은 슬픔과 환희 중간에나 있을 법한 히스테리가 그녀를 사로잡았다. 게다가 아무리 고통스럽고 절망적이더라도 이렇게 생을 마감하게 된 것은 그녀 자신이 차마 할 수 없었던 자기 파괴를 몸이 알아서 해 주는 것이라는 상당히 논리적인 생각도 들었다.

어찌 되었건 그녀는 정신을 차리고 우울한 생각을 마음의 후미진 곳으로 밀어 넣을 수 있었다. 그녀는 상체를 거울에서 약간 뒤로 젖히고 하얀 가면 뒤에 숨어 있는 낯익은 아름다움을 홀린 듯 바라보며 한동안 만족감을 느꼈다. 그날은 브루클린 칼리지에서 영어 수업이 있는 날이었고, 끔찍한 지하철 통학과 수업에 대비하기 위해서는 뭐라도 먹어야 했다. 먹는 것 생각만 해도 욕지기가 치밀어 올랐지만 억지로라도 먹어 둬야 한다는 것을 아는 그녀는 어둠침침하고 비좁은 간이 부엌에서 달걀과 베이컨, 통밀 빵, 탈지유 등을 닥치는 대로 꺼냈다. 그리고 음식을 먹는 동안 어떤 영감이 떠올랐는데, 적어도 그 일부는 WQXR의 정오 연주회에서 흘러나오는 말러의 교향곡 덕분이었다. 어찌 된 영문인지 그 교향곡의 안단테 악장 중간에 흐르는 일련의 우울한 멜로디를 듣고 있자니 며칠 전 영어 수업이 끝나고 나서 영스타인 씨라고 불리는 열성적이고 뚱뚱하며 인내심 있고 성실한 젊은 대학원생 강사가 읽어 준 감동적인 시가 떠올랐다. 다른 언어에도 능숙했던 소피는 헤매는 학생들(수개 국어를 사용하는 집단이기는 하나 유럽의 파괴된 지역에서 온, 이디시어를 사용하는 피난민들이 주를 이루었다.) 중에서 단연코 우수한 학생이었고, 그녀의 우수함은 당연히 영스타인 씨의 관심을 끌게 되었지만, 그녀는 자의식이 너무도 부족해진 상태여서 자신의 물리적 존재 자체가 그 청년에게 고통이 될 수도 있다는 사실을 깨닫지 못했다.

소피 앞에서 당황하고 수줍어하는 것을 보면 그녀에게 매료된 것이 분명했지만, 그는 매일 수업 끝나고 남으면 이른바 '미국의 대표적 시들'을 읽어 주겠노라고 어색하게 제안한 것을 제외하고는 별다른 접근을 하지 않았다. 그는 긴장된 쉰 목소리로 단조롭지만 음절을 분명하게 발음하며 천천히 휘트먼과 포, 프로스트를 비롯한 여러 시인의 시를 읊조렸다. 소피는 때때로 흥미롭고 새로운 영어의 뉘앙스를 느끼게 해 주는 그 시들에 감동하며, 그리고 커다란 프리즘 같은 안경 뒤로 엿보이는 사모의 눈길에서 알 수 있는 그의 서투르고 더듬는 듯한 열정에 감동하며, 귀를 쫑긋 기울이고 시 낭송을 듣곤 했다. 그녀는 이 서투르고 무모한 열정에 마음이 따뜻해지는 동시에 괴로운 느낌이 들어서 시에만 반응을 보일 수 있었다. 그는 스무 살, 아니 적어도 그녀보다 열 살은 어렸고, 민망할 정도로 당황해하는 그의 눈길은 차치하고라도 너무도 거구여서 전혀 매력적이지 못했다. 그러나 시인들에 대해서는 대단히 크고 순수한 열정을 가지고 있어서 시의 중요한 느낌을 전달하는 데는 무리가 없었고, 소피는 여러 시들 중에서도 고뇌에 찬 한 시에 특히 마음을 빼앗겼다.

   죽음을 위해 내가 멈출 수 없어
   그가 나를 위해 친절히 멈추었다.
   마차는 바로 우리 자신과
   불멸을 실었다.

   소피는 영스타인 씨가 그 시를 낭송하는 것이 듣기 좋았고 영어 실력도 많이 향상되었다고 느끼는 터라 자신이 직접 그 시인의 다른 작품들을 읽어 보고 암송하고 싶었다. 그런데 약간의 착오가 있었다. 그녀가 선생이 발음한 그 시인의 이름에서 끝 음절을 놓쳐 버린 것이다. 그래서 영원을 향해 가는 듯한 소리를 가진 매혹적이고 아름다운 이 짧은 시가 세계적인 불멸의 소설가[81]와 같은 성을 가진 미국 시인의 작품이라고 생각했다. 예타의 하숙집 방에서 말러의 음울한 멜로디를 들으며 시를 떠올린 그녀는 수업이 시작되기 전에 브루클린 칼리지 도서관에 가서 그 경이로운 시인의 작품을 찾아보기로 결심했는데, 시인에 대해 아는 것이 없었던 그녀는 시인이 남자라고 생각했다. 그런 악의 없는 오해가 그녀와 네이선의 만남을 그린 초상화의 결정적인 마지막 모자이크 조각이었다고 그녀는 나중에 내게 말했다.

그녀는 숨이 턱턱 막히는 지하철에서 빠져나가 햇살이 따사로운 캠퍼스로 들어섰다. 불규칙하게 뻗어 있는 직사각형의 잔디밭, 사방에 보이는 여름 학기 학생들과 나무들, 양쪽으로 꽃이 활짝 핀 인도의 모습을 그녀는 생생히 기억했다. 여기에 들어서면 브루클린의 다른 곳에서보다 마음이 더 편안해졌다. 반짝이는 첨단 정밀 시계와 오래되고 낡은 해시계 사이에도 닮은 점이 있듯이 그 대학은 그녀가 살던 크라쿠프에 있는 유서 깊은 야기에우워 대학교와 닮은 점이 많았다. 세상 근심

---

81) 『올리버 트위스트』, 『크리스마스 캐럴』로 유명한 영국의 소설가 찰스 디킨스를 말한다.

이라고는 없는 것 같은 밝은 학생들과, 그들이 수업과 수업 사이 쉬는 시간에 서둘러 강의실을 옮겨 다니는 모습, 또한 그들의 학구적인 표정과 느낌 등이 그랬다. 대학 내 정원들은 혼돈의 바빌론 안에 자리한 고요한 오아시스였다. 그날 정원가를 가로질러 도서관을 향해 가던 그녀는 그 후 마음속 깊이 새겨질 한 장면을 보았고, 그것이 어떤 식으로든 네이선과 관련 있는 것은 아닌지, 그리고 네이선이 그녀의 삶에 들어오는 일이 임박했다는 것을 보여 주는 징조는 아니었는지 종종 생각해 보게 되었다. 브루클린 칼리지의 점잖은 기준이나 1940년대라는 시대를 감안하더라도 그녀가 본 것은 그렇게 충격적인 것은 아니었고, 충격을 받았다기보다는 크게 동요되었다고 하는 편이 낫겠는데, 그 지독히도 관능적인 장면이 이미 완전히 꺼져 버렸다고 생각한 그녀의 마음속 불길을 다시 지피는 것 같아서였다. 지나치면서 본 짧은 장면은 검은 머리의 아름다운 젊은 남녀가 나무에 기대서 있는 모습이었다. 둘 다 팔에는 책을 한가득 안고 다윗과 밧세바[82]처럼 사람들로부터 떨어져서 서로 몸을 기대선 채로 허기에 지쳐 서로를 잡아먹기라도 할 듯이 격렬하게 키스를 나누고 있었는데, 폭포처럼 흘러내리는 아가씨의 검은 머리 사이로 그 관능적인 살이 언뜻언뜻 보였다.

그 짧은 순간은 지나갔다. 가슴에 칼을 맞은 것 같은 느낌이 든 소피는 애써 눈을 다른 곳으로 돌렸다. 사람들이 많이

---

82) 전 남편 우리아가 죽은 뒤 다윗의 아내가 되어 솔로몬을 낳은 여인.

오고 가는 인도 쪽으로 서둘러 걸어가는 내내 심장이 쿵쾅거리고 얼굴은 화끈화끈 달아올랐다. 온몸에서 이토록 격렬한 성적인 흥분이 느껴지다니, 도저히 이해할 수 없는 놀라운 일이었다. 그토록 오랫동안 아무것도 느끼지 못하고 살았는데, 그토록 오랫동안 욕망이란 것을 잊고 살았는데! 그러나 지금은 정욕의 불길이 온몸을 달구었고, 특히 그녀의 중심, 자궁 근처에서 뜨겁게 타오르고 있었다. 언제부터인지 기억할 수도 없이 오랜 세월을 이런 벅찬 열망을 잊고 살던 터라 새삼스러웠다.

그러나 이 놀라운 느낌도 금방 사라져 버렸다. 도서관에 들어가서 안내 데스크 뒤에 서 있는 사서(나치 같았다.)를 만나기 훨씬 이전에 사라져 버리고 없었다. 아니, 물론 그는 나치가 아니었다. 가슴에 차고 있는 명찰에는 분명 숄롬 바이스라고 새겨져 있었다. 게다가 나치라면 브루클린 칼리지 도서관에서 인문학적 지혜를 담은 책들을 관리하고 있을 리가 없지 않은가. 그러나 창백한 얼굴에 뚱한 표정을 하고 있는 삼십 대의 숄롬 바이스는 공격적으로 보이는 뿔테 안경과 초록색 챙만 있는 모자를 쓰고 있었는데, 그녀가 과거에 알던 뚱뚱하고 완고하고 잔인한 독일 관료의 모습과 너무 흡사해서, 그녀는 자신이 독일군 점령하의 바르샤바로 다시 던져진 것 같은 섬뜩한 기분이 들었다. 이런 기시감의 순간을 맞자 갑자기 맥이 탁 풀리는 것 같았다. 온몸에서 기운이 다 빠져나간 것 같고 가슴이 쉴 새 없이 두근거리자 그녀는 겁먹은 목소리로 숄롬 바이스에게 19세기 미국 시인 에밀 디킨스의 작품 목록을 찾으려면 어디로 가야 하는지 물었다.

"1층 왼쪽에 있는 도서 목록 방으로 가 보세요." 바이스가 웃지도 않고 무뚝뚝하게 중얼거리고는 한동안 말이 없다가 다시 덧붙였다. "하지만 거기에서도 그런 목록은 찾을 수 없을 겁니다."

"그런 목록을 못 찾을 거라고요?" 소피가 당황한 목소리로 그의 말을 따라 했다. 잠시 침묵이 흐른 후 그녀가 다시 물었다. "왜 못 찾을 거라는 거죠?"

"찰스 디킨스는 영국 작가입니다. 디킨스라는 이름을 가진 미국 시인은 없습니다." 그의 목소리는 칼로 찌르듯이 날카롭고 적대적이었다.

그녀는 갑자기 속이 메스껍고 머리가 어질어질하며 여러 개의 바늘로 찌르듯이 온 팔다리가 콕콕 쑤시는 것을 느꼈다. 그러면서도 그녀는 음울하고 화난 표정이 영구적으로 새겨진 것 같은 숄롬 바이스의 얼굴이 목과 답답한 셔츠 칼라에서 서서히 떠오르는 듯 보이는 것을 침착하게 주시했다. "너무 아파요." 그녀는 눈에 보이지는 않지만 그녀를 걱정하는 의사가 곁에 있기라도 한 듯 혼잣말을 하고 나서 사서에게 힘들게 말을 내뱉었다. "분명히 디킨스라는 미국 시인이 있는데요." 그리고는 죽음과 시간을 애도하는 작은 음악과도 같은 그 시구절이 미국인 사서에게는 가재도구나 국가(國歌)나 자신의 살만큼이나 익숙하리라는 생각이 들자, 그녀는 시구절을 읽어 주기 위해 입을 열었다. "죽음을 위해 내가 멈출 수 없어……." 갑자기 속이 안 좋아지면서 토할 것 같았다. 그래서 잠시 멈칫하면서 딴 데 신경을 쓰느라고 그녀는 숄롬 바이스의 그 잔인한 머리가 그녀의 반박과 무례함을 인식했다는 사실을 깨닫지 못했다. 그녀가 시구절을 암송하기도 전에 그는 '실내 정숙'이라는 세상 모든 도서관의 일반적 규칙을 무시하고 목소리를 한껏 높여, 저 멀리서 학생들이 고개를 돌려 이쪽을 바라보게 했다. 이유 없는 악감정이 느껴지는 화난 목소리로 빠르게 속삭이는 그의 반박에는 조그만 권력을 가진 자의 통제하기 어려운 분노가 담겨 있었다. "내가 말했죠. 그런 사람 없다고! 그런 사람을 만들어 주길 바라는 거예요? 남의 말은 뭘로 듣고!"

숄롬 바이스는 자신이 말로 그녀를 죽였다고 생각했을지도 모른다. 기절해 바닥에 푹 쓰러졌다가 얼마 후 정신이 든 소피의 머릿속에는 아직도 그의 말이 물수제비를 뜨는 돌멩이처럼 통통거리며 돌아다녔고, 그의 윽박지름이 끝나는 순간 자기가 실신한 것도 어렴풋이 기억났다. 그러나 이제 모든 것이 온통 뒤죽박죽이 되어 버린 터라 자신이 어디에 있는지도 가물가물했다. 그랬다, 분명히 도서관에 있었다. 그런데 그녀는 실신했던 안내 데스크에서 그리 멀지 않은 곳에 있는 소파 혹은 창가에 있는 의자에 어색하게 기대 누워 있는 것 같았다. 몸에 기운은 하나도 없었으며, 어디선가 시큼하고 역겨운 냄새가 났는데, 블라우스 앞자락에 젖은 얼룩이 있는 것을 보니 얼마 전에 먹은 음식을 몽땅 토한 것이 분명했다. 축축한 토사물이 더러운 진흙처럼 그녀의 가슴을 적신 것이다.

그러나 이런 사실을 받아들이는 동안에도 그녀는 다른 소리가, 다른 남자의 목소리가 나는 것을 의식하고 그쪽으로 힘겹게 머리를 돌렸다. 그 낭랑하고 힘 있는 목소리는 기죽은 듯 몸을 웅크린 채 땀을 흘리는 사람에게 불같이 화를 내고 있었는데, 당하는 사람은 그녀에게 등을 보이고 있었지만 이마 위로 초록색 챙 모자가 비스듬히 얹혀 있는 것으로 보아 숄롬 바이스인 것 같았다. 눈에 띄지는 않았지만 그 남자의 단호하고 당당하고 엄청나게 분노에 찬 목소리를 듣고 있자니 야릇한 흥분과 전율이 기진맥진해서 무력하게 기대 누워 있는 그녀의 등을 타고 올라왔다. "바이스, 당신이 어떤 사람인지는 모르겠지만, 예의라고는 눈곱만큼도 없더군. 당신이 저 아가씨에게 한 말 다 들었어. 바로 여기 서서!" 그가 호통을 쳤다. "그리고 저 아가씨에게 한 말은 전부 도저히 넘어갈 수 없을 정도로 무례하기 짝이 없었어. 외국인인 거 모르겠어? 이 맘저(호래자식), 슈묵(비유대인)!" 사람들이 약간 몰려들었고, 소피는 사서가 사나운 바람을 정면으로 맞는 것처럼 몸을 떠는 것을 보았다. "넌 카이크[83]야, 바이스, 카이크. 유대인 얼굴에 똥 칠하는 비열한 새끼라고. 저 아가씨는, 영어가 약간 서투른 저 얌전한 아가씨는 너한테 아주 정당한 질문을 던졌는데, 넌 어떻게 했어? 마치 더러운 똥이라도 걸어 들어온 것처럼 그녀를 대했어. 네 그 골통을 깨부숴 버릴 거다! 너 같은 새끼가 책을 관리하다니, 차라리 배관공한테 시키는 게 낫겠다!" 나른한 상태로 누워 있던 그녀는 그 남자가 갑자기 바이스의 모자

83) 유대인을 경멸하여 부르는 말.

를 확 잡아당겨 내리자 모자가 쓸모없는 셀룰로이드 부속물처럼 그의 목에 매달리는 것을 보았다. "이 더러운 놈." 그 남자가 경멸과 혐오감이 가득한 목소리로 외쳤다. "너 같은 새낄 보면 누구라도 토하고 말 거야!"

소피가 또다시 의식을 잃었던 것이 틀림없다. 그녀가 다음으로 기억하는 것이 네이선의 부드러우면서도 강인하고 섬세한 손가락들이 당혹스럽게도 그녀가 토해 놓은 미끈미끈한 토사물을 훔치더니 축축하고 서늘한 무언가를 이마에 대 주는데 너무도 편안하고 위로가 되는 느낌이었기 때문이다. "괜찮아요, 아가씨." 그가 속삭였다. "괜찮을 거예요. 아무 걱정 하지 마요. 아, 당신은 정말 아름답군요. 어떻게 이렇게 아름다울 수가 있죠? 지금은 움직이지 말아요. 괜찮아요. 잠시 발작을 일으켰을 뿐이에요. 가만히 누워 있어요. 의사 선생님이 다 알아서 해 줄게요. 자, 기분이 어때요? 물 좀 마실래요? 아니, 아니, 말하려고 하지 말고 가만히 쉬어요. 조금 있으면 괜찮아질 거예요." 아이를 달래고 위로하듯 부드럽게 계속되는 속삭임은 그녀의 마음을 안정시켜 주었다. 곧 이 낯선 이의 손이 그녀가 토해 놓은 시큼한 토사물의 얼룩으로 더러워졌다는 사실에도 민망한 마음이 사라졌지만, 그래도 자신이 눈을 뜨자마자 그에게 처음 내뱉은 말이 정말 바보 같은 "아, 죽을 것 같아요."였다는 사실은 후회스러웠다. "아뇨, 당신은 죽지 않을 거예요." 그는 무한한 인내심이 느껴지는 힘 있는 목소리로 속삭이면서 서늘한 물수건을 계속 이마에 대 주고 있었다. "죽지 않을 거예요. 100살까지 살걸요. 이름이 뭐예요, 아가씨? 아니, 지금 말하지 말아요. 그냥 가만히 그렇게 아름다운 상태로 누워 있어요. 맥박도 안정되었고 좋아요. 자, 물 한 모금 마셔 봐요……."

5장

아버지로부터 또 한 통의 편지를 받은 것은 내가 분홍 궁전에 편안하게 정착하고 이 주쯤 지나서였을 것이다. 편지는 흥미로운 내용을 담고 있었지만, 그 내용이 소피와 네이선과 나의 관계와, 그리고 그해 여름에 일어난 혼란스러운 사건들과 관계있으리라고는 그때는 미처 깨닫지 못했다. 앞에서 소개한 마리아 헌트에 관한 편지처럼 이번 편지도 죽음에 관한 내용이었고, 그 전에 소개한 아리스테에 관한 편지처럼 유산이나 내 몫이라고 생각할 수 있는 것에 대한 소식을 전하고 있었다. 그 편지의 대부분을 여기에 옮긴다.

아들아, 열흘 전 내 친구이자 정치적, 철학적 적수인 프랭크 홉스가 조선소에 있는 자기 사무실에서 급사했다. 급성 뇌혈전

증이었다고 한다. 예순 살밖에 안 됐는데, 사실상 청춘이라고 생각할 수 있는 나이인데 말이다. 나는 그의 죽음에 큰 충격을 받고 깊은 상실감에 빠져 있다. 무솔리니보다 훨씬 더 우익적인 성향을 가진 그의 정치적 견해에는 물론 유감스러운 부분이 많았지만, 한편으로 그는 우리 남부 사람들이 즐겨 쓰는 표현대로 '좋은 친구'였고, 그래서 함께 차를 타고 출근할 때 늘 곁에 있던 편협하면서도 관대하고 덩치 큰 그의 모습을 그리워하게 될 것 같다. 그는 홀아비로 외롭게 살았고 외아들 프랭크 주니어의 죽음에서 헤어나지 못하는 등 여러모로 비극적인 삶을 살았단다. 기억하는지 모르겠지만 프랭크 주니어는 몇 해 전 앨버말사운드에서 낚시하다가 사고로 익사했지. 아직 이십 대였는데 말이다. 내 친구 프랭크는 유족 하나 남기지 못했고, 바로 그 때문에 이렇게 장황하게 편지를 쓰는 거다.

며칠 전 프랭크의 변호사가 전화를 해서, 정말 놀랍게도 내가 프랭크가 남긴 유산의 주 상속인이라는 사실을 알려 주었단다. 프랭크는 저축한 돈이 거의 없었고, 어디 투자해 놓은 돈도 없었다. 나와 마찬가지로 미국 기업이라는 거대한 괴물 속에서 일하는 혹은 그 거대한 괴물의 등에 불안하게 걸터앉은 고소득 임금노동자였을 뿐이다. 그래서 유감스럽지만 문학에 종사하는 너의 걱정을 덜어 줄 만큼 두둑한 액수를 머지않아 받게 되었다는 소식을 전해 주지는 못하겠다. 하지만 프랭크는 여러 해 전부터 남북 전쟁 이후로 홉스가(家)가 살아온 사우샘프턴 카운티에 있는 작은 땅콩 농장의 소유주이자 부재지주였다. 프랭크는 내게 바로 이 농장을 남겼는데, 유언장에는 내가 원하는 대로 농장을 처분할 수 있지만 자기처럼 계속 농장을 운영하면서 60에이커쯤 되는 농장에서 나오는 얼마 안 되는 수익이라도 벌어들이고, 물고기가 넘쳐 나는 작은 시내와 푸른 숲이 무성하고 쾌적한 그 시골 풍경을 즐겼으면 하는 것이 자신의 바람이라고 써 놓았다. 나는 그동안 여러 번 그곳을 방문했는데, 그때마다 내가 그곳 풍경을 얼마나 좋아했는지 그가 알았던 것 같다.

그러나 프랭크의 놀랍고도 감동적인 유언은 나를 곤란에 빠뜨렸다. 가능한 한 그 농장을 팔지 않고 프랭크의 유언을 받들고 싶지만, 과연 내가 프랭크처럼 부재지주로서라도 농업에 종사할 수 있을지가 의문이다. 노스캐롤라이나에서 자랄 때는 삽질과 괭이질에 익숙했지만 그 후로 많은 세월이 흘렀으니 말이다. 아무리 부재지주라고 해도 늘 관심을 갖고 거기 가서 일도 많이 해야 하는데, 프랭크는 그곳에 흠뻑 빠져 있었다지만, 나는 이곳 조선소에서의 일을 천직으로 알고 살아왔잖니. 물론 그 제안은 여러모로 매력적이긴 하다. 그곳에는 대단히 능력 있고 믿을 만한 흑인 소작농이 두 명 있고, 농사 장비도 상당히 좋은 상태란다. 농장 본채는 수리가 아주 잘되어 있고, 특히 낚시하기에 딱 좋은 냇가도 가까이 있으니 주말 농장으로 삼으면 좋을 거다. 땅콩은 요즘 주목받는 환금작물인 데다 특히 지난번 전쟁 이후로 콩류의 용도가 상당히 넓어져서 전망이 더욱 밝다. 내 기억으로 프랭크는 수확한 땅콩을 대부분 서포크에 있는 플랜터스에 팔았고, 그 땅콩은 미국인들이 엄청나게 먹어 대는 '스키피' 땅콩버터를 만드는 데 한몫을 단단히 했다. 농장에서는 돼지도 키우는데, 물론 그 돼지들은 기독교 문화권 전체에서 가장 맛있는 햄을 만드는 데 쓰인다. 그리고 몇 에이커의 땅에서는 콩과 면화를 재배하는데, 아직까지는 둘 다 수익성이 있는 작물이다. 이제 너도 알겠지만, 그 농장은 휴가지로서의 매력뿐만 아니라 경제적 매력도 커서, 거의 사십여 년을 헛간과 들판과는 거리가 먼 생활을 해 왔음에도 불구하고 다시 농사를 지어 볼까 하는 생각이 들 정도란다. 그렇다고 부자가 되지는 않겠지만, 노스캐롤라이나에 사는 가난한 네 두고모들이 자꾸만 축내고 있는 소득을 좀 늘려 볼 수 있겠다는 생각은 든다. 그런데도 앞에서 말한 걱정과 의심 때문에 망설이고 있다. 그래서 하는 말인데 스팅고, 네가 이 곤란한 상황을 해결해 줄 수 있을 것 같구나.

무슨 말인가 하면, 네가 그 농장으로 내려와 살면서 내가 없을 때 주인 역할을 하면 어떨까 하는 것이다. 이 편지를 읽으면서 씩씩거리며 '난 땅콩 재배에 대해선 쥐뿔도 몰라요.'라는 표정을 짓고 있을 네 모습이 보이는 것만 같다. 이 제안이 북부인들 사이에서 작가로서의 삶을 선택한 네게는 말도 안 되는 소리로 들릴 수도 있다는 것 잘 안다. 그래도 한번 생각해 보라는 것은, 네가 그 미개한 북부(내게는 그렇게 보인다.)에 머물면서 독립하려 한다는 사실을 무시하려는 것이 아니라, 최근에 네가 보낸 편지들을 보면 그곳 생활에 불만이 많은 것 같고, 네가 정신적으로나 경제적으로 그렇게 잘 살지 못한다는 느낌을 받았기 때문에, 순수하게 너를 걱정하는 마음에서 그러는 거다. 네가 내 제안을 받아들인다고 해도 네가 할 일은 별로 없다. 실제적인 농장 일은 수년째 가족들과 함께 거기서 농사를 짓고 있는 휴고와 루이스라는 흑인들이 다 알아서 해 줄 거니까, 너는 명목상의 농장 경영자 역할만 하면서, 쓰기 시작했다는 소설에만 매달리면 될 거다. 물론 집세는 낼 필요 없고, 네가 해 주는 일에 대해서 조금이나마 보수도 지불할 수 있을 것 같다. 더군다나(네 마음을 끄는 마지막 카드로 쓰려고 이제까지 말을 안하고 있었다만) 이 농장은 오래전 노예제를 유지하던 버지니아주 백인들의 간담을 서늘하게 하던, 아니 저속하지만 좀 더 정확한 표현을 써도 괜찮다면 백인들이 너무 놀라 오줌을 지리게 만들던 그 무서운 흑인 '예언자 냇'[84]이 거주했던 곳 가까이에 있다. 고등학생일 때에도 지도와 도표를 비롯해서 이 특이한 인물에 대해 얻을 수 있는 정보는 죄다 끌어모으기에 바빴던 너의 모습을 기억하는 나는 네가 그 '예언자'에게 얼마나 빠져 있었는지를 어느 누구보다도 잘 안다고 생각한다. 홉스 농장은 그 예언자가 끔찍한 유혈 반란의 근거지로 삼았던 곳과 엎어지면 코 닿을 거리에 있어서, 네가 그곳에 자리를 잡게 되면 언젠가 쓰게 될 책에 필요한 환경과 정보를 충분히 갖출 수 있을 거라고 생각한다. 내 말을 신중하게 생각해 봐 다오, 아들아. 말할 필요도 없겠지만 네가 내 제안을 받아들임으로써 내가 얻게 될 이익을 생각하지 않는 척하지도 않을 것이고 그럴 수도 없다. 그 농장을 팔지 않고 유지하려면 관리할 사람이 꼭 필요

---

84) 미국 역사상 유일하게 지속적으로 영향을 미친 1831년 버지니아 흑인 노예 반란을 이끈 흑인 지도자 냇 터너를 가리킨다.

하다. 또한 나 자신이 그렇게도 바랐지만 될 수 없었던 작가로 성장해 가고 있는 네가 그곳에 살면서 안개에 가려진 비범했던 흑인을 낳은 바로 그 땅을 느끼고 보고 호흡할 수 있을 거라는 생각에서 오는 대리 만족도 부인할 수 없구나.

어떤 면에서는 아주 매혹적인 제안이었다는 것을 부인할 수 없다. 아버지는 편지와 함께 농장을 찍은 코다크롬[85] 사진 몇 장을 동봉했는데, 높게 자란 너도밤나무들에 둘러싸인 그 늘진 농장 본채는 두서없는 증축으로 꼴사나운 모습이었지만 페인트칠이나 한 번 한다면 달리 더 손볼 것도 없을 것 같았고, 작가 겸 농부라는 위대한 남부의 전통 속으로 유연하게 빠져 들어간 사람이 살기에 더없이 편안한 거처로 보였다. 잡초가 무성한 여름 풀밭 위를 뒤뚱거리며 걷고 있는 거위들, 그네가 있는 조용한 현관, 휴고인지 루이스인지 모르겠지만 진흙이 잔뜩 묻은 트랙터의 운전대 뒤에서 하얀 이와 붉은 잇몸을 드러내며 씩 웃고 있는 흑인의 모습이 어우러진 당밀처럼 달콤하고 평온한 풍경을 보고 있자니 남부 농촌에 대한 향수가 날카로운 비수처럼 내 마음을 파고들었다. 편지를 두 번 더 읽고 희미한 안개 속에서 목가적으로 보이는 농가와 소박한 잔디밭을 찍은 사진(어쩌면 필름을 과다 노출시켜서 그렇게 보이는지도 몰랐다.)을 물끄러미 바라보는 동안 강렬한 유혹이 나를 사로잡았다. 그러나 편지 내용이 아무리 매력적이고 실질

85) 컬러사진 기법.

적으로도 설득력 있다고 해도, 아버지의 제안을 거절해야 한다는 생각이 들었다. 편지가 몇 주만 일찍 도착했다면, 맥그로힐에서 해고당하고 암담해하던 때에 도착했다면, 기뻐서 펄쩍 뛰었을 것이다. 그러나 지금은 상황이 완전히 바뀌었고, 나는 기꺼이 새로운 환경과 타협하게 되었다. 그러므로 좀 유감스럽지만 아버지에게 거절하는 답장을 보내야 했다. 그리고 지금 와서 상황이 좋아 보이던 그때를 돌이켜 보면 놀랍게도 내가 새로운 환경에 만족하게 된 데에는 세 가지 이유가 있었던 것 같다. 생각나는 대로 꼽아 보자면 첫째는 그때까지는 불투명하고 암담하게만 느껴지던 내 소설의 전망이 갑자기 밝아 보이기 시작했고, 둘째는 소피와 네이선을 알게 된 것이며, 셋째는 한 번도 채워지지 못했던 성적 욕구가 난생처음으로 채워질 것 같다는 기대감이 들어서였다.

우선 시작하려고 애쓰고 있던 소설에 대한 이야기부터 하는 것이 좋겠다. 나는 작가로서 항상 자살이나 강간, 살인, 군대 생활, 결혼, 노예 제도와 같은 음울한 주제에 관심을 가져 왔다. 작가 생활의 초창기였던 그때에도 내 첫 작품은 어떤 식으로든 음울한 성격을 띠게 될 것임을 알았지만('비장함'이라고 해도 좋을 느낌이 그냥 들었다.) 톡 까놓고 말하자면, 내가 그렇게도 쓰고 싶어 안달을 하던 주제에 대해 아주 모호한 감만 있었지 특별히 어떤 주제를 어떻게 다룰지에 대해서는 아무런 대책이 없었다. 사실 나를 사로잡고 있던 것은 공간적 배경이라는 소설의 대단히 중요한 구성 요소 하나뿐이었다. 내 고향 타이드워터의 풍경과 소리, 냄새, 빛과 그늘, 그 깊은 바닷물과 얕은 여울목이 자기들을 종이 위에 표현해 달라고 아우성치고 있었고, 나는 그것을 표현하고 싶다는 흥분에 가까운 열정을 겨우 억누르고 있었다. 그러나 내가 살던 곳의 생생한 이미지들을 엮어 갈 중요한 등장인물들과 이야기에 대해서는 구체화된 것이 아무것도 없었다. 그러나 스물둘의 나는 182센티미터에 68킬로그램이 나가는 배짝 마른 청년일 뿐 이렇다 하고 내세울 만한 것이 하나도 없었다. 내가 쓰고자 하는 소설은 논리와 구성이 허술했고, 대신 제임스 조이스가 놀라울 정도로 미시적인 시각으로 이룩해 놓은 것을 내가 태어난 남부 마을을 배경으로 옮겨 가 모방하고 싶다는 무의식적 욕구만 있을 뿐이었다. 그러나 내 바람이 아무리 소박하다고 해도 딕시랜드판(版) 스티븐 디덜러스[86]와 소설사에 영원히 기억될 블룸가(家)[87]를 창조해 낼 방법이 없어 보였다는 사실만 제외하면, 그런 욕구는 내 또래의 작가 지망생이 추구할 야망으로 완전히 터무니없어 보이지 않았다.

그러나 그때(대부분의 작가들이 결국에는 남의 비극을 이용하게 된다는 것은 얼마나 맞는 말인가.) 마리아 헌트가 내게 다가왔다, 아니 내 곁을 지나갔다. 내가 영감이라고 불리는 놀라운 심리적 충격을 절실히 필요로 하던 때에 그녀가 죽었다는 소식이 들려온 것이다. 그리하여 그녀의 죽음을 알게 되고 며칠이 지나면서 그 충격이 서서히 가라앉고 그녀의 불가사의한

---

86) 제임스 조이스의 소설 『젊은 예술가의 초상』의 주인공.
87) 제임스 조이스의 소설 『율리시스』의 주인공들.

파국을 전문가적인 시각으로 바라볼 수 있게 되었을 즈음에
는 소설을 위한 위대한 발견을 했다는 환희가 내 마음을 사로
잡았다. 아버지가 보낸 신문 기사 조각을 몇 번이고 읽어 내려
가는 동안 흥분이 더욱 커지면서 마리아와 그 가족이 내 소
설의 등장인물이 될 수도 있겠다는 생각이 점점 더 굳어졌다.
알코올 중독에 여자를 밝히며 살다가 비참한 노후를 맞는 아
버지와, 엄격한 교리와 전통을 중시하는 중산층 이웃들에게
는 남편에게 정부(情婦)가 있음을 알고 고통받으면서도 끝없
는 인내심을 발휘하는 정숙한 여성으로 알려져 있지만 그 자
신은 별 볼 일 없는 마을에서 사회적으로 인정받고자 하는
욕심 많은 바보이자 심리적으로 불안정하고 엄격한 기독교인
이기도 한 어머니 그리고 태어나면서부터 줄곧 중산층 가정
을 지옥에 버금가는 곳으로 만들기에 충분할 만큼 얽히고설
킨 오해와 하찮은 증오와 상처를 주는 악의적 말과 행동의 희
생자로 살다가 비극적으로 생을 마감한 불행한 딸 마리아. 세
상에, 하늘이 주신 선물처럼 완벽한 등장인물들이었다! 무의
식적이었지만 나는 이 비극적인 이야기의 첫 부분을 이미 써
놓은 것과 조합해 놓았는데, 써 놓고는 대단한 자부심과 열정
으로 읽고 또 읽곤 했던 기차 여행 장면이 이제는 여주인공의
시체가 뉴욕에 있는 무연고자 공동묘지에서 파헤쳐져 자신이
나고 자란 고향에서 장례식을 치르기 위해 화물 열차에 실려
도착하는 장면으로 재구성되었다. 믿어지지 않을 정도로 완벽
해 보였다. 아, 작가들은 얼마나 추악한 기회주의자들인가!
　　마침내 아버지의 편지를 내려놓기도 전에 나는 기쁨의 한

숨을 내쉬며, 다음 장면이 알을 깨고 나오려는 것을, 너무도 생생해서 손을 뻗어 어루만질 수도 있을 것 같은 탐스러운 황금알 같은 그 장면을 그려 볼 수 있었다. 나는 누런 괘선 용지 묶음을 내려다보며 연필을 집어 들었다. 열차는 강가에 있는 역에, 푹푹 찌는 듯한 열기와 소음과 먼지로 뒤덮인 황량한 역에 도착할 것이다. 역에서는 딸을 잃은 아버지와 그를 귀찮게 하는 그의 정부, 영구용 수레와 반지르르한 인상의 장의사 그리고 다른 누군가가 기차를 기다리고 있다. 충실한 하녀가 좋을 것 같다. 나이 많은 흑인 하녀로 할까? 슥슥, 처음 사용하는 비너스 벨벳 연필이 잘도 미끄러져 내려갔다.

나는 예타의 하숙집에서 보낸 처음 몇 주를 너무도 생생하게 기억한다. 그때는 엄청나게 뿜어져 나오는 창의력이, 그렇게 짧은 기간 동안 처음 50~60페이지를 미친 듯이 써 내려가게 만든 순수한 열정과 젊음이 있었다. 단 한 번도 빠르게 혹은 쉽게 글을 써 본 적이 없던 나는 이때도 예외는 아니어서 무엇에 홀린 듯이 글을 써 내려가면서도 적절한 단어를 찾기 위해 고심하지 않을 수 없었고, 멋지지만 무자비하고 냉혹한 모국어의 리듬과 미묘한 뉘앙스 때문에 애를 먹기도 했다. 그럼에도 나는 낯설고도 용감한 자신감에 사로잡혀 신나게 써 내려갔고, 그러는 동안 내가 창조하기 시작한 등장인물들이 살아 움직이기 시작했으며 타이드워터의 푹푹 찌는 여름 풍경과 분위기가 손에 잡힐 듯 눈부신 현실감을 드러내며 마치 신비로운 삼차원의 총천연색 필름이 돌아가듯이 내 앞에 펼쳐졌다. 지금도 나는 그때의 내 모습을, 빛을 발하는 듯한 분홍

색 방에서 책상 앞에 웅크리고 앉아, 지금도 그렇지만 창작해
낸 구절과 문장 들을 리듬에 맞춰 소리 내 읽어 보고, 시구에
집착하는 풋내기 시인처럼 표현들을 시험해 보면서, 어떤 결
함이 있든 간에 이 행복한 노동의 결실은 인간의 창의적인 노
력이 가져올 수 있는 가장 경이롭고 소중한 것, 즉 소설이라
는 사실에 지극한 만족감을 느끼던 내 모습을 그리움으로 돌
이켜 보곤 한다. 그랬다. 그때는 소설, 축복받은 소설, 성스러
운 소설, 전능한 소설을 쓰고 있다는 자부심이 있었다. 소설
에 대한 나른한 무기력과 음울한 지루함이 자리를 잡기 전인
그때의 내 모습이, 자아와 야망이 소리 없이 사라져 버리기 전
인 그때의 내 모습이, 첫 소설을 쓰기 시작한 야심 찬 작가로
서 타오르는 열의로 문장을 술술 풀어 내면서 곧 온전한 모습
을 보이게 될 아름다움에 대해 어린아이 같은 믿음을 가지고
있던 그 오래전의 내 모습이 질투에 가까운 그리움으로 다가
온다.

예타의 하숙집에 짐을 푼 후 처음 몇 주 동안의 생활에서
또 하나 생생하게 기억나는 것은 고향을 떠나와서 처음으로
편안함과 포근함을 느꼈다는 것인데, 이것 또한 소피와 네이
선이라는 친구들을 사귀게 된 데서 비롯되었다. 소피의 방을
처음 방문했던 그 일요일에 이런 느낌이 어렴풋이 들었다. 맥
그로힐이라는 벌통에서 윙윙거리며 살 때에는 병적이고 자학
하는 마음으로 사람들을 멀리하고 환상과 고독의 세계로 빠
져들었지만, 천성은 사교적이어서 친구들을 좋아하고, 사람들
이 결혼하거나 사교 클럽에 가입하게끔 만드는 고독을 끔찍하

게 두려워하는 사람이기 때문에, 그런 태도가 비정상적이라는 것을 스스로도 느끼고 있었다. 그런 내가 브루클린으로 갔을 무렵에는 친구가 절실히 필요한 상태였는데, 마침 그들을 사귀게 되었고 따라서 마음을 누르고 있던 근심과 울분을 가라앉히고 일에 집중할 수 있었던 것이다. 확실히 병약하고 자폐적인 사람만이 사방이 벽으로 둘러싸인 침묵의 방에서 두려움에 가득 찬 눈으로 두리번거리지 않은 채 매일 자신과의 힘겨운 싸움을 수행할 수 있을 것이다. 고독과 사별의 쓸쓸함이 처절하게 스며 있는 장례식 장면을 긴장 속에 힘겹게 끝마친 뒤 나는 몇 병의 맥주와 소피와 네이선과의 교제를 누릴 자격이 있다는 생각이 들었다.

내가 새 친구들을 처음 만났을 때 우리 모두를 집어삼킬 듯했던 감정의 폭발을 다시 경험하기까지는 상당한 시간이(적어도 몇 주가) 흘러야 했다. 다시 이 폭풍우가 닥쳐왔을 때 그것은 앞에서 묘사한 격렬한 말다툼과 음울한 순간들보다 훨씬 더 위협적이고 끔찍했고, 이런 일이 다시 일어났다는 사실에 나는 완전히 넋을 잃고 말았다. 그러나 이 일은 지금 설명하는 시기보다는 나중에 일어난 일이었다. 그 전까지는 모란꽃이 활짝 핀 것 같은 분홍의 꽃밭에서 나 자신도 창작에 대한 만족감으로 꽃을 피우고 있었다. 또 한 가지 중요한 사실은 더 이상 윗방에서 들리는 격렬한 사랑의 소음에 신경 쓰지 않아도 되었다는 것이다. 소피와 네이선이 2층에서 사는 일년여 동안 그들은 방을 따로 쓰기는 했지만, 마음이 내키면 어느 방 침대에서나 함께 잠을 자면서 유연하게 동거해 왔다.

집주인인 예타가 섹스에 비교적 관대했기 때문에 소피와 네이선은 서로에게 성적인 관심은 전혀 없는 친한 친구인 척 하지 않고 둘의 널찍한 방 중 한군데로 합쳐 함께 살 수도 있 었지만 그렇게 하지 않고, 비록 리놀륨으로 덮인 복도로 몇 걸 음 거리에 있기는 했지만 방을 따로 쓰기를 고수했던 것은 당 시의 도덕률이 얼마나 엄격했는지를 보여 준다고 하겠다. 그때 는 결혼과 대리석같이 차갑고 견고한 합법성을 숭상하는 시 대였고, 게다가 플랫부시라는 곳도 외지인의 출입이 거의 없 어 주민들끼리 서로의 사정을 너무도 잘 아는 여느 작은 마 을만큼이나 예의범절을 따지고 이웃의 사생활을 호기심에 차 엿보는 사람들이 많은 곳이었다. 그런 상황이었으니 결혼도 하지 않은 남녀가 함께 산다는 소문이 났다면 예타의 집은 악 명을 떨쳤을 것이다. 그래서 소피와 네이선은 실제로는 방 두 개짜리 아파트에 사는 것이나 다름없었지만 그래도 복도라는 경계선을 두고 명목상으로는 따로 사는 것이었다. 내게 좀 더 편안하고 고요한 휴식을 보장해 준 다행스러운 소식은 이 친 구들이 격렬한 소음을 동반하는 사랑의 의식을 벌일 잠자리 를 네이선의 방으로 옮겼다는 것인데, 네이선의 말을 빌리자 면 자신의 방이 소피의 방만큼 유쾌한 분위기는 아니지만 여 름에는 좀 더 시원해서라고 했다. 주석이 달린 절정의 순간들 이 내 일과 마음의 평정을 방해하는 일은 더 이상 없을 것이 라니, 하느님 감사합니다 하고 생각했다.

처음 몇 주 동안 나는 소피에게 반한 마음을 상당히 성공 적으로 감추었다. 그녀를 향한 정열의 불을 아주 조심스럽게 묻어 두었기 때문에 그녀가 곁에 있을 때마다 내가 말 못 할 허기로 괴로워한다는 사실을 소피도 네이선도 눈치채지 못했을 것이다. 무엇보다도 당시의 나는 남의 웃음거리가 될 정도로 경험이 없었고, 그래서 섹스에 관한 경쟁 심리가 발동하더라도 다른 남자에게 마음을 준 것이 분명한 여자의 환심을 사려는 엄두도 내지 못했을 것이다. 소피를 향한 마음을 감출 수밖에 없었던 또 다른 이유는 네이선이 나보다 압도적으로 나이가 많다는 단순한 사실 때문이었다. 이것은 사소한 문제가 아니었다. 이십 대는 몇 년의 나이 차가 다른 어느 때보다도 크게 느껴지는 때라, 네이선은 서른이 다 돼 가는데 나는 스물두 살에 불과하다는 사실은 이십 대의 나로 하여금 네이선을 사십 대의 사람들이 느끼는 것보다 훨씬 더 '어른'처럼 느끼게 했다. 그뿐만 아니라 소피도 네이선과 비슷한 나이라는 사실도 간과할 수 없었다. 이런 사실과 더불어 내가 의도적으로 보인 무관심한 태도 덕분에 소피나 네이선은 내가 소피의 사랑을 놓고 네이선과 경쟁하는 심각한 적수일지도 모른다는 생각을 조금도 하지 못했을 것이 거의 분명하다. 친구인 것은 맞는다. 그런데 연적이라고? 그런 생각을 했다면 둘 다 한바탕 웃고 말았을 것이다. 네이선도 소피와 내가 단둘이 있는 것을 전혀 신경 쓰지 않는 것 같았고, 사실 자기가 없을 때마다 둘이 함께 시간을 보내라고 부추기기까지 한 것은 이런 이유들 때문이었을 것이다. 적어도 처음 몇 주 동안은 내가 그토록 소피에게 반해 있었지만 그녀의 손가락 하나 건드리지 않았으므로 네이선이 그렇게 전폭적으로 신뢰하는 것도 무리가 아니었다. 나는 주로 소피의 말을 들어 주는 편이었고, 교활하게도 그녀에게 아무런 관심이 없는 듯 초연한 태도를 보인 덕분에 결국에는 그녀와 그녀의 과거(혹은 그 이상)에 대해서 네이선보다 더 많은 것을 알게 되었다.

"자네의 용기가 존경스러워, 스팅고." 어느 이른 아침 내 방에서 네이선이 말했다. "남부에 대해서 무언가 다른 이야기를 쓰고 있는 자네가 정말로 존경스러워."

"무슨 말이에요?" 내가 순수한 호기심에서 물었다. "남부 이야기를 쓰는 게 뭐가 그렇게 용기 있는 일인데요?" 코니아일랜드로 소풍을 갔다 온 다음 주의 어느 아침, 나는 우리 둘이 마실 커피를 따르는 중이었다. 평소의 습관을 무시하고 며칠째 새벽같이 일어나 앞에서 설명한 강렬한 창작열에 이끌려 책상 앞에 앉아 두세 시간씩 글을 쓰던 때였다. 내 소설의 첫 무대가 되는 기차역 장면들 중 하나를(1000단어 정도였다.) 짧은 시간에 미친 듯이 써 내려간 후 흡족한 피로감을 느끼고 있던 터라 출근하던 네이선이 방문을 노크한 것이 방해라기보다는 반갑게 느껴졌다. 그는 벌써 며칠째 아침마다 이렇게 불쑥 내 방문을 노크했고 나는 이런 막간극을 즐기고 있었다. 그는 화이자 실험실에서 대단히 중요한 박테리아 배양균을 관찰해야 하기 때문에 요즘 아주 일찍 일어나 출근하는 것이라고 했다. 그는 토끼의 양수와 태아, 효소, 이온 전이 등을 들먹이며 자기가 하는 실험을 자세하게 설명하려 했지만 내가 고통스러워하고 지루한 표정을 보이자 다 이해한다는 듯이 웃으며 설명을 중단했다. 그는 정확하고 분명하게 설명했기 때문에 그의 말을 이해하지 못한 것은 순전히 내 탓이지 그의 탓이 아니었다. 나는 과학적인 추상 개념에 대해서는 이해력이나 인내심이 거의 없었고, 바로 그 때문에 네이선의 박학다식을 부러워하는 것만큼이나 나 자신의 빈약한 지성을 개탄하게 되었다. 예를 들어 지금처럼 효소에서 문학으로 자유로이 화제를 바꿀 수 있는 그의 능력을 보면 부러움과 부끄러움이 교차하곤 했다.

내가 말을 이었다. "남부에 대해 소설을 쓰는 게 그리 대단한 일 같지는 않은데요. 그곳은 내가 가장 잘 아는 곳이거든요. 고향의 그 면화밭 말이에요."

"그런 뜻이 아니라, 자네가 한 전통의 마지막에 서 있다는 얘기야. 지난 일요일 내가 바비 위드에 대해 용서받을 수 없을 정도로 무자비하게 자네에게 퍼부어 대서 자네는 내가 남부에 대해 아무것도 모른다고 생각할지도 몰라. 하지만 지금 나는 다른 이야기를 하는 거야. 글을 쓰는 것에 대해서 말이야. 문학의 한 축이 되었던 남부 문학은 몇 년 안에 사라질 거야. 다른 장르가 그 자리를 대신하게 될 거고. 그래서 자네가 곧 사라질 낡은 전통을 따르는 글을 쓰고 있다는 게 대단히 용기 있는 일이라고 하는 거야."

나는 기분이 좀 나빠졌는데, 그가 하는 말의 논리나 진위 여부(정말로 어떤 논리나 진실이 담겨 있다면 말이다.)를 떠나서, 문학에 대한 그런 주관적 판단이 제약 회사에서 일하는 생물학 연구원의 입에서 나왔다는 사실 때문이었다. 문학은 그가 관여할 일이 아니었다. 그러나 내가 농담조로 심미주의 문학가의 전형적인 항변을 뱉어 내자, 그가 다시 한번 깊숙이 내 허를 찔렀다.

"빌어먹을, 네이션, 당신은 세포 전문가잖아요. 문학 장르와 전통에 대해서 뭘 안다고 그래요?"

"루크레티우스[88]는 『만물의 본성에 대하여』에서 관찰 대상이 되는 생명체에 대해 아주 중요한 진리를 지적했지. 과학에만 관심이 있고 문학과 예술을 알지도 즐기지도 못하는 과학자는 일그러진 사람이라는 거야. 불완전한 인간이라는 거지. 스팅고, 어쩌면 나는 그 때문에 자네와 자네의 소설에 관심을 갖는지도 몰라." 그가 말을 멈추고 비싸 보이는 은제 라이터를 꺼내 내가 물고 있는 캐멀 담배에 불을 붙여 주었다. "자네의 이 해로운 습관을 부추기게 된 것 같아 미안하지만, 사실 분젠 버너에 불을 붙이기 위해 가지고 다니는 거야." 그가 유쾌한 어조로 말하더니 다시 본론으로 돌아갔다. "사실 자네한테 말 안 한 게 있는데 말이야. 하버드 대학을 이 년 정도 다닐 때까지는 작가가 되고 싶었어. 그런데 나는 아무리 해도 도스토옙스키 같은 문학가가 될 수 없을 거라는 생각이 들어서 내 예리한 통찰력의 관심 분야를 끊임없이 변하는 인간 원형질의 신비 쪽으로 돌렸지."

"작가가 될 생각이었군요."

"처음에는 아니었어. 유대인 엄마들은 아들에 대한 욕심이 정말 대단하거든. 나도 어릴 때는 하이페츠나 메뉴인 같은 위

___

88) 에피쿠로스학파의 철학자이자 시인.

대한 바이올린 연주자가 되어야 한다는 소리를 들으면서 자랐어. 하지만 솔직히 말해서 나한테는 천재적 재능이나 기교가 없었어. 바이올린을 배우면서 음악에 엄청난 열정을 갖게 되긴 했지만 말이야. 그래서 작가가 되기로 결심했지. 그리고 하버드 대학 2학년들 중에는 정말 엄청난 책벌레들이 많았지. 한동안은 문학에 깊이 빠져 있는 친구들이 정말 많았어. 케임브리지에 블룸즈버리 그룹[89]의 축소판이 생겼다고 해도 과언이 아니었어. 나도 친구들처럼 시를 쓰고 형편없지만 단편 소설 나부랭이도 정말 많이 끼적거려 봤지. 모두들 자기가 헤밍웨이를 능가하는 작가가 될 거라고 생각했어. 하지만 결국 나는 소설가가 된다면서 루이 파스퇴르[90]를 모방하고 있다는 것을 깨달았지. 내 진짜 재능은 과학에 있다는 게 분명해진 거야. 그래서 전공을 영문학에서 생물학으로 바꿨지. 정말 잘한 선택이었어. 문학가가 되기 위해 내가 가진 장점은 유대인이라는 사실밖에 없다는 것을 이젠 알겠으니까 말이야."

"유대인이요? 무슨 뜻이에요?"

"아, 유대인의 문학이 앞으로 미국 문학의 중요한 축이 될 거라는 얘기야."

내가 약간 방어적인 어조로 말했다. "그래요? 어떻게 알아요? 그것 때문에 내가 남부에 대해 글을 쓰는 것이 용기 있는 일이라고 한 거예요?"

---

89) 20세기 초반 버지니아 울프와 버트런드 러셀, 존 메이너드 케인스 등이 주축이 되어 블룸즈버리에 모인 문학가·지식인의 집단.
90) 프랑스의 화학자이자 세균학자.

"유대인 문학이 유일한 축이 될 거라고는 하지 않았어. 중요한 축이 될 거라는 얘기였지." 그가 차분하고 유쾌한 어조로 대답했다. "그리고 자네가 남부 전통에 중요한 작품을 추가하지 못할지도 모른다는 얘기는 절대로 아니야. 단지 역사적으로나 민족적으로 볼 때 유대인들이 이 전후 시대의 문화에 중요한 한 축으로 자리매김하게 될 거라는 뜻일 뿐이야. 그럴 가능성이 높다는 얘기지. 그뿐이야. 이미 그런 조짐을 보여 주는 소설도 한 권 나왔고. 중요하게 부각된 소설은 아니지만 아름다운 소설이고 정말 영특한 젊은 작가의 작품이야."

"제목이 뭔데요?" 내가 물었다. 그러고는 부루퉁한 어조로 덧붙여 물었다. "그리고 그 영특한 작가는 누군데요?"

"『허공에 매달린 사나이』라는 소설인데, 솔 벨로[91]라는 작가가 썼지."

"빌어먹을." 느리게 욕을 내뱉은 나는 커피를 한 모금 마셨다.

"읽어 봤어?" 그가 물었다.

"물론." 나는 천연덕스러운 표정을 지으며 거짓말을 했다.

"어땠는데?"

나는 의도적으로 하품을 삼키는 동작을 해 보이며 대답했다. "별 볼 일 없다고 생각했어요." 사실 나는 그 소설에 대해 상당히 잘 알았지만, 종종 책 한 권 출판하지 못한 작가들을 괴롭히는 비좁은 마음 때문에 그 작품에 대한 정당한 평가와 찬사에 대해 악감정만을 가지게 되었다. "아주 도회적인 소설

---

91) 유대계 미국 소설가로 노벨 문학상을 수상했다.

이더군요. 상당히 특별하지만, 통속적인 느낌이 좀 많이 나더라고요." 그러나 반대편 의자에 편안하게 늘어져 앉아 있는 네이선의 모습을 보면서, 그의 말이 나를 괴롭히고 있음을 부인할 수 없었다. 저 영리한 인간의 말대로 내가 앞뒤 재지 않고 뛰어든 그 유서 깊고 숭고한 문학적 전통이 낡아 빠진 수레바퀴처럼 덜컹대며 굴러가다가 천천히 멈추고 수치스럽게도 내가 그 바퀴 아래 깔리지는 않을까? 다른 문제들에서도 대단한 식견이 있고 확신에 가득 차 있던 네이선인지라 이번에도 그의 예견이 맞을 수 있었다. 갑자기 나는 이상한 상상을 하게 되었는데(그 노골적인 경쟁의식 때문에 더 천박하게 느껴지는 상상이었다.) 내가 문학가들의 경주에서 거침없이 내달리는 벨로와 슈워츠, 레비, 만델봄 같은 사람들이 일으키는 먼지를 다 들이마시고 콜록대면서 힘겹게 그들 뒤를 쫓아가는 장면이었다.

네이선은 내게 미소를 짓고 있었다. 냉소적인 느낌은 전혀 없는 지극히 상냥한 미소였지만, 이전에도 느꼈고 앞으로도 다시 느끼게 될 느낌이, 그가 가진 매력과 카리스마가 뭐라 설명할 수 없는 미묘한 불길함과 팽팽한 균형을 유지하고 있는 것 같은 느낌이 갑자기 스치듯 지나갔다. 다음 순간 무언가 습하고 음울한 것이 방 안으로 스며들었다가 갑자기 사라진 것처럼 나는 그 섬뜩한 느낌에서 벗어나 그에게 답례로 미소를 지어 보였다. 그는 팜비치 정장이라고 불리던 말쑥하게 재단된 비싸 보이는 황갈색 정장을 입고 있었는데, 이런 차림 덕분에 불과 며칠 전 복도에서 소피에게 사납게 날뛰던 헐렁한 바지에 흐트러진 모습의 난폭한 유령과는 조금도 관련이 없는 것처럼 보였다. 갑자기 그때의 소동이, 그리고 그의 광기 어린 비난의 말이("싸구려 돌팔이 의사 놈한테 가랑이를 벌리다니!") 오래전 보았던 내용도 제대로 기억나지 않는 영화에 나오는 어느 놈팡이의 대사만큼이나 비현실적으로 느껴졌다.(도대체 그게 무슨 뜻이었을까? 언젠가 그 내막을 알게 될지 궁금해졌다.) 애매한 미소가 머무는 그의 얼굴을 보면서 나는 이 남자가 이제까지 만난 다른 어느 누구보다도 더 인간의 인내심을 시험하고 종잡을 수 없게 만드는 의문투성이의 성격을 가진 인간이라고 생각했다.

"어쨌든 적어도 당신은 소설이 죽어 버린 장르라고는 하지 않네요." 마침내 내가 침묵을 깨고 말을 내뱉는 순간, 바로 윗방에서 부드러운 천상의 음악이 감미롭게 흘러나와 화제를 바꾸게 만들었다.

"소피가 틀었군. 출근 안 하는 날 아침에는 늦게까지 자게 하려고 애쓰는데, 그럴 수가 없대. 전쟁 후로는 도저히 옛날처럼 늦잠을 잘 수 없다는 거야."

"무슨 곡이죠?" 굉장히 익숙한 곡이었는데, 초등학교 음악책에 나오는, 금방 곡명을 댈 수 있어야 하는 바흐의 작품이 분명했는데, 어찌 된 일인지 기억이 가물가물했다.

"칸타타 147번에 나오는 건데, 영어로는 「인류의 기쁨 되신 예수」라는 제목이지."

"저 전축이랑 레코드판들, 정말 부러워요. 하지만 엄청나게 비싸서. 베토벤의 교향곡 판 하나 사려고 해도 예전에 받던 일주일치 급료의 상당 부분이 들어갈걸요." 소피와 네이선을 만난 후 지난 며칠 동안 우리의 유대감이 더 커진 것은 셋 다 음악을 아주 좋아하기 때문이라는 생각이 갑자기 들었다. 네이선은 재즈에도 심취해 있었지만, 여기서 내가 말하는 음악이란 위대한 전통을 가진 클래식을 가리킨다. 프란츠 슈베르트 이후로는 브람스를 제외하고는 그렇게 인기 있거나 훌륭한 작곡가가 거의 나오지 않았다는 것이 내 생각이었다. 록 음악이 나오거나 포크 음악이 부활하기 훨씬 전이던 당시, 소피와 네이선과 마찬가지로 나에게도 음악은 단순한 음식과 음료 이상의 의미를 가진, 아편과 같거나 성스러운 숨결과 같은 그 무엇이었다.(잊어버리고 말은 안 했지만 나는 맥그로힐에서 일할 당시 쉬는 시간이나 퇴근 후에 레코드 가게에 자주 들러 그때 유행하던 숨 막히는 감상실 안에서 몇 시간이고 음악을 듣곤 했다.) 당시의 내게 음악은 존재의 이유와도 같아서, 신비하게 짜인 비단 같은 바로크 음악의 화려하고 때로는 애절한 멜로디를 오래도록 듣지 못했다면 서슴지 않고 흉악한 범죄를 저질렀을 것이다. "당신이 가진 저 엄청난 레코드판들을 보고 있으면 부러워서 침을 흘릴 지경이에요."

"이봐, 소년, 언제라도 와서 들어." 지난 며칠 동안 그는 때때로 나를 '소년'이라고 불렀다. 그는 잘 몰랐겠지만 이것이 내게 커다란 기쁨을 주었다. 점점 더 그를 좋아하게 된 나는 소년처럼 그에게서 이제까지 가져 보지 못한 형의 모습을 보았고, 더 나아가 그 매력과 따뜻함이 그의 안에 있던 예측 불가능하고 기이한 성격을 압도하고도 남아 꺼림칙한 그의 기괴함을 재빨리 머리에서 지워 버렸을 정도다. 그가 말을 이었다. "이봐. 그냥 내 굴과 소피의 굴을 편하게 생각해."

"뭐라고요?" 내가 물었다.

"굴."

"그게 뭔데요?"

"굴. 방 말이야." 그때 처음으로 나는 그 단어가 은어로 쓰이는 것을 들었다. 굴. 그 단어가 마음에 들었다.

"어쨌든 소피와 내가 일하러 가고 없을 때라도 언제든 원하면 올라와서 음악을 들어도 돼. 모리스 핑크가 보조 열쇠를 갖고 있어. 언제든 자네가 원하면 우리 방에 들여보내라고 얘기해 뒀어."

"아, 그럴 필요까지는 없는데, 네이선." 내가 얼떨떨한 표정으로 말했다. "하지만, 와, 고마워요." 나는 그의 관대함에 감동받았다. 아니, 압도되었다고 하는 편이 나을 것이다. 당시는 깨지기 쉬운 레코드판이 값싼 과시적 소비 품목의 반열에 오르지 못하던 때였다. 그만큼 귀했고, 그때까지 그렇게 많은 음악을 접할 수 없던 터라 네이선의 제안은 나를 거의 성적인 절정에 가까운 흥분으로 몰아넣었다. 그동안 꿈꿔 오던 풍만한 여자를 마음대로 고를 수 있는 권한이 내게 주어졌다고 해도 그토록 나를 흥분시키지는 못했을 것이다. "깨지지 않게 잘 들을게요." 내가 서둘러서 덧붙였다.

"자넬 믿어. 하지만 조심하긴 해야 해. 셸락 판은 아직까진 너무 쉽게 깨지거든. 앞으로 몇 년 안에 깨지지 않는 레코드가 나오긴 하겠지만 말이야."

"그러면 정말 좋을 텐데."

"깨지지 않을 뿐만 아니라 압축된 판이 나올 거야. 예를 들어 교향곡 전곡이나 바흐의 칸타타 전곡이 한 면에 들어 있는 판 말이야. 그런 판이 분명히 나올 거야." 그가 의자에서 일어서며, 유대인 문학의 전성기를 예언한 지 몇 분도 지나지 않아 전곡을 실을 수 있는 레코드판의 도래를 예언했다. "음악의 황금시대가 머지않았어, 스팅고."

"세상에나, 어쨌든 고마워요." 내가 흥분을 가라앉히지 못한 채 말했다.

"그만해, 소년." 그가 음악이 들려오는 윗방을 올려다보며 대답했다. "나한테 고마워하지 말고, 소피한테 고마워해. 소피는 자신이 음악을 창조한 것처럼, 그리고 이전에는 내가 음악을 좋아하지도 않았던 것처럼 내가 음악에 새로 눈뜨게 만들었어. 옷이나 다른 많은 것들에 대해서 눈뜨게 했듯이 말이야……." 잠시 말을 멈춘 그의 눈은 꿈꾸듯 반짝였다. "모든 것에 대해서 말이야. 인생에 대해서! 정말 대단하지 않아?" 그의 목소리에서는 최고의 예술 작품에 대해 말할 때 느껴지는 감탄과 숭배의 느낌이 배어 나왔다. 나는 힘없이 "그러게 말이에요."라고 중얼거렸는데, 그는 내 말 속에서 절망과 질투가 뒤섞인 열정을 조금도 눈치채지 못했을 것이다.

앞에서도 말했듯이 네이선은 내가 소피와 어울리도록 부추겼기 때문에, 그가 출근한 후 복도로 걸어나가 2층을 올려다보며 큰 소리로 그녀를 초대하면서도 나는 아무런 거리낌이 없었다. 그날은 목요일이었고, 소피가 블랙스톡의 사무실로 출근하지 않아도 되는 날이었다. 그녀의 목소리가 계단 난간을 타고 들려오자 나는 정오가 조금 지난 후 공원에 가서 함께 점심을 먹을 생각이 있는지 물었다. "그래요, 스팅고!" 그녀가 기분 좋게 외쳤고, 그녀는 내 마음속에서 곧 사라져 버렸다. 솔직히 말해서 나는 지난 일요일 해변에서 만난 야성적인 요정, 네이선이 신나게 차려 준 '맛있는 요리'의 가랑이와 가슴, 배, 배꼽, 엉덩이에 대한 생각에 사로잡혀 있었다.

걷잡을 수 없는 욕정에도 불구하고, 나는 책상으로 돌아가 한 시간쯤 집필에 매달렸고 한편으로는 집 안 사람들이 오고 가면서 내는 소리를 들었다. 모리스 핑크가 현관 앞을 쓸면서 심술궂은 목소리로 혼잣말을 중얼거렸고, 예타 짐머맨은 집 안을 둘러보는 아침 의식을 위해 3층 자기 방에서 발을 쿵쿵 울리며 내려왔으며, 집채만 한 덩치의 모이시 무스카트블리트는 어울리지 않게 구슬 같은 아름다운 소리로 「당나귀 세레나데」[92]를 흥얼거리며 거구를 이끌고 서둘러서 예시바[93]로 갔다. 한 시간쯤 후, 잠시 글쓰기를 멈추고 창가에 서서 공원 쪽을 바라보는데 예타의 집에 사는 두 명의 간호사 중 하나인 아스트리드 바인슈타인이 킹스 카운티 병원에서 야간 근무를 마치고 지친 모습으로 돌아오는 것이 보였다. 그녀가 내 방 맞은편에 있는 자기 방으로 들어가 문을 쾅 닫자마자 다른 한

---

92) 미국의 대중음악 가수 페리 코모의 노래.
93) 유대인의 종교 학교.

명의 간호사인 릴리언 그로스먼이 같은 병원에서의 주간 근무를 위해 종종걸음으로 집을 나섰다. 덩치는 크지만 뼈만 남은 듯 배짝 마른 데다 널빤지 같은 얼굴에 우는 상인 아스트리드와, 굶주린 참새처럼 말랐고 항상 인색하고 뾰로통한 표정이라 돌보는 환자들에게 전혀 위로를 주지 못할 것이 분명한 릴리언 그로스먼 중에 누가 더 예쁜지는 가늠하기 어려웠다. 그들의 외모는 안타까울 정도로 엉망이었다. 연애 가능성이 전혀 없는 이렇게도 실망스러운 환경에 사는 것이 이제는 그다지 운이 없는 것처럼 느껴지지 않았다. 적어도 내게는 레슬리가 있었다! 땀이 나기 시작했고, 숨결이 거칠어지면서 빠르게 부풀어 오르는 풍선처럼 가슴에서 무언가가 실제로 고통스럽게 부풀어 오르기 시작했다.

이제 앞에서 말했듯이 브루클린에서의 새 삶에서 얻은 결실의 일부인 성적인 만족에 대해 이야기할 때가 된 것 같다. 사실 이 무용담, 사건 혹은 환상곡은 소피와 네이선과는 직접적인 관련이 거의 없기 때문에 다른 이야기나 다른 때에 어울리리라는 생각이 들어 털어놓기를 주저하고 있었다. 그러나 이 이야기는 그해 여름의 분위기와 밀접한 관련이 있어서 쏙 빼놓고 말하지 않는다면 몸에서 한 부분을, 꼭 필요한 것은 아니지만 중요한 역할을 하는 손가락 하나를 잘라 내는 것이나 다름없을 것이다. 게다가 이렇게 주저하던 일에 대해 쓰고 있으면서도, 나는 이 경험에 파악하기 어려운 의미가 들어 있음을 느낀다. 그리고 그 절박한 성적 욕구 때문에 그렇게도 성적으로 혼란스럽던 시기에 대해 이야기할 중요한 무언가가 있을지도 모른다고 생각한다.

어찌 됐든 그날 아침, 일을 잠시 멈추고 가슴이 터질 듯 부풀어 오르는 것을 느끼며 창가에 서 있던 나는 문학에 대한 내 열정과 헌신에 대한 커다란 보답이 다가오고 있다고 생각했다. 보상받을 가치가 있는 여느 작가와 마찬가지로, 나는 힘든 노동에 대해 당연히 받아야 할 보상을, 음식과 음료처럼 꼭 필요하고 지친 마음을 어루만져 주는 동시에 생활에 활력을 줄 그 보상을 받게 될 것이었다. 물론 이 말은 뉴욕에서 수개월을 보낸 후 처음으로 마침내 그리고 확실히 여자의 엉덩이를 만져 보게 되었다는 뜻이다. 이번에는 의문의 여지가 없었다. 봄이면 나무에 잎이 돋고 저녁 무렵이면 해가 지듯 몇 시간만 지나면 내 성기는 레슬리 라피더스('아, 피드 어스'[94]라는 말이 떠오르는 이름이다.)라는 이름을 가진 눈에 띄게 아름답고 성적으로 개방된 스물두 살 유대인 아가씨의 가랑이 속에 단단히 꽂히게 될 것이었다.

지난 일요일 코니아일랜드에서 레슬리 라피더스는 내게 그 멋진 몸을 가지게 될 것임을 보장해 주었고(이제 얼마 안 있으면 그렇게 될 것이다.) 목요일 밤에 데이트를 하기로 약속했다. 그사이에 나는 우리의 두 번째 만남을 고대하면서 때때로 엄청난 흥분을 느끼며 몸이 들뜨고 열이 나기도 했고, 이번에는 꼭 성공하고 말리라는 생각에 사로잡혀 있었다. 다 된 음식이었다, 정말로! 이번에는 장애물이 전혀 없을 것이었다. 깊이를

---

94) Ah, feed us. '아, 우리를 먹여 줘.'라는 성적인 의미를 지닌 말.

헤아릴 수 없는 눈, 내 활기를 짜내 갈 것이 분명한 멋진 황갈색의 다리, 뜨거운 살과 기꺼이 나를 위해 움직여 줄 배를 가진 유대인 아가씨와 뜨거운 밤을 보내면서 광적인 희열을 느끼는 것은 나른한 환상이 아니었다. 목요일까지 기다려야 한다는 끔찍한 사실을 제외하고는 이미 절정에 이른 기정사실이었다. 짧지만 격동적이었던 내 성생활에서 정복에의 확신 같은 것을 경험한 적은 전혀 없었던 터라(당시의 젊은 남자들 대부분이 나와 마찬가지였다.) 목요일 밤을 기다리며 내가 느낀 흥분은 가히 고통스러울 지경이었다. 여자를 꾀는 즐거움, 여자의 꽁무니를 졸졸 쫓아다니면서 느끼는 스릴 그리고 힘겹게 여자 꾀기에 성공했을 때 느끼는 기쁨과 성취감을 이야기하며 그 독특한 보상을 높이 사는 사람이 많다. 그러나 모든 준비가 끝나 기다리기만 하면 될 때 느끼는 그 감미롭고 느긋한 기대와 흥분에 대해서는 높이 사는 사람이 별로 없는 것 같다. 어쨌든 그래서 소설에 몰두하지 않는 시간에는 다가오는 레슬리와의 밀애를 생각했고, 토머스 울프에게 너무나도 소중했던 풍만한 유대인 여성의 젖꼭지를 나 자신이 빨고 있는 모습을 그려 보면서 얼굴이 호박등처럼 붉어지곤 했다.

또 하나 주목할 것은 내가 이 전망의 정당성에 대해 맹신에 가까운 확신을 가졌다는 것이다. 진지한 예술가라면 누구나, 아무리 가난하다고 해도, 적어도 이런 기쁨을 누릴 자격은 있다고 생각했다. 게다가 내가 제대로만 행동한다면, 우리가 처음 만났을 때 레슬리가 그렇게도 열정적으로 섹시하다고 칭찬해 마지않던 이국적인 기사의 모습을 유지한다면, 한심하게도 큰 실수를 저지르거나 하지 않는다면, 하느님 혹은 여호와가 주신 이 선물은 정기적으로, 심지어 매일 내 기쁨이 되어 줄 것이었다. 당시에는 성적인 '승화'에 관한 냉혹한 교리가 널리 퍼져 있었지만, 나는 침대에서 광란의 아침과 오후를 보낼 것이고 이를 통해 내 작품의 문학성은 더욱더 높아질 수 있을 것이었다. 내가 레슬리에게 끌리는 것은 대체적으로 육체적인 면에서였고, 소피에 대한 내 숨겨 놓은 열정처럼 시적이고 이상적인 면은 없었기 때문에 레슬리와의 관계가 소피와의 고결한 사랑에 방해가 되리라고는 생각하지 않았다. 레슬리는 그때까지 끊임없이 들춰 보던 거대한 욕망의 백과사전처럼 머리에만 존재하던 다양한 성적 경험을 난생처음으로 침착한 탐험가처럼 실제로 탐사해 볼 수 있게 해 줄 것이었다. 레슬리를 통해, 너무도 오랫동안 잔인하게 억눌러 온 원초적 허기를 마침내 채울 수 있게 될 것이었다. 운명적인 목요일 만남을 기다리는 동안 자꾸만 떠오르는 레슬리의 모습은, 내게는 천대받고 무시당한 성기를 1940년대라는 얼어붙은 달 표면으로 옮겨 놓아 버렸던 그 익살스러움을 버리고 진지한 성적 친교를 맺을 가능성을 상징하게 되었다.

레슬리가 내게 미친 파괴적인 영향을 설명하기 위해서라도 1940년대의 상황을 잠시 언급할 필요가 있을 것 같다. 섹스에 관한 쓸쓸한 추억에 관해서는 1950년대를 살아남은 사람들이 많이 글로 남겼고, 그 상당 부분이 정당한 비탄이라고 할 수 있다. 그러나 1940년대는 선조들의 청교도주의와 다가오는 대중적 포르노그래피의 시대를 불안하게 연결하는, 에로스라는

면에서는 1950년대보다 훨씬 더 끔찍한 시대였다. 섹스 자체
는 숨어 있던 벽장문을 열고 나오는데, 사람들은 섹스를 어떻
게 다루어야 할지 몰라 우왕좌왕했다. 그 시대가 머뭇거리는
젊은 남자들을 희롱할 대로 희롱해 놓고 다 줄 것처럼 하다
도 정작 중요한 것은 주지 않고 냉혹하게 돌아서서 의기양양
하게 기숙사로 돌아가는 미스 콕 티즈[95](아, 그 온전한 처녀막이
여! 실크 속옷 위로 흘러내리는 은백색의 정액이여!)로 대변된다는
사실은 어느 한 사람의 잘못이 아니라 역사의 잘못이지만, 어
쨌든 그 시대가 가진 심각한 단점이었다. 돌이켜 보면 누구나
그 시대의 분열이 지독히도 끔찍하고 화해할 수 없을 정도로
완벽하다고 생각하게 될 것이다. 역사상 처음으로 사회는 육
체 간의 친화를 허용하고 심지어 장려하기까지 했지만, 성적
인 결합의 완성은 여전히 금지하고 있었다. 사상 처음으로 자
동차에는 천을 씌운 푹신하고 커다란 뒷좌석이 생겼다. 이로
인해 두 성(性) 간의 관계에서 그 선례를 찾아볼 수 없는 긴장
과 좌절감이 생겨나게 되었다. 야망을 가진, 특히 젊고 가난한
군인들에게는 잔혹한 시대였다.

　물론 '전문가'를 구할 수 있었고, 실제로 내 세대의 젊은이
들 대다수가 그랬지만, 그것은 보통 한 번에 그쳤다. 레슬리에
게 그렇게도 끌렸던 것은 그녀가 내가 이전에 경험한, 조악한
표현을 빌리자면 '일회성 성 회의'라고 부를 수 있는 것,(그러
나 솔직히 말하자면 그런 말이 타당하지 않다는 생각이 들었다.) 다

---

95) Miss Cock Tease, 아슬아슬하게 유혹하면서 몸은 허락하지 않는 여자.

시 말해 단 한 번에 수그러들고 마는 불행으로부터 구원해 줄 것을 약속했기 때문이다. 그때까지 내가 경험한 것은 그저 치욕스러운 성교일 뿐이었다. 무엇보다도 끔찍했던 것은 의학적으로는 완전한 삽입이라고 할 수 있는 것이 이루어진 다음에도 열네 살때부터 수음을 통해 그렇게도 자주 연습해 온 극적인 절정을 느끼지 못했다는 사실이다. 간단히 말해, 나는 말그대로 변태 혹은 반(半)동정[96]이었다. 그러나 치료를 받아야한다는 생각이 들 만큼 불길한 심리적 억압이라든가 하는 병리적 증상이 있는 것도 아니었다. 오르가슴을 느끼지 못하는것은 20세기 중반 미국에서의 섹스를 죄책감과 불안의 악몽같은 바다로 만들어 버린 숨 막히는 시대정신과 공포에 속아넘어간 결과일 뿐이었다. 내가 섹스에 입문한 것은 열일곱 살대학생 때였다. 노스캐롤라이나주 샬럿에 있는 하룻밤에 2달러짜리 엘리베이터도 없는 허름한 호텔 방에서 담배밭 출신의피곤에 지친 늙은 창녀와 벌인 첫 섹스는 웃지 못할 코미디로끝나고 말았다. 늙어 가는 가랑이 사이에 비스듬히 몸을 걸치고 펌프질을 하는 동안 "무릎이 부러진 거북보다도 느리다."라고 퉁명스럽게 쏘아붙인 그녀의 탓도 있겠고, 처음이라는 두려움을 달래기 위해 퍼마신 맥주 탓에 감각이 무뎌진 탓도 있겠지만, 허둥지둥 준비하는 동안 시간을 좀 벌어 보자는 속셈과 병에 걸리지나 않을까 하는 두려움이 한데 섞여 나도 모르는 사이에 콘돔을 두 개나 끼게 되었고, 이를 발견한 그녀가

---

96) 성교는 하지 않으나 외설담이나 페팅을 즐기는 사람.

나를 밀쳐 낸 탓도 있었다.

그 재난을 제외하고는, 레슬리 라피더스를 만난 그날 오후까지의 내 성적 경험은 하찮기 그지없었다. 말하자면 전형적인 1940년대식 경험이었다고 하겠다. 몇 번인가 영화관 2층 좌석에서 여자의 몸을 더듬어 본 적이 있었고, 언젠가는 연인들이 잘 다니는 나무가 울창하고 어두컴컴한 후미진 길에서 심장이 쿵쾅거리는 것을 느끼면서 몇 초 동안이나마 여자의 가슴을 주무른 적도 있었으며, 또 언젠가 한번은 고군분투 끝에 거의 실신할 지경이 되어서도 고지가 저 앞에 있다는 승리감을 느끼며 브래지어를 휙 낚아채고 보니 뽕브라 속에 탁구채처럼 밋밋한 남자 같은 가슴이 드러나는 것을 본 적도 있었다. 그 시절 브루클린에서 쓸쓸히 수문을 열어 놓을 때마다 나를 흠뻑 적시던 섹스에 관한 기억은 불안한 어둠과 땀, 힐난조의 속삭임, 지나치게 탄성력이 있는 브래지어의 호크, 하지 말라는 속삭임, 긴장된 발기와 옷에 끼어 버린 지퍼, 흥분했지만 방해받은 분비선에서 나온 분비물의 역한 냄새에 대한 것이었다.

나의 순결은 마음을 억누르는 골고다 언덕이었다. 외동아들인 나는 자라면서 한 번쯤은 누이들의 알몸을 본 적이 있는 다른 남자들과 달리 여자의 알몸을 한 번도 본 적이 없었다. 샬럿에서는 늙은 창녀의 알몸조차 보지 못했는데, 그녀가 섹스를 하면서도 얼룩지고 냄새나는 시프트[97]를 입고 있었기

---

97) 셔츠나 슈미즈와 비슷한, 마로 만든 속옷.

때문이다. 내 첫 정부(情婦)에게 가졌던 환상이 어떤 것이었는지 지금은 기억나지 않는다. 어리석은 당시 사람들처럼 '순결'을 이상적으로 생각하지는 않던 나는 결혼식을 마치고 나서야 순결한 들장미 같은 아가씨를 침대에 눕히는 상상을 하지 않았다. 언젠가는 들뜬 목소리로 속삭이며 나를 끌어안아 줄 귀엽고도 유쾌한 아가씨를 만나게 되리라고, 그동안 이십여 대의 자동차 뒷좌석에서 그렇게도 나를 괴롭히던 까다로운 신교도 아가씨들의 육체에 대한 금기 사항 따위는 신경도 쓰지 않는 아가씨를 만나게 되리라고 생각했던 것 같다. 그러나 내가 상상조차 하지 못했던 문제가 하나 있었다. 내 이상형의 아가씨가 언어에 대해서도 아무런 제약을 느끼지 못할 수도 있다는 사실을 전혀 생각하지 못했던 것이다. 과거에 접한 여자들이라면 '가슴'이라는 단어를 내뱉으면서도 얼굴을 홍당무처럼 붉혔을 것이다. 사실 나도 여자가 '제기랄'이라는 말만 내뱉어도 움찔하곤 했다. 그러니 레슬리 라피더스가 처음 만나고 두 시간도 채 지나지 않아 매끄러운 다리를 암사자처럼 모래 위에 쩍 벌리고 누워 아몬드 모양의 눈에 바빌론의 이교도 창녀 같은 자유롭고도 음탕한 눈초리로 나를 뚫어지게 쳐다보며 믿기지 않을 정도로 외설스러운 말로 모험이 나를 기다리고 있다고 암시했을 때 내 느낌이 어땠을지는 쉽게 짐작할 수 있을 것이다. 경악과 의심과 설렘이 마구 뒤섞인 그 충격을 어떻게 표현해야 할지 모르겠다. 몇 초 동안이나 심장 박동이 멈춰 버렸는데, 심장 폐색이 되기에는 아직 젊었기에 망정이지, 정말 큰일 날 뻔했다.

그러나 내 관능에 불을 지핀 것은 레슬리의 충격적인 솔직함만은 아니었다. 해안에서 인명 구조 대원으로 일하는 네이선의 친구 모티 하버가 일요일 오후마다 개인 휴식처로 정해 놓은 작은 삼각형 모양의 해변 모래밭에서는 남녀가 함께 있는 자리에서 내가 들어 본 것 중 가장 외설스러운 대화가 오가는 분위기였다. 그러나 그 외에도 더 심각하고 복잡한 무언가가 있었다. 도발과 기대를 담은 그녀의 뜨거운 눈길, 내 목에 던져진 도발적인 올가미 밧줄 같은 원색적인 초대의 표정도 한몫했다. 분명히 그녀는 행동을 바랐다. 그래서 나는 어느 정도 정신을 추스르고 나자, 처음부터 그녀를 사로잡은(우쭐하는 마음에 그렇게 믿는지도 모르겠지만) 간결하고도 초연한 버지니아 신사 같은 목소리로 대답했다. "흠, 자기가 그렇게 말하니, 이불 속에서 자기를 따뜻하게 안아 줄 수 있을 것 같은데." 큰일 나는 게 아닌가 걱정될 만큼 멈춰 버렸던 심장이 이제는 얼마나 세차게 뛰고 있는지 그녀는 알지 못했을 것이다. 내 남부 사투리나 표현 하나하나가 계산된 것이었지만 어쨌든 그녀를 기분 좋게 했고 그 덕분에 나는 그녀의 마음을 얻을 수 있었다. 모래 위에서 빈둥거리는 동안 내 계산되고 과장된 말을 들으면서 그녀는 줄곧 킥킥 웃었고 내게 반한 듯 보였다. 플라스틱 그릇 공장 사장의 딸로 태어나 이제 갓 대학을 졸업한 그녀는 최근의 전쟁 탓도 있겠지만 살다 보니 브루클린을 멀리 벗어나 보지 못했으며, 뉴햄프셔주의 위니페소키가 가장 멀리 가 본 곳이라고 했고(십 년 동안 여름마다 그곳에 있는 네혹 캠프에 갔다고 웃으면서 말했다.) 대화를 나눠 본 남부인도 내가 처음이라고 했다.

　그 일요일 오후의 시작은 희미하지만 유쾌한 단편 단편의 기억으로 남아 있다. 코니아일랜드. 섭씨 36도, 후텁지근하고 열띤 분위기. 팝콘과 사과맛 사탕, 사우어크라우트의 냄새 그리고 나와 네이선의 소매를 잡아당기며 놀이 기구를 타자고 졸라 대는 소피. 결국에는 타고 말았다. 스티플체이스 파크! 우리는 목이 부러질 위험을 한 번도 아니고 두 번씩이나 감수하며 공중제비 기구를 탔고, 스내퍼라는 무시무시한 기구를 탈 때는 스내퍼의 철로 된 팔이 우리를 곤돌라 속으로 휙 던지더니 갑자기 곤돌라가 정신없이 돌며 급류를 타고 내려가 비명을 지르기도 했다. 이런 놀이 기구들을 타면서 소피는 단순한 즐거움 이상의 황홀감을 느끼는 것 같았다. 그런 오락을 통해서 그렇게 큰 즐거움과 유쾌한 공포와 단순한 행복을 느끼는 모습은 어린아이에게서조차 본 적이 없었다. 그녀는 황홀감에 사로잡혀 비명을 질러 댔는데, 그 경이로운 비명 소리는 달콤한 위험이 닥쳤을 때 느끼는 정상적인 감각을 넘어선 원초적 황홀감에서 흘러나오는 듯했다. 그녀는 네이선을 붙들고 그의 팔에 얼굴을 묻고 웃다가 비명을 지르기도 했고 급기야 눈물을 흘리기까지 했다. 나로 말할 것 같으면 상당한 스포츠맨이었지만, 1939년 세계무역박람회의 유품인 60미터 높이의 낙하산 점프 기구 앞에서는 멈칫하게 되었는데, 절대적으로 안전한 것이었는지는 모르겠지만 그냥 바라보고만 있어도 속이 울렁거리고 현기증이 나는 것은 어쩔 수 없었다. "겁쟁이, 스팅고!" 소피가 소리치면서 내 팔을 잡아끌었지만, 그녀의 간청에도 나는 몸을 움직일 수 없었다. 에스키모 파이[98]를 핥아 먹으면서 나는 구식 옷을 입은 소피와 네이선이 바람에 펄럭이는 차양 아래 유도 밧줄에 몸이 묶인 채 하늘 위로 올라가며 점점 더 작아지는 모습을 지켜보았다. 그들은 최고도에 다다르자, 교수대 밑으로 떨어지기 전 시간이 끝도 없이 똑딱거리며 가듯 숨 막히게 긴장된 상태에서 멈춰 섰다가, 갑자기 획 하고 공기를 가르는 소리와 함께 땅 쪽으로 떨어져 내렸다. 소피의 비명 소리가 아래 해변을 돌아다니는 사람들 사이로 울려 퍼졌음은 물론이고, 저 멀리 바다에 떠 있는 배에까지 들렸을 것 같다. 그녀는 낙하산 점프를 너무도 황홀해했고, 바싹 마르거나 뚱뚱하거나 사랑스럽게 생겼거나 점이 많은 사람들을 헤치고 산책로를 걸어 해변으로 다가가는 동안, 숨이 턱에 찰 때까지 점프 이야기를 하면서 내 소심함을 가혹하게도 놀려 댔다. "스팅고, 당신은 재미가 뭔지 몰라요!"

인명 구조 관측대 주변 모래 위에 한가하게 늘어져 누운 일고여덟 명의 사람들 중 레슬리 라피더스와 모티 하버를 제외하고는 모두 나한테뿐만 아니라 네이선과 소피에게도 낯선 사람들이었다. 지나칠 정도로 친절하고 건장하고 털이 많아서 영락없는 인명 구조 대원의 모습인 모티 하버는 구릿빛 몸매에 라스텍스 수영복을 입은 어브와 셸리와 버트라는 젊은 남자 세 명과, 샌드라와 셜리 그리고 아! 레슬리라는 부드러운 갈색의 탐스러운 몸매를 한 아가씨 세 명을 우리에게 소개시

---

98) 초콜릿 코팅이 된 아이스크림 바.

켰다. 모티는 겉으로 볼 때 지나치다 싶을 정도로 친절했지만, 속으로는 다른 사람들에 대해서 무어라 표현할 수 없는 냉담함과 적대감을 가진 것 같았고(내가 남부 출신이라는 소리를 듣자 그는 반갑다고 몇 번이나 악수를 하며 힘차게 손을 흔들어 댔지만 어쩐지 진심인 것 같지는 않았다.) 이로 인해 나는 자꾸만 불안한 기분이 들었다. 그 사람들을 훑어보면서 나는 빼빼 마른 내 체구와 타고난 하얀 피부에 다소 어색한 기분이 드는 것을 어쩔 수 없었다. 소작인의 하얀 피부에 팔꿈치는 분홍빛이 돌고 무릎은 생선살처럼 하얀 나는 돌고래나 지중해 사람처럼 매끄러운 구릿빛 피부를 가진 그들 속에서 병약하고 무기력한 느낌이 들었다. 그 반들반들한 밤색 피부를 가진 사람들이 얼마나 부러웠는지 모른다.

뿔테 안경들과 대화의 흐름과 흩어진 책들(그중에는 『오르가슴의 기능』이라는 책도 보였다.)을 보니 학구적인 사람들 같았고, 내 생각이 맞았다. 대부분 최근에 브루클린 칼리지를 졸업했거나 어떤 식으로든 그 대학과 연관이 있는 사람들이었다. 그러나 레슬리만은 뉴욕주에 있는 세라 로런스 대학을 다녔다고 했다. 또한 그녀는 다른 사람들처럼 냉담한 느낌을 주지는 않았다. 배꼽이 드러나는(그 순간에도 내 머릿속에는 '처음으로 여자의 배꼽을 실제로 보게 되는구나.' 하는 생각이 스치고 지나갔다.) 과감한 흰색 나일론 투피스 수영복을 입은 풍만한 그녀는 모티 하버가 나를 소개하자 당혹과 불신이 섞인 눈길로 흘끗 쳐다보는 다른 사람들과 달리 따뜻한 반응을 보였다. 생긋 웃으면서 놀랍도록 솔직한 눈길로 나를 아래위로 훑어보더니 자기 옆에 앉으라고 손짓했다. 그녀는 뜨거운 태양 아래서 매혹적으로 땀을 흘리며 달콤한 여자의 향기를 내뿜고 있어서 즉시 나를 사로잡아 자신의 일벌로 만들어 버렸다. 말문이 막힌 나는 타는 듯한 목마름으로 그녀를 바라보았다. 어릴 때 좋아한 미리엄 북바인더가 성인 호르몬이 완벽한 조화를 이룬 모습으로 다시 내 앞에 나타난 것 같았다. 그녀의 가슴은 만찬을 위해 만들어진 것 같았다. 그렇게 가까운 곳에서 본 적이 없던 가슴 사이의 오목하게 파인 부분에는 희미하게 물방울이 맺혀 있었다. 축축하게 젖은 그 유대인 아가씨의 가슴 사이에 얼굴을 묻고 새로운 발견의 기쁨에서 나오는 한숨을 쏟아 내고 싶었다.

레슬리와 일상적인 대화를 나누기 시작한 나는(네이선이 내가 작가라고 알려 준 덕분에 문학에 대해 이야기를 나눈 것으로 기억한다.) 너무나 다르면 서로 끌리게 된다는 원리가 맞는다는 것을 깨달았다. 자석처럼 이끌리는 유대인과 이교도, 그것이 우리의 모습이었다. 살면서 매우 드물게 경험하게 되는 즉각적이고 생생한 친밀감, 그 떨림과 따뜻한 느낌이 그녀에게 뿜어져 나오고 있었다. 그뿐만 아니라 우리에게는 공통점도 꽤 있었다. 레슬리도 영문학을 전공했고, 하트 크레인[99]에 대해 논문을 썼으며, 시에 대해 많이 알고 있었다. 그러나 그녀의 태도는 유쾌하고 학구적인 것과는 거리가 멀었으며 상당히 느긋해 보였다. 그 덕분에 우리는 편안하게 대화를 나눌 수 있

---

99) 1920~1930년대 미국의 대표적 시인.

었지만, 내 관심은 자꾸만 그 신비로운 가슴과 배꼽으로 쏠렸고, 아주 잠깐 동안이지만 그 완벽한 술잔 같은 배꼽에 레몬향 쿨에이드 같은 감미로운 음료를 담아 혀로 핥아 먹는 환상에 빠지기도 했다. 브루클린 출신의 또 다른 계관 시인인 월트 휘트먼에 대해 이야기를 나누는 동안 나는 레슬리가 하는 말에 온전히 정신을 쏟지 않아도 된다는 것을 깨달았다. 대학뿐 아니라 다른 곳에서도 이런 고상한 문화적 제스처 게임을 자주 벌여 온 나는 이것이 서로의 감수성을 드러내는 형식, 숨겨진 목적을 이루기 위한 준비 단계이기에 말의 내용보다는 표현 방식과 태도가 더 중요하다는 것을 잘 알았다. 짝짓기 의식과 다름없는 대화를 나누면서 나는 레슬리의 풍만한 몸뿐만 아니라 그녀가 하는 말의 배경에 대해 딴생각에 빠질 수 있었다. 이렇게 오가는 대화를 한 귀로만 듣고 있던 나는 거의 모든 문장이 "내 정신과 의사의 말로는……"으로 시작되는 사람들의 말을 들으면서 처음에는 내 귀를 의심하지 않을 수 없었고 새로운 언어유희를 목격하는 것이 아닌가 생각했지만, 분명히 농담조는 아니었고 그 나름대로 진지함과 진실성이 느껴졌다.

더듬거리며 말끝을 흐리는 레슬리의 이야기를 들으면서 나는 당혹스러운 동시에 홀린 듯한 기분이 들었고, 그 성적인 솔직함이 너무도 새로워서 귓불이 벌겋게 달아오르는, 여덟 살 때 이후로는 한 번도 경험해 보지 못한 현상을 경험하기까지 했다. 거기서 오간 이야기가 대단히 새로운 경험이어서 그날 밤 방으로 돌아간 나는 기억을 되살려 대화 내용을 있는 그대로 적어 놓았고, 이제 아버지의 편지와 같이 보관해 둔 빛바랜 노트를 꺼내 여기에 옮겨 보고자 한다. 그해 여름 적어 놓은 방대한 양의 글을 모두 그대로 옮겨 적어 독자에게 부담을 주지는 말자고 결심했지만(지루하고 글의 흐름에 방해가 될 뿐 아니라 상상력의 고갈을 보여 주는 증거가 될 수도 있겠기에 말이다.) 그 내용이 전후 미국에서 정신 분석학이 대두하던 1947년 당시 사람들이 말하는 방식을 보여 주는 훌륭한 증거라는 생각에는 그때나 지금이나 변함이 없어 이번만은 예외로 한다.

샌드라라는 아가씨 : "내 정신과 의사 말로는 내 감정 전이 문제가 적대감에서 애정의 단계로 넘어갔대. 그건 보통 별다른 문제 없이 정신 분석을 진행할 수 있게 되었다는 뜻이래."

긴 침묵. 눈부신 햇빛. 푸른 하늘로 갈매기들이 날아다님. 저 멀리 수평선 위로 구름이 두둥실 떠 있음. 실러[100]의 「환희에 붙여」가 떠오를 만큼 화창한 날. 도대체 이 친구들은 무엇이 문제일까? 이렇게 우울하고 절망적이고 엄숙한 척하는 사람들은 처음이다. 마침내 누군가가 긴 침묵을 깨뜨린다.

어브라는 남자 : "애정의 단계에 너무 빠져들지는 마, 샌드라. 브론프만 박사의 자지가 네 안에 들어올지도 모르니까."

아무도 웃지 않는다.

샌드라 : "재미없어, 어빙. 솔직히 같잖지도 않은 말이군. 감정 전이는 우스갯거리가 아니야."

---

100) 독일의 시인이자 극작가.

아까보다 더 긴 침묵. 난 기절초풍함. 남녀가 같이 있는 자리에서 그 단어가 입에 오르는 것을 처음 들었기 때문이다. 그리고 감정 전이란 말도 처음 들었다. 장로교 신자인 내 음낭이 쭈그러드는 것을 느꼈다. 이 친구들은 정말로 개방적이다. 하지만 그렇다면 왜들 이렇게 우울해 보일까?

"내 정신과 의사의 말로는 감정 전이는 애정의 단계에 있든 적대감의 단계에 있든 심각한 문제라던데. 오이디푸스적 의존성을 극복하지 못한 증거라는 거야." 셜리라는 아가씨의 말이다. 레슬리만큼 재치 있지는 않지만 멋진 가슴을 가졌다. 토머스 울프가 지적했듯이 이 유대인 아가씨들은 가슴이 정말 멋지게 발달해 있다. 하지만 레슬리를 제외하고는 모두들 장례식에 와 있는 것 같은 표정이다. 소피가 한쪽에서 이들의 대화를 듣고 있는 모습이 눈에 들어온다. 놀이 기구를 탈 때의 행복하고 신나는 표정은 사라지고 없다. 아름다운 얼굴에 어둡고 뾰로통한 표정을 지은 채 아무 말도 없이 앉아 있다. 우울한 기분일 때라도 그녀는 정말 아름답다. 가끔씩 고개를 들어 네이선을 쳐다보고는(그가 거기 있는지 확인하는 것 같다.) 말하는 사람을 무섭게 노려본다.

이윽고 여기저기서 재잘거리는 소리가 들린다.

"내 정신과 의사는 내가 절정에 이르기 어려운 이유가 전성기기(前性器期)에 고착되어 있기 때문이래."(샌드라)

"구 개월간 정신 분석 상담을 받고 나서 알게 된 것은 내가 섹스하고 싶은 상대는 엄마가 아니라 사디 이모라는 거야."(버트) (약간의 웃음 터져 나옴.)

"정신 분석 치료를 받기 전의 나는 말 그대로 석녀였어, 상상이 가? 그런데 지금은 온통 섹스 생각뿐이야. 빌헬름 라이히[101]가 나를 색녀로 바꿔 놓았어. 머리에 온통 섹스 생각뿐인 색녀로 말이야."

레슬리가 몸을 뒤집어 배를 깔고 엎드리면서 한 이 마지막 말은 그 후로는 미약(媚藥)[102]이라는 말도 심드렁하게 느껴질 정도로 내 리비도에 막대한 영향을 끼쳤다. 나는 단순한 욕망을 넘어선 아찔한 욕정을 느꼈다. 그녀는 그 정부(情婦) 같은 말로, 내 점잖은 기독교인의 요새를 마구 공격해 대는 음란하고 당혹스러운 말로, 그리고 억압된 충동과 제약을 내포한 고통스러운 말로 내게 무슨 짓을 했는지 정말 몰랐을까? 엄청난 흥분에 사로잡힌 내 눈에는 갑자기 화창한 해변의 풍경이(해수욕객들과 하얀 거품이 이는 파도와 심지어 "수도교 경마장에서 매일 밤 스릴을 느껴 보세요."라는 현수막을 드리운 채 윙윙거리며 나는 경비행기까지도) 선정적인 푸른색 필터를 통해 보듯 색정적인 느낌으로 다가왔다. 나는 자세를 바꿔 엎드려 있는 그녀의 모습을, 탐스러운 연갈색의 긴 다리와 단단하면서 탄력 있어 보이는 엉덩이, 매혹적인 곡선으로 잘록하게 모아졌다가 풍만하게 퍼져 올라가는 주근깨가 듬성듬성 보이는 갈색의 허리와 등, 물개처럼 매끄럽고 탄력 있는 몸매를 홀린 듯 바라보았

---

101) 20세기 초반 미국의 정신 분석학자로 성기능 장애 치료 요법인 라이히 요법을 개발했다.
102) 성욕을 돋우는 약.

다. "저기, 오일 좀 발라 줄래요? 햇볕에 몸이 타 들어가는 것 같아서 그러는데." 그녀가 고개를 돌려 내게 이렇게 말한 것을 보면, 이미 마음으로 그녀의 탐스러운 등을 마사지하고 있던 땀이 밴 내 손을 보지는 못했더라도 그녀의 등을 어루만지고 싶은 내 열망을 감지한 것이 분명했다. 나는 로션을 바른 손으로 그녀의 어깨와 등을 어루만져 내려와 엉덩이와 그 사이의 오목한 부분과 땀이 송글송글 맺힌 장딴지 사이의 그 신비로운 부분을 부드럽게 마사지했고, 이 매끄러운 친밀감이 느껴지는 순간부터 그날 오후는 몽롱하고 관능적인 기쁨이 넘치는 화려한 시간으로 변해 버렸다.

나는 산책로에 있는 한 술집에서 맥주 몇 캔을 사다 마셨고 물론 이로 인해 행복감은 더욱 커졌으며, 소피와 네이선이 내게 작별을 고하고(창백하고 어두운 표정의 소피는 속이 좋지 않다고 했다.) 먼저 떠났지만, 나는 흥분과 도취감에 붕 뜬 상태로 남아 있었다.(그러나 소피와 네이선이 떠난 후 한동안 모래밭에 누운 사람들 사이에 불편한 침묵이 흘렀고, 누군가 "그 여자 팔에 문신한 숫자 봤어?"라는 말로 그 어색한 침묵을 깨뜨린 것으로 기억한다.) 그 후로도 정신 분석에 관한 이야기가 삼십 분 이상 지속되자 질릴 대로 질려 버린 나는 술기운과 관능적인 흥분의 힘을 빌려 레슬리에게 잠시 산책이나 하면서 단둘이 이야기를 나누겠냐고 물었다. 그녀가 동의했고, 날이 저물고 있던 터라 해변을 조금 거닐던 우리는 산책로에 있는 카페에 들어가 앉았다. 거기서 그녀는 세븐업을 마셨고 나는 버드와이저 캔을 연달아 비우면서 끓어오르는 욕정의 불길을 억눌렀다. 여기서 그날 오후의 오페레타[103)에 대해 열정적으로 적어 놓은 메모의 일부를 좀 더 소개해 볼까 한다.

레슬리와 나는 빅터스라는 식당 바에 앉아 있고, 난 좀 취한 상태다. 이렇게 엄청난 성적 흥분을 느껴 보기는 이번이 처음이다. 이 유대계 요정의 엄지손가락 하나가 내가 버지니아와 노스캐롤라이나에서 만난 답답한 처녀들을 모두 합친 것보다 더 큰 흥분을 불러일으킨다. 또한 그녀는 지나칠 정도로 영특하여, 섹스는 머리에서 비롯되며 다시 말해 멍청한 여자들은 섹스도 재미없게 한다는 헨리 밀러의 말을 뒷받침해 준다. 우리의 대화는 하트 크레인에서 섹스로, 다시 토머스 하디로 갔다가 섹스로, 플로베르, 섹스, 쇼펜하우어와 니체, 섹스, 허클베리 핀에서 섹스로, 마치 넓은 바다를 휩쓰는 거대한 파도처럼 휘몰아쳐 들어왔다가 빠지는 일을 반복한다. 내 지성이 그녀에게 성적 흥분을 불러일으킨 것이 분명하다. 공공장소가 아닌 사적 공간에 있다면 당장이라도 그녀를 눕힐 수 있을 텐데. 탁자 위로 손을 뻗어 그녀의 손을 잡아 본다. 나와 같은 욕정에 사로잡힌 듯 손이 촉촉하다. 그녀가 맨해튼 말씨와 비슷한 브루클린 상류층의 말투로 빠르게 지껄인다. 표정이 풍부하고 매력적이며 자주 생긋 웃는다. 멋지다! 그러나 무엇보다도 나를 흥분시키는 것은 한가롭게 흘러가는 한 시간여 동안 여자의 입을 통해서는 한 번도 들어 본 적이 없는 말들을 그녀가 자주 내뱉는다는 사

103) 단편 희가극, 경가극.

실이다. '자지', '성교', '좆 빨기' 같은 말들도 일단 익숙해지니까 전혀 음탕하거나 더럽게 느껴지지 않는다. 또한 그녀는 '오럴 섹스를 하다'라든가, '수음하다',(소로[104]와 관련 있는 표현 같다.) '입으로 해 줬다', '보지를 핥는 남자', '그의 정액을 삼켰다'(멜빌, 아니 멜빌?) 같은 표현도 거침없이 쓴다. 주로 그녀가 이야기하고 나는 후천적으로 터득한 관심 없다는 표정으로 듣고 있는 편이며, 딱 한 번 심드렁한 목소리로 "흥분해 움직이는 내 자지"라는 말을 내뱉었고, 엄청난 흥분을 느끼며 그 말을 내뱉으면서도 여자 앞에서 이렇게 노골적으로 음탕한 말을 하는 것은 처음이라는 생각을 했다. 빅터스를 떠날 때쯤 기분 좋게 취한 나는 대담하게도 그녀의 맨허리를 팔로 감싸 안는다. 그러면서 그녀의 엉덩이를 살짝 어루만졌고, 이에 대해 내 손을 팔로 꽉 누름으로써 답하며 그 검고 동양적인 눈으로 장난스럽게 나를 올려다보는 그녀를 보면서 나는 마침내 위선적인 우리 문화를 괴롭혀 온 끔찍한 인습과 신앙심으로부터 자유로운 여자를 기적적으로 찾아냈다는 확신을 갖게 된다.

앞의 글 어디에서도 냉소적인 느낌을 찾아볼 수 없다는 사실에(사실 '조금이라도' 냉소적인 느낌을 표현할 수 있었을 텐데 말이다.) 약간 수치스러움을 느끼게 되는데, 이렇게 냉소적인 느낌이 전혀 없다는 것은 레슬리와의 만남이 당시의 내게는 얼마나 커다란 의미였는지, 바보같이 얼마나 무모한 열정에 사

---

104) 미국의 사상가이자 문학가.

로잡혀 있었는지 혹은 스물두 살 청년의 마음은 얼마나 최면에 걸리기 쉬웠는지를 보여 줄 뿐이다. 어찌 됐든 레슬리와 내가 아직도 흥분이 가시지 않아 가끔씩 몸이 떨리는 것을 느끼며 석양빛을 받으며 인명 구조 관측대로 돌아갔을 때는 정신 분석 치료를 받는다던 우울한 사람들은 모두 가 버리고 없었고, 모래에 반쯤 묻혀 삐죽이 드러나 보이는 《파르티잔 리뷰》와 찌그러진 오일 튜브 몇 개와 마시고 버린 콜라 병들만 흩어져 있었다. 우리는 서로에게 이끌리는 몸의 열기를 느끼며 헐겁게 풀려 버린 대화를 마무리하기 위해 그곳에 한 시간 정도 더 머물렀고, 그러면서 그날 오후 지도에도 나와 있지 않은 야생 지대로 가는 여행의 첫걸음을 내디뎠음을 깨달았다. 우리는 나란히 모래 위에 엎드렸다. 내가 손가락으로 맥박이 느껴지는 그녀의 목을 따라 얼굴 윤곽선을 부드럽게 어루만지자, 그녀가 팔을 뻗어 내 손을 어루만지며 말했다. "내 정신과 의사가 인간은 누구나 환상적인 섹스를 필요로 한다는 사실을 깨닫지 못한다면 영원히 자신의 적으로 남을 수밖에 없다고 그랬어요." 그러고는 한동안 말이 없더니 고개를 돌려 나를 바라보며 욕망을 감추지 않고 무덤덤한 목소리로 아주 노골적인 초대의 말을 해서 내 심장을 멎게 만들고 마음과 감각을 온통 흩뜨려 놓았다. "당신은 여자에게 환상적인 섹스를 맛보게 해 줄 게 분명해요." 그러고 나서 우리는 다음 주 목요일 밤에 데이트를 하기로 약속했다.

앞에서도 말했듯이, 곧 행복의 절정을 느끼게 되리라는 참기 어려운 기대감과 함께 목요일 아침이 찾아왔다. 그러나 분홍색 책상 앞에 앉은 나는 온몸에서 느껴지는 흥분과 열기를 무시하고 자꾸만 나래를 펴는 공상을 억누르며 두세 시간 정도 진지하게 글쓰기에 매달렸다. 정오가 막 지날 때쯤 갑자기 한 가지 생각이 퍼뜩 떠올랐다. 아침 내내 소피가 조용하다는 사실이었다. 책에 코를 박고 열심히 자기 교육에 몰두하고 있을 것이 분명했다. 그녀의 영어 읽기 능력은 아직 완벽하지 않았지만 네이선을 만난 후로 눈부시게 발전해, 이제 폴란드어 번역본에 의존하지 않아도 되었다. 지금은 맬컴 카울리가 편집한 『휴대용 포크너 선집』에 빠져 있었는데, 이 책은 그녀를 매료시키는 동시에 당혹스럽게 만들었다. "문장들이 미친 뱀처럼 꼬불탕꼬불탕 계속돼요!" 언젠가 한번은 이렇게 말하기도 했다. 그러나 그녀는 충분히 성숙한 독자여서 포크너의 난해한 화법과 거친 매력에 경이로움을 느꼈다. 사실 그 『휴대용 선집』은 대학 시절에 나로 하여금 포크너 전집을 읽게 만든 책으로서, 네이선과 소피와 함께 코니아일랜드에 다녀온 일요일에 지하철에서인가 다른 어디에서 내가 소피에게 추천한 책이었고, 그다음 주 초에 네이선이 사서 소피에게 건네준 것이었다. 그 후 몇 번인가 나는 소피가 이해하기 어려운 미시시피 지방 사투리를 설명해 주었고, 그뿐만 아니라 포크너 문체의 아름다운 대나무 숲을 통과할 올바른 길을 제시함으로써, 그녀가 포크너의 작품을 이해할 수 있도록 도와주면서 커다란 기쁨을 느꼈다.

이런 어려움을 겪으면서도 소피는 포크너의 산문이 자신의 마음에 가하는 광포한 공격에 감동받았다. "그는 무언가에 홀린 사람처럼 글을 썼어요!" 그녀가 곧이어 이렇게 덧붙였다. "그는 정신 분석 치료를 받지 않은 게 분명해요." 이렇게 말하면서 불쾌한 듯 코를 찡그렸는데, 그 전 일요일에 그녀를 화나게 한 해수욕객들을 두고 하는 말이 분명했다. 그때는 깨닫지 못했지만, 나를 매혹시키고 유쾌하게 한 프로이트식의 대화가 소피에게는 지극히 불쾌하게 느껴져서 네이선과 함께 먼저 자리를 떴던 것이다. "그 이상하고 섬뜩한 사람들은 자기의 작은 상처 딱지들을 뜯어 내고 있어요." 네이선이 곁에 없을 때 그녀가 내게 말했다. "난 그런 식의 노력 없이 얻은 불행(보석 같은 표현이었다.)을 증오해요." 그녀의 말뜻을 충분히 이해했지만, 그렇게까지 심한 적대감을 보이는 것은 놀라웠다. 소풍을 가기 위해 그녀를 데리러 계단을 오르면서 나는 그것이 혹시 그녀가 버린 엄격한 종교의 잔재, 그 타협할 수 없는 의견 때문은 아닐까 생각했다.

소피를 놀라게 할 생각은 없었지만, 방문이 반쯤 열려 있었고, 당시 여자들이 주로 쓰던 표현을 빌리자면 그녀가 '점잖게' 옷을 입고 있는 것을 보았기 때문에 나는 노크를 하지 않고 방 안으로 들어갔다. 긴 실내복을 입은 그녀가 큰 방의 한쪽 끝 거울 앞에 서서 머리를 빗고 있었다. 내게 등을 보이고 서 있는 그녀는 내가 들어온 것을 모르는 것이 분명했다. 윤기가 흐르는 긴 금발을 쓱쓱 소리 내며 빗고 있었는데, 정오의 고요함 속에서 빗질하는 소리가 작게나마 들려왔다. 레슬리에 대한 백일몽을 과하게 꾼 탓으로 음란한 기운이 남아 있던 나는 갑자기 살금살금 소피에게 다가가 그녀의 목에 얼굴을 비비며 두 손으로 그녀의 가슴을 움켜쥐고 싶은 충동을 느꼈다. 그러나 그것은 말도 안 되는 생각이었고, 그곳에 서서 조용히 그녀의 뒷모습을 바라보던 나는 이렇게 몰래 걸어 들어와 프라이버시를 침해하는 것은 잘못된 일임을 늦게나마 깨닫고, 작게 헛기침을 해서 내가 왔음을 알렸다. 깜짝 놀라 숨을 헐떡이며 뒤를 돌아보는 그녀는 평생 동안 잊지 못할 얼굴을 하고 있었다. 놀란 것은 나도 마찬가지였다. 나는 다행히도 아주 잠깐 동안이었지만 입을 떡 벌리고, 얼굴 아랫부분이 구겨진 종잇장처럼 쭈글쭈글하고 주름이 오글오글한 입을 가진 노쇠한 할머니의 모습을 한 그녀를 바라보았다. 그것은 비참하게 시들어 버린 할머니의 가면이었다.

내 입에서 비명이 나오려는 찰나에 소피가 나보다 먼저 외마디 소리를 지르더니 두 손으로 입을 가리고 욕실로 뛰어 들어갔다. 나는 심장이 쿵쾅대는 소리를 들으면서 당혹감에 사로잡혀 그대로 서서 욕실 문 뒤에서 들려오는 소리를 들었다. 한참 시간이 지나고 나서야 전축에서 흘러나오던 스카를라티의 피아노 소나타의 선율도 귀에 들어왔다. "스팅고, 도대체 언제쯤이면 여자 방에 들어오기 전에는 노크를 해야 한다는 걸 알겠어요?" 화를 낸다기보다는 놀리는 투였다. 그리고 그제야 나는 무엇을 목격한 것인지를 깨달았다. 그녀가 화를 내지 않은 것에 고마운 마음이 들었고, 그토록 관대한 마음에 감동받았으며, 나 자신이 치아가 없는 모습을 남한테 들켰다면 어떤 반응을 보였을까 궁금해졌다. 그때 소피가 욕실에서 모습을 드러냈는데, 아직도 양 볼에 약간의 홍조를 띠고 있었지만 침착을 되찾은 모습이었고, 미국 치과학의 눈부신 혜택을 받아 그녀의 얼굴이 다시 아름다움을 되찾은 상태였다. 그녀가 말했다. "공원으로 가요. 배가 고파 쓰러질 지경이에요. 나는 배고픔의…… 화신이에요."

물론 '화신'은 포크너의 전형적인 표현이었고, 나는 그녀가 그 단어를 사용한 방식과, 다시 되찾은 아름다움에 갑자기 유쾌해져서 크게 웃음을 터뜨렸다.

"호밀빵에 브라운슈바이거를 넣고 겨자 소스 바른 건 어때요?" 내가 말했다.

"핫 파스트라미도요!"

"호밀빵에 살라미 소시지와 스위스 치즈, 피클, 사우어 소스를 넣은 것은요?"

"그만, 스팅고, 말만 들어도 미치겠네!" 그녀가 쾌활하게 웃음을 터뜨렸다. "갑시다!" 우리는 히멜파브 조제 식품점을 거쳐 공원으로 갔다.

6장

네이선이 소피에게 그렇게 멋진 틀니를 구해 줄 수 있었던 것은 그의 형 래리 랜다우를 통해서였다. 브루클린 칼리지 도서관에서 소피를 처음 만나고 나서 얼마 안 되어 그녀의 병을 정확하게 짚어 낸 사람은 전문가는 아니나 예리한 통찰력을 지닌 네이선이었지만, 그 병의 치유책을 찾는 데 결정적인 도움을 준 사람은 그의 형이었다. 그해 여름이 가기 전 내가 아주 긴장된 상황에서 만나게 될 래리는 포리스트힐스에서 병원을 크게 차려 놓고 성업 중인 비뇨기과 의사였다. 삼십 대 중반인 그는 자기 전문 분야에서 두드러진 성과를 거두었는데, 컬럼비아 대학교 의과대학 교수로 신장의 기능에 관한 대단히 독창적이고 가치 있는 연구에 참여해 젊은 나이에 이미 의료계에서 대단한 주목을 받았다. 언젠가 한번 네이선이 존경심

가득한 어조로 이 사실을 내게 알려 주었는데, 형에 대해 엄청난 자부심을 느끼는 것이 분명했다. 래리는 또 전쟁에 참전해서도 대단한 공훈을 세웠다. 해군 의무단 소속 대위로 필리핀 근해에서 불운한 운명을 맞은 항공모함에 승선해 가미카제 공격을 받는 동안 용감하게 수술 기술을 발휘해 많은 아군을 살려 냈고, 의무관으로서는 드물게도 해군 수훈장(殊勳章)을 받은 것이다. 이것은 반(反)유대주의가 팽배하던 해군에 유대인이 들어가 큰 공을 세웠다는 의미 외에도, 전쟁과 영예에 관한 기억이 아직 생생한 1947년 당시에는 네이선이 대단히 자랑스러워할 만한 일이기도 했다.

소피는 도서관에서 네이선에게 구조받은 후 몇 시간이 지나도록 그의 이름을 알지 못했다고 했다. 네이선을 처음 만난 날과 그 후 며칠간 일어난 일들 중 그녀가 절대로 잊을 수 없는 것은 그의 지극한 부드러움이었다. 그녀가 기억하는 그의 첫 모습이 그녀 위로 몸을 구부리고 "의사 선생님이 다 알아서 해 줄게요."라고 속삭이는 모습이어서 그랬는지, 그녀는 이 말이 농담처럼 가볍게 한 말이라는 것을 알지 못했고, 그래서 한동안 그가 정말로 의사라고 생각했다. 그녀를 꼭 안아 부축하던 단단하면서도 부드러운 팔과, 택시를 타고 예타의 집으로 가면서 속삭이던 위로와 격려의 말 때문에 그런 생각이 더 굳어졌는지도 모르겠다. "당신을 고쳐 놔야겠어요." 그녀는 그가 반 농담조로 이렇게 말한 것을 기억했고, 이 말로 인해 쓰러진 후 처음으로 자신의 입가에 미소가 피어올랐던 것도 생각났다. "계속 브루클린을 돌아다니면서 기절해서 사람들을 놀라 자빠지게 하게 내버려 둘 순 없잖아요?"

네이선의 목소리는 대단히 친절하고 상냥하며 걱정하는 마음이 느껴졌고, 그의 모든 것이 즉각적인 신뢰를 불러일으켰기 때문에 그녀의 방으로 돌아가서(비스듬히 들어오는 오후의 햇빛을 받아 방 안이 찌는 듯이 덥고 질식할 것 같아 그녀는 다시 한번 기절해 그에게로 푹 쓰러졌다.) 그가 더러워진 그녀의 옷을 벗기고 부드럽지만 단호한 손놀림으로 그녀를 천천히 밀어 침대에 눕히는데도, 그래서 슬립만 입은 채 누워 있는데도, 그녀는 전혀 민망한 마음이 들지 않았다. 메스껍던 속이 가라앉고 기분도 훨씬 더 나아졌다. 그러나 자리에 누워 낯선 남자를 올려다보며 그의 야릇하고 슬픈 미소에 미소로 답하려고 노력하는 동안, 육중한 피로가 골수까지 밀려들면서 졸린다는 생각이 들었다. "왜 이렇게 피곤하죠?" 그녀가 힘없는 목소리로 그에게 물었다. "뭐가 잘못된 걸까요?" 그녀는 아직도 그가 의사라고 생각했고, 그래서 처음에는 그가 아무 말 없이 희미하게 슬픈 표정을 지으며 바라보는 것도 전문가로서 진찰을 하는 것이라고 여겼다가 그의 눈이 그녀의 팔에 새겨진 숫자에 고정되어 있는 것을 알아차렸다. 문신에 대한 자의식은 아주 오래전에 사라졌는데 이상하게도 그녀는 손을 움직여 문신을 가리려고 했지만, 그러기 전에 그가 부드럽게 그녀의 팔목을 잡고 도서관에서처럼 맥을 짚었다. 그는 한동안 아무 말이 없었고, 그녀는 그의 침착한 손에 손목을 잡힌 채 누워서 아주 안전하고 편안하다고 느끼며, 그리고 그의 장난기 어린 위로의 속삭임을 들으며 서서히 잠에 빠져들었다. "의사 선생님 생각엔 이 아름다운 하얀 피부에 생기가 돌게 하려면 약을 좀 많이 먹어야 할 것 같은데." 또다시 의사라고 했다! 이제 그녀는 평화로운 상태로 꿈도 꾸지 않고 깊은 잠에 빠졌고, 얼마 후에 잠에서 깨어 눈을 떠 보니 의사 선생님은 가 버리고 없었다.

"아, 스팅고, 그렇게 끔찍한 두려움에 사로잡힌 건 정말 오랜만이었어요. 참 이상하죠, 그렇죠? 그가 누군지조차 몰랐거든요. 그의 이름조차 몰랐다고요! 그와 함께 있는 건 한 시간도 채 안 되는데, 그가 가 버리고 나니까 다시는 돌아오지 않을지도 모른다, 영원히 가 버린 것이다 하는 생각에 너무도 두려워지는 거예요. 굉장히 가까운 사람을 잃어버린 것 같은 느낌이 들었어요."

호기심이 발동한 나는 그녀에게 그렇게 빨리 사랑에 빠져버렸냐고 물었다. 이것이 첫눈에 반한 사랑이라는 경이로운 신비를 보여 주는 좋은 예가 될 수 있냐고도 물었다.

소피가 대답했다. "아뇨, 그런 건 아니었어요. 그때는 사랑은 아니었던 것 같아요. 하지만 뭐, 사랑에 아주 가까운 감정이었을지도 모르죠." 잠시 말을 멈췄던 그녀가 다시 말을 이었다. "모르겠어요. 참 어리석죠? 만난 지 사십오 분밖에 안 된 남자가 가 버리고 나니까 그렇게 공허감을 느끼다니. 압솔뤼멍 푸!(완전히 미쳤어!) 안 그래요? 그가 돌아오기를 얼마나 간절히 바랐는지 몰라요."

우리는 프로스펙트 파크 한쪽 구석, 햇빛이 화창하면서 나무 그늘이 있는 곳에서 점심을 먹었다. 소피와 내가 얼마나 자주 소풍을 갔는지 이제는 정확하게 기억나지 않는다. 대여섯 번, 아니면 그보다 좀 많을 것이다. 정확히 풀밭 위 어디에다 자리를 잡았는지도 기억이 가물가물하지만, 우리는 주로 바위 사이의 편평한 공간이나 계곡 옆 혹은 외딴 오솔길 옆 풀밭에 자리를 잡고 앉아 기름기가 밴 갈색 종이봉투들과 반 파인트짜리 실테스트 우유 팩들과 오스카 윌리엄스의 미국 시 선집을 꺼내 놓았다. 나는 손때가 많이 묻고 여기저기 책장 모서리가 접힌 그 책을 가지고 영스타인이라는 뚱보가 몇 달 전 시작한 소피의 시 공부를 계속 시키려고 노력했던 것이 기억난다. 그러나 한 군데 생생하게 기억나는 장소는 호수로 돌출된 작은 반도였는데, 풀이 무성하게 자라 있고 주중에는 인적이 드문 곳이었다. 그곳 호숫가에 자리를 잡고 앉아 있으면 사납게 생긴 커다란 백조 여섯 마리가 마치 조직 폭력배처럼 호수 위를 미끄러져 다가와 풀밭 위로 올라서서는 사납게 쉬쉬하는 소리를 내고 뒤뚱거리면서 경쟁하듯 우리 곁으로 다가와 해바라기 씨를 넣은 롤빵 부스러기나 다른 음식물 찌꺼기를 주워 먹곤 했다. 그중 한 마리는 다른 백조들보다 덜 민첩하고 더 추레한 모습의 작은 수컷이었는데, 브루클린의 사나운 두 발 동물과 싸우다가 그렇게 됐는지 한쪽 눈 근처에 상처를 입어 각막이 부옇게 커진 모습이었고, 소피는 그 백조를 보니 오래전 열세 살의 나이에 백혈병으로 죽은, 우치에 살던 타데우시라는 사촌이 생각난다고 했다.

동물을 의인화하는 것에 익숙지 않았던 나는 백조와 인간 사이에 닮은 점이 있다는 것을 이해할 수 없었지만, 소피는 그

둘이 빼다 박은 것처럼 닮았다고 주장했고, 그 백조를 타데우시라고 부르면서 성문 폐쇄음이 두드러진 폴란드어로 백조에게 뭐라고 속삭이기도 하고 음식 부스러기를 던져 주기도 했다. 한번은 다른 백조들이 탐욕스럽게 먼저 달려들어 음식 부스러기를 채 가자 그녀는 불같이 화를 내며(소피가 그렇게 화를 내는 모습은 거의 본 적이 없었다.) 그 백조들을 향해 욕을 해 대면서 타데우시에게는 원래의 몫보다 더 많이 챙겨 주었다. 그토록 격렬하게 화를 내는 모습이 놀라웠다. 그때는 약자(아니, 약조인가?)를 그토록 열심히 보호해 주고자 하는 모습이 그녀의 과거와 관계있다는 것을 알지 못했고, 그저 타데우시를 감싸고 도는 것이 재미있고 대단히 인상적일 뿐이었다. 어쨌든 내가 백조들 사이에 있는 소피의 모습을 다시 그려 보는 데는 또 다른 개인적 이유가 있다. 그 여름이 가기 전 또 한 번의 소풍에서, 해가 지기 시작해 우리가 앉아 있는 뒤쪽 베이리지와 벤슨허스트에 걸릴 때까지 계속된 긴 소풍에서, 소피가 절망과 희망을 오가는 목소리로 그러나 대체적으로 절망적인 목소리로 네이선을 만난 후의 파란만장했던 일 년에 대해, 그녀가 그렇게도 사랑하고 심지어 내게 그런 말을 하는 그때에도 구세주로 여긴, 그러나 동시에 파괴자로도 여긴 네이선에 대해 이야기를 들려주었던 곳이 바로 이 호숫가였기 때문이다.

소피와 네이선이 처음 만난 날, 그녀에게는 아주 다행히도 그가 삼십 분쯤 후에 그녀의 방으로 되돌아왔고, 침대 곁에서서 부드러운 눈으로 그녀를 내려다보며 말했다. "당신을 형에게 데려갈 거예요. 알았죠? 지금 전화해 놓고 왔어요."

그녀는 당황스러웠다. 그가 그녀 곁에 앉았다. "왜 나를 당신 형한테 데려간다는 거죠?" 그녀가 물었다.

"형은 의사예요. 최고의 의사들 중 한 명이죠. 형이 당신을 도울 수 있을 거예요."

"하지만 당신도……." 그녀는 말을 시작했지만 머뭇거리다가 멈춰 버렸다. "난 당신이……."

"내가 의사라고 생각했군요. 아니에요, 난 생물학자예요. 기분은 좀 어때요?"

"좋아졌어요. 훨씬." 그리고 이것은 조금도 거짓이 아닌 사실이었는데, 그가 곁에 있으니 안심되고 기분이 한결 나아진 것이었다.

식료품이 가득 든 봉투를 가져온 그는 능숙한 손놀림으로 재빨리 내용물을 꺼내 그녀가 식탁 대신 쓰는 침대 끝에 달린 커다란 식판 위에 늘어놓았다. "이 무슨 미친 짓이야." 그가 얼굴을 일그러뜨려 눈이 침침하고 피곤하며 인색한 플랫부시의 늙은 가게 주인 흉내를 내면서 과장된 이디시어로 중얼거렸다. 그러면서 병과 캔과 종이 팩 들을 봉투에서 익살스럽게 꺼냈고, 그녀는 쿡쿡 웃기 시작했다. 리듬이 느껴지는 우스꽝스러운 동작으로 사 온 식료품 목록을 열거하는 그의 모습은 대니 케이(그녀의 우상이었던 영화배우이자 코미디언으로 그녀는 그가 나오는 영화를 자주 보았다.)를 연상시켰다. 그가 목록 열거를 중단하고 그녀에게 고개를 돌려 하얀 상표 딱지가 붙어 있고 윗부분에 물방울이 이슬처럼 맺혀 있는 캔을 들어 보여 주었을 때에도 그녀는 어깨를 들썩이며 소리 없이 웃고 있었다.

"마드리드 콩소메예요." 그가 자기 목소리로 말했다. "얼음으로 차게 해 둔 가게가 있더라고요. 이걸 먹으면 8킬로미터는 거뜬히 수영할 수 있을 거예요. 에스더 윌리엄스[105]처럼 말이죠."

식욕이 되살아난 그녀의 배 속에서 꼬르륵 소리가 났다. 그가 싸구려 플라스틱 수프 그릇에 콩소메를 부어 주자 그녀는 한 팔로 몸을 일으켜 세워 앉아 차갑고 약간 걸쭉하며 시큼한 뒷맛이 나는 수프를 음미하며 맛있게 먹었다. 마침내 그녀가 그에게 말했다. "고마워요. 이제 한결 나아졌어요."

그가 곁에 앉아서 오랫동안 아무 말 없이 강렬한 눈길로 그녀를 바라보자, 그녀는 그를 믿음에도 불구하고 약간 불안해지기 시작했다. 마침내 그가 입을 열었다. "당신이 심각한 영양 결핍으로 인한 빈혈을 앓고 있다는 데 100달러라도 걸겠소. 폴산이나 비타민 B12 부족인 것 같은데. 하지만 철분 부족일 가능성이 가장 커요. 요즘 제대로 먹고 다녔나요?"

그녀는 몇 주 전 자의 반 타의 반으로 음식을 먹을 수 없었던 며칠을 제외하고는 지난 육 개월 동안 과거 어느 때보다 영양가 있는 음식을 많이 먹었다고 대답했다. "문제는 동물성 지방을 많이 못 먹는다는 거예요. 그것만 빼고는 괜찮아요." 그녀가 말했다.

"그러면 철분 부족이 분명하군요. 당신이 먹었다는 걸 들어 보면 폴산과 비타민 B12는 충분히 섭취한 것 같으니까. 그러

---

105) 1940~1950년대 미국의 유명 수영 선수.

면 다음 단계로 넘어가야죠. 하지만 철분 보충은 훨씬 더 복잡한 문제예요. 당신은 철분이 많이 부족해졌는데도 보충할 기회가 없었던 것 같군요." 그는 그녀의 얼굴에 나타난 근심스러운 표정(그의 말을 들은 그녀는 당혹스러우면서 걱정되기 시작했다.)을 읽었는지 잠시 말을 멈추고 그녀에게 걱정 말라는 듯 미소를 지어 보였다. "일단 철분 부족이 맞는지 파악만 되면, 치료는 식은 죽 먹기예요."

"파악이요?"

"문제가 뭔지 알아낸다면 치료는 아주 쉬워요."

무슨 이유에서인지 그녀는 그의 이름을 물어보기가 망설여졌지만, 사실은 알고 싶어 죽을 지경이었다. 그가 곁에 앉아 있는 동안 그녀는 몰래 그의 얼굴을 훔쳐보았다. 균형 잡힌 얼굴 윤곽, 남자답게 우뚝 솟은 코, 연민 어린 표정과 우스꽝스러운 표정을 자유자재로 오가는 지적인 눈매 등을 볼 때 참 호감 가게 생긴 얼굴이며 유대인이 분명하다고 생각했다. 그가 곁에 있다는 사실에 새삼 안도감을 느낀 그녀는 다시 피곤에 겨운 졸음이 몰려오는 것을 느꼈지만 메스꺼움과 으슬으슬한 기운은 사라지고 없었다. 그렇게 몽롱한 가운데 누워 있던 그녀에게 갑자기 어떤 생각이 떠올랐다. 그날 아침 《타임스》에서 라디오 방송 편성표를 확인하던 중 이른 오후에 WQXR에서 하는 클래식 방송에 나온다는 베토벤의 「전원 교향곡」을 영어 수업 때문에 못 듣게 된다는 사실을 알고 실망했던 일이 떠오른 것이다. 약간의 차이는 있지만 「신포니아 콘체르탄테」를 재발견했을 때와 비슷한 느낌이 들었다. 예전 크라쿠프의 음악회에서 들은 그 곡을 그녀는 아주 생생하게 기억하고 있었지만, 여기 브루클린에서는 전축도 없고 항상 시간과 장소가 맞지 않아서, 마치 나무가 우거진 어두운 숲속을 헤매다가 발견하고 손을 뻗으면 훌쩍 날아가 버리는 아름다운 벙어리 새처럼 그 곡은 늘 곁으로 다가올 것처럼 애를 태우면서도 곧 저 멀리 사라지곤 했다.

그러나 오늘은 불행한 사고 덕분에 마침내 그 음악을 들을 수 있겠다는 생각이 들었다. 건강에 대한 대화가 아무리 중요하고 위로가 된다고 해도 지금으로서는 「전원 교향곡」을 듣는 것이 훨씬 더 중요하게 느껴져서 그녀가 말문을 열었다. "라디오를 켜도 될까요?" 그녀의 말이 끝나기가 무섭게 그가 그녀 위로 몸을 굽혀 팔을 뻗어 라디오 스위치를 켰고, 그러자 곧 처음에는 망설이는 듯 속삭이는 현악기 소리가 점점 더 신나게 고조되면서 필라델피아 오케스트라가 아름다운 지구에 도취한 듯한 송가를 연주하기 시작했다. 그녀는 그 아름다운 음악에 도취되어 마치 자신이 죽어 가는 듯한 기분이 들었다. 그녀는 교향곡이 끝날 때까지 눈을 꼭 감고 있었다. 마침내 끝이 나 다시 눈을 떴을 때에는 민망하게도 눈물이 쉴 새 없이 양 볼을 적시는데도 어찌해 볼 기력이 없었고, 걱정스러운 표정으로 참을성 있게 그녀를 내려다보는 사마리아인에게 분별력 있는 어떤 말도 해 줄 수 없었다. 그가 손가락으로 그녀의 손등을 가볍게 어루만졌다.

"음악이 너무 아름다워서 우는 거예요? 저 싸구려 라디오에서 나오는 음악을 듣고?"

"나도 내가 왜 우는지 모르겠어요." 그녀가 감정을 추스르느라고 오래도록 말이 없다가 이윽고 말문을 열었다. "어쩌면 내가 실수를 저질렀기 때문에 우는 건지도 몰라요."

"실수라니, 무슨 말이에요?"

그녀가 다시 오래도록 말이 없다가 대답했다. "음악을 들은 게 실수인 것 같아요. 내가 이 교향곡을 들은 것은 아주 어릴 때 크라쿠프에서였다고 생각했거든요. 그런데 음악을 들으면서 가만히 생각해 보니까 그 후에도 한 번 더 들은 적이 있어요. 바르샤바에서요. 그때는 라디오 소지가 엄격하게 금지되어 있었지만, 어쨌든 어느 날 밤 나는 런던에서 송출되는 금지된 라디오 방송에서 이 곡을 들었어요. 그게 마지막이었던 것 같아요. 거기로 가기 전에······." 거기서 그녀는 말을 멈췄다. 도대체 이 낯선 남자에게 무슨 이야기를 하는 것일까? 그에게 무슨 의미가 있는 이야기라고? 그녀는 탁자 서랍에서 크리넥스 한 장을 꺼내 눈가를 닦았다. "괜한 말을 한 것 같네요."

"'거기로 가기 전'이라고 했는데." 그가 말을 이었다. "어디로 가기 전이란 말이죠? 이런 짓을 당한 곳을 말하는 건가요?" 그가 그녀의 팔에 새겨진 문신을 눈짓으로 가리켜 보였다.

"말할 수 없어요." 그녀가 무심코 대답했고, 자신이 내뱉은 말을 후회했다. 그러자 그의 얼굴이 붉어지더니 당황한 목소리로 말했다. "미안해요, 정말 미안해요! 난 정말 구제 불능의 참견꾼이에요. 때로는 얼간이가 되어 버리나 봐요. 얼간이!"

"그렇게 말하지 마요." 자신의 어조에 그가 당황해하는 것을 보고 당혹스러워진 그녀가 얼른 끼어들었다. "정말 그럴 의

도는, 그렇게……." 말을 멈춘 그녀는 적절한 단어를 찾으려 애썼지만, 프랑스어, 폴란드어, 독일어, 러시아어 그리고 영어로는 더욱더 적절한 말이 떠오르지 않아 막막할 뿐이었다. 결국 그녀는 이렇게만 말했다. "미안해요."

"난 남의 일에 간섭해 대는 경향이 있어요." 그가 말했고, 그녀는 그의 얼굴에서 당혹감으로 인한 홍조가 서서히 사라지는 것을 지켜보았다. 그때 갑자기 그가 말했다. "저기, 나 지금 가 봐야 해요. 약속이 있어서. 하지만 오늘 밤에 다시 와도 되죠? 대답하지 말아요! 다시 올게요."

그녀는 대답할 수 없었다. 발목을 잡힌 그녀는(비유적인 표현일 뿐만 아니라 정말로 그랬다. 두 시간 전 그는 도서관에서 쓰러진 그녀를 안고 길모퉁이까지 걸어와 택시를 불렀다.) 고개를 끄덕이며 미소를 지을 수 있었을 뿐이고, 그가 쿵쾅거리며 계단을 내려가는 소리가 사라질 때까지 미소는 입가에 머물러 있었다. 그 후로는 시간이 아주 더디게 갔다. 그녀는 그의 육중한 발소리가 들리기를 가슴 졸이며 기다리는 자신의 모습에 놀랐다. 저녁 7시쯤 되자 배가 불룩한 식료품 봉투와 그녀가 이제까지 본 것 중에 가장 매혹적인 노란 장미 스물네 송이를 들고 그가 돌아왔다. 그녀는 완전히 회복된 것 같아 자리를 털고 일어나 앉았지만, 그는 좀 더 쉬어야 한다고 했다. "제발, 네이선이 다 알아서 할게요." 이때 처음으로 그의 이름을 들었다. 네이선. 네이선! 네이선, 네이선!

그녀는 내게 네이선과 함께 한 첫 식사를, 그가 송아지 간과 부추로 만든 그 맛있는 요리를 절대로 잊지 못할 것이라고 했다. "철분이 풍부하죠." 그가 말하면서 지글지글 끓는 소리가 나는 뜨거운 요리 접시 위로 몸을 구부리는데 이마에는 땀방울이 송글송글 맺혀 있었다. "철분 보충에는 간만 한 게 없어요. 그리고 부추도 철분 그 자체고! 이걸 먹으면 음색도 좋아질 거예요. 로마의 네로 황제는 음색을 좋게 하기 위해 매일 부추를 먹었다는 거 알아요? 그래서 세네카를 끌어다가 사지를 찢어 죽이게 시켜 놓고 그 좋아진 목소리로 비탄의 노래를 읊조렸다는 것도? 앉아요. 번잡하게 돌아다니지 말고!" 그가 명령했다. "지금은 내가 왕이에요. 당신에게 필요한 건 철분이고. 철분! 그래서 크림으로 요리한 시금치와 채소 샐러드도 먹을 거예요." 그녀는 요리에 열중하면서도 영양학적 근거를 들어 가며 요리법에 대해 이런저런 이야기를 들려주는 네이선에게 완전히 매료되었다. "물론 간은 보통 양파와 함께 요리하지만, 부추를 곁들이면 아주 특별한 음식이 되죠. 이 부추는 구하기 어려운 건데, 이탈리아인 상점에서 샀어요. 당신에겐 아주 많은 양의 철분이 필요하거든요. 그래서 시금치도 사 왔죠. 몇 년 전에 흥미로운 발견을 실은 연구 논문이 하나 발표됐는데, 시금치에 함유된 옥살산 성분이 칼슘을 상당히 중화시킨다는 내용이었죠. 당신에겐 칼슘도 많이 필요한데. 안됐지만, 그래도 철분은 잔뜩 들어 있으니까, 많이 섭취할 수 있을 거예요. 그리고 상추는……."

식사가 그 자체로 훌륭하기는 했지만 주로 영양을 고려한 것이었다면, 와인은 말 그대로 천상의 맛이었다. 소피는 크라쿠프에서 어릴 때부터 와인을 마시며 자랐고, 그녀의 아버지는 미식가 기질이 있어서 몬태나만큼이나 포도밭이 귀한 나라에서도 어머니가 차리는 풍성하고 우아한 빈식 요리에 항상 오스트리아나 헝가리산 와인을 내오라고 주문했다. 그러나 전쟁은 그녀의 삶에서 다른 많은 것을 빼앗아 갔듯이 와인 같은 작은 즐거움조차 앗아 가 버렸고, 그 후로 그녀는 굳이 와인을 구해 마시려고 노력하지도 않았다. 비록 대다수의 사람들이 모겐 데이비드[106]를 물 마시듯 하는 플랫부시에 와서는 와인을 마시고 싶다는 생각을 한 적이 있었지만 말이다. 그러나 이것은, 이런 천상의 맛은 꿈도 꾸지 못했더랬다! 네이선이 가져온 와인은 정말 훌륭해서 맛의 정의를 새로 내리고 싶어질 정도였다. 프랑스산 와인의 신비한 매력에 대해서는 별로 아는 것이 없던 그녀는 그것이 샤토 마고라는 것, 전쟁 전 포도가 풍작이었던 마지막 해인 1937년산이라는 것, 가격이 무려 14달러나 된다는 것(가격표를 살짝 훔쳐본 그녀는 자기 주급의 반이나 되는 가격에 놀라 기절할 뻔했다.) 그리고 그 와인은 잔에 따르면 향이 더 좋아질 수도 있다는 네이선의 설명이 그저 신기할 따름이었다. 네이선은 그런 사실들에 대해 신나게 이야기를 늘어놓았다. 그러나 그녀는 그 와인이 그 무엇과도 비교할 수 없는 감미로운 기쁨을 준다는 것, 따뜻한 기운이 온몸에 퍼져 무모하면서 유쾌한 기분이 되게 한다는 것, 그래서 예전부터 내려오는 와인의 치유력에 대한 이색적인 격언들이 사실임을 입증해 준다는 것만을 알 수 있을 뿐이었다. 와인을

---

106) 와인의 일종으로 맛이 달콤하다.

홀짝홀짝 마신 탓에 정신이 몽롱해지고 기분이 좋아진 그녀는 식사가 끝나 갈 때쯤 네이선에게 이렇게 말했다. "성자처럼 착하게 살다가 죽어서 천국에 가면 이 와인을 마시게 줄 게 틀림없어요." 네이선은 이 말에 대해서는 아무런 대답을 하지 않았고 그 자신도 기분 좋게 취한 것 같았으며, 무언가를 생각하는 듯 엄숙한 표정으로 진홍색 찌꺼기가 남은 잔 너머로 그녀를 뚫어지게 바라보았다. "'마시게 줄 게'가 아니라, '마시라고 줄 게'가 맞는 표현이에요." 그가 부드러운 목소리로 표현을 고쳐 주었다. 그러고는 덧붙여 말했다. "미안해요. 완고하고 신경질 잘 내는 선생님 같죠?"

식사가 끝나고 함께 설거지를 마친 그들은 등이 곧은 불편한 의자에 서로를 마주하고 앉았다. 소피의 침대 위 책꽂이에 일렬로 꽂힌 몇 권의 책이(헤밍웨이와 울프, 드라이저, 패럴의 소설을 폴란드어로 번역한 책들이) 갑자기 네이선의 눈에 들어왔다. 잠시 자리에서 일어나 그 앞으로 다가간 네이선은 흥미로운 듯 책들을 살펴보았다. 그가 하는 말을 들어 보니 이 작가들에 대해 잘 아는 것 같았다. 특히 드라이저에 대해서는 굉장한 열의를 보이면서 대학 다닐 때 그 방대한 『아메리카의 비극』을 앉은자리에서 다 읽었는데 "그러다가 눈알이 빠지는 줄 알았다."라고 했고, 『시스터 캐리』를 열성적으로 설명하던 그는(그녀가 아직 읽지 못했다고 하니까 드라이저의 최고 걸작이라면서 꼭 읽어야 한다고 주장했다.) 문장을 끝맺지 않고 말을 멈추더니 눈이 튀어나올 듯한 우스꽝스러운 표정으로 그녀를 빤히 바라보며 말했다. "그러고 보니 아가씨가 누군지, 뭐 하는 사람인지 전혀 모르고 있었군요."

그녀가 한동안 머뭇거리다가 대답했다. "병원에서 일해요. 접수 데스크에서 시간제로요."

"병원이라고요?" 그가 대단히 흥미롭다는 어조로 물었다. "어떤 병원이요?"

그녀가 적절한 단어를 생각해 내려고 한참 애쓰다가 대답했다. "물리 치료사의 병원이요."

그녀의 대답을 들은 그는 경련을 일으키는 듯 보였다. "물리 치료사. 물리 치료사라고요? 그러니 당신 몸이 그렇지!"

그녀는 바보같이 어설프게 변명하려 했다. "그는 굉장히 좋은 분이에요……." 그러고는 머뭇거리다가 다시 말을 이었다. "당신네 표현대로 하자면, 멘시(좋은 사람)죠. 블랙스톡 박사라고……."

"멘시라." 그가 혐오스럽다는 표정을 지으며 말했다. "당신 같은 아가씨가 그런 사기꾼 밑에서 일하다니……."

"여기 왔을 때 얻을 수 있는 일자리가 그것뿐이었어요. 그게 전부였어요!" 그녀가 다소 화난 듯한 목소리로 항변했고, 갑자기 퉁명스러워진 대답을 들은 그는 즉시 사과의 말을 중얼거렸다. "알아요. 그렇게 말하면 안 되는데. 내 일도 아닌데."

"좀 더 괜찮은 일을 하고 싶긴 하지만, 별다른 재능이 없어요." 이제 그녀가 침착해진 목소리로 말했다. "오래전에 교육을 받기 시작했지만, 끝을 못 냈어요. 난 아주 불완전한 사람이에요. 음악을 가르치고 싶었는데, 음악 선생님이 되고 싶었는데, 그럴 수 없었어요. 그래서 지금 접수 데스크에서 일하는 거고요. 그렇게 나쁘지는 않지만, 브래멍(정말) 언젠가는 더 괜찮은 일자리를 잡고 싶어요."

"함부로 말해서 미안해요."

그녀는 자신의 경솔함을 부끄러워하는 그의 모습에 감동받은 눈으로 그를 바라보았다. 이렇게 쉽게 마음을 뺏기기는 이번이 처음이었다. 네이선에게는 아주 열정적이고 활력에 넘치고 다양한 면이 있었다. 조용하면서도 단호한 태도, 우스꽝스럽게 남을 흉내 낼 수 있는 능력, 음식과 의학에 대해 말할 때 보이는 지성이 한데 어우러져 그녀의 마음을 사로잡았다. 더군다나 이런 모습에서 진심으로 그녀의 건강을 걱정하는 마음이 느껴지기까지 했다. 게다가 왠지 어린 소년을 연상시키는 어설픔과 자기 질책의 모습까지도 매력적이었다. 한순간 그녀는 그가 다시 한번 자신을 어루만져 주기를 바랐지만, 그런 느낌은 곧 사라져 버렸다. 그들은 한동안 조용히 앉아 있었다. 밖에서는 가랑비가 내리고 있었고 자동차 한 대가 미끄러지듯 지나가는 소리가 들렸으며 저 멀리 교회에서 치는 아홉 번의 저녁 종소리가 광활하고 고요한 브루클린에 울려 퍼지고 있었다. 더 멀리 맨해튼 쪽에서는 천둥소리가 희미하게 들려왔다. 이미 방 안은 완전히 어두워졌고, 소피는 탁자에 놓인 유일한 램프의 스위치를 켰다.

천상의 맛을 가진 와인 때문이었는지 침착하고 편안한 분위기의 네이선이 곁에 있기 때문이었는지는 모르겠지만, 소피는 이야기를 계속하고 싶어졌고, 그래서 이야기하는 동안 자신의 어디에 그런 능력이 숨어 있었는지 모르겠지만 영어가

술술 튀어나오는 것을 느꼈다. "내게는 과거에서 남은 게 하나도 없어요. 하나도. 그것이 나 자신이 너무도 불완전하다고 느끼게 되는 이유 중 하나예요. 이 방 안에 있는 모든 것이, 책이며 옷가지며 모든 것이 미국에 와서 구한 것들이죠. 폴란드에서 가져온 것은, 어린 시절에 쓰던 것은 하나도 없어요. 그때 찍은 사진 한 장 없어요. 그때 찍은 사진들을 모아 놓은 앨범을 잃어버린 게 정말 안타까워요. 앨범이 있으면 당신에게 흥미로운 사진들을 많이 보여 줄 수 있을 텐데. 이를테면 전쟁 전의 크라쿠프 풍경을 담은 사진들 말이에요. 아버지는 대학교수셨지만 사진도 아주 잘 찍으셨어요. 아마추어지만 아주 섬세하고 훌륭한 사진작가셨죠. 아주 비싸고 좋은 라이카 카메라를 갖고 계셨어요. 엄마하고 내가 피아노 앞에 나란히 앉아 있는 모습을 찍으신 적이 있는데, 내가 제일 좋아하는 사진이에요. 그 앨범에 꽂혀 있었는데, 잃어버려서 정말 안타까워요. 그때 내가 열세 살쯤 됐을 거예요.「네 개의 손을 위한 작품」을 치고 있었던 것 같아요. 사진 속에서 우린, 엄마와 나는 정말 행복해 보였어요. 이제 그 사진에 대한 기억은 내게 상징적인 의미가 있어요. 과거에 내가 가졌던 것과 현재 내가 가질 수도 있었던 것 그리고 현재 내가 가지고 있지 못한 것을 보여 주는 상징적인 의미 말이에요." 그녀는 시제를 정확하게 바꿀 수 있는 자신의 능력에 자부심을 느끼며 잠시 말을 멈추고 네이선을 바라보았고, 그도 몸을 약간 앞으로 기울이고 갑자기 쏟아져 나오는 그녀의 이야기에 빠져 버린 듯 그녀를 바라보았다. "분명히 말하지만 그렇다고 나 자신을 동정하는 것은 아니에요. 교육을 마치지 못한 것이나 내가 원했던 대로 되지 못한 것보다 훨씬 더 안 좋은 일들이 많았어요. 그게 전부였다면, 지금 아주 만족하며 살고 있을 거예요. 물론 원한 대로 음악 교육을 마치고 선생님이 되었다면 더할 나위 없이 좋았겠죠. 하지만 그럴 수 없었어요. 악보를 마지막으로 본 지 칠팔 년은 되는 것 같은데, 지금 다시 보면 읽을 수나 있을지 모르겠어요. 어쨌든 그래서 난 직업을 선택할 수 없는 입장이고, 그래서 지금 물리 치료사 밑에서 일하는 거예요."

얼마 후 그가 직접적으로(그런 식으로 말하는 방식을 그녀는 점점 더 좋아하게 되었다.) 물었다. "유대인이 아니죠?"

"아니에요. 유대인이라고 생각했어요?"

"처음에는 그랬죠. 브루클린 칼리지에는 금발의 이교도가 별로 없거든요. 그래서 택시 안에서 당신을 자세히 살펴봤죠. 그때는 덴마크나 핀란드, 아니면 동부 스칸디나비아 사람 같아 보이더군요. 그런데 또 광대뼈를 보니 슬라브계 같아 보이는 거예요. 결국에는 폴란드 쪽이라고 단정을 지었죠. 당신이 바르샤바 이야기를 할 때 확신을 가졌고요. 당신은 정말 아름다운 폴란드 아가씨예요."

그녀는 얼굴을 붉히며 미소를 지었다. "파 드 플라트리, 므슈.(그렇게 비행기 태우지 마세요, 선생님.)"

"그나저나 이런 말도 안 되는 모순이 어디 있어요? 이렇게 아름다운 폴란드 아가씨가 블랙스톡이라는 물리 치료사 사무실에서 일하다니. 그리고 도대체 어디서 이디시 말은 배워서 그렇게 유창하게 하는 거죠? 그리고 이런 제기랄, 또 남의 문제에 끼어드는 것 같아서 미안한데, 좀 참아 줘요. 당신의 몸 상태가 정말로 걱정돼서 꼭 알아야겠어요. 도대체 팔의 그 숫자 문신은 어떻게 된 거예요? 얘기하고 싶지 않다는 거 알아요. 나도 정말 물어보긴 싫지만, 그래도 알아야겠어요.”

그녀는 머리를 젖혀 분홍색 천을 씌운 삐걱거리는 의자의 더러운 머리 받침대에 기댔다. 체념한 듯한 혹은 약간 자포자기한 심정이 된 그녀는 힘들겠지만 그에게 대강의 이야기를 지금 솔직하게 들려주는 것이 더 쉬울 것 같았다. 또 운이 좋다면 절대로 남에게 말할 수 없는 끔찍하고 복잡한 일들에 대해 더 이상 추궁당하지 않아도 되리라는 생각을 했다. 그뿐 아니라 이제는 거의가 다 아는 사실에 대해 침묵을 지키거나 모호하게 대답하는 것은 우스꽝스럽거나 무례한 일이라는 생각도 들었다. 이상한 일이지만 이곳 미국 사람들은 그동안 그렇게나 많은 책들이 출판되고 사진이 공개되고 단편 뉴스 영화가 나왔는데도, 정확한 진상은 모르는 채 피상적으로만 아는 것 같아 보였다. 한심하게도 부헨발트, 벨젠, 다하우, 아우슈비츠 등에 강제 수용소가 있었다는 정도로만 아는 것 같았다. 자신의 과거를 떠올릴 때 느끼는 끔찍한 고통은 제쳐 두고라도, 아무도 그때의 일을 정확하게 알지 못한다는 생각 때문에 그녀는 자신이 겪은 일을 아무에게도 제대로 털어놓지 못하고 있었다. 고통으로 말하자면, 그녀는 이야기를 시작하기도 전에 겨우 아물기 시작한 상처를 다시 찢기는 것 같은, 혹은 엉성하게 맞춰 놓은 부러진 팔다리를 실수로 다시 밟히는 것 같은 신체적 고통을 느끼기 시작했다. 그러나 네이선은 그녀를 돕고 싶다는 의사를 충분히 밝혔고, 그녀도 그의 도움이 절실히 필요했기 때문에, 자신이 겪은 일을 대강이라도 알려 줘야 할 것 같은 생각이 들었다.

그래서 얼마 후 그녀는 이야기를 시작했고, 감정이 섞이지 않은 침착한 어조를 유지할 수 있다는 사실에 안도감을 느꼈다. "1943년 4월, 나는 폴란드 남부에 있는 아우슈비츠 비르케나우라는 강제 수용소로 끌려갔어요. 오슈비엥침이라는 마을 근처에 있었죠. 그 전에 나는 바르샤바에 살았고요. 크라쿠프를 떠나야 했던 1940년 초부터 삼 년 정도 그곳에서 살았어요. 삼 년도 긴 시간이지만, 그 후로도 이 년이나 더 흐른 후에야 전쟁이 끝났죠. 줄곧 생각해 본 건데, 그때 내가 끔찍한 메프리즈를, 미안해요, 실수를 저지르지 않았다면 그 이 년을 바르샤바에서 안전하게 살았을 거예요. 하지만 난 아주 바보 같은 실수를 저질렀어요. 그 생각만 하면 나 자신이 싫어서 견딜 수 없어요. 그 전에는 아주 신중했거든요. 지나치다 싶을 만큼 신중했는데. 그때까지 난 아주 부유하게 살았어요. 유대인이 아니었고 게토[107]에 살지도 않았기 때문에, 그런 이유로 체포될 일은 없었죠. 또 지하에서 저항 운동을 한 것도 아니었고요. 프랑슈멍(솔직히), 그건 너무 위험해 보였어요. 어떤 상황에 말려들고 싶지 않았죠. 하지만 거기에 대해선 더 이상 이야기하고 싶지 않아요. 어쨌든 내가 저항 운동을 하는 것도 아니었기 때문에, 그런 이유로 체포될 걱정도 없었죠. 난

---

107) 유대인 강제 거주 지역.

당신이 들으면 참 터무니없다고 생각할 이유 때문에 체포됐어요. 바르샤바 외곽, 농촌에 사는 친구에게서 고기를 몰래 들여오다가 체포됐어요. 고기는 모두 독일군에게 가야 했기 때문에 민간인이 고기를 소지하는 것은 엄격히 금지되어 있었죠. 하지만 나는 엄마의 병을 낫게 하려고 위험을 무릅쓰고 고기를 몰래 들여오려고 했어요. 엄마가 많이 편찮으셨는데, 그게 영어로 뭐죠? 라 콩송시옹?"

"결핵이요."

"그래요. 엄마는 몇 년 전 크라쿠프에서 결핵을 앓으셨는데 곧 나으셨죠. 그런데 바르샤바에서 재발한 거예요. 난방도 안 되는 데서 지독히도 추운 겨울을 나야 했고, 모든 걸 독일 사람들한테 빼앗겼기 때문에 거의 먹지도 못해서 그랬겠죠. 너무 심하게 편찮으셔서 모두들 돌아가실 거라고 했어요. 그때 난 엄마와 함께 살진 않았고 근처에 살았어요. 고기를 좀 드신다면 나아질지도 모른다는 생각이 들어서, 어느 일요일 난 친구가 사는 마을로 가서 금지된 햄을 좀 샀어요. 그러고는 바르샤바로 돌아오다가 게슈타포[108] 두 명에게 검문을 당했는데, 햄을 들켜 버린 거예요. 나를 체포하더니 바르샤바에 있는 게슈타포 유치장으로 보냈어요. 내가 살던 곳으로 돌아가지 못해서 그 후로 다시는 엄마를 보지 못했죠. 나중에 들은 바로는 그 일이 있고 몇 달 후에 돌아가셨다고 하더군요."

소피가 이야기하는 동안 방 안이 후텁지근하고 답답해지

---

108) 나치 독일의 비밀경찰.

자 네이선은 자리에서 일어나 창문을 활짝 열어젖혔고, 그러자 선선한 산들바람이 들어와 그가 가져온 노란 장미들을 살랑거리게 했다. 방 안은 빗소리로 가득 찼다. 가랑비가 폭우로 바뀌어 있었고, 공원 풀밭 너머에서는 번개가 번쩍하면서 떡갈나무인지 느릅나무인지를 내리친 것 같았다. 이와 동시에 천지를 진동하는 듯한 천둥소리가 들렸다. 네이선은 뒷짐을 진 채 창가에 서서 갑작스러운 폭우로 시끄러운 바깥을 바라보았다. "계속해요, 듣고 있으니까."

"며칠을 게슈타포 유치장에서 보냈어요. 그러고 나선 아우슈비츠로 이송됐죠. 기차로 거기에 도착하는 데 하루하고도 한나절이 걸리더군요. 평상시 같으면 예닐곱 시간이면 충분했을 거예요. 아우슈비츠에는 두 개의 강제 수용소가 있었어요. 아우슈비츠 수용소하고 몇 킬로미터 떨어진 곳에 비르케나우 수용소가 있었죠. 이 두 수용소는 차이가 있었는데요, 아우슈비츠는 강제 노동을 시키는 곳이고, 비르케나우는 오로지 대량 학살만을 위한 곳이었죠. 기차에서 내리자, 나……나는…… 비…… 비르케…… 비르케나우로는 가지 않는 것으로 정해졌어요." 소피는 민망하게도 이제까지 잘 유지한 침착한 태도가 흔들리면서 목소리가 떨리는 것을 느꼈다. 말까지 더듬고 있었다. 그러나 그녀는 곧 평정을 되찾았다. "비르케나우의 독가스실이 아니라 아우슈비츠로 가게 되었어요. 일하기 적당한 나이인 데다 비교적 건강했기 때문이죠. 아우슈비츠에서 이십 개월을 있었어요. 내가 도착했을 무렵엔 죽음을 언도받은 사람들은 누구나 비르케나우로 보내졌는데, 얼마 안 가서 그곳은 유대인들만 학살당하는 곳이 됐어요. 유대인들을 대량 학살하는 곳 말이에요. 아우슈비츠에서 멀지 않은 곳엔 생테티크 카우추, 합성 고무를 만드는 거대한 위진(공장)이 있었어요. 아우슈비츠에 수용된 사람들은 거기서도 일을 하긴 했지만, 주요 임무는 비르케나우의 레 주이프(유대인)를 학살하는 걸 돕는 거였어요. 그래서 아우슈비츠 수용소에는 주로 아리아인들이 수용됐는데, 그들은 비르케나우 화장장을 유지하는 일을 했죠. 유대인 학살을 돕는 일이요. 하지만 결국에는 그들도 모두 죽게 되어 있었어요. 기력이 다 빠지고 상테(건강)가 나빠져서 인위틸르(불필요한 존재들)가 되면, 그들도 죽임을 당했죠. 총살을 당하거나 비르케나우의 독가스실로 끌려가거나."

소피는 한동안 말을 잇지 못했다. 이야기를 하다 보니 자꾸만 프랑스어를 사용하게 됐다는 것을 깨달은 데다 왠지 모르게 엄청난 피로가(몸 상태가 안 좋아서 느끼는 피로 이상이었다.) 몰려왔기 때문이다. 결국 그녀는 이야기를 의도했던 것보다 더 짧게 끝내기로 결심했다. "하지만 나는 죽지 않았어요. 다른 사람들보다 운이 좋았던 거죠. 독일어와 러시아어, 특히 독일어를 할 줄 알았기 때문에 수용소에 있던 다른 사람들보다 유리한 입장이었어요. 그 덕에 한동안은 남들보다 더 잘 먹고 더 잘 입고 더 힘이 남아 있었죠. 살아남을 수 있는 기력이 좀 더 많이 남아 있었던 거예요. 하지만 그것도 오래가진 않았고 결국에는 나도 다른 사람들과 같은 처지가 되었어요. 굶주리게 되니까 르 스코르뷔가 생기고. 괴혈병이죠, 아마? 그러고 나선 발진티푸스랑 라 스카르라틴도 생기더군요. 여기서는 성홍열이라고 하는 것 같던데. 말했듯이 거기서 이십 개월을 살았고, 결국에는 죽지 않고 살아남았어요. 하루만 더 있었더라도 죽었을 거예요." 그녀가 잠시 말을 멈췄다가 다시 이었다. "빈혈이 있다고 했는데, 당신 말이 맞을 거예요. 그곳에서 풀려난 후에 적십자 소속 의사를 만났는데, 그런 게 생길지도 모르니까 조심하라고 했거든요. 빈혈 말이에요." 그녀는 한숨과 함께 피곤에 지친 자신의 목소리가 점점 더 작아지는 것을 느꼈다. "하지만 난 그 말을 잊고 있었어요. 몸에 아픈 데가 너무 많아서 그 이야기는 잊고 있었죠."

한동안 그들은 아무 말 없이 세차게 몰아치는 바람 소리와 쏟아붓는 듯한 빗소리를 듣고 있었다. 열린 창문을 통해 폭우에 씻긴 듯 서늘한 바람과 함께 공원에서 신선하고 깨끗한 젖은 흙냄새가 들어왔다. 바람도 아까보다는 많이 잦아들었고 천둥도 동쪽으로, 저 멀리 롱아일랜드 쪽으로 툴툴거리며 물러나 있었다. 어두운 바깥에서는 이따금 떨어지는 빗방울 소리와 멀리 젖은 도로 위를 미끄러져 가는 타이어 소리만 들려왔고 선들바람이 창문을 통해 들어왔다. 그가 말했다. "잠을 자 둬요. 난 갈게요." 그러나 그녀가 나중에 회상한 바로는 그는 적어도 그때는 가지 않았다. 라디오에서는 「피가로의 결혼」 마지막 부분이 나오고 있었고, 네이선은 침대에 누운 소피 곁 의자에 앉아 조용히 음악을 듣고 있었으며, 여름 나방들이 희미한 전구를 향해 돌진했다가 떨어져 나와 그 주변을 맴돌고 있었다. 그녀는 눈을 감고 설핏 잠이 들었고, 그 유쾌한 구원의 음악이 싱그러운 풀 냄새와 빗소리와 부드럽게 섞이는 이국적이고 평화로운 꿈을 꾸었다. 한번은 그의 손가락이 나방의 날개처럼 가볍고 섬세하게 그녀의 뺨을 어루만지는 것을 느꼈는데, 단 일이 초에 지나지 않았고, 금방 아무것도 느끼지 못하게 되었다. 깊이 잠들어 버린 것이다.

소피가 자신의 과거를 대단히 짧게 줄여 전달하고자 했다고 하더라도 그다지 솔직하지는 않았다는 것을 다시 한번 말할 필요가 있겠다. 나중에 그녀는 네이선에게 이야기할 때는 중요한 사실을 많이 빼놓았다는 것을 내게 고백했다. 그러나 엄밀히 말하자면 거짓말을 하지는 않았다.(크라쿠프에서의 유년 시절 이야기를 내게 들려줄 때 한두 가지 중요한 사실에 대해서는 거짓말을 했지만 말이다.) 없었던 일을 날조하거나 중요한 사실을 왜곡하지도 않았다. 그날 저녁 그녀가 네이선에게 한 이야기는 모두 사실임을 입증하기가 어렵지 않은 내용들이었다. 아우슈비츠 비르케나우의 기능에 대한 설명은 비록 지나치게 단순화하기는 했지만 근본적으로는 정확했고, 자신의 여러 질병에 대한 설명도 과장하거나 숨긴 것이 없었다. 어머니의 병과 죽음, 햄을 몰래 들여오려다가 독일 경찰에게 잡혀서 곧 아우슈비츠로 이송된 사실 등에 대해서도 진위를 의심할 만한 아무런 이유가 없다. 그렇다면 그녀는 왜 누구라도 당연히 기대했을 사실들과 그에 대한 자세한 설명을 빼놓고 하지 않았을까? 그날 밤 그녀가 느낀 피로와 우울감 때문이었을 것이 분명하다. 그리고 그 밖에도 다른 여러 이유가 있었을지 모르지만, 죄책감이 중요한 원인이었다고 생각한다. 그녀는 그 단어를 자주 썼고, 어쩔 수 없이 자신의 과거에 대해 이야기해야 할 때에는 끔찍한 죄책감이 마음을 억눌렀던 것이 분명하다. 그뿐만 아니라 그녀는 그때의 일에 대해 자기 혐오감을 느꼈고, 이는 그녀와 같은 시련을 겪은 사람들에게는 보기 드문 현상이 아니었다. 시몬 베유[109]가 이런 종류의 고통에 대해 말했다. "신체적, 정신적 고통은 경멸감, 타인과 심지어 자기에 대한 혐오감 그리고 죄책감을 인간의 영혼에 깊숙이 각인시킨다. 논리적으로 볼 때는 범죄가 그래야겠지만 실제로는 고통이 그런다." 그러므로 이렇게 파괴적인 죄책감과 단순하지만 강한 동기로 유발된 과묵함이 한데 어우러져 소피로 하여금 일부 사실에 대해 침묵하게 했는지도 모르겠다. 소피는 대체로 지옥의 중심에 머물렀던 시간에 대해서는 거의 집착에 가까울 정도로 비밀을 지키려 했고, 그녀가 정말로 그것을 원한다면 이는 존중받아야 했다.

그러나 한 가지 분명히 해야 할 일은, 이야기가 계속되면서 곧 밝혀지겠지만, 소피가 네이선에게는 결코 말할 수 없었던 일들을 내게는 들려줄 수 있었다는 사실이다. 이유는 간단했다. 그녀는 네이선과 폭풍 같은 사랑에 빠져 있어서 치매에 걸린 노인처럼 과거의 일을 잊게 되었고, 이유 없이 고통받지 않으려는 아주 인간적인 동기에서 비롯되었는지는 모르겠으나 자기가 사랑하는 사람한테만큼은 자신의 치부와 끔찍이도 고

---

109) 프랑스의 여성 철학자.

통스러운 과거를 숨기고 싶은 것이 인지상정이기 때문이다. 그러나 그녀의 과거에는 짚고 넘어가야 할 정황과 사건 들이 분명히 있었고, 자신은 깨닫지 못했지만 그녀가 냉담하게 거부했던 종교의 고해성사를 들어 줄 누군가를 찾고 있었다고 생각한다. 그녀 가까이에 있던 나, 스팅고가 바로 그 누군가가 된 것이다. 그녀가 그런 일들을 마음속에 꼭꼭 묻어 두었다면 돌아 버릴 정도로 도저히 참을 수 없었을 것이다. 특히 그 격정의 소용돌이에 휘몰려 여름이 가고 소피와 네이선의 관계가 파멸로 치달음에 따라 더욱 그랬다. 그녀가 약해질 대로 약해지고 마음속의 고통과 죄책감을 외마디 비명처럼 내보낼 필요가 절실해졌을 때, 나는 충직한 개처럼 지칠 줄 모르고 항상 그녀 곁에서 귀를 열어 놓고 있었다. 그뿐만 아니라 그녀가 겪은 악몽 중에서 가장 끔찍한 부분들이 나처럼 설득당하기 쉬운 사람의 마음에도 도저히 이해할 수 없는 일로 여겨진다면, 네이선에게는 절대로 받아들여지지 못했을 것이다. 그는 그녀의 말을 믿지 않거나 그녀가 미쳤다고 생각했을 것이다. 어쩌면 그녀를 죽이려고까지 했을지도 모른다. 예를 들어 아우슈비츠의 사령관이었던 나치 친위대 대장 루돌프 프란츠 회스와의 사이에 있었던 일을 어떻게 그에게 이야기할 수 있었겠는가?

네이선과 소피가 처음 만난 후 몇 달 사이에 일어난 일로 되돌아가기 전에 잠시 회스에 대해 살펴보고 가야겠다. 회스는 우리 이야기에서 주요 악한으로 나중에 등장하겠지만, 지금 이 중세적 괴물의 배경에 대해 언급하고 가는 편이 나을 것 같다. 소피는 오래전에 기억에서 지워 버린 그가 다시 의식의 전면으로 나서게 된 것은 얼마 전, 더 정확히 말하자면 내가 분홍 궁전이라고 부르는 예타의 하숙집에 들어오기 며칠 전에 일어난 뜻하지 않은 일 때문이라고 했다. 이번에도 그 끔찍한 일은 브루클린 시가 밑을 지나가는 지하철 안에서 일어났다. 그녀가 몇 주 전에 나온 잡지 《룩》을 뒤적이고 있는데 갑자기 회스의 사진이 눈에 들어온 것이다. 너무나도 놀란 그녀는 참으려고 했지만 나지막한 비명 소리를 낼 수밖에 없었고, 옆에 앉아 있던 여자는 그 소리를 듣고 놀라 반사적으로 진저리를 쳤다. 사진은 회스가 처형되기 몇 초 전의 모습이었다. 흐트러진 죄수복 차림에 수갑을 찼고 면도하지 않은 야위고 무표정한 얼굴의 전직 친위대장은 이제 막 돌아올 수 없는 길을 떠나려 하고 있었다. 그의 목 주위에는 교수대에 매인 밧줄이 늘어뜨려져 있었고, 십여 명의 폴란드 군인들이 그의 마지막 가는 길을 준비하고 있었다. 무대에서 얼간이 연기를 하는 배우처럼 이미 죽어 버린 공허한 표정을 짓고 있는 초라한 모습의 그를 바라보던 소피의 눈앞에는 세월 속에 많이 희미해졌지만 끔찍이도 낯익은 배경이, 검댕이 앉은 나지막한 아우슈비츠 화장장의 모습이 떠올랐다. 잡지를 집어 던지고 다음 역에서 내린 그녀는 잊어버리려 그렇게도 애쓴 옛일이 갑자기 생생해진 것에 당황하면서 햇볕이 쨍쨍 내리쬐는 박물관과 식물원 주변 거리를 몇 시간이고 무턱대고 걸었고, 마침내 사무실에 모습을 드러내자 블랙스톡이 그녀의 초췌한 모습에 놀라 "귀신이라도 봤어?"라고 물었다. 그러나 하루 이틀이 지나자 그녀는 그 사진을 다시 마음속에서 몰아낼 수 있었다.

　그때 소피를 비롯한 세상 사람들은 알지 못했지만, 재판과 처형이 있기 몇 달 전 루돌프 회스는 비교적 짧은 분량인데도 출판된 여느 서적만큼이나 전체주의라는 광기에 휩쓸려 버린 인간의 마음에 대해 많은 것을 알려 주는 문서를 작성하고 있었다. 이 문서는 몇 년이 지나고 나서야 콘스탄틴 피츠기본에 의해 훌륭하게 영어로 번역되었다. 『나치 친위대가 바라본 아우슈비츠』라는 제목의 책으로 묶인(폴란드 국립박물관이 출간했고, 현재 아우슈비츠 수용소에 소장되어 있다.) 이 문서는 회스의 심리를 철저히 해부해 볼 수 있는 것으로, 악(惡)의 본질을 알고자 하는 사람들에게 좋은 길라잡이가 되고 있다. 분명히 이 책은 전 세계의 철학 교수와 기독교 성직자, 유대교 랍비, 주술사, 역사학자, 작가, 정치인과 외교관, 성별과 인종을 막론한 모든 해방론자, 변호사, 판사, 행형학자, 코미디언, 영화감독, 언론인을 비롯해 인류의 의식에 영향을 미칠 위치에 있는 모든 사람이 읽어야 하며, 우리 미국의 미래를 짊어질 고등학생 이상의 청소년들도 『호밀밭의 파수꾼』, 『호빗』,[110] 헌법과 함께 이 문서를 공부해야 한다. 회스의 고백을 읽고 있으면 우리는 진정한 악을 알지 못했다는 것을 깨닫게 될 것이다. 대부분의 소설과 연극, 영화에서 그려지는 악은 가짜는 아니더라도 폭력과 환상, 신경증적 공포와 멜로드라마가 조잡하게 섞인 그저 평범한 악에 지나지 않는다는 것도 깨닫게 될 것이다.

---

110) 톨킨이 쓴 환상 소설.

다시 한번 시몬 베유의 말을 빌리자면 "가상의 악은 비현실적이고 다양하지만, 실제의 악은 음울하고 단조롭고 황량하고 지루하다." 의심할 바 없이 이 말은 루돌프 회스와 그의 마음의 움직임을 잘 표현하고 있고, 놀랄 정도로 진부한 그는 교수형에 처해지고 몇 년 후에 나온 대단히 설득력 있는 한나 아렌트[111]의 논문에서 한 범례로 인용될 정도다. 회스는 사디스트가 아니었고, 폭력적이거나 특별히 위협적인 사람도 아니었다. 어쩌면 예의 바르고 친절한 사람이었다고까지 할 수 있을 것이다. 실제로 회스 회고록의 폴란드어판 편집자이자 그 자신이 아우슈비츠 생존자인 저지 라비츠는 회스가 구타와 폭력을 일삼았다고 다른 생존자들이 증언하자 거짓말이라고 비난했다. "회스는 절대로 그런 짓을 하지 않았다."라고, "그에게는 수행해야 할 더 중요한 임무들이 있었다."라고 주장했다. 앞으로 보게 되겠지만, 회스는 가정적인 사람인 한편 의무와 대의명분에 맹목적으로 헌신하는 사람이기도 했다. 그래서 그는 마음속 양심의 가책이나 불안 요소들을 모두 진공청소기가 빨아들여 도덕적 진공 상태가 된 자동 제어 기계가 되어 버렸고, 그 자신의 설명을 보더라도 그가 날마다 저지른 차마 말로 표현할 수 없는 범죄들은 악이 아니라 바보 같은 순진함에서 비롯된 것으로 보이기도 한다. 그러나 이 자동 기계조차 우리처럼 살과 피로 만들어진 인간이었다. 그는 독실한 가톨릭 신자로 성장했고 신부가 될 뻔하기도 했다. 그래서인지 때

___
111) 독일 태생의 유대인 철학자·사상가.

때로 지독한 양심의 가책과 후회가 희귀한 질병이 발병하듯 그를 공격했고, 바로 이런 나약함과 인간적 반응이 그 무자비하고 복종적인 로봇의 마음을 휘저어 놓았으며, 이 때문에 그의 회고록은 대단히 흥미롭고 위협적이며 교육적으로 유익하게 느껴진다.

회스의 어린 시절에 대해서도 언급하고 넘어가는 것이 좋겠다. 그는 1900년 토머스 울프와 같은 해 같은 별자리에("오, 바람을 거스르며 방향을 잃어버려 슬퍼하는 유령이여…….") 독일군 퇴역 대령의 아들로 태어났다. 아버지는 그가 신학교에 진학하기를 바랐지만, 1차 세계 대전이 발발하자 열여섯 살 소년이던 그는 군에 입대했다. 튀르키예, 팔레스타인 등 근동 지역의 전투에 참가했으며, 열일곱에는 최연소 하사관이 되었다. 전쟁이 끝나자 그는 호전적 민족주의 단체에 가입했고, 1922년에는 앞으로 평생 동안 그의 우상이 될 사람, 아돌프 히틀러를 만났다. 그 즉시 국가사회주의와 그 지도자에게 홀딱 반한 그는 나치당의 열성적인 초기 정식 당원이 되었다. 그 후 얼마 안 되어 그가 첫 살인을 저지르고 유죄 판결을 받아 투옥되었다는 사실은 그리 이상한 일이 아닐 것이다. 처음부터 그는 살인이 평생의 임무임을 알게 되었다. 그의 첫 희생자는 나치가 그들의 이익을 저해한다고 간주한 진보적 정당의 수장이던 카도라는 이름의 교사였다. 무기 징역형을 선고받고 복역 중 육 년 만에 풀려난 회스는 메클렌부르크로 가서 농사를 짓다가 결혼하고 다섯 아이를 낳았다. 전운이 감도는 어수선한 발트해 근처에서 보리와 밀 농사를 지으며 지낸 그 세월이 회스에게는 대단히 무료한 나날들이었던 것으로 보인다. 좀 더 도전적인 일을 하고 싶다는 그의 욕구가 충족된 것은 1930년대 중반, 나치당 초기의 옛 친구인 하인리히 힘러를 만나면서부터였다. 힘러는 쟁기와 괭이를 버리고 나치 친위대가 줄 수 있는 만족감을 맛보라고 어렵지 않게 그를 설득할 수 있었다. 힘러는(그의 전기를 보면 그가 살인자를 알아보는 최고의 안목을 가졌음을 알 수 있다.) 자신이 생각하던 중요한 임무에 회스가 적임임을 알아본 것이 틀림없고, 결국 그 후 십육 년간 회스는 강제 수용소 소장이나 수용소를 관리하는 고위 행정직을 맡았다. 아우슈비츠 이전에 그가 맡은 가장 중요한 임무는 다하우 수용소를 관리하는 일이었다.

회스는 앞으로 계속 그의 직속상관이 될 아돌프 아이히만과 유익하거나 적어도 공생하는 관계를 맺게 되었다. 아이히만은 회스의 재능을 키워 주었고, 이는 더 뛰어난 디토덴테히놀로기(살인 기술)의 개발로 나타났다. 예를 들어 1941년 아이히만은 유대인 문제를 견딜 수 없는 고민거리로 보기 시작했는데, 이는 닥쳐올 임무의 막대한 규모 때문만이 아니라 '최종 해법'과 관련된 현실적 어려움들 때문이기도 했다. 그때까지만 해도 대량 학살은(친위대에 의해 비교적 소규모로 자행되었다.) 총살이나 밀폐된 공간에 일산화탄소를 분사하는 방식으로 이루어졌는데, 총살은 손이 많이 가고 사체가 대규모로 쌓이게 되며 비효율적이라는 문제점이 있었고, 일산화탄소 분사도 마찬가지로 비효율적이고 엄청나게 시간을 잡아먹는다는 단점이 있었다. 아우슈비츠에 들끓던 쥐나 해충을 죽이는 데 결정화된 시안화수소 화합물을 증기 형태로 뿜는 것이 효과적임을 발견한 회스는 아이히만에게 이 방식을 제안했고, 회스에 따르면 아이히만은 이 제안을 듣자 뛸 듯이 기뻐했다고 한다. (나중에 아이히만은 이 사실을 부인했지만 말이다. 그리고 실험자라는 사람들이 이렇게 뒤처져 있었다니 이해하기 힘들다. 시안화물 가스는 미국의 사형 집행실에서 그보다 십오 년 전부터 사용되었다.) 러시아계 전쟁 포로 900명을 대상으로 실험해 본 회스는 이 가스가 신속한 살인에 매우 적합하다는 사실을 발견했고, 그 후로 이 가스는 수많은 수용소 수감자들과 새로 도착하는 포로들에게 광범위하게 사용되었으며, 1943년 4월 초 이후로는 유대인들과 집시들에게만 사용되었다. 회스는 또 제멋대로 굴거나 탈출을 꾀하는 포로들을 날려 버리기 위한 소형 지뢰밭이나 그들을 감전사시키기 위한 고전압 전기 철조망 같은 기술을 개선했고, 훈데슈타펠(개 부대)이라고 알려진 사나운 독일종 셰퍼드와 도베르만 사냥개를 들여오기도 했다. 그의 회고록 전반에 걸쳐 자세하게 나온 걱정스러운 설명을 보면 이 개들은 수감자들을 물어 죽이도록 훈련된 대단히 사나운 사냥개들이었음에도 때로는 축 늘어져 있어 통제가 불가능해지거나 외딴 구석을 찾아가 잠들어 버리는 데 아주 능해서 회스에게 자부심과 동시에 불만을 안겨 주었다. 그러나 대체로 회스의 창의적 아이디어는 충분히 성공을 거두었고, 그는 (19세기 후반 독일 의학의 번영기 동안 코흐, 에를리히, 뢴트겐 같은 의학자들이 의학의 면모를 일신시켰듯이) 대량 학살이라는 개념에 대혁신을 가져온 사람으로 평가받을 수 있을 것이다.

대량 학살의 역사적, 사회적 중요성을 인식하기 위해서는 전쟁이 끝난 후 폴란드와 독일에서 열린 전범 재판에서 회스와 함께 법정에 선 전범들(각 지역 총독들과 아우슈비츠를 비롯한 여러 강제 수용소에서 근무한 나치 친위대 소속의 2급 학살자들) 중에 군인 출신은 얼마 되지 않았다는 사실을 기억할 필요가 있다. 그러나 이것이 대단히 놀라운 사실은 아니다. 군인들은 가공할 범죄를 저지를 수 있다. 최근에 칠레, 미라이,[112] 그리스에서 일어난 일들만 봐도 잘 알 수 있다. 그러나 군인을 실질적인 악과 동일시해 진정한 악을 저지를 수 있는 사람은 오로지 군 장성들과 부관들뿐이라고 생각한다면 이는 대단히 잘못된 생각이다. 군인들이 자주 저지를 수 있는 부차적 악은 공격적이고 비현실적이며 신파적이고 오싹하고 잔인하다. 아우슈비츠에서 자행된 음울하고 단조롭고 황량하고 지루한 실제의 악은 주로 민간인들에 의해 저질러졌다. 그러므로 아우슈비츠 비르케나우에서 근무한 나치 친위대에서 직업 군인은 거의 찾아볼 수 없고 대신 독일 사회 각계각층에서 모인 민간인들이 대부분이었다는 사실을 알게 된다. 그들 중에는 웨이터, 빵집 주인, 목수, 식당 주인, 의사, 경리, 우체국 직원, 식당 여종업원, 은행 직원, 간호사, 열쇠공, 소방수, 세관원, 법률 고문, 악기 제조업자, 기계 생산 전문가, 실험실 조수, 트럭 운송업체 사장 등이 포함되어 있으며, 이 평범하고 낯익은 민간인 직업을 일일이 열거하자면 끝이 없을 것이다. 사상 최악의 유

---

112) 집단 학살이 일어난 베트남 남부 마을.

대인 학살자로 여겨지는 저 아둔한 하인리히 힘러도 양계장 주인이었다는 사실 정도만 덧붙여도 되겠다.

이 모든 사실이 특별히 놀랍거나 충격적이지 않은 것은 현대에는 군의 탓으로 돌려지는 죄악의 대부분이 사실은 민간인의 동의와 허락하에 자행되어 왔기 때문이다. 회스는 아우슈비츠로 부임하기 전에 군인으로 복무하기도 했고 농사도 지었다는 점에서 예외적인 경우로 보인다. 그가 대단히 헌신적인 사람이었고, 그 엄격하고 완고한 정신(모든 훌륭한 군인의 마음속에 굳건하게 자리 잡고 있는 투철한 의무감과 복종 정신)이 씁쓸한 일이지만 그의 회고록에 설득력을 실어 주었다는 사실을 여러 자료에서 볼 수 있다. 그 소름 끼치는 회고록을 읽는 사람들은 그가 독가스 살포나 화장 혹은 '선택'을 하면서 느끼는 불안감이나 심지어 감정의 부침을 토로할 때 그것을 진심이라고 생각하게 되고, 범죄를 자행하면서도 그의 마음속에는 항상 음울한 의혹이 자리하고 있었다는 그의 말을 믿게 된다. 회고록을 쓰는 회스의 마음속에는 열일곱 살의 소년이, 명예와 자부심과 올곧음이 프러시아 군대 규약 속에 녹아들어 있던 시대의 전도유망한 운터펠트베벨(사병)인 소년이, 어른들이 빠져 헤매는 말로 표현할 수 없는 악행의 구렁텅이를 발견하고는 망연자실해하는 소년이 숨어 있다고 느끼게 된다. 그러나 그것은 다른 장소, 다른 시대, 다른 라이히(제국)의 이야기이고, 불운한 전직 오버슈투름반퓌러(중령)가 냉엄한 권력과 의무감과 맹목적 복종이라는 명분하에 자행한 잔인무도한 범죄를 정당화하는 글을 지칠 줄 모르고 써 내려가는 동안, 그 어린 소년은 마음속 깊은 그늘 속으로 추방되고 그의 마음을 괴롭히던 공포는 서서히 사라진다.

어찌 된 까닭인지 그의 회고록을 읽는 사람들은 다음과 같은 그의 진술이 진실이라고 믿게 된다. "개인적으로 나는 결코 유대인을 증오하지 않았다는 사실을 강조하고 싶다. 그들을 우리 민족의 적으로 본 것은 사실이다. 그러나 그것 때문에 유대인들과 다른 포로들 사이에 차이가 있다고는 생각하지 않았고, 모두를 똑같이 대했다. 절대로 차별해 대우하지 않았다. 어떤 경우에든 증오는 내게 낯선 감정이다." 화장장의 세계에서 증오는 매일 수행해야 하는 임무의 단조로움과 양립할 수 없는 무모하고 변화무쌍한 열정이다. 특히 마음을 산란하게 하는 모든 감정을 기꺼이 던져 버린 사람에게는 명령에 의문을 제기한다거나 명령을 불신하는 행위는 비현실적이고 불필요한 일이기 때문에 회스는 즉시 복종하는 길을 택한다. "1941년 여름 친위대 라이히스퓌러(제국 총통) 힘러가 아우슈비츠에 대량 학살을 위한 시설을 마련하고 조용히 학살을 실행하라고 명령했을 때, 나는 그 규모나 결과에 대해 아무것도 알지 못했다. 이례적이고 끔찍한 명령임은 분명했지만, 그럼에도 불구하고 그 계획을 뒷받침하는 이유는 정당한 것 같았다. 당시에는 그 문제에 대해 깊이 생각해 보지 않았다. 명령을 받았으므로 실행에 옮겨야 했을 뿐이다. 유대인 대량 학살이 필요한지 여부는 내가 의견을 낼 만한 성질의 문제가 아니었다. 그러기에는 내 견해의 폭이 너무도 좁았기 때문이다."

이렇게 해서 회스의 근시안적이고 조심스럽고 냉정한 감독하에 대량 학살이 시작된다. "나는 인간적 감정을 가진 사람이면 누구나 괴로워했을 임무를 실행하면서도 냉정하고 무관심하게 보여야 했다. 마음속에서 감정이 우위를 차지하지 않도록 하기 위해 나는 두려울 때에도 고개조차 돌리지 말아야 했다. 웃거나 울부짖는 아이들을 데리고 엄마들이 가스실로 향하는 모습을 냉담하게 지켜봐야 했다……."

언젠가 한번은 어린아이 두 명이 어떤 놀이에 열중해 있어서 엄마가 그 놀이를 그만두게 하려는데도 막무가내로 말을 듣지 않은 적이 있었다. 특별 부대 소속의 유대인들조차 그 아이들을 데려가기를 꺼렸다. 어떤 운명이 기다리는지 아는 것이 분명했던 그 엄마의 간청하는 눈빛을 나는 결코 잊지 못할 것이다. 다른 유대인들은 이미 가스실에서 점점 더 사납게 날뛰고 있었고, 나는 즉각적으로 행동을 취해야 했다. 모두들 나를 보고 있었다. 나는 근무 중인 하사관에게 고개를 끄덕여 보였다. 그러자 그는 비명을 지르며 반항하는 아이들을 안아 올려 가스실로 데려갔고, 아이들의 엄마가 너무도 서럽게 눈물을 흘리며 그 뒤를 따랐다. 어디론가 사라지고 싶을 정도로 동정심이 북받쳐 올랐지만, 나는 조금도 그런 기색을 내비쳐선 안 되었다. (아렌트는 이에 대해 이렇게 쓴다. "문제는 그들의 양심을 극복하는 것이라기보다는 물리적 고통이 다가왔을 때 정상인이면 누구나 느낄 동물적 연민을 극복하는 것이었다. 이를 위해 이용된 기술은…… 아주 단순하면서도 대단히 효과적이었다. 그런 본능적 감정을 자기 자신에게 돌리는 것이었다. 즉 살인자들은 '내가 이 사람들에게 무슨 짓을 한 것인가!'라고 말하는 대신, '임무를 수행하면서 이런 끔찍한 일을 지켜봐야 하다니. 이 엄청난 임무가 하필이면 왜 내게 떨어진 것일까!'라고 말한다.") 나는 모든 것을 지켜봐야 했다. 이를 뽑고 머리카락을 자른 후 사체를 불태우고 묻어 버리는, 끝도 없이 계속되는 그 끔찍한 일들을 밤이고 낮이고 지켜봐야 했다. 끔찍한 악취가 진동하는 가운데 거대한 구덩이를 파고 시체들을 끌고 나와 불태우고 묻는 일을 몇 시간이고 서서 지켜봐야 했다.

나는 가스실에 난 구멍을 통해 죽음의 과정 자체를 지켜봐야 했다. 의사들이 그렇게 하기를 바랐기 때문이다……. 친위대 제국 총통은 당내 고위급 인사들과 친위대 장교들을 보내 유대인의 학살 과정을 지켜보도록 했다……. 그들은 나와 내 부관들이 어떻게 그런 과정을 계속 지켜보면서도 견딜 수 있는지 묻곤 했다. 그럴 때면 나는 언제나 히틀러의 명령을 제대로 수행하기 위해서는 단호한 결단력이 필요한데, 이는 모든 인간적 감정을 제거함으로써만 얻을 수 있다고 대답했다."

그러나 아무리 무쇠 같은 사람이라도 그런 장면들을 계속 보면 고통을 느낄 것이었다. 대량 학살이 급물살을 타고 정신없이 진행되는 동안 엄청난 우울증과 낙심, 번민, 의혹과 전율, 이해의 범위를 넘어서는 감상적 비관주의가 회스를 압도한다. 그는 이성과 신념, 건강한 정신, 악마의 관념을 능가하는 영역으로 들어선다. 그럼에도 불구하고 그의 어조는 비탄조이고 애수에 잠겨 있다. "대량 학살이 시작된 후로는 아우슈비츠에서의 생활이 더 이상 행복하지 않았다……. 어떤 일에 마음이 심하게 흔들리면 집으로 돌아가 가족들 얼굴을 보기가 힘들었다. 그럴 때면 말에 올라 그 끔찍한 장면이 기억에서 사라질 때까지 정신없이 달리곤 했다. 밤이면 마구간으로 가 사랑하는 동물들을 보면서 위로를 구할 때가 한두 번이 아니었다. 내 아이들이 즐겁게 뛰노는 모습을 보거나 아내가 막내 아이를 보며 미소 짓는 모습을 볼 때면, 이런 행복이 얼마나 계속될까 하는 의구심이 들곤 했다. 아내는 이런 내 번민을 결코 이해하지 못했고, 뭔가 일이 제대로 안 풀려서 그러는 줄 아는 것 같았다. 내 가족은 아우슈비츠에서 풍족하게 살았다. 아내나 아이들이 바라는 것은 무엇이든 이루어졌다. 아이들은 무엇에도 제약받지 않고 지낼 수 있었다. 아내가 가꾸는 정원은 꽃의 낙원이었다. 포로들은 내 아내나 아이들에게 잘 보이고 관심을 끌 만한 기회를 놓치는 법이 없었다. 우리 집에서 어떤 식으로든 학대받거나 부당한 대우를 받았다고 말할 포로는 아무도 없을 것이다. 아내는 어떤 식으로든 우리 집안일을 돌봐 주는 포로들에게 선물을 주는 것을 최고의 기쁨으로 알았다. 아이들은 그들에게 담배를 주라고 나에게 졸라 대곤 했다. 아이들은 특히 정원에서 일하는 포로들을 좋아했다. 내 가족 모두가 농사짓는 일을 대단히 좋아했고 특히 모든 종류의 동물을 사랑했다. 일요일이면 동물들을 들판으로 데리고 나가 산책을 시켰고 마구간을 찾아 말을 보살피고 개집을 살펴보는 것도 잊지 않았다. 두 마리의 말과 망아지는 특히 더 사랑을 받았다. 아이들은 포로들이 줄곧 가져다주는 거북, 담비, 쥐, 도마뱀 등의 동물을 정원에서 키웠다. 정원에는 항상 새롭고 흥미로운 동물들이 있었다. 여름이면 아이들은 정원에 있는 얕은 수영장이나 소와강에서 물놀이를 즐겼다. 그러나 아이들이 제일 좋아한 것은 아빠와 함께 목욕하는 일이었다. 안타깝게도 나는 내 아이들에게 그런 즐거움을 줄 시간이 별로 없었다……."

소피가 이 마법에 걸린 지옥 속으로 던져진 것은 1943년 초가을이었는데, 그때는 밤이면 비르케나우 화장장에서 솟는 불길이 너무도 거세게 타올라 크라쿠프에서 100킬로미터쯤 떨어진 곳에 있던 독일군 지역 사령부에서는 그 불길이 적군의 공습을 야기하지나 않을까 걱정할 정도였다. 낮이면 타 들어가는 인간의 살에서 나오는 역겨운 연무가 정원과 수영장, 과수원, 마구간, 산울타리 등 사방을 맴돌며 화창한 가을 햇살을 가리곤 했다. 소피가 회스 부인으로부터 선물을 받았다는 이야기를 했는지는 기억나지 않지만, 회스의 주장처럼 그녀가 그의 집 안에 잠시 머무는 동안 다른 포로들과 마찬가지로 언제 어떤 식으로든 학대를 받거나 부당한 대우를 받지는 않았다는 사실은 회스의 주장이 진실이었음을 보여 준다. 그러나 앞으로 밝혀지겠지만, 이 일은 그렇게 감사할 만한 일은 아니었다.

7장

"그렇게 된 거예요, 스팅고." 우리가 공원으로 소풍을 나간 첫날, 소피가 말했다. "네이선이 내 목숨을 구해 준 거죠. 정말 멋진 일이죠! 많이 아픈 나에게, 자꾸 쓰러지는 나에게 (어떻게 불러야 할까요?) 백마 탄 왕자님이 나타나서 나를 구해 준 거예요. 정말 마술처럼 아주 간단하게 말이에요. 그가 나를 향해 마술 지팡이를 휘두른 것처럼 난 금방 건강해졌어요."

"얼마나 걸렸어요? 그렇게 좋아지기까지……."

"우리가 처음 만난 후로 얼마나 걸렸냐고요? 얼마 안 걸렸어요, 정말요. 한 이삼 주쯤. 알레!(꺼져!) 저리 가!" 그녀가 호숫가에 자리 잡고 앉은 우리에게 다가오는 가장 크고 사나워 보이는 백조에게 작은 돌멩이를 던졌다. "저리 가! 난 쟤가 정말 싫어요. 앵 브래 고니프.(진짜 도둑놈.) 이리 와, 타데우시." 그녀가 특별히 예뻐하는 초라한 백조를 향해 쉿 소리를 내면서 베이글 부스러기로 유혹했다. 더러운 깃털에 외톨이인 외눈박이 백조는 머뭇거리듯 뒤뚱거리며 다가오더니 그녀가 말을 하는 동안 빵 부스러기를 쪼아 먹었다. 얼마 안 있어 일어날 다른 일에 신경이 많이 쓰였지만 나는 소피의 말을 열심히 들었다. 멋진 라피더스와의 약속 시간이 다가오자 나는 흥분과 걱정 사이에서 갈팡질팡하게 되었고, 이런 감정을 가라앉히기 위해 맥주를 여러 캔 마셔 댔는데, 이는 대낮이나 작업 시간에는 술을 마시지 말자는 스스로 정한 약속을 깨는 행동이었다. 그러나 이 낯선 흥분감을 가라앉히고 전속력으로 뛰는 맥박의 걸음을 느리게 하기 위해서는 무언가가 필요했다.

손목시계를 보고, 레슬리의 집 문을 두드리기까지 여섯 시간밖에 남지 않은 사실을 알게 된 나는 긴장되어 숨이 막힐 지경이었다. 디즈니 만화 영화에 나올 것 같은 진줏빛 구름들이 우리가 앉아 있는 호숫가 풀밭 위로 빛과 그림자의 얼룩을 만들어 내며 흘러가더니 평화롭게 바다 쪽으로 나아가고 있었다. 소피는 네이선에 대해 이야기하고 나는 그 이야기에 귀를 기울이고 있었으며, 저 멀리 브루클린의 도로에서는 시끄러운 경적 소리와 함께 간헐적으로 희미하지만 축포에서 나는 것 같은 포성이 들려왔다. "네이선의 형 이름은 래리예요. 훌륭한 분이고, 네이선이 정말로 존경하는 분이죠. 네이선이 다음 날 포리스트힐스에 있는 형의 병원으로 나를 데려갔어요. 래리는 오랫동안 나를 검사했는데, 그러면서 몇 번이나 반복해서 하던 말이 기억나요. '네이선의 진단이 맞는 것 같군요.

정말 대단하네요. 의학에 대해 이렇게 천부적 재능을 가지고 있다니.' 하지만 래리도 100퍼센트 확신은 못 했어요. 철분 결핍이라는 네이선의 진단이 맞는 것 같다고 생각했을 뿐이죠. 그때 나는 정말 소름 끼칠 정도로 창백했어요. 내가 래리에게 증상을 모두 말하고 나니까 래리도 철분 결핍이 맞는 것 같다고, 다른 병일 수는 없을 것 같다고 생각한 거죠. 그렇지만 마땅히, 래리는 100퍼센트 확신할 필요가 있었어요. 그래서 자기 친구인 컬럼비아 장로교 병원의 스페셜리스트(전문의)하고 약속을 잡아 줬어요. 영양 결핍의 의사, 그게 아니라……."

"영양 결핍 전문의요?" 내가 추측하며 말을 거들었다.

"맞아요. 워런 햇필드라는 사람인데, 전쟁 전에 래리와 의대에서 함께 공부했대요. 어쨌든 네이선과 나는 햇필드 박사를 만나러 그날로 뉴욕으로 갔어요. 네이선이 래리의 차를 빌려서 다리를 건너 컬럼비아 병원으로 나를 데려갔지요. 오, 스팅고, 그때 네이선과 함께 차를 타고 가던 일이 아주 생생하게 기억나요. 래리의 차는 컨버터블인데요, 나는 폴란드에서 자랄 때부터 이런 차를 타 보는 게 소원이었어요. 사진이나 영화에 나오는 컨버터블 말이에요. 오픈카를 타 보는 게 소원이라니, 참 어리석죠? 어쨌든 소원 성취했어요. 화창한 여름날 네이선과 함께 달리고 있는데 햇살이 따사롭고 산들바람이 불어와 머리카락을 흩날리는 거예요. 참 이상하죠? 아픈 건 여전했는데, 기분은 너무 좋았어요! 아픈 것도 곧 나을 거라는 생각이 들었어요. 네이선 덕분에 말이에요.

이른 오후였어요. 밤에 지하철을 타고 갔던 것을 제외하고는 맨해튼에 가 본 적이 없었는데, 그날 처음으로 밝은 낮에 자동차를 타고 가면서 강과 엄청나게 높이 솟은 고층 건물과 맑은 하늘 위를 나는 비행기를 봤어요. 정말 멋지고 아름답고 흥분되는 풍경이라 눈물이 날 지경이었어요. 가끔씩은 곁눈질로 네이선을 훔쳐보기도 했는데, 그는 래리에 대해, 래리가 의사로서 이룬 훌륭한 일들에 대해 아주 빠르게 이야기했어요. 그러고는 의학에 대해 이야기했고, 내 상태에 대한 자기 진단이 맞는다는 사실에 얼마를 걸어도 좋다는 말도 했고, 내 병을 어떻게 치료할 수 있는지 등에 대해서도 이야기했어요. 그때 차를 타고 브로드웨이를 향해 가면서 네이선을 바라볼 때 내가 느낀 감정을 어떻게 표현해야 할지 모르겠네요. 글쎄, 뭐라고 해야 할까요? 맞아요. 경외감. 부드럽고 친절한 이 신사가 갑자기 나타나 아주 진지하게 나를 걱정해 주고 낫게 하려고 애쓰는 모습에서 경외감이 들었어요. 스팅고, 그는 내 구세주였어요. 이전에는 한 번도 구세주가 나타난 적이 없었는데……

그리고 물론 그의 생각이 맞았어요. 컬럼비아 병원에서 사흘을 입원했는데, 그동안 햇필드 박사가 여러 가지 검사를 해보더니 네이선의 추측이 맞는다고 그랬어요. 나한테는 철분이 엄청나게 부족하댔어요. 다른 것들도 부족하긴 한데, 그렇게 큰 문제는 아니랬고요. 철분 결핍이 제일 큰 문제랬어요. 병원에 있는 사흘 동안 네이선이 매일 나를 보러 왔어요."

"그것에 대해서는 어떤 느낌이 들었어요?"

"무엇에 대해서요?"

"꼬치꼬치 캐묻고 싶은 건 아니지만, 당신 말을 들어 보면 당신과 네이선의 만남은 내가 들어 본 것 중에서 가장 강렬하고 멋지고 우연한 만남이거든요. 어쨌든 그때까지만 해도 당신들은 서로 잘 몰랐잖아요. 네이선이 당신에게 많이 끌린 게 분명하다는 사실만 빼고는 그가 어떤 사람인지 당신에게 왜 그렇게 커다란 친절을 베푸는지 잘 몰랐잖아요, 그렇죠?" 잠시 말을 멈췄던 내가 다시 천천히 말을 이었다. "다시 한번 말하지만 소피, 내가 지나치다 싶으면 그만하라고 해요. 네이선처럼 멋지고 카리스마 넘치고 매력적인 남자가 갑자기 나타나 접근하면 여자들 마음속에서는 어떤 일이 일어나는지 항상 궁금했어요."

소피는 골똘히 생각하는 표정으로 한동안 말이 없었다. 그러다가 이윽고 말문을 열었다. "사실 굉장히 혼란스러웠어요. 아주, 정말 아주 오래됐거든요. 뭐라고 말해야 하나……." 그녀는 어떻게 표현해야 할지 몰라 다시 말을 멈췄다. "남자와, 어떤 남자하고라도 관계를 맺은 것이오. 그게 그렇게 큰 문제는 아니었어요. 삶의 나머지 부분을 되살리고 있던 터라 그게 그렇게 중요한 문제는 아니었죠. 제일 중요한 것은 건강이었어요. 그때도 네이선이 내 생명을 구해 줬구나 하는 생각만 들었지 앞으로 어떻게 될지에 대해서는 별생각이 없었어요. 아, 가끔씩은 네이선에게 이렇게 큰 빚을 졌으니 어떡하나 하는 생각을 했지만, 웃기죠, 스팅고? 그건 돈 문제로만 생각했어요. 정말 혼란스러운 부분이 그거였어요. 돈이요. 병원에 누워 있을 때도 잠을 자다가 깨면 자꾸 그런 생각이 드는 거예요. 난 지금 일인실에 누워 있고 햇필드 박사한테 진료를 받았으니 수백 달러는 들 텐데, 이걸 어떻게 갚지? 그런 생각이요. 별별 궁리를 다 해 봤어요. 최악의 경우는 블랙스톡에게 가서 가불을 좀 해 달라고 하는 거였어요. 그러면 이유를 물을 테고, 내가 병원 치료비 때문에 그런다고 대답하면 블랙스톡은 의사에게 가서 치료를 받았다고 화낼 게 분명했거든요. 왠지 모르겠지만, 그리고 네이선이 절대로 이해 못 하는 부분이지만, 난 블랙스톡을 굉장히 좋아해요. 어쨌든 난 블랙스톡에게 상처를 주고 싶지 않았어요. 그래서 돈 문제 때문에 자주 악몽을 꿨어요…….

당신에겐 아무것도 숨길 필요가 없겠네요. 결국에는 네이선이 치료비를 다 지불했어요. 누군가가 해야 할 일을 네이선이 해 준 거죠. 그가 치료비를 낼 때쯤에는 난 전혀 부끄럽거나 미안하지 않았어요. 간단하게 말하자면, 우리는 그 전에 이미 사랑에 빠져 있었고, 치료비가 많이 나오지도 않았어요. 래리와 햇필드 박사가 진료비를 받지 않았거든요. 우리는 서로 사랑하게 되었고, 난 철분이 든 알약을 많이 먹으면서 건강해졌어요. 장미처럼 꽃피우게 된 거죠."

잠시 말을 멈춘 그녀의 입에서 어린아이 같은 웃음소리가 새어 나왔다. "이런!" 그녀가 선생님 같은 네이선의 목소리를 흉내 내어 말했다. "피우게가 아니라 피게인데!"

"정말 놀라워요." 내가 말했다. "네이선이 당신을 돌본 얘기를 들어 보면 말이에요. 네이선은 의사가 됐어야 했어요."

"되고 싶어 했대요." 잠시 침묵을 지키던 그녀가 중얼거렸다. "정말로 의사가 되고 싶었대요." 그녀는 다시 말을 멈췄고, 조금 전까지만 해도 명랑하던 표정이 우울하게 바뀌어 있었다. "하지만 그건 다른 얘기예요." 덧붙여 말하는 그녀의 얼굴에 우울하고 긴장된 표정이 스쳐 갔다.

네이선과의 첫 만남을 행복하게 회상하던 그녀는 내 말 때문에 걱정스럽고 상처가 되고 불길한 다른 일을 의식하게 되어 마음이 어두워진 것처럼, 갑자기 기분이 바뀐 것이 느껴졌다. 그리고 바로 그 순간 커다란 검은 구름 하나가 잠시 해를 가리면서 서늘한 기운을 느끼게 했고 갑자기 우울해진 그녀의 얼굴에 두꺼운 그림자를 드리웠다. 그것은 신출내기 소설가인 내게 극적인 상징으로 다가왔다. 그녀는 갑자기 격렬하게 몸서리를 치더니 자리에서 일어나 내게 등을 돌리고 서서 마치 부드러운 산들바람에 뼛속까지 시린 듯 자신의 양팔을 꽉 부둥켜안았다. 그녀의 어두운 표정과 행동을 보니 불과 다섯 밤 전에 목격한 괴로운 상황과 이들의 복잡한 관계를 이해하려면 아직도 멀었다는 생각이 들었다. 도저히 이해하기 어려운 사건과 말들이 너무도 많았다. 예를 들어 모리스 핑크가 목격했다는 그 섬뜩한 꼭두각시 놀음, 바닥에 누워 있는 소피를 때렸다는 네이선의 가혹한 행동은 어떻게 이해해야 할까? 그 일이 소피가 말한 둘의 관계에 어떻게 들어맞을 수 있을까? 소피와 네이선이 만난 후로 서로에게 '심취'하게 되었다는 말조차 그 둘의 관계의 본질을 설명하기에 너무도 부족하다는 생각이 들 정도인데 그 일과 어떻게 조화를 이룰 수 있을까? 그리고 소피가 눈물을 글썽거리며 들려주던 이야기 속의 그 부드럽고 친절한 신사가, 연민이 넘치고 성자 같은 남자가 어떻게 불과 며칠 전에 예타의 집 현관 앞에서 내가 목격한 그 괴물이 되어 버린 것일까?

나는 이 문제에 대해 더 깊이 생각하지 않기로 했다. 마침 어두운 구름도 동쪽으로 물러가고 다시 햇살이 비치기 시작했다. 햇살이 우울한 마음을 흩어 주기라도 한 것처럼 소피도 미소를 지으며 마지막 남은 빵 부스러기를 타데우시에게 던져 주더니 예타의 집으로 돌아가자고 했다. 네이선이 저녁 식사 하면서 마시자고 좋은 부르고뉴산 와인 한 병을 가져왔는데, 집으로 돌아가는 길에 처치 애비뉴에 있는 에이 앤드 피에 들러 거기에 어울릴 만한 스테이크를 좀 사야겠다고 들뜬 목소리로 말했다. 그러고는 집에 돌아가 오후 내내 「곰」과 씨름을 계속해야겠다고도 했다. 집으로 돌아가면서 그녀가 말했다. "이 윌럼 포크너 씨를 만나서 말해 주고 싶어요. 문장을 어떻게 끝맺는지 모르면서 글을 쓰면 폴란드 사람들이 읽기가 정말 어렵다고 말이에요. 하지만 스팅고, 이 사람 정말 대단한 작가인 것 같아요! 그의 글을 읽고 있으면 내가 미시시피에 있는 것 같은 느낌이 들어요. 스팅고, 언제 우리를 남부로 데려가 줄래요?"

내 방으로 들어서자 소피의 활기찬 모습은 서서히 기억에서 사라지고, 레슬리 라피더스에 대한 생각과 함께 또다시 심장이 멎는 듯한 고민이 찾아들었다. 어리석게도 나는 레슬리와의 만남을 앞두고도 평상시처럼 하던 일을 계속할 수 있으리라고, 예를 들면 남부에 있는 친구들에게 편지를 쓰거나 글을 끼적거리거나 침대에 누워 빈둥거리며 책을 읽으면서 시간을 보낼 수 있으리라고 생각했다. 『죄와 벌』에 심취해 있던 나는, 그 책의 너무도 장대한 스케일과 복잡함 덕분에 작가로서의 야망에 타격을 입고 기가 죽기는 했지만, 며칠째 경이로움에 사로잡혀 책을 읽어 나가고 있었다. 이렇게 자극을 받은 이유는 주로 라스콜니코프 때문이었는데, 그가 상트페테르부르크에서 가졌던 초라하기 짝이 없는 직업은 살인과 관련된 부분을 제외하고는 브루클린에서의 내 처지와 상당히 비슷했다. 그 책이 내게 미친 영향은 정말 너무도 커서 나도 라스콜니코프처럼 난해하기 그지없는 이유로 살의를 품고 예타 짐머맨 같은 아무 죄 없는 노파의 가슴에 칼을 꽂는다면 어떻게 될지 상상해 보기까지 했다. 그것도 한순간이나마 진지하게 말이다. 너무도 생생하고 끔찍한 이미지 때문에 그 책은 나를 밀쳐 내기도 하고 끌어당기기도 했지만, 매일 오후가 되면 끌어당기는 힘이 저항할 수 없을 정도로 강해져서 책에 몰입하게 되었다. 그러나 이날 오후 그런 책마저 읽을 수 없었던 것은 레슬리 라피더스가 내 모든 지성과 의지력을 무력화시켰기 때문이다.

편지도 쓸 수 없었을 뿐만 아니라 일기 작가로서의 부업을 위해 쓰고 있던(신랄한 내용부터 계시적 내용에 이르기까지 다양한 주제를 다루면서 시릴 코널리와 앙드레 지드의 문체를 서투르게 흉내 내고 있었다.) 격언적 글도 쓸 수 없었다.(내 젊은 시절의 마음을 드러내는 이 글들의 상당 부분은 이미 오래전에 폐기 처분 했지만, 그러기 아까운 것들은 100여 쪽 정도 남겨 놓았는데, 그중에는 레슬리에 대한 글과 내가 비밀스러운 악행[113]을 저지를 때 사용하던 각종 윤활제의 상대적 장점과 마찰 계수와 향기 등을 비교한 900단어 정도의 소논문이 포함되어 있었다. 이 논문은 고민과 깊은 생각으로 점철된 다른 일기 글과는 달리 놀랄 정도로 유머 넘치는 글이고, 다시 읽어 보니 여러 윤활제 중에서도 아이보리 플레이크스가 상온의 물에서도 유화가 잘된다는 점을 들어 최고로 평가해 놓았다.) 청교도적 직업윤리와 양심의 소리에도 불구하고, 그리고 전혀 피곤하지 않았음에도 불구하고, 나는 침대에 누워 심신이 쇠약해질 대로 쇠약해진 사람처럼 꼼짝하지 않은 채, 최근 며칠 동안 계속된 열 때문에 근육이 떨린다는 생각과, 성적 환상 때문에 병이 날 수도, 그것도 심각한 병에 걸릴 수도 있겠다는 생각을 하고 있었다. 나는 가로누운 180센티미터의 성감대였다. 몇 시간 후면 그렇게 되겠지만 알몸이 된 레슬리가 내 팔에 안겨 꼼지락거리는 그림이 떠오를 때마다 심장이 난폭하게 쿵쾅거렸는데, 좀 더 나이 많은 사람이었다면 위험해질 수도 있겠다는 생각이 들 정도였다.

박하사탕 같은 오후의 햇살이 비치는 방에 드러누워 시간을 흘려보내는 동안 열기에 들떠 있는 내게 반미치광이 같은 의혹이 고개를 들기 시작했다. 기억하겠지만 그때까지만 해도 나는 숫총각이었다. 이 때문에 꿈이 더 현실처럼 느껴졌다. 꿈속에서 나는 섹스를 하려는 찰나였을 뿐만 아니라, 아르카디아[113]로, 베울라[114]로, 플레이아데스성단 저 너머 칠흑같이

___
113) 자위를 뜻한다.

어두운 밤 별들이 빛나는 곳으로 여행을 떠나려 하고 있었다. 레슬리가 내뱉은 그 음란한 말들을 다시 떠올리자(얼마나 자주 그 말을 떠올렸던가!) 살짝 벌어진 그 촉촉한 입술과 교정을 받은 듯 고르게 반짝이는 앞니들, 심지어 입가에 맺힌 귀여운 작은 거품들까지 생생하게 그려졌다. 너무도 아찔한 공상이었다. 오늘 밤 태양이 궤도를 돌아 십스헤드베이에서 다시 떠오르기 전에, 그 입술이, 아, 그 촉촉한 입술이 오늘 밤 어떤 일을 할지는 상상할 수 없었다. 6시가 지나자 나는 침대에서 일어나 샤워하고 면도했다. 면도는 벌써 세 번째였다. 마침내 한 벌뿐인 리넨 양복을 차려입고, 존슨 앤드 존슨 상자에서 20달러짜리 지폐 한 장을 꺼낸 후 엄청난 모험 여행을 위해 방을 나섰다.

복도에서는(돌이켜 보면, 내 인생에 중요한 사건들이 있을 때면 종종 생생하게 빛나는 부수적 사건들이 함께 등장하곤 했다.) 예타 짐머맨과 덩치가 집채 같은 모이시 무스카트블리트가 심하게 말다툼을 하고 있었다.

"하느님의 사람이라면서 나한테 이런 짓을 해도 돼?" 예타가 분노보다는 고통에 찬 목소리로 외쳤다. "지하철에서 강도를 만났다고? 집세를 내라고 오 주나 말미를 줬잖아. 너그럽게, 선하게, 오 주씩이나! 근데 지금 와서 그런 말 같지 않은 소리를 하는 거야? 내가 아무것도 모르는 바보인 줄 알아, 그

---

114) 고대 그리스 펠로폰네소스반도 내륙의 경치 좋은 이상향.
115) '결혼한 여인의 땅'이라는 뜻으로, 이스라엘의 빛나는 미래를 상징하는 성경 표현.

말을 믿게? 하, 하!" "하, 하!" 하는 냉소는 엄청난 경멸을 담고 있었고, 검은 사제복 차림으로 땀을 흘리며 서 있던 모이시는 이 소리에 몸을 움찔했다.

"하지만 사실이에요!" 모이시가 주장했다. 그가 말하는 것을 처음 들었는데, 사춘기 소년 같은 가성의 목소리가 물렁물렁하고 덩치만 커다란 그에게 잘 어울리는 것 같았다. "진짜예요. 버건 스트리트역에서 소매치기를 당했다고요." 그는 금방이라도 울음을 터뜨릴 것 같았다. "유색인이었어요, 아주 작은 유색인이요. 아, 정말 엄청나게 빨랐어요! 소리를 지르기도 전에 벌써 계단을 뛰어올라 사라져 버렸다니까요. 제발, 짐머맨 부인……."

다시 한번 "하, 하!" 하는 소리가 들렸다면 나무라도 움츠러들고 말 것 같았다. "그 말을 믿으라고? 랍비같이 생활한다는 사람 입에서 나오는 그 말을 믿으라고? 지난주에 나한테 뭐라그랬어? 어떻게든 목요일 오후에는 45달러를 내겠다고 성스러운 모든 것에 두고 맹세한다면서! 그런데 이제는 소매치기를 당했다고?" 예타가 덤벼들기라도 할 듯 땅딸막한 몸을 앞으로 기울였지만, 위협적이라기보다는 허세를 부리는 것처럼 보였다. "삼십 년 동안 여기서 세를 받고 살아오면서 단 한 명도 내쫓아 본 적이 없어. 1938년에 여자 팬티를 입고 있다가 나한테 걸린 변태 같은 놈 빼고는 한 명도 내쫓아 본 적이 없다는 것에 자부심을 갖고 있었는데 말이야. 이제 랍비를 자처하는 사람을 내쫓아야 하다니, 하느님, 저를 용서하세요!"

"제발, 짐머맨 부인!" 애원하는 표정으로 모이시가 말했다.

남의 일에 간섭하는 꼴이 된 내가 미안하다는 말을 중얼거리며 덩치 큰 둘 곁을 비집고 지나갈 때, 예타가 나를 향해 말을 걸었다. "어딜 가는 거야, 로미오?"

깨끗하게 빨아서 얇게 풀을 먹여 다린 리넨 양복, 기름을 발라 붙인 머리 그리고 무엇보다도 아무 생각 없이 엄청나게 발라서 열대 나무 같은 냄새가 나는 로열 라임 면도 로션 때문에 그러는 것이 틀림없었다. 말다툼과 예타의 다소 음란한 눈길을 피하고 싶은 마음이 간절해진 나는 아무 대답 없이 미소를 지으며 계속 걸어갔다.

"어느 운 좋은 아가씨가 오늘 밤 꿈을 이룰 모양이네!" 예타가 웃음기 있는 목소리로 말했다.

나는 그런 말 말라는 듯 그녀 쪽으로 손을 흔들어 주고, 겁먹은 표정의 불쌍한 무스카트블리트를 힐끗 쳐다보고는 쾌적한 6월의 거리로 나섰다. 지하철역을 향해 걸어가는 내 뒤로 그의 풀 죽은 항의의 말과 함께 아직도 화가 나서 외쳐 대는 짐머맨의 걸걸한 목소리가 들려왔지만 곧이어 그 소리는 관용을 베푸는 듯 누그러졌는데, 이를 보면 모이시가 분홍 궁전에서 쫓겨나지는 않을 것 같았다. 내가 알기로 예타는 근본적으로 너그러운 여자였다.

그러나 이 장면에서 강한 유대인 기질(유대인의 희극 오페라의 서창(敍唱)에서 느껴지는 것 같은)을 느끼고 나니 곧 닥쳐올 레슬리와의 만남에 대해 불안감이 들기 시작했다. 사람이 별로 없어 쾌적하게 느껴지는 지하철에 앉아 북쪽으로 향하면서 나는 관심을 다른 데로 돌리기 위해 《브루클린 이글》을 읽으려고 노력했지만, 그 편협한 관심사들이 너무도 따분하게 느껴져서 곧 포기하고 레슬리 생각으로 돌아갔다. 그러자 이제까지 단 한 번도 유대인 가정에 발을 들여놓은 적이 없다는 데 생각이 미쳤다. 어떤 느낌일까 궁금해졌다. 갑자기 내가 옷을 제대로 입은 것인지 걱정스러웠고, 모자를 써야 하는 것이 아닐까 하는 생각도 들었다. '아니, 그건 회당 내에서지.(그런가?)' 하는 생각이 들었고 버지니아주 내 고향에 있던 노란 벽돌로 된 소박한 로데프 숄렘 회당의 모습이 떠올랐다. 내가 다니던 장로교회에서(우리 교회도 소박하기는 마찬가지였는데, 1930년대 미국의 교회 건물이 대부분 그렇듯 칙칙한 진흙 빛깔의 사암과 슬레이트로 만들어진 그 교회를 다니면서, 나는 어릴 때부터 일요일에 모이는 경건한 신자들을 관찰하곤 했다.) 길 건너 대각선에 서 있던 그 유대교 회당은 늘 문이 닫힌 채 고요에 싸여 있었고, 무쇠로 된 위압적인 정문과 음각으로 새겨진 다윗의 별이 인상적이었다. 정적에 싸인 그 회당의 모습은 유대인들과 유대인 사회 그리고 그 자욱하게 연기를 만들어 내는 신비 철학적인 그들의 종교에 대해 고독하고 불가사의하며 초자연적인 느낌을 갖게 했다.

그렇다고 유대인들이 낯설고 신비로운 사람들이라고 굳게 믿은 것은 아니었다. 그 번잡한 남부 마을에 사는 유대인들은 상인, 의사, 변호사를 비롯한 부르주아층을 형성하면서 자연스럽고도 철저하게 융화되어 있었다. 부시장이 유대인이었고, 그 지역 고등학교의 자랑이던, 늘 승리를 거두는 팀에는 보기 드물게도 유능한 유대인 코치가 있었다. 그러나 나는 유대인들에게는 또 다른 자기 혹은 또 다른 모습이 있다는 것을 알았다. 열한 살의 장로교인인 내게 신비하게 느껴졌던 유대인의 모습은 밤이 내리고 가정으로 돌아갔을 때 그 격리된 공간에서 행하는 그들의 불길하고 신비주의적인 종교 관행이었다. 자욱한 향내와 숫양의 뿔, 희생의 제물을 바치는 예배, 탬버린, 베일로 얼굴을 가린 여자들, 사어(死語)로 부르는 애처롭고 기괴한 곡소리 같은 찬송가 말이다.

　그때는 너무 어리고 무지해서 유대교와 기독교 사이에 깊은 관련이 있다는 사실을 알지 못했다. 마찬가지로 그 기괴하고 지금은 분명해 보이는 역설을 알아차릴 수도 없었다. 주일학교를 마치고 나와 길 건너에 있는 음침하고 불길해 보이는 회당을 바라보며 서 있던 나는(「레위기」에 나온 엄청나게 지루한 이야기로 지칠 대로 지친 상태였는데, 맥기허라는 은행 직원이자 총각이었던 주일학교 선생이 그 이야기를 억지로 머릿속에 넣어 주었다. 그 선생의 조상들은 모세 시절에는 스카이섬[116]에서 나무를 숭배하고 달을 향해 울부짖었을 것 같은데 말이다.) 말로 표현하기 어려운 두려움에 몸을 떨었고, 그때 내가 의혹에 찬 눈으로 바라보던 회당을 찾는 바로 그 민족의 끝없이 펼쳐지는 불멸의 고대사를 방금 전에 듣고 나왔다는 사실을 알지 못했다. 나는 쓸쓸한 기분이 되어 아브라함과 이삭을 생각했다. 저 이교도의 성소에서 어떻게 그렇게 놀라운 일들이 많이 벌어질 수 있었단 말인가! 선한 기독교인들이 정원의 잔디를 깎거

---

116) 스코틀랜드 서부에 있는 섬.

나 솔 나흐만 백화점에서 쇼핑하고 있을 토요일에도 말이다. 어린 성경학자였던 나는 히브리인들에 대해 많이 알기도 했고 동시에 아는 것이 별로 없기도 해서, 로데프 숄렘 회당 안에서 벌어지는 일을 제대로 이해하지 못했다. 내 유치한 환상 속에서 그들은 쇼파르(나팔)를 불고, 그 거칠고 세련되지 못한 선율이 썩어 가는 성궤와 두루마리 더미가 있는 영원한 음울함이 깃든 회당에 울려 퍼지고 있었다. 몸을 깊숙이 구부리고 있어 얼굴이 보이지 않는 유대인 여자들은 고행자가 입는 거친 모직 셔츠를 입고 큰 소리로 울부짖었다. 감동적인 찬송가 대신 단조롭기 그지없는 영창만이 들려왔는데, 그 속에서는 '아데노이즈'와 비슷한 발음의 단어가 끈질기게 계속되고 있었다. 얇은 성구함[117]이 선사 시대의 새들처럼 어둠 속에서 유령처럼 펄럭이고, 사방에는 스컬캡[118]을 쓴 랍비들이 염소에게 할례를 행하고, 소를 불태우고, 갓 태어난 양의 창자를 도려내는 등 야만적인 의식을 거행하면서 후음이 두드러진 목소리로 비탄조의 송가를 읊조렸다. 「레위기」 이야기를 막 듣고 나온 어린 소년이 달리 어떤 상상을 할 수 있었겠는가? 내가 사랑하던 미리엄 북바인더나, 모두가 우상시하던 그 쾌활한 고등학교 운동 코치인 줄리 콘이 그런 안식일 환경에서 어떻게 살아남을 수 있었는지 도저히 이해가 가지 않았다.

　그로부터 십 년의 세월이 지난 지금 나는 그런 망상에서 많

---

117) 구약 성경의 성구를 적은 양피지를 담은 가죽 상자의 하나. 아침 기도 때 하나는 이마에 하나는 왼팔에 잡아맨다.
118) 노인이나 성직자가 쓰는 테두리 없는 작은 모자.

이 벗어났지만 그렇다고 완전히 자유로워지지는 못해 처음으로 방문하는 유대인 가정인 라피더스가(家)에서 어떤 것을 보게 될지 적잖이 걱정되었다. 브루클린하이츠에서 내리기 직전에 나는 곧 방문할 장소를 상상하면서 그곳을 유대인 회당의 음울함, 어두움과 연관 지어 생각했다. 어릴 때 가진 기괴한 공상 속의 모습은 아니었다. 1920~1930년대의 유대인 사회에 대한 소설에서 읽은 기차간처럼 복도가 없는 허름한 아파트 같은 모습을 상상하지는 않았다. 라피더스가는 슈테틀[119)뿐만 아니라 슬럼가에서도 몇 광년은 떨어진 곳에 있을 것이 분명했다. 그럼에도 불구하고 선입관과 편견의 힘은 아주 강해서 장례식장처럼 어둡고 음울한 분위기가 감도는 곳을 상상하게 되었다. 어두운 빛깔의 호두나무로 벽을 대고 칙칙한 색의 참나무로 만든 가구들이 있는 어두운 방의 모습이 그려졌다. 거실 탁자 위에는 메노라[120)가 놓여 있고 가지마다 초들이 가지런히 꽂혀 있지만 불은 켜지지 않은 상태일 것이고, 또 다른 탁자 위에는 『토라』[121)나 『탈무드』가 얼마 전 레슬리의 아버지가 경건하게 읽은 페이지가 펼쳐진 채로 놓여 있을 것이다. 먼지 하나 없이 깨끗하지만 환기가 되지 않아 후텁지근하고 곰팡내가 날 것이고, 거필터 피시 끓이는 냄새가 부엌에서 풍겨 나올 것이며, 부엌에서는 머릿수건을 두른 늙은 부인이(레슬리의 할머니일 것이다.) 프라이팬 옆에 서서 이가 다 빠진 잇

---

119) 동유럽의 유대인 거주지.
120) 일곱 개의 가지가 있는 촛대로 유대교의 상징.
121) 유대교의 율법을 담은 경전.

몸을 드러내며 웃어 보이겠지만 영어를 할 줄 몰라 아무 말도 하지 않을 것이다. 거실에 있는 가구들은 대부분 양로원에 있는 것처럼 싸구려 크롬 가죽으로 덮여 있을 것이다. 레슬리의 부모님과 대화를 나누는 것도 쉽지 않은 일일 것이다. 레슬리의 어머니는 대다수의 유대인 엄마들이 그렇듯 걱정될 정도로 뚱뚱한 체구에 수줍음이 많아 대체로 침묵을 지킬 것이고, 아버지는 좀 더 사교적이기야 하겠지만 주로 자기 직업인 플라스틱 그릇 생산에 대해서만, 그것도 모국어의 영향으로 구개음이 두드러진 무거운 목소리로 이야기할 것이다. 우리는 마니셰비츠[122]를 홀짝이고 할바[123]를 씹어 먹을 것이고, 물릴 대로 물린 내 입은 슐리츠[124]를 애타게 그리워할 것이다. 이 답답하고 종교적인 냄새가 물씬 풍기는 집 안의 어디에서, 어느 방, 어느 침대 혹은 어느 의자에서 레슬리와 함께 우리의 영광스러운 계약을 완성할까 하는, 끊임없이 나를 괴롭혀 온 주된 관심사에 골몰하고 있는데, 지하철이 덜커덩거리며 클라크 스트리트 브루클린하이츠역으로 들어가는 바람에 생각이 끊어져 버렸다.

　라피더스의 집을 보고 내가 보인 최초의 반응들을, 그리고 그 집이 얼마나 보기 좋게 내 예상을 빗나갔는지에 대해 흥분해서 떠벌리고 싶지는 않다.(그러나 그 후 여러 해가 지난 지금도 그 모습은 갓 주조된 1페니짜리 동전처럼 반짝이며 내 기억에 남아

---

122) 와인의 일종.
123) 으깬 깨나 아몬드 따위를 시럽으로 굳힌 튀르키예·인도의 과자.
124) 미국산 맥주.

있다.) 레슬리가 사는 집은 놀라 자빠질 정도로 으리으리해서
나는 몇 번이나 그 집 앞을 지나쳤다. 피어러폰트 스트리트에
있는 그 집이 레슬리가 내게 준 주소의 집이라는 사실이 믿어
지지 않았다. 마침내 그 집이 맞는다는 것을 확인하자, 나는
놀라 휘둥그레진 눈으로 그 집을 올려다보았다. 그리스 부흥
양식[125]으로 우아하게 개조된 적갈색 사암으로 지어진 그 집
은 도로에서 조금 들어가 있었고, 건물까지는 잔디가 깔려 있
었으며 그 위에 자갈을 깐 초승달 모양의 진입로가 있었다. 진
입로 위에는 윤이 반짝반짝 나는 짙은 밤색의 멋진 캐딜락 세
단이 서 있었는데, 전시장에 갖다 놔도 전혀 손색이 없을 만
큼 흠잡을 데 없이 관리되어 있었다.

　나는 가로수가 줄지어 있는 세련된 거리의 인도에 멈춰 서
서 이 우아하고 멋진 저택을 홀린 듯 바라보았다. 어스름하게
어둠이 내린 초저녁 거리의 그 집에서 따뜻한 불빛이 새어 나
왔고, 그 모습을 바라보자 갑자기 리치먼드의 모뉴먼트 애비
뉴에 줄지어 늘어서 있는 멋진 대저택들이 떠올랐다. 피셔 바
디스[126]나 스카치위스키, 다이아몬드 같은 이국적이고 세련
된 고가의 상품들을 실을 잡지 광고의 배경으로 나올 장면
같았다. 무엇보다도 그 집은 남부 연방의 세련되고 여전히 아
름다운 수도에 있을 법한 집이었다. 내가 현관을 향해 걸어가
는 동안 등이 약간 굽은 건장한 흑인 운전사가 나를 향해 붉

---

125) 19세기 전반의 건축 양식. 고대 그리스 디자인을 모방했다.
126) 세단형 컨버터블 차종.

은 잇몸을 다 드러내며 씩 웃었고, 곧이어 발랄하고 어린 흑인 하녀가 나타나더니 나를 집 안으로 들여보내 주었다. 프릴과 주름 장식이 달린 제복을 입은 그녀는 낯익은 남부 사투리를 썼는데, 노스캐롤라이나 북동쪽 로어노크강과 커리턱 카운티 중간쯤 출신인 것 같았다. 내가 어디 출신이냐고 묻자 디즈멀스웜프 중부에 있는 사우스밀스의 작은 마을에서 왔다고 대답해 내 추측이 맞았음을 확인해 주었다. 그녀가 내 날카로운 통찰력에 감탄한 듯 킥킥 웃고 나서 눈을 반짝이며 말했다. "어서 들어가세요!" 그러더니 건방졌다 싶었는지 다시 정색하고는 입술을 오므려 뉴욕 말투를 흉내 내며 중얼거렸다. "라아피이더스 양이 곧 나오실 거예요." 값비싼 외국산 맥주를 기대하며 기다리던 나는 벌써 약간 취한 듯한 기분이 되었다. 그런 다음 미니는(그 하녀의 이름임을 나중에 알게 되었다.) 은회색의 커다란 거실로 나를 안내했다. 거기에는 푹신한 소파, 등받이와 팔걸이가 없는 풍채 당당한 긴 의자, 죄스러울 정도로 편안해 보이는 일인용 의자들이 보기 좋게 놓여 있었다. 바닥에는 얼룩 하나 없이 깨끗한 흰색의 푹신한 양탄자가 깔려 있었다. 책장이 사방을 둘러싸고 있었고, 거기에는 새 책과 낡은 책들이 잔뜩 있었는데, 이미 읽은 듯 모서리가 약간씩 닳은 책들이 많았다. 나는 영묘한 색채의 보나르 작품과 예행연습 중인 음악가들의 모습을 스케치한 드가의 작품 사이에 놓인 크림색 사슴 가죽 의자에 깊숙이 들어앉았다. 드가의 그림은 보는 순간 굉장히 낯익다는 생각이 들었지만 정확하게 어디에서 봤는지 기억나지 않았다. 그러다가 갑자기 우표 수집에 한

동안 열중했던 십 대 후반에 구한 프랑스 우표에서 본 그림이라는 생각이 퍼뜩 들었다. 「전능하신 예수 그리스도」가 아닐까 싶었다.

나는 하루 종일 성적으로 반흥분 상태에 있었다. 그뿐만 아니라 《뉴요커》나 영화에서는 언뜻 봤지만 실제로는 한 번도 본 적이 없는 이런 작품들을 보게 될 줄은 전혀 예상하지 못했다. 그런 터라 갑자기 닥쳐온 문화적 충격은(더럽게 번 돈이지만 나름대로 생각 있게 썼구나 하는 생각이 리비도와 어우러져 생긴 충격은) 그곳에 앉아 있던 나를 혼란스럽기 그지없게 만들어 버렸다. 맥박이 빨라지고, 얼굴은 눈에 띄게 붉어졌으며, 갑자기 침이 고이고, 마침내 내 헤인스 자키 팬티가 터질 듯이 부풀어 오르고 단단해졌는데, 이런 현상은 그날 저녁 내내 계속되었다. 앉아 있거나 서 있거나 심지어 나중에 레슬리를 데리고 저녁 식사를 하러 간 '게이지 앤드 톨너스'에서 꽉 들어찬 손님들 사이를 비집고 비틀거리며 돌아다닐 때도 말이다. 종마 같은 그런 상태는 내가 너무도 젊었기에 가능한 현상이었고, 그 후에는 별로 나타나지 않았으며, 서른이 넘은 후로는 그렇게 길게 그런 상태가 지속된 일은 한 번도 없었다. 이전에도 몇 번인가 이런 발기 현상을 경험한 적이 있지만, 이토록 강렬하게 오래도록 지속된 적은 거의 없었고, 성적 흥분을 자극하는 분위기가 아닌 곳에서 경험한 적은 한 번도 없었다.(가장 기억에 남는 것은 열여섯 살 때 학교 무도회에서 일어난 일이었는데, 앞에서도 언급한 교활하고 요염한 여학생 하나가(사랑스러운 레슬리와는 정반대의 타입이었다.) 일부러 내 목에 대고 숨을 쉬고, 손가락 끝으로 땀이 밴 내 손바닥을 간질이고, 공단 드레스 속에 감춰진 성기를 내 것에 대고 의도적으로 비벼 댔다. 이렇게 빤한 유혹을 몇 시간이고 견디던 나는 거의 성자에 가까운 의지력을 발휘해 그 혐오스러운 뱀파이어를 밀쳐 내고 부풀어 오른 성기 때문에 몸을 비틀거리며 밖으로 나가 버렸다.) 그러나 레슬리의 집에서는 그런 신체적 자극이 필요치 않았다. 부끄러움 없이 고백하는 바지만, 레슬리가 곧 나타나리라는 생각과 놀랍게도 그녀가 엄청난 부자의 딸이라는 사실이 어우러진 것만으로도 나를 흥분시키기에 충분했다. 곧 있을 성적 결합에 대한 달콤한 기대에 덧붙여 그렇게 될지 어쩔지 모르지만 둘이서 결혼할 수도 있다는 생각이 스쳐 갔다는 사실도 인정하지 않을 수 없다.

얼마 후 레슬리를 통해, 그리고 아내와 함께 내 뒤에 나타난 벤 필드 씨라는 라피더스 부부의 중년 친구를 통해 자연스럽게 알게 된 사실이지만, 라피더스가의 재산은 주로 아이의 집게손가락이나 어른의 충양돌기[127]만 한 플라스틱에서 나왔다. 필드 씨가 사랑에 찬 눈으로 시바스 리갈 병을 어루만지며 들려준 이야기에 따르면, 버나드 라피더스는 돈을새김을 한 플라스틱 재떨이를 생산해서 1930년대 대공황 시절에도 큰 부를 쌓았다고 한다. 나중에 레슬리의 설명을 들어 보니 그 재떨이는 누구에게나 익숙한 것이었는데, 보통 검은색의 원형으로 되어 있고 중앙에는 '스토크 클럽'이나 '21', '엘 모로코' 같은 상류층 클럽 이름이나 '베티스 레스토랑', '조스 바' 같은

---

127) 맹장의 약간 아래 끝에 늘어진 가는 맹관(盲管).

평범한 장소의 이름이 새겨져 있는 것을 가리키는 것 같았다. 이 재떨이는 훔쳐 가는 사람들이 많아서 수요가 끊임없이 있었다. 그 몇 년 동안 라피더스 씨는 롱아일랜드 시티에 있는 그다지 크지 않은 공장에서 그 재떨이를 수십만 개씩 생산했고, 그의 가족은 크라운하이츠에서, 그리고 나중에는 브루클린의 고급 주택가에서 아주 편안하게 살아왔다. 단순히 경제적으로 풍족한 생활에서 호사스러운 생활로, 피어러폰트 스트리트에 있는 개조된 적갈색 사암 저택으로, 보나르와 드가와 피사로(얼마 후 피사로의 풍경화도 보게 되었는데, 19세기 파리 외곽의 외로운 시골길을 그린 작품으로 너무도 평온하고 아름다워서 보는 순간 울컥 목이 메었다.)의 작품을 집에서 감상할 수 있는 생활로 바뀐 것은 최근의 전쟁 덕분이었다.

진주만 공격 직전에(필드 씨가 설교조로 조용히 설명했다.) 연방 정부는 플라스틱 그릇 제조업체들을 대상으로 공개 입찰을 실시해 5센티미터 정도의 길이에 외형이 불규칙하고 한쪽 끝은 울퉁불퉁한 작은 공 모양으로 되어 있는 틀에 정교하게 들어맞는 조그만 플라스틱 부품을 생산할 업체를 선정했다. 한 개당 가격은 1페니에 불과했지만, 계약(라피더스 씨가 따 냈다.)에 따르면 수천만 개를 생산해야 했기 때문에 이 소형 장비는 엄청난 부를 가져다주었다. 그것은 2차 세계 대전 내내 미 육군과 해병대가 사용한 75밀리 포탄의 도화관에 쓰이는 필수 부품이었다. 나중에 볼일이 급해 찾아 들어간 으리으리한 화장실에는 이 부품(필드 씨 말로는 원래는 중합체 수지로 만들었다고 한다.)의 복제품이 유리 상자 속에 모셔져 벽에 걸려 있었는데, 나는 한동안 멍하니 그것을 바라보며, 퀸스보로 브리지 근처의 공장에서 검고 걸쭉한 액체로 만든 이 부품 덕분에 산화해 라피더스가의 분홍빛 미래가 되어 준 수많은 일본군, 독일군 병사들을 생각했다. 이 복제품은 18금으로 되어 있었고, 집 안에 있는 것들 중에서 유일하게 저질스러운 취향으로 느껴졌다. 그러나 당시는 승리의 기쁨이 여전히 미국 전역을 감싸고 있을 때였으므로 그다지 큰 흉은 아닐지 모르겠다. 나중에 레슬리는 그것을 '벌레'라고 부르면서, 그것을 보면 '통통한 정자'가 생각나지 않냐고 물었는데, '벌레'의 궁극적 기능을 고려해 보면 흥미롭기는 하지만 정반대되는 이미지라는 생각이 들었다. 우리는 이 문제에 대해 한동안 철학적 대화를 나누었고, 레슬리는 자기 가족의 부의 원천인 이 부품에 대해 가벼운 태도를 유지하면서 "벌레가 이 환상적인 프랑스 인상파 화가의 작품들을 사 준 셈이죠."라고 말하기도 했다.

마침내 레슬리가 상기된 표정으로 나타났는데, 암갈색이 도는 검은 모직 드레스가 몸의 굴곡에 따라 착 달라붙기도 하고 잔물결이 일듯 팔랑거리기도 하는, 대단히 매력적이고 아름다운 모습이었다. 촉촉한 입술로 내 볼에 가볍게 입을 맞추는 그녀에게서 화장수 냄새가 약하게 풍겼고, 그 때문에 그녀는 수선화처럼 싱그럽게 느껴졌으며, 어떤 이유에서인지 내가 타이드워터에서 만났던 좆만 꼴리게 하는 여자들보다, 몸 파는 여자처럼 사향을 들이부은 듯 역한 향기가 나는 그 황당무계한 처녀들보다 두 배는 더 나를 흥분시켰다. 이것이 바로 상류층, 진정한 유대인 상류층이라는 생각이 들었다. 야들리스

옷을 입을 만큼 경제적으로 안정된 아가씨야말로 섹스가 무엇인지 제대로 알 수 있었다. 얼마 후 레슬리의 부모가 나타났는데, 말쑥하게 정장을 차려입은 아버지는 가무잡잡하게 그은 피부에 매력적이고 섹시해 보이는 오십 대 초반의 신사였고, 아름다운 황갈색 머리의 어머니는 굉장히 젊어 보여서 레슬리의 언니라고 해도 믿을 것 같았다. 그 외모 때문에 레슬리가 자기 어머니는 1922년에 바너드 대학교를 졸업했다고 하는데도 도저히 믿어지지 않았다.

라피더스 씨 부부는 그다지 오래 머물지 않아서 짧은 인상밖에 받을 수 없었다. 그러나 그 짧은 인상에서도 대단한 학식과 교양과 세련미가 자연스럽게 느껴졌기 때문에 나는 나의 무식에 대해, 누추함과 음울함과 문화적 빈곤을 예상했던 내 경솔함에 대해 부끄러움을 느꼈다. 포토맥강[128] 북쪽의 고급 주택가에 대해, 인종적인 수수께끼와 복잡성을 가진 이곳에 대해 나는 정말 아는 게 없었다. 나는 어리석게도 전형화된 저속함을 예상했더랬다. 레슬리의 아버지에게서는 잭 베니의 라디오 프로그램에 나오는 우스꽝스러운 유대인, 7번가의 말투를 쓰며 어법을 마구 파괴하는 슐레퍼만 같은 모습을 기대했는데, 정작 눈앞에는 부드러운 어투의 부유한 귀족 신사가, 입을 크게 벌려 나오는 것처럼 모음이 두드러지고 하버드 출신들에게 풍기는 가벼운 권태로움이 느껴지는 목소리를 가진 신사가 있었다. 나중에 알게 된 사실이지만, 그는 하버드대

---

128) 워싱턴시를 흐르는 강.

화학과를 최우등으로 졸업했으며, 거기서 그 복덩어리 '벌레'를 만드는 기술을 배웠다고 했다. 나는 대접받은 덴마크산 고급 맥주를 홀짝홀짝 마셨다. 금방 취기가 오르기 시작하고 기분이 좋아졌다. 처음에 상상했던 것보다 더 기분이 좋고 만족스러웠다. 그때 또 다른 멋진 소식이 들려왔다. 향기로운 저녁 공간을 가로지르며 오가는 대화를 듣고 있자니, 레슬리의 부모는 주말을 즐기기 위해 필드 씨 부부와 함께 저지의 해변에 있는 여름 별장으로 갈 것이라는 이야기가 들렸다. 그 밤색 캐딜락을 타고 곧 떠날 것이라고 했다. 그렇게 되면 이곳에 레슬리와 나 둘만 남게 된다는 생각이 퍼뜩 들었다. 내 잔이 넘쳤다. 오, 내 잔에 담긴 술이 넘쳐 얼룩 하나 없는 양탄자 위로, 피어러폰트 스트리트로, 그리고 땅거미 진 브루클린 전역으로 흘러갔다. 레슬리. 레슬리와 단둘이서 주말을······.

그리고 삼십 분 정도가 지나고 나서 라피더스 씨 부부와 필드 씨 부부는 캐딜락에 올라 에즈베리파크로 향했다. 그사이에는 한담이 오갔다. 집주인과 마찬가지로 필드 씨도 미술품 수집가여서 대화는 자연스럽게 그쪽으로 흘렀다. 그는 몬트리올에 있는 모네의 작품에 눈독을 들이고 있었고, 운이 좋다면 세 장만 주고도 가져올 수 있을 것 같다고 했다. 그 말을 듣자 한동안 서늘한 기분이 되었다. 영화에서 본 것을 제외하고 실제로 누군가가 '3만 달러'를 줄여서 '세 장'이라고 표현하는 것을 들은 것은 그때가 처음이었다. 그러나 놀라운 일은 또 있었다. 이때 피사로의 작품 이야기가 나왔고, 내가 아직 그것을 보지 못했다는 것을 알게 되자, 레슬리는 소파에서 벌떡 일어나 함께 보러 가자고 했다. 우리는 함께 집 뒤편에 자리 잡은 식당으로 갔고, 거기에서는 여름날 오후 스러지는 마지막 햇살 속에 아름다운 그림이, 무너져 가는 벽 위로 엷은 녹색의 담쟁이덩굴이 엉켜 있는 고요한 일요일 오후의 풍경을 담은 그림이 빛나고 있었다. "정말 아름답군요." 내가 속삭였다. "그렇죠?" 레슬리가 대답했다.

우리는 나란히 서서 풍경화를 감상했다. 어스름한 방 안에서 그녀의 얼굴이 아주 가까이 있어서 그녀가 마신 셰리주의 달콤한 향내를 맡을 수 있었고, 곧 그녀의 혀가 내 입 속으로 들어왔다. 단언컨대 내가 이런 상황을 유도한 것은 절대 아니었다. 나는 그녀의 얼굴에서 내가 느끼는 것과 같은 심미적 기쁨을 읽게 되리라고 예상하면서 그녀를 향해 고개를 돌렸을 뿐이다. 그러나 그녀의 혀가 너무도 급작스럽고 거칠게 밀고 들어와서 그녀의 얼굴을 볼 기회조차 없었다. 꿈틀거리는 바다 생물처럼 입 속으로 밀고 들어온 그 혀는 내 모든 감각을 마비시켜 버렸고, 목젖 근처에 있는 도달할 수 없는 목적지를 향해 돌진해 오는 것 같았다. 그것은 꿈틀거리고 때로는 떨기도 했으며 내 입 속에서 몸을 뒤틀기도 했다. 적어도 한 번은 거꾸로 뒤틀기도 한 것 같았다. 돌고래처럼 매끄럽고 달콤하게 끈적거리는 셰리주 맛이 나는 그 혀는 나를 밀쳐 내거나 끌어당겼고, 그 힘 앞에 무력해진 나는 문설주에 몸을 늘어뜨리고 서서 눈을 꼭 감은 채 황홀경에 빠졌다. 이런 상태가 얼마나 지속되었는지는 모르겠지만, 마침내 나도 화답해야겠다는 생각이 들어 양치질하는 소리를 내며 내 혀를 떼어 내기 시작하자, 그녀의 혀도 바람 빠진 방광처럼 철수해 버렸다. 그녀는 내게서 입을 뗀 후 자신의 얼굴을 내 얼굴에 갖다 댔다. "지금은 안 돼요." 그녀가 흥분한 어조로 속삭였다. 몸을 떨고 있는 것 같았고, 숨을 거칠게 몰아쉬고 있어서, 나는 그녀를 꽉 끌어안았다. "아, 레슬리…… 레스." 이 말밖에 나오지 않았다. 그때 그녀가 내게서 떨어져 나갔다. 그러고는 생긋 웃어 보였는데, 그것은 방금 전까지 격정에 휘말려 있었다는 사실을 감안할 때 다소 어울리지 않았다. 그녀는 부드럽고 쾌활하며 심지어 경박한 느낌까지 주는 어조로 말했지만, 너무도 강력한 힘을 발휘하는 말이어서 나는 광기에 가까운 욕망에 휩싸여 버렸다. "섹스." 그녀가 나를 물끄러미 바라보며 들릴락 말락 한 소리로 속삭였다. "환상적인…… 섹스." 그러고는 돌아서서 거실로 되돌아갔다.

얼마 후, 높고 웅장한 천장과 로코코 양식의 화려한 금 수도꼭지와 장식들 덕분에 합스부르크 왕가에 온 것 같은 느낌을 주는 욕실로 몰래 숨어든 나는 지갑을 뒤져서 윤활 처리가 된 트로즌 콘돔을 꺼내 알루미늄 포장을 벗긴 후 이용하기 쉽게 양복 호주머니 속에 넣어 두었고, 가장자리에 금도금한 아기 천사 장식이 있는 전신 거울 앞에 서서 평정을 되찾으려고 애썼다. 립스틱 자국을 지우면서 보니 절망스럽게도 얼굴이 심장 발작을 겪은 사람처럼 붉게 상기되어 있었다. 이에 대해서는 어찌해 볼 도리가 없었다. 그나마 다행인 것은 촌스러운 리넨 양복이 좀 길어서 고집스럽게 불룩 튀어나와 있는 바지 앞섶을 가리고 있다는 점이었다.

몇 분 후 자갈이 깔린 차도에서 라피더스 씨 부부와 필드 씨 부부를 배웅하고 있는데, 라피더스 씨가 레슬리의 이마에 부드럽게 입을 맞추더니 "착하게 지내고 있어요, 공주님."이라고 말하는 것을 들었을 때, 나는 무언가가 잘못되었다는 것을 알아차렸어야 했을까? 몇 년의 세월이 흐르고, 그동안 유대인 사회에 대해 많이 연구하고, 『굿바이, 콜럼버스』,[129] 『마저리 모닝스타』[130] 같은 책들을 읽고 나서야, 나는 전형적인 유대인 공주가 존재한다는 사실과 그녀의 생활양식 그리고 그녀가 유대인 사회에서 차지하는 위치 등을 이해할 수 있게 되었다. 그러나 그때는 '공주님'이라는 말이 애칭으로밖에 들리지 않았다. 나는 미등을 깜박이며 초저녁 어둠 속으로 사라지는 캐딜락을 보면서 "착하게 지내고 있어요."라는 말을 떠올리며 속으로 웃고 있었다. 둘만 남게 되었을 때 레슬리의 태도(이런 것을 여자의 변덕이라고 할 수 있을 것 같다.)를 보니 좀 더 기다려야 할 것 같다는 생각이 들었다. 둘이서 쌓아 올린 그 뜨거운 열기와 그녀가 먼저 내 입술을 공격했다는 사실에도 불구하고 말이다. 그녀의 키스에 생각이 미치니 내 입은 다시 그녀의 혀를 애타게 그리워하기 시작했다.

현관 안으로 들어서자마자 나는 레슬리에게 다가가 허리를 감싸 안았지만, 그녀는 작게 웃으면서 살짝 몸을 빼더니 "급하면 체한다."(그때는 이 말이 무슨 뜻인지 도통 알아들을 수가 없었

---

129) 필립 로스의 단편집.
130) 허먼 워크의 장편 소설.

다.)라고 했다. 그러나 나는 레슬리가 작전권을 쥐고, 함께할 저녁의 타이밍과 리듬을 정해 상황이 절정을 향해 자연스럽게 발전할 수 있게 하기를 바라 마지않았다. 그녀도 열정적이고 나처럼 욕망에 불타고 있는 것은 틀림없었지만, 그렇다고 당장 양탄자 위에서 어떻게 해 볼 만한 저속한 매춘부는 아니었기 때문이다. 이제까지는 방종에 가까울 정도로 적극적인 언사와 태도를 보여 왔지만 그녀도 여느 여자들처럼 남자들이 귀여워하고 입에 발린 말을 해 주고 유혹하고 즐겁게 해 주기를 바란다는 사실을 나는 본능적으로 간파했고, 어차피 자연은 남자의 기쁨까지 배가시킬 수 있도록 이런 사전 의식을 설계한 것일 테니까 내게도 아무 문제가 없었다. 그러므로 나는 기꺼이 인내심을 가지고 때를 기다릴 용의가 있었다. 따라서 다소 어색하고 꼿꼿한 태도로 드가의 작품 아래에 레슬리와 나란히 앉아 있던 나는 미니가 샴페인과 신선한 용상어의 캐비어(그날 저녁 내 평생 처음으로 맛본 여러 가지 음식들 중 하나였다.)를 가지고 들어왔을 때에도 전혀 방해받는다는 생각이 들지 않았다. 지극히 남부인다운 식성을 가지고 있던 미니와 나는 음식을 두고 농담을 주고받았고, 옆에서 듣고 있던 레슬리도 재미있어하는 것이 분명했다.

이미 말했듯이, 나는 북부에 머무는 동안 뉴욕 사람들이 남부인을 대단히 적대시하거나(네이선이 처음에 나를 대했듯이) 민스트럴 쇼[131]를 벌이는 연예인 보듯 하며 약간 깔보는 태도

---

131) 백인이 흑인으로 분장해서 하는 춤, 노래 등의 연예.

로 친절하게 대하는 경향이 있는 것을 발견하고 굉장히 당혹스러웠다. 레슬리가 내 '진지한' 면에 끌린 것을 알았지만, 그녀 역시 후자에 속했다. 미니가 다시 나타나기 전까지는, 레슬리의 눈에 나는 새롭고 이국적인 사람, 레트 버틀러[132] 같은 사람이라는 사실을 간과하고 있었다. 그러나 남부 출신임이 가장 큰 장점임을 깨달은 나는 그때부터 그것을 이용하기 시작했다. 예를 들어 다음과 같은 희롱 섞인 대화(이십 년 후라면 생각도 못 할)는 레슬리를 웃다가 넘어가게 만들었다.

"미니, 저 아래쪽 음식 먹고 싶어 죽겠어. 진짜 유색인의 음식 말이야. 이 썩어 빠진 생선 알 같은 거 말고."

"저도요, 저도요! 소금에 절인 숭어 튀김 먹고 싶어요. 숭어 튀김이랑 오트밀. 그렇게 먹어야 먹었다고 할 수 있죠!"

"삶은 곱창은 어때, 미니? 삶은 곱창하고 양배추 수프!"

"그만해요!"(미니가 높은 어조로 깔깔 웃어 댔다.) "곱창 얘기 하니까 배가 너무 고파 죽을 것 같아요!"

나중에 게이지 앤드 톨너스에서 가스등 아래 레슬리와 나란히 앉아 대합조개와 특대형 게살 요리를 먹는 동안, 나는 감각적으로나 정신적으로나 최상의 행복을 경험했다. 우리는 시끄럽게 떠들어 대는 다른 손님들로부터 떨어진 구석 테이블에 몸을 거의 붙이다시피 하고 앉아 있었다. 마시고 있던 고급 백포도주가 나의 유머 감각을 되살리고 굳어 있던 혀를 풀어 주어서, 챈슬러스빌에서 한쪽 눈과 슬개골을 잃어버린 친할아

132) 『바람과 함께 사라지다』의 남자 주인공.

버지 이야기와, 거짓을 섞어 남북 전쟁 때 활동한 남부 연방의 게릴라 지도자들 중 한 사람이던 모스비라는 이름의 외가쪽 종조부 이야기를 들려주었다. 거짓을 섞었다고 한 것은 버지니아 지역 사단장이던 모스비와 나는 아무런 관련이 없었기 때문이다. 그러나 그에 대한 이야기 자체는 진실이었고 파란만장했으며, 나는 남부인 특유의 느린 말투로 여러 가지 흥미로운 일화를 덧붙이기도 하고 흥미진진하게 이야기를 풀어나가면서, 이야기가 가져오는 극적 효과를 음미했다. 결국에는 내 이야기를 홀린 듯이 듣고 있던 레슬리가 눈을 반짝이며 코니아일랜드에서 그랬듯 손을 뻗어 내 손을 꼭 잡았는데, 욕정 때문인 듯 손바닥이 촉촉하게 젖어 있었다. 내가 극적 효과를 위해 잠시 말을 멈추자 그녀가 물었다.

"그래서 어떻게 됐어요?"

"모스비 할아버지는 마침내 그 계곡에서 북군 여단을 포위했어요. 밤이라서 북군 사령관은 자기 텐트에서 잠을 자고 있었죠. 모스비 할아버지가 그 어두운 텐트 속으로 들어가서 자고 있던 사령관을 흔들어 깨우며 말했죠. '장군, 일어나시죠. 모스비에 대한 소식을 알아 왔습니다!' 처음 듣는 목소리지만 자기 부하들 중 하나일 거라고 생각한 장군이 벌떡 일어나 말했어요. '모스비라고? 잡았나?' 그러자 모스비 할아버지가 대답했어요. '아뇨, 장군! 그가 장군을 잡았답니다!'"

레슬리의 반응은 만족할 만했다. 목에서 나오는 듯한 저음으로 쾌활하게 웃어 젖히는 바람에 옆 테이블에 앉은 손님들이 우리 쪽을 쳐다보았으며, 나이 많은 웨이터는 좀 조용히 하

라는 표정으로 우리를 바라보았다. 그녀의 웃음소리가 가라
앉은 뒤 우리는 한동안 조용히 입가심으로 주문한 브랜디를
바라보았다. 그리고 마침내 나뿐만 아니라 그녀의 마음에도
가장 크게 자리하고 있던 주제를 꺼낸 것은 내가 아니라 그녀
였다. "그때를 생각하면 참 희한한 게 있어요." 그녀가 생각에
잠긴 목소리로 말했다. "19세기 말이에요. 그때 사람들이 섹
스를 했다고는 누구도 생각하지 않는 것 같아서요. 어떤 책을
들여다봐도, 그때 사람들이 섹스를 했다는 이야기는 전혀 찾
아볼 수 없잖아요."

"빅토리아 시대였잖아요, 예의범절을 숭상하는."

"남북 전쟁에 대해서는 잘 모르지만 그때를 생각할 때마다,
특히 『바람과 함께 사라지다』 이후로 줄곧 그 장군들의 모습
을 상상했어요. 곱슬머리에 황갈색 턱수염과 콧수염이 있고
말을 타고 있는 남부의 젊은 장군들의 모습이요. 페티코트에
긴 속바지를 입은 아름다운 여자들에 대해서도요. 그런데 그
들이 과연 섹스를 했는지는 모르겠어요. 무슨 책을 읽어도 그
런 이야기는 안 나오니까." 말을 멈춘 그녀는 내 손을 꼭 잡았
다. "내 말은, 페티코트를 입은 매력적인 아가씨와 멋지고 젊
은 장교가 격렬하게 엉켜서 섹스하는 걸 상상해 보는 것도 그
리 나쁘지 않을 것 같다는 말이에요."

"그럼요." 나는 몸이 떨려 오는 것을 느끼며 대답했다. "그렇
고말고요. 역사의식을 높여 주죠."

벌써 10시가 지나 있었고, 나는 브랜디를 더 주문했다. 한
시간을 더 머무는 동안, 코니아일랜드에서 그랬듯 레슬리가

자연스럽게 대화의 방향타를 잡고 혼탁하고 섬뜩한 늪지대로, 그때까지 여자와 함께 탐험해 본 적이 한 번도 없었던 그곳으로 나를 이끌어 갔다. 그녀는 요즘 상담 치료를 받는 정신과 의사에 대해 이야기했는데, 그는 그녀의 근본적 자아에 대한 의식과, 더 중요한 것은 그녀가 제 기능을 다하는 건강한 야수(자기의 진짜 모습임을 알게 되었다면서 그녀가 쓴 표현이었다.)가 되기 위해서는 반드시 계발하고 해방시켜야 하는 성적 에너지에 대한 의식의 문을 활짝 열어 주었다고 했다. 그녀가 말하는 동안 맛있는 코냑 덕분에 한층 대담해진 나는 주홍색 립스틱으로 반짝이는 그녀의 입술을, 관능적으로 움직이는 그 사랑스러운 입술을 손가락으로 부드럽게 어루만졌다.

"상담을 받기 전까지는 정말 하찮은 인간이었어요." 그녀가 작게 한숨을 내쉬더니 말을 이었다. "내 몸과 정신의 관계에 대해서는, 몸이 내게 줄 수 있는 지혜에 대해서는 아무것도 모르는 가짜 지식인이었죠. 내 몸에 있는 성기에 대해, 그 작고 경이로운 음핵에 대해 아무것도 몰랐어요. 무엇 하나 제대로 아는 게 없었어요. D. H. 로런스를 읽어 봤어요? 『채털리 부인의 연인』 말이에요." 나는 못 읽어 봤다고 대답했다. 읽고는 싶었지만, 미쳐 버린 사람처럼 대학 도서관의 잠긴 서고에 갇혀 있어서 읽을 수 없었던 책이다. "읽어 보세요." 그녀가 열정이 느껴지는 쉰 목소리로 말했다. "구해서 꼭 읽어 보세요. 당신 자신의 구원을 위해서요. 친구 하나가 프랑스에서 몰래 한 권 들여왔는데, 빌려줄게요. 로런스에게 해답이 있어요. 그는 섹스에 대해서 정말 많이 알아요. 그 사람 말로는 섹스를 할 때 사람들은 어둠의 신에게 다가가는 거래요." 이런 말을 하면서 그녀는 내 손을 꼭 잡았다. 이제 서로 엉킨 두 손은 내 무릎 위, 긴장 속에 부풀어 오른 바지 앞섶 바로 가까이에 있었으며, 그녀가 욕망과 확신에 가득 찬 눈으로 나를 물끄러미 바라보고 있어서, 그 순간 남들이 보는 앞에서 야수처럼 그녀를 끌어안지 않기 위해서 나는 극도의 자제력을 발휘해야 했다. 그녀가 다시 입을 열었다. "오, 스팅고, 정말 그래요, 섹스는 어둠의 신에게로 다가가는 거예요."

"그러면 어둠의 신에게로 갑시다." 이제 정말로 욕망을 억제할 수 없게 된 나는 이렇게 말하면서 계산서를 가져오라고 급히 손짓했다.

얼마 전에 앙드레 지드에 대해 언급하면서 그의 일기문을 모방해 글을 쓰려고 애써 왔다는 이야기를 했다. 듀크 대학에 다닐 때 나는 그 대작가의 작품을, 힘들지만 프랑스어 원본으로 읽었다. 그의 일기문에 대단히 감복받은 나는 그의 정직성과 가차 없는 자기 분석이 20세기 지성이 일구어 낸 진정한 업적 중의 하나라고 생각했다. 내 일기 중 레슬리 라피더스에 대한 일지(의기양양했던 일요일 코니아일랜드에서 시작되어 금요일 새벽 피어러폰트 스트리트의 십자가에서 끝난 그 주는 '수난 주간'이라고 할 만했다.)의 마지막 부분의 초반부는 지드에 대한 평가와 그의 훌륭한 생각과 명언을 나 나름대로 요약한 것에 상당한 부분을 할애했다. 길게 논하지는 않겠지만, 지드가 감내해 낸 그 엄청난 수치심과, 그것을 빠짐없이 기록한 그의 단호함과 용감한 정직성에 감탄했다는 사실만큼은 언급할 필요가 있을 것 같다. 그가 맞닥뜨린 수치와 실망감이 끔찍하고 크면 클수록 『일기』에서 보이는 그의 설명은 더욱더 깨끗하고 명료해서, 독자들도 카타르시스를 느낄 수 있었다. 확실히 기억나지는 않지만 그것은 레슬리 일지의 마지막 부분, 지드에 대한 명상에 뒤따라 나오는 글에서 내가 얻고자 노력했던 것과 같은 종류의 카타르시스였을 것 같다. 여기 소개하는 그 특정 부분은 우여곡절 끝에 다시 찾은 것이다. 일기를 적던 가계부 비슷한 노트에 그 글을 쓰고 나서 얼마 안 되어 갑자기 화가 치밀어 올랐을 때 그 부분을 찢어서 노트 뒤편에 아무렇게나 모아 둔 모양인데, 나중에 이 어리석은 가면무도회를 재구성하면서 노트를 뒤지다가 우연히 발견하게 되었다. 지금 봐도 놀라운 것은 글씨체인데, 평소에는 단정하고 깨끗하게 또박또박 글씨를 쓰던 내가 이때는 격렬한 감정에 북받쳐서 정신없이 마구 휘갈겨 썼다. 하지만 문체는 늘 그렇듯 냉정하고 심술궂게 냉소적이며 자기 분석적이어서, 지드가 읽었다면 감동받았을지도 모르겠다.

게이지 앤드 톨너스를 나가 택시를 탄 우리에게 일어날 일을 난 미리 알았는지도 모른다. 당연한 일이겠지만, 나는 택시에 올라타기 전부터 수컷으로서의 강렬한 욕망에 사로잡혀 이미 통제력을 상실한 상태여서 택시가 움직이기도 전에 레슬리를 두 팔로 감싸 안는다. 그러고는 곧바로 피사로의 그림을 보러 갔을 때의 일이 재현된다. 약탈자인 그녀의 혀가 살기 위해 강

상류로 올라가는 청어처럼 내 입 속을 헤맨다. 키스가 이토록 황홀하고 엄청난 일이라는 것을 처음 알았다. 나는 화답할 때가 되었다는 생각이 들어 그렇게 한다. 폴턴 스트리트를 지나는 동안 난 그녀에게 혀를 되돌려 주고, 그녀는 낮은 신음과 함께 몸을 떨면서 기쁜 듯 이에 반응한다. 그러자 너무도 흥분한 나는 여자에게 키스할 때 꼭 해 보고 싶었지만, 좀 음란한 짓 같아 버지니아에서는 감히 하지 못했던 일을 한다. 성교를 하듯 천천히 규칙적으로 내 혀를 그녀의 입 안으로 넣었다가 뺐다가를 끝도 없이 반복한다. 레슬리는 다시 한번 신음을 내뱉더니 입을 떼고 속삭인다. "아, 몰라, 몰라!" 나는 짐짓 수줍은 듯 내뱉는 이런 말에 끄떡도 않는다. 나는 반 미쳐 있다. 이런 순간이 자주 오는 것은 아닐 것이다. 흥분을 가라앉히려고 노력하면서 지금이야말로 최초로 직접적인 행동을 취해야 할 때라고 생각한다. 나는 손을 들어 천천히 미끄러지듯 그녀의 몸을 더듬어 올라가 그녀의 육감적인 왼쪽 가슴을(아니, 오른쪽이던가? 기억이 나지 않는다.) 부드럽게 감싼다. 그리고 그 순간, 정말 놀랍게도, 그녀는 부드럽게 그녀의 몸을 더듬기로 한 나만큼이나 단호하게 자기 팔을 움직여 내 손을 밀어낸다. '하지 마.'라는 뜻이다. 너무도 놀라운 일이어서 나는 둘 중 누군가가 신호를 잘못 이해했거나, 그녀가 농담을, 그것도 심한 농담을 하는 것이라고 생각한다. 그래서 곧, 아직도 내 혀는 그녀의 목젖 가까이까지 들어가 있고, 그녀가 낮은 신음을 계속 내고 있는 동안, 나는 그녀의 다른 쪽 가슴으로 손을 움직여 간다. 쾅! 같은 일이 일어난다. 갑자기 그녀의 팔이 철도 건널목에 있는 차단기처럼 쿵 하고 내려온다. "건너지 마시오!" 도저히 믿어지지 않는다.

(글을 쓰고 있는 지금은 금요일 저녁 8시. 나는 『머크 매뉴얼』을 찾아본다. 이 책에 따르면 지금 나는 '중증 급성 설염(舌炎)'을 앓고 있는 것 같다. 정신적 쇼크 탓도 있겠지만 내 입의 역사상 (누구의 입이라도 마찬가지겠지만) 유례가 없는 대여섯 시간의 타액 교환으로 인해 박테리아와 바이러스를 비롯한 모든 종류의 독성 물질에 노출되어 혀가 심한 염증을 앓고 있는 것이다. 『머크 매뉴얼』에 따르면 이것은 일시적 현상으로 한참 혀를 편안히 쉬게 해 주면 누그러진다고 한다. 그러나 음식을 먹거나 맥주를 몇 모금이라도 마시면 절대 안 된다고 한다. 다행이다. 해가 거의 다 지고 어스름한 어둠이 찾아들고 있다. 나는 예타의 집 내 방에 홀로 앉아 이 글을 쓰고 있다. 지금 같아서는 소피나 네이선의 얼굴조차 마주 볼 수 없을 것 같다. 솔직히 말하면, 지금 나는 한 번도 겪어 보지 못한, 그리고 가능하리라고 생각도 못 한, 심각한 공황과 낙담 상태에 빠져 있다.)

다시 본론으로 돌아가자. 이성을 잃지 않기 위해서라도 그녀의 기괴한 행동을 설명해 줄 적절한 이유를 찾아내야 한다. 레스는 단지 택시 안에서 그렇게 공공연한 애정 행각을 벌이기를 원치 않았던 것이다. 충분히 이해가 가는 일이다. 택시에서는 숙녀, 침대에서는 창녀가 되고 싶은 것이겠지. 이런 생각이 들자, 나는 택시가 피어러폰트 스트리트 그녀의 집 앞에 설 때까지 혀로 미로 찾기 게임을 계속하는 것에 만족하기로 한다. 택시에서 내린 우리는 어두운 집 안으로 들어선다. 레슬리는 현관문을 열면서, 목요일은 미니가 자기 집으로 돌아가는 날이라고 말한다. 나는 이 말을 우리 둘만 있게 되었음을 강조하는 것으로 해석한다. 현관 홀의 부드러운 불빛 아래 서 있는데, 바지 속에 숨어 있던 내 성기가 광포해지기 시작한다. 섹스를 앞둔 데서 오는 흥분 때문인지 강아지 오줌처럼 정액이 찔끔 나온다.

　(오, 앙드레 지드, 프리 푸르 무아!(나를 위해 기도해 줘요!) 도저히 계속 쓸 수 없을 것 같다. 그다음 몇 시간 동안의 비인간적 고통을 어떻게 이해해야 하나? 이 얼토당토않은 고문에 대한 책임을 누구에게 돌려야 하나? 내게? 레슬리에게? 시대정신에? 아니면 레슬리의 정신과 의사에게? 불쌍한 레스를 그 쓸쓸하고 황량한 고원(몸을 떨며 홀로 헤매는 그 황량한 중간 지역을 그녀 자신이 이렇게 표현했다.)으로 내몬 것에 대해 누군가는 책임을 져야 한다.)

　자정쯤 우리는 드가의 그림 아래에 놓인 소파에서 다시 시작하고 있다. 집 안 어딘가에 괘종시계가 있어 매 시각마다 종을 치는데, 2시가 되어도 나는 택시 안에서보다 더 나아가지 못하고 있다. 지금까지 우리는 상당히 필사적으로 그러나 대체로 조용히 줄다리기를 해 왔다. 나는 젖꼭지와 허벅지, 가랑이를 더듬는 등 책에서 읽은 모든 전술을 다 써 봤지만, 아무 소용이 없었다. 놀랍도록 적극적인 혀와 자연스럽게 벌어지는 입을 제외하고는 갑옷으로 무장한 것 같았다. 이 군대식의 비유가 적절하게 느껴지는 또 하나의 이유는 내가 짙은 어둠 속에서 그녀의 가랑이를 더듬으며 내 다리를 그녀의 무릎 사이에 끼워 넣으려고 애를 쓰는 등 좀 더 적극적인 공세로 나아가자,

그녀는 거침없이 내 입 속을 돌아다니던 혀를 빼내더니 "아아, 거기요, 모스비 단장님!"이라든가 "그 위쪽으로 말이야, 조니 렙![133]" 같은 말을 속삭였기 때문이다. 나의 남부 사투리를 흉내 내며 낄낄거리면서 농담조로 말했지만 진심도 담겨 있다는 생각이 들어 나는 얼음물을 뒤집어쓴 듯 온몸이 떨린다. 다시 생각해도 이 제스처 게임에서 지금 일어나는 일이 믿어지지 않는다. 그토록 숨 막히는 전주곡을 연주한 후에, 그토록 유혹하고 도발한 후에, 정작 몸으로는 거부하면서 말도 안 되는 허튼 소리나 하고 있다니, 도통 그녀의 마음을 알 수 없다. 2시가 지나자 거의 미칠 지경이 되어 버린 나는 결정적 수단, 그녀에게서 격렬한(얼마나 격렬할지는 모르겠지만) 반응이 나올 것이 분명한 그 수단을 쓰기로 한다. 끝도 없이 엎치락뒤치락하는 와중이지만, 그녀가 자신의 손에 무엇이 쥐어졌는지 깨닫게 되면 우리 둘이 끅끅 소리를 질러 댈 것이 분명하다. 나는 조용히 바지 지퍼를 내리고 내 성기 위에 그녀의 손을 끌어다 얹는다. 예상대로 그녀는 비명을 지르며 마치 누가 자기 밑에 불을 지르기나 한 것처럼 소파 아래로 굴러 떨어진다. 그 순간, 그날 저녁 나를 애태우던 그 모든 환상과 꿈은 재로 변하고 만다.

(오, 앙드레 지드, 콤 투아, 주 크루아 크 주 드비엥드레 페데라스트!(당신처럼, 나도 호모가 될 것 같아요!))

얼마의 시간이 흐른 후, 그녀는 내 옆에 앉아 아기처럼 칭얼거리는 작은 목소리로 자신의 태도를 변명하려고 한다. 어찌

---

133) 남북 전쟁 당시의 남군 병사.

된 영문인지, 그녀의 지극히 부드러운 말투와 여린 모습, 후회하는 듯 기가 죽은 태도를 보니 걷잡을 수 없을 것 같던 분노도 어느 정도 통제가 가능해진다. 처음에는 값으로 따질 수 없는 드가의 작품이라도 떼어 내 머리통이라도 때려 주고 싶었지만, 이제는 함께 울어 줄 수 있을 것 같았다. 그것도 나 자신의 분통과 좌절 때문만이 아니라, 그녀를 위해서 그리고 그 고약한 사기극을 벌이는 데 크게 기여한 그 정신과 치료를 위해서도 울어 줄 수 있을 것 같았다. 시계가 똑딱거리며 새벽을 향해 가고, 내가 툴툴거리며 몇 마디 불평을 한 다음에 이 모든 사실을 알게 된다. 나는 어둠 속에서 그녀의 손을 잡고 앉아 속삭인다. "일부러 심술궂게 굴려는 것도 생떼를 쓰려는 것도 아니지만, 내가 오해를 하게 만든 것은 바로 당신이에요. 당신 말을 그대로 옮겨 볼까요? '당신은 여자에게 환상적인 섹스를 맛보게 해 줄 게 분명해요.'" 나는 어둠 속으로 푸른 담배 연기를 내뿜으며 한동안 말이 없다. 그러고 나서 입을 연다. "그렇게 해 줄 수 있었어요. 그러려고 했고." 다시 말을 멈췄다가 잇는다. "그뿐이에요." 또다시 한동안 침묵이 흐르고, 코를 훌쩍이며 흐느끼던 그녀가 이윽고 입을 연다. "그런 말 한 거 기억나요. 그리고 내가 당신을 속였다면, 미안해요, 스팅고." 또다시 코를 훌쩍인다. 내가 크리넥스 티슈 한 장을 건네준다. "하지만 당신이 그러기를 바란다고는 하지 않았어요." 또다시 흐느낌. "그리고 '여자'라고 했지, 나라고는 하지 않았고요." 이 순간 나는 죽은 자의 영혼조차 흔들어 깨울 수 있을 만큼 커다란 불평의 신음 소리를 낸다. 이제 우리는 영원처럼 오래도록 말이 없다. 3시에서

4시 사이 어느 즈음 저 멀리 뉴욕항에서 구슬픈 뱃고동 소리가 밤공기를 가르고 들려온다. 그 소리는 고향 생각을 불러일으키면서 말로 표현할 수 없는 슬픔에 젖게 만든다. 그 구슬픈 소리와 그로 인한 슬픔은 이제 가까이 갈 수 없게 된 들꽃 같은 레슬리의 존재를, 내 곁에 있는 그 뜨거운 몸을 더욱더 견딜 수 없게 만든다. 한순간 내 성기가 썩어 들어가 기능을 못 하게 되지나 않을까 하는 부질없는 생각을 하던 나는 그것이 아직도 창처럼 꼿꼿하게 서 있다는 사실이 도저히 믿기지 않는다. 세례자 요한도 이런 상실감을 경험했을까? 탄탈로스[134]도? 성 아우구스티누스도? 꼬마 넬[135]도?

레슬리는 말 그대로 입만 살아 있다. 그녀의 성생활은 전적으로 혀를 중심으로 이루어진다. 그러므로 그녀가 지나치게 활동적인 그 기관을 통해 내게 전달할 수 있었던 도발적인 약속이, 그녀가 좋아하는 도발적이며 사기성 짙은 말들과 상관관계가 있다는 사실은 우연이 아니다. 그녀와 함께 앉아 있는 동안, 듀크 대학 시절 이상 심리학 수업에서 읽은 '추언증(醜言症)'이라는 희한한 병이 떠오른다. 주로 젊은 여자들에게 나타나며 더럽고 음란한 말을 강박적으로 사용하게 된다는 병이다. 마침내 내가 침묵을 깨고 혹시 그 병일지 모른다고 그녀에게 조롱조로 말을 건네자, 그녀는 모욕을 당한 표정이라기보다는 상처를 입은 듯한 표정으로 다시 흐느끼기 시작한다. 건드리면 안 될 상

---

134) 제우스의 아들. 신들의 비밀을 누설한 벌로 지옥의 물에 턱까지 잠겨 목이 말라 물을 마시려 하면 물이 빠졌다 한다.
135) 찰스 디킨스의 소설에 나오는, 천사 같은 인물.

처를 건드린 것 같다. 그러나 그녀는 그런 것이 아니라고 주장한다. 얼마 후 울음을 멈춘 그녀는 불과 몇 시간 전이었다면 농담이라고 생각했을, 그러나 지금은 놀라지 않고 침착하게 아픈 진실로 받아들일 수 있는 말을 한다. "난 처녀예요." 그녀가 풀이 죽은 작은 목소리로 말한다. 한동안 침묵이 흐른 후 내가 대답한다. "상처 주자는 말이 아니니까 오해하지 말고 들어요. 내 생각에 당신은 많이 아픈 처녀예요." 말을 해 놓고 나니 좀 심했다 싶은 생각이 들기는 하지만 그래도 후회되지는 않는다. 또다시 항구에서 들려오는 뱃고동 소리가 나를 지극한 그리움과 향수와 절망으로 몰아가 나도 곧 울음을 터뜨릴 것만 같다. "당신을 많이 좋아해요, 레스." 내가 가까스로 말문을 연다. "단지 나를 이런 식으로 속인 것은 굉장히 부당한 일이라는 생각이 들 뿐이에요. 이건 남자한텐 너무 가혹한 일이에요. 정말 끔찍한 일이에요. 당신이 상상도 할 수 없을 만큼." 이 말을 들은 그녀가 이제까지 들어 본 것 중 가장 불쌍한 목소리로 대답하자, 난 그녀의 말이 내 논지와 관계있는 말인지 아닌지를 가늠하기 어려워진다. "하지만, 아, 스팅고, 유대인 가정에서 자란다는 것이 어떤 것인지 당신은 상상조차 할 수 없을 거예요." 그녀는 이 말에 대해 자세한 설명을 덧붙이지는 못한다.

그러나 마침내 새벽이 밝아 오고 심한 피로감이 온몸을 엄습하기 시작했을 때(밤새 고집스럽게 용맹스러움을 자랑하던 사랑의 근육도 마침내 풀이 죽어 축 늘어지기 시작했다.) 레슬리는 자신이 걸어온 정신 분석의 깊고 어두운 여행길에 대한 이야기를 시작한다. 그리고 물론 그녀의 가족, 그 끔찍한 가족에 대해서도. 그녀의 가족은 겉으로는 멋지고 세련되어 보이지만 그 속에는 끔찍한 괴물이 도사리고 있다고 한다. 냉정한 야심가인 아버지는 플라스틱 그릇 만드는 일을 宗教처럼 떠받들고, 그녀에게는 이제까지 스무 단어 이상으로 길게 말한 적이 거의 없었다. 남의 비밀 캐내기나 좋아하는 여동생은 어른들 앞에서는 여우같이 구는 데다가, 오빠는 멍청하다고 했다. 무엇보다도 끔찍했던 것은 어머니인데, 레슬리가 세 살 때 자신의 성기를 만지작거리는 것을 발견하고는 자기 학대에 대한 예방 조치로 코르셋 같은 정조대를 수개월 동안이나 차고 다니게 했고, 그 후로 줄곧 심술궂은 언사와 행동으로 레슬리를 괴롭혀 왔다고 한다. 그녀는 내가 지난 사 년간 자신의 불행한 생활 이야기와 고민을 들어 준 정신과 의사들 중 하나라도 되는 것처럼 이 모든 사실을 마구 쏟아 낸다. 이제 날이 완전히 밝았다. 레슬리는 커피를, 나는 버드와이저를 마시고 있고, 2000달러짜리 매그나복스 전축에서는 토미 도시[136]가 연주를 하고 있다. 지칠 대로 지친 나는 레슬리가 쏟아 내는 말들을, 소음기를 단 듯 희미하게 들려오는 말들을 들으면서 그 의미를 이해하려고 노력해 보지만 별 소용이 없다. 그녀는 빌헬름 라이히, 카를 융, 알프레트 아들러의 이론, 캐런 호니의 제자, 승화, 형태, 고착, 배변 훈련 등의 말을 마구 쏟아 내는데, 나는 이런 말을 알고는 있었지만, 누군가가 이런 어조로(남부 사람들은 토머스 제퍼슨이나 리머스 아저씨,[136] 신성한 삼위일체나 이런 어조로 말하리라고 생각

---

136) 트럼본 연주자로서 형 지미와 함께 재즈 연주자로 명성을 날렸다.

할 것이다.) 말하는 것을 듣기는 이번이 처음이다. 나는 너무 피곤해서, 그녀가 현재 상담 치료를 받는 네 번째 의사이자 '라이히 요법'을 따르는 펄버마커 박사에 대해 말하면서 그녀의 '고원(高原)'을 암시하는데도 도대체 무슨 말을 하는지 제대로 이해하지 못하고 있다. 나는 너무 졸리다는 표시로 눈꺼풀을 자꾸만 깜박인다. 그러나 그녀는 아랑곳 않고 계속 떠들어 댄다. 그 촉촉한 입술을 보고 있는데 갑자기 내 불쌍한 음경이 오래도록 고통을 겪은 끝에 마침내 수그러들어 저 으리으리한 화장실에 걸린 벌레 복제품만큼 작아져 있다는 데 생각이 미친다. 크게 입을 벌려 소리를 내며 하품을 해 보지만 그녀는 신경도 쓰지 않는다. 내가 자신에 대해 불쾌감을 갖고 돌아가지 않게, 그리고 자신을 이해할 수 있게 하는 데만 정신이 팔린 것 같다. 하지만 내가 그녀를 이해하고 싶기나 한지 잘 모르겠다. 레슬리의 말이 계속되는 동안 나는 우울하게도 분명한 아이러니를 발견했을 뿐이다. 즉 버지니아에서 나는 그 불감증에 걸린 여자들을 통해서 예수 그리스도에게 배신을 당했다면, 지금은 레슬리를 통해서 엉터리 같은 프로이트 박사에게 사기를 당한 것이다. 두 명의 똑똑한 유대인들에게 말이다.

피곤으로 몽롱한 상태인 내 귀에 레슬리의 말이 희미하게 들려온다. "내가 이 고원에 도달하기 전이었다면, 당신에게 했던 말을 절대로 할 수 없었을 거예요. 하지만 지금은 모든 것을 말로 표현할 수 있게 되었어요. 말로 표현할 수 있어야 하지만

---

137) J. C. 해리스의 소설에 나오는 자상한 흑인 노예.

아무도 하지 못하고 있는 그 단어조차도요. 내 정신과 의사인 펄버마커 박사는 일반적으로 사회의 억압 정도는 성적 언어의 억압 정도에 비례한다고 했어요." 내 대답은 너무도 크게 한 하품에 묻혀 나오는 바람에 마치 야수의 포효처럼 들린다. "알겠어요." 내가 하품을 하면서 대답한다. "그러니까 '섹스'라고 말할 수는 있는데 실제 행동으로 옮길 수는 없다, 뭐 그런 얘기죠?" 그녀의 대답은 졸음으로 멍해진 내 머리에 불명확한 단어들의 나열로만 입력되고, 그래도 몇 분간 계속된 그녀의 말을 들어 보니, 지금 그녀는 오르곤 요법이라는 것에 깊이 빠져 있는데, 며칠 후에는 마취 상태로 어떤 상자 속에 들어앉아 그녀를 다음 고원으로 데려다줄 에너지를 흡수하게 되리라는 내용인 것 같다. 잠에 빠지기 직전의 상태에 도달한 나는 다시 한번 하품을 하며 마음속으로 그녀에게 행운을 빌어 준다. 그러고는 곧 잠 속으로 빠져든다. 그녀가 언젠가 일어날 일에 대해 주절대는 것을 들으면서. 성적 희열에 대한 암시가 살점이 찢겨 나가는 듯한 고통과 한데 섞이는 이상하고 혼란스러운 꿈을 꾼다. 그렇게 잠을 잔 것은 단 몇 분밖에 되지 않을 것이다. 잠에서 깨어 한창 독백 중인 레슬리를 바라보던 나는 한 손을 깔고 앉아 졸았음을 깨닫고 얼른 엉덩이 밑에서 손을 빼낸다. 다섯 손가락이 모두 일시적으로 찌그러져 있고 전혀 감각이 없다. 내가 왜 그렇게 슬픈 꿈을 꾸었는지, 다시 소파에서 레슬리를 격렬하게 껴안고 마침내 한쪽 가슴을 잡아 쥐었는데 그 가슴이 물에 젖은 밀가루 반죽처럼 느껴지고 내 손은 쓴 쑥과 철사로 만들어진 무시무시한 브래지어 속에 꽉 끼어 버린 그 꿈을 꾸었는지 이제야 알겠다.

오랜 세월이 지난 지금, 나는 레슬리의 저항과 공략할 수 없는 그 처녀성이 내가 써야만 한다고 느끼는 더 큰 이야기와 좋은 대조를 이룬다는 사실을 알 것 같다. 그녀가 정말로 자신이 흉내 낸 음탕하고 경험 많은 플레이걸이었다면 일이 어떻게 되었을지는 하느님만이 아신다. 그녀는 너무도 매력적이고 원숙해서 내가 그녀의 노예가 되지 않았을 거라고는 도저히 장담할 수 없다. 만일 그녀의 노예가 되었다면 나는 예타 짐머맨의 분홍 궁전, 그 불길하고 혼란스러운 환경에서 벗어났을 것이고, 당시 진행 중이었고 이 소설을 쓰는 주요 이유가 되는 일련의 사건들을 그 소용돌이의 복판에서 겪지 않아도 되었을 것이다. 그러나 레슬리가 약속한 것과 실제로 제공한 것의 차이가 너무도 크고 상처가 되어서 몸까지 아프기 시작했다. 그다지 심각한 것은 아니고, 정신적 충격과 낙담에 더해 지독한 독감까지 걸린 것에 불과했지만, 사오 일을 침대에 누워 지내는 동안(그동안 네이선과 소피가 토마토 수프와 잡지를 가져다주는 등 따뜻하게 보살펴 주었다.) 내가 인생의 중요한 한 극점에 도달했다는 생각을 하게 되었다. 이 극점은 섹스라고 불리는 울퉁불퉁 험한 바위였고, 나는 어떤 이유에서인지는 모르겠으나 분명히 그 위에서 떨어지고 말았다.

나는 보기 흉하지 않은 외모에 상당한 지성과 동정심을 가졌고, 여자들에게 달콤한(그렇다고 지나치게 달지는 않은) 마법을 걸 수 있는 남부인 특유의 말재주도 있었다. 이 모든 유산과 이를 이용하려는 노력에도 불구하고 어둠의 신에게 함께 갈 여자를 아직 찾지 못했다는 사실은, 이제 내게는(열에 들뜬 상태로 누워 《라이프》를 읽고, 새벽녘 어스름 속에서 주절대는 레슬리의 모습이 떠오를 때마다 몸이 쑤시는 것을 느끼는 내게는) 아무리 고통스럽더라도 운명의 장난으로 받아들여야 하는 병적인 상태, 심각한 말더듬이나 언청이처럼 끔찍하지만 결국에는 참아 낼 수 있는 질병으로 보였다. 난 더 이상 예전의 섹시한 스팅고가 아니었고, 이 사실에 만족하며 살아야 했다. 그러나 이에 대한 보상인지 모르겠지만, 내게는 더 숭고한 목표가 있다고 나 자신을 합리화했다. 누가 뭐래도 나는 작가이고 예술가였다. 세상의 위대한 작품들 중 상당수는 예술에 헌신한 사람, 자신의 에너지를 함부로 낭비하지 않고 성기가 더 중요하다는 잘못된 생각이 아름다움과 진리라는 더 큰 목표를 파괴하게 내버려 두지 않는 사람들에 의해서 창조되었다는 것은 이제 누구나 다 아는 사실이다. 그러니까 전진해라, 스팅고. 나는 축 처진 기분을 되살리려고 노력하면서 혼잣말을 했다. 글쓰기에 매진하는 거야. 색욕은 뒤로하고, 네 안에서 태어나길 기다리는 매혹적인 야망을 이루는 데 모든 열정을 쏟는 거야. 이런 수도승의 다짐을 반복하자 그다음 주에는 산뜻하게 정화되어 비교적 욕정이 가라앉은 상태로 자리를 털고 일어나게 되었고, 내 소설에 몰려들기 시작하는 요정들과 악마, 얼간이, 광대, 딸 때문에 고통받는 부모들과의 씨름을 용감하게 재개할 수 있었다.

그 후로 다시는 레슬리를 보지 못했다. 그날 아침 우리는 비장하고 연민 어린 마음으로 헤어졌고, 그녀는 내게 곧 다시 전화해 달라고 했지만 나는 그러지 않았다. 그 후로도 그녀는 내 야한 공상 속에 자주 등장했고, 여러 해 동안 가끔씩 생각나기도 했다. 그녀가 내게 견딜 수 없을 만큼 큰 고통을 주기는 했지만, 나는 그녀가 어디를 가든 무슨 일을 하든 잘되기를 바랐다. 오르곤 치료를 받고 그녀가 바라던 것을 이루기를, 그래서 단순한 '언어화'를 넘어서는 더 높은 고원에 도달하기를 바랐다. 그러나 그 전까지 그녀가 받은 다른 치료들처럼 이 치료가 실패했다고 하더라도, 그 후 수십 년의 세월이 흐르면서 리비도를 되살리고 보살피는 측면에서 엄청난 과학적 발전이 있었기 때문에 그녀가 바라던 것을 대부분 성취했으리라고 생각한다. 내 예측이 틀렸는지도 모르겠지만, 결국에는 그녀가 자기 몫의 행복을 찾아냈으리라는 생각이 드는 것은 왜일까? 왜 그런지는 모르겠지만 그럴 것이라는 생각이 든다. 지금 그녀는 어딘가에서 아름답고 우아하게 늙어 가면서, 음란한 말을 자제하고, 행복한 결혼 생활을 하며, 아이도 많이 낳고, 무엇보다도 멀티오르가슴을 느끼며 살고 있을 것만 같다.

8장

그해 여름 날씨는 대체로 화창했지만, 저녁이면 무덥고 후 텁지근할 때가 종종 있었고, 그럴 때면 나는 네이선과 소피 와 함께 처치 애비뉴의 코너를 돌아 메이플 코트라는, 에어컨 시설이 되어 있는 '칵테일 라운지'(세상에, 이 얼마나 멋진 표현 인가!)로 갔다. 플랫부시의 이쪽 지역에는 술집이 거의 없었지 만(흥청망청 술을 마셔 대는 것은 유대인들이 여가를 즐기는 방법 이 아니라는 네이선의 설명을 듣기 전까지는 왜 이렇게 술집이 없을 까 의아했다.) 이 술집은 그런대로 장사가 잘되는 편이었다. 손 님들은 주로 노동자였는데, 그중에는 아일랜드 출신의 수위들 과 스칸디나비아 출신의 택시 운전사, 독일인 공사장 감독 그 리고 나처럼 어찌어찌하다 보니 이곳으로 흘러 들어온 중간 계급의 와스프[137]들도 있었다. 개중에는 유대인들도 좀 섞여 있었는데, 그들 중 일부는 몰래 못된 짓을 하고 있는 듯한 표정을 짓고 있었다. 메이플 코트는 볼품없이 넓기만 하고 어둠침침하며 물이 고여 썩는 듯한 냄새가 사방에 퍼져 있었지만, 우리는 특히 무더운 여름밤이면 에어컨으로 시원해진 공기와 허름하고 편안한 분위기에 이끌려 그곳을 자주 찾곤 했다. 술값도 저렴해서, 맥주 한 잔에 10센트를 고수했다. 그 술집은 1933년 금주령의 폐지를 축하하고 이를 이용하기 위해서 세워졌고, 그 휑뎅그렁하게 넓은 공간은 원래 춤추기 위해 만들어진 것이라고 했다. 그러나 초기 주인들이 꿈꾸었던 흥겨운 주연은 결코 벌어지지 않았는데, 그 술집이 자리를 잡은 곳이 완고한 침례교나 메노파 교회 사회처럼 질서와 예의범절을 중시하는 동네라는 사실을 그 세속적인 주인들이 간파하지 못했기 때문이다. 유대교 회당에서도, 네덜란드 개혁 교회에서도 이런 술집을 달가워할 리 없었다.

그리하여 메이플 코트는 카바레 허가를 받지 못했고, 루비 킬러[139]가 나오는 영화에서처럼 열광적으로 춤추는 사람들 머리 위를 현란한 조명을 비추며 돌아가게 되어 있던 샹들리에를 비롯해 크롬과 금으로 화려하게 도금된 장식들은 검댕과 담배 연기를 뒤집어쓰고 초라한 모습으로 변해 갔다. 타원형 공간의 중심에 자리 잡고 있는 무대는 원래 쭉쭉빵빵한 몸매의 스트립 걸들이 그 주위에 빙 둘러앉은 할 일 없는 얼간이

---

138) WASP, 앵글로색슨계 백인 신교도. 미국의 지배 계급을 형성한다.
139) 미국의 여배우, 가수.

들에게 엉덩이를 흔들어 댈 수 있도록 설계된 것이었지만, 지금은 위스키와 맥주를 선전하는 더러운 광고판들과 모조 술병들이 가득 놓여 있었다. 더 슬픈 것은 한쪽 벽을 차지하고 있는 아르데코 양식의 커다란 벽화의 운명이었는데, 그것은 맨해튼 풍경을 배경으로 재즈 밴드와 발을 차 올리고 있는 코러스 걸들의 모습이 그려진, 시대적 소재를 담은 전문가의 작품이 틀림없었지만, 즐겁게 춤추는 손님들을 한 번도 보지 못한 채 서서히 금이 가고 술이 튄 것 같은 얼룩이 졌고, 심지어 술꾼들이 머리를 주체 못 하고 뒤로 기대는 바람에 가로로 길게 검은 줄이 그어져 있었다. 네이선과 소피와 나는 후텁지근한 저녁이면 이 불행한 운명의 댄스홀 외딴곳, 벽화 한쪽 끝에 자리를 잡곤 했다.

"레슬리와 잘 안됐다니 유감이야, 소년." 피어러폰트 스트리트에서의 대재난이 있은 후 어느 날 밤, 네이선이 내게 말했다. 그는 짝을 지어 주려던 자신의 노력이 헛수고로 끝난 것에 실망과 놀라움을 느끼는 것이 분명했다. "난 둘이 서로에게 빠져 있는 줄 알았지. 그날 코니아일랜드에서 볼 때는 그 아가씨가 자넬 덮쳐서 잡아먹기라도 할 태세던데. 그런데 완전히 날 샜단 말이지? 어떻게 그렇게 됐어? 쉽게 놓아 줄 거 같지 않던데."

"아, 섹스는 괜찮았어요." 내가 거짓말을 했다. "내 말은, 적어도 들어가기는 했다는 말이에요." 여러 가지 모호한 이유 때문에 나는 숫처녀 숫총각 사이의 그 허무한 씨름에 대해 진실을 말할 수 없었다. 레슬리의 입장에서건 내 입장에서건 그건 생각하기조차 창피한 일이었다. 나는 말도 안 되는 이야기를 늘어놓기 시작했고, 가만히 듣고 있던 네이선의 어깨가 웃음을 참느라고 들썩거리는 것을 보면 내가 거짓말하는 것을 아는 것 같았다. 어쨌든 나는 프로이트식의 이유를 한두 가지 대면서 이야기를 끝냈는데, 요점은 레슬리는 엄청나게 큰 성기를 가진 건장한 흑인들과 섹스할 때만 절정에 도달할 수 있다고 말했다는 것이다. 네이선은 내가 속이고 있는 것을 안다는 표정으로 미소를 지으면서 이야기를 듣더니, 내 말이 끝나자 내 어깨에 손을 얹고 다 이해한다는 듯한 어투로 말했다. "어찌 됐든 유감이야, 소년. 난 레슬리가 자네에게 딱이라고 생각했는데. 하지만 궁합이 맞지 않는 경우도 있으니까."

우리는 곧 레슬리 일은 잊어버렸다. 그즈음 저녁때마다 나는 술을 엄청나게 마셔 댔는데, 보통 한 번에 예닐곱 잔의 맥주를 마셨던 것으로 기억한다. 때로는 저녁 식사를 하기 전에 메이플 코트에 들르기도 했지만, 보통은 저녁 식사를 마치고 가곤 했다. 당시에는 술집에서, 그것도 메이플 코트처럼 허름한 술집에서 와인을 주문하는 일은 흔치 않았지만, 많은 것에서 유행을 앞서 가던 네이선은 항상 샤블리 와인 한 병을 주문해 얼음을 채워 테이블 위에 놓아 두고 보통 한 시간 반 정도 소피와 마시곤 했다. 샤블리는 그 둘을 기분 좋을 정도로 적당히 취기가 오르게 했고, 그럴 때면 네이선의 가무잡잡한 얼굴은 보기 좋게 광채를 띠었고, 소피의 얼굴은 말채나무꽃처럼 어여쁘게 물들곤 했다.

이제 네이선과 소피는 내게 오래 같이 산 부부처럼 느껴졌다. 우리는 서로 떨어질 수 없는 사이처럼 붙어 다니곤 했는데, 메이플 코트의 단골손님들 중에 눈썰미가 있는 사람들은 그런 우리를 메나주 아 트루아(삼각관계)라고 여기지 않을까 하는 생각까지 들 정도였다. 네이선은 매력적이고 아주 '정상적'이며 유쾌한 사람이어서, 둘이 함께한 한 해에 대해 소피가 들려준 당혹스러운 고백(때로는 나와 둘이서 프로스펙트 파크로 소풍 갔을 때 그녀가 무심결에 그런 이야기를 흘리기도 했다.)이 없었다면, 나는 그들을 처음 만난 날 목격한 격렬한 싸움 장면과 그의 어두운 면을 보여 주는 몇 가지 힌트를 기억에서 완전히 지워 버리고 말았을 것이다. 이렇게 매력적이고 카리스마 넘치는 사람 앞에서, 유쾌한 연예인이자 내가 외로울 때 손을 내밀어 준 형 같기도 하고 막역한 친구 혹은 선생님 같기도 한 사람 앞에서 달리 어떤 일을 할 수 있겠는가? 네이선은 저질 광대가 아니었다. 그는 유대인과 관련한 우스갯소리를 지칠 줄 모르고 풀어 냈는데, 그런 농담 하나만 들어 봐도 대단한 코미디언 기질을 엿볼 수 있었다. 그가 들려준 농담들은 정말 대단했다. 예전에 어릴 때 아버지와 함께 타이드워터 극장에서 W. C. 필즈[140]가 나오는 영화(「마이 리틀 치커디」라는 영화였던 것으로 기억한다.)를 본 적이 있는데, 그때 나는 비유적 표현으로만 생각했던 일이, 혹은 싸구려 코믹 소설에나 나올 법한 일이 실제로 벌어지는 것을 보았다. 아버지가 배꼽을 잡고 웃다가 그만 자리에서 미끄러져 복도에 나뒹구는 모습을 본 것이다. 세상에, 복도에 쓰러지기까지 하다니! 그런데 메이플 코트

---

140) 미국의 코미디언.

에서 네이선으로부터 결코 잊지 못할 유대인 컨트리클럽 농담을 들었을 때 내가 그럴 뻔했다.

네이선이 이 교외 중산층의 익살스러운 모습을 연기할 때면 마치 한 명이 아닌 두 명의 배우를 보는 것 같았다. 그 하나는 샤피로인데, 그는 연회에서 사람들에게 줄곧 배척당하는 친구를 사교 모임에 가입시켜 주자고 제안한다. 네이선은 누구도 흉내 낼 수 없을 정도로 유들유들하고 완벽한 이디시어 투로 맥스 태넌바움에 대해 칭찬을 늘어놓는 샤피로를 연기한다. "맥스 태넌바움이 얼마나 훌륭한 인간인지 이야기하자면 영어의 알파벳을 모두 사용해야 해! A부터 Z까지 모두 사용해서 이 멋진 인간에 대해 알려 주지!" 네이선의 말투가 점점 더 번드르하고 은근해진다. 샤피로는 거기 있는 회원들 중 한 명이, 지금은 고개를 꾸벅거리며 졸고 있는 그 한 명이 태넌바움의 가입을 방해한다는 사실을 안다. 그러나 샤피로는 긴즈버그라는 이 사람이 금방 깨어나지는 않으리라고 믿고 말을 시작한다. "A, 그는 칭찬할 만(Admirable)해. B, 유익(Beneficial)하고. C, 매력적(Charming)이고, D, 유쾌(Delightful)하고, E, 교양(Educated) 있고, F, 다정(Friendly)하고, G, 친절(Good hearted)하고, H, 상당히(Helluva) 좋은 친구지."(네이선의 흠잡을 데 없이 유들유들하고 당당한 말투와 김빠진 맥주 같은 형용사들이 너무 웃겨서 배꼽 빠지게 웃다 보니 목이 따끔거리고 눈물이 맺힐 지경이다.) "I, 그는 마음이 평화롭(Inna resting)고." 이 순간 긴즈버그가 깨어나고, 이제 이런 말 따위에는 꿈쩍도 않는 긴즈버그가 된 네이선은 집게손가락으로 허공을 마구 찌르며, 고압적이고 거만하고 더할 나위 없이 적대적인 목소리로 벼락같이 소리를 지른다. "J, 잠깐!(Joost a minute!)(잠시 긴장된 침묵이 흐른다.) K, 그는 유대인 새끼(Kike)야! L, 얼간이(Lummox)고, M, 멍텅구리(Moron)이고, N, 투덜이(Nayfish)고, O, 황소 같은 놈(Ox)이고, P, 비열한 놈(Prick)이고, Q, 호모(Queer)이고, R, 빨갱이(Red)이고, S, 얼뜨기(Shlemiel)이고, T, 궁둥이만 무거운 놈(Tochis)이지! U, 당신은 원할지 모르지만(you can have him), V, 우리는 원치 않아!(ve don't want him!) W X Y Z, 어쨌든 난 그런 인간을 가입시키는 건 반대야!"

영화에서 영감을 받은 네이선의 그 빼어난 코미디 연기 덕분에 나는 그 옛날의 아버지처럼 웃다가 온몸에 힘이 다 빠지고 숨을 헐떡이며 술집의 기름기 있는 더러운 복도로 쓰러지고 말았다. 내 옆에서 배꼽 빠지게 웃던 소피는 눈물을 훔쳐 내느라고 정신이 없었다. 사방에서 손님들이 못마땅하다는 표정으로 우리를 쳐다보며 저 사람들이 미쳤나 하고 생각하는 것 같았다. 겨우 정신을 차린 나는 경외심이 가득한 눈으로 네이선을 바라보았다. 그렇게 남을 웃길 수 있는 것은 하느님으로부터 받은 선물, 축복이었다.

그러나 네이선이 단지 광대에 불과했다면, 항상 피곤하게 '연기 중' 상태였다면, 모든 매력적인 재능에도 불구하고 결국에는 따분하기 짝이 없는 사람이 되고 말았을 것이다. 그는 늘 코미디언처럼 남을 웃기기에는 너무도 예민했고, 우리가 함께하는 시간이 아무리 즐겁고 흥미롭다고 해도 허튼 농담이나 하며 보내기에는 그의 관심사가 너무도 폭넓고 진지했다. 또한 그가 나보다 나이가 많기 때문이거나 그의 카리스마 때문인지는 모르겠지만 대화의 분위기를 결정하는 것은 항상 그였다는 말을 덧붙여야 할 것 같다. 천성적으로 예민함과 균형 감각이 있는 터라 혼자 무대를 독차지하고 떠들어 대지는 않았지만 말이다. 나도 제법 말재주는 있었고, 내가 이야기를 할 때면 그는 귀 기울여 들어 주었다. 내 생각에 그는 거의 모든 주제에 대해 많은 것을 아는 박학다식한 사람이었지만, 자신이 아는 것에 대해 이야기할 때라도 대단히 자연스럽고 재미있게 이야기를 풀어 내서, 많은 것을 아는 사람이 잘난 체하며 늘어놓는 이야기를 들을 때 느끼는 불쾌함을 느낀 적이 한 번도 없었다. 그의 관심 분야는 놀라울 정도로 넓어서 나는 과학자, 생물학자와 이야기하고 있다는 사실을 자꾸만 되새겨야 했다.(그의 이야기를 듣고 있으면, 대학교 때 읽은 에세이들을 통해 알게 된 줄리언 헉슬리[141] 같은 천재가 자꾸 떠올랐다.) 그는 고전과 현대를 망라해 엄청나게 많은 문학 작품과 작가 들을 알았고, 그 작품들의 의미를 꿰뚫고 있어서, 한 시간 안에 리턴 스트래치와 『이상한 나라의 앨리스』, 마르틴 루터의 초기 금욕 생활, 『한여름 밤의 꿈』, 수마트라산 오랑우탄의 짝짓기 습성 등을 자연스럽게 한데 엮어 관음증과 노출증의 복잡한 성격을 매혹적으로 강의하기도 했다.

그의 말은 언제나 대단히 설득력 있게 들렸다. 그는 드라이

---

141) 다위니즘을 주창한 토머스 헉슬리의 손자로, 마찬가지로 다위니즘을 옹호한 과학자.

저[142])에 대해서뿐만 아니라 화이트헤드의 유기체 철학에 대해서도 조예가 깊었다. 자살이라는 주제에 관해서도 마찬가지였는데, 이 주제에 상당히 심취해 있는 것 같았고, 적어도 한 번 이상은 이 주제에 대해 이야기를 했는데, 그렇다고 완전히 음울한 논조는 아니었다. 그가 가장 높이 평가하는 소설은 『마담 보바리』인데, 형식적인 완성도 때문만이 아니라 자살이라는 해답이 가진 설득력 때문이기도 하다고 했다. 에마의 음독자살은 너무도 아름답고 불가피해 보여서 서양 문학에 드러난 인간 상황의 훌륭한 상징들 중 하나가 되었다는 것이다. 언젠가 한번은 환생(그는 그 가능성을 완전히 무시할 만큼 회의적이지는 않다고 했다.)을 아주 익살스럽게 이야기하면서, 자신은 전생에서 알비파에 소속된 유일한 유대인 수사(성 나당 르봉이라는 이름의 수사)였는데, 그 미친 교파의 강박관념에 가까운 자기 파괴 교리는 삶이 죄악이라면 삶을 빨리 끝낼 필요가 있다는 논리에 바탕을 두고 자신이 직접 만들어 설파한 것이라고 했다. "예측하지 못했던 유일한 일은 내가 이 거지 같은 20세기에 다시 태어날 거라는 점이었지."

그러나 나는 그 활기찬 저녁 시간을 함께 보내면서 이런 말에서 약간의 불안감을 느끼기는 했어도, 언젠가 소피가 넌지시 언급한 그의 우울증이나 절망감, 그녀가 직접 경험한 그 난폭한 분노의 발작을 조금도 눈치채지 못하고 있었다. 내가 보기에 그는 한 인간에게서 찾을 수 있는 모든 매력을 가진 선

---

142) 미국의 소설가.

망의 대상이어서, 나는 소피가 우울한 상상 때문에 그런 갈등과 파멸을 만들어 내지 않았을까 의심하지 않을 수 없었다. 폴란드인 특유의 기질이 아닐까 하는 생각도 들었다.

아니, 그녀가 암시한 그런 위협을 가하기에는 그가 너무도 점잖고 남을 배려하는 마음이 깊다는 생각이 들었다.(그가 기분이 엉망이 되어 좀 난폭해 보일 때가 있다는 생각은 들었지만 말이다.) 이제 막 본격적으로 궤도에 오른 내 소설 문제만 해도 그랬다. 그에게 받은 그렇게 애정 넘치는 값진 찬사는 도저히 잊을 수 없을 것이다. 처음에는 남부 문학이 곧 사라질 것이라고 말해서 나를 화나게 했지만, 그 후로는 형처럼 내 작품에 끊임없이 관심을 보이고 격려해 주었다. 어느 날 아침에는 여느 때처럼 커피를 마시면서 잡담을 하다가 내 소설의 첫 부분을 보여 달라고 했다.

"안 될 것 없잖아?" 그가 미간을 찌푸려 이마에 주름을 만들어 가며 말했다. 그가 이런 표정을 지으면 미소를 지어도 오만상을 찡그리는 것 같은 느낌을 줄 때가 많았다. "우린 친구잖아. 읽고 나서도 간섭 안 하고 어떻다고 얘기도 안 할게. 제안도 안 하고. 그냥 보고 싶어서 그래." 나는 두려워졌다. 이제까지 어느 누구도 잉크 얼룩이 여기저기 묻어 있고 하도 자주 넘겨 보아 손때로 더러워진 내 원고를 읽어 본 적이 없었기 때문이다. 그리고 네이선의 문학적 지성과 통찰력에 대한 내 존경심이 너무도 커서, 그가 조금이라도 만족스럽지 못하다는 표시를 하면(무심결에라도 말이다.) 나는 사기가 땅에 떨어질 것이고 심지어 계속 써 나가기가 어려워질지도 모르기 때문이었다. 그러나 어느 날 밤, 나는 원고를 마치기 전에는 아무에게도 보여 주지 않겠다는, 그리고 탈고하고 나서도 앨프리드 A. 크노프[143]만 직접 읽게 하겠다는 감상적인 결심을 깨고 도박을 벌이기로 했다. 나는 그에게 90매 정도의 원고를 넘겨주었고, 그가 분홍 궁전에서 원고를 읽는 동안 나는 소피와 함께 메이플 코트에 앉아서 그녀가 크라쿠프에서 지낸 어린 시절 이야기를 듣고 있었다. 한 시간 반 정도가 지났을까, 네이선이 이마에 땀이 송글송글 맺힌 채로 어둠 속에서 문을 열고 들어와 내 맞은편 소피 옆 자리에 털썩 주저앉자 심장이 마구 쿵쾅거리기 시작했다. 나를 바라보는 그의 눈길은 표정 없이 평온했다. 나는 최악의 상황이 아닐까 두려웠다. 하지 마요! 간청하는 말을 쏟아 낼 참이었다. 아무 말 안 하기로 했잖아요! 그러나 벌써 그의 말이 천둥소리처럼 들려왔다. "포크너를 읽었더군." 그가 어조의 변화 없이 천천히 말했다. "로버트 펜 워런도 읽었고." 그가 잠시 말을 멈췄다가 다시 입을 열었다. "토머스 울프를 읽은 게 분명하고, 심지어 카슨 매컬러스도 읽은 것 같던데. 지금 내가 아무 말 안 하겠다는 약속을 깨고 있다는 거 잘 알아."

 젠장, 다 아는군. 그래, 이것저것 갖다 붙인 쓰레기라 그 말이지. 나는 쥐구멍이라도 찾아서 도망치고 싶었고, 쥐들과 함께 플랫부시의 시궁창 속으로 사라지고 싶었다. 나는 눈을 꽉 감고 생각했다. 이 사기꾼한테 절대로 보여 주지 말았어야 했

---

143) 동명의 출판사 창립자.

는데. 이제 유대인에 대한 글쓰기가 어쩌고 하며 한 소리 하겠지. 약간 메스꺼움을 느끼고 땀을 흘리며 이런 생각을 하고 있는데 갑자기 그의 커다란 두 손이 내 양어깨를 꽉 잡고 그의 입술이 내 이마에 거칠게 입을 맞춰서 너무 놀라 펄쩍 뛸 뻔했다. 눈을 번쩍 뜨고 넋을 잃은 표정으로 그를 바라보는데 그의 환한 미소에서 따뜻함이 느껴졌다. "스물두 살짜리가 말이야!" 그가 탄성을 지르듯 말했다. "세상에, 그런 글을 쓸 수 있다니! 물론 여러 작가의 작품을 읽었겠지. 안 읽었으면 그런 소설을 쓸 수 없었을 거야. 하지만 자넨 그것들을 **흡수**해서 말이야, 흡수해서, 자기 것으로 만들었어. 자네만의 **목소리**가 있더라고. 무명작가가 쓴 것 중에 이만큼 사람을 흥분시키는 글은 또 없을걸. 더 줘 봐!" 네이선의 흥분에 전염된 소피는 그의 팔을 꽉 잡고 성모 마리아 같은 미소를 지으며 마치 내가 『전쟁과 평화』의 작가라도 되는 듯이 나를 바라보았다. 나는 바보같이 목이 메어 말이 나오지 않았고, 너무 기뻐서 정신을 잃을 지경이었다. 좀 과장된 표현 같지만, 평범하기 그지없던 내 인생에서 그래도 기억에 남는 몇몇 성취의 순간에 느꼈던 기쁨보다 더 큰 기쁨을 느꼈다. 그리고 그날 저녁 내내 그는 내 책에 대해서 호들갑을 떨면서 내 마음 깊은 곳에서 절실히 필요로 하던 칭찬과 격려의 말을 아낌없이 퍼부어 주었다. 이렇게 관대하고 인생과 영혼을 고양시켜 주는 스승이자 친구이자 구세주이자 마법사인 그에게 흠뻑 빠지지 않을 도리가 있었을까? 네이선은 내게 너무도 크고 매력적인 사람이었다.

7월이 되자 날씨가 변화무쌍해져서 무더운 날이 한동안 지속되더니 갑자기 비가 내리고 기온이 내려가 사람들이 재킷과 스웨터를 단단히 챙겨 입고 공원을 산책하는 모습을 볼 수 있게 되었다. 마침내 며칠간은 아침마다 천둥을 동반한 폭풍우가 몰아닥칠 것처럼 하늘이 험악하게 흐려지고 천둥 소리가 요란했지만 정작 폭우가 쏟아지지는 않았다. 나는 플랫부시 예타의 분홍 궁전에서 영원히, 아니면 내 걸작이 끝날 때까지 몇 개월간, 아니 몇 년간은 살 수 있으리라고 생각했다. 나 자신과 한 고결한 맹세를 지켜 나가기란 쉽지 않아서 아직도 독신 생활이 비참하게 느껴졌지만, 그것만 빼고는 네이선과 소피와 함께하는 일상생활이 어느 초보 작가의 생활보다도 나으리라는 생각이 들 만큼 만족스러웠다. 네이선의 열정적인 찬사와 격려에 자극받은 나는 신들린 듯 글을 썼고, 피곤이 몰려와 글을 쓰기 힘들어지면 근처 어딘가에 네이선이나 소피가 혹은 둘 다가 있어 확신이나 걱정, 농담, 추억, 모차르트, 커피 혹은 맥주라도 함께 할 수 있다는 생각에서 위안을 얻곤 했다. 외로움은 일시 정지된 상태고 창작의 시럽은 콸콸 쏟아져 나오고, 이보다 더 행복할 수 없었다.

이보다 더 행복할 수 없었다. 안 좋은 사건들이 연달아 일어나 내 평화를 깨뜨리고, 소피와 네이선의 사이가 얼마나 벌어졌는지 알기 전까지는, 그리고 소피가 털어놓은 둘 사이의 불화와 그녀의 불길한 예감과 공포가 거짓이 아니었음을 깨닫기 전까지는 그랬다. 나 자신도 훨씬 더 큰 불길함을 감지하게 되었다. 몇 달 전 예타의 집에 도착한 날 밤 이후 처음으로 네이선의 마음속에 숨어 있던 분노와 혼란이 유독 가스처럼 서서히 뿜어져 나오는 것을 보게 되었다. 또한 그들을 파멸로 이끌어 가는 혼란에는 두 가지 원인이 있음을 서서히 이해하기 시작했다. 네이선의 내면에 숨어 있는 어둡고 상처받은 영혼이 그 하나라면, 소피가 벗어나지 못하는 고통과 혼란과 자기 기만과 무엇보다도 죄책감으로 점철된 과거의 기억이 아우슈비츠의 굴뚝에서 뿜어져 나오는 끔찍한 연기처럼 여전히 소피의 현재를 에워싸고 있다는 사실이 또 다른 하나였다.

어느 날 저녁 6시경 나는 메이플 코트의 우리 자리에 앉아 맥주를 홀짝이며 《뉴욕 포스트》를 읽고 있었다. 블랙스톡의 사무실에서 곧 퇴근할 소피와, 아침에 커피를 마시며 오늘 하루는 실험실 일 때문에 길고 힘든 날이 될 것이라며 7시쯤 합류하겠다고 한 네이선을 기다리고 있었다. 나는 피어러폰트 스트리트의 공주님과 불행한 결말을 맞은 밤 이후 처음으로 깨끗이 풀을 먹여 다린 셔츠에 넥타이를 매고 양복을 입고 있던 터라 좀 불편하고 어색한 느낌이 들었다. 양복 옷깃에 레슬리의 립스틱 자국이, 많이 희미해졌지만 아직도 주홍색이 선명한 립스틱 자국이 있는 것을 발견하고 좀 짜증이 났지만, 침을 많이 발라 자꾸 문질렀더니 거의 눈에 보이지 않을 정도가, 적어도 아버지가 알아보지는 못할 정도가 되었다. 내가 이렇게 차려입은 것은 펜실베이니아역에서 아버지를 만나기로 했기 때문이다. 아버지는 버지니아에서 기차로 저녁 늦게 도착할 예정이었다. 일주일쯤 전에 받은 편지에서 아버지는 나를 잠시 보러 오겠다고 했다. 너무 오래 보지 못해(계산해 보니 구 개월이 훨씬 넘은 것 같았다.) 보고 싶고, 직접 얼굴을 보며 부자간의 애정을 다시 확인하고 싶다는 단순한 이유에서였다. 이런 이유로 여름휴가를 받은 아버지가 올라온다는 것이었다. 지나치게 남부적이고 구식인 애정 표현이었지만, 내 마음은 한없이 따뜻해졌고 이 일로 아버지를 더 사랑하게 될 것 같은 마음이 들 정도였다.

　또한 나는, 그렇게도 싫어하는 이 대도시를 방문하기가 아버지로서는 정말 힘든 일이라는 것을 알았다. 남부인인 아버지가 뉴욕에 품은 증오는, 사우스캐롤라이나 늪지대 출신인 내 대학 친구의 아버지가 가졌던 것 같은 원초적이고 자기중심적인 증오는 아니었다. 그 친구 아버지가 뉴욕에 오기를 꺼리는 것은 끊임없이 그를 따라다니는 말세에 대한 환상 때문이었다. 이를테면 이런 시나리오 말이다. 그가 타임스 광장에 있는 한 카페에 앉아 있는데, 바로 옆자리에 커다란 덩치에 냄새나는 깜둥이 남자가 잇몸을 드러내고 웃으면서 앉아 있는 것이다.(그가 정중한 태도로 앉아 있는지 거만해 보이는지는 중요하지 않다. 중요한 것은 깜둥이가 그의 바로 곁에 앉아 있다는 사실이다.) 그러자 친구 아버지는 하인즈 케첩 병을 들어 깜둥이의 머리를 후려갈기는 중범죄를 저지른다. 그러고는 오 년 형을 받고 싱싱 교도소에서 복역하게 된다. 뉴욕에 대한 아버지의 혐오도 심하기는 했지만 이 정도로 광적이지는 않았다. 자유론자이고 잭슨파 민주주의자[144]이며 신사였던 아버지의 상상

---

144) 미국 7대 대통령인 앤드루 잭슨 식의 민주주의를 옹호하는 사람.

속에는 끔찍한 시나리오나 괴물 같은 흑인이 등장하지는 않았다. 아버지가 뉴욕을 혐오한 이유는 단지 '야만성', 예의범절의 부재, 공중도덕이라는 존중할 만한 미덕의 부재 때문이었다. 교통경찰의 으르렁거리는 외침, 뻔뻔하게 눌러 대는 경적 소리, 맨해튼의 밤거리로 나선 사람들이 쓸데없이 지르는 고함이 신경에 거슬렸고 기분 나빴고 그 때문에 마음의 평정과 의지력이 흔들렸던 것이다. 나는 아버지가 많이 보고 싶었고, 하나밖에 없는 자식을 보기 위해 그 머나먼 길을 달려와 대도시의 엄청난 소음과 파도처럼 밀려가고 밀려오는 수많은 사람들과의 거친 부대낌을 기꺼이 감내하려는 아버지의 태도에 깊은 감동을 받았다.

나는 다소 들뜬 마음으로 소피를 기다렸다. 그러던 중 내 눈길을 확 끄는 것이 있었다. 그날 저녁 《뉴욕 포스트》 3면에, 악명 높은 인종차별주의자이자 선동가인 시어도어 길모어 빌보라는 미시시피주 상원 의원에 대한 기사가 사진과 함께 실려 있었다. 빌보(전쟁 중과 그 후 몇 년 동안 그의 얼굴과 말이 언론을 도배하다시피 했다.)가 구강암 수술을 받기 위해 뉴올리언스 오시너 병원에 입원했다는 내용이었다. 기사를 읽어 보니 그에게 남은 시간이 얼마 없는 것 같았다. 사진 속 그의 모습은 벌써 송장 같았다. 엄청난 아이러니였다. 공적인 자리에서 '깜둥이', '깜둥이 새끼'라는 말을 거침없이 사용해 남부를 비롯한 전국의 '올바른 생각을 하는' 사람들의 비난과 혐오의 대상이 되었던 사람의 그 상징적인 신체 조직이 암에 걸리다니 말이다. 라과디아 뉴욕 시장을 '이탈리아 놈'이라 칭했고 유대인 하원 의원을 '친애하는 유대인'이라고 불렀던 폭군이 입에 암이 걸려서 그 거친 주둥이와 사악한 혀가 곧 조용히 쉬게 될 것이라니, 참 놀랍고 의미심장한 일이었고,《뉴욕 포스트》도 이런 사실에 주목한 것이 분명했다. 기사를 읽은 나는 그 늙은 악마가 곧 사라진다는 사실에 기뻐하며 길게 한숨을 내쉬었다. 현대 남부의 이미지에 먹칠을 한 사람들 중에서 그가 제일 악질이었는데, 그가 전형적인 남부 정치인이어서가 아니라, 그 거친 입과 유명세 덕분에 귀가 얇은 사람들이 그를 남부 정치인의 대표 격으로 여겼고 따라서 얼마 전 바비 위드를 살해한 인간 말종들과 마찬가지로 남부가 가진 선하고 점잖고 모범적인 모든 것에 먹칠을 했기 때문이다. "곧 사라진다니 잘됐어, 이 사악한 범죄자." 내가 다시 혼잣말을 했다.

홀짝거리며 마신 맥주 덕분에 서서히 취기가 도는 가운데 빌보의 운명에 대해 생각하던 내게 또 다른 감정이 고개를 들이밀기 시작했다. 안됐다는, 아주 미약하기는 하지만 안됐다는 생각이 들었다. 그렇게 죽음을 맞게 되다니. 뇌에 아주 가까이 있는 그 무서운 전이 세포들이 서서히 뺨과 입천장과 눈구멍, 턱을 침범하고 맹렬한 기세로 입 전체를 가득 채워 마침내 혀를 집어삼키고 썩게 만들 것이라니, 정말 끔찍했다. 나는 몸서리를 쳤다. 갑자기 그가 안됐다는 생각이 들게 한 것은 그가 겪는 신체적 고통과 죽음의 전망이 아니었다. 추상적이고 희미하면서도 걱정스러운 무언가가 있었다. 나는 빌보에 대해 좀 알았다. 좀 더 정확히 말하면 정치에 대해 조금이라도 관심이 있는 일반 시민들보다, 그리고《뉴욕 포스트》의 편집자들보다 더 많은 것을 알았다. 내가 아는 바가 그렇게 심오한 것은 아니었지만, 피상적으로만 이해하더라도 일간지 만화란에 등장하는 빌보의 모습에 살과 땀 냄새를 더해 줄 그의 성격의 중요한 면을 보여 준다고 생각되는 내용이었다. 내가 아는 바가 특별히 그를 구원해 주지는 않을 테지만(그는 종양이 숨통을 끊어 놓을 때까지, 혹은 암 병원체가 뇌를 침범해 죽음에 이르게 할 때까지 최고의 악당으로 남을 것이다.) 지면에 자주 등장하는 딕시 출신의 이 악당을 몸과 마음이 있는 인간으로 볼 수 있게 해 주었다.

대학 다닐 때(문예 창작을 제외하고 유일하게 내 관심을 끈 분야는 미국 남부의 역사였다.) 나는 포퓰리즘이라고 알려진 기괴한 정치 운동에 대해 장문의 기말 논문을 쓰면서, 그 운동의 어두운 측면을 잘 드러내는 남부의 민중 선동가들에게 특별한 관심을 갖게 되었다. 엄밀히 따지면 그다지 독창적인 내용의 논문은 아니었지만, 나는 스무 살 청년치고는 엄청나게 많이 고민하며 논문에 심혈을 기울였고, 덕분에 A를 받기가 어렵던 시절에 자랑스럽게도 A를 받을 수 있었다. 논문에서 나는 조지아의 톰 왓슨에 대한 C. 반 우드워드의 뛰어난 연구 논문을 많이 인용하고, '갈고리 벤' 틸먼, 제임스 K. 바르다먼, '면화 농부 에드' 스미스, 휴이 롱 같은 불운한 민중 영웅들에 주목하면서, 이상적 민주주의와 일반 국민에 대한 진실한 염려가 적어도 활동 초기에는 어떻게 그들을 하나로 통합시키는 미덕이 되었는지와 이들이 어떤 과정을 거쳐 독점 자본주의와 산업계의 거부들과 '큰 돈'에 대해 반대의 목소리를 높일 수 있게 되었는지를 보여 주었다. 그러고 나서는 이 주장에 바탕을 두고, 근본적으로는 선하고 심지어 통찰력까지 있던 이 사람들이 남부가 안고 있는 인종적 비극에도 불구하고 남부인으로서의 치명적 약점을 이용하려다가 어떤 식으로 무너지고 말았는지를 추론해 보여 주었다. 이들은 결국에는 어떤 식으로든 가난한 백인 노동자가 가진 흑인에 대한 뿌리 깊은 두려움과 증오심을 이용해 자신들의 비열한 야망과 권력욕을 채우려 했고, 그러다가 자멸하고 말았다.

빌보에 대해 길게 다루지는 않았지만, 보충 연구를 통해서 그도 이렇게 모순적인 행보를 보인 사람들의 유형에 딱 들어맞는다는 사실을 알게 되었다.(1940년대 대중의 눈에 비친 그의 모습이 주로 비열한 악당의 이미지였다는 사실을 감안하면, 좀 놀라운 일이었다.) 빌보도 다른 사람들과 마찬가지로 계몽적인 원칙을 내세우며 정치의 전면에 나섰고, 다른 사람들과 마찬가지로 공무원으로서 개혁 정책을 수립하고 실행에 옮김으로써 공공복리 향상에 지대한 공헌을 했다. 이것은 그리 대단한 일은 아니었는지 모르겠지만(버지니아의 가장 완고한 보수주의자들조차 주춤하게 만들었던 그의 거친 입담 때문에 더욱 그랬다.) 어느 정도 주목할 만한 가치는 있었다. 메이슨-딕슨 라인[145] 이남에 증오를 공급한 가장 악질적인 선동가들 중 하나였던 그는(구부정한 모습으로 야자나무를 지나 뉴올리언스 병원으로 걸어

---

145) 펜실베이니아주와 메릴랜드주의 경계로 옛날 미국의 북부와 남부의 분계선을 말한다.

들어가는 헐렁한 양복 차림의 그의 모습은 너무도 수척해서 이미 죽음의 손아귀에 잡혀 버린 사람처럼 보였다.) 자신이 만든 바로 그 증오의 가장 큰 희생자들 중 하나로 보였고, 그에게 작별 인사를 중얼거리는 내 마음속에 희미하게나마 안됐다는 생각이 들게 만들었다. 남부와 빌보 그리고 바비 위드에 대해 생각하고 있자니 갑자기 극심한 절망감이 찾아왔다. 도대체 얼마나 더요, 하느님? 나는 검댕으로 더러워진 채 가만히 매달려 있는 샹들리에를 올려다보며 물었다.

소피가 손때 묻은 유리문을 열고 술집으로 들어오는 순간 나는 그녀를 바라보았다. 길고 비스듬하게 비치는 햇빛이 아시아인의 분위기를 풍기는 타원형 눈 아래 광대뼈의 부드러운 곡선과, 길고 약간 위로 쳐든 느낌의 아름다운 코와 작고 사랑스러운 턱끝을 비롯한 얼굴 윤곽을 아름답게 드러내 보였다. 문을 열거나 머리를 빗거나 프로스펙트 파크의 백조들에게 빵을 던지는 등(이 모든 것은 동작, 태도, 머리의 기울기, 팔의 움직임, 엉덩이의 흔들림 등과 관계있었다.) 평범한 동작을 하는 그녀가 깜짝 놀랄 만큼 아름다워 보일 때가 종종 있었다. 그 기울기와 움직임, 흔들림은 다른 누가 아닌 소피만의 특별한 것이었고, 그 아름다움에 숨이 멎을 지경이었다. 비유적인 표현이 아니라 정말 그랬다. 황갈색 머리는 저녁 햇살을 받아 밝게 빛났고, 어두운 실내에 적응하느라고 눈을 깜박이며 문 앞에 서 있는 그녀의 모습을 보니 눈이 부신 느낌이 들면서 숨이 막힐 것 같다가 약하지만 충분히 들릴 만한 딸꾹질 소리까지 내게 되었다. 나는 바보처럼 아직도 그녀를 사랑하고 있었다.

"스팅고, 멋지게 차려입었군요. 어디 가요? 콕서커[146]를 입었네. 정말 멋져 보여요." 그녀가 정신없이 내뱉다가 갑자기 얼굴이 빨개지더니 킥킥 웃으면서 말을 그쳤고, 거의 그와 동시에 나도 '시어서커'[147]라고 말해 주었다. 그녀의 웃음 발작은 점점 더 심해져서, 옆자리에 앉은 그녀는 얼굴을 내 어깨에 묻었다. "켈 오뢰르!(끔찍해라!)"

"네이선과 너무 친하게 지냈군요." 나도 그녀를 따라 웃으면서 말했다. 그녀가 아는 성적 표현은 모두 네이선에게 배운 것이었다. 언젠가 그녀가 미켈란젤로의 「다윗상」 복제품에 무화과나무 잎을 붙이려고 했던 크라쿠프 지역의 청교도적인 아버지들 이야기를 하면서 그들이 '그의 **슐롱**(남근)을 가리고' 싶어 했다는 표현을 쓰는 것을 보면서부터 나는 이 사실을 알았다.

"더러운 말은 영어나 이디시 말이 폴란드 말보다 더 듣기 편한 것 같아요." 그녀가 진정한 후 말했다. "'섹스'를 폴란드어로 뭐라고 하는지 알아요? '피에르돌릭'이라고 해요. 하지만 '섹스'라는 영어 단어하고 같은 맛이 나지는 않아요. 난 '섹스'가 더 좋아요."

"나도 '섹스'가 훨씬 더 좋아요."

화제가 섹스 쪽으로 흘러가니 당혹스럽기도 하고 좀 흥분되기도 해서(그녀는 네이선으로부터 솔직함도 그대로 받아들였지

---

146) 남자의 성기를 빠는 사람.
147) 얇은 리넨 천.

만, 나는 아직까지는 이 순진한 솔직함에 적응되지 않았다.) 화제를 바꿨다. 그녀가 곁에 있다는 사실이 여전히 나를 흥분시키고 안절부절못하게 했고, 그녀가 뿌린 향수(우리가 코니아일랜드에 갔던 첫날 내 성적 욕망을 자극했던 그 자극적이고 진한 허브 향이었다.) 때문에 마음이 훨씬 더 산란스러워지고 달아올랐지만, 나는 아무렇지도 않은 척했다. 향수 냄새가 그녀의 가슴 사이에서 올라오는 것 같아 무심결에 바라보니 놀랍게도 그녀는 목이 깊이 파인 실크 블라우스를 입고 있어 그 사이로 가슴이 많이 드러나 보였다. 새 블라우스였는데, 그녀가 좋아하는 스타일은 아니었다. 내가 아는 그녀는 옷에 대해서는 점점 더 보수적으로 변해 갔고(네이선과 함께 특별 의상을 입을 때 보면 패션 감각은 꽤 있었지만, 그것은 다른 문제였다.) 그녀의 몸에, 특히 상반신에 남의 눈이 머물지 않도록 신경을 써서 옷을 입는 것이 분명했다. 그녀는 여성다움이 경시되다 못해 완전히 사라진 것 같은 시대의 기준에 비추어 보더라도 지나치게 점잖은 옷만 입었다. 언젠가 실크와 캐시미어 블라우스 속에서, 또 언젠가는 나일론 수영복 속에서 그녀의 가슴이 움직이는 것을 보았지만, 그렇다고 눈에 확 띌 만큼 윤곽이 명확하게 드러나 보인 것은 아니었다. 전쟁 전 크라쿠프의 엄격한 가톨릭 사회에서 자신을 가려야만 했던 그녀가 그때의 습관을 버리지 못했기 때문이리라는 생각이 들었다. 또 이보다는 덜하겠지만, 궁핍하고 고통스러웠던 과거가 자신의 몸에 끼친 영향을 세상에 보여 주고 싶지 않았을지도 모른다는 생각도 들었다. 틀니가 헐거워져 빠질 때가 가끔씩 있었고, 목에는 보기 흉한 작은 주름들이 있었으며, 팔뚝 살은 축 늘어져 있었다.

그러나 소피를 다시 건강하고 통통하게 만들기 위한 일 년 여에 걸친 네이선의 노력은 마침내 성과를 보이기 시작했다. 적어도 소피는 그렇게 생각하는 것 같았다. 그것은 그녀가 주근깨가 희미하게 드러나 보이는 아름다운 가슴을 반 정도 드러내 자신이 여자임을 증명해 보인 데서 알 수 있었고, 나는 이런 생각에 흐뭇해진 마음으로 그녀의 가슴을 바라보았다. 잘 먹으면 저렇게 아름다운 가슴으로 되돌아갈 수 있구나 하는 생각이 들었다. 이 순간에는 내 성적 관심이 고통스러울 정도로 매혹적이고 균형 잡힌 그녀의 아름다운 엉덩이에서 가슴으로 옮아가 있었다. 나는 곧 그녀가 이렇게 성적 매력을 한껏 드러내는 옷차림을 한 것은 네이선에게 매우 특별한 저녁이 될 것이기 때문임을 알게 되었다. 그는 소피와 내게 자신의 일과 관련된 멋진 소식을 들려줄 것이라고 했다. 소피는 네이선의 표현을 그대로 인용해서 '기절초풍할 만한 일'이라고 했다.

"무슨 일인데요?" 내가 물었다.

"그의 일 말이에요. 그가 하던 연구요. 자기가 발견한 내용에 대해 오늘 밤 우리에게 말해 준대요. 네이선 말로는 돌파구를 찾은 거래요."

"정말 멋지네요." 나도 흥분되어 목소리가 올라갔다. "항상 비밀로 하던 그 연구 말이죠? 마침내 성공했다, 그 말이죠?"

"그래요, 스팅고!" 그녀의 눈이 반짝였다. "오늘 밤에 얘기해 준대요."

"와, 진짜 멋지네." 내가 진심으로 감동하며 말했다.

사실 나는 네이선의 일에 대해 거의 몰랐다. 그가 연구의 기술적 측면, 이를테면 효소, 이온 전이, 투과성 세포막, 불쌍한 토끼의 태아 등에 대해 상당히 자세하게 설명해 줬지만 (대체로 도저히 이해가 가지 않았지만 말이다.) 이 복잡하고 대단히 어려운 생물학 연구를 정당화해 줄 궁극적인 이유에 대해서는 아무 말을 하지 않았고, 나도 굳이 물어보지 않았다. 소피의 말을 들어 보니 그녀에게도 프로젝트에 대해서는 별말을 하지 않은 것 같았다. 맨 처음에는 나처럼 과학에 문외한인 사람이 생각하기에도 얼토당토않은 얘기지만(그때에도 나는 정치와 거칠고 더러운 현실 세계를 경멸하고 《케니언 리뷰》[148]와 신비평, 신들린 듯 글을 써 내려간 엘리엇[149]을 숭배하며 형이상학적인 시와 순수 문학에 빠져 살았던, 그 세기말적인 대학 시절을 아쉬워했다.) 그가 시험관에서 완전한 생명체를 만들어 내는 것이라고 추측했다. 어쩌면 고통받는 현재의 인간들보다 더 훌륭하고 더 공평하고 더 빠른 새로운 호모 사피엔스 종족을 창조하고 있을지도 모를 일이었다. 어쩌면 그는 화이자에서 손가락 마디 하나 정도 크기의 슈퍼맨을, 사각턱에 망토를 걸치고 가슴에는 S 자가 선명한 초소형 슈퍼맨을 만들고 있어서 조만간 《라이프》에 우리 시대 또 하나의 기적으로 총천연색 사진과 함께 소개될지도 모르는 일이었다. 그러나 이 모든 것은 황

---

148) 시인 존 크로 랜섬이 케니언 대학 재직 시 창간, 편집을 맡았던 시 평론 잡지.
149) 미국 태생의 영국 시인, 극작가, 문학 비평가. 「황무지」로 유명하다.

당무계한 공상에 불과했고, 사실 나는 아무것도 몰랐다. 그런 터라 소피로부터 곧 전말을 알게 되리라는 갑작스러운 소식을 듣자 마치 전류에 감전된 듯한 기분이었다. 무슨 일인지 정말 알고 싶었다.

"오늘 아침에 블랙스톡 박사의 사무실로 전화를 했더라고요. 그러고는 점심을 함께 하자는 거예요. 알려 줄 게 있다고요. 굉장히 흥분한 목소리인데, 무슨 일인지 상상조차 할 수 없었어요. 실험실에서 전화를 했는데, 그런 건 굉장히 이례적인 일이에요, 스팅고. 우리는 함께 점심을 먹은 적이 거의 없어요. 직장이 굉장히 멀리 떨어져 있거든요. 게다가 네이선은 우리가 다른 때 많이 보니까 점심까지 함께 먹는 건 더 트로우한(쓸데없는) 일이라고 했거든요. 그런데 오늘 아침에는 전화해서 아주 흥분한 목소리로 꼭 점심을 함께 먹자는 거예요. 그래서 라파예트 광장 근처에 있는 이탈리아 식당에서 만났죠. 작년에 우리가 처음 만났을 때 한 번 가 본 적이 있는 식당이에요. 아, 네이선은 흥분해서 제정신이 아니었어요! 열에 들떠 있는 것 같았어요. 점심을 먹으면서 그가 이야기를 시작했어요. 들어 봐요, 스팅고. 오늘 아침, 네이선이 속한 연구팀이 그렇게도 고대하던 최종적인 돌파구를 마련했대요. 결정적인 발견을 했다는 거예요. 아, 네이선은 너무 기뻐서 음식에 손도 대지 못했어요! 스팅고, 네이선의 이야기를 들으면서 생각해 보니까 일 년 전에 그가 자기 일에 대해 처음으로 이야기해 준 곳도 바로 그 식당 그 테이블이지 뭐예요. 네이선은 자기가 하는 일이 극비랬어요. 정확하게 어떤 일인지 아무에게도, 심지어 내게도 말해 줄 수 없다고 했어요. 하지만 그 일이 성공하면 의학사상 최고의 발전이 될 거라고 했어요. 정확하게 그렇게 말했어요, 스팅고. 자기 혼자만 하는 일이 아니고 다른 연구원들과 공동으로 진행하는 일이라고도 했어요. 하지만 자신이 그 일에 공헌하고 있다는 사실에 자부심이 대단했어요. 역사상 최고의 발전이 있을 거라고, 그가 다시 말했어요. 그리고 노벨상을 타게 될 거라고도 했어요!"

잠시 말을 멈춘 그녀의 얼굴은 흥분으로 붉게 물들어 있었다. "와, 소피. 정말 멋진 일이네요. 근데 무슨 일인 것 같아요? 힌트도 안 줬어요?"

"네, 오늘 밤까지 기다려야 한다고 그랬어요. 점심을 먹으면서 그 비밀을 다 얘기해 줄 수는 없다고, 단지 돌파구를 마련했다는 사실만 알려 줄 수 있다고 그랬어요. 화이자 같은 제약 회사에는 이런 극비 연구가 있나 봐요. 그래서 네이선이 뭔가를 숨기는 것 같을 때가 종종 있었나 봐요. 하지만 난 다 이해해요."

"몇 시간 일찍 말해 준다고 큰일이 날 것 같지는 않은데." 호기심으로 마음이 급해진 내가 말했다.

"그러게 말이에요. 하지만 그럴 수가 없대요. 어쨌든, 스팅고, 이제 곧 무슨 일인지 알게 될 거예요. 정말 놀랍지 않아요? 경이롭지 않아요?" 그녀가 내 손을 너무도 꽉 쥐어서 곧 내 손가락 끝이 얼얼해질 지경이었다.

암이다, 소피의 독백을 듣고 있는 내내 이런 생각이 들었다. 소피와 마찬가지로 나도 기쁨과 행복감과 자부심으로 가슴이 터질 것 같았다. 암 치료제야. 계속 그런 생각이 들었다. 믿어지지 않을 만큼 똑똑한 그 새끼가, 내가 영광스럽게도 친구라고 부르는 그 과학 천재가 암 치료제를 발견한 것이다. 나는 맥주를 더 달라고 바텐더에게 잔을 들어 보였다. 엄청 중요한 암치료제!

그런데 바로 이 순간, 소피의 기분이 좀 안 좋아진 것 같은 느낌이 들었다. 흥분에 들뜬 목소리에서 뭔가 걱정스러운 듯한 목소리로 바뀌어 있었다. 음울한 본론을 바로 꺼내기가 두려워서 유쾌한 듯 편지를 써 내려가다가 추신 부분에 가서야 "우리 이혼합시다."라고 조심스럽게 붙여 놓은 것 같은 느낌이었다. "그러고는 금방 식당을 나왔어요." 그녀가 말을 이었다. "연구실로 돌아가기 전에 내게 축하 선물로 뭘 사 주고 싶다고 그래서요. 자기 발견을 축하하는 선물로요. 오늘 저녁에 우리가 함께 모일 때 입을 옷을 사 주고 싶다잖아요. 멋지고 섹시한 것으로요. 그래서 언젠가 가 본 적이 있는 고급 의상실로 갔고, 이 블라우스와 스커트를 사 줬어요. 구두도요. 모자 몇 개랑 핸드백도 몇 개 사 줬어요. 이 블라우스, 어때요?"

"정말 멋져요." 내가 진정으로 감탄하며 말했다.

"너무…… 과감한 것 같아요. 어쨌든, 스팅고, 문제는 옷을 고르고 네이선이 돈을 지불하고 나오려는데, 그가 좀 이상한 것 같았어요. 전에도 그런 모습을 본 적이 있는데, 그렇게 자주는 아니었지만, 볼 때마다 좀 무서웠거든요. 갑자기 머리가 아프다고, 여기 이쪽, 뒷머리가 아프다고 그러는 거예요. 그러고는 갑자기 얼굴이 하얘지더니 땀을 뻘뻘 흘리는 거예요. 홍

분이 너무 지나쳐서 이런 반응이 나오나 보다, 아프기까지 한
가 보다 하고 생각했어요. 그래서 조퇴하고 집에 가서 누워서
쉬라고 했더니, 연구실로 돌아가 봐야 한다고, 아직도 할 일이
많이 남았다고 그러더라고요. 그러면서도 머리가 너무 아프
다는 거예요. 난 정말 그가 집에 가서 쉬었으면 좋겠는데, 그
는 화이자로 돌아가야 한다면서 막무가내였어요. 그래서 의상
실 주인에게 아스피린 세 알을 받아서 먹었는데, 그러고 나니
까 잠잠해지는 거예요. 아까처럼 흥분하지도 않고요. 잠잠하
다 못해 우울해 보이기까지 했어요. 얼마 있다가 그는 조용히
내게 키스를 하더니 오늘 밤에 여기서 보자고, 스팅고, 당신과
함께 여기서 보자고 했어요. 우리 셋이 런디스 레스토랑에 가
서 맛있는 해물 요리를 먹으면서 축하하자고 그랬어요. 1947년
노벨상 수상을 축하하자고요."

나는 그럴 수 없다고 말하지 않을 수 없었다. 아버지가 와
서 이 신나는 축하 행사에 낄 수 없다는 생각이 들자 정말 실
망스러웠다. 경이로운 뉴스를 곧 듣게 되리라는 흥분이 너무
도 커서 그 뉴스가 발표되는 자리에 있지 못하리라는 사실이
도저히 믿기지 않을 정도였다. "정말정말 미안한데요, 소피. 난
펜실베이니아역에서 아버지를 만나야 해요. 하지만 적어도 네
이선에게서 어떤 발견인지 듣고 갈 수는 있을 거예요. 그리고
며칠 있다가 아버지가 가시고 나면, 나가서 또다시 축하 파티
를 하면 되잖아요."

그녀는 내 말을 그다지 주의 깊게 듣는 것 같지 않았고, 불
길한 예감 때문인지 착 가라앉은 목소리로 말을 이었다. "괜

찾아야 할 텐데. 가끔씩 그는 굉장히 흥분하고 기분이 좋아질 때가 있어요. 그러다가 머리가 깨질 듯이 아프다고 그러고 엄청나게 땀을 흘려요. 비를 흠뻑 맞은 것처럼 옷이 홀딱 젖을 정도로요. 그리고 나면 기분이 싹 바뀌죠. 아, 스팅고, 항상 그렇다는 얘기는 아녜요. 하지만 가끔씩 아주아주 이상해질 때가 있어요! 마치 텔드멍 아지테(너무 흥분해서), 아주 행복하고 들뜬 기분이 되어서 비행기처럼 높이 더 높이 성층권까지 올라갔다가 공기가 부족해지자 더 이상 날지 못하고 떨어지는 것 같은 느낌이 들 때가 있어요. 끝없이 떨어지는 것 같은 느낌 말이에요, 스팅고! 아, 네이선이 괜찮아야 할 텐데."

"소피, 네이선은 괜찮을 거예요." 나도 좀 불안해졌지만 그녀를 달래고 싶었다. "네이선이 가진 것 같은 뉴스거리를 가진 사람이면 누구나 약간은 이상하게 행동할 거예요." 그녀의 그 깊은 불안이 어떤 것인지 잘 이해할 수는 없었지만, 그녀의 말을 듣고 있자니 나도 불안해졌다. 하지만 곧 그런 불안을 떨쳐 버렸다. 네이선이 승리의 소식을 가지고 나타나 참을 수 없을 정도로 흥미로운 그 미스터리에 대해 설명해 주기를 바라는 마음이 간절해서였다.

주크박스에서 노래가 시끄럽게 흘러나오기 시작했다. 술집 안이 초라한 단골손님들로 서서히 채워지기 시작했는데, 손님들 대부분은 허기지고 갈증 난다는 표정에 한여름에도 허여멀건 얼굴을 한 중년 남자들로 북유럽 출신의 기독교인들이었고, 그들은 공원 뒤로 몇 블록에 걸쳐 늘어서 있는 초라한 유대인 동네에서 엘리베이터를 고치거나 막힌 배수관을 뚫는 일을 하는 사람들일 터였다. 소피를 제외하고는 이 술집에 여자들이 거의 드나들지 않았다. 종교적 분위기가 짙은 동네인데다가 드나드는 손님이라고 해 봐야 가난하고 피곤에 지친 남자들뿐이어서 그런지 매춘부 하나 보지 못했는데, 희한하게도 그날 밤에는 수녀 두 명이 미소를 지으며 우리에게 다가와 성 요셉 수녀회 소속 수녀들이라고 자기소개를 하면서 동전이 짤랑거리는 술잔 모양의 주석 모금함을 들어 보이며 기부를 좀 해 달라고 속삭이듯 간청했다. 그들의 영어는 놀랄 정도로 단편적이었다. 이탈리아인 같았고 굉장히 못생겼는데, 특히 그중 한 명은 입가에 유니버시티 레지던스 클럽에서 자주 보았던 바퀴벌레와 똑같이 생긴 혹이 있었고, 그 혹 위에 머리카락이 옥수수수염처럼 나 있었다. 나는 눈길을 다른 데로 돌리면서도 주머니 속을 뒤져 10센트짜리 동전 두 개를 꺼내 모금함에 떨어뜨렸다. 그러나 소피는 짤랑거리는 모금함이 눈앞에 오자 아주 퉁명스럽게 "싫어요!"라고 말했고, 그러자 수녀들은 깜짝 놀라 숨을 헐떡이며 뒤로 물러서더니 종종걸음으로 사라졌다. 나도 놀란 표정으로 소피를 바라보았다.

"재수 없어, 저 수녀들." 그녀가 퉁명스럽게 말하더니 잠시 말을 멈췄다가 다시 이었다. "저 수녀들 정말 싫어요. 정말 끔찍하게 못생기지 않았어요?"

"당신은 착한 가톨릭 신자로 자랐다고 생각했는데." 내가 농담조로 말했다.

"그랬죠. 하지만 다 옛날 일이에요. 어쨌든 난 종교는 싫어하지 않는다고 해도 수녀들은 증오해요. 멍청한, 얼뜨기 같은 처녀들! 게다가 그 얼굴하고는!" 그녀는 생각만 해도 끔찍하다는 듯 몸을 떨고 고개를 절레절레 흔들었다. "끔찍해요! 아, 그 바보 같은 종교도 너무 싫어요!"

"진짜 이상하네요, 소피. 몇 주 전만 해도 독실했던 어린 시절에 대해, 믿음에 대해 얘기하더니. 왜 그래요?"

그러나 그녀는 다시 한번 고개를 절레절레 흔들더니 내 손등에 여윈 손가락들을 올려놓으며 말했다. "제발, 스팅고, 그만해요. 수녀들만 보면 기분이 더러워져요. 혐오스러워요. 저 비굴한……." 그녀는 헛갈리는 듯한 표정으로 말을 멈췄다.

"비굴하다고요?" 내가 거들었다.

"그래요. 만약에 존재한다면 괴물이 틀림없는 하느님 앞에서 비굴하게 무릎을 꿇다니. 괴물 앞에서!" 그녀가 잠시 말을 멈췄다가 이었다. "종교 이야기는 하고 싶지 않아요. 난 종교를 증오해요. 종교는 데 아날파베트(무식쟁이), 바보 같은 사람들이나 믿는 거죠." 그녀는 손목시계를 흘끔 들여다보더니 7시가 넘었다고 했다. 그녀의 목소리에 걱정이 배어났다. "아, 네이선이 괜찮아야 할 텐데."

"걱정 말아요, 괜찮을 거예요." 내가 다시 자신감에 찬 어조로 그녀를 안심시켰다. "소피, 네이선은 이 연구 프로젝트, 이 돌파구 때문에 엄청난 스트레스를 받아 왔어요. 그 정도의 스트레스를 받으면 다소 이상하게 행동할 수밖에 없을 거예요. 내 말 무슨 뜻인지 알죠? 그러니 걱정 말아요. 나라도 그런 스트레스를 받았다면, 그래서 이렇게 놀라운 일을 성취했다면 머리가 아팠을 거예요." 잠시 말을 멈췄던 내가 곧 다시 덧붙여 말했다. "어떤 일을 성취했든 말이에요." 그러고는 답례로 그녀의 손을 토닥여 주었다. "그러니, 제발, 걱정 말고 편히 있어요. 네이선이 곧 도착할 거예요, 분명히." 그러고는 다시 아버지에 대해, 그리고 아버지가 뉴욕에 오신다는 사실에 대해 이야기했고(아버지가 내게 쏟는 관심과 정신적인 지원에 대해 호의적으로 말하면서도, 흑인 노예 아리스테와 그가 내 운명에 미친 영향에 대한 이야기는 빼 버렸는데, 그것은 적어도 아직까지는 내가 그 흑인 소년에게 진 빚의 복잡성을 이해하기에는 소피가 미국 역사에 대해 충분히 알 것 같지가 않아서였다.) 문학이라는 월계수의 이파리 몇 개를 얻기 위해 애쓰는, 어찌 보면 무모하기 짝이 없는 아들을 그렇게 맹목적으로 믿어 주는 관대하며 헌신적인 아버지를 둔 나 같은 젊은이는 별로 많지 않다며 나는 참 운이 좋다고도 말했다. 그러는 동안 나는 조금씩 도취되고 있었다. 맥주를 마셔 댄 탓에 취기가 올라 입술이 떨리기 시작하는 것을 느끼며, 이렇게 미래에 대해 넓은 안목을 가지고 영혼이 풍요로운 아버지는 거의 없다고 감상적인 어투로 단언했다.

"아, 그럼요, 아버지가 있다는 것만으로도 얼마나 운이 좋은 건데요." 그녀는 정신이 딴 데 가 있는 듯한 표정으로 말했다. "나도 아버지가 무척이나 그리워요."

갑자기 몇 주 전 그녀가 해 준 아버지 이야기가 생각나자, 크라쿠프의 다른 교수들과 함께 돼지 떼처럼 모여서 나치 기관총의 위협을 받으며 숨이 막힐 듯한 트럭에 태워져 작센하우젠 수용소로 보내졌다가 차가운 눈발이 날리는 날 총살당했다는 그 아버지의 이야기가 생각나자, 부끄러운 기분이, 아니 부끄럽다기보다는 미안한 기분이 들었다. 어쨌든 우리 시대의 미국인들은 얼마나 운이 좋았는가! 물론 우리도 전쟁에 참전해 용감하게 우리의 몫을 다했다. 하지만 끔찍하게 순교한 저 무수한 유럽인들과 비교해 볼 때 우리 아버지들과 아들들의 희생은 아주 적었다. 우리는 감격해 목이 멜 정도로 운이 좋았다.

소피가 말을 이었다. "아주 오래전 일이라 그때처럼 슬프지는 않지만, 그래도 그립기는 해요. 아버지는 정말 좋은 분이셨어요. 그래서 아버지를 잃었다는 사실이 더 끔찍하게 느껴지는 거예요, 스팅고. 자기는 도망치고 유대인을 죽인 폴란드인, 독일인, 러시아인, 프랑스인 등등 나쁜 사람들은 모두 아직도 살아 있잖아요. 독일에요. 아니면 아르헨티나 같은 곳에요. 그런데 내 아버지는, 그렇게도 좋은 분이셨는데, 돌아가셔야 했고요! 이 정도면 하느님을 믿지 않게 된 이유로 충분하지 않나요? 그렇게 좋은 사람들한테 등을 돌린 하느님을 누가 믿겠어요?" 그녀가 놀랄 정도로 빠르게 이런 말을 쏟아 냈고, 손끝이 가늘게 떨리고 있었다. 그러더니 곧 평온해졌다. 이윽고 그녀는 다시 한번(예전에도 이 말을 했다는 것을 잊었는지, 아니면 같은 이야기를 반복함으로써 조그만 위로라도 받고 싶어졌는지 모르겠지만) 자신의 상상 속에 있는 아버지의 모습을, 아주 오래전 루블린에서 학살당할 위험에 처해 있던 유대인들을 목숨을 걸고 구해 줬다는 사실을 이야기했다.

"'리로니'가 영어로 뭐죠?"

"아이러니요?"

"맞아요. 내 아버지처럼 목숨 걸고 유대인들을 구한 사람은 죽고, 유대인들을 그렇게나 많이 죽인 사람들은 아직도 살아 있다는 사실은 정말 대단한 아이러니 아닌가요?"

"아이러니라기보다는 세상이 다 그런 거죠, 뭐." 내가 다소 권위적으로 그러나 진지하게 결론을 내렸다. 갑자기 소변을 보고 싶은 생각이 들었다.

메이플 코트에서 잔에 따라 파는, 도수 높고 떫은맛의 라인골드 생맥주를 많이 마신 탓에 피부가 불그레해진 나는 자리에서 일어나 약간 비틀거리며 화장실로 향했다. 나는 메이플 코트의 남자 화장실을 좋아했는데, 벽 너머 주크박스에서 가이 롬바르도나 새미 카예, 셉 필즈 혹은 다른 밴드가 흐느적거리는 노래를 들려주는 동안 소변기 위로 몸을 약간 기울이고 시원하게 물줄기를 뿜어내면서 생각에 잠길 수 있기 때문이었다. 취기가 도니 모든 것이 멋지게 보였다. 스물둘이라는 나이에 창조적 열정이 넘치고, 토머스 울프가 항상 예찬하던 '위대한 확신'을 가졌으니(젊음의 수원(水源)은 결코 마르지 않을 것이고, 문학을 하면서 겪어야 하는 힘든 시련과 번민은 결국 영원한 명성과 영광과 아름다운 여인들의 사랑으로 보상받을 것이라는 확신을 가졌으니) 세상이 내 발아래 있는 것 같았다.

이렇게 한껏 기분 좋은 상태로 오줌을 누고 있는데 동성애를 묘사한 낙서와 그림이 눈에 들어왔고(이것은 메이플 코트의 단골들이 쓴 것이 아니라 한번 왔다 가는 손님들이 갈겨쓴 것이 분명했다. 남자들이 바지를 까고 바라보는 벽 여기저기에 함부로 휘갈겨 쓰고 그림을 그려 놓은 것이다.) 나는 킬킬거리며 담배 연기에 찌들었지만 또렷하게 보이는 그 만화들을 유심히 들여다보았다. 만화는 밖에 있는 벽화와 비슷한 유의 그림이었고, 1930년대의 외설스러움을 천진하게 보여 주는 걸작이었는데, 미키 마우스와 도널드 덕이 피핑 톰[150]처럼 몸을 구부리고 정원 울타리 틈으로, 오줌을 누려고 구부리고 앉아 통통하고 육감적인 종아리와 허벅지를 드러내 보이고 있는 베티 붑을 킬킬거리며 훔쳐보는 장면이었다. 갑자기 등 뒤에서 펄럭이는 소리가 들리며 검은 천이 눈가에 들어와 놀라 기절할 뻔했는데, 알고 보니 자선 모금을 하러 다니던 수녀들이 화장실을 잘못 찾아든 것이었다. 그들은 당혹스러운 듯 이탈리아어로 뭐라고 중얼거리며 곧 사라져 버렸고, 나는 그들이 내 슐롱을 보았기를 바랐다. 그다음 십오 분 정도에 걸쳐 그렇게 끔찍한 일이 일어난 것을 보면 방금 전 소피가 그랬듯이 그들을 본 것이 재수가 없었던 것일까?

테이블로 돌아가는데 셉 필즈의 흐느적거리는 리듬 위로 네이선의 목소리가 들렸다. 그렇게 크지는 않았지만 놀랄 정도로 독단적인 목소리가 쇠톱으로 음악을 자르는 것 같았다. 뭔가 심상찮은 느낌이 들어 뒤돌아 나가고 싶었지만 바로 그 심상찮은 느낌 때문에 그럴 수 없었다. 네이선은 원한에 사무친 듯 소피에게 퍼부어 대는 데만 정신이 팔려 있어서, 나는

---

150) 엿보기 좋아하는 호색가.

한동안 테이블 옆에 서서 네이선이 내가 거기 있는 줄도 모르는 채 소피를 위협하고 욕하는 것을 당혹스럽고 불안한 마음으로 듣고 있을 수밖에 없었다.

"내가 당신에게 바라는 것은 정조뿐이라고 말하지 않았어?" 네이선이 물었다.

"그랬어, 하지만……." 소피는 말을 이을 수가 없는 모양이었다.

"그리고 당신이 카츠라는 인간이랑 같이 있으면, 한 번만 더 직장 바깥에서 같이 있는 게 목격되면, 그 저질스러운 슈마테(걸레)랑 잠시 길을 함께 걷기라도 하면, 당신 골통을 부숴 버리겠다고 하지 않았어?"

"그랬어, 하지만……."

"그런데 오늘 오후에 그 새끼 차를 타고 집에 갔단 말이지! 핑크가 봤대. 그뿐이 아냐. 방까지 데리고 올라갔다며, 이 쌍년아! 한 시간 정도 그 새끼랑 방 안에 있었고. 그사이에 몇 번이나 해 주던가? 물리 치료사라는 새끼니 자지도 빨리 놀렸을 테지. 꽤 여러 번 해 줬겠군!"

"네이선, 내 말 좀 들어 봐!" 소피가 간청했다. 침착하던 태도가 빠르게 허물어졌고, 목소리도 갈라졌다.

"입 닥쳐! 들어 볼 것도 없어! 내 친구 모리스가 너희 둘이 함께 방으로 올라가더라는 얘기를 나한테 안 해 줬으면, 비밀로 했겠지."

"비밀로 하지 않았을 거야." 소피가 울부짖었다. "지금쯤 얘기했을 거야! 그런데 그럴 기회가 없었잖아, 자기야!"

"입 닥쳐!"

여전히 그의 목소리는 크지 않았지만, 몸이 오싹 떨릴 만큼 독단적이고 잔인하고 난폭했다. 나는 도망가고 싶은 생각이 굴뚝같았지만, 어찌할까 망설이며 그의 뒤에 서 있었다. 술이 확 깨 버렸고, 목울대가 떨리는 것이 느껴졌다.

소피가 계속해서 간청했다. "네이선, 자기야, 내 말 좀 들어봐! 그를 방에 데려간 건 전축 때문이었어. 판 갈아 끼우는 부분이 작동이 안 되잖아, 그건 알지? 그 얘기를 했더니 자기가 고칠 수 있을지도 모른다고 그랬어. 자기가 전문가라잖아. 전에 고쳐 봤다고도 그러고. 그게 전부야! 보여 줄게, 같이 가서 전축을 틀……."

"아, 그럼, 시모는 전문가지. 전문가고말고." 네이선이 말을 자르고 끼어들었다. "섹스하면서 척추는 안 만져 주던가? 그 매끄러운 손으로 척추뼈들은 교정해 주지 않았어? 저질스러운 사기꾼 새끼 같으니라고!"

"네이선, 제발!" 그녀가 간청했다. 이제 그녀는 그에게 몸을 기울이고 있었다. 그녀의 얼굴은 피가 다 빠져나간 듯 창백하기 그지없었고, 아주 고통스러운 표정이었다.

"아, 당신은 매력 있는 여자지, 먹음직스러운." 그가 빈정거리는 어투로 천천히 부드럽게 말했는데, 참을 수 없을 정도로 가혹하게 들렸다.

네이선은 연구실에서 퇴근하고 나서 집에 들렀다 온 것이 분명했다. 모리스 핑크의 괘씸한 고자질에 대해 말한 것도 그렇고 옷차림을 봐도 그랬다. 그는 소매에 타원형의 커다란 금

단추가 달린, 양복점에서 맞춘 셔츠에 가장 멋진 은회색 리넨 정장을 차려입고 있었다. 가볍고 상큼한 오드콜로뉴 향기가 나기도 했다. 저녁에 있을 축하 파티에서 화려한 옷차림을 할 소피와 짝을 맞추기 위해 집에 가서 지금 입고 있는 정장으로 갈아입고 온 것이었다. 그러나 집에서 소피가 배신한 증거(혹은 그렇게 오해할 만한 증거)와 맞닥뜨리게 되었고, 따라서 이제 축하 파티는 무산되었을 뿐만 아니라 미지의 재난이 우리를 기다리고 있다는 사실에 의심의 여지가 없어 보였다.

나는 속으로 두려워 떨면서도 거기 서서 숨죽이고 네이선이 하는 말을 계속 듣고 있었다. "당신은 정말 맛있는 폴란드 음식이라고 할 수 있지. 그런 돌팔이 의사 새끼들 밑에서 계속 일하게 내버려 두지 말았어야 했는데. 그래서 당신이 타락하는 것을 두고 보지 말았어야 했는데. 당신이 그 사기꾼들한테서 돈을 받는 걸 보는 것만으로도 충분히 기분이 엿 같았는데 말이야. 단치히에서 배를 타고 막 도착한 무지하고 쉽게 속아 넘어가는 불쌍한 유대인들, 류머티즘이나 암일지 모르는데도 등 마사지만 받으면 다시 전처럼 건강해질 거라는 말에 속아 넘어가서 몸을 맡기는 유대인들의 등뼈나 좀 만져 주는 척하며 돈을 갈취하는 그 돌팔이 사기꾼 새끼들 밑에서 당신이 일한다는 생각만 해도 충분히 기분이 엿 같았는데 말이야. 당신 말에 속아서 그 돌팔이 새끼들을 도와주게 내버려 뒀다니. 하지만 무엇보다도 참을 수 없는 건 그 돌팔이 새끼들 중 하나가 당신을 안고 뒹굴게 당신이 몸을 허락했다는 거야, 바로 내 등 뒤에서 나 몰래 말이야."

소피가 끼어들려 했다. "네이선!"

"입 닥쳐! 당신의 그 화냥기에 질릴 대로 질렸어." 분노를 억누르고 있는 듯 낮게 으르렁거리는 것이 큰 소리로 고함을 지르는 것보다 훨씬 더 위협적이고 잔인하게 들렸다. 모질고 잔인하고 분노에 찬 목소리였고, '화냥기'라는 표현은 권위적이고 거만하게 들리기까지 했다. "지난번에 카츠 의사 선생님하고 수작을 부리다가 걸린 후에 당신이 이제 그런 짓을 그만둘 줄 알았지." '의사 선생님'이라고 할 때는 엄청나게 빈정거리는 투였다. "그때 그 새끼 차 안에서 키스하다가 걸렸을 때 내가 충분히 경고했다고 생각했거든. 하지만 아니었어. 아랫도리가 갑자기 달아올라서 급했나 보지, 당신? 그리고 블랙스톡하고 수작을 부리다가 걸렸을 때도, 난 별로 놀라지 않았어. 희한하지만 당신이 물리 치료사들의 자지를 유난히 좋아하는 걸 알았으니까 별로 놀랍지도 않더라고. 하지만 그때도 충분히 경고했고, 그래서 당신이 충분히 정화되어서 그런 저질스러운 짓거리를 그만둘 줄 알았지. 하지만 아니었어. 또 내가 틀렸지. 폴란드 핏줄에 거칠게 흐르는 그 색녀 기질이 당신을 한시도 가만 내버려 두지 않나 보지? 저질이거나 수치를 모르는 여자가 아니라면 그 화냥기 때문에 어쩔 수 없었나 보지? 오늘 또 우습게도 시모 카츠 의사 선생님 품에 안긴 걸 보니 말이야."

소피는 하얀 손마디가 두드러질 정도로 꽉 쥔 손수건에 입을 묻고 흐느껴 울고 있었다. "아냐, 아냐, 자기야." 그녀가 울먹이며 속삭였다. "그런 게 아니야."

네이선의 잘난 체하는 설교조의 어투는 다른 상황이었다

면 우스꽝스럽고 심지어 한 편의 해학극을 보는 것 같았을지도 모르겠지만, 지금은 위협과 분노와 완고한 확신이 느껴져서 나는 몸서리가 쳐지는 것을 어쩔 수 없었고, 정체 모를 끔찍한 불행이 교수대를 향하는 발걸음처럼 쿵쾅거리며 내 뒤에서 다가오는 것같이 느껴졌다. 내 입에서도 저절로 신음이 새어 나왔는데, 네이선이 열변을 토하는 와중에도 분명히 들릴 정도였다. 그때 갑자기 소피를 향한 네이선의 이 끔찍한 공격은 내가 처음 목격한 그 소동, 네이선이 소피에게 무자비하게 적의를 드러내던 그 공격과 어딘지 모르게 비슷하다는 생각이 들었다. 다른 것이 있다면 어조였는데, 몇 주 전 그때는 시끄럽고 난폭한 고함조였다면, 지금은 분노를 억누르는 듯 냉정하게 가라앉은 어조였지만, 둘 다 불길하게 들리기는 매한가지였다. 네이선이 내가 곁에 있음을 안다는 생각이 갑자기 들었다. 나를 올려다보지도 않은 채 단호하게 내뱉는 그의 어투에는 희미하게나마 적대감이 느껴졌다. "플랫부시 애비뉴의 프르미에르 퓌텡(최고의 창녀) 곁에 앉지 그래?" 나는 자리에 앉았지만 아무 말도 할 수 없었다. 입술이 바싹바싹 타들어 가는 것 같고 아무 말도 나오지 않았다.

내가 앉는 것과 동시에 네이선은 자리에서 일어섰다. "축하 파티 분위기를 내려면 샤블리가 좀 필요할 것 같은데." 나는 정색을 하고 연설조로 말하는 네이선의 얼굴을 멍하니 올려다보았다. 자신의 몸이 분노로 터져 산산조각이 나거나 줄에 매달린 꼭두각시처럼 부서지는 것을 막기라도 하려는 듯 그가 엄청난 자제력을 발휘하고 있다는 생각이 갑자기 들었다.

우리가 앉아 있는 구석은 에어컨 바람 때문에 춥게 느껴지기까지 할 정도였는데 그의 얼굴에서 땀이 흘러내리는 것이 보였고, 눈에서는 이상한 기운도(당시에는 무엇 때문인지 정확히 알지 못했다.) 느껴졌다. 신경이 과민해져 엉망이 된 시냅스[151]에서 뉴런들이 비정상적으로 활발하게 움직이고 있기 때문이라는 생각이 들었다. 감정적으로 지나치게 흥분해 마치 자기장 속에 빠진 듯, 감전된 듯 보였다. 그럼에도 불구하고 엄청난 자제력으로 냉정을 유지하며 참고 있는 것 같았다.

"유감이야." 네이선이 빈정거림이 섞인 어투로 말했다. "우리의 축하 파티가 애초에 의도했던 대로 유쾌하고 즐겁게 진행되지 못해서 정말 유감이야. 오늘 같은 승리의 날을 고대하며 숭고한 과학적 목표를 이루기 위해 연구에 전념했던 수많은 시간을 기억하며 축배를 들고 싶었는데 말이야. 인류를 괴롭히는 최대의 천형들 중 하나를 극복하기 위해 팀원 모두가 일치단결해서 연구에 몰두했던 수많은 날들, 세월을 기억하며 축배를 들고 싶었는데 말이야. 정말 유감이야." 그는 한참 동안 말이 없었는데, 그 침묵의 무게로 매 순간이 참을 수 없을 만큼 고통스럽게 느껴졌다. 이윽고 그가 말을 이었다. "우리의 축하 파티가 좀 더 세속적인 색채를 띠게 되어서 유감이야. 무슨 말이냐 하면, 크라쿠프의 요부이자, 누구도 흉내 낼 수 없고 비교할 수 없고 비극적일 만큼 정절을 모르는 쾌락의 딸이며, 플랫부시의 호색한인 물리 치료사들에게는 더없이 소중한

---

151) 신경 세포의 자극 전달부.

폴란드 보석인 소피 자비스토프스카와의 관계를 끊는 꼭 필요하고 너무도 지당한 일을 축하하게 되었단 말이지. 잠깐만 기다려, 샤블리를 가져와서 축배를 들자고!"

소피는 엄청난 군중 속에서 무서워 떨며 아버지의 손을 꼭 붙잡고 있는 어린아이처럼 내 손끝을 꼭 쥐었다. 우리는 네이선이 북적대는 반팔 차림의 손님들을 뚫고 바텐더에게 다가가는 모습을 지켜보았다. 그러다가 나는 고개를 돌려 소피를 바라보았다. 네이선의 위협 앞에서 그녀의 눈은 잊을 수 없을 정도로 심하게 흔들렸다. 그 눈에 담긴 두려움을 보니 '괴로움'이 무엇인지 알 것 같았다. "아, 스팅고." 그녀가 신음하듯 말했다. "이런 일이 일어날 줄 알았어요. 내가 정조를 지키지 않았다고 비난하리라는 걸 알았어요. 이 이상한 텅페트(격정)에 빠져들면 늘 그러거든요. 아, 스팅고, 네이선이 이렇게 변하면 정말 견딜 수 없어요. 이번에는 정말로 그가 날 떠날 거예요."

나는 그녀를 위로하려고 애썼다. "걱정 말아요. 그도 곧 나아질 거예요." 그러나 말은 그렇게 하면서도 정말 그렇게 믿어지지는 않았다.

"아, 아녜요, 스팅고, 끔찍한 일이 일어날 거예요, 난 알아요! 그는 항상 이런 식이에요. 처음에는 아주 흥분하고 기쁨에 가득 차 있죠. 그러다가 기분이 가라앉는 거예요. 기분이 가라앉으면 항상 내가 정조를 지키지 않았다고 비난하면서 날 떠나고 싶어 해요." 그녀가 다시 내 손을 꼭 쥐었다. 어찌나 세게 쥐었는지 그녀의 손톱이 살 속으로 파고들어 피가 나올 것 같았다. "그리고 내가 네이선에게 한 말은 모두 사실이에요." 그녀가 흥분한 어조로 서둘러 덧붙였다. "시모 카츠에 대한 거 말이에요. 아무것도 아니었어요, 정말 아무것도 아니었어요. 카츠라는 의사는 내게 아무런 의미도 없어요. 블랙스톡과 나와 함께 일하는 의사일 뿐이에요. 전축을 고쳐 줬다는 말도 전부 사실이에요. 방에 들어와서는 전축 고치는 일만 했어요. 다른 일은 아무것도 없었어요. 맹세해요!"

"소피, 난 당신을 믿어요." 이미 그녀를 믿는데도, 자신의 말을 믿게 하기 위해 열성적으로 자기 변론을 하는 그녀의 모습을 보니 당혹스러운 마음이 들었다. "진정해요." 헛수고임을 알면서도 나는 잔소리를 했다.

그 후 정말 말도 안 되는 끔찍한 일이 벌어졌다. 지금 와서야 그때 내가 얼마나 잘못 생각하고 있었는지, 유머 감각과 섬세함이 필요한 때에 얼마나 서투르고 비효과적으로 대처했는지 깨닫고 있다. 네이선에게 농담이나 조롱이라도 해서 정신을 딴 곳으로 돌렸다면, 그는 분노를(아무리 얼토당토않고 위협적인 분노라고 해도) 내 말에 쏟을 수 있었을 것이고, 그러면 지칠 대로 지친 나머지 소피에 대한 분노가 사라지거나 적어도 가라앉기라도 해서 내가 통제할 수 있는 상태가 되었을지도 모르겠다. 그러나 그때 나는 여러 면에서 놀랄 정도로 미숙하고 경험이 없어서, 네이선이(그 조증 환자의 어조와 흥분에 찬 열변, 땀, 희번덕거리는 눈, 긴장이 최고조에 달했다가 폭발해 버린 듯한 느낌, 신경계가 모두 무너져 내려 경련을 일으키는 것만 같은 모습에도 불구하고) 위험할 정도로 혼란에 빠져 있다는 것은 생각도 하지 못했다. 그저 숨겨져 있던 비열한 본색이 드러나는 것이라고 생각했을 뿐이다. 너무도 어리고 순진했다. 인간이 미칠 듯 괴로워하며 폭력적인 행태를 보이는 것을 거의 경험하지 못했던 나는(남부 교육의 광적이고 음울한 측면보다는 예의 바르고 점잖은 측면의 영향을 더 많이 받았기 때문일 것이다.) 네이선의 감정 폭발을 정신 이상에서 온 것이라기보다는 기본적 예의의 부족과 비열한 인간성의 표현으로 생각했다.

이것은 지금이나 몇 주 전 예타의 집 복도에서 소피에게 폭언을 퍼붓고 내게는 남부인들의 린치에 관해 조롱하며 면전에 대고 '크래커'라고 비아냥거리는 그의 눈에서 광포하고 파악하기 어려운 혼란을 읽고 온몸이 차가운 물을 뒤집어쓴 듯 오싹했던 때나 마찬가지였다. 그래서 불안으로 멍해진 상태로 소피와 함께 거기에 앉아, 내가 그렇게도 좋아하고 존경해 마지 않던 사람이 보여 주는 섬뜩한 변화에 슬퍼했다. 그러면서도 그가 소피에게 엄청난 고통을 감내하도록 강요하는 것에 분노를 느꼈고 그의 괴롭힘에 선을 긋기로 결심했다. 더 이상 소피를 괴롭히지 못하게 하겠어, 조심하지 않으면 큰코다칠 거야. 나는 속으로 결의를 다졌다. 단지 한순간 이성을 잃고 성질을 부리는 사람을 대하는 것이었다면 이것이 합리적인 방법이었을지도 모르겠지만, 갑자기 과대망상에 빠져 난폭해진 사람에게는 효과가 거의 없을 텐데도, 그때 나는 그런 사실을 깨달을 만큼 현명하지도 노련하지도 않았다.

"그의 눈이 굉장히 이상하지 않아요?" 내가 소피에게 중얼거렸다. "아까 말한 그 아스피린을 너무 많이 먹은 건 아닐까요?" 지금 생각해 보면, 그리고 나중에 알게 되었지만 그렇게 동전만 하게 동공이 확대된 이유를 감안해 보면, 황당할 정도로 순진한 질문이었지만, 당시의 나는 이제 막 새로운 것을 배우기 시작한 무지한 학생 같았다.

네이선이 병마개를 딴 와인을 들고 돌아와 자리에 앉았다. 웨이터가 유리잔을 들고 뒤따라오더니 우리 셋 앞에 잔을 내려놓고 갔다. 네이선의 표정이 좀 부드러워진 것 같아, 적어도 아까처럼 적의에 불타는 표정은 아니어서 안심되었다. 그러나 아직도 뺨과 목 근육은 팽팽하게 긴장되어 힘줄이 불거져 있고 땀도 흘리고 있었다. 그 와중에도 이마에 땀이 송글송글 맺혀 있는 것이 샤블리병에 맺힌 차가운 이슬방울 같다는 생각이 들었다. 그때 처음으로 그의 하얀 셔츠의 겨드랑이 부분이 땀으로 흠뻑 젖어 있는 것도 눈에 들어왔다. 그가 우리 잔에 와인을 따랐고, 나는 차마 소피의 얼굴을 바라보지는 못했지만, 잔을 앞으로 내민 손이 떨리는 것을 보았다. 나는 테이블 위 내 팔꿈치 아래에 빌보의 사진과 기사가 난《뉴욕 포스트》를 펼친 채 그냥 놔두는 중대한 실수를 저질렀다. 사진을 흘끗 본 네이선은 사악한 자기만족에 가득 찬 표정으로 능글맞게 웃었다.

"나도 아까 지하철을 타고 오면서 그 기사 읽었어." 네이선이 잔을 들며 말했다. "구시렁거리기의 대가인 빌보 미시시피 상원 의원의 질질 끄는 고통스러운 죽음을 위해 축배를 들자고."

한동안 나는 아무 말도 하지 않았다. 소피처럼 잔을 들지도 않았다. 그녀는 얼떨결에 반사적으로 잔을 들었던 것이 분명했다. 마침내 내가 가능한 한 침착하게 말문을 열었다. "네이선, 나는 당신의 성공을 위해서, 무엇이 되었건 간에 당신의 위대한 발견을 위해서 축배를 들고 싶어요. 당신이 전념해 온 멋진 연구를 위해서 말이에요. 축하해요." 나는 몸을 앞으로 기울여 그의 팔을 가볍게 토닥였다. "이제 껄끄러운 얘기는 그만두고." 내가 쾌활하고 회유적인 어투로 말했다. "편안하게 얘기나 들어 봅시다. 도대체 우리가 무엇을 축하해야 하는지 얘기 좀 해 봐요! 오늘 밤엔 당신만을 위해 축배를 들자고요."

그가 거칠고도 유유하게 내 손에서 팔을 빼내자 기분 나쁜 한기가 온몸을 훑고 지나갔다. "그럴 수가 없을 것 같은데." 그가 나를 노려보며 말했다. "내가 사랑했던 어떤 여자가 배신을 해서 축하고 뭐고 할 기분이 아니거든." 나는 아직도 차마 그녀의 얼굴을 바라보지 못했지만 그녀의 목쉰 흐느낌을 들을 수는 있었다. "오늘 밤엔 승리에 도취된 히기에이아[152]를 위해 축배를 드는 일은 없을 거야." 그는 팔꿈치를 테이블에 받치고 잔을 높이 들고 있었다. "대신 빌보 상원 의원의 고통스러운 죽음을 위해 축배를 들자고."

"당신이나 들어요, 네이선. 난 빼 줘요. 나는 고통스러운 죽음이든 고통스럽지 않은 죽음이든 누군가의 죽음을 위해서 축배를 들지는 않을 거예요. 당신도 그래서는 안 되고요. 다른 사람들은 몰라도 당신은 그래서는 안 되죠. 사람을 고치는 일을 하고 있지 않나요? 농담이었는지 모르겠지만 이런 일이 농담거리는 아닌 것 같은데요. 죽음을 위해 축배를 들다니, 양심

---

152) 그리스 신화에 나오는 건강의 여신.

에 거리끼는 일이에요." 갑자기 독단적인 어투가 되는 건 나도 어쩔 수 없었다. 내가 잔을 들며 말했다. "생명을 위하여. 당신의 생명, 우리의 생명을 위하여." 그러면서 나는 잔을 든 손으로 소피를 가리켰다가 다시 네이선을 향하며 말을 이었다. "건강을 위하여. 당신의 위대한 발견을 위하여." 거의 간청하다시피 했지만, 네이선은 건배를 거부한 채 굳은 표정으로 꼼짝하지 않고 앉아 있었다. 어찌할 도리가 없어진 나는 절망감을 느끼며 천천히 잔을 내려놓았다. 처음으로 나는 분노가 치밀어 오르는 것을 느꼈다. 그것은 서서히 커지는 복합적인 분노였는데, 네이선의 증오에 찬 독단적인 태도와 소피를 학대하는 언행 그리고 (지금 생각해도 그때 내가 왜 그렇게 반응했는지 잘 모르겠지만) 빌보에 대한 그의 끔찍한 악담에서 비롯된 것이었다. 그가 나의 축배를 거절하자, 나는 잔을 내려놓고 한숨을 쉬며 말했다. "그럼 집어치우죠, 뭐."

"빌보의 죽음을 위해서." 네이선은 끈질겼다. "그의 고통에 찬 마지막 비명을 위해서."

나는 눈에서 불꽃이 튀는 것 같았고, 심장이 거칠게 쿵쾅거리기 시작했다. 내가 분노를 자제하려고 노력하며 말했다. "네이선, 불과 얼마 전에 난 당신을 칭찬했어요. 당신이 남부에 대해 엄청난 적의를 가지고 있지만, 다른 사람들과는 달리 적어도 남부에 대해 유머 감각은 가지고 있다고 말이에요. 자유주의자임을 자처하는 뉴욕의 얼간이들하고는 다르다고요. 그런데 지금 보니 내가 틀린 것 같군요. 빌보를 좋아하진 않지만, 사실 엄청나게 증오해 왔지만, 당신이 그의 죽음을 가지고 농담하는 게 재미있다고 생각한다면, 당신이 틀린 거예요. 나는 어느 누구의 죽음을 위해 건배를 하진 않을 거예요."

"히틀러의 죽음을 위해서도 안 할 건가?" 그가 눈을 비열하게 반짝이며 재빨리 끼어들었다.

그 때문에 말이 끊겼다. "물론 히틀러의 죽음을 위해서라면 건배해야죠. 하지만 그건 완전히 다른 문제죠! 빌보는 히틀러가 아니잖아요!" 이렇게 대답하면서도 소피의 방에서 처음으로 강하게 부딪쳤던 그날 오후 분노에 차서 주고받던 대화와 별반 다르지 않다는 생각이 들었다. 주먹다짐 직전까지 갈 정도로 심하게 말싸움을 벌인 후로 네이선이 남부에 대한 병적인 고정관념을 버린 줄 알았다. 그러나 이제 보니 아득한 옛날로 느껴진 그 화창하던 일요일 나를 두려움으로 몰아넣었던 분노와 적의를 마음속에 억누르고 있었던 것이다. 나는 그때보다 훨씬 더 큰 두려움을 느끼게 되었는데, 이번에는 그때와 달리 우리의 대립이 사과와 농담과 우정을 확인하는 따뜻한 포옹으로 끝나지 않을 것 같다는 불길한 예감이 들었기 때문이다. "빌보는 히틀러가 아녜요, 네이선." 나는 같은 말을 되풀이했다. 내 목소리가 떨렸다. "들어 봐요, 네이선. 당신을 만난 후로(물론 그리 오래되지는 않아서 내가 잘못 생각했는지는 모르겠지만) 난 당신이 내가 만난 사람들 중에 가장 박식하고 교양 있고 분별력 있는 사람이라고 생각했……."

"낯간지러운 말 하지 마." 그가 말을 끊었다. "아부한다고 달라질 건 없어." 귀에 거슬리는 험악한 어조였다.

"아부가 아녜요. 진실만을 말하는 거예요. 하지만 지금은 생각이 좀 달라졌어요. 당신처럼 다른 면으로는 아는 게 많고 분별력 있는 사람이 남부에 대해 그런 증오심을 가지고 있다는 건 생각만 해도 끔찍해요. 증오심을 마음에 품고 있는 것이나 겉으로 표현하는 것이나 똑같이 끔찍한 일이에요. 네이선, 당신이 악의 본성에 대해 그렇게도 무지하다는 것이 놀랍군요."

논쟁을 할 때, 특히 논쟁이 격렬해져 악의에 찬 말이 오갈 정도가 되면, 나는 늘 먼저 흔들리면서 무력하게 지고 마는 쪽이었다. 목소리가 갈라지고 떨리고 땀을 흘리며 어색한 미소를 짓기도 한다. 심지어 평상시 같으면 상당히 가지고 있었을 논리가 감사할 줄 모르는 개구쟁이처럼 머릿속을 떠나 버려 마음이 갈 곳 몰라 우왕좌왕하기도 한다.(한때 나는 변호사가 되는 것을 생각해 본 적도 있었다. 클래런스 대로[153]처럼 멋진 법정 드라마를 펼치는 공상에 빠지기도 했던 나는 문학을 업으로 삼기로 하면서 그 꿈을 접었다.) "당신은 역사의식이 전혀 없는 것 같군요." 빠르게 지껄이는데, 목소리가 한 옥타브 올라가 있었다. "전혀요! 최근에야 이민을 와서 주로 북부의 대도시에서 살아온 당신네 유대인들이 정말로 우둔해서, 저 아래쪽에 그렇게도 광적인 인종 차별주의를 뿌리내리게 한 비극적인 사건들에 대해 관심이 없거나 알지 못해서 그런 건가요? 포크너를 읽었다면서, 아직도 남부에 대해 그렇게 어리석고 편협한 우월감을 가지고 있고, 빌보는 악당이라기보다는 미개하기 짝

---

153) 1925년 다위니즘에 반대하는 남부 근본주의자들에 맞서기 위해 열린 스콥스의 소위 '원숭이 재판'에서 스콥스 측 변호를 맡은 변호사.

이 없는 전체 시스템의 불행한 부산물이라는 것을 알지 못한 단 말인가요?" 내가 잠시 말을 멈추고 숨을 고른 후 다시 입을 열었다. "그렇게 무지하다니, 유감이에요." 여기서 멈췄다면 그에게 강타를 날렸다고 생각할 수 있었을 텐데, 말했듯이 나는 논쟁이 격렬해지면 분별력을 잃고 말아서, 게다가 지금은 거의 히스테리에 가까운 에너지가 마구 분출되고 있어서 무모하게도 말을 이어 갔다. "게다가 시어도어 빌보가 이룬 업적은 생각지도 못하는 것 같군요." 대학 때 쓴 논문 내용이 머릿속에서 일정한 리듬으로 메아리쳤다. "미시시피 주지사 시절에 빌보는 일련의 중요한 개혁을 단행했어요." 내가 억양을 넣어 읊조렸다. "고속도로 위원회와 사면 위원회를 창설했고, 최초의 폐결핵 환자 요양소도 열었죠. 실과와 농업 기술을 교과 과정에 추가하기도 했고요. 그리고 진드기 박멸 캠페인을 실시했죠……." 내 목소리가 서서히 기어 들어갔다.

"진드기 박멸 캠페인을 실시했죠." 네이선이 말했다.

놀랍게도 네이선이 내 목소리를, 잘난 체하고 권위적이고 혐오스러운 어조의 내 목소리를 그대로 흉내 냈다. "당시 미시시피 젖소들 사이에는 텍사스 열이라고 불리는 전염병이 유행했어요." 내가 참지 못하고 말했다. "빌보는 그것을……."

"멍청이." 네이선이 끼어들었다. "넌 얼간이야. 텍사스 열이라고? 넌 어릿광대야! 넌 내가 제3제국[154] 최고의 업적은 세계 제일의 고속도로를 건설한 것이고, 열차가 제시간에 다니

---

154) 1933~1945년 히틀러 치하의 지배 체제를 이른다.

게 된 것은 모두 무솔리니 덕분이라고 말했으면 좋겠냐?"

그는 나를 마음대로 주무르고 있었고(내 입에서 '진드기'라는 말이 나오는 순간 이렇게 될 것을 나 자신도 알았던 것 같다.) 잠시 입가에 떠 있던 냉소적인 웃음과 내 패배를 알아본 것 같은 반짝이는 눈빛은 이제 그가 단호한 몸짓으로 잔을 내리는 가운데 서서히 사라졌다.

"강의 끝났어?" 그가 지나치게 큰 목소리로 물었다. 그의 위협적인 표정을 보니 몹시 두려워졌다. 갑자기 그는 잔을 들어 와인을 단숨에 들이켰다. "이 잔은 두 거짓말쟁이들과의 완전한 결별을 축하하는 거였어." 그가 단호한 어조로 말했다.

이 말을 듣자 후회가 가슴을 찔렀다. 격심한 슬픔 같은 무거운 감정이 가슴에서 북받쳐 올랐다. "네이선……." 내가 팔을 뻗으며 달래는 어조로 입을 열었다. 소피가 다시 흐느끼기 시작했다.

그러나 네이선은 나를 무시하고 잔으로 소피를 가리키며 말했다. "킹스 카운티의 교활한 물리 치료사들의 창녀인 당신과의 결별을 축하하고." 그러더니 잔으로 나를 가리키며 말을 이었다. "딕시의 역겨운 인간 쓰레기인 자네와의 결별을 축하하는 잔이었어." 그의 눈은 당구공처럼 생기가 없었고, 이마에서는 땀이 억수같이 흘러내리고 있었다. 땀으로 번들거리는 그의 얼굴을 바라보는데, 주크박스에서는 앤드루스 시스터스가 "나를 구속하지 마!"라고 귀청을 찢을 듯 절규했다. 네이선이 말했다. "이제 내가 당신들 둘한테 강의를 해도 되겠지? 당신들의 마음 한가운데에 도사리고 있는 그 썩어 빠진 의식을 도려낼 수 있게 말이야."

그의 장광설 중 가장 고통스러웠던 부분만을 소개하고자
한다. 그의 말은 길어야 몇 분밖에 되지 않았지만, 내게는 몇
시간처럼 느껴졌다. 소피가 더 심하게 공격을 받았다. 그의 폭
언을 들으면서 그녀가 고통스러워하는 것을 속수무책으로 지
켜봐야 했던 나보다는 그녀가 훨씬 더 견디기 어려웠을 것이
다. 공격의 화살은 먼저 나를 향했지만, 비교적 가벼운 비난이
었다. 그는 내게 악감정을 가지고 있지는 않고 단지 경멸한다
고 했다. 내 출생지나 교육에 대해서는 나를 탓할 수 없기 때
문에 그 경멸감도 나를 향한 사적인 것은 아니라고도 했다.(그
는 억지웃음을 지으며 말했고, 분노를 억누르는 듯 짐짓 부드러운
어투에는 오래전 그 일요일에 그랬듯 간혹 가다 흑인 억양이 섞여
있었다.) 그는 오랫동안 나를 선량한 남부인으로, 역사가 그 지
역에 물려준 편협함이라는 저주를 용케도 벗어난 자유인으로
생각했다고 했다. 그는 내가 몰아세웠던 것과 달리 선량한 남
부인이 존재한다는 사실을 깨닫지 못할 만큼 어리석고 무지하
지는 않았다. 그도 최근까지는 나를 그렇게 생각했다고 했다.
그러나 빌보를 비난하는 데 내가 가세하지 않는 것을 보니 내
소설의 첫 부분을 읽은 날부터 들었던 의심, 내가 '뿌리 깊고'
'완고한' 인종적 편견을 가지고 있지 않나 하는 의심이 사실로
확인되었다고 했다.

이 말에 나는 심장이 오그라드는 것 같았다. "무슨 뜻이
죠?" 울음 섞인 목소리가 나왔다. "마음에 들어 한다고 생각
했는데."

"넌 전통적인 남부 방식의 글쓰기에 상당한 재능을 가지고 있어. 하지만 그와 동시에 진부한 남부적 사고방식도 가지고 있더군. 네 마음을 상하게 하고 싶지 않아서 아무 말 안 했을 뿐이야. 소설의 첫 부분에 나오는 늙은 흑인 여자를 예로 들어 보자고. 다른 사람들과 함께 기차를 기다리던 여자 말이야. 그 여자는 '에이머스 앤드 앤디'[155]에서 빠져나온 듯한 익살스러운 모습으로 그려졌더군. 민스트럴 쇼 대본을 쓰던 사람의 소설을 읽는 것 같다는 생각이 들었어. 흑인을 그렇게 희화한 것이 비열한 것이 아니라면 재미있다고 해야 할까? 넌 최초의 남부적 희극 소설을 쓰고 있는지도 몰라."

빌어먹을, 나는 너무도 약했다! 이 말을 듣자마자 나는 깊은 절망에 빠졌다. 네이선이 아닌 다른 사람이 이런 말을 했더라도 그랬을까? 그는 예전에 격려의 말로 내게 불어넣어 준 기쁨과 자신감을 이 말 한마디로 모두 거두어 가 버렸다. 말로 표현할 수 없을 정도로 잔인하고 파괴적인 비난이어서, 내 영혼의 중요한 토대가 흔들리며 무너져 내리는 것 같은 기분이었다. 나는 침을 꿀떡 삼키며 대답할 말을 찾아봤지만, 아무리 애를 써도 말이 나오지 않았다.

그가 말을 계속했다. "넌 그 타락한 의식에 전염되었어. 너로서도 어쩔 수 없는 일이긴 하지. 그 때문에 너나 네 책이 더 매력적으로 보이지야 않겠지만, 적어도 그 독약 같은 타락한

---

155) 미국의 유서 깊은 라디오·텔레비전 쇼. 흑인들의 익살과 풍자적 내용으로 범국민적인 사랑을 받았다.

의식의, 뭐라고 표현해야 하나, 그렇지, 능동적인 선전자라기보다는 수동적인 선전자라고 자위할 수는 있겠지. 말하자면 빌보처럼 말이야." 이 말을 한 후 그의 어조에서 목쉰 흑인의 억양과 남부 사투리가 서서히 사라지고, 날카로운 폴란드식 이중모음이 두드러지기 시작했는데, 소피의 말투를 흉내 내는 것이 분명했다. 냉정한 비난이 고통스러운 박해로 변하기 시작한 것도 바로 이때부터였다. 그가 소피를 바라보며 말했다. "이제 설명 좀 해 주지. 왜 당신이, 그 많은 사람들 중에 당신이 이곳으로 와서, 향수를 들이붓고 다니면서 하나도 아닌 두 명의 물리 치료사와 농탕질이나 치고 돌아다니는지 그 이유를 말이야. 물 들어올 때 노 젓겠다는 건가? 아직도 아우슈비츠에서는 수백만 망자의 영혼이 떠돌고 있는데 말이야." 갑자기 그가 흉내 내기를 그만두고 정색했다. "황홀할 정도로 아름다운 자비스토프스카, 어떻게 당신이 산 자의 땅에 살게 되었지? 아우슈비츠에서 수많은 사람들이 독가스로 서서히 죽어가는 동안, 당신은 그 아름다운 머리에서 나온 멋진 계략과 술책으로 깨끗한 폴란드의 공기를 호흡할 수 있었던 건가? 여기에 대해 대답해 주면 고맙겠는데."

그러자 소피에게서 고통이 절절히 밴 굉장히 크고 끔찍한 신음 소리가 길게 터져 나왔지만, 앤드루스 시스터스의 광적인 절규 덕분에 술집 전체에 들리지는 않았다. 골고다 언덕에서 비탄에 잠긴 성모 마리아도 이만큼 비탄에 찬 신음 소리를 내지는 못했을 것이다. 나는 고개를 돌려 소피를 바라보았다. 고개를 푹 수그리고 있어서 얼굴이 보이지 않았고, 하얀 마디가 두드러진 두 손으로 귀를 막고 있었다. 곳곳에 얼룩이 진 포마이카 테이블 위로 눈물이 뚝뚝 떨어지고 있었다. 그녀가 신음하듯 낮게 울부짖는 소리가 들렸다. "아냐! 아냐! 거짓말쟁이! 거짓말이야!"

네이선이 끈질기게 고문을 이어 갔다. "불과 얼마 전, 전쟁이 한창인 폴란드에서 일어난 일인데, 죽음의 수용소에서 탈출한 수백 명의 유대인들이 당신 같은 선량한 폴란드 시민들의 집을 찾아가 숨겨 달라고 간청했지. 이 선량한 시민들은 거부했고. 그뿐만이 아니야. 그들은 찾아낼 수 있는 유대인은 다 찾아내 죽이기까지 했어. 전에도 이 말을 했을 텐데. 그러니까 다시 한번 묻겠어. 폴란드가 국제적 명성을 얻게 된 바로 그 반유대주의가, 아니면 그거랑 비슷한 반유대주의가 당신의 운명을 인도하고 당신을 돕고 보호해서, 수백만 명이 죽어 가는 와중에도 살아남은 그 몇 안 되는 사람들 중 하나가 될 수 있었던 건가?" 거칠고 날카롭고 잔인한 어투였다. "대답 좀 해 보시지!"

"아냐! 아냐! 아냐! 아냐!" 소피가 흐느끼며 절규했다.

이때 내가 끼어들었다. "네이선, 제발 소피를 가만 내버려 둬요!" 나는 어느새 자리에서 일어서 있었다.

그러나 그는 들은 체도 하지 않았다. "다른 사람들이 재가 되어 하늘로 올라가는데 당신 목숨을 구하기 위해 어떤 술수를 썼어? 그 작고 예쁜 엉덩이를 대 줬나?"

"아냐!" 마음속 가장 깊은 곳에서 쥐어 짜낸 듯 고통스러운 외침이 소피의 입을 통해 흘러나왔다. "아냐! 아냐!"

그 순간 나는 왜 그랬는지 모르겠지만 비겁한 행동을 하고 말았다. 자리에서 일어서 있던 나는 (심장이 쿵쾅거리는 것을 느끼면서) 험프리 보가트가 영화에서 자주 보여 준 것처럼 몸을 앞으로 기울여 네이선의 멱살을 잡고 주먹질이라도 할 생각이었다. 네이선이 소피를 괴롭히는 것을 더는 두고 볼 수 없었다. 그러나 쿵쾅거리는 심장 소리를 들으며 자리에서 일어서기는 했지만 놀랄 정도로 빠르게 전형적인 겁쟁이로 변신하고 말았다. 나는 무릎이 후들거리는 것을 느끼며 바싹 마른 입으로 몇 마디 뜻 모를 말을 중얼거리고는 비틀거리며 화장실로, 내가 직접 목격할 것이라고는 생각도 못 했던 그 엄청난 증오와 잔인함에서 벗어나 있을 수 있는 축복받은 피신처로 향했다. 잠시만 여기 있자, 소변기 위로 몸을 숙이고 잠시만 숨을 고르자고 생각했다. 마음을 진정시키고 나가 네이선에게 맞서자고 생각했다. 나는 몽유병 환자처럼 몽롱한 상태로 차가운 단도처럼 느껴지는 소변기 손잡이를 부여잡고 몇 번이고 물을 내리면서, 벽에 휘갈겨 쓴 낙서들을, "마빈은 재수 없는 놈!" "환상적인 오럴 섹스를 원하는 분은 얼스터에게 연락 주세요. 전화번호 1-2316." 등의 문구들을 멍하니 보고 또 보고 있었다. 어머니가 돌아가신 후 나는 한 번도 운 적이 없었고, 지금도 결코 울지 않을 것임을 알았지만, 타일 벽에 쓰인 사랑을 갈구하는 낙서가 점점 더 흐릿해지는 것을 보니 왈칵 울음이 쏟아질 것만 같았다. 나는 이렇게 비참한 기분으로 어떻게 해야 할지 몰라 망설이며 몇 분간 그대로 서 있었다. 어떻게 해야 할지 아무 생각도 안 나고 두려움이 뼛속까지 스며들었지만, 마침내 나는 돌아가서 어떻게든 해 봐야겠다고 결심했다. 그러나 문을 열고 나가 보니 소피와 네이선은 이미 사라지고 없었다.

나는 걱정과 절망으로 지칠 대로 지쳐 버렸다. 화해는 생각할 수도 없을 만큼 갈등이 심각해진 지금 도대체 무엇을 어떻게 해야 할지 막막하기만 했다. 어떻게든 네이선을 진정시키고 그의 불같은 분노의 화살이 닿지 않는 곳으로 소피를 피신시킬 방법을 찾아야 했지만, 심신이 녹초가 된 나는 머릿속이 텅 빈 것 같고 아무런 생각도 할 수 없었다. 정신을 차리기 위해 나는 메이플 코트에 좀 더 머무르면서 합리적이고 효과적인 행동 계획을 세워야겠다고 결심했다. 펜실베이니아역에 도착한 아버지는 내가 보이지 않으면 브로드웨이 34번가에 있는 맥알핀 호텔로 곧장 갈 것이었다.(당시에는 타이드워터에서 올라온 사람들 중 아버지 같은 중산층은 대개 맥알핀이나 태프트 호텔에 여장을 풀었고, 좀 더 경제적으로 풍족한 소수는 월도프아스토리아 호텔에 묵었다.) 나는 맥알핀 호텔에 전화해서 저녁 늦게 아버지를 보러 그곳으로 가겠다고 메시지를 남겼다. 그러고는 테이블로 돌아가(황급히 나가다가 네이선이 그랬는지 소피가 그랬는지는 모르겠지만 샤블리병을 쓰러뜨리는 바람에 병이 깨지지는 않았지만 가로누운 병에서 남은 와인이 바닥으로 쏟아지고 있는 것을 보자 또다시 불길한 느낌이 들었다.) 두 시간은 족히 거기 앉아서 산산조각이 난 우리의 우정을 다시 붙일 방법을 궁리했다. 네이선이 저토록 불같이 화내는 것을 보니 결코 쉽지 않겠다는 생각이 들었다.

한편으로는 이와 유사한 '폭풍'이 지나간 그 일요일 네이선이 자신의 잘못을 사과하면서 당혹스러울 만큼 적극적으로 화해의 제스처를 보여 준 사실이 떠올랐고, 그러자 이번에는 내가 먼저 화해를 청한다면 그가 기꺼이 받아 줄지도 모른다는 생각이 들었다. 이런 일은 정말 하기 싫었고, 벌써 두 번이나 겪은 이런 소동으로 심신이 지칠 대로 지쳐서, 침대로 기어 들어가 한잠 자고 싶은 생각이 굴뚝같았다. 이렇게 빨리 네이선을 다시 맞닥뜨린다는 것은 너무도 무섭고 위험한 일이었고, 이런 생각에 불안해진 나는 네이선처럼 땀을 흘리고 있었다. 나는 용기를 짜내기 위해 중간 크기 잔에다가 라인골드를 네다섯 잔, 아니 여섯 잔쯤 마셨다. 고통스럽게 울부짖는 소피의 흐트러진 모습이 자꾸만 눈앞에 어른거리자 토할 것처럼 속이 울렁거렸다. 플랫부시 거리에 어둠이 내리자 나는 비틀거리며 걸어 분홍 궁전으로 돌아갔고, 걱정과 희망이 한데 섞인 눈으로 2층 소피의 방을 올려다보았다. 블라인드를 뚫고 옅은 분홍색 불빛이 스며 나오고 있었다. 소피가 돌아와 있다는 증거였다. 음악 소리도 들렸다. 라디오에서 나오는 것이거나 아니면 전축을 틀어 놓은 것이었다. 현관을 향해 걸어가는 동안 나는 왜 그런지 모르겠지만 여름밤을 부드럽게 감싸 안은 듯한 하이든 첼로 협주곡의 아름답고 애처로운 선율을 들으며 기분이 들뜨는 동시에 슬픔이 밀려오는 것을 느꼈다. 공원 가장자리 퍼레이드 그라운즈에서 아이들이 외치는 소리가 석양을 뚫고 들려왔고, 새들의 지저귐 같은 그 달콤한 소음이 첼로의 부드러운 명상과 한데 어울려 아련하고 애틋한 슬픔을 불러일으켰다.

2층으로 올라간 나는 놀라움과 걱정으로 숨이 멎는 것 같았다. 태풍이 분홍 궁전을 휩쓸고 지나갔더라도 이보다 더 난장판이 되지는 않았을 것 같았다. 소피의 방은 거꾸로 뒤집어 엎은 것처럼 엉망이었다. 옷을 넣는 서랍은 모두 거칠게 앞으로 당겨져 나와 있었고 그 속은 텅텅 비었으며, 침대 시트는 모두 벗겨져 있었고, 벽장 속은 도둑이 들어 다 뒤져 간 듯했다. 구겨진 신문지들이 사방에 뒹굴고 있었다. 책장에 있던 책들과 레코드판들은 모두 사라지고 없었다. 휴지 조각들을 제외하고는 아무것도 남아 있지 않았다. 딱 한 가지, 전축만은 도둑을 맞은 듯 난장판인 방의 모습과는 어울리지 않게 제자리에 얌전히 놓여 있었다. 들고 가기에는 너무 크고 무거워서 그랬는지 탁자 위에 그대로 놓여 있었고, 거기서 흘러나오는 하이든의 선율을 듣고 있자니 불가사의하게도 청중이 모두 사라져 버린 연주회장에 나 홀로 남아 음악을 듣고 있는 것처럼 섬뜩한 기분이 들었다. 몇 발짝 떨어진 네이선의 방도 난장판이기는 매한가지였다. 모든 것이 제자리에서 빠져나와 있었는데, 일부는 이미 가지고 간 것 같았고, 나머지는 지금 당장 이사라도 갈 것처럼 상자 속에 꾸려져 있었다. 복도는 너무도 덥고 끈적끈적한 느낌이 들었다. 아무리 여름날 저녁이라고 해도 지나치게 더워서 이미 지칠 대로 지친 나는 더 짜증이 났고, 순간적으로 저 분홍벽 뒤에서 불이라도 난 것이 아닌가 하는 생각마저 들었다. 그때 복도 한편에 몸을 웅크리고 있는 모리스 핑크의 모습이 눈에 들어왔는데, 수증기를 내뿜고 있는 난방기를 손보고 있었다.

"실수로 틀어져 있었나 봐." 내가 다가가자 그가 일어서며 말했다. "조금 전에 네이선이 서류 가방이랑 물건들을 가지고 서둘러 나가면서 실수로 틀어 놓은 것 같아. 가만있어, 이 새끼야." 그가 으르렁거리며 난방기를 발로 찼다. "이러면 좀 조용해지겠냐?" 쉬 하는 소리와 함께 수증기가 잦아들었고, 모리스 핑크가 그 생기 없이 흐리멍덩한 눈으로 나를 바라보았다. 전에는 잘 몰랐는데, 앞니가 톡 튀어나와 영락없이 쥐 같은 얼굴이었다. "조금 전까지 여기는 완전히 정신병자 수용소 같았어."

"무슨 일이 있었는데요?" 내가 걱정으로 굳어진 얼굴로 물었다. "소피는 어딨어요? 네이선은요?"

"가 버렸어, 둘 다. 드디어 완전히 갈라선 것 같아."

"완전히라니 무슨 말이에요?"

"말한 대로지, 뭐. 끝났어. 완전히. 완전히 갈라섰다니까. 이렇게 가 버리다니, 정말 잘됐어. 그 네이선이라는 골렘 때문에 집이 항상 좀 으스스했거든. 만날 싸우고 소리 지르고. 나가 줘서 정말 잘됐어."

내가 절박하게 다시 물었다. "어디로 갔어요? 어디로 간다고 얘기 안 했어요?"

"아니. 각자 다른 방향으로 가던데."

"다른 방향이요? 그러니까……."

"두 시간쯤 전에 내가 요 앞 거리를 걷고 있는데 둘이 집으로 돌아오더라고. 난 영화 한 편 때리고 돌아오던 길이었지. 네이선은 벌써 고릴라처럼 소피한테 고래고래 소리를 지르고 야단이더라고. 젠장, 또 시작이군, 몇 주 조용하더니. 이렇게 생각했지. 이 미친 새끼한테서 소피를 구해 줘야겠다는 생각도 들었고. 그래서 2층으로 올라와 보니까 그 인간이 소피한테 짐을 싸게 하더라고. 그러니까 그 인간은 자기 방에서 자기 짐을 싸고 있고, 소피는 또 자기 방에서 짐을 싸고 있던란 말이지. 그러면서 미친놈처럼 소피한테 고래고래 소리를 지르는 거야. 어찌나 욕을 해 대던지!"

"그러면 소피는……."

"소피는 짐을 싸는 내내 울더라고. 네이선은 창녀니 씹구멍이니 온갖 욕을 해 대며 고함을 치고 소피는 어린애처럼 엉엉 울고 있고. 보고 있자니 정말 기분 더럽더만!" 그가 잠시 말을 멈추고 숨을 한 번 들이마시더니 다시 천천히 말을 이었다. "처음엔 걔들이 완전히 방을 비우려는 줄 몰랐어. 그런데 네이선이 난간에 서서 밖을 내려다보다가 날 보더니 예타가 어디 있냐고 묻더라고. 스태튼아일랜드에 있는 여동생 집에 갔다고 얘기해 줬지. 그랬더니 방값이라면서 30달러를 던지는 거야. 자기 방값하고 소피 방값이라고. 그제야 완전히 나가는 거라는 걸 알아차렸지."

"언제 떠났어요?" 내가 물었다. 사랑하는 사람과 사별이라도 한 듯 고통스러운 상실감이 북받쳐 올랐다. 나는 속이 메슥거리며 신물이 넘어오는 것을 참으면서 다시 물었다. "주소를 남기진 않았어요?"

"말했잖아, 각자 다른 방향으로 갔다고." 그가 귀찮은 듯 대답했다. "짐을 다 꾸려 가지고 내려오더라고. 이십 분쯤 전이었을 거야. 짐을 밖으로 내가는 걸 도와주고 전축 좀 지켜 달라면서 네이선이 1달러를 주더라고. 전축이랑 상자 몇 개 남은 건 나중에 가지러 오겠다고 그러고. 짐이 밖으로 다 나가니까 길모퉁이로 가서 택시 두 대를 좀 잡아 달라고 그러대. 택시를 잡아서 오니까 그때까지도 소피한테 소리를 지르고 있더라고. 그래도 이번엔 때리지는 않는구나 싶더군. 오이슈비치 어쩌고 하면서 소리만 고래고래 지르더라고."

"뭐…… 뭐라고 했다고요?"

"오이슈비치라던데. 소피를 씹구멍이라고 욕하면서 그 이상한 질문을 하고 또 하더라고. 어떻게 오이슈비치에서 살아 나왔냐고 말이야. 그게 도대체 무슨 말이야?"

"와……." 나는 말문이 막혀 버렸다. "와……."

"그러더니 소피한테 50달러를(그쯤 되어 보였어.) 주더니, 택시 기사한테는 맨해튼에 있는 어떤 호텔인가로 실어다 주라고 그러더군. 어딘지 정확하게 기억은 안 나. 그러더니 소피한테 다시는 얼굴 볼 일 없어서 정말 행복하다고 그러더라고. 그 말을 듣고 소피가 엄청 울더군. 그렇게 우는 사람은 처음 봤어. 어쨌든 소피가 떠나고 나니까 네이선도 다른 택시에 짐을 싣더니 반대 방향으로, 플랫부시 애비뉴 쪽으로 가 버렸어. 퀸스에 있는 형한테 간 것 같은데."

"가 버렸군요." 내가 머리를 얻어맞은 듯 멍한 표정으로 중얼거렸다.

"완전히 가 버렸지. 정말 잘됐어. 그 인간은 진짜 골렘이야! 하지만 소피는, 소피는 좀 안됐어. 정말 괜찮은 여자였는데, 안 그래?"

한동안 나는 아무 말도 할 수 없었다. 무언가를 소망하듯 부드럽고 달콤하고 조화롭고 구슬픈 하이든의 선율이 빈방을 가득 채우고 내 안의 절대적 공허감과 회복될 수 없는 상실감을 부풀리고 있었다.

"맞아요." 마침내 내가 대답했다. "그렇죠."

"그런데 오이슈비치가 뭐야?" 모리스 핑크가 물었다.

9장

나치 강제 수용소에 대해 논평한 수많은 사람 중에 평론가 조지 스타이너만큼 날카로운 통찰력과 열정을 가지고 글을 쓴 사람은 드물다. 내가 스타이너의 『언어와 침묵』이라는 에세이집을 접한 것은 그 책이 출간된 해인 1967년이었는데, 그해는 여러모로 내게 의미 있는 해였다. 사소하게는 브루클린에서 그 격동의 여름을 보낸 지 이십 년이 되는 해였다. 아, 소피와 네이선, 레슬리 라피더스 이후로 세월이 그렇게 흘렀는가! 예타 짐머맨의 하숙집에서 그토록 집필에 열중했던 가정 비극은 이미 오래전에 출판되었고(내가 바라던 것보다 더 큰 찬사를 받았다.) 그 외에도 여러 편의 소설과 1960년대에 유행했던 신문 기고(그렇게 열성적이고 헌신적으로 많이 쓴 것은 아니지만)도 썼다. 그러나 내 마음은(아무리 소설이 죽어 간다고, 아니 바다 빙어처럼 이미 멸종되어 버렸다고들 하지만) 여전히 소설 창작에 집착하고 있었고, 그래서 1967년 소설을 출판함으로써 소설이 멸종되지 않았음을 입증하게 되어 기뻤다. 소설을 통해 나는 소설가로서 나 자신의 철학적, 문학적 소명을 다할 수 있었을 뿐만 아니라, 수십만 명의 독자가 대부분 그 소설의 출판에 대단한 만족감을 표시했다. 그러나 이것은 다른 문제이고, 흡족한 마음에 잠시 다른 쪽으로 이야기가 흘렀지만, 간단히 말해 1967년은 대체적으로 내게는 커다란 성과가 있었던 해라고 말하고 싶다.

그토록 여러 해를 복잡한 창작에 몰두한 후에는 지칠 대로 지치고 우울한 생각만 들어 다음에는 무엇을 해야 좋을지 막막한 위기가 찾아오는 경우가 많다. 야심작을 완성한 후에 이런 경험을 하는 작가들이 많은데, 그냥 엄마 배 속으로 다시 기어 들어가 편히 쉬고만 싶은, 작은 죽음에 대한 소망이랄 수 있겠다. 나도 이런 경험을 여러 번 했는데 그때마다 의무감처럼 소피가 떠오르곤 했다. 이십 년 동안 소피와 소피의 삶(과거의 삶과 우리와 함께했던 삶) 그리고 네이선과 네이선의 삶, 소피가 겪은 끔찍한 고통, 그 불쌍한 금발의 폴란드 여인을 곧장 파멸로 몰아넣은, 복잡하게 얽혀 있으면서 점점 더 악화되기만 했던 상황들이 자꾸만 반복되면서도 어찌해 볼 도리가 없는 안면 경련처럼 기억 속에 되살아나곤 해 나를 괴롭혔다. 빨리 돌린 영사기처럼 세월이 야속하게도 나를 중년으로 몰아가면서, 그해 여름의 풍경과 사람들의 모습은 오래된 앨범 속에 남은 한 장의 빛바랜 사진처럼 기억 속에서 먼지가 묻고 희미해져 갔지만, 그해 여름에 느낀 고통은 여전히 설명을 요구하며 시위를 벌이고 있었다. 그래서 1967년 후반기부터 나는 소피와 네이선의 슬픈 운명에 대해 본격적으로 생각해 보기 시작했다. 여러 해 전 내가 너무도 사랑했던 또 다른 여인, 불행한 죽음을 맞은 마리아 헌트를 편리하게도 소설에서 정면으로 다루어 큰 성공을 거두었던 것처럼, 소피와 네이선의 운명도 언젠가는 그렇게 다루어야 할 것임을 알았다. 그러나 여러 가지 이유로 몇 년의 세월을 더 보내고 나서야 이렇게 소피의 이야기를 쓰기 시작한 것이다. 그러나 그동안 준비 작업을 하면서 『뤼니베르 콩상트라시오네르(수용소 세계)』[156]에서 많은 것을 받아들이면서 나 자신을 고문했고 조지 스타이너의 글을 읽으면서 깨달음의 충격을 경험하기도 했다.

"그동안 이에 대해 많은 글을 쓰면서 이해하려고 노력해 왔지만 결코 이해할 수 없었던 것들 중의 하나는 시간 관계다." 스타이너의 글이다. 죽음의 수용소 트레블링카에서 끔찍하게 학살된 두 유대인들을 묘사하는 과정에서 나온 말이다. "메링과 랭그너가 죽어 가던 바로 그 시각, 다른 수많은 사람들은 수용소에서 3킬로미터 떨어진 폴란드의 어느 농장에서, 혹은 8000킬로미터 떨어진 뉴욕에서 잠을 자거나 음식을 먹거나 영화를 보거나 사랑을 나누거나 겁을 내면서 치과 치료를 기다리고 있었을 것이다. 여기서 내 상상력은 멈춰 버리고 만다. 동시에 일어나는 일들이 어떤 보편적 인간 가치에 비추어 보

---

156) 20세기 초 프랑스 작가이자 정치가인 다비드 루세의 저작.

더라도 화해할 수 없을 정도로 너무도 달라서, 그리고 그렇게 성격이 판이한 일들이 동시에 일어난다는 사실이 너무도 끔찍한 모순처럼 느껴져서(누군가가 트레블링카를 세웠고 다른 누군가는 이 시설이 존재하도록 내버려 두지 않았는가.) 시간이라는 문제에 봉착하면 나는 당혹스러움을 금치 못하게 된다. 공상 과학 소설이나 그노시스파[157]의 추론이 암시하듯, 이 세상에는 다른 두 종류의 시간이, '선한 시간'과 인간을 생지옥의 손아귀로 몰아넣는 '비인간적인 시간'이 존재한단 말인가?"

이 글을 읽기 전까지 나는 단순하게도 나 혼자만 이런 생각을 했다고, 나만이 시간 관계에 집착해서 심지어 소피가 아우슈비츠라는 '생지옥의 손아귀'로 들어가던 1943년 4월의 첫날 나 자신은 무엇을 하고 있었는지 기억을 되살려 보았다고 생각했다. 소피의 시련이 시작되고 나서 불과 몇 해가 지나지 않은 1947년 말의 어느 날, 나는 소피가 생지옥의 문 안으로 걸어 들어간 바로 그날 나는 어디 있었는지, 무엇을 했는지 알아내기 위해 기억을 뒤져 보았다. 1943년 4월 1일 만우절은 내게도 무언가 중요한 일이 일어난 날인 것 같아 아버지가 보낸 편지들을 뒤져 본(편리하게도 내 어렴풋한 기억을 확인해 주는 유용한 자료였다.) 나는 참으로 어처구니없는 결론에 도달하게 되었다. 소피가 아우슈비츠역 플랫폼에 첫발을 내디딘 그날 오후, 노스캐롤라이나주 롤리는 화창한 봄날 아침이었고, 나는 거기서 미친 듯이 바나나를 먹고 있었던 것이다. 그리고 보

---

157) 영적 인식을 중시하는 초기 기독교 시대의 신비주의 교파.

니 속이 울렁거리고 토할 것 같은데도 계속 바나나를 먹었던 기억이 나는데, 그로부터 한 시간 뒤에 해병대 입대를 위한 신체검사를 받아야 했기 때문이다. 열일곱의 나이에 키는 벌써 180센티미터가 넘었지만 몸무게는 55킬로그램밖에 나가지 않았는데, 입대를 위한 최소한의 요건을 맞추기 위해서는 1.5킬로그램은 더 찔 필요가 있었다. 굶주린 난민처럼 불룩 튀어나온 배를 하고 벌거벗은 몸으로 체중계에 올라갔더니 앞에 앉아 있던 건장한 징병 담당 병장이 키만 훌쩍 크고 빼빼 마른 내 몸을 노려보면서 "우아."라고 조롱 섞인 감탄사를 내뱉었다. 나는 몇백 그램 차이로 간신히 신체검사를 통과할 수 있었다.

그날까지 나는 아우슈비츠나 강제 수용소, 유럽에 살던 유대인들의 대량 학살에 관해서는 한 번도 들어 본 적이 없었고, 심지어 나치에 대해서도 들어 본 적이 별로 없었다. 내게 그 세계 대전의 적군은 일본군이었고, 아우슈비츠나 트레블링카, 베르겐 벨젠 같은 수용소 위를 떠도는 회색의 독가스 같은 고통에 대해서는 완전히 무지했다. 하지만 미국인은 대부분, 아니 나치 공포 정치의 바깥에 살던 사람들은 대부분 그렇지 않았던가? 스타이너는 이렇게 말한다. "그곳에 있지 않았던, 그리고 마치 다른 행성에 살았던 것 같은 우리에게는 동시적이기는 하나 효과적으로 비교하거나 의사소통할 수 없는 다른 종류의 시간이 존재한다는 개념이 필요할지도 모른다." 정말 그랬다. 특히 (이 사실을 흔히들 잊고 살지만) 수백만 미국인에게 당시 악의 화신은 경멸과 두려움의 대상이었던 나치가 아니라, 눈 나쁘고 난폭한 원숭이들처럼 태평양 정글 속으로 떼거리로 몰려 들어온 일본군, 나치보다 더 위험하게도 미국 본토를 넘본 일본군, 누런 피부색과 더러운 습관 때문에 더 불쾌하게 느껴진 일본군이었기 때문에 더욱 그랬다. 그러나 시야를 좁혀 동양의 적에게만 적의의 초점을 맞추지 않았다고 해도 대다수의 사람들은 나치의 죽음의 수용소에 대해 별로 알지 못했을 것이고, 바로 이런 점 때문에 스타이너의 생각이 훨씬 더 가치 있게 느껴진다. 물론 그곳에 있지 않았던 우리를 이 '다른 종류의 시간'과 이어 주는 연결 고리는 그곳에 있었던 사람이고, 내게 그 사람은 소피였다. 소피, 특히 나치 친위대 대장인 루돌프 프란츠 회스와 관련 있던 소피였다.

앞에서 여러 번 이야기했듯이 소피는 아우슈비츠에 대해서 말을 아꼈고, 자신이 겪은 그 악취 나는 경험에 대해서는 대체로 입을 꾹 다물었다. 언젠가 내게 인정했던 것처럼 그녀 자신이 그 지옥과도 같았던 강제 수용소에서의 생활을 기억에서 거의 지워 버렸기 때문에, 수용소 생활 막판에 영양실조와 몇 가지 전염성 질병으로 거의 죽음 직전까지 갔다는 분명한 사실을 제외하고는 네이선과 나, 어느 누구도 그곳에서 매일 그녀에게 어떤 일이 있었는지 아는 것이 별로 없었다는 사실이 그리 놀랄 일은 아닌 것 같다. 그러므로 20세기에 끝도 없이 자행되는 잔혹 행위의 향연에 질릴 대로 질린 독자들은 여기서만큼은 살인, 독가스 공격, 구타, 고문, 잔혹한 생체 실험, 서서히 진행되는 영양 결핍, 배설이라고밖에 말할 수 없는 강간, 절규하는 광기와 같은 잔혹 행위들에 대해 자세하게 읽지 않아도 될 것이다.(이런 잔혹 행위에 대해서는 이미 타데우시 보로

프스키, 장프랑수아 스타이너, 올가 렝구엘, 오이겐 코곤, 앙드레 슈바르츠바르, 엘리 위젤, 브루노 베텔하임 같은 훌륭한 작가들이 심장의 피를 뚝뚝 흘리는 심정으로 지옥 같은 수용소 상황에 대해 너무도 생생하게 기록한 바 있다.) 소피의 아우슈비츠 생활에 대한 내 묘사는 어쩔 수 없이 특수한 한 부분만을 부각할지도 모르고, 그럴 의도는 전혀 없지만 다소 왜곡된 모습으로 수용소를 그릴지도 모르겠다. 그녀가 네이선이나 내게 아우슈비츠에서 지낸 이십 개월의 끔찍한 일상을 상세히 알려 주었다고 해도, 조지 스타이너의 말처럼 "그 일을 온몸으로 경험하지 않은 사람들이 그 고통을 있는 그대로 보여 줄" 수 있을지 확신하지 못하기 때문에 어느 정도 베일로 가릴 수밖에 없을 것 같다. 나는 그렇게도 잔인하고 납득할 수 없는 경험, 그 속에서 고통받다가 죽었거나 살아남은 사람들만이 온전히 소유권을 주장할 수 있는 경험의 영역을 내가 주제넘게 침범하려는 것은 아닌가 하는 생각에 괴로워한 적이 많았다. 생존자인 엘리 위젤은 이렇게 썼다. "소설가들은 **홀로코스트**를 자유롭게 자기 작품 속에서 이용해 왔다. …… 그렇게 하면서 그들은 그것을 값싼 주제로 전락시켰고, 중요한 본질을 빼 버리거나 왜곡했다. 홀로코스트는 이제 엄청난 주목과 즉각적인 성공을 보장하는 주제가 되어 작가들이 유행처럼 너도나도 이 주제를 다루고 있는 것이 현실이다……." 이 말이 어디까지 타당한지는 모르겠지만, 그렇게 비칠 위험이 있다는 것은 나도 잘 안다.

그러나 나는 침묵이 최선이라는, "말로 표현할 수 없는 것에 대한 쓸데없는 문학적, 사회학적 논쟁에는 덤비지 않는 것"
이 최선이라는 스타이너의 말은 받아들일 수 없다. 또한 "어
떤 현실에 있어서는 문학은 별 의미가 없거나 관련이 없다."라
는 생각에도 동의하지 않는다. 나는 여기서 문학의 신성함 같
은 것을 발견하게 되는데, 특히 스타이너 자신이 침묵을 지키
지 않았다는 점에서 더더욱 그렇다. 그리고 악이 구체화된 예
인 아우슈비츠는 그 불가해성이 엄청나게 커서 우리가 감히
그 아성을 깨뜨리려고 하지 않는 이상 난공불락으로 남게 될
것이고, 스타이너 자신도 차선책은 "이해하려고 노력하는 것"
이라고 서둘러 덧붙이지 않았던가 말이다. 나는 모순덩어리
같은 소피를 이해하려고 노력함으로써 아우슈비츠를 이해하
려고 시도해 볼 수 있겠다는 생각을 해 왔다. 그녀는 유대인은
아니었지만, 같은 정도의 고통을 겪고 살아남은 어느 유대인
못지않게 고통을 겪었으며, 서서히 밝혀지겠지만 어떤 면에서
는 대부분의 생존자들보다 더 큰 고통을 겪었다.(유대인들이 나
치의 광적인 대량 학살에 자기들만 희생된 것이 아니라는 사실을 받
아들이기는 매우 어려울 것이므로, 그 자신이 유대인인 스타이너의
감동적인 에세이집에서 그가 수많은 비유대인들, 비록 유대인들처럼
조직적으로 죽임을 당하지는 않았다고 하더라도 유대인들과 마찬가
지로 강제 수용소로 끌려갔다가 죽임을 당한 수많은 슬라브인들과
집시들에 대해서는 지나가면서 언급하는 정도에 그쳤다는 사실은
중대한 실수라기보다는 용서할 수 있는 무시로 보인다.)

소피가 희생자에 불과했다면, 수많은 다른 희생자들처럼
자신의 의지와는 상관없이 운명이라는 바람에 날린 작은 이

파리에 불과했다면, 풀어야 할 비밀 하나 없는, 그저 브루클린으로 날려 온 불쌍한 방랑자로 보였을 것이다. 그러나 그해 여름 그녀가 내게 하나하나 고백한 사실을 종합해 보면 아우슈비츠에서 그녀는 희생자인 동시에 대량 학살의 공범자이자 종범이었고(그럴 생각은 없었다고 하더라도 말이다.) 수용소장인 루돌프 회스의 집 다락방 창문가에 서서 바싹 마른 가을 초원 저 건너로 보이는 비르케나우의 지붕으로 인간을 태우는 역한 연기가 뭉게뭉게 솟아오르는 것을 지켜보았던 것이다. 그것이 바로 그녀를 그렇게도 괴롭히던 죄책감(네이선에게는 비밀로 하고 있었지만, 그 본질이나 진위 여부조차 알지 못했던 네이선이 그렇게도 자주 그녀를 괴롭히며 문제 삼았던 그 죄책감)의 중요한 원인들 중 하나(비록 유일한 이유는 아니었지만 말이다.)였다. 그녀는 자신이 천인공노할 범죄의 공범자 역할을 했다는 그 끔찍한 사실에서 헤어 나올 수 없었다. 광적이고 탐욕스럽고 집착이 강한 반유대주의자, 유대인 혐오자의 역할을 했다는 사실이 죄책감이라는 이름으로 그녀를 옥죄고 있었던 것이다.

소피가 내게 털어놓은 바에 따르면, 그녀가 아우슈비츠에 머무는 동안 일어난 주요한 일은 두 가지에 불과했고, 이에 대해서는 네이선에게 입을 다물었다. 첫째는 그녀가 수용소에 도착하던 날 일어난 것으로 이미 언급했던 것이지만, 이에 대해 그녀는 우리가 함께하는 시간이 끝나 가던 무렵에야 내게 털어놓았다. 둘째 일은 같은 해 그녀가 루돌프 회스와 잠깐이나마 관계를 맺게 된 것과 그렇게 되기까지의 상황에 대한 것이었는데, 그녀는 8월의 어느 비 오는 날 오후 메이플 코트에서 내게 그 이야기를 들려주었다. 아니, 비 오는 날 오후에서 저녁에 걸쳐서라고 해야 맞겠다. 그녀는 회스와의 일을 흥분한 어조로 그러나 조심스럽게 자세히 들려주어서 내가 직접 목격한 것처럼 그림이 생생하게 그려질 정도였지만, 그 기억을 되살리느라 감정적으로 긴장이 극에 달했다가 지쳐 버린 그녀가 울음을 터뜨리는 바람에, 이야기의 나머지는 그녀에게 들은 단편적인 내용들을 가지고 내가 종합해야 했다. 그녀가 회스의 황량한 다락방에서 회스와 처음 만난 날은 즉각적으로 내 기억 속에 각인되어 버렸는데, 내게 지대한 영향을 미친 영웅들 중 세 사람(아버지와 토머스 울프 그리고 내 청소년기와 청년기를 따라다니며 상상력을 마비시킨 저 광적인 흑인 악마 냇 터너)의 생일이었기 때문이다. 그날은 10월 3일이었고, 소피에게는 남편 카시미르 자비스토프스키와의 결혼기념일이어서 깊게 각인이 되었다.

아테네와 그리스의 여러 섬에서 잡힌 2100여 명의 유대인들을 태우면서 나온 끔찍한 먼지가(반투명의 가루가 두꺼운 커튼처럼 사방에 퍼져 있어, 소피의 말을 빌리자면 "모래처럼 입 안에 느껴질" 정도였다.) 그녀가 바라보던 초원 전역에서 뭉게뭉게 피어올라, 비스와강 위로 짙은 안개가 자욱하게 낀 것처럼 평온하게 풀을 뜯는 양들의 모습을 완전히 가려 버리고 있던 그때, 미합중국 해병대의 이등병인 스팅고는 무얼 하고 있었나? 나는 불길하고 형이상학적인 두 종류의 판이한 시간이 존재한다는 조지 스타이너의 고찰을 기억하면서 이 질문을 자신에게 해 보곤 했다. 대답은 아주 간단했다. 나는 아버지의 생신을 축하하는 편지를 쓰고 있었고, 그 편지는 무미건조하기 짝이 없는 내 글들을(아무리 내가 아주 어릴 때 쓴 것이라고 해도 말이다.) 아들이 앞으로 훌륭한 작가가 될 증거라고 생각하며 잘 모셔 둔 아버지로부터 얼마 전 어렵지 않게 돌려받을 수 있었다. 애정이 넘치는 인사말에 이어 나오는 본문을 여기에 발췌해 싣는다. 지금 보면 대학 초년생의 어리석음이 곳곳에서 엿보여 끔찍할 정도지만, 동일한 시간의 너무나도 분명하고 심지어 무섭기까지 한 차이를 강조하기 위해 실을 필요가 있다는 생각이 든다. 충분한 역사적 인식을 가진 사람이야말로 자비로울 수 있다. 그리고 나는 그때 열여덟 살이었다.

> 노스캐롤라이나주 더럼 듀크 대학교
> V 12 훈련 대대, 미 해병대 분대
> 1943년 10월 3일

……어쨌든 아버지, 내일은 듀크와 테네시의 경기가 있습니다. 지금 다들 자제하고는 있지만 거의 히스테리에 가까울 정도로 흥분해 있어요. 다들 굉장한 희망에 부풀어 있죠. 아버지가 이 편지를 받으실 때쯤이면 듀크가 컨퍼런스 선수권에 나갈 기회가 있는지, 더 나아가 볼[158]에 나갈 기회가 있는지 대강 점칠 수 있게 될 겁니다. 우리가 테네시를 누르면(테네시는 우리의 최

---

158) 로즈 볼. 매년 1월 1일에 열리는 대학 미식축구 경기.

대 강적이거든요.) 시즌 끝날 때까지는 무난하게 순항할 수 있기 때문입니다. 물론 조지아도 강해 보입니다. 사실 조지아가 1위가 되리라는 데 돈을 거는 사람들도 많습니다. 꼭 경마하는 것 같아요, 그렇죠? 그런데 참, 정부가 캘리포니아에서는 대규모 옥외 집회를 금지했기 때문에 로즈 볼이 또 듀크에서 열릴지도 모른다는(우리가 1위로 나가든 그러지 않든 간에 말이에요.) 소문 들으셨어요? 일본의 방해 공작을 우려해서겠죠. 그 작은 원숭이들이 참 많은 미국인을 괴롭히네요, 그렇죠? 어쨌든 로즈 볼이 여기서 열리면 진짜 재밌을 겁니다. 아버지도 듀크가 경기를 하든 안 하든 구경하러 오세요. 순전히 알파벳 순서 때문에(군에서는 모든 것이 알파벳순이더라고요.) 피트 스트로미어와 처키 스투츠가 제 룸메이트가 됐다는 거 전에 말씀드렸나요? 우린 모두 유능한 해병대 장교가 되기 위해 훈련받고 있습니다. 스투츠는 작년에 오번에서 올 아메리칸 2부 팀에 있었고, 참, 스투츠가 누군지는 말씀드리지 않아도 아시죠? 종종 기자들과 사진기자들이 생쥐처럼 이 방으로 살금살금 기어오기도 합니다.(이미 은유에 소질이 있었음.) 지난주 《타임》에 스트로미어의 사진과 기사가 실렸는데 보셨어요? 톰 하먼과 레드 그레인지 이후로 최고의 오픈 필드 러너라고 칭찬해 놓았더라고요. 스트로미어도 정말 좋은 친구랍니다. 게다가 그 친구한테 몰려드는 젊고 예쁜 아가씨들이 어찌나 많은지 아버지의 짝없는 아들 스팅고에게도 돌아오는 아가씨가 있더라고요. 이렇게 떡고물을 즐기고 있다는 것을 인정하지 않으면 정직하지 못한 일일 것 같습니다. 지난 주말에 데이비드슨 경기가 끝나고 나서 정말 신나게 놀았습니다…….

내가 이 편지를 쓰고 있을 때 독가스로 살해되어 화장된 2100여 명의 그리스 유대인들은, 소피의 말에 따르면 아우슈비츠에서 계속 자행될 대량 학살처럼 기록으로 남지는 않았다고 한다. 그다음 해에 있은 헝가리 출신 유대인 학살은(수개월 동안 아우슈비츠를 떠나 있다가 인종 청산을 기획하기 위해서 돌아온 회스가 그의 복귀를 그렇게도 고대하던 아이히만의 전폭적인 지지를 받으며 몸소 감독했고, '회스 작전'이라고 명명되었다.) 훨씬 더 큰 규모였다. 그러나 아우슈비츠 비르케나우 발전사의 맥락에서 볼 때 그때까지 벌어진 것 중 최대 규모였던 이 대량 학살은, 병참 문제와 공간 및 처리 문제 등으로 아주 복잡하고 어려운 작업이었다. 회스는 매일 '선택'(거의 매일 일어나고 하루에 여러 번 있는 경우도 있었는데, 기차를 타고 도착하는 유대인들을 한동안 노동을 시켜도 될 만큼 건강한 적응자와 곧바로 죽여야 할 부적응자의 두 범주로 나누는 작업이었다.)의 전반적인 상황, 유대인들의 신체 상태 그리고 제반 통계 수치 등을 적은 보고서를 '슈트렝 게하임(1급 기밀)'이라는 소인을 찍어 군 항공 속달로 친위대 제국 총통 힘러에게 보냈다. 아우슈비츠에 도착하는 유대인들 중 노동이 가능할 정도로 건강하다고 간주된 사람들은 그리 많지 않았는데, 너무 어리거나 너무 늙어서 혹은 병약해서였거나, 힘든 여정 중에 병을 얻거나 과거에 앓았던 병 때문이었다. 언젠가 회스는 아이히만에게 한동안 살려 두기로 한 사람들은 평균 25에서 30퍼센트 사이라고 보고하기도 했다. 그런데 어찌 된 영문인지 그리스에서 온 유대인들은 다른 나라에서 온 유대인들보다 살려 두기로 한 비율이 더 낮았다. 아테네에서 출발한 기차를 타고 온 대다수의 유대인들은 선택의 책임을 맡은 나치 친위대 소속 군의관들에 의해서 건강 상태 불량으로 판정받았고, 살아서 일하도록 선택된 사람들이 서는 오른쪽 줄에 서라고 명령받은 사람들은 열 명 중 한 명이 조금 넘을까 하는 정도에 그쳤다.

회스는 이런 현상에 상당한 의구심을 가졌다. 10월 3일(사방에 자욱하게 퍼져 있는 매캐하고 음울한 연기와 악취 때문에 계절이 가는 것에 무뎌졌음에도 불구하고, 소피는 그날을 처음으로 선선한 바람이 불어 가을이 왔음을 느끼게 된 날이라고 기억했다.) 힘러에게 보낸 보고서에서 회스는 그리스 출신 유대인들이 건강이 아주 악화된 상태로, 심지어 이미 죽었거나 죽어 가는 상태로 수용소에 도착한 것은 네 가지 이유들 중 하나 때문이거나 네 가지 이유가 복합적으로 작용했기 때문일 수도 있다고 분석했다. 첫째 이유는 출발지에 있을 때부터 이미 영양 상태가 안 좋았기 때문이라는 것이고, 둘째 이유는 수감자들이 유고슬라비아의 열악한 철도를 이용해 먼 길을 달려와야 했기 때문이라는 것이고, 셋째는 건조하고 무더운 지중해성 기후에서 비스와강 상류의 습한 기후로 환경이 갑자기 바뀌었기 때문이라는 것이고(회스는 여담으로(이렇게 비형식적인 어투로 글을 썼다는 것이 그답지 않았지만) 온도만 놓고 본다면 적어도 여름에는 아우슈비츠가 "지옥을 두 개 합한 것보다 더 덥기" 때문에 이것도 이해하기 어렵다고 했다.) 그리고 마지막 넷째 이유는 나약한 기질의 남부 사람들에게 일반적으로 드러나는 성격적 특징인 라틀로지히카이트(무력함) 때문인데, 이런 특징을 가진 사람들은 갑자기 뿌리가 뽑혀 미지의 목적지를 향해 험난한 여행을 하게 된 충격을 견디지 못한다는 것이다. 그는 그 유대인들의 초라한 행색을 보면 집시를(물론 집시들은 여행에 익숙해져 있다는 점에서 근본적인 차이가 있지만) 떠올리게 된다고 했다. 다소 엄격하고 단조롭고 마찰음이 두드러진 어투로(소피는 이 어투를 듣고서 그가 독일 북부 발트해 근처 출신이 틀림없다고 생각했다.) 소피에게 자신의 생각을 천천히 신중하게 불러 주던 그는 잠시 말을 멈추고 담배에 불을 붙였고(그는 줄담배를 피워 댔는데, 다소 마른 사람치고는 작고 통통한 오른손 손가락들이 갈색으로 물들어 있었다.) 손으로 이마를 가볍게 누르면서 몇 초 동안 생각에 잠겼다. 그러다가 고개를 들어 소피를 바라보며 자기 말이 너무 빠른지 정중하게 물었다. "나인, 마인 콤만단트.(아닙니다, 사령관님.)"

소피가 열여섯 살 때 크라쿠프에서 배워서 아버지를 위해 자주 사용한 그 유서 깊은 독일어 속기법(가벨스베르거)은 그토록 여러 해 동안이나 사용하지 않았는데도 아주 쉽게 다시 써먹을 수 있게 되었고, 자신의 속도와 기술이 예전 못지않다는 것이 놀라울 지경이었다. 그녀는 지금은 작센하우젠 무덤 속에 누워 있는 아버지에게 이런 구원의 기술을 가르쳐 준 것에 대해 속으로 감사 기도를 드렸다. 회스가 문장을 불러 주다 말고 담배를 피우고 가래 섞인 기침을 한 후 창가로 가 바싹 마른 10월의 초원을 바라보는 동안, 여위고 검게 그은 그의 못생기지 않은 얼굴이 푸른 담배 연기에 휩싸여 있는 동안, 그녀는 긴장을 늦추지 않으면서도 한편으로는 아버지를 (딸을 항상 형식적으로 소원하게 대한 아버지 비에간스키 교수를) 생각했다. 마침 바람이 강하게 불어 비르케나우 굴뚝에서 나오는 연기를 저 멀리로 날려 보내고 있었고, 하늘은 청명했다. 바깥은 서리가 내릴 정도로 쌀쌀했지만, 이 사령관사, 급경사의 지붕 아래 만들어진 다락방은 처마 아래 모인 열과 따뜻한 오후 햇살 덕분에 쾌적할 정도로 따뜻했다. 창유리 사이에 갇힌 커다란 금파리 몇 마리가 고요한 가운데 부드럽게 윙윙 소리를 내며 밖으로 나가려고 애쓰다가 초조해졌는지 더 크게 윙윙 소리를 내며 창유리에 마구 부딪쳐 보더니 곧 조용해졌다. 흐느적거리듯 천천히 날아다니는 말벌도 한두 마리 보였다. 방 안은 마치 방부제 처리를 한 실험실처럼 먼지 하나 없이 깨끗했고 가구도 별로 없이 검소했다. 이곳은 회스의 개인 서재이자 성소이자 은신처였고, 그가 가장 개인적이고 은밀하고 중요한 일을 처리하는 사무실이기도 했다. 원하면 3층 관사의 어디나 마음대로 드나들 수 있었던 그의 사랑스러운 자녀들조차 이곳만큼은 들어올 수 없었다. 이곳은 성직자의 감수성을 가진 관료의 휴식처였다.

방 안에 있는 가구는 소나무로 된 평범한 탁자 하나, 철제 파일 캐비닛 하나, 등받이가 직각으로 된 의자 네 개 그리고 때때로 그를 괴롭히는 편두통이 심해지면 누워서 쉬는 간이 침대 하나가 전부였다. 전화가 있기는 했지만 보통 전화선이 끊긴 상태였다. 탁자 위에는 독일군 마크가 찍힌 문서 용지들이 말끔하게 정리되어 쌓여 있었고, 펜과 연필이 줄 맞춰 놓여 있었으며, 아들러라는 상표가 화려하게 새겨진 덩치 큰 검은색 사무용 타자기도 한 대 놓여 있었다. 지난 한 주 반 동안, 소피는 하루에 몇 시간씩 탁자 앞에 앉아 이 타자기나 폴란드어 자판이 있는 작은 타자기(쓰지 않을 때는 탁자 밑에 넣어 두었다.)로 통신문을 치곤 했다. 때로는 지금처럼 다른 의자에 앉아 회스가 불러 주는 내용을 속기로 받아 적기도 했다. 회스는 폭포수처럼 말을 쏟아 내다가 멈추기를 반복했고, 일단 말을 멈추면 상당히 오랫동안 침묵에 잠겼으며(그럴 때면 그의 추론과 생각이 막혀 벽에 쿵 하고 부딪치는 소리가 들리는 것 같았다.) 이런 휴지기가 시작되면 소피는 별다른 장식이 되어 있지 않은 황량한 벽과, 그곳에 걸린 유일한 장식품인 거대한 키치[159]를, 원탁의 기사처럼 졸링겐산 스테인리스 스틸로 만든 갑옷을 입은 아돌프 히틀러의 당당한 옆모습을 그린 총천연색 그림을 물끄러미 바라보곤 했다. 금욕적인 수사의 방 같은 이곳에는 그리스도의 초상화가 더 어울릴지 모르겠다는 생각도 했다. 회스는 다소 뾰족한 턱을 긁으며 생각에 잠겼고 소피는 기다렸다. 그는 장교복 윗도리를 벗은 상태였고, 셔츠 칼라의 단추는 풀어헤쳐져 있었다. 한껏 고조된 고요는 이 세상의 것이 아닌 듯 비현실적으로까지 느껴졌다. 단지 두 가지 소리(기관차의 연료가 불완전 연소하면서 내는 떨림 소리와 화물 차

---

159) 저속한 작품. 조잡한 표현 방식으로 예술의 엄숙주의를 비웃는 기법으로 만든 작품.

량이 선로를 바꾸면서 덜컹거리는 소리)만이 한데 섞여 희미하게 들려왔는데, 이것들은 아우슈비츠에서 늘 들리는 소리로 마치 파도가 들어왔다 빠지듯 규칙적으로 들려오곤 했다.

"에스 칸 카인 츠바이펠 자인……." 그가 다시 말문을 여는가 싶더니 갑자기 말을 멈췄다.

"'의심의 여지가 없습니다.'라…… 아냐, 너무 강해. 덜 단정적인 말을 써야겠지?" 질문인지 아닌지 모호했다. 전에도 한두 번 그랬듯이 그는 혼잣말인 듯 질문인 듯 모호하게 끝을 올려서 말했고, 이렇게 함으로써 자신의 권위에 해가 가지 않게 하면서 소피의 의견을 구하는 것 같았다. 사실 자신과 소피 둘 다에게 하는 질문이라고 해야 옳았다. 대화를 할 때의 회스는 아주 분명하고 간결했다. 그러나 편지를 쓸 때면 의미 전달도 다 되고 무식함이 느껴지지도 않았지만, 서투르고 불분명하고 복잡한 문장 구조 속으로 빠져드는 경우가 종종 있었다. 군대에서 교육받은 만년 부관의 부자연스러운 산문 형식과 리듬이 느껴졌다. 그럴 때면 회스는 말을 멈추고 장고(長考)에 들어갔다.

"알러 바르샤인리히카이트 나흐." 소피가 좀 주저하면서 말했다. 며칠 전이었다면 이보다 더 주저했겠지만 말이다. "이러면 훨씬 덜 단정적일 것 같은데요."

"'대체로'라." 회스가 그녀의 말을 반복했다. "그래, 아주 좋아. 그렇게 쓰면 그 문제에 대해 제국 총통이 스스로 판단할 여지가 더 많아지겠군. 그렇게 쓰고 그다음엔……."

회스의 말에 소피는 만족감을, 아니 심지어 기쁨을 느꼈다.

그렇게 오랜 시간을 함께 있어도 딱딱하고 사무적인 어조로 마치 기계처럼 냉담하게 편지 내용을 불러 주던 그였기에, 이 말을 듣자 소피는 둘 사이의 장벽이 비록 아주 조금이기는 하지만 무너지기 시작했음을 느꼈다. 그가 장벽이 무너지는 것을 허용한 것은 이제까지 딱 한 번(바로 그 전날 아주 잠시뿐이었다.)이었다. 확신할 수는 없지만 그의 목소리에서, 노예 노동자나 병에 걸려 죽어 가는 개미 떼 속에서 임의로 선택된 아이네 슈무트지게 폴린(더러운 폴란드 년)에게가 아니라 그녀에게, 똑같은 인간에게 말하고 있는 듯한 따뜻함이 느껴진 것도 같았다. 이렇게 선택받을 수 있었던 것은 그녀가 정말 믿기 어려울 만큼 운이 좋았고(혹은 하느님의 은총 때문이라고 그녀는 종종 감사하는 마음으로 생각하곤 했다.) 폴란드어와 독일어를 모두 유창하게 할 줄 아는 몇 안 되는 포로들 중 한 명이었고(비록 유일하게는 아니었지만 말이다.) 게다가 두 언어로 타자도 능숙하게 칠 수 있었으며 가벨스베르거 속기법까지 알았던 덕분이기도 했다. 그녀는 힘러에게 보내는 회스의 편지 중 마지막에서 둘째 문단을 속기로 재빠르게 받아 적었다. "가까운 미래에 그리스 출신의 유대인들을 아테네에서 강제로 더 퇴거시켜야 한다면, 아마도 수송 문제에 대한 재평가가 선행되어야 할 것 같습니다. 비르케나우에서의 특별 작전은 예상했던 것 이상으로 과중한 부담을 안게 되었으므로 동부 점령지에 있는 트레블링카나 소비보르 같은 다른 목적지를 고려해야 할 것으로 생각됩니다."

회스는 여기서 잠시 말을 멈추고, 피우던 담배 끝에 새 담배를 대 불을 붙였다. 그는 멍한 표정으로 반쯤 열린 두 짝 여닫이 창문 너머로 밖을 바라보았다. 갑자기 그가 작게 감탄사를 내뱉었는데, 그 소리가 그녀에게는 뭔가 일이 생겼나 보다고 생각하게 할 만큼 크게 느껴졌다. 그러나 몸을 앞으로 구부리고 집 근처 들판을 내려다보던 그의 얼굴에는 금방 미소가 번졌고 그의 입에서는 "아!" 하는 탄성이 다시 새어 나왔다. "아!" 그가 황홀한 듯 다시 한번 탄성을 지르더니 숨을 들이마신 후 그녀에게 속삭였다. "이리 와 봐! 빨리!" 그녀는 자리에서 일어나 그의 곁으로 걸어가 아주 가까이, 그의 군복이 만져질 만큼 아주 가까이 다가서서 그를 따라 들판을 내려다보았다. "하를레킨이야!" 그가 탄성을 질렀다. "아름답지 않나!"

순백색의 멋진 아라비아 종마 한 마리가 울타리를 친 타원형의 들판을 빠른 속력으로 달리고 있었고 하얀 꼬리가 찰랑거리며 엉덩이를 찰싹찰싹 때리고 있었다. 말은 전속력으로 달리는 자신의 앞뒤 다리들의 완벽한 우아함과 자신의 광포한 힘에 매료된 듯 머리를 당당하게 쳐들고 있었다. 소피는 전에도 그 종마를 본 적이 있었지만, 이렇게 아름답게 달리는 모습은 처음이었다. 그 말은 폴란드산으로 회스의 전리품 중 하나였다. "하를레킨!" 회스가 종마의 모습에 완전히 매료된 듯 다시 탄성을 질렀다. "정말 대단해!" 종마는 홀로 달리고 있었다. 어디에도 인간의 모습은 보이지 않았다. 양 몇 마리가 풀을 뜯고 있을 뿐이었다. 들판 너머 지평선 근처에는 이름을 알 수 없는 관목들이 빽빽이 들어서 있었고 벌써 갈리시아[160]

의 무겁고 칙칙한 가을색으로 변해 가고 있었다. 버려진 농가 몇 채가 숲 가장자리에 드문드문 자리를 잡고 있었다. 황폐하고 칙칙하기는 했지만 그래도 이쪽 풍경이 방의 반대편 창가에서 보이는 풍경보다 나았다. 반대편으로는 '선택'이 이루어지는, 언제나 사람들로 북적대는 철도 플랫폼이 있었고, 그 너머로는 검댕으로 더러워진 암갈색 벽돌로 된 막사가 있었으며, 그 앞에는 "아르바이트 마흐트 프라이.(노동으로 자유를 얻게 되나니.)"라고 쓰인 아치형 금속 표지판이 왕관처럼 걸려 있었다. 약한 바람이 목에 스치는 듯하더니 회스가 손끝으로 그녀의 어깨를 가볍게 건드렸고 그녀는 약하게 몸을 떨었다. 그가 그녀를 건드린 적은 한 번도 없었다. 그녀는 그의 행동에 개인적 감정은 없다는 것을 알면서도 다시 한번 몸을 떨었다. "하를레킨 좀 봐 봐!" 울타리 주위를 바람처럼 달려가는 이 멋진 동물 뒤로 황토 먼지 자욱한 회오리바람이 일었다. "폴란드산 아라비아 종마는 세상에서 가장 훌륭한 말이야. 하를레킨, 멋진 놈이야!" 말은 이미 시야에서 사라지고 없었다.

갑자기 그는 받아쓰기로 되돌아가 소피에게 자리에 앉으라고 손짓했다. "어디까지 했지?" 그가 물었다. 그녀가 마지막 문단을 읽어 주었다. "아, 그러면, 이 정도면 되겠군. '그러나 추가 정보가 입수될 때까지 비르케나우의 특별 분대에 노동 능력이 있는 그리스 출신 유대인들을 더 많이 배치하기로 한 이 결정을 승인해 주시기 바랍니다. 쇠약해 노동 능력이 없는 유

---

160) 스페인의 북서부 지방.

대인들을 특별 작전 지역 주변부에 배치하는 것은 현재 상황으로 보아 불가피한 것으로 보입니다. 끝. 하일 히틀러!' 평소처럼 서명하고 지금 즉시 타자 쳐 놓도록."

재빨리 그의 명령에 복종해 타자기 뒤로 가 앉아 원본 종이 한 장과 사본 종이 다섯 장을 타자기에 끼우면서 그녀는 계속 고개를 숙이고 자기가 맡은 일만 하고 있었지만, 지금 그녀 건너편에서는 그가 즉시 군 지침서를 집어 들고 읽기 시작했다는 것을 알았다. 그녀는 눈가로 지침서를 흘깃 훔쳐보았다. 녹색의 나치 친위대 지침서가 아니라 짙은 청회색의 병참 장교를 위한 지침서였는데, 「불리한 토양 및 기후 조건하에서의 오수 정화조 여과 측정 및 예측 개선안」이라는 긴 제목이 겉장을 뒤덮고 있었다. 회스는 결코 시간을 낭비하는 법이 없었다. 말을 마치고 일이 초도 안 되어 지침서를 집어 들더니 이제 완전히 거기에 빠져 있었다. 그녀는 아직도 그의 손가락이 자신의 어깨를 만지고 있는 것 같은 느낌이 들었다. 눈을 내리깔고 편지를 쳐 내려가던 그녀는 '특별 작전'이니 '특별 분대'니 하는 회스의 완곡한 표현 뒤에 숨은 무서운 정보의 의미를 깨닫고는 당황해 한순간 타자를 멈췄다. 수용소 수감자들 중에서 이런 완곡한 표현 뒤에 숨은 현실을 모르는 사람은 거의 없었고, 더군다나 소피는 너무도 잘 알았기 때문에 회스의 편지를 보면서 다음과 같은 그 숨은 뜻을 금방 간파할 수 있었다. '그리스 출신 유대인들은 어차피 죽을 운명이므로, 지원군 부대에 배치해 화장장에서 시체의 금니를 빼고 시체를 화덕에 처넣는 일을 시키다가, 그들도 회복 불가능할 정도로 기운이 떨어지면 독가스실로 보내도 무방하다고 생각한다.' 회스의 말을 그대로 타자하면서도 소피의 마음속에는 그 뜻이 이렇게 명확하게 풀이되었다. 이곳에 도착했던 육 개월 전 같으면 너무도 끔찍한 일이어서 도저히 믿을 수 없었겠지만, 지금은 그녀가 살고 있는 이 새로운 우주에서 이런 일쯤은 아주 평범한 일로, (그녀가 예전에 살았던 다른 세계에서) 빵을 사기 위해 빵집에 가는 일이 그렇듯이 주목할 가치가 없는 평범한 일로 여겨졌다.

그녀는 실수 하나 없이 편지를 끝냈고 마지막에 총통을 향한 경례 부분에서는 느낌표를 어찌나 세게 눌렀던지 기계에서 딸랑거리는 소리가 희미하게 메아리칠 정도였다. 회스가 읽고 있던 지침서에서 눈을 들더니 편지와 만년필을 가져오라고 손짓했고, 그녀는 재빨리 그대로 행했다. 소피가 기다리고 서 있는 동안 회스는 그녀가 원본 아랫부분에 클립으로 붙여 놓은 종이쪽지에 사적인 추신을 썼고, 늘 그러듯 자신이 쓴 내용을 박자 맞춰 소리 내어 읽었다. "친애하는 하이니, 포센에서 뵐 수 없다니 유감입니다. 이 편지는 포센에서 항공우편으로 발송될 겁니다. 친위대 전역자들에게 연설하신다 들었는데 행운을 빕니다. 루디 드림." 그가 편지를 소피에게 돌려주면서 말했다. "이 편지 빨리 보내. 하지만 그 전에 신부에게 줄 편지부터 치도록."

탁자로 돌아온 소피는 무거운 독일제 타자기를 낑낑거리며 마루에 내려놓고 폴란드어 자판이 있는 작은 타자기를 탁자 위로 올려놓았다. 체코슬로바키아에서 생산된 이 최신 타자기는 독일제보다 훨씬 가벼웠고 더 빠르고 손에도 편하게 느껴졌다. 그녀는 그 전날 오후 회스가 불러 준 대로 받아 쓴 속기 메시지를 보고 바로바로 번역을 하며 타자를 치기 시작했다. 그것은 군과 지역 사회의 관계에 대한 것으로, 사소하지만 성가신 문제를 다루고 있었다. 또 희한하게도 『레미제라블』을 떠올리게 했다. 회스는 근처 마을(근처라고는 하지만 폴란드 주민들이 완전히 제거된 아우슈비츠 주변 너머에 있는 곳이라 그렇게 가깝다고는 할 수 없었다.)의 사제로부터 편지 한 통을 받았다. 사제는 술에 취한 수용소 경비병 몇 명이(정확한 수는 알 수 없지만) 밤중에 성당에 몰래 들어와 제단에서 귀중한 은 촛대를(17세기에 만들어진 수공예품으로 다른 어떤 것으로도 대체할 수 없을 만큼 소중한 것이라고 했다.) 훔쳐 갔다고 항의했다. 소피는 전날 그 사제의 폴란드어 편지를 회스에게 큰 소리로 통역해 읽어 주었다. 편지를 읽어 내려가던 그녀는 참 대담하고 심지어 뻔뻔스럽기까지 한 편지라고 생각했다. 하찮은 교구 사제가 아우슈비츠 사령관에게 이런 편지를 쓰다니, 그는 참으로 대담하거나 뻔뻔하거나 아니면 어리석은 사람일 터였다. 그러나 그 나름대로 문구에 신경 쓴 흔적은 곳곳에 보였다. "존경하는 사령관님의 귀중한 시간을 뺏게 되어"라든가 "술을 지나치게 마시면 이렇게 엉뚱한 행동을 할 수도 있다는 사실을 잘 이해하며, 병사들이 남에게 해를 끼칠 의도로 이런 행동을 한 것이 아니라는 것도 잘 압니다."라는 식으로 비굴하게 느껴질 정도의 표현도 있었다. 그러나 사제는 신도들과 자신에게 가장 소중한 것을 빼앗긴 듯이(실제로 가장 소중한 것이었겠지만)

분노를 억누른 상태에서 편지를 쓴 것이 틀림없었다. 소피는 큰 소리로 편지를 읽으면서 그 비굴한 어조를 강조했고(그 어조가 사제의 절박함을 강조하고 있기도 했다.) 편지 내용을 다 들은 회스는 심기가 불편한 듯 거칠게 숨을 쉬었다.

"촛대라! 내가 촛대 따위까지 신경을 써야 하나?"

그녀가 고개를 들었을 때 그의 입가에는 자조적인 미소가 스쳤고, 그녀는(그토록 오랜 시간 곁에 있어도 그녀에게는 속기와 번역에 관련한 질문밖에 하지 않던, 어찌 보면 기계 인간 같던 그였기에 너무도 새로운 깨달음이었다.) 그의 농담조의 수사학적 질문이 적어도 부분적으로는 그녀를 향한 것이라는 사실을 깨달았다. 그녀는 너무도 당황한 나머지 그만 쥐고 있던 연필을 떨어뜨렸다. 입을 열었지만 아무 말도 나오지 않았고, 그의 미소에 미소로 답할 여력도 없었다.

그가 말했다. "교회라…… 교회를 대할 때는 정중하게 대하려고 노력해야 돼. 특히 시골에 있는 교회를 대할 때는 말이야. 그게 좋은 정책이지."

그녀는 아무 말 없이 몸을 숙여 마룻바닥에서 연필을 집어 들었다.

그때 그가 직접적으로 그녀를 향해 질문했다. "물론 너는 가톨릭 신자겠지, 그렇지 않나?"

빈정거림은 전혀 느껴지지 않았지만, 그녀는 한동안 아무런 대답도 할 수 없었다. 마침내 그렇다고 대답한 그녀는 "사령관님은요?"라고 덧붙여 묻는 자신을 발견하고 경악했다. 갑자기 온몸의 피가 얼굴로 몰리는 것 같았고, 정말 바보 같은 질문을 했구나 하는 생각이 들었다.

그러나 놀랍고 다행스럽게도, 그는 표정 없는 얼굴에 굉장히 냉정하고 사무적인 어투로 대답했다. "예전엔 가톨릭 신자였지만 지금은 **고트글로이비거**(유신론자)야. 어딘가에 신이 있다고 믿기는 하지. 예전엔 그리스도를 믿었고." 그가 잠시 말을 멈췄다가 이었다. "하지만 지금은 기독교와는 완전히 결별했어."

그것이 전부였다. 그는 입던 옷을 처분해 버린 일에 대해 말하듯이 무심한 어조로 말했다. 그는 사적인 말은 더 이상 하지 않았고 다시 사무적인 태도로 돌아가 친위대 수비대 부대장인 슈투름반퓌러(소령) 프리츠 하르트엔슈타인에게 사병 막사에서 촛대를 찾아보고 범인을 색출하기 위해 모든 노력을 기울이라고, 색출된 범인은 수용소 헌병대에 넘겨 구류를 살게 하라고 명령하는 비망록을 쓰도록 지시했다. 이렇게 쓰인 비망록은 사본도 다섯 부 만들어 한 부는 **쿨투어압타일룽**(문화부) 장관이자 수비대 병사들의 훈련과 정치 교육을 감독하는 친위대 오버샤르퓌러(중령) 쿠르트 크니텔에게, 한 부는 강제 수용소 내의 범죄행위조사 특별위원회장인 친위대 슈투름반퓌러 콘라트 모르겐에게 보내라고도 했다. 그러고는 고민에 빠진 교구 사제에게 보낼 답장 내용을 독일어로 불러 주더니 폴란드어로 고치라고 했고, 그래서 그다음 날인 지금 그녀는 타자기 앞에 앉아 바로바로 번역해 타자를 치면서, 회스의 딱딱하고 모호한 독일식 문장을 분명하고 세련된 폴란드어로 바꿀 수 있게 된 것에 만족감을 느끼고 있었다. "친애하는 차

이빈스키 신부님, 신부님의 교회에서 일어난 약탈 행위 소식을 듣고 우리는 놀라움과 괴로움을 느끼고 있습니다. 성물(聖物)이 모독당하는 것보다 더 비통한 일은 없으며, 우리는 신부님의 소중한 촛대를 돌려드리기 위해 모든 노력을 기울일 것입니다. 우리 수비대에서 복무하는 사병들은 모든 친위대원에게 요구되고 점령지에서 복무하는 모든 독일군에게 요구되는 최고의 규율과 원칙을 준수하도록 교육받았지만, 그럼에도 불구하고 사소한 실수는 불가피하게 일어나는 실정이며, 신부님께서 이런 상황을 이해해 주시리라 생각합니다……." 소피의 타자기에서 나오는 덜컹덜컹하는 소리가 다락방의 고요를 깨뜨리고, 회스는 도표를 보며 생각에 잠겨 있었으며, 파리들은 단조롭게 윙윙거리며 날고, 저 멀리에서는 유개화차가 움직이며 내는 덜커덩거리는 소리가 여름 천둥소리처럼 희미하게 들려오고 있었다.

늘 그러듯 "하일 히틀러!"라는 말을 덧붙이면서 타자를 끝마치려는데, 회스가 말을 해서 깜짝 놀라 고개를 들어 보니 그가 그녀를 바라보고 있었다. 타자기가 덜컹거리는 소리 때문에 분명하게 들리지는 않았지만 "굉장히 예쁜 머릿수건이군."이라고 한 것 같았다. 그녀의 손이 자동적으로 올라갔고, 떨리는 손가락들이 정수리 부근을 만졌다. 초록색 체크무늬의 값싼 모슬린 천으로 수용소에서 만든 그 머릿수건은 정확하게 육 개월 전 머리카락이 박박 밀린 후로 보기 흉하게 숭숭 올라오고 있는 곱슬머리를 가리고 있었다. 머릿수건을 쓰는 것도 일종의 특혜였다. 회스의 관사에서 일하는 행운을 잡은 포로들만이 이 흉한 대머리를, 전기 울타리 뒤에 숨은 이 비밀 세계에 사는 포로들이 모두(남녀를 가릴 것 없이) 하고 있는 공통된 헤어스타일인 대머리를 가릴 수 있도록 허락받았다. 이 머릿수건 덕에 느끼는 일말의 존엄성에 대해 그녀는 미약하지만 진심으로 감사하는 마음이었다.

"당케, 마인 콤만단트!(고맙습니다, 사령관님!)" 그녀는 자기 목소리가 떨리는 것을 느꼈다. 시간제 비서로서가 아닌 그 이상의 수준에서 회스와 대화를 나눈다는 생각만으로도 긴장되어 덜덜 떨렸다. 게다가 회스와의 대화는 그녀가 몹시도 바랐던 것이기 때문에 긴장이 더 커졌다. 두려움으로 가슴이 옥죄어 오는 것 같았다. 사령관에 대한 두려움이 아니라 소피 자신이 용기를 잃게 되면 어쩌나 하는 두려움, 그의 마음을 움직여 자신의 작은 바람을 이루기를 그렇게도 바라 온 그녀가 갑자기 말재주와 임기응변 능력과 적절한 태도를 취할 수 있는 판단력과 설득력을 잃어 하늘이 주신 기회를 날려 버리면 어쩌나 하는 두려움이었다. "당케 쇤!(감사합니다!)" 용서할 수 없을 만큼 서투르고 크게 말이 나와 버렸다. 바보, 조용히 해. 얼간이라고 생각하겠다! 그녀는 속으로 생각했다. 그녀는 좀 더 부드러운 어투로 다시 한번 감사를 표시했고, 일부러 눈꺼풀을 파드닥거리다가 얌전하게 눈을 아래로 내리깔았다. "로테가 줬습니다. 사모님께서 두 개를 주셔서 로테가 그중 하나를 제게 줬습니다. 덕분에 잘 쓰고 있습니다." 진정해라, 소피. 그녀는 생각했다. 말 너무 많이 하지 마, 너무 많이 떠들어 대지 마, 아직은.

회스는 자신이 인정했듯이 폴란드어는 한마디도 모르면서도 신부에게 쓴 편지를 훑어보고 있었다. 소피는 그를 지켜보았다. 그는 조용히 편지를 훑어보다가 당혹스러운 어투로 "……디제 운에어트레클리헤 슈프라헤.(이 참을 수 없는 언어.)"라고 중얼거렸고, 이 '참을 수 없는 언어'의 도저히 발음할 수 없어 보이는 단어들을 발음해 보려고 입술을 비틀어 보다가 곧 포기하고 자리에서 일어섰다. "좋아. 이걸로 화가 난 신부 마음이 좀 풀리면 좋겠군." 그는 편지를 들고 다락방 문 쪽으로 가더니 문을 활짝 열어젖히고 나갔고, 잠시 소피의 시야에서 사라져서는 층계 난간에 서서, 그의 부관 운터슈투름퓌러(상병) 셰플러가 이런 긴급한 명령을 받기 위해 대기하고 있는 아래층에 대고 소리쳤다. 벽 때문에 소리가 좀 작게 들리기는 했지만, 회스가 셰플러에게 사람을 시켜 즉시 그 편지를 신부에게 전해 주고 오라고 명령하는 소리가 들렸다. 아래층에서 셰플러의 목소리가 희미하게 들렸는데, 어투로 봐서는 그렇게 하겠다는 것 같았지만, 무슨 말을 했는지는 정확하게 들리지 않았다. "즉시 올라가겠습니다, 사령관님!" 이렇게 말한 것 같았다. "아냐, 내가 내려가서 주지!" 회스가 짜증스럽다는 어투로 말했다.

부관이 뭔가 잘못 이해했다고 생각했는지 회스는 투덜거리면서 두꺼운 가죽 승마화를 쿵쿵 구르며 아래층으로 내려가 울름 출신의 무표정하고 쉰 목소리를 내는 중위와 이야기를 나누었다. 아래층에서 단조롭고 희미한 말소리가 올라왔다. 그때 그들의 말소리를 뚫고(잠깐이었고 그 자체로는 별로 중요할 것도 없지만) 그때 그곳과 관련해 그녀가 가진 수많은 단편적 기억들 중에서 가장 잊히지 않는 감동으로 남을 어떤 소리가 들렸다. 음악 소리였다. 가구가 여기저기 어지럽게 놓인, 분홍색 벽지를 바른 1층 거실에 당당하게 자리 잡은 전축에서 나오고 있었다. 전축은 낮에는 거의 항상, 다시 말해 그녀가 회스의 관사 지붕 아래에서 보내는 시간의 절반 정도는 항상 켜져 있었다. 그녀가 잠을 자는 짚으로 만든 허름한 침상이 있는 비좁고 습한 지하실에 있을 때건, 이곳 다락방에 있을 때건, 스피커 소리가 들리는 반경 안에 있을 때면 언제나 전축에서 흘러 나오는 음악 소리를 듣게 되었고, 지금처럼 다락방 문이 열려 있기라도 하면 늘 그 소리가 스르르 기어 올라와 무심한 그녀의 귓가에 와 닿았다.

소피는 전축에서 나오는 음악을 거의 듣지 않았고, 들리더라도 기억 속에서 지워 버렸다. 나오는 음악이라고 해야 시끄럽거나 감상적인 독일 노래나 티롤 지방의 우스꽝스러운 노래, 요들, 철금과 아코디언의 합주곡들뿐이었기 때문이고, 이런 곡들은 베를린의 카페나 연주회장에서 들을 법한 지나치게 감상적인 트라우어(애도의 노래)의 반복되는 선율이 녹아 있기 때문이기도 했다. 히틀러가 좋아하는 차라 레안더라는 가수가 부른 「누어 니히트 아우스 리베 바이넨(사랑으로 우는 것이 아니라 할 때만)」 같은 노래들이 대표적이었는데, 항상 보석으로 화려하게 치장하는 이 저택의 여주인이자 회스의 부인인 헤트비히는 강박관념에 사로잡힌 듯 계속 이런 노래만 틀어 댔다. 거처로 쓰던 지하실과 다락방 사이를 오갈 때마다 거실을 거쳐 가야 했던 소피는 전축을 흘끔흘끔 훔쳐보면서 너무도 갖고 싶어 했는데, 나중에는 가슴에 상처로까지 느껴질 정도였다. 거실은 그녀가 언젠가 본 적이 있는 『골동품점 탐방』 폴란드어판에 나온 사진 속의 방과 흡사했다. 시대와 양식을 가리지 않고 프랑스, 이탈리아, 러시아, 폴란드의 골동품들이 한데 섞여 있는 것이 마치 어느 미친 인테리어 예술가가 방이 열두 개는 있어야 들어갈 것 같은 소파, 의자, 탁자, 책상, 2인용 소파, 긴 의자, 천을 넣은 발판 등의 화려한 골동품 가구들을 넓고 천장이 높은 방 하나에 몰아넣은 것 같았다. 이 끔찍한 혼돈 속에서도 전축만큼은 눈에 띄었는데, 좋은 벚나무로 만든 가짜 골동품 같은 느낌을 주기도 했다. 그때까지 전기 전축은 한 번도 본 적이 없던 소피는(그녀가 본 것은 전부 손으로 돌리는 작은 전축들뿐이었다.) 이렇게 경이로운 기계가 쓰레기 같은 곡들만 틀어야 한다는 것이 절망스럽게 느껴졌다. 지나다니다가 유심히 보니 스트롬버그 칼슨이라는 상표가 붙어 있었고, 소피는 그것이 스웨덴 제품이라고 생각했는데, 나중에 브로넥(사령관 관사의 잡역부로 일하면서 소문과 정보를 주로 제공하던 단순해 보이지만 영리하기 그지없는 폴란드인 포로)에게 들은 바로는 미국산이었고, 서부에 있는 어느 부잣집 혹은 외국 대사관에서 약탈한 것인데, 유럽 전역에서 약탈한 엄청난 양의 다른 전리품들과 함께 이리로 옮겨진 것이었다. 전축 양옆에는 유리 진열장 속에 두꺼운 레코드판들이 세워져 있고, 전축 위에는 금도금을 한 색소폰을 볼이 터질 듯 불고 있는 분홍색 셀룰로이드로 된 통통한 바바리안 큐피 인형이 세워져 있었다. 서둘러 가 버리는 에우테르페, 음악의 여신…….

디 힘멜 에르젤렌 디 에레 고테스

(하늘은 하느님의 영광을 말하고)

운트 자이너 헨데 베르크

(당신께서 손수 지으신 것을)

자이크트 안 다스 피르마멘트!

(웅장히 나타내도다!)

　회스와 부관 사이의 대화를 뚫고 들려오는 엘리시움 합창
단의 노랫소리에 너무도 놀라고 흥분한 소피는 몸을 약간 떨
면서 마치 경의를 표하기라도 하듯 타자기 앞에서 벌떡 일어
섰다. 도대체 어떻게 된 거야? 어떤 얼간이 아니면 미치광이가
저 판을 튼 거지? 아니면 헤트비히 회스가 갑자기 미쳐 버린
것일까? 소피는 도대체 영문을 알 수 없었지만 그런 것은 중
요하지 않았다. (나중에야 회스의 열한 살 먹은 둘째 딸 에미가, 주
근깨 있는 동그란 얼굴에 항상 뾰로통한 표정인 그 애가, 식사를 한
후 지루해지니까 레코드판을 들춰 보며 놀다가 신기하고 이국적인
판을 틀어 본 것이 틀림없다는 생각이 들었다.) 어쨌든 그런 건 중
요하지 않았다. 그 황홀한 호산나[161]가 성스러운 손처럼 그녀
를 어루만지며 지나갔고, 전율이 몇 번이나 온몸을 훑고 지나
갔으며, 그녀를 몽유병 환자처럼 비틀거리며 걷게 만들었던 인

---

161) 신을 찬미하는 노래.

생의 안개와 어둠이 작열하는 태양 아래 완전히 녹아 사라진 것 같은 느낌이 들었다. 그녀는 창가로 걸어갔다. 창유리에 자신의 모습을, 체크무늬 스카프를 두른 창백한 얼굴과, 그 아래 푸른색과 흰색 줄무늬가 있는 조잡한 포로용 작업복을 입은 몸을 비춰 보았다. 그러고는 흐르는 눈물을 주체 못 해 눈을 깜박이며 자신의 투명한 모습을 통과해 보이는 저 바깥의 모습, 풀을 먹는 신비로운 순백색의 종마, 목초지, 그 위에서 한가로이 풀을 뜯는 양들을 보았다. 황량했던 가을 숲이 음악의 힘으로 생기를 되찾아 믿기지 않을 정도로 아름다워 보였다. "하늘에 계시는 우리 아버지……." 그녀는 독일어로 주기도문을 외기 시작했다. 천사 같은 삼중창이 혼돈스러운 세상에 대한 신비한 찬미가를 부르는 동안 그녀는 눈을 꼭 감았다.

뎀 콤멘덴 타게 자크트 에스 데어 탁
(낮은 그다음 날에게 그것을 말한다.)
디 나흐트, 디 페어슈반트
(밤은 이미 다음 날의 밤으로)
데어 폴겐덴 나흐트…….
(사라진 밤이다…….)

"그때 음악이 멈췄어요." 소피가 내게 말했다. "아니, 그때가 아니라 그 부분이 끝난 후에 바로요. 그 마지막 소절이 나오는 중간에 말이에요. 이 노래 알아요? 영어로는 '세상천지에 말씀이 울려 퍼진다……'쯤 되는 것 같은데. 어쨌든 그 소절이 나오는 중간에 갑자기 노래가 멈춰 버리니까 너무도 허무해지더군요. 시작했던 주기도문도 끝내지 못했어요. 잘은 모르겠지만 내가 믿음을 버리기 시작한 것이 바로 그 순간이었던 것 같아요. 하지만 더 이상은 모르겠어요. 하느님이 언제 날 버렸는지. 어쩌면 내가 하느님을 버린 거겠죠. 어쨌든 갑자기 그렇게 공허할 수가 없었어요. 꿈속에서 소중한 어떤 것을, 아니 너무도 소중한 어떤 사람을 찾았는데, 꿈에서 깨고 보니 그 소중한 사람이 사라지고 없는 것 같은 기분이었어요. 영원히 사라지고 없는 거예요! 살면서 그런 적이 참 많았어요. 자고 일어나 보니 소중한 사람이 사라지고 없는 일 말이에요! 어쨌든 그 노랫소리가 멎으니까, 갑자기 그런 음악을 다시는 듣지 못하게 될 것 같은 예감이 들더군요. 문은 열려 있었고, 아래층에서 회스와 셰플러가 이야기하는 소리도 계속 들렸어요. 그리고 저 아래 1층에서 에미가(에미가 그랬을 게 틀림없어요.) 전축에 무슨 판을 걸었는지 알아요? 「맥주통 폴카」였어요. 그때 얼마나 화가 났는지 몰라요. 마가린처럼 허여멀건 피부에 보름달 같은 얼굴을 한 그 뚱보 계집애가 글쎄…… 죽이고 싶을 정도였어요. 「맥주통 폴카」를 사방이 떠나가라 틀어 놓다니. 정원이나 막사, 아니 온 마을에 울려 퍼졌을 거예요. 바르샤바까지 들렸을지도 몰라요. 가사가 영어였는데, 어찌나 한심한 노래였는지…….

　하지만 진정해야 했어요. 노래 따위는 잊어버리고 다른 것을 생각해야 했죠. 회스에게 원하는 것을 얻어 내려면 모든 지성과 유머 감각을 동원해야 했으니까요. 회스가 폴란드인을 혐오한다는 것을 알았지만, 그런 건 문제가 안 됐어요. 이미 가면을 벗기 시작했으니까 마음먹은 대로 일을 진행해야 했어요. 시간이 얼마 없었어요. 브로넥이, 아까 말한 잡역부 있잖아요, 지하실에 머물던 여자 포로들한테 일러 줬는데, 곧 회스가 베를린으로 전근 간다는 소문을 들었대요. 생각만 해도 끔찍할 때가 많았지만 회스를 유혹하려면 빨리 움직여야 했어요. 어떻게든 내 몸이 아니라 마음으로 그를 유혹할 수 있으면 좋겠다는 생각을 많이 했어요. 나는 다른 포로들과는 다르다는 사실을 입증할 수 있다면 굳이 내 몸을 이용하지 않아도 될 텐데 하는 생각도 들었죠. 그래요, 스팅고, 그에게 조피아 마리아 비에간스키 자비스토프스카는 아이네 슈무트지게 폴린(더러운 폴란드 년), 티어리슈한(동물 같은) 노예, 드렉폴락(더러운 폴란드 년)일지는 모르지만, 그 자신만큼 투철한 국가사회주의자라는 생각을 갖게 해서, 부당하게 갇혀 있던 끔찍한 수용소에서 풀려날 수 있게 되기를 바랐어요. 부알라!(바로 그거였어요!)

마침내 회스가 다락방으로 올라오더군요. 계단을 울리는 승마화 소리와 「맥주통 폴카」가 들렸어요. 난 창가에 서서 결심했어요. 어떻게든 그에게 매력적으로 보여야겠다고요. 섹시하게 말이에요. 민망한 말이지만 무슨 뜻인지 알죠, 스팅고? 그와 섹스하기를 원하는 것처럼 보여야겠다고 생각했어요. 그와의 섹스를 갈망하는 것처럼요. 아, 그런데 내 눈이 문제였어요, 눈이요! 울어서 퉁퉁 부어 있고, 여전히 울고 있었거든요. 눈 때문에 계획을 망칠까 봐 두려웠어요. 나는 얼른 울음을 멈추고 손등으로 눈을 닦았어요. 이때 마침 아래층에서는 하이든의 음악이 들려왔어요. 창밖으로 보이는 숲이 아름답게 보이더군요. 그런데 갑자기 바람의 방향이 바뀌더니 비르케나우의 굴뚝에서 나오는 연기가 들판과 숲을 뒤덮기 시작하는 거예요. 그때 회스가 들어왔어요."

소피는 운이 좋았다. 놀랍게도 아우슈비츠에 도착한 지 육 개월이 지난 그때에도 그녀의 건강 상태는 상당히 좋았을 뿐만 아니라 굶주림으로 인한 최악의 고통은 맛보지 않았다. 그렇다고 음식을 풍족하게 먹을 수 있었다는 뜻은 아니다. 그때를 회상할 때마다(사실 그녀는 그때 일을 상세하게 이야기해 주지 않아서 당시 기록에서 찾을 수 있는 끔찍한 일상에 대해 그녀의 입을 통해 들은 것은 거의 없었지만, 그래도 그녀가 그곳에서 지옥을 보고 느끼고 호흡했다는 것만은 분명했다.) 그녀는 매일 굶주림에 허덕인 평범한 다른 포로들과 비교해 볼 때 비록 적은 양이기는 했지만 그런대로 잘 먹었다고 암시하곤 했다. 예를 들어 회스의 집 지하실에 머물던 약 열흘 동안 그녀는 회스 가족이 먹고 남긴 채소 부스러기와 고기 뼈다귀 같은 것들을 먹었지만, 그래도 늘 감사하는 마음이었다. 겨우 살아남을 정도로 먹고 살았지만, 그나마 운이 좋았기 때문에 가능했던 일이다. 어느 노예 사회에나 곧 영향력을 발휘하고 특혜를 누리는 계층이 생기고 서열이 생기기 마련인데, 소피는 정말 운이 좋아서 그 소수의 특권층에 속하게 되었던 것이다.

아우슈비츠에 수감된 수천 명의 포로들 중에 고작 이삼백

명에 불과했던 이 특권층은 간계를 부려서건, 순전히 운 때문이건, 나치 친위대가 필수적이거나 대단히 중요하다고 간주하는 역할을 해낼 수 있었던 사람들이다.(아우슈비츠 수감자에게 '필수적'이라는 말은 어찌 보면 불합리한 말일지도 모르겠다.) 그 수가 너무도 많고 언제라도 대체 가능해서 죽을 때까지 단 한 가지 역할, 즉 일만 하다가 죽는 역할을 수행해야 했던 다른 포로들과 비교해 볼 때, 그런 역할은 특권층에게 일시적이거나 상당히 오랫동안의 생존을 보장해 주었다. 소피가 속했던 엘리트 집단은(그 속에는 철도 역에서 가스실로 직행하도록 판정받은 유대인에게 강탈한 좋은 옷감으로 멋진 옷을 만들어 내야 했던 프랑스나 벨기에 출신의 솜씨 좋은 재단사들, 고급 가죽을 다룰 줄 아는 무두장이와 구두장이, 원예에 소질이 있는 정원사, 특정한 전문 기술이 있는 기술자 그리고 소피처럼 외국어 재능과 비서로서의 기술을 가진 소수의 사람들이 포함되어 있었다.) 그들의 재능이 수용소에서 유용하게 쓰일 수 있다는 실용적인 이유로 한동안 가스실행을 유예받았다. 그리하여 잔인한 운명의 여신이 장난을 치기 전까지는(그런 일은 언제고 일어날 수 있었다.) 이 엘리트 집단 사람들은 대부분의 다른 포로들처럼 즉각적으로 죽음을 향해 내던져지는 일은 겪지 않아도 되었다.

여기서 아우슈비츠 강제 수용소의 일반적 성격과 기능, 특히 1943년 4월 초 소피가 도착한 이후 육 개월간의 기능에 대해 상세하게 알아보는 것이 소피와 루돌프 회스 사이에서 일어난 일을 이해하는 데 도움이 될지도 모르겠다. 특정 기간을 강조하는 것은 그 기간에 중요한 의미가 있기 때문이다. 4월

첫 주, 의심할 바 없이 총통에게서 나와 힘러를 거쳐 회스에게 전달된 명령의 영향으로 그 수용소의 기능이 완전히 바뀌었다는 사실을 감안하면 많은 것을 이해할 수 있게 된다. 그 명령은 나치의 두뇌 집단이 '최종 해법'을 마련한 후 내려진 명령들 중 가장 포괄적이고 큰 의미가 있는 것 중 하나로서, 최근에 건설된 비르케나우의 가스실과 화장장은 오로지 유대인 학살을 위해서만 사용하라는 것이었다. 이 명령은 유대인들과 마찬가지로 건강 상태와 연령을 근거로 '선택된' 비유대인들(폴란드인, 러시아인들을 비롯한 슬라브 민족이 주를 이루었다.)의 가스실행을 허용했던 기존의 절차상 규칙들을 바꿨다. 이 새로운 명령은 기술적 문제와 수송상의 문제를 고려한 것이었고, 독일인들이 갑자기 슬라브계와 다른 '아리아계' 비유대인 추방자들을 보존해야 한다는 생각을 갖게 되어서가 아니라, 유럽에 있는 유대인이 모두 사라질 때까지 유대인 학살에만 전념해야 한다는 강박관념(히틀러를 비롯해, 힘러, 아이히만 같은 친위대 고위 간부들의 마음속에 열병처럼 퍼진)에서 비롯된 것이었다. 이 명령은 사실상 전투 준비나 다름없었다. 비르케나우 시설은 거대하기는 했지만 공간적으로나 화력 공급량에서 한계가 있을 수밖에 없었고, 따라서 마센모르트(대량 학살) 목록에서 타의 추종을 불허하며 절대적인 우선순위에 올라 있는 유대인들에게 갑자기 독점권이 부여된 것이었다. 잠시 같은 약간의 예외를 제외하면 이제 비르케나우는 유대인들만의 수용소가 되었다. 회스는 회고록에 그 엄청난 숫자를 생각만 해도 "밤이면 이가 아파 왔다."라고 썼는데, 그만큼 이를 많이 갈았다는 뜻이고, 상상력이 거의 전무하다시피한 그가 조잡하나마 묘사적인 표현을 써서 인상적인 부분이기도 했다.

이 시기의 아우슈비츠는 대량 학살을 위한 공간인 동시에 강제 노동을 위한 거대한 수용소라는 이중 기능을 맡았다. 이곳에서의 강제 노동은 과거와 달리 인간을 끊임없이 소모하고 새로 보충하는 새로운 개념의 노동이었다. 이 부분에 대해서는 흔히들 간과하는 것 같다. "강제 수용소에 관한 문건들은 대부분 대량 학살장으로서의 수용소의 역할만을 강조하는 것 같다." 리처드 루빈스타인은 『역사의 간계』라는 매력적인 저서에서 이렇게 말했다. "유감스럽게도, 수용소가 현실적으로는 새로운 형태의 인간 사회였다는 매우 중요한 정치적 사실에 주목하는 윤리학자나 종교 사상가는 거의 없었다." 미국인 종교학 교수가 쓴 이 책은 짧지만 저자의 지혜와 앞을 내다보는 혜안이 돋보이는 책으로('대량 학살과 미국의 미래'라는 부제는 예언과 역사적 종합이라는 그 야심 차고 섬뜩하기까지 한 시도를 잘 드러낸다.) 그 영향력과 복잡성 혹은 이 책이 미치는 도덕적, 종교적 파장을 여기서 전부 언급하기는 어렵다. 하지만 끔찍할 정도로 정확한 과거 해부와 우리의 불명확한 미래에 대한 긴급 진단이 공존하는 책으로 나치 시대를 이해하기 위한 필수적 지침서들 중 하나라고 단언할 수 있다. 아렌트의 논문 내용을 확장해 루빈스타인이 언급하는, 나치가 발전시킨 새로운 형태의 인간 사회는 "완전한 지배의 사회"로, 서구 열강에 존재했던 사유 노예제에서 진화해 혁신적 개념(인간 생명의 단순하고 절대적인 소모 가능성에 바탕을 둔 개념) 덕분에 아우슈비츠에 와서 신성시되기까지 한 것으로, 이와 비교해 보면 가장 야만적인 형태의 대규모 농장 노동조차 별것 아닌 것으로 여기게 된다.

그것은 이전에 존재했던, 박해에 대해 주저하는 태도를 일거에 타파하는 이론이었다. 서구 세계의 전통적인 노예 소유자들은 과도한 노예 인구 문제로 압박받을 때에도 기독교적인 양심의 제약을 받았기 때문에 그 과도한 노동력 문제를 해결하기 위해 '최종 해법'과 유사한 조치를 취할 수 없었다. 생산성이 사라진 노예라고 해도 함부로 총살할 수 없었고, 흑인 노예가 늙고 병들면 평화롭게 죽을 수 있도록 내버려 두는 정도에 그쳤다.(물론 모두 그랬다는 것은 아니다. 1700년대 중반 서인도 제도에서는 유럽 출신 주인들이 노예들을 죽을 때까지 혹사하는데 아무런 양심의 가책도 느끼지 않았다. 그러나 일반적으로 볼 때는 내가 말한 그대로였다.) 국가사회주의가 발전하면서 나치에게 남아 있던 인간에 대한 경외감과 신앙심은 완전히 사라졌다. 루빈스타인이 지적하는 것처럼, 나치는 인간 생명에 관해 남아 있던 인도적 감정을 완전히 제거해 버린 최초의 노예 소유자들이었고, "인간을 자신들의 명령에 전적으로 복종하는 기계로, 심지어 무덤을 파고 들어가 누워 총알을 맞으라는 명령을 받는다고 해도 그대로 복종하는 기계로 바꾸어 버린" 사람들이었다.

아우슈비츠에 도착한 사람들은, 고도의 비용 및 효과 계산 방식을 이용한 선별 과정을 통해, 최대 삼 개월이라는 정해진 기간 동안만 생존하도록 운명이 정해졌다. 소피는 아우슈비츠에 도착하고 나서 하루 혹은 이틀 후에 이 사실을 알게 되었다. 새로 도착한 수백 명의 사람들과 함께 모여 있는데(애 어른할 것 없이 대다수가 폴란드 여자들이었는데, 허름한 죄수복에 빡빡민 머리를 하고 있어 깃털이 듬성듬성 뽑힌 꾀죄죄한 닭이나 오리들이 헛간 마당에 모여 있는 것 같았다.) 희망은 모두 버리라면서이 '비탄의 도시'의 규칙을 설명하는 친위대 하급 장교 프리츠의 말이 충격으로 멍해진 소피의 귀를 뚫고 들어왔다. "그의말을 생생하게 기억해요. '너희는 요양원이 아니라 강제 수용소에 온 것이다. 여기서 나갈 수 있는 방법은 하나밖에 없다. 굴뚝으로 연기가 되어 나가는 거다.' 그러고는 '이 사실이 마음에 안 드는 사람은 철사로 목을 매고 죽어도 좋다. 여기 유대인이 있으면, 너희는 이 주 동안만 살게 될 것이다.'라고 했죠. 그러고는 이렇게 말했어요. '여기 수녀가 있나? 수녀는 신부들과 마찬가지로 일 개월 동안 살게 된다. 나머지는 모두 삼개월이다.'"

결국 나치는 숙련된 기술로 죽음보다 훨씬 더 끔찍하고 잔인한, 삶 속의 죽음을 만들어 냈다. 도착 초반에 사형 선고를받은 사람들 중에는 앞으로 자신들이 고문과 질병과 굶주림으로 고통받는 삶을 살다가 아무런 저항도 못 한 채 죽음을맞을 것이라는 사실을 알았던 사람이 거의 없었기 때문이다. 루빈스타인은 이렇게 결론 내린다. "강제 수용소는 대량 학살장으로서의 역할만을 했을 때 인간의 미래에 끼쳤을 위협보다훨씬 더 크고 영속적인 위협이 되었다. 대량 학살을 위한 수용소는 시체만을 만들어 내겠지만, 완전한 지배의 사회는 살아 있지만 죽은 자들의 세상을 만들어 낸다⋯⋯."

소피는 이렇게 말했다. "처음 그곳에 도착했을 때 그 사실을 알았다면, 다들 가스실로 가게 해 달라고 기도했을 거예요."

아우슈비츠 수감자들은 도착하자마자 누구나 옷이 벗겨지고 몸수색을 당했기 때문에 소지품을 그대로 가지고 있는 경우가 거의 없었다. 그러나 그 과정이 대단히 혼란스럽기 때문에 운 좋게 작은 소지품이나 옷가지 하나라도 건지는 경우가 종종 있었다. 예를 들어 소피의 경우에는 그녀의 기지와 친위대 경비병의 부주의가 합해져, 그녀가 크라쿠프에 있을 때부터 가지고 있던 낡았지만 아직 쓸 만한 가죽 부츠 한 켤레를 건질 수 있었다. 부츠 한 짝의 안감에는 가로로 길게 찢어 만든 작은 주머니가 달려 있었고, 그녀가 사령관을 기다리며 다락방 창가에 서 있던 그날 그 주머니에는 손때가 묻고 엉망으로 구겨졌으며 잉크가 바랬지만 읽을 수는 있는 작은 팸플릿이 고이 접혀 들어 있었다. 대략 4000여 단어에 12쪽 정도 되는 이 팸플릿의 겉장에는 「디 폴니셰 유덴프라게: 하트 데어 나치오날조치알리스무스 디 안트보르트?」라는 제목이 쓰여 있었다. 「폴란드의 유대인 문제: 국가사회주의에 그 해답이 있는가?」라는 뜻이었다. 여기서 소피의 가장 극악무도한 진실 회피와 이상한 거짓말이 다 드러났다. 그때까지 그녀는 자신이 대단히 자유롭고 관대한 분위기에서 자랐다고 나를 속여 왔고(속은 건 네이선도 마찬가지였을 것이다.) 마지막 순간까지 진실을 숨기고 있었다. 그러나 사령관과의 거래를 정당화하기 위해 더 이상 숨길 수 없게 된 것이다. 그 팸플릿은 크라쿠프 야기에우워 대학교 법학부 석좌 교수이자 카렐 대학교, 부쿠레슈티 대학교, 하이델베르크 대학교, 라이프치히 대학교에서 명예 법학 박사 학위를 받은 그녀의 아버지 즈비그니에프 비에간스키 교수가 쓴 것이었다.

그녀는 입술을 깨물고 불안한 듯 창백하고 찡그린 뺨을 손가락으로 자꾸만 만지면서, 이 이야기를 모두 털어놓기가 쉽지 않았다고 고백했다. 그토록 올곧고 점잖으며 완벽한 아버지의 모습을 그려 낸 후에, 다가오는 공포 시대에 대해 고민하는 선량한 사회주의자이자 러시아의 잔인한 학살로부터 유대인들을 구하기 위해 목숨을 건 용감한 자유주의자로서의 아버지의 모습을 그려 낸 후에, 그것이 모두 거짓말이었다고 폭로하기란 대단히 어려웠을 것이다. 이 이야기를 하는 그녀의 목소리에는 고뇌의 빛이 역력했다. 그녀의 거짓말! 아버지에 대한 이야기는 모두 지어 낸 것이었다고 고백하지 않을 수 없게 되자, 다른 일에 대해서도 자신의 신뢰가 상당히 떨어지게 되리라는 것을 그녀도 알았다. 그러나 그 비참한 거짓말은 나를 포함해 그녀가 좋아하는 사람들과 그녀의 마음속에 존재하는 엄청난 죄책감 사이에 미약하나마 장벽을 쌓아 올리려고, 절망적이고 곧 부서져 내릴지도 모르지만 방어선을 쌓으려고 하다가 나온 것이었다. "이제 진실을 알게 됐으니, 그리고 그런 거짓말을 할 필요가 있었다는 사실을 알게 됐으니 나를 용서해 줄 수 없나요?" 그녀가 물었다. 나는 그녀의 손등을 부드럽게 어루만지며, 당연히 용서한다고 말해 주었다.

그녀는 내가 자기 아버지에 대한 진실을 알지 못한다면 그녀와 루돌프 회스의 일을 이해할 수 없을 것이기 때문에 진실을 이야기하는 것이라고 했다. 하지만 자신이 평화로운 어린 시절을 보냈다고 한 것이 전부 거짓말은 아니었다고 주장했다. 평화 시의 크라쿠프에서 그녀가 살던 집은 양차 대전 사이에는 여러모로 보아 아주 따뜻하고 안전한 곳이었다. 편안하고 평온함이 느껴지는 가정이었는데, 주로 몸도 마음도 넉넉하고 사랑이 넘치는 어머니 덕분이었다. 소피는 어머니가 자신에게 물려준 음악에 대한 열정 때문에라도 어머니에 대한 기억을 소중히 간직하고 있다고 했다. 1920년대와 1930년대 사이 서양의 어느 학자 가정의 안락하고 평화로운 생활을 상상해 보면(오후에 차를 마시고, 저녁때면 작은 음악회를 열고, 여름이면 평화로운 시골로 나들이를 떠나고, 학생들을 초대해 저녁을 먹고, 가끔씩 이탈리아로 여행을 다녀오고, 베를린과 잘츠부르크에서 안식년을 보내는 등의 생활 말이다.) 당시 소피의 생활이 어땠는지, 얼마나 교양이 넘치는 가정에서 얼마나 평온하고 즐겁게 생활했는지를 알 수 있을 것이다. 그러나 음울하고 억압적이며 질식할 것만 같은 분위기가 늘 집 안에 감돌면서 이런 단란함을 위협했고 그녀의 어린 시절과 처녀 시절의 행복을 오염시켰다. 그것은 그녀의 아버지라는 영속적이고 압도적인 존재 때문이었다. 아버지는 가족에게, 특히 소피에게 독재자처럼 군림했지만 너무도 은근한 방식으로 그녀를 옥죄어서 그녀는 성인이 되고 나서야 자기가 그런 아버지를 혐오한다는 사실을 깨닫게 되었다.

살다 보면 억압되어 있던 증오나 열렬한 사랑같이 가슴속에 묻혀 있던 감정이 갑자기 너무도 또렷하게 의식의 표면으로 떠오르는 경우가 가끔 있다. 어떤 때는 그런 일이 대대적인 지각 변동처럼 격렬하게 일어나 절대로 잊을 수 없는 경험이 되기도 한다. 소피는 아버지에 대한 증오심이 너무도 격렬하게 의식의 틈을 비집고 나와 온몸에 불이 붙은 것 같고, 아무런 말도 나오지 않으며, 곧 쓰러져 죽어 버릴 것만 같았던 바로 그 순간을 절대로 잊지 못할 것이라고 했다.

그녀의 아버지는 키가 크고 건장한 남자로, 보통 깃을 세운 셔츠에 풀라드 타이를 매고 프록코트를 즐겨 입었다. 좀 구식이기는 했지만 당시 폴란드에서는 그렇게 기괴하게 보이는 옷차림은 아니었다. 다소 높게 솟은 넓은 광대뼈, 푸른 눈, 좀 두꺼운 입술, 약간 위로 치솟은 듯한 넓은 코, 요정 같은 커다란 귀를 가진 그의 얼굴은 전형적인 폴란드인의 얼굴이었다. 짧은 구레나룻이 나 있었고, 밝은 갈색의 고운 머리카락은 항상 정성스레 빗어 넘겨져 있었다. 두 개의 은니가 흠이라면 흠이었지만, 그것도 입을 크게 벌릴 때나 드러나 보일 뿐이었다. 동료들 사이에서 그는 멋쟁이로 통했지만, 그렇다고 비웃음을 받거나 하지는 않았다. 그가 누리던 학자로서의 엄청난 명성 때문에 어느 누구도 감히 그를 비웃거나 하지 못했다. 우익 성향의 교수들 중에서도 극단적 보수주의자였던 그는 극단적 견해를 가졌음에도 불구하고 존경을 받았다. 대학에서 법학을 가르치는 것 외에 때때로 변호사로도 활동했고, 국제 특허권 분야(주로 독일과 다른 동유럽 국가들 사이의 특허권 교류 문제를 다루었다.)에서 권위자로 여겨졌으며, 이런 부업을 통해(물론 윤리적으로 아무런 하자가 없는 방식으로 부업을 했다.) 거둬들인 수임료 덕분에 그는 상당수의 동료 교수들보다 더 풍족하게, 그러나 드러내지는 않고 우아하게 생활할 수 있었다. 그는 모젤 와인과 업맨 시가를 즐겼다. 그뿐만 아니라 그다지 독실하지는 않지만 꾸준히 성당에도 나가는 가톨릭 신자였다.

그의 젊은 시절과 교육에 대해 소피가 전에 한 말은 모두 사실이었다. 그는 프란츠 요제프 시대에 빈에서 청년기를 보내면서 친게르만적 열정에 불이 붙기 시작했고, 그 후로 항상 범게르만주의와 리하르트 바그너의 영혼에 의해 구원받는 유럽을 꿈꾸었다. 그것은 러시아 공산주의에 대한 그의 증오만큼이나 순수하고 영속적인 사랑이었다. 유서 깊은 신화적 전통과 20세기의 첨단 기술을 멋지게 융합해 약소국이 믿고 기댈 수 있는 굳건한 기둥이 된 독일의 중재가 없다면, 가난하고 힘없는 폴란드가, 시계추처럼 규칙적으로 이 압제자에게 굴복하고 또다시 저 압제자에게 굴복해(특히 지금은 공산주의라는 적그리스도의 손아귀에 잡혀 허덕이는 야만적인 러시아인들에게 굴복해) 정체성을 잃곤 했던 폴란드가, 어떻게 구원받고 세련된 문화를 향유할 수 있겠는가? 폴란드처럼 기반이 엉성한 국가에 국가사회주의라는 실용적이고 미적으로도 완벽한 민족주의보다, 「뉘른베르크의 명가수」[162]가 저 위대한 아우토반[163]만큼

---

162) 리하르트 바그너의 오페라.
163) 독일의 자동차 전용 고속도로.

이나 문화적 영향력을 행사하는 나라의 국가사회주의보다 더 나은 민족주의가 있을까? 소피는 아버지가 이런 말을 하는 것을 자주 들었다.

비에간스키 교수는 소피가 처음에 내게 말했던 진보주의자나 사회주의자가 아니었고, 민족 민주당이라는 지극히 보수적인 정당의 강령을 신봉했는데, 그 주된 강령 중의 하나는 호전적인 반유대주의였다. 유대인을 공산주의자들과 동일시한 그 정당은 특히 대학에서 커다란 영향력을 행사했고, 1920년대 초반의 대학에서는 유대인 학생들에 대한 물리적 폭력 행사가 유행병처럼 번지기도 했다. 그 정당의 온건파 당원이자, 주목받기 시작한 삼십 대의 젊은 교수였던 비에간스키는 바르샤바의 유력 정치 잡지에 유대인 학생들에 대한 공격을 개탄하는 글을 썼고, 오랜 세월이 흐른 후 이 글을 접하게 된 소피는 아버지가 과격한 이상적 인도주의라는 발작을 겪은 것은 아닐까 궁금해하기도 했다. 물론 잘못된 생각이었다. 그러고 보니 그녀가 잘못 생각했거나 거짓말을 한 것이 또 있었는데, 자기 아버지는 원래 과격론자였던 국가 원수 피우수트스키의 독재 정치를 혐오한다고, 그가 1920년대 말 폴란드에 사실상 전체주의 정권을 세웠기 때문에 혐오한다고 했던 것이다. 그녀가 나중에 알게 된 바로 아버지는 정말로 피우수트스키와 그의 정권을 혐오했지만, 그것은 흔히 모순적 언행을 보이는 다른 독재자들처럼 그가 유대인들을 보호하는 법령을 연달아 제정했기 때문이었다. 그래서 비에간스키 교수는 다소 긴장하기도 했는데, 1935년 피우수트스키가 사망했고 그 후로 유대인의 권리를 보장하는 법률들이 완화되면서 폴란드에 사는 유대인들은 또다시 공포에 떨게 되었다. 그는 적어도 처음에는 자제해 달라고 당부했다. 폴란드 대학생들에게 지대한 영향력을 행사하기 시작한 민족 급진당이라는 파시스트 정당에 합류한 비에간스키 교수는(이미 영향력 있는 인사가 되어 있었다.) 대학 내에서뿐 아니라 거리에서도 자행되기 시작한 유대인들에 대한 몽둥이질과 강도짓 같은 과격한 행동을 자제해 달라고 당부했다. 그러나 그가 폭력에 반대하는 입장을 취한 것은 인도주의에 입각한 것이라기보다는 치밀하게 계산된 전략이었고, 겉으로는 폭력이 난무하는 사태에 대해 고민하는 척하면서도 속으로는 오랫동안 자신을 지배해 온 강박적 논리를 고수했다. 다시 말해 그는 학계부터 시작해 각계각층에 자리 잡은 유대인을 모조리 제거할 필요성을 철학적으로 정당화할 수 있는 이유를 연구하기 시작했다.

그는 폴란드와 독일에서의 유대인 문제에 대해 수많은 기고문을 써서 폴란드와, 독일의 본, 만하임, 뮌헨, 드레스덴 같은 문화 중심지에서 발행되는 저명한 정치학·법학 잡지에 보냈다. 그의 주된 주제 중 하나는 '넘쳐 나는 유대인' 문제였고, 이에 대해 '인구 이동'과 '국외 추방'이라는 해결책을 주장하는 글을 장황하게 써 내려갔다. 그는 유대인 정착촌 건설 가능성을 알아보기 위해 정부 파견단의 일원으로 마다가스카르[164]를 돌아보고 오기도 했다.(소피는 햇볕에 검게 그을어 돌아

---

164) 아프리카 남동쪽에 있는 섬으로 된 공화국.

온 아버지가 선물로 아프리카산 가면을 사 오셨던 것을 기억했다.)
아직까지는 폭력 사용이라는 해결책을 전면에 부각하지 않고
있었지만 그는 흔들리기 시작했고, 유대인 문제에 대한 신속
하고도 실제적인 해결책이 필요하다는 생각을 점점 더 굳혀
갔다. 그때부터 그는 점점 더 광적인 행태를 보이기 시작했다.
유대인 격리 운동을 주도했고, 일부 동료 교수들과 함께 학교
내에서조차 유대인 학생들은 별도의 '게토 벤치'에 앉게 하는
정책을 발의하기도 했다. 경제 위기에 대한 날카로운 분석가
이기도 했던 그는 바르샤바에서 민중을 선동하는 연설을 여
러 차례 했다. 그는 분노에 차서, 경기가 이렇게 불황일 때 외
국인에 불과한 유대인들이 사방에서 도시로 몰려드는 선량한
폴란드 국민들과 일자리를 놓고 경쟁할 권리가 과연 있냐고
반문했다. 1938년 말이 되자 열정이 최고조에 달한 그는 앞
에서 언급한 야심 찬 팸플릿 집필에 들어갔고, 그 속에서 대
단히 조심스럽고 모호하리만큼 신중하게 '완전 제거'라는 해
결책을 처음으로 언급했다. 조심스럽고 모호하기는 했지만 분
명히 언급했다. 제거. 야만적 폭력이 아니라, 완전 제거를 논하
기 시작한 것이다. 이때까지 몇 년 동안이나 소피는 아버지
가 불러 주는 내용을 받아 적었고, 그가 요구하는 모든 잡일
을 노예처럼 고분고분하게 수행했다. 아버지에 대한 절대적 복
종이라는 전통적 윤리에 갇혀 버린 폴란드의 모든 착한 딸들
이 그랬듯 소피는 인내심을 가지고 아버지가 시키는 대로 했
고, 1938년 겨울 어느 한 주 동안에는 「폴란드의 유대인 문제:
국가사회주의에 그 해답이 있는가?」라는 원고를 타자하고 편

집하느라 작업량이 최고조에 달했다. 그때에야 비로소 그녀는 아버지가 어떤 일에 매달려 있는지 알아차렸다. 아니, 알아차리기 시작했다.

소피가 이런 이야기를 들려주는 동안 나는 끊임없이 샘솟는 호기심으로 여러 가지 질문을 하기도 했지만, 그녀의 어린 시절과 처녀 시절을 정확하게 이해하기는 어려웠다. 물론 아주 분명하게 그림이 그려지는 부분도 있었다. 예를 들어 아버지에 대한 그녀의 복종은 완벽했다. 무력한 자녀에게 완벽한 충성을 요구하는 열대우림 지방의 피그미족 문화에서 볼 수 있는 것처럼, 현대에도 구석기 시대를 살아가는 그들의 문화에서 볼 수 있는 것처럼 완벽했다. 그녀는 이런 복종 요구에 한 번도 의문을 제기하지 않았다고 했다. 그녀의 혈관 속에는 피와 함께 충성심이 녹아 있어 자라면서 아버지에게 불만을 터뜨리거나 반기를 든 적이 거의 없었다는 것이다. 여기에는 아버지를 존경하고 따르는 것이 지당하고 필요하다고 가르친 폴란드 가톨릭 교회의 교리도 한몫을 단단히 했다. 사실 그녀는 노예에 가까운 생활, 매일 "네, 아빠." "아뇨, 고맙습니다, 아빠."라고 말해야 했던 생활, 아버지가 시키는 일을 하고 그것에 관심을 기울이며 (어머니도 마찬가지였지만) 항상 존경과 순종의 태도를 보여야 했던 생활을 즐겼는지도 모르겠다고 인정했다. 어쩌면 진정으로 마조히즘[165]을 즐겼는지도 모르겠다

---

165) 육체적 또는 정신적으로 학대와 고통을 받음으로써 성적 만족을 느끼는 심리 상태.

고 했다. 어쨌든 그녀는 대단히 괴롭거나 비참했던 순간들을 회상할 때조차 아버지가 그녀나 어머니를 잔인하게 대하지는 않았고, 거칠기는 하지만 유쾌한 농담도 할 줄 알았으며, 평상시에는 늘 냉담하고 위엄 있는 태도를 취하면서도 가끔씩 작은 선물이나 보답을 할 줄도 알았다고 했다. 가정 내 폭군은 자신이 편하기 위해서라도 냉혹함만을 보여 줄 수는 없었을 것이다.

아버지에게 이런 부드러운 면이(자신은 퇴폐적 언어라고 생각하면서도 소피가 프랑스어를 공부하게 내버려 둔다든지, 부인이 바그녀가 아닌 다른 하찮은 작곡가들, 이를테면 포레나 드뷔시, 스카를라티 같은 작곡가들을 좋아해도 모르는 척한다든지 하는 면 말이다.) 있었기 때문에, 소피는 심지어 결혼한 후에도 아버지의 전적인 지배를 별다른 반감 없이 받아들일 수 있었던 것 같다. 게다가 저명하기는 하지만 색깔 논쟁을 일으킨 장본인(그의 극단적인 인종적 견해에 많은 사람들이 찬동하기는 했지만 전부 그랬던 것은 아니다.)의 딸임에도 불구하고, 그녀는 아버지의 정치적 믿음이나 그를 지배하던 분노에 대해 잘 모르기도 했다. 사춘기에 들어서면서 아버지가 유대인들을 혐오한다는 사실을 어렴풋하게나마 알게 되었지만, 아버지가 가족들에게 자신의 견해를 굳이 알리지는 않았기 때문이다. 게다가 폴란드에서 반유대주의자인 부모를 둔다는 것은 그렇게 전례가 없는 일도 아니었다. 그녀는 공부와 신앙생활에 열중하고, 친구들과 어울려 다니고, 책을 읽고, 영화를 보고(수십 편의 영화를 봤는데 주로 미국 영화였다고 했다.) 어머니와 피아노 연습을 하고, 한두 번 가벼운 연애를 하느라고 바빠서, 주로 크라쿠프의 게토에 살던 유대인들에 대해서는 별 관심이 없었다고 했다. 소피는 열심히 이렇게 주장했고, 나는 아직도 그녀의 말을 믿는다. 그들은 그녀의 관심을 끌지 못했을 뿐이다. 적어도 그녀가 아버지의 충직한 비서로 일하면서 그의 광적인 유대인 혐오증을 깨닫기 전까지는 그랬다.

비에간스키 교수는 소피가 열여섯 살에 불과할 때부터 그녀에게 타자와 속기를 배우게 했다. 이미 그녀를 써먹을 생각을 하고 있었는지도 모르겠다. 어쩌면 그녀의 숙련된 기술이 필요할 때가 올지도 모르고, 그렇게 되면 딸이기 때문에 훨씬 더 편리하고 안전하리라고 생각했는지도 모른다. 어쨌든 그 후로 여러 해에 걸쳐 그녀는 주말마다 주로 특허권에 관련된 아버지의 2개 국어 서신을 타자하곤 했지만(영국산 딕터폰[166]을 사용할 때도 있었는데, 그녀는 그 기계를 통해 들리는 아버지의 목소리가 음침하고 불길하게 느껴져서 그 기계를 싫어했다.) 1938년 크리스마스 무렵이 되기 전까지는 아버지가 쓴 에세이를 접해 본 적이 한 번도 없었다. 그때까지 에세이는 그의 조교들이 처리했다. 아버지가 「폴란드의 유대인 문제」 등 자신의 걸작 원문을 가벨스베르거 속기법으로 받아 적고 폴란드어와 독일어로 번역해 타자하라고 시켰을 때에야 비로소 그녀는 갑자기 쏟아지는 강렬한 햇살처럼 증오심에 불타는 그의 철학의 본질을 간파하기 시작했다. 그녀는 시가를 씹으며 습하고 담배

---

166) 속기용 구술 녹음기. 상표명.

연기가 자욱한 서재를 서성이면서 내용을 불러 주는 아버지의 목소리에서 때때로 광적인 흥분을 느낄 수 있었다. 그녀는 얌전히 앉아서 아버지의 논리적이고 정확하며 유창한 독일어를 해골 같은 속기 기호들로 속기장에 휘갈겨 썼다.

그의 문체는 호방하면서도 특이한 면이 있었고 간혹 가다 아이러니가 발견되기도 했다. 신랄하면서 매력적이리만큼 유쾌한 면도 있었다. 사실 그는 대단히 논리 정연한 독일어를 사용했고, 그 덕분에 에르푸르트의 벨트딘스트(월드 서비스) 같은 반유대주의 전파의 중심지에서 대단한 명성을 얻을 수 있었다. 그의 글에는 색다른 매력이 있었다.(브루클린에서의 여름 언젠가 내가 소피에게 H. L. 멩켄(그때나 지금이나 내가 열렬히 추종하는 저술가다.)의 책을 읽어 보라고 들이밀었더니, 그녀는 멩켄의 문체가 아버지의 것과 유사하다고 말했다.) 그녀는 아버지가 불러 주는 내용을 꼼꼼하게 받아 적었지만, 흥분한 아버지가 마구 불러 주는 것을 받아 적는 데 급급한 나머지 타자를 치기 시작하고 나서야 역사적 암시와 변증법적 가설과 종교적 의무와 법률적 선례와 인류학적 주장이 뒤섞인 가마솥에서 한 단어가 불길하게 연기를 내며 끓고 있는 것을 발견할 수 있었다. 이 단어가 몇 번이나 반복되는 것을 깨달은 그녀는 너무도 당황했고 두려워지기까지 했다. 다른 면으로 볼 때는 대단히 설득력 있고 실용적이며 매력적인 이 논설문에서, 저녁 식사 시간에 아버지가 한두 번 언급했지만 귓등으로 흘려듣고 말았던 그 은밀한 주장을 대단히 신랄하고 거친 단어로 표현하고 있었기 때문이다. 어쨌든 그녀를 경악하게 한 그 단어는 아버지의 사상에서 새로운 출발을 의미했다. 아버지는 몇 번이나 그녀에게 '폴슈텐디게 압샤풍(완전 제거)'을 '페어니히퉁(몰살)'으로 고치게 했다.

몰살. 결국에는 이렇게 간단명료한 것이었다. 비록 은근하게 소개되고, 교수의 포괄적이고 유쾌하고 신랄한 비난의 글 속에 파묻혀 있었지만, 그 단어와 그 단어가 가진 영향력과 의미(그래서 그 단어가 에세이 전체에 불러일으키는 의미)는 너무도 끔찍한 것이어서 그의 열의에 찬 에세이를 타자하던 그 매서운 겨울 주말 동안, 그녀는 그 단어의 존재를 의식의 저편으로 밀어 버려야 했다. 그녀는 악센트 부호를 잘못 친다든가 움라우트 기호를 뺀다든가 해서 아버지의 분노를 사게 될까 봐 전전긍긍했다. 페어니히퉁의 의미를 생각하지 않으려고 의식적으로 노력하던 그녀는, 진눈깨비가 내리던 그 일요일 저녁 타자한 원고 뭉치를 들고 시장 광장에 있는 카페로 아버지와 남편 카시미르를 만나기 위해 서둘러 가던 중, 아버지가 말하고 쓴 내용이 어떤 것인지 그리고 그녀 자신이 공범이 되어 어떤 일을 했는지를 깨닫고는 공포에 사로잡혔다. "페어니히퉁." 그녀는 소리 내어 발음해 보았다. 그들을 모두 죽인다는 뜻이구나. 그녀는 어리석게도 그제서야 그 사실을 깨달았던 것이다.

소피 자신이 암시했듯이, 그녀가 아버지에게 증오심을 품고 있다는 것을 깨달은 것이 그가 유대인 학살을 열망하는 사람이라는 것을 깨달은 것과 시기적으로 일치하고 이런 아버지의 정체를 깨달은 데서 비롯된 것이었다고 말할 수 있다면, 그녀의 이미지는 더 좋아질 수 있을 것이다. 그러나 그녀는 거의 동시에 그 두 가지 사실을 깨닫기는 했지만, 갑작스럽게 느껴지는 아버지에 대한 증오심도 꾸준히 그런 감정이 성숙되어 왔기 때문일 것이고, 다가오는 그리고 그 자신이 열망하는 유대인 학살에 대해 아버지가 아무 언급을 하지 않았다고 해도 자신은 마찬가지 반응을 보였을 것이라고 했다.(나는 이 부분에서도 직관적인 이유로 그녀의 말을 믿었다.) 물론 전적으로 확신할 수 없다고는 했지만 말이다. 여기서 우리는 소피에 대한 중요한 진실들을 이야기하는 것이다. 그렇게도 오랫동안 악의에 차 있고 일그러지고 혼란스러운 아버지의 망상에 노출되었고, 이제 그의 유독한 이론의 우물에 빠져 허우적거리면서도, 그 무서운 내용을 담은 원고 뭉치를 가슴에 꼭 그러쥐고 결정적인 폭로를 향해 안개 끼고 어스름한 크라쿠프의 거리를 서둘러 걸어가는 그녀가 충격과 공포라는 본능적 감정을 느꼈다는 사실은 그녀의 감수성을 잘 드러낸다고 생각한다.

"그날 저녁 아버지는 시장 광장에 있는 한 카페에서 나를 기다리고 계셨어요. 아주 춥고 습한 날이었고, 진눈깨비가 내리고 있었는데 곧 눈으로 변할 것 같았어요. 남편 카지크도 아버지와 함께 나를 기다리고 있었죠. 오후 내내 원고를 타자했는데 생각보다 시간이 훨씬 더 걸려서 많이 늦어 있었어요. 내가 늦었다고 아버지께서 화를 내실까 봐 겁이 났어요. 모든 일이 서둘러 진행되어야 했거든요. 촌각을 다투는 일이었죠. 그 팸플릿을 독일어와 폴란드어로 인쇄할 인쇄업자도 그 카페에서 아버지를 만나 원고를 가져가기로 약속이 잡혀 있었고요. 아버지께선 원고를 넘기기 전에 거기서 원고를 훑어보며 고칠 것이 있으면 고치려고 하고 계셨죠. 아버지는 독일어판 원고를 검토하고, 카지크는 폴란드어판을 검토하고요. 이렇게 계획이 다 잡혀 있었는데, 그만 내가 너무 늦어 버려서 카페에 도착해 보니까 인쇄업자가 벌써 와서 아버지와 카지크와 함께 앉아 있더군요. 아버지께선 엄청 화가 나 계셨는데, 내가 사과를 해도 소용없었죠. 아버지는 재빨리 원고를 받아 들더니 나보고는 앉으라고 하시더군요. 자리에 앉아 있는데, 아버지가 화내실까 봐 너무 걱정해서 그런지 가슴에 경련이 일어난 것처럼 아프더군요. 이상하죠, 스팅고? 이렇게 세세한 것까지 다 기억나다니. 아버지는 홍차를 마시고 계셨고, 카지크는 슬리보비츠 브랜디를, 인쇄업자는(전에도 본 적이 있는 사람이었는데, 이름이 로만 시엔키에비치였어요. 그 유명한 작가와 이름이 같았어요.) 보드카를 마시고 있었어요. 그렇게 세세하게 기억나는 건 아버지가 마시던 차 때문이에요. 오후 내내 정신없이 일을 해서 완전히 기진맥진한 상태라, 아버지처럼 차 한 잔 마시고 싶은 생각이 굴뚝같았어요. 하지만 내가 주문을 하진 못했어요. 그렇게는 못 하겠더라고요. 저렇게 뜨거운 차 한 잔 마셨으면 좋겠다는 생각만 하면서 아버지의 찻주전자와 찻잔을 바라봤던 기억이 나요. 내가 그렇게 늦지 않았더라면 아버지가 차를 시켜 주셨을 텐데, 그땐 나한테 화가 아주 많이 나신 상태라 차 얘기는 한마디도 안 하시더군요. 하는 수 없이 나는 아버지와 카지크가 원고를 읽는 동안 고개를 숙이고 내 손톱만 물끄러미 바라보고 있었죠.

그렇게 몇 시간은 흐른 것 같았어요. 시엔키에비치라는 그 인쇄업자는 콧수염이 났고 자주 낄낄 웃었는데, 나는 그에게 날씨나 뭐 그런 시시한 이야기를 몇 마디 했어요. 하지만 대체로는 그 추운 카페에 앉아서 입을 꼭 다물고 있었죠. 목이 말라 죽을 것 같다고, 차 한 잔 마셨으면 소원이 없겠다고 생각하면서요. 마침내 아버지께서 원고에서 눈을 들더니 나를 빤히 바라보며 물으셨어요. '리하르트 바그너의 작품을 너무나도 사랑한다는 이 네빌 체임벌린[167]이라는 사람은 누구냐?' 하고 말이에요. 그러고는 나를 차갑게 노려보시는데, 난 아버지가 무슨 말을 하시는지 모르겠더라고요. 굉장히 화가 나셨다는 것만 알겠고요. 나한테 말이에요. 하지만 난 왜 그러는지 이해가 안 가서 '무슨 말씀이세요, 아빠?'라고 물었죠. 그랬더니 이번에는 네빌을 강조해서 같은 질문을 반복하시더군요. 그때서야 내가 큰 실수를 저질렀다는 것을 깨달았어요. 아버지가 자신의 철학적 근거로 에세이 곳곳에서 인용한 사람은 체임벌린이라는 영국 작가였거든요. 들어 봤는지 모르겠네요, 스팅고. 어쨌든 그는 『19세기의 토대』라는 책을 썼는데, 그 책은 독일에 대한 애정과 리하르트 바그너에 대한 찬미와 유대인들에 대한 지극한 증오로 가득했어요. 유대인들이 유럽 문화를 오염시키고 있다, 뭐 그런 내용이 주를 이뤘죠. 아버지는 이 체임벌린이라는 사람을 대단히 존경했는데, 아버지가 이 사람 이름을 불러 주실 때 난 무의식적으로 자꾸만 네빌이라고 받아 적은 거였어요. 뮌헨 회담 때문에 그 이름이 뉴스

---

167) 당시 영국의 총리.

에 자주 나왔거든요. 휴스턴 체임벌린이라고 쓰지 않고 말이에요. 유대인을 혐오하는 그 체임벌린의 이름이 휴스턴이었어요. 갑자기 두려움이 엄습하더군요. 각주랑 참고 문헌 목록이랑 본문 곳곳에서 계속 네빌이라고 했던 게 기억이 났거든요.

아, 스팅고, 얼마나 부끄럽고 수치스러웠는지 모를 거예요! 아버지는 결벽증에 가까울 만큼 완벽한 것을 좋아하시던 분이라 이런 실수를 페르메 레 지외, 그냥 넘어가지 못하셨어요. 바로 그 자리에서 터뜨리셔야 했죠. 카지크와 시엔키에비치 앞에서 이런 말을 하시는데, 난 그 말을 영원히 잊을 수 없을 거예요. 글쎄, 경멸을 가득 담은 어조로 이러시는 거예요. '넌 머리가 백치에 가깝구나. 네 엄마처럼 말이다. 네가 누구를 닮았는지는 모르겠다만, 머리만큼은 나를 닮지 않은 것 같다.' 시엔키에비치가 낄낄 웃는 소리가 들렸는데, 민망함을 감추려고 그랬던 것 같아요. 고개를 들어 카지크를 보니까 희미하게 미소를 지어 보이더군요. 아버지처럼 나를 경멸하고 있는 것 같은데도 나는 별로 놀라지 않았어요. 이제 내가 몇 주 전에 또 다른 거짓말을 했다는 것을 알아차렸겠군요, 스팅고. 사실 난 카지크를 사랑하지 않았어요. 남편에 대한 감정이나 이전에 한 번도 본 적이 없는 무심한 표정의 낯선 사람에 대한 감정이나 별반 차이가 없었을 거예요. 정말 당신한테 거짓말을 엄청나게 많이 했군요, 스팅고! 나는 정말 거짓말쟁이예요.

아버지께서 계속 내 지능 이야기를 하시니까 얼굴이 화끈거리더군요. 하지만 마음속으로 귀를 막아 버리고 아무것도 들리지 않는다고 생각했어요. 아빠, 아빠, 제발, 내가 원하는 건 따뜻한 차 한 잔이에요! 이렇게 속으로 혼잣말을 했던 기억이 나요. 잠시 후 아버지께선 나를 괴롭히던 걸 멈추고 다시 원고를 읽기 시작하시더군요. 그때 갑자기 거기 앉아 있기가, 앉아서 손만 바라보고 있기가 아주 두려워졌어요. 카페 안은 정말 추웠어요. 지옥에 가면 꼭 이런 기분일 것 같다는 생각이 들더군요. 사방에서 사람들이 수군거리는 소리가 들렸어요. 그리고 아주 음울한 단조의 음악을, 베토벤의 후기 4중주처럼 비탄에 가득 찬 음악을 듣는 것 같은 기분이 들었죠. 바깥 거리에서는 끈적끈적한 바람이 부는 것 같고. 갑자기 내 주변에 있는 사람들이 모두 다가오는 전쟁에 대해서 수군거리고 있다는 걸 깨달았어요. 저 멀리 도시 외곽의 어딘가에서 총소리가 들리는 것 같기도 했어요. 너무 무서워서 일어나 도망가고 싶은데 그럴 수 없었어요. 그냥 거기에 앉아 있을 수밖에 없었어요. 마침내 아버지가 시엔키에비치에게 인쇄하는 데 얼마나 걸리겠냐고 물었고, 시엔키에비치는 이틀 정도면 끝날 거라고 했어요. 이제 아버지는 대학교수들에게 팸플릿을 돌리는 문제를 놓고 카지크와 이야기를 나누시더군요. 팸플릿은 대부분 폴란드와 독일, 오스트리아 각지로 보낼 계획이었지만, 폴란드어판 몇백 부 정도는 동료 교수들에게 돌리고 싶어 하셨어요. 일일이 직접 전달하는 방식으로요. 아버지는 카지크에게 팸플릿이 인쇄되어 나오면 곧바로 교수들에게 돌리라고 하셨어요. 아버지는 나처럼 카지크도 자기 마음대로 하실 수 있었죠. 물론 혼자서는 벅찬 일이라 도움이 필요하셨겠죠. 아버지가 그러시더군요, '소피가 도와줄 걸세.'라고요.

그때 나는 세상에서 내가 억지로 하고 싶지 않은 유일한 일이 바로 그 팸플릿과 앵플리케(연관)되는 거라는 걸 깨달았어요. 이 팸플릿을 한 뭉치씩 들고 캠퍼스를 돌아다니며 교수들에게 나눠 줄 생각만 해도 토할 것 같았어요. 하지만 아버지께서 '소피가 도와줄 걸세.'라고 말씀하시는 순간, 나는 카지크와 함께 돌아다니며 팸플릿을 나눠 줄 거라는 걸 알았어요. 어릴 때부터 아버지가 원하시는 일은 뭐든지 했으니까요. 심부름을 가고, 뭘 가지고 오라 그러면 가지고 오고, 아버지께서 필요하시면 언제든 날 이용할 수 있도록 타자와 속기를 배우고, 정말 뭐든지 다 했죠. 아버지 말씀을 듣는 순간 어쩔 도리가 없다는 생각이 드니까, '아빠, 난 이 팸플릿 돌리는 일은 돕지 않을 거예요.'라고 말할 수 없다는 생각이 드니까 갑자기 엄청난 공허감이 밀려들더군요. 하지만 스팅고, 아직까지도 이해할 수 없는 일이, 아니 분명히 말할 수 없는 일이 있어요. 아버지께서 팸플릿에서 무슨 말씀을 하시는지를 알았으니까, 유대인을 죽여야 한다고 주장하고 계신다는 걸 알았으니까, 그걸 돌리는 일을 돕지 않겠다고 말해야 했겠죠. 정말 나쁜 일이라는 걸, 끔찍한 일이라는 걸 알았으니까요. 그런데도 정말 아버지께서 그런 주장을 하신 건지 도저히 믿어지지가 않더라고요.

하지만 솔직히 말하자면 다른 문제가 더 걸렸어요. 이 사람이, 내게 살과 피와 생명을 준 아버지라는 사람이 나를 하녀나 노예로밖에 보지 않는구나, 그리고 수고했다는 말 한마디 없이 또 나한테 신문팔이 소녀처럼 이 팸플릿을 들고 교내를 돌아다니며 나눠 주라고 시키고 있구나, 자기가 명령했으니까 그대로 따라야 한다고 생각하고 있구나 하는 생각이 드는 거예요. 나도 이미 성인이 되었고, 내가 하고 싶은 일을 하고 싶었지만, 바흐를 연주하고 싶었지만, 그 순간에는 죽어야 한다는 생각이 들었어요. 아버지가 시키신 일 때문이 아니라 그 일을 거절할 수가 없다는 이유 때문에 죽어야 한다는 생각이 들었어요. '웃기지 마세요, 아빠.'라고 말할 수가 없어서 죽어야 한다는 생각이 들었어요. 바로 그때 아버지가 '조시아.'라고 부르셔서 고개를 들어 보니 내게 미소를 짓고 계시더군요. 은니 두 개가 반짝이는 게 눈에 들어왔어요. 아버지는 인자하게 미소를 지으시면서 말씀하시더군요. '조시아, 차 한 잔 할래?' 나는 대답했죠. '아뇨, 괜찮아요, 아빠.' 그랬더니 다시 말씀하시더라고요. '그러지 말고 조시아, 차 한 잔 해라. 창백하고 추워 보인다.' 날개가 있다면 훨훨 날아 도망가고 싶더군요. 난 다시 대답했어요. '아뇨, 아빠, 괜찮아요. 고맙습니다. 정말 생각이 없어요.' 그때 나는 자제력을 잃지 않으려고 속입술을 물어뜯었는데, 피가 나더군요. 바닷물처럼 짭짤한 피 맛이 느껴졌어요. 이제 아버지는 고개를 돌려 카지크와 이야기를 나누시기 시작했어요. 그때였어요. 칼로 찌르듯 날카로운 증오심이 내 안에서 확 솟아올랐어요. 정말 날카로운 칼날에 찔린 듯 갑자기 엄청난 아픔이 온몸을 휩쓸고 지나가더니 어지러워졌어요. 마룻바닥으로 쓰러져 버릴 것만 같았죠. 온몸이 불에 덴 듯 화끈거렸고요. '당신을 증오해.' 난 속으로 혼잣말을 했어요. 내 몸속으로 쑥 침입해 들어온 증오심이 정말 신기하고 놀라웠죠. 심장에 칼이 꽂힌 듯 끔찍한 고통과 함께 찾아온 증오심이 도저히 믿을 수 없을 만큼 신기하고 놀라웠어요."

폴란드는 여러 면에서(그해 여름에는 소피의 눈과 기억을 통해 볼 수 있게 되었고 나중에는 나 자신의 눈으로 보았다.) 미국의 남부, 적어도 지금으로부터 그리 멀지 않은 과거의 남부를 닮거나 남부를 연상시키는, 아름답고 애틋하며 영혼이 부서진 나라다. 이렇게 남부와 닮았다는 생각을 하게 되는 것은 향수를 불러일으키는 쓸쓸한 풍경(예를 들어 갈리시아의 안개 낀 초원 마을의 모습과 같은 느낌을 불러일으키는 질퍽한 단색의 나레프강[168] 소택지를 보면, 그리고 거기에 있는 풍파에 시달려 쓰러져 가는 작은 집들과 앙상한 닭들이 호들갑을 떨며 먹이를 쪼아 대는 진흙 마당을 보면, 어느새 아칸소주의 외로운 작은 마을을 떠올리게 된다.) 때문만이 아니라 국가의 정신이, 역경과 가난과 패배로 고통받아 황폐해지고 음울해진 국민들의 마음이 옛 남부를 연상시키기 때문이다.

수십 년이 아니라 수백 년 동안 떠돌이들이 몰려들어 토박이의 자리를 위협했던 나라를 상상할 수 있다면, 거의 자동적으로 프랑스와 스웨덴, 오스트리아, 프러시아, 러시아, 심지어 튀르키예라는 탐욕스러운 몽마(夢魔)에게까지 짓밟힘을 당한 폴란드라는 나라를 이해하는 것이 어렵지 않을 것이다. 남부처럼 약탈과 착취를 당하고, 그래서 늘 가난에 시달려 온 봉

---

168) 폴란드의 북동부를 흐르는 강.

건 농경 사회인 폴란드는 옛 남부와 마찬가지로 이런 수치스러운 역사에 맞서는 한 가지 무기를 가졌는데, 그것이 바로 자존심이다. 자존심과, 사라진 영광에 대한 향수. 조상과 성(姓)에 대한 자존심, 허울만 번지르르했던 귀족제에 대한 자존심 말이다. 아직도 라드지빌이나 라베넬 같은 성씨를 가진 사람들은 허울뿐인 이름에도 불구하고 당당하고 오만하게 자신을 소개한다. 패배를 겪은 경험이 있는 폴란드와 미국의 남부는 광적인 민족주의를 만들어 냈다. 그러나 이 두 지역은 이렇게 지극히 현실적이고 유사한 역사적 경험(여기에는 권위주의적이고 엄격한 종교적 지배가 굳건히 자리를 잡게 되었다는 사실도 추가해야 할 것이다.)에 바탕을 두었다는 가장 커다란 유사성 외에도, 좀 더 피상적이지만 흥미로운 문화적 동질성도 보이는데, 이를테면 말고기와 군 계급에 대한 과도한 애정, 여자들을 억압하는 태도(심술궂고 간교하게도 여자들을 정욕의 대상으로만 여겨 온 태도 등을 포함해), 이야기를 좋아하는 전통, 독한 술에 대한 집착 그리고 저속한 농담의 대상이 되었다는 점 등을 들수 있겠다.

마지막으로 폴란드와 미국 남부 사이에는 과도함이라는 면에서 거의 하나의 문화로 볼 수 있는 불길한 유사성이 존재하는데, 그것은 수세기에 걸쳐 모든 것에 영향을 미쳐 온 집단적 정신 분열증을 야기한 인종 문제와 관련 있다. 폴란드와 미국 남부에 항상 함께해 온 다른 인종이라는 존재는 잔혹함과 동정심, 편협함과 이해, 적의와 우정, 착취와 희생, 불타는 증오와 절망적 사랑을 동시에 불러일으켜 왔다. 이런 상반되는 조건들 중에서 어둡고 사악한 면이 항상 승리를 거두었다고 할지 모르겠지만, 맹위를 떨치는 악이라는 강적에 대항해 친절과 명예가 악의 절대적 지배를 막아 낼 수 있었던 때도 종종 있었다는 사실을 진리라는 이름으로 기억해 두어야 할 것이다. 그곳이 폴란드의 포즈난이었건 미시시피주의 야주시티였건 말이다.

그러므로 아버지가 위험을 무릅쓰고 루블린의 유대인들을 보호하기 위해 노력했다는 이야기를 지어냈을 때에도 소피는 자신이 내게 얼토당토않은 일을 믿으라고 강요한 것이 아니라는 사실과, 과거에 논쟁의 여지 없이 분명해 보이는 압제자로부터 유대인들을 구하기 위해 목숨을 건 폴란드인이 많았다는 사실을 알았던 것이 분명하다. 당시에 나는 그런 일들에 대해 별로 아는 바가 없었지만 소피를 의심하고 싶지는 않았고, 그녀는 자신의 갈등하는 양심과 싸우면서 거짓으로라도 아버지를 관대하고 심지어 영웅적인 사람으로 묘사했던 것이다. 그러나 수천 명의 폴란드인들이 유대인들에게 은신처를 제공하고 숨겨 주고 그들을 위해 목숨까지 버린 때가 있었다면, 자기들이 너무도 힘들어서 유대인들을 잔혹하게 박해한 때도 있었다. 비에간스키 교수는 바로 이런 폴란드인의 일반적 정서와 역사 속에 자리를 차지하고 있었고, 나중에 소피는 나를 위해 그리고 아우슈비츠에서의 일을 이해시키기 위해 아버지를 거짓 영웅의 자리에서 끌어내려 본래의 자리로 가게 했던 것이다.

비에간스키 교수의 팸플릿이 그다음에 어떻게 되었는지를

언급할 가치가 있을 것 같다. 결국 소피는 아버지의 명령에 복종해 카지크와 함께 교내에서 팸플릿을 돌리고 다녔지만, 결과는 확실한 실패였다. 우선 교수들은 여느 크라쿠프 시민들과 마찬가지로 곧 터질 것 같은 전쟁(결국 몇 달 후에 터지고 말았지만)에 걱정스러운 관심이 쏠린 나머지 비에간스키 교수의 주장에는 별다른 관심을 보이지 않았다. 당시는 지옥의 문이 열리려고 하는 순간이었다. '회랑 지대'가 절실히 필요했던 독일은 그단스크[169]를 합병하겠다고 나섰고, 네빌 체임벌린이 우물쭈물하는 동안 폴란드 서부의 취약한 관문들을 흔들어 대며 위협을 가해 오고 있었다. 고풍스러운 크라쿠프의 거리는 매일 공포를 교환하는 숨죽인 속삭임들로 가득 차게 되었다. 이런 상황에서 골수 인종주의자인 교수들이라고 해도 비에간스키 교수의 교묘한 변증법적 주장에 관심을 기울일 수 있었겠는가? 전운이 너무도 짙게 깔려 있어서 누구도 유대인 탄압 같은 낡은 제안에 관심을 기울일 여유가 없었다.

당시 폴란드인들은 거의 모두가 탄압받고 있다고 느꼈다. 게다가 비에간스키 교수는 몇 가지 근본적 계산 착오를, 그를 이끌어 온 판단력에 의문을 제기하게 할 만큼 아주 큰 계산 착오를 범했다. 우선 잔혹하게도 페어니히퉁이라는 해법을 집어넣은 것이 문제였는데, 아무리 편협하고 인종 차별에 찬성하는 교수들이라고 해도, 그리고 아무리 스위프트식의 신랄하고 냉소적인 어조로 언급한 것이라고 해도 그런 개념을 저

---

169) 폴란드 북부의 항구 도시.

항 없이 받아들일 사람은 거의 없었다. 그뿐만 아니라 당시 자기 동료들의 진심 어린 애국심에 대해서는 못 본 척 못 들은 척했으면서 제3제국과 범게르만주의를 찬양하는 내용을 실은 것도 문제였다. 소피는 점차로 폴란드에 파시스트 운동이 부활했던 몇 년 전이었다면 아버지의 주장에 설득당한 전향자가 생겼을지도 모르겠다고 생각하게 되었다. 그러나 베어마흐트(독일군)가 대규모로 천천히 동쪽으로 이동해 오고, 그단스크를 달라고 요구하며, 국경선 곳곳에서 분쟁을 일으키는 때에 국가사회주의가 폴란드의 파멸을 제외한 다른 어떤 문제에 해결책이 될 수 있는지를 묻는다는 것은 최악의 어리석음이 아니고 무엇이었겠는가? 결국 비에간스키 교수와 그의 팸플릿은 혼란이 가중되는 와중에 일반적으로 무시되고 말았지만, 예상치 않은 상황에서 한두 번 정도 심한 물리적 공격을 받기도 했다. 젊은 대학원생 두 명이(그들은 폴란드 예비군 소속이기도 했다.) 학교 현관에서 그를 심하게 폭행해 손가락 하나가 부러졌고, 어느 날 밤에는 검은색 페인트로 스와스티카[170]가 그려져 있는 보도블록 하나가 날아와 집 안 식당 유리창을 깨기도 했다.

그러나 애국자였던 그는 그런 대접을 받을 이유가 없었고, 그를 위해 적어도 한 가지 작은 사실은 짚고 넘어가야 할 것 같다. 그것은 그가 나치의 비위를 맞추기 위해 그런 주장을 한 것이 아니라는 사실이다.(이에 대해서는 소피도 확신한다고 했다.)

---

170) 나치 독일의 표장인 만(卍) 자 무늬.

그 팸플릿은 폴란드 문화라는 관점에서 쓴 것이었고, 게다가 그는 자신의 관점에서 볼 때 대단히 원칙주의적인 사상가인 데다 더 큰 철학적 진리를 추구하는 사람이었기 때문에, 자신이 결국에는 그 팸플릿을 육체적 구원은 말할 것도 없고 일신의 영달을 위한 도구로 사용하려 할지도 모른다는 생각은 한 번도 해 본 적이 없었다.(사실 곧 전쟁이 터질 급박한 상황이어서 그의 에세이는 어떤 형태로도 독일에 소개되지 않았다.) 또한 그해 9월 폴란드가 침공당하고 거의 피해를 입지 않은 크라쿠프가 정치적 수도가 되었을 때, 그가 히틀러의 친구이기도 했던 한스 프랑크 총독을 위해 일하려 했던 것은 조국을 배반하려는 의도에서가 아니라, 폴란드와 독일이 공통의 적을 가졌고 공통의 지대한 이해관계가 걸려 있는 분야 디 유덴프라게(유대인)의 전문가이자 고문으로서 도움을 주려 했던 것이기 때문에, 그를 매국노나 반역자라고 할 수도 없었다. 오히려 이상주의자였다고 해야 맞을 것이다.

이제 아버지를 혐오하고 이에 못지않게 그의 수하인 자신의 남편까지 혐오하게 된 소피는 그들이 집 안 복도에서 수군거리고 있을 때면 그들 곁을 살그머니 걸어 지나가곤 했다. 아버지 비에간스키 교수는 점점 세어 가는 머리를 단정하게 깎고 점잖게 프록코트를 차려입고 쾰니슈바서 향기를 풍기며 아침 순례를 떠날 채비를 하고 있었다. 머리를 감지는 않은 모양이었다. 그 당당한 어깨에 비듬이 내려앉아 있었다. 속삭이는 그의 목소리에는 초조함과 희망이 한데 배어 있었다. 평소와는 달리 쉿 하는 거친 소리도 섞여 있었다. 오늘은 꼭, 어제는 총독한테 면담을 거절당했지만, 오늘은 꼭, 특히 독일어를 이렇게 훌륭히 구사할 수 있으니, 오늘은 꼭, 아인자츠그루페 데어 지허하이츠폴리차이(보안 경찰 기동대) 책임자의 따뜻한 영접을 받을 것이다. 게다가 에르푸르트에 있는 공통의 친구(사회학자이자 유대인 문제를 다루는 나치의 이론가이기도 했다.)로부터 받은 편지라는, 이를테면 입장권도 가지고 있지 않은가 말이다. 게다가 이 증명서들, 하이델베르크와 라이프치히 대학교에서 받은 명예박사 학위 증명서 원본들과 마인츠에서 출판된 에세이 선집, 「디 폴리셰 유덴프라게」 등을 보게 되면 감동을 받지 않으려야 받지 않을 수 없을 것이다. 그러니 오늘은 꼭……

비에간스키 교수는 십여 일에 걸쳐서 십수 군데의 관청을 돌아다니며 들여보내 달라고 부탁하고 간청하고 때로는 억지로 들어가 보려고 시도도 했지만, 유감스럽게도 점점 더 광기를 띠어 가는 그의 노력은 다 헛수고가 되었다. 단 한순간도 주목받지 못하고 단 한 명의 관리도 그의 말에 귀 기울이려 하지 않았다는 사실은 그에게는 엄청난 충격이었을 것이다. 그러나 교수는 또 한 가지 중대한 판단 착오를 범했다. 감성적으로나 지성적으로나 그는 이미 완전히 사라지고 없는 과거인 지난 세기 독일 문화의 상속자였다. 따라서 철로 된 내부에, 긴 장화를 신은 군인이 오가는 거대한 현대 권력의 영내에, 최초의 기술 관료 국가 정부의 영내에 자신이 발붙일 자리가 없다는 사실을 조금도 눈치채지 못했다. 레굴리룽엔 운트 게제츠페어오르트눙엔(규정과 법률 조례), 전자화된 서류 정리 및 분류 시스템, 얼굴 없는 지휘 계통, 기계화된 정보 처리 방법, 암호

해독 장치, 전신을 통한 전투기 긴급 출격 시스템, 베를린과의 직통 전화 등을 자랑하고 엄청나게 빠른 속도로 운영되던 나치 정권은 하찮은 폴란드인 법학 교수와 그의 문서 다발, 어깨를 하얗게 뒤덮은 비듬과 반짝이는 은니, 더러운 각반과 옷깃에 꽂은 카네이션을 참아 주지 않는다는 사실을 알지 못했던 것이다. 그는 '프로그램화'되지 않았다는 이유로 희생된 나치 전쟁 기계의 최초의 희생자들 중 한 명이었다. 또 한 가지 중요한 이유는 그가 폴락[171]이라는 사실이었다.(이 단어는 영어에서뿐만 아니라 독일어에서도 경멸을 담고 있다.) 그가 폴락에다가 학자였기 때문에, 지나치게 열의에 차 있고 짐짓 밝게 웃으면서도 간청하는 빛이 역력한 그의 얼굴은 게슈타포 본부에서는 장티푸스 보균자의 얼굴만큼이나 환영받지 못했지만, 교수는 자신이 얼마나 시대에 뒤떨어져 있는지 알지 못했던 것이 분명하다.

그리고 그 초가을날들 동안 바쁘게 돌아다니던 그는 깨닫지 못했을 테지만, 시간은 무자비하게 째깍거리며 그의 종말을 향해 달려가고 있었다. 나치 몰렉[172]의 냉담한 눈에 그는 곧 죽을 운명의 하찮은 인간일 뿐이었다. 이렇게 되어 11월의 어느 비 내리는 음울한 아침, 성 마리아 성당에 혼자 무릎 꿇고 앉아 기도를 드리던 소피가 앞에서 설명한 그런 불안한 예감이 들어 벌떡 일어나 대학교로 달려갔을 때, 그리고 독일군

---

171) 폴란드인을 뜻하는 비속어.
172) 셈족이 섬기던 신으로 아이를 제물로 바치게 하는 등 커다란 희생을 요구했다고 한다.

이 그 유서 깊은 중세의 안마당에 비상선을 치고 소총과 기관총으로 위협해 180여 명의 교수들을 붙잡아 놓았다는 소식만을 듣게 되었을 때, 손이 묶인 상태로 추위와 공포에 벌벌 떨고 있던 불운한 사람들 속에는 비에간스키 교수와 카지크도 섞여 있었다. 하지만 소피는 그들을 다시는 보지 못했다. 나중에 새로 수정해 들려준 이야기에서(나는 이 이야기는 사실이라고 확신한다.) 그녀는 아버지와 남편이 붙잡혔다고 해서 진정으로 상실감을 느끼지는 않았지만(이미 그들과는 감정적으로 단절된 상태여서 크게 영향을 받지는 않았다는 것이다.) 다른 차원에서 엄청난 충격과 섬뜩한 두려움과 굉장한 상실감을 느끼지 않을 수 없었다고 했다. 정체성에 대한 감각이 완전히 흔들린 것이었다. 독일군이 200명에 가까운, 방어 능력이 없고 의심할 건더기도 없는 교수들에게 이런 끔찍한 공격을 감행할 수 있다면 도대체 앞으로 어떤 공포가 폴란드를 기다리고 있을지 상상조차 할 수 없었기 때문이다. 바로 이런 이유만으로 그녀는 어머니의 팔에 안겨 흐느껴 울었던 것이다. 그녀의 어머니는 남편과 사위가 잡혀갔다는 소식에 큰 충격을 받았다. 생각이 없고 착하고 순종적인 그녀의 어머니는 마지막까지 남편을 충실하게 사랑했고, 자신을 위해 슬픔을 가장해야 했던 소피는 어머니의 비통함을 비통해하며 눈물을 흘릴 수 있었다.

작센하우젠 수용소(다하우 수용소가 생기기 전, 최악의 고통을 맛볼 수 있는 거대한 괴물로 여겨지던 곳이다.)의 거대한 흙무덤 속으로 애벌레처럼 빨려 들어간 비에간스키 교수가 자신을 구출해 내려고 기울인 노력은 모두 허사로 돌아갔다. 그리고 나중에 가면 중요한 선지자로 생각했을지도 모르는 사람을, 아이히만과 그의 동료들, 어쩌면 아돌프 히틀러보다도 먼저 '최종 해법'을 생각해 낸 슬라브계 괴짜 철학자를, 그리고 품속에 실제로 그 해결책을 담은 문서를 가지고 있던 사람을, 독일군이 모르고 붙잡아 들여 죽인 것은 대단히 모순적인 일이 아닐 수 없다. "이히 하베 마이네 플룩슈리프트.(팸플릿을 가지고 있소.)" 몰래 반출되어 소피의 어머니에게 전해진 편지(소피와 어머니가 받은 유일한 서신이었다.)에서 그는 비참한 어조로 이렇게 쓴다. "이히 페어슈테헤 니히트, 바룸……(왜 그런지 이해할 수 없소…….) 왜 여기 책임자들에게 이것을 전할 수 없는지, 나는 여기 모인 사람들하고 다르다는 사실을 알릴 수 없는지 모르겠소."

유한한 생명과 유한한 사랑의 힘은 당혹스러울 정도로 강하지만, 그 사랑이 어린 시절의 기억에서 비롯된 것이라면 훨씬 더 강해진다. 아버지는 어린 그녀를 데리고 산책을 하고 엉클어진 금발을 손으로 빗어 넘겨 주기도 했으며, 어느 여름날 아침에는 그녀를 조랑말이 끄는 수레에 태우고 새들이 즐겁게 지저귀는 바벨성 아래의 정원을 돌아다니기도 했다. 아버지의 죽음을 전해 들은 순간 그녀의 머리에는 그 어린 시절의 기억이 떠올랐고, 불에 덴 듯 통렬한 슬픔을 억누를 수 없었다. 아버지가 사람을 잘못 본 것이라고 끝까지 항의하다가 작센하우젠의 벽 앞에서 빗발치듯 쏟아지는 총알을 맞고 쓰러지는 모습이 그녀의 눈앞에 보이는 것만 같았다.

(2권에 계속)

세계문학전집 **197**

소피의 선택 1

1판 1쇄 펴냄 2008년 12월 26일
1판 20쇄 펴냄 2023년 11월 24일

지은이 윌리엄 스타이런
옮긴이 한정아
발행인 박근섭, 박상준
펴낸곳 (주)민음사

출판등록 1966. 5. 19. (제 16-490호)
서울특별시 강남구 도산대로1길 62(신사동) 강남출판문화센터 5층 (우편번호 06027)
대표전화 02-515-2000 팩시밀리 02-515-2007
www.minumsa.com

한국어 판 © (주)민음사, 2008, 2023. Printed in Seoul, Korea

ISBN 978-89-374-6197-2 04800
ISBN 978-89-374-6000-5 (세트)

민음사 세계문학전집

세계문학전집 목록

세계문학전집은 계속 간행됩니다.